上册

当代文学关键词

吴义勤　陈培浩　◎主编

贵州出版集团
贵州人民出版社

图书在版编目（CIP）数据

当代文学关键词：上、下册 / 吴义勤，陈培浩主编
. -- 贵阳：贵州人民出版社，2022.4
ISBN 978-7-221-16838-2

Ⅰ．①当⋯ Ⅱ．①吴⋯ ②陈⋯ Ⅲ．①中国文学－当代文学－文学评论－文集 Ⅳ．①I206.7-53

中国版本图书馆CIP数据核字（2021）第228030号

当代文学关键词（上、下册）
DANGDAI WENXUE GUANJIANCI

吴义勤　陈培浩 ◎主编

出 版 人	王　旭
选题统筹	谢亚鹏
责任编辑	张　娜　李　康
装帧设计	陈　电
出版发行	贵州出版集团　贵州人民出版社
地　　址	贵州省贵阳市观山湖区会展东路SOHO办公区A座
邮　　编	550081
印　　刷	深圳市新联美术印刷有限公司
规　　格	787mm×1092mm　1/16
字　　数	740千字
印　　张	49.5
版　　次	2022年4月第1版
印　　次	2022年4月第1次印刷
书　　号	ISBN 978-7-221-16838-2
定　　价	138.00元（上、下册）

寻找一种进入当代文学的方式

吴义勤　陈培浩

这部《当代文学关键词》（上、下册）来自2018—2019年《广州文艺》杂志上开设的《当代文学关键词》栏目。栏目由我们共同主持，每期设一关键词，邀几名评论家参与讨论。开设这一栏目的初衷是以关键词的方式梳理、透视并重审正在行进中的当下文学，同时也以栏目团结一批具有思想锐见和文学创造力的批评家，倡导一种有别于学院批评的有生气、有活力的批评实践。

读每一期栏目的文章，我们都有所启发，学习了很多东西。这些年轻评论家的文章，平时偶尔也看，但集中在一个话题下看，感觉大不相同，能感受到青年批评家的思想和才华。《当代文学关键词》栏目把一批优秀青年评论家聚集在一起，团结在一起，本身就非常有意义。当下的文学需要批评，但文学批评工作需要一个平台，现在年轻批评家的成长有很多路径，文学期刊的栏目以展开、研究关键词的方式来培养评论家，实则是一种非常好的促进青年批评家成长的模式，也是对当代文学批评做出的有益探索。参与栏目的各位批评家，不少都是中国现代文学馆的客座研究员，这一批青年批评家大多活跃在当代文学批评第一线，这与文学刊物、研究机构这几年对青年批评家的培养有关系。文学期刊参与当代批评家培养，这是一件有意义的事情，也是一个有意思的观察角度。长期坚持，会培养出一支属于我们自己的批评家队伍，对当代文学来说，可谓功莫大焉。当然，参与栏目的作者也有像王兆胜、谢有顺、黄灿然、艾云等资深的学者、评论家、诗人、散文家等。他们的加入，无疑大大拓宽了栏目批评队伍的视野。

在主持栏目的过程中，我们对文学批评也产生了一些新的想法。这些年，大家经常谈到学院批评、作协批评，以及媒体批评的区分，我们倒觉得应该把这个界限和区隔去掉。学院批评也好，作协批评也罢，概念本身是有相对性的。我们觉得应该就批评来谈批评，学院、作协批评的界限不是绝对的。作为纯粹的批评者来说，真正从事批评实践的时候，这些界限不应该成为批评的障碍。我们应该倡导消除这几种有界限的文学批评，不同的批评规范给我们的文学批评带来了一定的压力，但我们应该消化这种压力，不应使其成为内在的焦虑。

在栏目开展的过程中，有人提出：关键词究竟应该是一个词，还是一个词组？我们认为这不重要。实际上我们是在寻找一种进入当代文学、讨论当代文学的方式。何妨把关键词看作是一个修辞性的说法？我们不是严格按照词典意义上的关键词来做的，它实际上是发现话题、介入现场、讨论问题，和文学现场发生关系，同时和文学史、文学理论建构发生关系。我们不设限，不希望它成为一个狭窄的专栏，而希望它成为观察当代文学、思考当代文学的一个窗口。循此思路，《当代文学关键词》这一栏目的空间反而更大，我们对它是有期待的。

我们在讨论关键词时，从文学现场出发，却不限于文学现象本身，而有一种延伸性。文学在今天无法被孤立地讨论，它是整个社会时代发展的产物。就文学讨论文学，很多问题便讨论不清楚。文学探讨一定要延伸到现实、文化、思想史等层面上。我们对关键词的选择、确定，是基于大文学的视野，因此举凡文学体制、知识背景、新经验、人工智能，我们都讨论。

当下文学现场有很多问题还需要经过再讨论和再审视。我们常说文学的危机，可是今天文学的危机不是创作的危机，而是阅读的危机。我们一年有近九千部小说问世，有多少人在读，读了多少，这是一个很大的问题，需要讨论和研究。一方面，我们这个时代的文学很繁荣，九千部的数字足以说明繁荣。但另一方面，这九千部小说对我们的精神生活、心灵世界产生了什么影响？这一下子就说不清了。那么你的繁荣有什么意义？九千变成九万有意义吗？文学归根结底还是为了影响我们的精神，塑造国民的灵魂，铸造民族的信仰。可是，如果你不阅读，所有的一切都不会发生。文学的意义，它的价值都是在阅读过程中传承的。没有阅读的环节，文学的意义就无所附着。因此文学阅读是非常值得思考的问题，而如何有效开展文学阅读研究，也成为重要的问题。

又如网络文学，也有很多的问题需要我们好好讨论。网络文学的生产机制、传播机制都很有意思。网络文学催生了很多二级概念，很多人并不甚了然，实际上这需要我们去了解和推广。网络文学在产业上非常成功，但是在文学上它的价值是什么？这值得研究。因为我们重视文学，将网络文学作为一个神话来讨论，讨论它的产业价值、财富效益，这方面谈论得多，但真正从文学上谈论，网络文学到底提供了什么，为文学增加了什么可能性、新元素？这些问题我们其实谈得还不够。

再如现实主义。现实主义已经被反复讨论，依然值得进一步讨论。今天的现实主义是什么？究竟什么是现实本身？这些问题都需要讨论。今天的现实肯定和过去"十七年文学"理解的不一样。比如说，包含科幻元素的写作是否就不是现实主义？穿越就不是现实主义？历史写作就不是现实主义？这些都要讨论。实际上，现实主义作家不管写什么题材，处理的都是当下现实精神的难题，只不过题材不同而已。此外，现实经验以什么样的方式进入文学？现实的价值是否就代表文学的价值？这些问题都很需要我们思考。有人认为，二十世纪的中国还缺少现实题材吗？多的是现实题材作品。很多人觉得我们都被现实主义包围了，为什么还提现实主义？这些问题值得我们讨论。现实主义归根结底还是个文学问题，不是说整天去生活就能写出好作品，对作家而言，还是有一个满足总体审美能力的需求。有的时候，为什么读者对很多现实题材作品不满意？因为现实题材写作有时候会变成一种功利、投机的写作。这确实败坏了现实题材、现实主义的声誉，这也值得我们讨论。

另外，我们还有许多话题可以讨论，比如说关于长篇小说。长篇小说出版了这么多，究竟该如何看待？二十世纪九十年代盛极一时，以余秋雨的创作为代表的大历史散文，我们该如何看待？这些都是很有意思的话题。如果我们把这些话题不断地讨论下去，相信会对我们的文学创作、文学批评、文学理论建构包括文学史写作提供很好的基础。

我们的栏目重视对话性，每期的文章内部力求产生对话性。在某种意义上，对话的尖锐程度其实还可以加强。参与讨论的都是有思想的新锐评论家，我们希望作者可以更放松一点，文体上不必四平八稳，对于一个问题的思考可以尖锐、深刻一点。当然，我们并没有刻意将每期的讨论设置为正反方的争鸣，为争论而争论也不是我们的本意。好就说好，坏就说坏，是我们的初心，这样不仅是对文学创作有意义，对文学批评也都是有意义的。我们希望这个栏目的开设，能对当代文学生态的改善起一定作用。很多人觉得今天的文学批评生态有问题，其实不必非得把当代文学说得一无是处，也不必把名家、名作都说得一无是处。媒体常制造出一种导向，好像只有批评名家才是具有正义感和道德勇气的，实际上，肯定一个作家、作品的难度也很大，关键在于我们的出发点是什么。既然都是从文学本身出发，肯定一个作品和否定一个作品，都必须以专业品质为前提。我们提倡对话性、尖锐性，但它的前提应该是尊重审美差异，对审美差异的尊重是我们进行对话以及尖锐批判的一个前提。

略为需要说明的是，本书收录的文章，基本是来自2018—2019年《广州文艺》开设的《当代文学关键词》栏目的文章，编排以该栏目的关键词推出先后为序，书中不再一一注明。我们的这番努力，得到了贵州人民出版社的首肯和支持，他们愿拿出宝贵的出版资源，以使我们的讨论能被更多读者读到，在此，我们要对贵州人民出版社领导的文化责任感表达敬意！对《当代文学关键词》栏目原刊刊物《广州文艺》，对参与栏目的所有作者，以及为本书出版付出辛勤努力的责任编辑也表示衷心感谢！

愿中国当代文学和文学批评承古汇今、守常通变，愈加灿烂辉煌！

目录

上 册

代序 寻找一种进入当代文学的方式   01

底层文学 文学如何底层？底层如何文学？   01

"底层文学的终结"与现实主义的深化 /徐 勇   03

虚妄的救赎
——底层文学罪恶书写的伦理困境   /唐诗人   10

民间文学奖 民间文学奖与当代文学   27

我们既不讨好作家，也不谄媚读者
——关于华语文学传媒大奖答友人问 /谢有顺   29

妙遇和精神之光：一个人的国际诗歌奖
——就"诗歌与人·国际诗歌奖"答陈培浩问 /黄礼孩   43

先锋文学　作为一种精神姿态的"先锋文学"　　　　　　　　57

"后先锋时代"的文学实验：一种风格的诞生　　／徐　勇　　59

"纯文学"的罪魁，或永恒之"异"的文学
——"先锋文学"的再反思　　／徐　刚　　　　　　　　72

第三代诗歌　"第三代诗歌"：可能的遗产　　　　　　　　81

"卡夫卡和他的前辈们"或站在餐桌旁的一代
——关于"第三代诗歌"影响的焦虑与剖析　　／霍俊明　　84

价值的"中间物"："第三代诗歌"的影响与反思　　／刘　波　　98

当代诗　何谓当代诗的"当代"？　　　　　　　　　　　113

口语化：当代诗的一个侧面　　／荣光启　　　　　　　　116

当代诗歌的代际诗学转换　　／赖彧煌　　　　　　　　134

作家的学科背景　知识与写作　　　　　　　　　　　　149

专业背景与作家的精神世界　　／房　伟　　　　　　　151

心灵、知识与写作　　／王威廉　　　　　　　　　　　160

目录

多民族文学　多民族文学：在差异性和共同体之间　　173

当代文学视野中民族话语的变迁　　／刘大先　　176

"多民族文学"视野下"民族诗歌"的创作及可能　　／董迎春　　191

当代散文　你要把散文带往怎样的天地？　　207

散文写作的难度与境界　　／王兆胜　　210

个人言说中的历史与当下
——对新世纪散文的一种观察　　／黄雪敏　　218

新世纪海外华文文学　"海外华文文学"：警惕封闭，开启思悟　　227

新世纪海外华文写作的中国想象　　／刘　艳　　231

语言的身份
——粤籍华人作家的方言书写与文化内涵　　／龙扬志　　249

译介与当代文学　译介与当代文学的变革　　265

翻译的年轮
——以诗歌翻译为例　　／李以亮　　268

朝向更好的汉语
——我的翻译经验　　/黄灿然　　279

种子移植与审美再现　　/舒丹丹　　301

海外经验与当代文学　海外经验与当代文学的发生　　309

诱人的风景：海外华文小说与"中国情结"　　/林培源　　312

漂泊的诗神，或浮起的橡实：当代海外诗歌的漂流诗学　　/杨汤琛　　327

当代文学批评　当代批评，如何可能？　　341

白手不许持寸铁
——可能的文学评论写作　　/黄德海　　344

重探新诗的诗歌精神与历史想象力　　/刘　奎　　351

当代文学批评的任务　　/李德南　　360

成为同时代人
——用"谁"来回答"什么"　　/张光昕　　367

关键词　底层文学

文学如何底层？底层如何文学？

吴义勤　陈培浩

底层文学是新世纪以来引人瞩目的文学现象之一。底层写作是当代中国剧烈转型、高速发展过程中极具代表性的现象之一，但底层又绝不是等待着语言之镜完美再现的静止经验。底层进入文学，便从一个社会问题转变为审美形式问题和精神伦理问题。庶民能够说话吗？这是斯皮瓦克的追问。她的回答是悲观的。底层经验的表达必然承受着各种话语的侵蚀、投射和改装。问题不仅是文学能否底层，而是文学如何底层，或者说底层如何文学。本期两位作者，聚焦于底层这一聚讼纷纭的话题，都能独辟蹊径，探微发幽，并主要落脚于对底层经验如何进入文学场域的反思。徐勇的文章将视野扩展到整个二十世纪以来的中国文学史，讨论"底层文学的终结"与现实主义的深化问题，作者认为，"底层文学"的终结意味着"仅仅表现苦难，或药方开具式的底层叙事是远远不够的","只有在现实意识的烛照下,才能有效摆脱经验不足所带来的想象贫乏和思想感情苍白的问题"。唐诗人的论文则探讨底层文学罪恶书写的伦理困境,并视其为一种虚妄的救赎。两篇文章都不停留于对底层文学的一般性鉴赏,文本分析背后是深透的理论视野和文学立场,无疑都是对"底层如何文学?"的一种回答。有趣的是,近年英文学术界对中国当代文学的关注中,底层文学是其中非常重要的一部分,不少国外学者对此表现出浓厚的兴趣。底层文学作为在国内常被视为欠缺文学性的现象,在当代的世界文学格局中,却常被视为最有中国性的话题。个中微妙,发人深思!

"底层文学的终结"与现实主义的深化

◎徐 勇

对于新世纪之交的中国文坛来说,"底层文学"的兴起应该是其最为重要的文学景观和思潮。近几年来,随着底层文学的发展及扩散,底层文学不再仅仅作为一种文学思潮和文学现象,而是作为一种题材取向和写作风格,分布于各个年龄段和各种不同风格的作家的创作之中。底层文学已然形成一种具有广泛渗透性的结构性存在。可以这样说,二十一世纪的今天,很少有作家没有写过底层,这也意味着,底层文学作为一个文学思潮其实已经走向终结。因为,文学写作中"底层"印记一旦变得无处不在时,某种程度上也就意味着"底层文学"这一范畴失去了其应有的阐释力。一个外延不甚明晰的范畴显然是一个无效的范畴。

一

如果说"底层文学的终结"这一命题能够成立的话,那么从文学史的角度重新审视这一文学现象就显得尤有必要而恰逢其时了。因为,这一文学现象几乎贯穿新世纪文学二十年的发展历程,因此,要想从宏观上把握新世纪文学的发展轨迹及其实绩或征候,可以从对这一文学现象的考察入手展开。

应该看到,"底层文学"在新世纪前后出现并不是一个孤立的文学现象。

它的出现，与所谓的现实主义冲击波，及其反腐文学写作（比如说张平的《抉择》和陆天明的《苍天在上》）之间，具有语境上的互文性关系。这些文学现象，虽有不同的名称，有不同取向，但都共有某种相同的"问题领域"。比如说关仁山，他曾被视为现实主义冲击波的代表作家，但他的作品（像《麦河》《天高地厚》）很多都可以放在底层文学的脉络中来理解。张平的《抉择》虽被视为反腐题材写作，但它揭示或表现的下岗工人的困境，与底层文学的代表作品曹征路的《那儿》相比，几无任何区别。不难看出，这些文学现象其实是同一文学谱系的不同表现，放在一起考察更能说明问题。这一"问题领域"就是全球化进程在中国的表现。关于这点，《天高地厚》有最为鲜明的表现。小说中农民们的困境，就与全球化市场中小麦价格的波动息息相关。关仁山的作品告诉我们，新世纪前后的社会底层的产生多与全球化进程密不可分。这是全球化时代产生出来的新的底层的文学表现，也是中国处于经济转型期的困难状况的写照。某种程度上，新世纪之交出现的底层写作，构成了中国从艰难转型到大国崛起这一历史历程的背景性存在。某种程度上，底层文学从产生到扩散、弥漫乃至消散的过程，正好对应着新世纪（近）二十年来中国的发展历程。对底层文学的考察，应该结合其政治经济学背景，而不应局限在文学领域。

世纪之交的中国经济转型的阵痛造就了大量的下岗工人，他们的存在构成了有关"底层"的叙事的重要题材和研究课题。围绕这一课题，底层写作、现实主义冲击波和反腐写作秉持不同的立场和姿态，其指向和得出的结论也不尽相同。底层文学从同情底层的遭遇出发，在展现底层的悲苦的同时，对他们的困境的产生及其出路问题提出追问。相比之下，反腐写作，则倾向于从反腐的角度，探讨底层民众困境的解决之道，从这些小说看出，似乎只要官员清白或者说两袖清风，底层民众就不会有那么多的困苦和磨难出现。而像《分享艰难》这样的现实主义冲击波的代表作品，则从改革进程的艰难出发，提出底层民众在社会转型期应负起或承担相应的责任而不仅仅是谴责政府。这些小说创作倾向的相继或同时兴起表明，数量众多的"底层"

的出现，已经成为一个摆在作家们面前的不容忽视的严峻事实。这也意味着，是社会现实问题的集中凸显使得底层文学作为一个思潮和文学现象出现，底层文学的兴起表明的是文学写作中的现实意识的重要性及其社会问题的时代性。这是不同于新中国成立后的二十世纪五十至七十年代的新的课题，也与二十世纪八十年代初的"苦难叙事"截然不同，这是二十世纪末期才有的现象。

二

表面上看，底层文学的终结在某种程度上与底层文学的分化和转化有关。随着底层的构成的变化，比如说下岗工人再就业，农民工逐渐被城市接纳，"蚁族"大学生获得了不同程度的成功，底层文学出现分化和转化，苦难逐渐作为一种人生处境的隐喻和象征出现在文学写作中，而不仅仅是底层文学的专属话题。底层叙事的主题逐渐趋向多元化：苦难主题逐渐演变成贫富两个阶层间的对立与矛盾主题。这是2017年的中篇小说的一个突出的主题，很多不同年龄段的作家，都有不约而同的表现，比如说"80后"作家张悦然的《大乔小乔》《天鹅旅馆》，计文君的《化城》，曹军庆的《林楚雄今天死在马鞍山》，焦冲的《想把月亮送给你》，荆歌的《亲戚关系》，等等。这说明，贫富两个阶层的对立和矛盾，已经成为今天的中国现实中的一个不可回避的现实问题。而这在某种程度上，可以看作是二十一世纪初的底层写作的进一步延续。文学写作中"底层"印记的扩散，使得底层写作中"底层"的阶段性内涵（比如说国企改革和打工潮产生了大量的社会"底层"）逐渐淡化，结构性存在（即阶层，而非个人或某一群体）的身份特征日益凸显，底层文学逐渐演变成一种带有普遍性质和特征的文学。

事实上，随着时间的推移，底层文学的扩散在某种程度上把现实主义文学传统进一步向纵深推进。底层写作早期（即二十一世纪前十年）那种关于底层的绝对的苦难的表现逐渐演变成关于相对的苦难的表现。与之相对应的是，作家们开始关注底层民众艰难命运背后的心理、文化、历史等因素。也就是说，底层民众的命运上的艰难不仅是与他们的经济地位的低下有关，更是长期以来的历史发展及其文化所形塑的，有其心理、文化等层面的深层内涵。在这方面，东西的《篡改的命》和孙频的系列小说，有较为深刻细致的表现；而像前面提到的《大乔小乔》《化城》等，也都是这方面的代表。

就表现现实的纵深度和广度而言，发展扩散中的底层文学无疑是功不可没的，但若把底层写作视为左翼文学的新世纪的发展，便会发现，底层文学早已在其诞生之日即面临终结的危险。也就是说，底层文学写作的内在的困境导致了底层文学的扩散及其终结。可以以曹征路的《问苍茫》为例。这一小说与一般的底层文学的代表作品，诸如贾平凹的《高兴》和孙惠芬的《民工》等不同的地方在于，其既表现了底层工人（打工者）的困境，也在努力探寻一个解决困境的方法，但遗憾的是，这一努力最终失败了。原因很简单，在全球化时代的今天，像小说设置的故事地点——深圳这样的国际大都市，其底层工人艰难处境的产生，与其说源自于某一个企业主和资本家，不如说是源于具体而抽象的全球资本。也就是说，是全球资本制造了新的底层，与全球化进程相伴随的全球空间等级秩序使得空间的位移和流动加速，农村人口向城市集中，地方性空间向全球大都市倾斜，于是新的社会底层大量出现。此时若还延续左翼文学的写作思路显然是无效的。这里的矛盾已不仅仅是资产阶级与无产阶级之间的矛盾，毋宁说是底层民众与全球资本之间的矛盾。质言之，这里的矛盾其实是不对等的。全球资本的具体而抽象的性质，使得任何对全球资本的声讨都注定了是无解的或者说无力的。这一小说的悖论，在某种程度上预示了底层文学的深刻困境：仅仅表现底层绝对的苦难或提供解决之道是不够或不可能的。重要的是，先要对这个全球化时代的世界有一个全面的、深入的把握和理解，只有理解了，才谈得上表现，而不是相反，即先有一个理念上的预设或框架，再来对现实做削足适履式的或隐喻式的表达。

也就是说，仅仅表现苦难，或药方开具式的底层叙事是远远不够的，这在某种程度上也是底层写作的终结带给我们的启示。与巨变中的新世纪中的中国的复杂性程度相比，任何简单的批判或药方开具式的文学写作，都是那样的片面、苍白和无力。这将近二十年来发生的变化，带给中国人的震惊体验是此前的一个世纪的中国人难以想象的，对于这样一个复杂多变而又生机勃勃的现实，还有什么比"阐释中国"这一命题更具有挑战性且让人焦虑不已？可以说，正是这一"阐释中国的焦虑"构成了贯穿新世纪文学二十年发展历程潜在的底色和线索，看不到这点，就很难对新世纪文学有更好且宏观的把握。

三

这种焦虑并不仅仅乃底层文学所独有，甚至也不仅仅是现实主义文学写作所要面对的，这种焦虑在类型文学中都有表征。类型文学的发达，应该是新世纪文学最具代表性的景观。按一般的理解，类型文学与现实表象之间距离最远，它们的发达，与"阐释中国"的焦虑似乎无关。但如果换一个角度看，便会发现，类型文学其实又是最具现实意识的，比如说穿越小说和科幻文学。就前者而言，所谓穿越，都是从当前的中国现实往回穿越到历史的某一朝代，其叙事的起点和终点，都是当下，而不是历史。即是说，穿越到历史是为了回到现实当下：摆脱现实当下的困境，或更好地面对当代。比如说桐华的《步步惊心》，这里的逻辑很明显：对女主人公来说，没有穿越到清朝宫廷中，就不可能真正解决现实中所遇到的挫折。在某种程度上，穿越既是现实的欲望的替代性满足，也是对现实中所遇到的难题的想象性解决。就后者而言，所谓科幻，其在很大程度上是在未来的维度反观现实，以此探索现实的各种可能，其起点和落脚点仍旧是当下。比如说刘慈欣的《西洋》，该小说之所以在未来的指向上重新想象世界政治格局，其中很重要的一个背景就是中国作为大国崛起，及其必然带来的世界格局的变化。这些都是类型写作的"当代性"的鲜明表征。穿越小说和科幻文学都是在时空中过去和未来的维度上表现它们的现实意识及其内在的焦虑。现实意识是这些小说所念兹在兹的背景性存在。

再比如说青春文学。青春文学的类型化及其转型是新世纪文学中另一个比较突出的现象。所谓青春文学的类型化，是指青春文学自诞生之日起就具有了某种媒体制造的特点，而这也决定了青春文学的几个贯穿始终的主题，即成长、创伤及叛逆。青春文学的类型化，与"80后"一代人的经历及新概念作文大赛有关，但随着年龄的渐长，"80后"作家的"去青春化"倾向日趋明显，其中最有代表性的是张悦然。在二十一世纪的前十年中，她是以风格化的青春写作著称，但随着第二个十年的到来，她的小说创作有了很明显的变化，这在她近几年的小说创作诸如长篇《茧》及中篇《大乔小乔》《天鹅旅馆》等小说中都有极具征候性的表现。历史感和现实意识的增强，是青春文学作家们日趋明显的创作倾向，这在蒋峰、颜歌、张怡微、马小淘、李晁、文珍等其他作家中也都有明显的表征。"80后"青春文学的转型，某种程度上表明的是现实意识的胜利。事实证明，只有在现实意识的烛照下，他们才能有效摆脱经验不足所带来的想象的贫乏和思想感情的苍白。

四

从前面的分析可以看出，纯文学与类型文学之间并不总是泾渭分明，它们之间具有某种程度的合流或融合的趋势。比如说李宏伟的《国王与抒情诗》和韩松的《高铁》，这两部作品很难说是科幻类型，它们那种浓郁的现代主义的特质，早已超越了纯文学与类型文学的区分。但这里的现代主义又并非现代主义文学思潮背景下的"审美的现代性"的反现代特质，毋宁说，这是未来的视角下的反思现代性，其在某种程度上是把现实中的问题放在未来的时间的点上展开，小说具有鲜明的"同时代性"和当代性。这些作品之所以充满魅力，不是因为他们提供了未来中国的出路或良方，而在于提出了问题，表达了困惑、焦虑和努力。这是一种努力把握现实的渴望和尝试，它们的魅力正在这种似是而非（含混暧昧？）之中，而不是道德上的判断或批判。这样的尝试在很多其他类型的作家那里都有体现，比如说贾平凹的《老生》、刘震云的《吃瓜时代的儿女们》、王安忆的《匿名》、李陀的《无名指》、石一枫的《惜命而生》，以及乔叶的《四十三年简史》，等等。《老生》通过对陕西某一地区近百年历史进程的叙述，以表现作者对当下中国浮躁和迷乱的现实的困惑和反思，这是从时间的历时的角度展开的思考。而刘震云的《吃瓜时代的儿女们》，则从空间的共时的角度，思考当前现实语境下人与人之间的关系的复杂、荒诞和神秘性：现实中毫无关联的几个人之间，他们的命运可能正被某种神秘的力量扭结在一起。这是一个什么样的现实啊？

　　不难看出，对今天的中国作家们而言，现实问题仍旧是他们不可回避也无法回避的核心问题。在某种程度上，阐释现实及其提出的问题，已经成为中国的作家们所面临的最为严峻的课题。今天的中国现实，在这将近二十年的发展过程中，发生了翻天覆地的变化，这一变化发生的速度之快即使是"五四"时也是难以想象的。其"百年未有之大变局"所带给人们的兴奋、惶惑、惊恐、焦虑、紧张，使得对其展开系统而深入的阐释成为一个伟大的命题被提出来。对于这一变化，仅仅批判或揭露像《第七天》（余华）、《野蛮生长》（盛可以）那样是无关宏旨的，甚至说提出答案也是作家们所无能为力的，因为我们每个人（包括作家在内）都被这一时代洪流裹挟其中，迷茫而惶惑，怎么可能给得出答案或做出正确的判断？而事实上，用二十世纪八十年代以来的新启蒙思潮来阐释今天中国的现实时也已经表现出它的苍白无力来（刘心武《飘窗》），因此，在某种程度上，阐释现实才是今天的中国作家所面对的真正的课题和难题。诚如张颐武曾经所说，现实比文学更具有想象力，对于这样一个极具想象力的现实和当代中国，不被眩惑而又能把自己的思考清晰地呈现出来，对于作家而言，还有比这更具诱惑且有挑战性的吗？

虚妄的救赎
——底层文学罪恶书写的伦理困境

◎唐诗人

引 论

新世纪以来的底层写作，多数作品是展现底层遭罪者的痛苦、绝望和迷茫，但底层并非天然就属于道德高地，不会犯恶。为此也有众多作家书写底层犯恶者，呈现他们作恶后的内心罪感，这在底层写作中非常流行。纵观作家们笔下的底层故事，人物或遭罪或犯罪，因遭罪而痛苦，也因犯罪而自责。

面对生存问题，面对各种现代的权钱诱惑，底层者的奋斗与攀爬往往也是一个不断陷入罪恶泥潭的过程。因为困苦的成长阴影和现实处境，底层的犯恶大多是源于愤怒、仇恨以及贪婪和恐惧，为此而不择手段地"反抗""复仇"或者毫无保留地与恶势力"合谋"。北村《愤怒》《我和上帝有个约》，刘庆邦《神木》《红煤》，艾伟《爱人有罪》，须一瓜《太阳黑子》，王十月《人罪》《收脚印的人》，等等，这些作品中的主要人物都是底层者，最后都沦为作恶者，而原因基本是仇恨与贪婪。

因为什么而犯恶，这主要还是社会、政治问题，而属于文学问题的是小说中呈现的人性悔罪问题。底层者沦为犯恶者，这个转变过程在社会学范畴看来都是外在的变化，而从文学视角进入，则是一种人性变化，这个转变就如陀思妥耶夫斯基《罪与罚》里的拉斯科尔尼科夫一般,从发现社会不公到自己作恶,然后内心挣扎,到最后悔罪、赎罪,这是一个灵魂挣扎的过程。在底层小说中,也流行这种叙述,底层者从最初的淳朴过渡为良心泯灭,从最早的对社会不公之愤怒到作恶后对自我暴虐面的反思和忏悔……这种内心书写是底层文学中极为重要的一面。

一、现实之恶与人心之罪

我们首先以王十月的写作作为探讨对象,从其作品思想主题的变化中可以发现一种从恶到罪的写作转向。王十月早期的《魔鼠》《纹身》《示众》等主要还是书写底层人的生存困境和情感痛苦,揭示底层打工者可能遭遇的一些暴力和羞辱,或者潜藏在底层者内心的暴力反抗欲望。这些都近似于一种经历者的见证式书写,其叙事目的还停留于用肉身所遭遇的疼痛来呼唤一种人道主义的底层关怀或解救。到2009年的《无碑》时,这种时代性道德反思和人道主义情怀得到最为完整的综合。小说中的老乌是个很善良的底层打工者,他的遭遇是打工文学中难得的平和一类,但他坚守最基本的为人道德,到最后却无路可去,只能选择入佛隐世。王十月是用一种理想化的道德人格的幻灭来反向地展示这个时代的非道德本质——它扼杀人性中最淳朴的良善道德。但是老乌的隐世只能是个人的行为,甚至是一种消极的逃逸。桃花源只不过是一种心理幻象,这近似于王十月《烟村故事》里只为安抚自我心灵的牧歌田园,现实中并不存在。对于时代,它都是无力的、漂离的,难以对挽回一个时代的人心起效。也许王十月也认识到这种无力,他日后的写作就开始进行人心认罪的书写,把书写现实转为书写人心的"罪",将笔尖伸入那些从底层奋斗而成的成功者内心。

王十月的这种转向从《米岛》开始。在《米岛》之前,还有《寻根团》写出故土的荒原本真。《米岛》的出现改变了王十月以往的现实主义风格,加入了魔幻因素,冥冥之中引导他随后去书写人的罪感心理。《米岛》以千年古树以及死后尚未去投胎的游魂作为视角，见证米岛子孙如何从最底层走向成功、同时也毁灭了米岛的历史。书写个体从底层走向事业有成的小说很多，书写一个地方由纯净到因发展变得衰败的小说也很多，但王十月这里的重点是书写各种成功者是如何毁灭家园、抛弃良知的。王十月在《米岛》里虽未讲述这些人物的内心，但以米岛那棵千年古树作为见证者和讲述者，也就是以祖宗的名义，审视着马挖苦、花一朵等人为利益而不顾子孙健康和米岛未来的罪恶。化工厂腐蚀了米岛的沃土，也将米岛人们的后代变成绝症患者。最后白鸿声点燃化工厂，以自杀的方式结束了罪恶，米岛成为死亡之地。小说最后，化工厂爆炸的同时，是马挖苦接受地方政府颁予他扶危济困、杰出企业家奖并要演说的时候，他的意识转向了自己的童年时代，看到了那些患病的孩童……这是认知自我罪感的开始。

  随即有了《人罪》《收脚印的人》，这是书写一代成功者内心的罪感问题。长篇《收脚印的人》出版后，王十月的同代人、作家弋舟评价说："终于，我们这代作家有了王十月的这部长篇。这是一个重要的发端，我甚至能够看到，'70'一代由此拉开了一道怎样的帷幕——我们终于开始翻检自己的来路，带着宝贵的、痛彻的罪耻之感，将文字的锋芒朝向了自己。"[①] 所谓"朝向自己"，实是指向那些在改革开放中试水闯荡、最终功成业就的一代人。王十月开始检视那一代人成功背后隐藏着的恶，他们如今又是怎么认罪、赎罪？在《人罪》中，卖水果的摊贩陈责我，因不满城管处罚而发泄愤怒，不经意间杀害了底层出生、历经各种艰难才刚刚考为城管公务员的吴用。这个案件只是一个引子，牵引出另一项罪恶。案件交由法院后，负责审理此杀人案件的法官也叫陈责我。法官陈责我当年也是底层贫困家庭的孩子，高考时因母亲病危影响成绩，他身在教育部门工作的舅舅陈庚银为了完成即将去世的妹妹的心愿，将本名为赵城的外甥改名为陈责我，篡改了同年考生陈责我（也即后来的摊贩陈责我）的成绩。篡

[①] 弋舟语，见唐诗云、王十月：《王十月：我用写作来完成自我救赎》，《长江商报》2015年12月22日。

改改变了两个人的命运，法官陈责我生活在恐惧中，害怕被揭发。当这个案件来临、知晓自己审判的对象即是自己的"冤家"时，他虽有赎罪感，有为摊贩陈责我考虑的心理，但在现实的考量之下，他想的依然是如何继续隐瞒。法官陈责我的这一心事被律师韦工之利用，"不得不"继续腐败、犯恶。这里法官陈责我尚未真正进行忏悔、赎罪，被内心罪感所折磨的是他的妻子杜梅。陈责我在压力之下，告诉了杜梅自己的历史之罪。但杜梅没有做自己作为记者所应该做的——为公正、正义发声，她选择了逃避。事情过去之后，她同陈责我离婚，然后远走他乡，但她的逃离也未能逃出自己内心的罪感。王十月在小说后面的创作谈里解释说："杜梅的逃离，不能为她的心灵找到退路。于是，她看到了陈责我之墓。那坟墓里，埋葬的是我们的勇气与良知。这一切的根源在哪里？是谁的罪过？"① 这里，王十月用一个并非真正的作恶者——妻子杜梅——作为赎罪主体，是一种罪感书写的尝试式开端。

《人罪》开始了罪感写作，恶成为背景，但还略显羞涩，仍裹着一层面纱，而到《收脚印的人》时，忏悔主体开始成为以往之恶的参与者。《人罪》里主要的忏悔者杜梅，她还是一个后来的知情者，而到《收脚印的人》里，忏悔者、赎罪者是类似于法官陈责我的角色。小说以"我"王端午因杀人犯罪后在法庭上受审时回忆式的方式讲述，这种回忆也就是审视自己的过往。所谓"收脚印"，即是检视自己人生经历中的罪过，每一种罪过都是一个无法抹消的脚印。小说以魔幻的方式展开，王端午收到自己几个月后将死亡的"通知"后，每个晚上，他的魂魄都会去"重温"那些罪恶场景，而白天则用肉身去要求自己的同犯朋友们共同赎罪、自首。

王端午和李中标、马有贵当年都是底层打工者，黄德基也是个普通的基层治安队民警，后来他们混在一起，作为治安队员，迫害过那些没有暂住证的打工者，并直接致使初入南国的女工陆北川死亡。这一二十年前的

---

① 王十月：《创作谈：谁之罪？》，《北京文学·中篇小说月报》2014年11月。

罪恶一直无人知晓，王端午"收脚印"主要就是为此事忏悔，他要以自己的行动逼使黄德基、李中标共同赎罪。但事业成功、资产巨大的李中标无法跟从，官运还将继续亨通的黄德基更无赎罪可能。最后，王端午以极端的方式要将李中标和黄德基毒死，用网络直播谋杀的方式把事情放大来向世人公布二十年前的那项罪恶，以此引起全社会的关注："我事先写好了短信，我想，一旦他们两个喝下致命的毒酒，我将信息发给我的记者朋友们，然后报警。我相信，当公安赶到现场时，记者们也都赶到了。我相信，我的杀人案件将成为社会热点，在网络上会很快传播。而随着大家的关注，我杀人的动机、背后的黑幕将会一一呈现。如果这样，那，我所做的一切，将是有意义的。"①这种极端的要求他人赎罪的方式，本身已延伸为另外一种恶，这强烈的罪感背后，必然是一个备受煎熬的灵魂。

  从恶到罪，尽管这里只分析了王十月个人的转向，不一定是时间转向，但我以为这其实意味着底层写作需要自我瓦解。如胡传吉所言："虽然'打工文学''底层文学'这些概念后面所隐藏着的，是知识分子内心难以排解的折磨，其中有对那些肉身之苦无法不为之的动容，但我并不赞同诸如'底层文学'与'打工文学'等概念的归纳，这些概念的本质性理解，仍然是阶级式的理解，按此理解，人们很容易得出有钱人是恶与罪、没钱人即良与善的简单结论，如果按户口来区分，更可以将有当地户口的人归为非打工族、没有当地户口的人归为打工族，再据此去区分底层与上层、富人与穷人，岂不是更荒唐（也缺乏经济学依据）？我想，文学的眼中，首先应该是人，然后才是'什么人'，而不是把'什么人'放在'人'前面，这样，文学才有放眼四方的慈悲，同情才有合乎情理的劝说力。"②"底层"这一具有阶级意味的概念指向的是社会阶层，但文学是人的学问，不管是底层还是别的层，成为文学的书写对象，那就得进入人的内在性、复杂性

---

① 王十月：《收脚印的人》，广州：花城出版社，2015年，第254页。
② 胡传吉：《未知肉身的痛，焉知精神的苦——王十月小说论》，《当代文坛》2009年第3期。

世界。而底层恶的书写真正属于文学的成就，并非揭示了社会现实中的各种恶本身，由恶引起的人性、人心内容方是最令人心颤、动人心魄之处，慈悲、同情等各种人道性呼吁才真正具备说服力。

二、负罪感与受虐感

《收脚印的人》里，王端午"收脚印"式的忏悔、赎罪是行动式的，他相信最好的赎罪方式是"勇敢地站出来，说出真相，然后，接受法律与道德的审判"①。这里王端午主要还是通过回忆往事和努力说出真相来呈现自己的罪感。本身作为作家的王端午，他若以小说、故事的方式去书写出那一罪恶，那无论如何写，都会被解读为一种虚构，最终也不过是一种文学的自救。但这一拒绝虚构式的忏悔书写观念进入王十月的小说中，其实又是一种虚构。我们不管这种套盒的叙事技法本身，但它揭示了一种叙事的困难：小说家真的能够以写作来完成救赎吗？

这是一种无解的问题。我们不会将小说故事解读为作家的真实经历，只能从虚构的角度来理解。但这种虚构又如何能够激起或完成那一代不择手段而成为成功者的人的忏悔和救赎？王十月在小说中表现出的其实是一种不可能之绝望。王端午最后不管是被执行死刑而死，还是被认定为精神病、在精神病院被黄德基安排致其非正常死亡，其实都暗示了一种赎罪的不可能，真正的、主要的犯恶者依然逍遥法外。

当然，小说中无法让作恶者真正得到法律制裁，并不意味着小说的失败和文学的无力，相反，它提供的故事、王端午"收脚印"式的生命回顾本身就是一种精神力量。小说最后，王端午对自己说："临死前反思我的这悲剧的一生，我发现我的悲剧缘于恐惧和懦弱，我是一个没有担当的人。"②这种自责式反思，是恐惧于自己经历中的罪，是悔恨于自己面对罪

---

① 王十月：《收脚印的人》，广州：花城出版社，2015年，第196页。
② 王十月：《收脚印的人》，广州：花城出版社，2015年，第257页。

恶时表现出的懦弱，是认知到自我同理想道德人格，甚至是基本的作为人的道德要求有差距后的反省，也是个体良知感的觉醒。尽管主要作恶者黄德基逃脱惩罚、未能进入赎罪者行列，但比起黄德基的无耻来，王端午个人的良知觉醒和赎罪行动更令人震惊。王端午一直生活在恐惧和悔恨中，他的写作常常就是围绕着陆北川而去，他爱上夏天，也是因为从夏天身上看到了陆北川的影子。陆北川的死是王端午一生都绕不过去的阴影，它折磨着王端午的身体与灵魂。"收脚印"行动开始之后，也是往自己导致陆北川的死这一罪恶而去，最终要将它公之于众。这里，是作恶者以自己主动的赎罪行动来完成作恶的因果报应。

内心良知的觉醒也意味着自我折磨的开始，这是咬噬自我式的罪感书写。王端午的罪感导致的是极端化的赎罪行动，也是一种自杀式的赎罪、自惩方式。虽然作者赋予了它正当性，但依然带有恐怖的特征。这种由罪感再次衍生出"恶"的故事，在王十月那里可能是呈现一种社会和人性批判，是社会体制无法对恶惩罚的情况下的一种"私刑"，不一定是特意要表达那些潜藏在罪感内部的暴虐因素。但负罪感的力量所能引起的新的痛感——或者说虐感——确实又同另一种意义上的"恶"相关。王端午以下毒来惩罚作恶者，呈现了一种罪感可能导致的后果。负罪感的书写中，另外一种灵魂煎熬方式表现为自虐式的忏悔和赎罪行动。

罪感，除开宗教上的罪感意识，信教者往往要承认自己的作为人的罪，比如人人都犯了的亚当、夏娃开始的传世之罪，还有生活中大大小小的或心理或行为之"罪"，通过认罪，以有罪的心态去生活，去忍受生活的痛苦与苦难的折磨，在痛苦中感受赎罪的过程，因受难才觉得可以上天国。在宗教之外，这种罪感意识也会是许多作恶者在良知感觉醒后的普遍心理。负罪感往往导致受虐倾向，弗洛伊德论述受虐问题时，曾指出受虐的幻想中往往包含着负罪感。美国心理学家卡伦·霍妮也指出过负罪感与痛感、受虐感的关系："通过沉浸在痛苦中来获得满足，体现了这样一种共同的原则，这就是通过把自己消融在某种更巨大的东西中，通过消除自己的个体性，通过放弃自我以及它所拥有的一切怀疑、冲突、痛苦、局限和孤独，来获得最后的满足。"① 王端午获知自己的死亡信息之后，收脚印和要求黄德基等自首认罪，包括下毒手段等自杀性举动，就是放弃自我后向良心和道德服罪的行动。

或许，《收脚印的人》里王端午的负罪和受虐还表现得不够浓烈，论证和传达恶的事实表达胜过人物内心负重感的表现。对此，我们还可以比较艾伟的《爱人有罪》和北村的《我和上帝有个约》。《爱人有罪》也是从讲述一个底层孤儿被腐败民警迫害开始，小说主要书写这一桩八年前的恶所导致的罪感问题。八年前，俞智丽被人强奸后，将罪犯指向一直暗恋她并跟踪过她的鲁建，为此鲁建被冤枉，被地方民警刑讯逼供后被判刑八年。八年后，鲁建出狱，寻找俞智丽，开始了报复行动。这种报复又并不是简单的杀害，而是一种心理和身体施虐。开始时他不断跟踪她，让俞智丽维持着恐惧，然后向他服罪，最终也使得俞智丽成为他可日夜施虐的妻子。书写鲁建的虐之外，小说重点还是书写俞智丽的负罪感和受虐方式。俞智丽在鲁建被判刑后，不久便得知强奸者并非鲁建，于是她的良心开始负重，她开始了自我折磨。在身体上，她随意地嫁了人，压抑着自己，爱和性都未能给她任何感觉。她一方面变得清冷，另一方面坚持做善事，去照顾孤儿院的儿童，也照顾老人、盲人王世乾，被人称为"活雷锋"。后来，她知晓鲁建出狱和跟踪自己后，开始了新的赎罪行动。为了防止鲁建伤害到家人，也为了跟从自己内心的负罪感，她和丈夫离婚，和鲁建结婚，并在同鲁建的受虐式性爱过程中，体会到从未有过的身体快感。

> 躺在床上，一直处于麻木之中的身体慢慢苏醒过来了。跟着苏醒的是痛感。最初痛感集中在某处，尖锐、刺骨，慢慢地，疼痛开始在全身扩散，整个身体像是在燃烧。身体就烧烫了，发烫的身体使痛感

---

① [美] 卡伦·霍妮：《我们时代的神经症人格》，冯川译，贵阳：贵州人民出版社，1988年，第185页。

缓和了,她感到自己像是落在水中,心里面竟有温暖的感觉。她的眼泪就流了下来。她对他没有恨,奇怪的是她竟有一种满足感,有一种被折磨的快感,就好像她因此得以重生。那施加在她身上的粗暴,在她这里变成了一种解脱,她因此在心里产生了一种感恩的情怀,有了因为感恩才有的那种宁静。①

这是典型的"负罪—受虐—痛感—快感"都糅合在一起的情况,不是简单的享虐,也不是一般的宗教性负罪式受难心理。俞智丽因为罪感而一直被压抑的身体和内心在鲁建的粗暴虐待后,得以释放出来。她在被虐中感到自己的罪得到了惩罚,惩罚过后,身体的快感恢复,心理也变得平衡。但是八年的牢狱之灾,一次暴虐无法使鲁建平息,俞智丽的负罪心理也没有得到完全的平静。于是,暴虐还在继续。俞智丽一方面牺牲自己去赎罪,另一方面又跟从身体的感觉,同鲁建成婚。婚后的日常生活中,鲁建因为有牢狱史而无法过上正常人的生活,生活失意和遭受黑道、警方的迫害时,他就通过虐待俞智丽来缓解。俞智丽也在他每次的暴虐中真正体会到发泄罪感的快感,然后不断地说"对不起对不起"。同时,鲁建又因为自己无法控制的暴虐,而对自己感到恐惧,并开始对俞智丽有歉意和罪感。小说最后,一直爱恋着俞智丽的陈康,因为发现鲁建对俞智丽的虐待,为了泄愤和保护俞智丽,刺杀了鲁建。俞智丽看到倒在血泊中的鲁建,意识到他的死还是与自己有关,也为了不让陈康入狱、不使自己又负罪于陈康,她去自首,担下了杀害鲁建的罪责。俞智丽最后的选择其实也是一种极端的受虐,为了不再继续生活在负罪感中,她承受了作为凶手和被法律严惩的后果,以自己肉体的消亡来结束更多的因爱她而来的罪与恶。

实质上,俞智丽这种受虐与自首,是将她遭受的受难的罪恶同自己以往过错的罪恶联系在一起了。俞智丽从开始到最后,其实主要还是受害者

---

① 艾伟:《爱人有罪》,杭州:浙江文艺出版社,2011年,第112页。

身份。她于恐惧中冤枉鲁建,只是一个发端,真正导致错案之恶的,还是地方民警的刑讯逼供,为了省麻烦而不按破案程序下定论,才导致鲁建被判八年。不久之后俞智丽也向警方表示过错误,但已经判刑、下结论的地方官员不承认自己的错,没有接受俞智丽的申诉。这里的作恶者主要还是如姚力那样的地方官员。俞智丽负罪和赎罪的一生实是作为有良心有灵魂者的人格表现,她敢于面对自己的过失,一直受着罪感的折磨,用各种行动来表达自己的忏悔,对自己造成的错误感到深深的自责,以各种形式的受虐来承担罪责,最后,她也把他人因爱自己而导致的恶归为自己的罪,选择自首以结束这负罪的一生,这亦是一种近乎向罪献祭的极端选择,与《收脚印的人》中王端午最后毒死同谋的赎罪行动,实是异曲同工。

三、恶的顽固与罪的拯救

然而,人的负罪、忏悔与受虐式赎罪行动对于恶本身而言也是无力的。在《收脚印的人》里,真正的作恶者黄德基逃离了惩罚。按逻辑推测,王端午会被认定为精神有问题,那桩二十多年前的罪恶还将被掩盖,王端午最多不过是完成他个人的自杀式救赎。而在《爱人有罪》中,姚力虽然被鲁建杀害,但真正的作恶势力其实是法制的无法开展。俞智丽将被审判,这也意味着地方官僚的腐败依然继续。刺杀鲁建的真实凶手,其应受的惩罚也被俞智丽代替。俞智丽的牺牲看似是为陈康着想,其实是为自己着想。她自首和主动受罚、牺牲的行为是要结束自己对不起鲁建的负罪感,也恐惧于再次对不起爱上自己的陈康。另外还可看刘庆邦的《神木》,底层作恶者最后良心觉醒没有继续杀害王风,而是自杀了。王风告知煤矿老板后,捡回一条命,但煤矿主欺压矿工、不把矿工的命当人命的残忍做法并不会有任何改变,也就意味着,这种恶还将继续。总之,个人的负罪和受虐,对于恶本身而言,从这些小说看来,也是微弱而零星的抵抗。

恶的顽固令人恐惧,罪感本身所延伸的精神力量对人的折磨同样也令人恐惧,现世之恶给受害者与作恶者带去苦难与疼痛,它们可以是肉身的,也可以是精神的。那么,良心会折磨忏悔者、赎罪者,是不是就意味着我们可以抛弃良心?我们或许难以证明恶有恶报,但我们也不可能抹消人之为人内心所会有的良知感与恐惧感。孟子曰:"人之所不学而能者,其良能也;所不虑而知者,其良知也。"程子曰:"良知良能,皆无所由;乃出于天,不系于人。"在朱子看来,"良"是人的"本然之善"。同样,恐惧也是人的一种基本心理状态。埃皮克提图说:"困扰不安,非关外物,实由心生。"①大卫·休谟指出,即使是明知不可能发生的危险,也能在人的内心中激起恐惧。保罗·里克尔曾论述:"经由害怕而不是经由爱,人类才进入伦理世界。"②报应与亵渎等恶之间有着不可克服的关联,这种观念是先于任何制度、意向和政令的。"原始意识所敬畏的这种自动制裁作用,表达了报应的天谴的这种先天(a priori)综合,仿佛过错伤害了发号施令的神力,又仿佛那种伤害必然要得到回报。"③对良知的感应和对报应的恐惧,这些内心情绪和精神感觉并不是谁愿意抛弃就能抛弃的、附加在人身上的具体之物,而是人作为人的不可割裂的部分。文学叙述这些无法割裂的精神状态,让犯过失者在负罪和受虐中备受折磨,这是一种在现实中无法完成赎罪的灵魂状态。比如俞智丽和王端午的自首,这也只是对世俗法律的遵循,所受的惩罚还停留在社会层面,精神层面的救赎其实并未完成,他们的灵魂还在挣扎。

为此,我们对《收脚印的人》《爱人有罪》等这一类作品会有一种不满足感,会困惑于这些忏悔者最终未能得到该有的善的"报偿"。王端午和俞智丽的恶或过失虽有其不可饶恕的成分,尤其是在世俗法律面前,有其该受的罪,但他们在内心开始的忏悔与赎罪行动是不是该有一种超越或不同于世俗法律道德惩罚的善的归宿?我们需要延伸到宗教救赎问题。

---

① [挪威]拉斯·史文德森:《恐惧的哲学》,范晶晶译,北京:北京大学出版社,2010年,第25页。
② [法]保罗·里克尔:《恶的象征》,公车译,上海:上海人民出版社,2005年,第27页。
③ [法]保罗·里克尔:《恶的象征》,公车译,上海:上海人民出版社,2005年,第28页。

关键词
底层文学

　　作恶、有过失者，他们通过内心自责与忏悔行动，最终能否获救？"恶人"通过赎罪能够得到救赎吗？在基督教等宗教思想框架里，忏悔、赎罪是可以得到上帝的宽恕的，也即恶与罪可以得到救赎。这种逻辑在北村《我和上帝有个约》里表现得尤其精深。

　　《我和上帝有个约》中，陈步森和同伙强盗入室抢劫，他亲手砸死了李寂。此案在公安机关一直搁置着未能告破。陈步森不久后在一个公园遇见李寂的儿子淘淘，在害怕被记住和尝试确认有没有被记住的接触过程中，他开始了赎罪之路。陈步森从淘淘处得知李寂的妻子冷薇因为目睹丈夫被砸死的过程而精神错乱，得了失忆症。由此，陈步森又在探寻冷薇是否记住自己的过程中，开始了帮助冷薇恢复记忆的赎罪行动。陈步森最后通过讲述自己和同伙如何进入冷薇的家、如何抢劫和杀害她丈夫的过程细节，而使冷薇恢复了记忆。陈步森并不是直接就开始了讲述，而是经过很长一段时间的内心挣扎。他经受了犯罪同伙们的厉言警告和暴力恐吓，女朋友刘春红出于强烈的爱恋而要求他潜逃，给自己留一条避难的后路，但陈步森依然在聆听了宗教信徒的劝诫之声后，选择了忏悔行动。在他最终决定向冷薇讲述犯罪细节的前夜，他和心理辅导站导师、基督教徒苏云起进行了一场心灵对话：

　　　　苏云起说，你不需要做任何事来讨好谁，一个人成为好人不是因为他做了事情，好比一个人恢复和父亲的关系不是因为他为父亲做了一顿饭，这和恢复关系是两件事……苏云起说，你不需要把世界上的苹果都吃光，才相信世界上有苹果，是不是？……苏云起又说，只要你认罪，你就自由了。陈步森问，不需要坐牢，我的罪就真的没有了？苏云起说，是的，坐牢只能限制你做坏事，不能除掉你心中的罪，只要你从内心认罪，你的罪就被赦免了。①

---

① 北村：《我和上帝有个约》，武汉：长江文艺出版社，2006年，第98页。

这是在陈步森最困难、心理最纠结时的对话，苏云起说的真心悔改就能恢复清洁、获得自由的观念，使陈步森的"个人生命发生了奇异的变化，他突然就变得生命也不惧怕了"。陈步森在这里误解了苏云起宗教性的"清洁"和"自由"观。犯了杀人罪的陈步森，他要承担的责任已经不仅仅是内心的悔罪，还有现实层面的法律惩罚。他悔罪，即是开始了信仰之路。人因信上帝才得自由，这是宗教的观念。在上帝的目光下是无罪了，是获得了自由。这种自由是内心的自由，是不再亏欠的心灵安宁。陈步森此时的"不惧怕"，背后还有着帮助冷薇后不会被法律惩罚的心理。这种心理还带着侥幸成分，其安宁也只能是暂时的。陈步森第二天即配合钱医生，同冷薇讲述了那个罪恶之夜的一切细节，帮助她彻底恢复了记忆。恢复记忆后的冷薇，也陷入了心理挣扎：杀害丈夫的罪犯同时又是生病期间一直帮助家人、陪伴自己、帮助自己痊愈的恩人。最后，面对亡夫的目光，她选择了复仇与报案，陈步森也落入了法网。

有悔罪心理和行动的陈步森，是否该得到减刑？没有自首环节的赎罪该不该被理解为认罪态度好而得到减刑？对此问题，陈步森开始了自我审判和接受冷薇的审判以及法律审判的心理变迁过程。冷薇在宽恕与不宽恕中纠结，因为丈夫生前的腐败事件被曝光，她自己也感受到了他人对她的从爱到恨的态度转变，并深深地体味到了"恨他人"所带来的痛苦，最后"宽恕"了陈步森。冷薇并非上帝，她的宽恕是谅解的内涵，而非宗教性的宽恕。她的谅解是作为个人也进入"信"的境界后的表现，"恨"转为"爱"，这是圣女般的境界。

陈步森需要的宽恕并非冷薇个人的宽恕，他的忏悔和赎罪，指向上帝、真理和良心。开始时冷薇不"宽恕"陈步森，陈步森自杀，苏云起又有一段劝解的话对陈步森起到重要作用：

"你死给谁看呢？谁有权利看你死？步森，你犯的罪首先不是对着他们犯的，甚至不是首先对着李寂和冷薇犯的，你是首先对着真理犯的，你先得罪的不是人，而是良心，所以，你才会在没有人发现你有罪时，你却自己感到有罪，先悔改了，自己先跑去为冷薇一家做事，为什么？因为你发现你得罪良心了，是良心叫你这么做的。我告诉你步森，天底下所有的罪，首先都是对着真理犯的，首先都是得罪自己的良心，而后才得罪人，所以，不是人看见了我才改，而是天上有一双眼睛看见了，在你心里看见了，你就要悔改，向谁呢？首先也是向真理悔改，不是先向人，因为人都是有罪的，真理才是公义，所以，他们都弄错了；你为什么在意冷薇对你的评价？因为你还是在看人，人会出差错，冷薇是受害者，但不一定她说的都是对的，不是受害者说的就是对的，你的平安不是来自她，是来自良心的平安，就是当初让你悔改的那一位。你是因为相信它才得心中平安，觉得自己做对了，所以，悔改不是中国人常说的忏悔，而是心思转变。这个事件的重点不是因为你为冷薇做了多少事，而是你心思转变了，从一个没有真理在你心中的人，变成一个良心敏锐的人。"①

陈步森悔改了，内心得到了宁静与平安，可以不在乎冷薇和他人的评判，这个逻辑也是宗教性的。但能够在精神层面被救赎，并不意味着作为恶的罪行能够被饶恕。悔改是自律的作用，恶行却依然存在他律管控下的惩罚。陈步森最后还是被判死刑。正如有论者指出："他律、他审只能抑制罪行，自律、自省才能抑制罪性。自律比他律更有效然而也更困难。"② 他律、法律审判下的陈步森，是不可原谅的，因为恶行已经犯下；而在自律、自省下的陈步森，在审判之前，已经得到了安宁。陈步森案件的公开审判，众多人参与进来讨论，起到了宗教情怀的传递作用，使得小说中几乎所有人

---

① 北村：《我和上帝有个约》，武汉：长江文艺出版社，2006年，第142页。
② 申霞艳：《罪、真相及救赎——论北村的神性写作》，《当代作家评论》2007年第2期。

都开始产生了认罪、赎罪的心理意愿和实际行动。小说中的胡土根,作为主犯,他开始的认罪是仇恨报复后快意的"认罪",后来被陈步森、冷薇的悔罪言行感动,也有了真正的悔罪之心。

陈步森自己得到精神救赎,众多人物被感化也开始悔罪。《我和上帝有个约》里有明显的证成逻辑,即由恶开始,然后是赎罪,再是众人被感化,恶行得到惩罚,一种超越个体之恶的罪性也被遏制。这种典型的用犯恶之后的悔罪来讲述宗教救赎观念的写作,或许对于良心觉醒后的赎罪之人而言,是一种善的偿报。但我们还需反观的是,悔罪之前的"恶"本身真的能够被救赎吗?这一反观,不是说这种恶能不能抹消。我们无法让时间倒退,不可能让已犯下的恶被消除。这种反观指向的是:恶能否被用来证成一种善?内在于这种赎罪小说中的证成逻辑,有一种把"恶"必要化的嫌疑。尽管在作者的叙事意图中并不包含这种含义。北村等人定然不会认同由救赎逆推出恶的必要这种观念,但这种理解也有市场。据说古时北欧地带有一种邪教,其思想就是先主动作恶,然后通过忏悔赎罪来接近神。虽然基督教的罪主要是传世之罪,赎罪可以是日常的行为,但在传世之罪意识不够强烈的情况下,尤其是在一种受虐意识中,恶会成为通往受难式赎罪心理欲望的必要之举。若如此,那些因救赎需要而犯的恶,也就是一种无辜的、不应该的牺牲。回到小说中,若非虚构小说的需要,胡土根、陈步森犯的恶,李寂的惨死这一事件,这一无可置疑的"恶"本身,即使有后来的赎罪和宽恕,有更多的人走向善,也不能忽视它的存在。恶不能简单地用来证成善,否则就是对恶本身的轻视和对无辜受害者的不公。对于受害者而言,没有所谓的恶之后的问题。

结　论

底层写作从简单的书写现实之恶,到关注底层犯恶者的内心之罪,王十月、艾伟、北村等人的小说都暗示了这样一种转向,但也呈现出了一种底层人罪感救赎的不可能。这种救赎的虚妄，一方面表现出更为深刻的现实绝望感，一方面也暗示了底层写作正遭遇着叙事伦理困境。底层者要经受各种苦难，到最后即使摆脱了艰难生活，也并不能改变更多的非个人生活层面的问题，他们的生活理想注定渺小；而因为看不到底层人物所能憧憬的宽阔世界，底层叙事也就难以表达出超出现实批判之外的精神之光。即便像北村这样去拥抱宗教，通过上帝之手来拯救痛苦的底层犯恶者，这在没有宗教感的土地上面对无信仰的人们，恶证成善的逻辑难道不会成为一套实用主义的脱罪之辞？如果罪能够被救赎，恶又是什么性质？

别尔嘉耶夫说："世上万物都可自由地摆脱恶并得到拯救，但是恶本身不能得救。遭受苦难和渴望得救的人都值得怜悯，但是不可能怜悯恶。"[①]萨特也曾拒绝过恶可以被救赎的传统神学、哲学观念，他反对那种所谓恶之于善是必需的、痛苦之于快乐是必需的、磨难之于幸福也是必需的证成思维。[②]要辨析"恶"到底能不能用于证成逻辑、能否被救赎，如诺丁斯指出的，虽然姿态令人钦佩，但并不能对那些已对恶发生实质性影响的哲学和神学观点带去多少启示。[③]而且，若用来思考已然发生的恶，这种恶不可救赎的观念，也难以挽回什么。这一姿态之下，我们真正要思考的是：恶不可救赎，也不能简单地被证成为别的东西。

那么，到底该如何叙述恶？该如何书写世间苦难和人间罪恶？底层者在生存和欲望的压力之下所犯下的罪恶，是如《神木》《收脚印的人》那样以自我毁灭来结束罪感好，还是如北村那样以人认罪后得到平静心安式的宗教超越来完成由恶到善的证成为好？或许北村《我和上帝有个约》的结局是妥帖的，兼顾了自审和他审的惩罚。但作恶者的心安和作为读者对陈

---

① [俄]尼古拉·别尔嘉耶夫：《自由的哲学》，董友译，上海：学林出版社，1999年版，第190—191页。
② Jean-Paul Sartre, *What Is Literature?* trans. Bernard Frechtman, New York: Philosophical Library, 1949, p217.——转引自[美]诺丁斯：《女性与恶》，路文彬译，北京：教育科学出版社，2013年，第3页。
③ [美]诺丁斯：《女性与恶》，路文彬译，北京：教育科学出版社，2013年，第3页。

步森被判死刑的遗憾心理,又是一种怎样的矛盾?罪人得到宽恕,也得到法律的严惩,这里的矛盾是:我们不满于法律毫不留情地惩罚一个已认罪者,我们或许也会对一个杀人者最后得到宽恕、变得心安而疑惑恐慌。在这种不满和不安的理解中,内含的是无法认同那种恶和苦难在最终的宽恕与和谐面前居然变得各安其位的简单逻辑。对此,我们似乎陷入了无解的困境,但也提醒作家们,当书写罪恶时,要尽可能地直面更多层面的复杂性、悖论性问题;同时,批评家、理论家也需要不断地向这些思想难题挺进。

关键词：民间文学奖

民间文学奖与当代文学

吴义勤　陈培浩

文学奖是一个重要的现代性现象，如今世界上重要的文学奖绝大部分产生于二十世纪初。首届诺贝尔文学奖于1901年颁出，首届龚古尔文学奖于1903年颁出，首届普利策奖于1917年颁出，而首届布克奖则要迟至1969年。当文学在现代语境中被视为整个民族乃至世界文化的重要组成部分的时候，文学奖无疑代表了诸多现代话语所发出的价值倡导和引领。新世纪以来，中国文学在茅盾文学奖、鲁迅文学奖、老舍文学奖、曹禺文学奖等各种重要奖项之外，由媒体、刊物、高校、个人主办的各种民间文学奖层出不穷，共同构成了当代中国文学的重要景观。

本期以"民间文学奖"为主题，特邀知名评论家谢有顺和知名诗人黄礼孩分别讲述"华语文学传媒大奖"和"诗歌与人·国际诗歌奖"的过去与未来、记忆和坚持。这两个民间文学奖，都是新世纪广州贡献于中国文坛的精神硕果，是两束灼灼于中国乃至世界的南方之光。奖项背后的主事人们坚持办奖十余载，以清晰独特的文学价值观刷新了人们对文学奖文化的理解，以筚路蓝缕和孜孜不倦的姿态探索着文学奖的新可能。某种意义上，"华语文学传媒大奖"堪称一部中国当代文学小史，"诗歌与人·国际诗歌奖"则映照着中国诗歌吸纳并融入世界诗歌的精神面貌。值得一提的是，本期两篇文章都采用对话体形式，谢有顺和黄礼孩作为这两个奖的主事人，他们的讲述，既充满了亲历者记忆的温度，又寄托着主创者的文学智慧和心力。在谢有顺看来，一种稳定、卓越的价值观是一个文学奖的灵魂，而评价一个文学奖成功与否非常重要的一点在于它贡献了一种什么样的评价文化。一个文学奖必须独立，"既不讨好作家，也不谄媚读者"；应鼓励创造，警惕办奖的惯性，不回避孤绝的锋芒。从中国第一诗歌民刊《诗歌与人》到"诗歌与人·国际诗歌奖"，黄礼孩以个人办刊和个人办奖赋予民刊和诗歌奖以独特的辨析度，在他娓娓道来的讲述中，我们看到这个奖一路走来的艰辛和奇迹，看到诗歌在乡村与都会、中国与世界、文学与艺术、钻石的心灵和璀璨的星辰之间所创造的种种妙遇。当然，两位作者也都直面了他们所主创奖项的可能困境。谢有顺指出："华语文学传媒大奖在重塑文学价值方面还明显胆识不够"，"有些抉择更像是为了实现一种微妙的平衡"。黄礼孩则直言一个依赖于个人精力、财力和创造力的文学奖存在着莫测的未来。这种来自主事者的省思尤为难得。

民间文学奖所拷问的，或许正是"民间如何文学，文学如何民间"的持久辩证。文学史是一种权力，文学奖同样是一种权力。作为权力的文学奖如何在公正的程序、美好的价值和文学场复杂话语的角力中导向一种高贵的评奖文化乃至一种令人骄傲的文明，这是永恒的难题，也是永恒的诱惑！

我们既不讨好作家，也不谄媚读者

——关于华语文学传媒大奖答友人问

◎谢有顺

一、贡献一种什么样的评奖文化？

一种稳定、卓越的价值观是一个文学奖的灵魂

问：参与华语文学传媒大奖的创办以及持续超过十五届的运作，你最想和大家分享一点什么？

答：说实话，我并不愿意就这个奖说太多，既然你们坚持觉得说一些我的个人感想，有一定的资料价值，那我就谈一点吧。其实，我谈的这些，之前也大都说过，不过是强调而已。

比起众多不断求变的文学奖来说，华语文学传媒大奖最大的特色是不变。它在第一届就确立起来的评奖宗旨、奖项种类、评奖程序、颁奖时间，甚至评委的基本阵容，至今没有变化，而且以后我认为也没有大变的必要。为什么？因为华语文学传媒大奖从一开始就有自己的价值观，而如何保持一种值得信任的价值观的连续性和稳定性，是一个文学奖走得更远的关键所在。在我看来，一种稳定、卓越的价值观就是一个文学奖的灵魂。

2001年，当《南方都市报》决定创设华语文学传媒大奖的时候，我曾说，"伤害文学评奖公正性的三个致命要素是：利益、人情和思想压迫。要保证一个新的文学奖的公正性，就是要努力反抗低级的利益诉求、暧昧的人

情文化和庸俗的思想压迫。"我在文坛多年，非常清楚一个文学奖面临的陷阱在哪里。很多文学奖之所以中途夭折或者饱受诟病，原因就在于它们失去了价值信念，或者说，它们所要坚持的价值极其混乱，无从取信于人。

正是一开始就对中国当下文学评奖的秩序怀着深深的警觉和恐惧，我为这个奖设计了严格的评奖制度，制定了一系列全新的评奖规则，现在看来，这些制度和规则对于约束人心起到了重要的作用。

这或许是华语文学传媒大奖的第二个特点，那就是透明。从第一届开始，我们就实行记名投票，固定并提前公布评委名单，邀请国家公证员参与评奖全过程，终评会议向记者开放，在报纸上公布终评会议讨论实录，所有这些举措，都是为了这四个字：承担责任。我深感，只有让评委承担起具体的责任，才能办好一个文学奖。我们这些坚持了多年的创造性的评奖规则，据我所知，迄今为止，国内还未有第二个文学奖能全部做到。

我为什么要说这些？其实是为了警告自己。人本身是不可靠的，只有当人忠诚于一种价值、受限于一种制度的时候，他才值得信任。而我一直认为，文学写作是个人的创造，文学评奖呢，则是一种对文学现场的检索和观察，它不应该是个人的，而是要最大限度地分享文学的公共价值。因此，我们注重艺术质量，也不忽视文学的影响力；我们表彰名作家，也推举新人；我们有所放弃，也有所坚持；我们尊重文学传统，也塑造新的文学精神。在一个价值普遍失范的时代，一个文学奖的作用或许是渺小的，但我们不藐视任何微小而有意义的声音，因为就着当下的文学现状而言，建设比破坏更重要。

这或许就是华语文学传媒大奖的第三个特点，它是有理想的，是建设性的。理想使它变得开放，理想为它创造未来。

问：我注意到，之前谈及这个奖时，你一再提到"理想"一词，可不可以把它理解为这是反抗当下现实的一种武器？

答：当下的现实是，中国人的精神正在滑向一个危险的边缘。危险的表征有三个：一是道德沦丧、人心破败，二是物质取代了梦想，三是创造力衰竭。为此，我们重申一个口号："文学改变人心，语言创造梦想。"

我深感现代人正在失去省悟人心的自觉，也正在失去做梦的权利。而文学的存在，正是为了提醒大家：诗比历史更永久，梦想比现实更永久。除了一种匍匐在地面上的人生，还存在一种可以站立起来的、庄严的人生；除了一种恶毒的、黑暗的写作，还存在一种宽大、温暖并带着希望的写作。假如我们的活动，能让一些人在喧嚣的尘世暂时停下自己匆忙的脚步，倾听一下自己内心的声音，并重新找回自己做梦的权利，这就够了。中国人再这样粗糙地活下去是可怕的，而要改变中国，必须从改变人心开始——以二十世纪的社会变革历程看，文学正是改变人心的重要载体之一。

问：华语文学传媒大奖已经走过了十几个年头，有哪些事件最令你印象深刻？

答：印象深刻的事情很多，比如，评委的执着、较真，作家的观点、态度，还有颁奖过程中的很多细节，包括各种媒体的反应，都是有价值的记忆。之前获奖的一些作家，有的已经去世（史铁生），有的已经获得诺贝尔文学奖（莫言），有的新人也成长为挺重要的作家了，这时，我才觉得，华语文学传媒大奖真的是办了有些年头了。一路走来，也不容易。但我回想这些，最重要的印象，也许不是哪些具体的事件，而是这个奖所形成的气场和精神。每年年初，都会有很多人关心、询问这个奖的进程；每年的提名出来，也会有很多的讨论和争议。评奖结果出来之后，很多人会自觉不自觉地把它和往年相比，看今年有什么变化，或者今年是否遗漏了什么重要的作家或作品，这就意味着这个奖已经形成了自己的文化和价值观。它应该是这样的，而不是那样的——为何有这么多读者会如此要求一个文学奖？可见这个奖之前的运作，已经将某种价值观充分表达出来了，你有了标准，人家才会用某种标准来要求你。

问：评委们的意见坦率直接，将它们全部公开，这在国内的评奖中似乎还没有其他人这样做过吧？

答：好像是。从第一届开始，我们的终评会意见就是公开的。这样做，主要基于以下考虑：一是表明评委们对获奖结果承担具体的责任，二是这可以抑制人情和私心在其中起作用，三是切实抵制当下文学评奖秩序中的暗箱操作。我们相信，在阳光下说的话，才能真正见阳光；自己光明磊落了，就不怕别人议论纷纷。

谁来办？谁来评？谁来得？为什么得？

问：也就是说，不管别人怎么看，你们只管照着自己认定的价值原则往下走？

答：我记得在第二届华语文学传媒大奖颁奖典礼上，余光中先生发表获奖感言时说，文学评奖要办得好，要面对四个问题：1. 谁来办？2. 谁来评？3. 谁来得？4. 为什么得？"来办的人要热心文化；来评的人要望重士林；来得的人要实至名归；为什么得，要价值分明。"这个精辟的概括，其实也正是我们一直在思考和回答的问题。当年我在为报社领导撰写的致辞中，专门阐释了这几个问题。

先说"谁来办？"的问题。华语文学传媒大奖是国内第一个由大众传媒创设的文学奖，也是国内第一个邀请国家公证人员参与评奖全过程的文学奖。《南方都市报》当初斥资设立这个奖，目的很单纯，就是为了传播优秀文化、留存民族记忆。作为一个有理想、有影响又有实力的媒体，领导层都为自己能够分享到文学世界的优美和力量而感到骄傲。所以，这么多年下来，主办方一直信守自己的承诺，没有干涉过任何评奖事宜，也没有暗示过谁该得奖、谁不该得奖，他们尊重评委所做出的一切抉择。我想，要做到这一点，没有对文化的热爱、对文学的敬意是很难想象的。

谁来评这个奖？无论是提名评委，还是终审评委，可以说都是"望重士林"的专家。我有一次在终审会议上说："我们这个时代太缺乏光明磊落的话语氛围，尤其是评奖，公信力越来越低，原因就在于遮遮掩掩的东西太多，这样反而会引起很多无端的猜测。我们实行公开讨论，就是要反抗现有的这种评奖秩序，让专家承担起作为一个评委的基本责任。"大家能坦荡地承担起评委该有的责任，还是相当了不起的。我们甚至将每一次终审会上的讨论意见都全文公布在报纸上，这在国内的其他评奖中也是没有过的。

评委们有了这种专业造诣和精神良知,我想,也就解决了"谁来得?"的问题。至于"为什么得?",评委会每年发布的"授奖辞",已经说得非常透彻。

我全程参与了历届华语文学传媒大奖的运作,深感在这个喧嚣的城市,能坚守一种对文学如此纯粹的热爱和敬意,实属不易。转型期的中国,或许一度冷落了文学,但我们用自己的行动,实际见证了文学之于现代中国不可或缺的价值和意义。现在看来,这个奖的创设,不仅是《南方都市报》文化理想的一种生动表达,也是《南方都市报》先人一步地参与到广东建设文化大省这一事业之中的实际举措。就文学而言,报社的确做了一件大事。

问:这个文学奖的颁奖典礼,似乎也和别的奖有所不同?

答:不同的地方,不在于仪式,而在于它的内涵。每一届颁奖典礼,都做得简朴而庄重,但凡出席的嘉宾,无不觉得很有收获。我们是把颁奖典礼当作一次文学聚会,评委会对获奖作家写出专业评语,获奖者在台上发表演讲,充分阐释其文学理念,整个典礼,是一次高质量的文学交流。我也参加过一些颁奖典礼,但全程多半是领导讲话,然后让获奖者上台走个场,问几个问题,典礼就结束了,属于文学本身的东西太少。从四面八方来了那么多文学名家,却不安排大家在一起宣讲、交流文学,你说这多浪费资源啊?

问:一个由媒体主导的文学奖,走过十几年,在制度层面,你觉得它带给后来者怎样的启迪和反思?

答:文学奖由媒体来主导,在世界各国是很普遍的事情,只不过在中国这就有点与众不同了。中国人习惯把评奖当作是一种权力资源,无论是政治权力还是商业权力。但华语文学传媒大奖所走过的路程,证明专业事务交由专家来做,是可以做得好的。

问:你觉得这些评奖努力正在一点点地改变中国文学的生态?

答:或许它什么也没有改变,但总得有人去实践。实践比空谈更重要,创造比破坏更重要。在这个文化越来越边缘化和粗鄙化的时代，一个文学奖的作用或许是渺小的，但我们不藐视任何微小而有意义的声音。真正有文明和教养的时代，正是一个善于倾听微弱和渺小的声音的时代。发出声音，哪怕是最为渺小的声音，也总比一片静默好。

问：能不能分享下这十几年文学奖的得与失？

答：得失似乎不是我们应该考虑的。最早创设华语文学传媒大奖，我想，主办方也未对它寄予什么期许，只是想，一个已有相当利润的文化企业，应该创造机会去分享中国文化发展的荣耀，那时谁都知道，办文学奖只是付出，而不会有收益的。但今天看来，谁又能说这些钱花出去了就没有收获呢？具体到评奖，我们可能也有一些不尽如人意的地方，比如在最恰当的时机，错过了一些作家，尤其是一些新人——他们得奖是要把握时机的；一些得奖作品，也显得过于稳重，未必能充分显示这个文学奖的价值信念。但有这些问题存在，似乎也不能称之为"失"。文学的好与不好，是见仁见智的，文学评奖又是一种集体作业，中间必然会有争议，会有妥协，不能过于完美主义。但是，每一年所出现的问题，都会让我们反思，希望继续改进。

十几年前，文学奖在中国根本不足以成为一个公共话题，也没有人会在设计评奖规则和保证程序公正上耗费心神；十几年之后，如何评文学奖，评什么样的文学奖，已经成为对任何文学奖项的拷问。我不敢说这个风潮肇始于华语文学传媒大奖，但我相信，华语文学传媒大奖所建立起来的坐标至关重要。

问：十几年，不长不短。对于一个文学奖来说，已足够从幼稚走上成熟。华语文学传媒大奖的现状，是否符合你们当初的设想？还有什么不够的地方？

答：观察一个文学奖成熟与否，一是要看你评出了什么样的作家作品，二是要看你贡献了什么样的评奖文化。前者是艺术标准，可以有争议，但后者是游戏规则，必须接受公众的追问。我不断言华语文学传媒大奖已经成熟，因为没有文学奖可以趋于完美，但我为这个文学奖设定了最低限度的标准——可能会有应该获奖的作家没有获奖，但绝不能让不该获奖的作家站在领奖台上。文学奖未必能表彰所有的好作品，但它应该阻止错误和粗陋。

二、警惕一种办奖的惯性

办文学奖要有危机感

问：作为这个奖最早的发起者以及总负责人，当每年一度的文学奖即将颁奖，你是什么感受？

答：前面几年，会多想如何完善这个奖，有时也会担心这个奖评完这一届后，明年还办吗？后来就没有这样的担忧了，基本上是按照我们建立起来的评奖规则而行。其实，一个成熟的奖项，不需要常常发表宣言，更无需老是变化评奖规则，它需要的，不过是坚持——坚持一种价值和信念，坚持办下去。但我也很警惕一种评奖的惯性，尤其是一个连续举办了十几届的评奖活动，很容易被惯性卷着走，失去了当有的锐气、激情和视野。我常常提醒自己，在任何时候，都要反抗一种庸俗的人情关系和陈腐的文学观，要一直存着对文学和艺术的敬畏，这个奖才能走得更远。

办文学奖还是要有一种危机感的，特别是一个已经有了广泛影响力的奖，一旦在哪个环节失信于公众，它的存在价值就会被大大削弱。而影响力的累积，正是在一年又一年的评奖实践中形成的。而秉着公心，怀着对文学的爱，办好一个奖，其实也没有大家想象的那么难，关键是大家照不照内心的规则而行。

问：我记得有一年获得"年度作家"提名的，分别是阎连科、黄永玉、西川、洛夫、韩少功，都是很有竞争力的作家，但最终却是增补的余华获奖，这是出于怎样的考量？

答：我回忆一下。增补余华的过程，评委会发生了激烈的争议。倒不是争议余华应不应该获奖。他的文学成就摆在那里，评委们心里都有数。争议的是程序问题，简单地说，就是要不要启动终评委有权增补提名作家这项权利。后来我想，还是照评奖章程，既然规定了有增补的程序，又有评委提出来了，那就表决吧。要增补进提名名单，其实是高难度的，七个评委中，要有五个评委同意，这并不容易。增补进来了，也并不意味着就一定得奖，他还得和原先的五个提名作家一起参评，最终票数多的胜出。我个人认为，以余华的成就，他理应站在这个行列，尽管这些年他的写作风格发生了巨大的变化，但他的重要性并没有减弱。

问：余华的《第七天》和之前的《兄弟》在出版之后，都引发了相当大的争议，在你看来，《第七天》和《兄弟》分别又在余华的作品列表中占有怎样的地位？

答：余华是一个极其聪明的作家，他做出这种写作转型，一定包含着他对文学和时代的全新理解——尽管这样的理解未必是准确的、人人都认同的，包括我自己，也不喜欢一个作家急匆匆地对时代下判断，尤其对于日新月异的中国，只有沉潜下去，才有可能遇见一个真实的中国。中国现在有太多的现象，但普遍缺乏思想。我个人觉得，这些年，余华作品的国际化，对他本人的写作是有影响的，他不自觉地会贯彻一种如何向西方讲述中国的视角；同时他对一部分中国读者的阅读趣味极为重视，但对另一部分中国读者的阅读趣味又过于漠视了。因此，余华近年不仅在写作上转型了，他的读者也换了一大拨。《许三观卖血记》之前的作品，大学生是主体读者；《兄弟》之后，大学生对余华的态度是分裂的，至少不再是一致推崇，不喜欢的大有人在。我在大学教书，这能明显感觉到。这是好是坏呢？很难说。所以我在授奖辞里说："他已无意探索内心的深渊，却以简单、直接的写作现象学，使我们对内心、现实甚至小说本身都有了毁灭性的认识。""毁灭性的认识"是比颠覆更严重的一件事情，假如你接受余华，就意味着你的整个文学观念都要发生巨变；固守过去的余华形象，是难以接受他的新作品的。但假如抛弃成见，觉得时代变了，读者需要这种文学，于是就出现了这种文学，这未必不是一件好事。

问：有意思的是，那年在初评名单公布之后，方方在微博上还曾质疑黄永玉是否具备提名资格。你怎么看待方方的这种说法？

答：我没有开微博，所以不太清楚方方是从哪个角度说这件事的，不好评说。黄永玉的这部作品，确实喜欢的很喜欢，不喜欢的嗤之以鼻，看法差异很大。我对其中的一些段落，读得津津有味，但作为长篇小说而言，我觉得他写了这么多年，断断续续，在简练性、完整性上是不够的。

问：华语文学传媒大奖对这样有舆论争议的新作进行表彰，同时也表达了对老作家的一种肯定与慰藉。在经过十几年的积累之后，对作家作品的审慎批评态度是否有保守的倾向，还是保持着一贯的新锐与果敢？

答：我希望评奖是一种面对文学的诚实表达。既不要谄媚名作家、老作家，也不要讨好新作家，而是要坚持自己对文学品质的一种独立判断。保守、惯性、过度讲平衡，都是一个奖特别需要警惕的，它会使奖项的面貌变得过于"正确"，而远离我们更早确定的评奖宗旨，"反抗遮蔽，崇尚创造"。要保持敏锐的发现能力，也要有对新的创造力的珍惜。一个奖最终品质如何，还是要看是哪些作家和作品获奖了，其他的并不重要。

我们不和作家达成甜蜜的合作

问：你们是否碰到一些在创立之初没有想到的"硬问题"，后来是怎样解决的？

答：真正的文学评奖不是讨好作家，也不是谄媚读者，而是表达一种独立的价值观。这个奖从一出生就是充满个性、勇往直前的。它曾经冒犯过禁忌，曾经让人大吃一惊，也曾经让一些人不快——有些人以为自己要得奖而未得，有些人无端猜测评奖背后的利益纠葛，这些情绪，每年都会有。文坛就这么大一点，每个评委都心知肚明，但我们不辩解、不遮掩，继续坦荡行事，而且至今无意于像别的奖那样，和作家之间达成甜蜜的合作，从而制造一种虚假的其乐融融的气氛。我们不这样做，因为我们还有理想。

问：一度也有人认为，文学奖的精英性太重，读者没有投票参与权，你对这个问题怎么看？

答：或许是有这个问题存在。但读者参与投票就能解决吗？我表示怀疑。迷信读者的趣味，比迷信专家的眼光，其实更危险，因为读者之间差异太大，谁也不愿"被代表"。假如用网络上一小部分的读者投票来代表所有读者，这是一种更大的不公平。读者的趣味已经体现在图书的印数上了，简单地让读者投票，那还不如直接去出版社查印数。评奖是一种具体的实践，不能流于空谈——是实践就得考虑它的可操作性。有一个作家说得好，不要空说某个文学奖不好，而要说目前有哪一个文学奖做得比它更好。我想，我们最不该失去的，就是希望做得更好的抱负。

问：作为评委之一，你在评选的公平性和个人的趣味之间，是怎样取得平衡的？

答：坚持我自己的艺术良知和真实判断，这就是最大的公平。公平不是迁就，不是被廉价地说服，而是勇于表达自己的意见。评委间可以坦率直言，甚至针锋相对，但最终都得尊重票决。事实上，每年获奖的作家中，我投票的命中率往往不到一半，但我尊重结果。因此，健康的评奖并不复杂，说白了，就是各抒己见、尊重规则而已。这是基本的评奖伦理。在过往的评奖实践中，我们或许遗漏了一些优秀作品，但确实没有让不该得奖的作品得奖——说句实话，要做到这一点，其实也很不容易。

三、危机、理想与未来

理想就是不断与时代做着相反的见证

问：最近几年你一直都在强调华语文学传媒大奖的"理想主义"精神，这种反复强调是否也是一种担忧？

答：在这个商业主义的时代，文学的作用是有限的，文学奖的作用更是渺小的，但它为何还有意义，还值得我们去做、去努力？就在于我们不藐视任何微小而有意义的声音，小声音传到天上也会成为大声音。而愿意在这个时代发出微弱的声音，并愿意去倾听那些微小而又容易被遗忘的声音，在我看来，这就是今天最大的理想主义。我谈论理想主义，倒不是担忧什么，而是怕一个文学奖的声名壮大之后，会有人对这个文学奖有过高的期许，希望它对社会、对中国文学现状的改变起到很大的作用，这是苛求。一个文学奖只能做这么多，它只能以自己的方式发声，它的声音注定是微小的，但它渺小的存在，却有着别的文学奖、别的文化策划所不可替代的价值，这就够了。讲理想主义，是希望这个文学奖能守住这一点边界，不为外界的风潮、议论所动，而在自己的领域里持续地发出声音。

问：对于一个成熟的文学奖，"理想主义"是否还有其他的内涵？

答：当一个社会迷恋于"灵魂革命"的时候，身体的解放是一种理想；当一个社会充斥着身体话语的时候，灵魂的召唤又成了一种理想。当一个国家的文学缺少民间奖时，民间是一种理想；当民间奖遍地的时候，权威又成了另一种理想。这说明了什么？说明所谓的理想，就是不断地与这个时代做着相反的见证。拒绝被同化，拒绝被惯性拖着走，坚持文学是个人的私见，并大胆表达对这一私见的守护，一个文学奖的个性才不会被抹平，它才不会沦落到众多文学奖中而显得面目模糊。

我现在最警觉的是惯性。惯性本身蕴含着一种力量，会卷着你往前走，但真正的理想是反抗惯性和传统的，它的方向应是朝向未来的，是不断地提供新的可能性。

问：但我们是否也不能把文学奖过于理想化？

答：是的，文学奖是已经存在而且还会继续存在下去，既不必把它过分理想化，也不必对它怒气冲冲。有人写文章说"文学奖造就不了文学的繁荣"，这话是对的；这话也可反过来说，没有文学奖也造就不了文学的繁荣啊。这就好比一些人对任何文学奖所出示的结果都是不满意的、持批评态度的，可当他们自己筹办一个文学奖，或者参与一些文学评奖之后，也不见得就有什么建树。

文学评奖是一次集体作业，必然是一种妥协和平衡的结果，它其实很难贯彻、践行个体的理想。把一种个体的审美和一种集体的审美相对应，肯定是会有差异和冲突的，但妥协未必就不是一种美德，差异也未必不值得尊重。理想常常是因为有了必要的妥协，才成功转化成现实的。

真正的文学奖不应丧失孤立的光芒

问：未来华语文学传媒大奖是否会对网络上出现的文学作品有更多的关注？变化多端的现状，是否会成为这个奖的挑战？

答：我们并不排斥网络文学，但迄今为止，我们也确实还没找到一个合适的方式来面对网络文学这个领域，最重要的原因就是，我们根本无力阅读完如此浩瀚、庞杂的网络文学作品，我想，任何人恐怕都无法读完它。我们只能评审被遴选过的作品，比如出版和发表本身就是一次遴选。网络文学发表和出版了之后，也同样是我们的遴选对象，因此，不必担心好作品被遗漏。只是，一种新的文学形式的兴起，必然带来文学观念的革新，而对已经革新了的文学观念，我们是否马上就能接受，这倒是一个问题。文学的现状正在变化，而且变化得很快，这当然应该成为华语文学传媒大奖思考的问题，但我们也不会为了赶上文学的变化，盲目地追赶时尚，甚至过分地迎合一种新的文学态势。我们会更关注那些已经沉淀下来的事物。尽管我们不守旧，但我们也不盲目追新，甚至在价值选择上，我们相信慢比快好，因为文学本就是慢的。

问：你觉得这个奖目前最大的挑战是什么？

答：挑战主要是两方面的，一方面是这个奖持续办下去的制度保证。尽管每年的评奖也成了报社运作的惯例，但还需一个更稳固的平台和运作方式，来对整个奖做长远规划。另一方面是坚持自身的价值信念，同时思考这个价值信念如何才能更好地和社会对接。不能降低这个奖的品质，但又要让更多人来认知这个奖，更多人来阅读这个奖所表彰的作品，这需要有一种价值平衡，这个平衡，是对文学的艺术性和文学的影响力的双重考验，它值得评委会深思。

问：你觉得除此以外，还有什么危机特别值得警惕？

答：还有一种更隐秘的危机，就是渴望这个奖能获得文学界的普遍赞美。这是一种诱惑，也是一个陷阱。我并不刻意鄙薄文学界，但我也无意讨好它。在一个价值失范，甚至连谈论理想主义都成了笑话的时代，要想获得一个群体对你的赞美，你往往需要向这个群体谄媚。文学奖的命运也是如此。这么多人在写作，这么多声音在回响，你应该倾向谁？又应该倾听哪一种声音？假如你没有价值定力，你就会六神无主。你谄媚了一群人，会获罪于另一群人，你听从了一种声音，会屏蔽更多种声音，最后，你即便疲于奔命，也无力改变你卑微、恭顺的可怜命运。

你只能做你自己，文学奖也只能做有自我的文学奖。因此，它不必惧怕文坛的噪音，尤其不必惧怕来自传统文学界的围剿。如果你认定你的价值信念是有力量的，你就要坚持，哪怕是孤独前行，你也终将胜利。

问：你一直强调华语文学传媒大奖应保持锐气，那如何为这个奖注入一些新的评判标准或者新思维？

答：保持锐气，让这个奖不沾染精神的暮气，才能让这个奖保持活力和影响力，这也是我们一直坚持的价值信念。但文学奖是面对具体作品的，尤其是年度性的文学评奖，它必然受制于当年度的文学实绩。某个门类，若当年度没有好作品问世，说什么锐气啊，公正啊，都是一句空话而已。每年的评奖，在好几个门类中，竞争都很激烈，也都有很好的作品进入提名。这种情况下，评委们会特别留意那些有锐气、有冲击力的作品，这当然也是对评奖精神的一种守护。

问：你是在担心华语文学传媒大奖会失去锐气，而陷入其他老牌文学奖那样的状态？

答：从骨子里来说，我其实并不担心，因为这个奖从出生开始，就没有那些老牌文学奖的基因，你要它长出老牌文学奖的面容，很难。但这并不意味着它有了一种天然的免疫力，就可以一直"独立、公正、创造"下去。尤其是创造力，在评奖过程当中，既表现为发现的能力，也表现为冒犯的勇气。

通过发现，你能分享文学独有的那份光耀；通过冒犯，你开始建立新的价值体系。你不能跟风，你要永远走在前面，这才是创造的真义。但从目前的情形看，华语文学传媒大奖在重塑文学价值方面还明显胆识不够。表面看起来，它并没有破绽，还在张扬着属于自己的理想，但深究下去，有些抉择更像是为了实现一种微妙的平衡，某些文坛俗见似乎也还在发挥作用。

华语文学传媒大奖要守护的是那份对文学原初的爱，对艺术近乎偏执的坚守。当庸众成为主流，当商业和权位都可以凌辱文学，真正的艺术不应该害怕孤立。我觉得，华语文学传媒大奖在精神的表达上，还可以更孤立，还可以更清晰地显露自己对一种腐朽秩序的轻蔑。就现在的情势而言，孤立是一种价值，也是一种光芒，华语文学传媒大奖不应该让这种光芒消失。

问：你对华语文学传媒大奖的未来有什么期许？

答：未来都蕴含在现在之中了。一个只看未来，只想着明天的文学奖，反而不一定办得好。关键是做好现在。正是一个个无愧于自己艺术良知的现在，才构成了华语文学传媒大奖的历史。而把这十几届的获奖作品合在一起看，似乎又构成了一部阶段性的中国当代文学小史。假如以这种历史的态度来对待今天的工作，你就不敢懈怠，不敢放肆，也不敢不坚守自己当初设立的价值目标。而真正值得骄傲的，也许就是：华语文学传媒大奖不仅有现在，它也有了历史。

同时，我也想借这个机会再说几句。华语文学传媒大奖这么多年下来，已经进入了一个常态运作的阶段，在一片混乱的文学生态中，它所发出的声音一直是清晰的、独特的。它没有人云亦云，也没有谄媚于作家，更没有讨好于读者，它就是想持续地以一种文学精神、艺术公心、价值新念来对当年的文学现状进行检索，并推出好作品。我相信这么多年的累积已经初见成效。华语文学传媒大奖所表彰的作家作品已构成一部小小的文学史，见证着这十几年来华语文学的荣光。因此，我希望读者不要过多地关注华语文学传媒大奖外面的变化，而是多留意借由这个奖所沉淀下来的东西。文学就像洪水，表面充满浑浊和泡沫，但洪水过后，会有石头沉下来，华语文学传媒大奖的目标不是成为洪水，而是要做洪水过后那块沉下来的石头。

妙遇和精神之光：一个人的国际诗歌奖

——就"诗歌与人·国际诗歌奖"答陈培浩问

◎黄礼孩

一、价值观：褒奖漫长岁月中的精神钻石

问：从《诗歌与人》刊物到"诗歌与人·诗人奖"再到"诗歌与人·国际诗歌奖"，每一次都风生水起，这种妙想的契机在哪里？

答：过奖过奖，谈不上什么妙想，只是一管之见。"诗歌与人·诗人奖"是从2005年启动的，而改为"诗歌与人·国际诗歌奖"已是2014年后的事情。无论是哪个名称，其宗旨都是对中国及外国诗人当中的杰出诗人在漫长岁月写作的认可和褒奖。改成国际诗歌奖是基于世界上有很多重要的国际文学奖或者诗歌奖，它们直接影响了人类的文明进程，特别是二十世纪以来各国设立的文学奖给了我们很多启示，包括诺贝尔文学奖在内的许多奖项成为我们学习的目标。

我们知道，文明是合作的产物，几乎所有的民族对此都有所贡献，比如我们贡献了李白、杜甫、苏东坡等等伟大的诗人。但新诗进入中国百年历程里，我们为世界贡献了多少？这一点在他者的文明之眼里尚未得到很好的回馈，这是值得我们深思的。这些年与一些不同国家的诗人交流，他们几乎说不出几个中国当代诗人的名字。中国当代诗歌好像不在他们的视线里，似乎不在世界诗歌的板块中。当然这与我们的诗歌很少有效翻译出

去有关。也许我们有各种理由为自己辩解或者不屑一顾，但二十世纪中国诗歌的面容并没有为别的文明所端庄地凝视是不争的事实。二十一世纪以来，国内的诗歌奖不断诞生，各种奖数不胜数，但国际诗歌奖就稀缺。我就想不如把外国杰出的诗人直接邀请过来，一起来构建人类当下的诗歌，创造人类的文明，让外国诗人也侧目中国当代诗歌，看到中国汉诗的成就。我知道国内有"金藏羚羊国际诗歌奖"和"中坤国际诗歌奖"，它们都诞生于2007年，都是双年奖，国内其他的国际诗歌奖就不知道了，包括港澳台地区。萌芽于2004年、始于2005年的"诗歌与人·诗人奖"，是国内最早的国际诗歌奖，首届颁给葡萄牙诗人安德拉德先生，他在诺贝尔文学奖的赔率榜上出现过，但最重要的是他为人类写出了出色的自然与人性共筑的诗篇，把葡萄牙式的温暖、明亮、忧郁、破碎和辽阔带到我们的生活中来。（那一届）诗歌奖是与葡萄牙驻澳门总领事馆合作的，很高端。诗歌奖一开始就有打开世界之镜的感觉，希望能够映照出一些我们看不到的东西。我很感谢翻译家姚风先生促成了在澳门的颁奖典礼。后来的几年奖都颁给了中国诗人，直到第五届又开始颁给外国诗人。俄罗斯诗人丽斯年斯卡娅是第五届的获奖者，她是阿赫玛托娃之后最重要的俄罗斯女诗人之一。丽斯年斯卡娅对这个奖表达了致意之情，她在写给翻译家李寒和我的一首诗中写道："小时候就幻想到繁花似锦的中国。"五年后，俄罗斯诗人让这个奖获得了世界的另一个回响。每一个人对自己理想的事业都期待得到关注。最初的诗歌奖，做起来还是挺有趣的，但也只是暗暗用力而已——不事张扬把事情做好才是美德。2011年是"诗歌与人·诗人奖"被光照亮的日子。这一年的诺贝尔文学奖揭晓，意想不到的是特朗斯特罗姆荣获此奖。很多朋友来信、来电祝贺我，都觉得我们有超前的眼光，在诺贝尔文学奖揭晓的半年前颁奖给这位世界大师。更早之前，诗人李笠翻译的特朗斯特罗姆的诗歌就像深深的海洋，让我有坠入深蓝之感，他的诗歌赋予人寻回大海神秘的天赋。作为短诗大师，他的诗歌精湛、凝练、敏锐，隐藏着广袤的世界，奔腾着语言的意外。遇见自己热爱的诗人，并幸运地与他发生关联，我将此视为一种好运气和缪斯的眷顾。从这一年开始，"诗歌与人·诗人奖"再一次获得新的开端，获得了真正的瞩目。活在一个被创造的世界里，我们还可以去创造一个小世界，这多少是一个安慰。感谢上帝给我这份礼物。我也相信，如果没有从1999年创办诗歌刊物以来的努力，再好的运气也不会来光顾你。第六届之后的颁奖所选择的诗人就更慎重一些。翻译家高兴先生翻译的斯洛文尼亚诗人萨拉蒙的作品是我所欣赏的，他的诗歌闪烁着非同寻常的冒险光芒，既让人看到不羁的灵魂，也让人感受到狂放的气质，还有荒诞幽默的戏剧性——第七届诗歌奖颁给斯洛文尼亚诗人萨拉蒙是正确的选择，另一个原因是萨拉蒙先生有着很高的国际知名度。当时我们给他做了一本漂亮的诗集，他高兴地说他可以拿着这本诗集去给法国的伽利玛出版社，跟他们说中国诗歌界给他出诗集了，他们为什么还在犹豫他的诗集的出版？萨拉蒙是世界知名度非常高的诗人，他看重来自中国的声音，这一幕我一直记在脑海里。之后的第八届诗歌奖给了广州诗人东荡子，我是想偶尔把这个国际诗歌奖拉回本土。国际诗歌奖必须有本土诗人参与，这是我一直以来的想法。事实上，我们也有比肩国际诗人的诗人，比如东荡子，虽然他的知名度不高，但诗歌文本已经足够成熟。他的诗歌使人从软弱、胆怯、犹疑的命运中脱身出来，给喧嚣的时代安一颗诗歌之心。那个时候，我想"诗歌与人·诗人奖"对东荡子是有帮助的，最起码在获奖名单中，他与很多国际诗人并列在一起。波兰大诗人扎加耶夫斯基一直是我心仪的人物，把诗歌奖颁给他是我多年的想法。经过多方联系，终于找到了老扎。他答应亲临广州领奖，这无疑是一件大事——后来，我遇见很多中国诗人，他们对我说的。扎加耶夫斯基先生有国际影响力，他是波兰伟大诗歌的继承者，他为当下社会普遍的生存困境发声，为历史真相做见证；他忧虑又介入现实的诗歌写作充满了担当。老扎答应亲临广州领奖，让我十分感动，从那个时候起我就萌发了把诗歌奖改为国际诗歌奖的想法。诗歌奖不一定非要挂名"国际"才高大上，不过，这个奖在命名上有了辨别性，更为国际化一些，也挺好。命名在某种意义上左右着人们对这个事物的直接观感。

我想做的是国际诗歌奖,但直接定义一个国际诗歌奖,意味着你去做的事情、你所想的事情是另一个方向,以致未来发生的事情也是完全不同的。我期待这样的难度和冒险性。

问:你一直坚持的理念是"做别人没有做过的",其实中国范围内的国际诗歌奖已经层出不穷,这个奖做了哪些别人没有做的?"诗歌与人·国际诗歌奖"能在众多奖中脱颖而出,是因为这个奖具有什么样的特质?

答:做别人没有做过的或者被遗忘的,这个理念是在办《诗歌与人》这本民刊时萌生出来的,最初它只是对于办民刊,而不是诗歌奖。作为民刊的《诗歌与人》最初确实策划了无论民间或者官方都没做过的主题,比如"中间代诗人诗选""完整性写作"等诗歌概念或者流派,像"70 后""女性诗歌",之前有人做过,但像我们这般大体量、大规模来策划的并没有出现过。我们策划的"少数民族女诗人诗选",从民族研究到性别研究到诗学研究,为诗界和学界提供了新的视角;我们策划的"最受读者喜欢的十位女诗人"既有社会调查的迹象,也是呈现诗歌新成果的集结;我与陈陟云编的"新诗九十年序与跋"为诗歌研究提供了另一个维度……我想,这些选题,无论官方与民间都忽略了,在策划的过程中,你会发现在诗歌研究领域,还是存在许多空白,还有更多值得为之付出努力的东西。我觉得办民刊与创作诗歌是一样的,也就是需要想象力与创造力。多年后,我策划"广州新年诗会""诗人出生地之旅""省际文学",这些都是灵感的外现,都是对世界的渴望。一个人必须对其所热爱的事物产生渴望,因为渴望能够让我们超越自身。这个渴望从办民刊延长到办诗歌奖。至于这个奖做了哪些别人没有做的,倒是没有办民刊那么明显。

不过,国际诗歌奖还是做了一些其他奖做不到的部分,比如请音乐人将获奖诗人的诗歌谱成乐曲,请雕塑家专门创作雕塑奖杯,请版画家为获奖诗人创作一张肖像版画,等等。我这样做的目的是希望更多的艺术与诗歌发生关系。诗歌作为一个小众或者一种高难度的审美,如果还是从文字到文字,就显得过窄,没有化开,没有参与到更多的界面。当多种艺术元素与诗歌发生关系，从艺术的角度来观看诗歌或者塑造诗歌，会变得更为有趣，而且更多不同群体的人会因为诗歌而改变自己对世界最初的感受。广州艺术家王嶷用版画来雕刻获奖诗人的形象，艺术家从诗人那里获得想象的肖像，从诗歌语言向木刻语言倾斜，通过线条和纹理来切入存在的精神肖像。这些年有不少画廊邀请王嶷去做诗人肖像画展，这个案例说明了诗歌与版画之间可以因为一种契合而生发出飞翔的翅膀。

问：一个文学奖必须有自己的灵魂、自己的价值观，才会有自己的面目。你认为"诗歌与人·国际诗歌奖"的价值观是什么？

答：是啊，一个被人常常提及的文学奖，要有自己的调性、主张、观念，要有自己的方向和气息，要有自己的理想和宗旨。伟大的诗歌、美好的预言、坚定的信念，它们合而为一，"诗歌与人·国际诗歌奖"的希望也是这样。这个奖颁给那些在漫长岁月里面写作，塑造了伟大心灵和理想主义的诗人，奖励他们为人类贡献了精神的钻石。不少人有写作的能力，有些人天分过人，但如果他/她没有坚持写下去，没有在时间中创造出能够镶入岁月印记的文本，他/她写着写着就消失了，这是可惜的。如果颁奖给这样一时才华闪烁却没有后续力量的诗人，这个奖便有昙花一现之感。获奖的诗人在写作时间上至少是有三十年的，有了三十年的写作，如果才华横溢，早已写出不可磨灭的诗篇，这些时间里的诗篇就成为献给人类的光辉诗篇。

获奖诗人的诗歌中一定要有理想主义的倾向，必须在作品中赋予时代风尚，让心灵之歌如音乐充满空间，让诗歌文本构成启示录。比如获奖的诗人西川有着强忍的心力，在世俗里完善人的世界；萨拉蒙拥有绝对的独创力，他的陌生感、荒诞感就是世界某个瞬间的可感；西尔泰什文辞优美，游弋于民族文化和个人记忆之间；特朗斯特罗姆对自然生活感受的欣喜，还有来自幻想之中的秘境，跃出幽独感性的灵光，这是无与伦比的；东荡子的心灵洒脱于世俗，审美沉思的境界也是别具一格；对过于正确的道德的思考让长于介入性写作的恩岑斯贝格提升和完善了这一道德境界……我想，我们所有的获奖诗人都在用作品和人格魅力告知大家，重要的文学奖已经成为储存价值观的场所，"诗歌与人·国际诗歌奖"的获得者们，他们的身上已经自我生成诗歌奖的气质，与文本的内部共同构成了诗歌奖的价值。如果说诗歌奖是一个声音，（那么）我们（要）竭力把这个边缘的声音从中国的土地上传播出去。伟大的诗人德里克·沃尔科特在受奖词中说："尊敬的黄礼孩诗人，谢谢你给予我的巨大荣誉，我将努力不辜负于此。"他的声音如此谦逊，又如此有力，给了我巨大的鼓舞。在八十岁高龄时，沃尔科特先生依然保持着充沛的创造力、想象力和犀利的洞察力，以令人战栗的激情，不断拓展着"隐喻"这一古老通灵术的疆界，仿佛永远面对着世界的早晨——新的爱、新的希望和劳作，而这一切正是诗神所赋予人类最深切的愿望和祝福。德里克·沃尔科特以一生艰苦卓绝的创造回馈了诗和世界。沃尔科特先生在我们的获奖名单中，他的名字跟别的获奖诗人的名字一起散发出光芒。未来，我们还是像发现人类的特殊曙光一样去发现诗人，给这个世界传递文明的曙光！

二、妙遇：让诗歌邂逅更辽阔的世界

问：这个奖授予过彭燕郊、张曙光、蓝蓝、东荡子、西川等中国诗人，最近这些年基本授予外国诗人，想请您谈谈每一年获奖者选出过程中那些重要的细节。

答：中国现代诗歌也是世界诗歌的一部分，所以"诗歌与人·国际诗歌奖"也应该有中国诗人的身影。这样做，短时间内不一定能看到效果，但未来影响力大了之后，当更多中外诗歌研究者研究这个奖时，或者更多外国诗人关注这个奖时，中国诗人自然会受到关注。我们这个诗歌奖因为评委暂时只有我一个人，所以去选获奖者就变得更为谨慎。通常，我会咨询一些有宽阔视野的诗人和翻译家，从他们那里获得他们心目中的名单，选出他们的名单中与我的名单有重叠的诗人，我再重点考虑一个诗人。比如第二届选择了86岁高龄的彭燕郊先生，是从民间的视野来观看和遴选的。彭先生在生命的晚年还在不断书写，其诗歌精神富有强烈的探索性，加上他几乎没获过什么奖,在那个年龄段的诗人当中,他是一个异数。记得在颁奖典礼上,老先生在受奖词里谈到自己的诗歌之路,那种恳切把大家感动得哭了。一个颁奖典礼让人哭泣,这就是诗歌的力量。你说到的细节,它是文学层面上,当它不在文本上,它就是延伸出来的生活片断。诗人在书写中的细节与我们颁奖过程的细节有着同构的意思,因为颁奖典礼作为一个文献,它的细节让精神清晰可见。可是,因为缺少记录,很多细节都忘了,只记得我们的诗歌奖尽可能颁给已经写出重要文本又为人低调、不事张扬的诗人,比如翻译出《神曲》的张曙光。张曙光作为叙述诗歌创作的代表人物,他的叙述风格凝重,具有个人化的修辞立场,用严谨又简切的语调说出经验与感知同存的世界。他获奖那年是 2008 年,他说从 1978 年开始写作算起,也三十年了。三十年前他和很多初学者一样,(写诗)是出于对诗歌的热爱,出于表达的需要,很少考虑功利的因素,这种写作态度和写作中对真实的追求一样,构成了诗歌的内在伦理。至于诗人蓝蓝,她在获奖时是很年轻的,之所以颁给她,是因为她已经写出想象奇异、情感朴素和有丰盈生命力的诗歌,还有就是,从一个女性诗人的角度来看她,她存在巨大的潜质。一些诗人写到一定时候,基本上在重复自己了,但蓝蓝不同,她是女性诗人中可能性更大的一位诗人。2009 年新年她获得我们的诗歌奖。她对灾难深重的 2008 年感怀最深,写诗变成原罪,但她也看到诗歌带给人的慰藉,感受到一个诗人的命运与他人的命运密不可分的联系。给她颁奖快十年了。今天我们看到一个更有张力和思想力的诗人蓝蓝。她是第一位获得此奖项的女诗人。在岁月里,我看到诗歌给我们的馈赠。至于这个奖给了东荡子,这个是正确的选择,因为他"无中生有"的诗歌写作能力特别强,他构建了一个叫"阿斯加"的独立世界。诗人西川是一个写作能力非常全面的诗人,他这个年龄的诗歌写作还处于不断变化之中,呈现出奇异的生命力,而且他有国际影响力,是中国诗人中的异数。一个诗歌奖是对自我的一种反应,有什么样的敏感度就有什么样的诗歌奖。我期待未来能不断遇见世界上更多一流的诗人。

问：一份奖金、一本专刊、一尊雕塑奖杯、一幅肖像画、一首诗歌谱成的民谣、一场颁奖仪式，这是你给获奖者提供的基本礼遇，看起来似乎规模越来越大，预算也越来越多。以前《诗歌与人》刊物一直是你个人出资，现在做诗歌奖依然是这样吗？

答：风格化越厉害，越是坚持，越具普遍性。这是我经常自己给自己难题的问题所在：一方面要求个体性，一方面要求多样性。因为要做得有品质，要求就高，所以费用就高涨。之前，《诗歌与人》很多时候自己出资，后来遇见江涛、陈陟云等诗人朋友，一起编刊物，他们给了很大的支持，还有一些不愿意透露自己名字的朋友也给予了无私的帮助。没有资金上的独立，编刊物是一句空话。做诗歌奖所需要的资金比办民刊要多得多。你知道，诗歌是目前唯一没有被商品化的精神之物，所以从诗歌或者诗歌奖身上获得回报就更困难，要给到赞助方需要的社会效应，唯有变成情怀才行了。不过，这个世界还是有那种把精神看得比物质重的人，在很多困难的时刻，他们伸出了橄榄枝。这些年也遇见一些愿意合作的企业，比如第七至第十届都得到了一些企业支持。这些企业的帮助，让"诗歌与人·国际诗歌奖"走得远一些。不过，后来的第十一、第十二届又是自己出资，有点顾得了上顿顾不了下顿的感觉。因为我自己越来越忙，没有什么时间去谈合作。对于诗歌事业来说，没有天上掉馅饼这个美事。因为困难大，也会妥协，打退堂鼓，就生出悲观情绪，做到哪里算哪里，做不下去就停停也没关系。民刊的小传统是自生自灭，所以做不下去，也许没什么可以抱怨的。因为世界并不欠我什么，我也没有义务去为世界做什么。但做了这么多年，理想主义的火焰一直在高燃，如果火光熄灭了，那将是诗歌的一种遗憾。不过，在山穷水尽之前，你已完成了现时段的理想，也就没有抱怨了。资金缺乏是一个问题，但理想、激情、创造力的缺失才是致命的。但愿我们对这个奖还抱有幻想与期待，毕竟这个奖到了某个时候已经不是我一个人的事情了。

问：我觉得你这个奖很大的特点就是意外的妙遇，每一次的评奖，既是和杰出诗人丰富心灵的相遇，也是和诸多艺术家、艺术形式的相遇，这让这个奖充满突如其来的惊喜，请你谈谈这方面的一些让你印象深刻的细节。

答：你说得太好了！确实是一种意外的妙遇，有时候觉得在现实中，有时候在梦境里。这个奖多少充满了戏剧性。第一次看见你用"妙遇"这个词来谈这个奖，这让我相信，是一些你并不知道的力量帮助着你去完成诗歌的事业。因为评奖，你就必须去接触更多精神高超的人，这就要求自己不断提升整体水平。在办奖的过程中，我慢慢体会到必须与那些伟大的灵魂发生头脑风暴。正是与不同艺术家的合作让这个奖变得多元。我知道，如果从诗歌再到诗歌，显然不需要我去做什么。我们做的是挖掘诗歌这座富矿，开采更多当下需要的资源。诗歌其实有着非常多的途径抵达人的心灵。比如，每一届都找不同的民谣歌手来谱曲。我曾经与佛山的谢芳、广州的陈艺峤和卜军、香港的李戈等歌手合作过，他们为获奖诗人谱的歌，至今还不时在不同的空间演绎。一些关注音乐的人从而去关注诗歌。诗与歌的关系，在我们的诗歌奖上有着合适的体现。再者，比如版画家王巍，她一直坚持每年为一届获奖诗人创作肖像画。从肖像里能看到诗人的精神影像。她做得那么认真，真是异样的感动，我十分珍惜与她的缘分。我知道并非所有的艺术家对诗歌都怀有亲切的感觉，所以遇上懂诗歌的艺术家，就像遇见知音一样。比如毕业于上海戏剧学院导演系的符文瑜，她就是一个有大情怀的人。这些年她一直不遗余力地帮助我策划、导演诗歌奖的颁奖典礼。纵观全国的文学奖颁奖典礼，应该说我们的颁奖典礼是非常有特色的，它在最大的层面上给予了获奖诗人荣光，给予了诗歌尊严。"诗歌与人·国际诗歌奖"每一届的奖杯都不一样。每一年都去找有诗性的奖杯真是困难的事情，但好在总有理解诗歌的艺术家适时出现。比如2017年，我确认德国重要的诗人恩岑斯贝格先生欣然答应接受我们的诗歌奖后，一时之间我找不到理想的雕塑奖杯——也不能说没有，而是没有非常有分量的奖杯。就在没有头绪的时候，我的朋友、雕塑家夏天把著名雕塑家梁明诚老师介绍给我。让我异常感动的是，梁明诚老师赠送了雕塑奖杯给我，让我带着他的作品到德国去颁奖。又想起来，2014年给波兰大师扎加耶夫斯基颁奖时，雕塑家夏天专门给我们设计制作了奖杯。第二年，我们去波兰，在翻译家乌兰老师的介绍下，我们见到波兰著名雕塑家拉德万斯和年轻的雕塑家维西尼耶夫斯卡，他们很感佩我们做的事情，愿意与我们合作，这就有了后来给美国诗人丽塔·达夫和西川的雕塑奖杯。拉德万斯教授的雕塑作品节奏感强烈、张力十足，形式完美、炉火纯青，他创作的是一个走路的人，像是回家，又不断出发；更像一个寻找远方的行者或诗人，一如丽塔·达夫的诗歌，不断抵达，又不断重新启程，追寻着永恒的未知。维西尼耶夫斯卡的雕塑奖杯名为"匹配"，雕塑作品植入装置艺术，个性化地打破了常规，体现出互动与合作的魅力，充满生命的热力和激情。与波兰雕塑家的合作是奇妙的缘分，这都是纯粹的诗歌带给我们的礼物。在中国，我可能是最早把诗歌奖的奖杯做成每一届都不同的人。最初我的设计师朋友刘骊为第七届诗歌奖设计了雕塑奖杯的草图，青年雕塑家陈俊后期来完成创作。这个长着翅膀的诗人形象被我们命名为"大地上的歌者"，这个作品后来被时代美术馆出资放大至五米高，安置在时代外滩花园的草坪上。这个放大成为公共艺术的雕塑，无疑给了我更多的想象空间。诗歌的边界也在这里突破，诗歌文化也得到新的想象。正是这样，我对诗歌奖奖杯做了大胆的尝试，每一届都不同，多年之后就有可能出现一个以诗歌奖为主题的雕塑园。后来的岁月里，我得到了艺术家黄德华、雕塑家陈钢和李超的支持，他们的作品有力地丰富着我们的奖项。

　　为什么把诗歌奖的奖杯做得不一样？好多朋友问过我这个问题，他们担心不同的奖杯不易于形象的传播。我知道凡事有利有弊，我选择与不同的艺术家合作，这对于诗歌与雕塑之间发生的多元联系是至关重要的。光这一条便值得我为之奋斗。再者，我想依托别的艺术形式来把诗歌内在的力量化开，想未来可以做一个国际诗歌奖雕塑园，这应该是一个美好的梦想。令我兴奋的是，我这个梦想在十年后便得以实现。2015年，我遇见陈宇先生，他邀请我回雷州半岛的足荣村，在他生长的村庄建立中国乡村第一座"诗歌主题雕塑公园:诗歌与人·国际雕塑园"。这是异常令人振奋的时刻,诗歌作为一个抽象的概念,因为与雕塑的对接,从而有新的展示空间和维度。我想,除了能妙遇艺术家外,也需要遇见像陈宇这样有理想、有执行能力的企业家,要不你的梦想只能停留在纸上了。是的,落地的诗歌奖雕塑和诗歌奖雕塑园,不像一个人在纸上写诗那么容易,它需要新的观念,需要价值上的认同,需要有能力推动这件事的人,需要一个伟大的理想主义。

三、乡土国际化:从徐闻到广州到世界

问:这个奖当然深深地打上你个人的烙印,你觉得它和广州这座城市的艺术氛围有什么关联吗?

答:我没有真正思考过这个问题,因为离开故乡后,基本都住在广州,这座城市的气息自然就与我有了联结。城市文化是一个容器。"诗歌与人·国际诗歌奖"在广州诞生、成长,成为一个受到瞩目的诗歌奖,这与这里的土壤、气候、人文是有关系的。这个奖可以在中国的任何地方诞生,但奇怪的是它偏偏诞生于广州。二十世纪八九十年代是广州最有活力的时期,一种未曾出现的新的尝试在打破僵化的局面,许多新鲜的事物涌现,更多的人怀着梦想奔向这个不眠之乡。二十世纪九十年代初,我到广州读书,很幸运遇见这个有理想主义色彩的时期。那时许多新的艺术在诞生,比如中国第一个现代舞团——广东现代舞团。那时广州的民刊《面影》也开始诞生。民刊告诉我们,诗人不同于主流文化,他总是离经叛道。虽然广州的民刊与官方并非格格不入,却有着自己不可忽视的声音。民刊团结了一批有着相同价值观的诗人。诗人们喜欢在夜晚到大排档去喝啤酒谈诗歌与未来,也喜欢去看摇滚表演,或者话剧表演、现代舞演出,或者去与一批先锋画家混在一起,比如我就多次参加黄一翰的"卡通一代"的活动。新艺术不断提醒你追求自由的精神状态,你每天都感受着日新月异的变化。

那时候的广州媒体开始发力，诞生了《粤港信息时报》《南方都市报》等厉害的媒体。一时之间，广州成为中国的传媒重镇。尽管那个时候广东电视台也推出很多不错的连续剧，但从精神层面来说，还是纸媒更有深度和宽度。后来出现了华语文学传媒大奖，也就不足为奇。我从小就有英雄主义或者说理想主义情结，所以到广州后，我遇见了这里的土壤，作为一粒种子就开始萌芽。二十世纪九十年代初，广州诞生了《岭南文化时报》，一批当时非常先锋的学者在操持着这份有新人文精神倾向的报纸，我受某种精神感召去当特约记者，生命的初始阶段得到某种人文精神的滋养。再后来，与世宾、东荡子、陈小虎等诗人作家成为无话不谈的朋友，观念相互交融，精神空间一直处于生长的状态，或者保持着频繁的精神联系。多年后，回头展望自己在广州的岁月，会无端生出许多感慨。我相信这座城市里的某些东西一定是影响了我的人生选择。诗歌是生命的基本元素，我碰巧用诗歌的方式构建着可能的生命。办民刊是对内心语境的回应。广州作为一个容器，让我们身在其中；广州作为一个起点，让我们与世界有了新的连接。

诗人西川在一篇文章中谈道："如果说徐闻赋予了黄礼孩乡土生活经验，那么广州带给他的则是都市生活经验和世界眼光。徐闻和广州，在黄礼孩这里，可能不是加法的关系而是乘法的关系。两者互相映照，互相放大，不是放大一倍两倍，而是放大八倍九倍。这是当代中国文学、文化中一个相当有趣的现象：乡土的国际化或者国际的乡土化。在这一现象中，中国本土城市乃至大都市究竟扮演着什么样的角色，值得认真讨论。具体到黄礼孩身上，广州究竟有什么地方不同于中国其他城市，不同于同样是大都市的上海、北京，作为一个文学问题，一定有其特殊的意义。黄礼孩是在广州进行他精神性的书写的。而广州这座城市，曾经直通南洋或者美国、欧洲；从1950年代开始——用一个比喻性的说法——由于西方的海上封锁与国门的关闭，它与北京、上海的关系变成了上下级关系，也就是说，直到1980年代中国的国门再次打开，它通向世界的道路是要途经上海、北京的，尤其要途经北京。但是在现在这样一个时代，广州可以跟北京——

依然是比喻性的说法——没什么关系。黄礼孩从徐闻走到广州,下一步可以从这里直飞巴黎、伦敦、东京、纽约,而且都是直飞。坐飞机的时候我喜欢翻阅航空杂志里标画着一束束、一坨坨飞行线路的世界地图,广州向世界各地散射出航空弧线的礼花。所以广州与世界的关系不是间接关系而是直接关系。我想在这座城市里生活的、写作的诗人,包括黄礼孩,一定有对于世界的直接想象。所以在黄礼孩的诗作里,我看到一些国际题材的作品。国际题材的写作和他对于家乡、对于徐闻、对于雷州半岛的记忆或者关怀,是混合在一起的。这很有意思。这就是说徐闻或者雷州半岛紧连着曼谷、托斯卡纳、挪威森林、阿尔卑斯山、哥特兰岛——只不过由于徐闻基督教的暗中作用,罗马也许看起来有点像大马士革。"西川的这段话,不但把我家乡雷州半岛之于我的意义说出来,而且对广州作为我生活、工作、书写的背景更是有着独特的视角。广州之于我也许就是生命里的能量场。

问:我不知道在你时刻创造奇迹的人生中,这个奖未来会魔术般地变成新的什么,目前有什么新的妙悟和想法吗?

答:一个诗歌奖应该有两面,第一面是可以预测得到、可控的,另一面应有更多的文化想象空间,有一些意外的惊喜。不过,这样一个在外国诗人看来"很特别"的奖,它也有自己的危机,有自己的局限性。我承认这个诗歌奖有着你刚才说的很明显的个人迹象,我个人可能成就这个奖,但也会成为这个奖发展的障碍。个人的生命力总是有周期的,当你年富力强,你还可以办这个奖,但你年老体衰时就无能为力了,所以未雨绸缪是重要的。"诗歌与人·国际诗歌奖"没有依托任何背景,能够创办到今天的样子,应该说是值得欣慰的,但世间的事物不一定按照你喜欢的样子去发展,诗歌奖也是这样。老实说,现在每一届的颁奖还是一件非常艰难的事情,经费还是一个最大的难题,所以建立"诗歌与人·国际诗歌奖"基金会是当务之急。这些年,我遇见不少外国诗人,他们都问这个诗歌奖是如何运作的,是否有基金会作为平台,可见基金会作为一个组织架构对于维持一个诗歌奖的重要性。2014年,大诗人扎加耶夫斯基先生来广州领取"诗歌与人·国际诗歌奖"时,在颁奖典礼上,他动情地呼吁更多的人来帮助这个奖,为这个诗歌奖建起一个基金会。2015年的获奖者美国诗人丽塔·达夫也期待"诗歌与人·国际诗歌奖"有一个常规的资金来源,如此才能引发方向上的转变,才能持久坚持下去。2017年7月,我在慕尼黑拜访被誉为"德国的鲁迅"的诗人恩岑斯贝格先生,他也鼓励我尽早建立诗歌奖的基金会,所以说给"诗歌与人·国际诗歌奖"建立基金会是一项必须做的事情。但这也是最艰难的事情,也许因为艰难,在艰难中建立一个以后长期有效运作的诗歌奖基金就变得更有意义。若没有情愫就没有新的想象力。我相信,一个新的平台,总会带来更多的可能性和想象空间。诗歌是一种抽象的精神,我却在具体的诗歌奖事务中来呈现,所以艺术的手段必不可少,必须把对文学世界和艺术世界的想象纳入颁奖自身。总的来说,你做的事情必须有激情、有意念、有渴望、有趣,包括对外部世界的全新觉知,你才能够获得奇思妙想。一个重要的诗歌奖应该前所未有地开创它的境地,从而去遇上了不起的诗人,就像诗人等待着他的作品的诞生。我希望更多伟大的诗人来塑造这个诗歌奖,持续与这个奖发生共鸣。诗歌天生是开放的,诗人与诗歌奖之间就像一个文本回应着另一个文本,像一个空间回应另一个空间,也像一道光回应另一道光,我想,这是最美的奇思妙想吧。

关键词：先锋文学

作为一种精神姿态的"先锋文学"

吴义勤　陈培浩

先锋文学是当代文学影响巨大的文学现象，同时也在当代文学史上迅速经典化并凝固为重要的认知装置，至今依然对写作现场产生重要影响。因此，谈论先锋文学，不仅是廓清作为二十世纪八十年代文学思潮之先锋的来龙去脉，也要对先锋如何发生、先锋落潮之后如何转型和续航、今天如何看到先锋文学的遗产和债务等问题做出文化诊断。

本期邀请两位新锐批评家——徐勇、徐刚对此话题贡献高论，二位均是当代中国青年批评家中的佼佼者，对先锋文学也用力多年。他们的论述于聚讼纷纭中别开生面、新论迭出。徐勇对当代作家、作品的熟悉程度几近如数家珍，在他看来，后先锋时代"先锋小说某种程度上其实就是通俗文化的重要组成部分"，他警惕将先锋绝对化的倾向。徐勇指出，后先锋时代，先锋小说家纷纷转型，既有将先锋实验融入写实笔法的，也有走出原来的形式实验室而看似急剧转型的，先锋思潮刷新了人们对文学性的认知，先锋文学的终结，其实是先锋文学的弥散和敞开。徐刚则在二十世纪八十年代文学背景下讲述了"先锋"与中国纯文学的诞生故事。"先锋文学的本土化，由此带来的先锋的隐匿与转化，让那些技巧与观念'飞入寻常百姓家'，成为今天文学的基本表现方式"，他强调了先锋思潮对"70后""80后"作家的重大影响，但基于更加当下的问题意识，他也不回避"'纯文学'的意识形态，无法释放它在想象人的更合理生活时的乌托邦能量"的问题。"在新的历史条件下完成对'纯文学'观念的自我批判，意味着并非简单地舍弃追求理想的文学诉求，而是试图探寻一种更有效的释放文学与文学研究的批判能量的路径。"他的立论辩证而发人深思。

今天我们回望先锋会发现：先锋并不是一种凝固的文学风格、现象和立场，毋宁说，先锋是艺术场域中的一个精神位置或一种精神姿态，它最敏锐最激烈地回应特定历史条件下的文化迫切性。所以，二十世纪三十年代上海左翼作家是先锋的，二十世纪八十年代营构叙事迷宫的作家是先锋的……但先锋不能被先验地锁定，先锋之所以是先锋，就在于它敏感、挑战、冒犯，有时它冒犯一套积习多年的语言秩序，化身为倡导新诗的胡适；有时它反对文学成为传声筒，醉心于回到文学自身。它自外于已经过于封闭的艺术秩序，它撕开并召唤着一种想象世界的新可能。因此，先锋永不过时，永远值得期待！

"后先锋时代"的文学实验：一种风格的诞生

◎徐 勇

最近几年，关于先锋的终结、转向及其自 1990 年代以来的"续航"，一度成为学界热议的话题。表面看来，这与先锋文学三十年的到来有关。三十年的时间段，所谓半个甲子，在中国人的意识里，恰好是可以回顾总结的期限，各种文章的出现似乎也回应了这一隐秘而潜在的要求。但事实并非如此。关于先锋文学的话题，其实一直都是学界关注和讨论的话题，此前不断被重提的"文学性"话题，以及"重返八十年代"的提出，都可以看成是这一热点议题的前声。对于先锋文学，我们不能仅仅停留在其反叛和反拨——也即"破"的表现——的层面，而应看到其实验的积极性的一面。也就是说，作为文学潮流，它虽然很快就偃旗息鼓，但其留给后代作家和研究者的启发却是长久的。关于这一话题，并不会随三十年的过去而消失于地平线之下，相反，它会是文学界常议常新的话题。因为，只要文学创新不会成为过去式，先锋文学就会不断地被重启或激活。两者之间的逻辑关系，1980 年代的文学对此已经做了最好的诠释。

一

关于先锋文学的话题，可以以两个例子作为开头。一个是洪峰和他的《苦界》（1993），一个是王威廉和他的《获救者》（2013）。作为"先锋五虎将"

之一的洪峰，他的小说形式实验之彻底和极端，或许只有北村和孙甘露可以比拟。但就是这样一个以形式探索为其追求的先锋作家，进入1990年代后在似乎没有征兆的情况下写出了《苦界》这样可称为通俗传奇文学的作品，此后是越发向下，贴地行走，先后写出了《革命啦革命啦》《梭哈》等写实主义之作。两者之间的转换和跳跃，就像作者2006年的"乞讨"工资事件和前几年在云南被打那样，实在让人震惊和诧异！读者不禁要问，这样一种从形式创新到内容"低俗"之间的过渡是如何完成的？它们之间是否如很多人以为的那样不可逾越，或者说两者间根本就不存在鸿沟？这是发生在1990年代（即《苦界》的出版）的事情。另一个是几年前的事情，即王威廉的《获救者》的出版。王威廉是1980年代生人，他的小说与他的同时代作家（即"80后"作家）有很大的不同。这种不同在于，他始终围绕形而上的思考和文学形式的创新之间展开他的文学实验，其"'法'三部曲"（《非法入住》《合法生活》《无法无天》）等作品让人想起1980年代的先锋作家们的努力。但就是这样一个追求思想和形式两方面的创新与探索的作家，他的《获救者》却给人一种感觉，即这一作品几乎不需要什么改动就可以直接拿去改编成电影。也就是说，在这一小说中，思想的探索虽然具有形而上的倾向，但因包裹在惊险离奇的故事的讲述之中，两者之间的张力关系，恰恰给电影的拍摄带来便利：越形而上，越具有电影的"改编性"和"可译性"。这一小说告诉我们，现代主义或后现代主义文学的实验之作，与时尚文化之间并不是彼此对立的，相反，它可能且可以被文化工业所收编或吸纳，从而失去其形式创新或探索所带来的冲击力。

这里之所以选择洪峰和王威廉作为例子是想表明，文学史上有些表面看似截然对立的文学现象或文学类型，它们之间并不是格格不入的，恰恰相反，它们构成黑格尔意义上的辩证转换关系。这两则例子告诉我们，所谓文学的形式创新和内容设计之间，有时候会以一种时间上的错位的方式（如洪峰），或空间上扭结于一身（如王威廉）的形式彼此共生、缠绕与呼应。这也说明，所谓的文学先锋与通俗文化之间，其实是可以互通款曲和暗度陈仓的。我们对此应该有充分而清醒的认识。

关于先锋与通俗之间的关系，还使我们想起另一个例子，即苏童的《妻妾成群》被张艺谋拍摄成电影《大红灯笼高高挂》。关于《妻妾成群》的先锋性不容置疑，因为这篇作品曾作为《中国先锋小说精选》（甘肃人民出版社，1993年版）中的第一篇被先锋文学研究的权威批评家陈晓明收入其中。编选者陈晓明的理由是，"这篇看上去古典味十足的小说，也显示了非常现代的叙事方法；它强调语言感觉和叙事方法，依然未脱形式主义外衣，因此，它作为'先锋派'的代表作，也恰如其分"[1]。也就是说，这篇作品虽然常常被视为"新写实"的代表作，或被认为"带有回归传统的意向"，但仍不能掩盖其浓厚的"先锋性"。换言之，这里的"先锋性"是就文学的语言表达而言的（"强调语言感觉和叙事方法，依然未脱形式主义外衣"），它一旦被拍成电影，其语言和叙事上的先锋性便会在影像媒介的作用下丧失，这时，其显现出来的可能就是通俗性或传奇性了。或者还可以这样理解，电影具有调节、沟通文学的"先锋性"与通俗性的功能。而这，似乎正好解释和说明了前面提到的王威廉的《获救者》的矛盾性。

苏童小说的这种情况告诉我们，"先锋性"很多时候是一种语言性的构成，它与文学的存在形式和接受方式有关：它是通过个体的阅读而完成的作者和读者之间的语言的沟通与交流。换言之，只要不改变故事的结构形态，这样的先锋文学可以没有障碍地被改编成电影。这也说明，一旦转换叙事的载体，文学的"先锋性"就会消失。可见，这里的"先锋性"是一种文学的特有属性。它与故事本身无关，而只涉及故事的讲述或者说"叙事"。也就是说，这里的故事和故事的讲述是可以彼此两分的，故事可以剥离出来，并不影响故事的讲述的"先锋性"。马原的小说的"叙事圈套"、格非的"叙事迷宫"等等，大都属于此类。他们的小说都有很好的故事内核，而也正是这故事内核，决定了他们的小说在阅读上并没有障碍，因此，一

---

[1] 陈晓明选编：《中国先锋小说精选》，兰州：甘肃人民出版社，1993年，第75页。

旦被改编成电影,其讲述上的"先锋性",反而可能带来或增加电影的悬念,而这恰恰也是电影所需要的。

还有一种先锋小说,比如说北村的《聒噪者说》等。这样的先锋小说中,其形式上的实验是与故事的讲述密切勾连的。也就是说,它既无法复原一个完整的线索清晰的故事,也不追求故事的离奇或曲折。它只关注讲述本身,对讲述的本身的兴趣远远大于对故事的完整性的追求,其结果是,我们只看到讲述而看不到或辨识不清故事的面目。但这样的先锋是先锋小说创作的极端倾向,北村本人自己也有所意识。其1990年代以来的转向通俗,在某种程度上表明的正是这种"此路不通"后的调转倾向。

从前面的分析可以看出,先锋小说与通俗文学之间,并不是截然对立的。它们之间,很多时候只要转换一下载体就能很好地对接。也就是说,先锋小说某种程度上其实就是通俗文化的重要组成部分。看不到这点,便无法理解先锋小说家洪峰1990年代的转型,以及王威廉小说《获救者》的双重性,更不用说叶兆言和苏童的小说(比如说叶兆言的《艳影》和苏童的《米》)常常可以无障碍地被改编成电影——他们常常自如地游走于先锋和通俗之间就是很好的说明。这是我们今天看待先锋文学时需要注意的问题。明白了先锋与通俗、先锋与常态的关系,就可以讨论先锋自1990年代以来的"续航"和延伸了。

二

其实,当我们谈论1990年代先锋文学的转型的时候,我们往往会说先锋作家转向或回归到现实主义。这样说当然没有问题,但可能忽略了一点,即,对于不同的作家,他们的转型其实是有很大的区别的。事实上,对不同的作家而言,他们转型的路径多有不同。比如说叶兆言,我们从他1990年代以来的作品中仍能看到其先锋的痕迹,这种痕迹在其近作《刻骨铭心》(2017)中仍能见出。小说中的"元小说"的写法让人想起《采红菱》（1993），但对于读者而言，并不觉得费解或有什么阅读障碍。叶兆言自1990年代以来，虽然也写出了《驰向黑夜的女人》（也叫《很久以来》），以及《没有玻璃的花房》《一九三七年的爱情》《走进夜晚》等趋向传统现实主义的作品，但他并没有停止先锋小说的写作路子，比如《采红菱》等都可以看成是先锋小说的余绪。也就是说，叶兆言一直是在先锋和传统现实主义之间来回穿梭，他是在同时采用两副笔墨进行创作。但若细读叶兆言的先锋和现实主义之作又会发现，两者之间就阅读的感官而言，其实并没有大的差别。在叶兆言那里，先锋和写实其实是互通的：叶兆言是在用写实的笔法展开先锋式的文学实验，或者相反。在他那里，从先锋走向写实，或从写实走向先锋，其实只有一步之遥。因此，他的作品也最具有迷惑性，比如说《白天不懂夜的黑》（2015），把作者/叙述者自己放进小说故事中以此暴露真人真事的写法，让人搞不清楚哪里是虚构哪里不是虚构。此乃似真性效果下的写实与先锋间的"耦合"。他的《刻骨铭心》亦可看成是先锋和写实的变体，其中把历史真人、真事和虚构人物、人事糅合在一起，读来浑然不觉有什么差别，结尾却又点明这是虚构，以此暴露其"元小说"式写法。相对于此前的《一九三七年的爱情》和《白天不懂夜的黑》，《刻骨铭心》似又向先锋前进（或后退）了一步。这就是叶兆言。在他那里，转型与不转型，并不明显。

但对于北村和洪峰那样的形式实验趋向极端的先锋作家，则又截然不同了。他们的转型都很急剧，就像急转弯一样。洪峰的情况前面已经提到。1990年代以来，北村的转型也相当明显：他从早期那种叙事形式上的极端，转向了另一端，即现实/历史题材的写作和故事的讲述，写出了传统现实主义式的《台湾海峡》和《武则天》。他此时的作品另一个更主要的特点是宗教倾向十分明显。不论什么题材（很少例外，除了《台湾海峡》和《武则天》），他开始倾心于苦难和救赎的主题，写出了《愤怒》《玻璃》《鸟》《望着你》《我和上帝有个约》《公路上的灵魂》《安慰书》之类的作品。但若以为北村的转型是一下完成的，则又是大谬，因为，早在先锋小说创作时期，北村的作品，诸如《聒噪者说》《施洗的河》等作品中，就有浓重的宗教意味和神性的东西在，只不过那时，宗教的神性是被包裹在叙事和形式实验当中，叙述的迷宫掩盖了神性的光芒。转向基督教，真正具有了信仰，才使得北村的作品具有了现实反映的深度。因为宗教的原罪意识和救赎主题，现实的苦难在他的小说中有了格外突出的表现。

前面提到的例子告诉我们，对于先锋小说家而言，只有在趋于极端的情况下，他们的转型才会明显。洪峰和北村属于那种把先锋小说的形式实验推向极端的例子，正如陈晓明所说，"他（指北村——引注）的探索表明了当代小说所达到的可能性、复杂性和危险性"①。北村的转型某种程度上可以看成是走投无路后的幡然醒悟和充分自觉。趋向极端的结果就是，要么急剧转型，像洪峰和北村（北村的情况要稍为复杂些，他的转折经历了一个过程）；要么就此打住并撤退，像孙甘露1990年代中前期出版的长篇《呼吸》。对于孙甘露，陈晓明早在1990年代初期的时候就已经预言："孙甘露是挑战者也是殉难者，他拆除掉小说的那些形式规范之后，他只能面临无所事事的恐慌。孙甘露的破坏并不意味着当代小说的诞生，恰恰相反，最后一道界限拆除之后，人们再也无法保留最后的幻想和最后冲刺的欲望。孙甘露不是原地踏步就是往后撤退"②。

这里之所以特别提出叶兆言和洪峰、北村，是想指出，他们是作为先锋小说写作的两端出现的：一个是趋向于传统写实一脉，像叶兆言；一个则是趋向极端形式主义和叙事上的实验，像洪峰、北村和孙甘露。而像格非、余华、马原、苏童、潘军等大多数先锋小说家，则是处在两者之间。这种游移决定了后面这些作家转型时的矛盾态度和种种可能。马原就属于犹豫不决的那种，之后不久停止了小说写作，多少也与转型不成功有关。而像余华、格非、苏童等，他们的先锋写作倾向于故事的讲述和氛围的营造，转型也更为便利。但也正是这种游移和不彻底，使得转型后的这些先

---

① 陈晓明选编：《中国先锋小说精选》，兰州：甘肃人民出版社，1993年，第224页。
② 陈晓明选编：《中国先锋小说精选》，兰州：甘肃人民出版社，1993年，第182页。

锋作家们的作品很难真正做到写实或实写。比如说格非、苏童和余华，他们的作品往往具有一种夸张、隐喻和戏剧化的效果。这在苏童的《河岸》《黄雀记》，余华的《兄弟》《第七天》等作品中都有体现。

也就是说，转型后仍带有先锋余韵的不是那些特具先锋探索精神的作家，而是那些看似不太先锋与极端的作家，比如说叶兆言，比如说格非。格非的《望春风》（2016）仍可以看成是先锋精神的当代呈现。换言之，对于那些把形式实验和叙事探索推向极端的作家，他们后来的创作转型也越彻底，而对于那些本就温和的、看似不太先锋的作家，他们的探索则并没有走到尽头，并没有被耗尽，所以在1990年代以来，他们的作品中仍能看到先锋精神的流风余韵。而这也说明，对先锋的探索，并不会随着洪峰、北村和孙甘露等人的极端式表现而终结，这种探索会在其他那些并不太先锋或极端的作家（比如说吕新）那里，以另一种形式延续或复活。这也说明，所谓"先锋的续航"，很大程度上就是针对这些作家而言的。

因此，从某种程度上讲，先锋写作，其实可以看成是一种试错机制，它尝试了文学的各种写法，一再把形式实验推向极端，然后后退。正是在这反反复复及其平衡点的选择中，它把文学形式如何同现实与经验对接的命题推到了作家们的面前。也就是说，1980年代的先锋文学思潮把这一命题或难题留给了这之后的文学实验。先锋文学在提出了文学写作的各种可能的同时，也提出了文学写作的限度问题。

三

陈思和在《先锋与常态》一文中，把先锋与常态视为文学发展的两个层面和两种形态："时代变化，必然发生与之吻合的文化上和文学上的变化，这种变化是常态的，是指20世纪文学的主流……另外一个层面，就是有一种非常激进的文学态度，使文学与社会发生一种裂变，发生一种激烈的撞击，这种撞击一般以先锋的姿态出现。"①这里的先锋与常态的区分，是就思潮而论的。也就是说，用此一分类来分析1980年代中后期的先锋派无疑是符合的，用来分析先锋派的退潮和转向也是有效的。但对于1990年之后的文学实验，这样的区分却是不够的。因为就像南帆在一先锋小说选本的序言中所说的那样，先锋派之后的先锋叙事实验已经布不成阵，不可能有所谓思潮或流派出现了。②而且，这些作家的构成也十分庞杂，很难整齐划归，其中既有传统现实主义作家，有现代主义文学的代表人物，也有一直尝试形式实验的一拨。某种程度上，1980年代的先锋派已经成为1990年代以降作家写作时的重要传统，或者说影响的焦虑，横亘在他们面前。无论他们是选择对话还是刻意绕开，先锋派都是作为潜在的对话者存在的。这就是文学史传统的力量，也是1980年代以来的文学创新精神及其传统的表征。1990年代以来的文学要想创新，就不可能绕开先锋派。

也就是说，作为一个潮流或流派，先锋文学早已成云烟；作为一种精神，先锋文学则永不会枯竭，以至于今天，在文学写作中仍能看到其余韵或变身。各大文学刊物发表的作品中，总有标榜先锋实验的作家作品厕身其中。比如说棉棉的《失踪表演》③。李洱的长篇《花腔》（2002）的出版，更是让人有先锋重新回到文坛中心的感觉。只不过，他们（它们）在今天已无法获得先前的殊荣，人们似乎也并不投去过多的目光。毕竟，马原诸人都早已转向。这说明，作为一个潮流，先锋实验的时代已经远去，今天有的只能称之为先锋文学落幕后的"后先锋写作"——先锋文学之后的形式实验。他们布不成阵，因而只能以零散的方式显示自身。但这样一种碎片化的存在方式，又何止是先锋文学本身？可以说，文学早已经成为碎片化的存在，而这，恰恰又是作为潮流的先锋文学所直接/间接地制造的结果：他们不遗余力地以宏大叙事的解构为目标，文学迎来了微小叙事的年代，也造成了"轰动效应"

---

① 陈思和：《先锋与常态——现代文学的两种基本形态》，《文艺争鸣》2007年第3期。
② 南帆：《边缘：先锋小说的位置》，参见南帆编选：《夜晚的语言（先锋小说卷）》序言，北京：社会科学文献出版社，1998年。
③ 棉棉：《失踪表演》，《收获》2017年第3期，第22—58页。

的消失。

即使如此，我们仍想指出的是，作为思潮的先锋文学虽然落幕了，但作为文学探索精神的"先锋意识"却深入人心且具有弥漫性，其影响无疑是多方面的，也是巨大而深远的。就先锋文学思潮之于1990年代以来的文学实验而言，其影响主要体现在两个方面：一方面，文学的边界不断被扩展，"文学性"命题不断被提出；另一方面的表现是，对文学"真实性"命题的不断质疑和重提。

先锋文学思潮的出现，使得人们对于"何为文学？"这一问题有了更多和更包容的认识。"文学性"不再是一劳永逸的命题，它必然随着人们的大胆创新和实验而不断拓展和刷新。在这方面，王安忆和贾平凹的小说创作，很有症候性。王安忆的《纪实与虚构》可谓后先锋时代先锋写作的代表。这是一种以叙事者讲述的方式把先锋写作的元小说技巧与现实主义的纪实原则并行不悖地统一起来的做法。这样一种故事讲述与分析求证相结合的方法在这之后的《匿名》（2015）中仍有延续。相比之下，贾平凹虽然较少有形式上的实验，但他也在不断尝试小说中故事的新的讲法，比如说《带灯》中把诗意的文字与枯燥的药方并置一起，两者之间的张力极大地拓展了小说的叙事能力。比如说《老生》，通过把《山海经》嵌入小说中创造了故事讲述的"互文性"文本。这些都是在传统的故事讲述的框架内的创新和探索。另外一种文学性的拓展则以韩少功的《马桥词典》为代表。沿着这一思路而来的，有贾勤的《现代派文学辞典》（长篇）和霍香结的《地方性知识》（长篇），等等。这是一种以物写人的做法。所谓村庄的物事，虽表面看来充满了精确性、实证性或者说"物性"，但这背后涌现出来的却是文化和大写的"人"（不是"大我"）。这是以舍弃"小我"及其对个人生活的展示，以去表现这背后的大写的"人"的做法。某种程度上，可以看成是文化寻根的先锋化倾向。第三种文学性的拓展，是仍在继续马原等人所开创的先锋文体实验的一脉。这些都是散兵游勇，其中以李洱、刘恪、刁斗、墨白、黄孝阳、康赫等人为代表。李洱的《花腔》《遗忘》《导师死了》，特别是后两篇，在一种典型的后现代式的把文学还原为文字游戏的惯例中，创造了传说与现实的互文关系的写法，有力地拓展了文学性命题的新的边界。刁斗《小说》把马原开创的元小说模式向前推进一步，创造了非虚构和元小说的结合。墨白和刘恪则延续了格非的叙事迷宫传统，墨白的《雨中的墓园》让人想起格非的《谜舟》中所制造的迷宫，而刘恪的《无相岛》则创造了象征手法与迷宫意象相结合的新形式。更有甚者，康赫的长篇小说《人类学》皇皇巨著130余万字，堪称先锋文学实验的集大成之作。

四

应该说，先锋文学除了不断刷新人们对"文学性"的认识之外，其对今天的另一个重大影响还表现在对文学"真实性"问题的反思与重构上。先锋文学让我们清楚，所谓文学真实，其实是一种"似真性"叙事效果，先锋文学通过对文学"似真性"的还原，让我们明白了文学的叙述本质，进而对真实产生新的认识。也就是说，文学并不是对"本质真实"的揭示，文学的真实只是一种效果，叙事上的效果，甚至连表象上的"现象真实"都不是。

显然，这是对此前传统现实主义的反拨。它们之间往往构成一种隐秘的对立关系。可以说，正是在这点上，先锋文学与新写实小说之间具有了同构关系。但先锋文学是以形式上的实验来达到这一诉求的。这种形式上的实验主要表现在两个方面：第一，它通过暴露小说"元小说"技法的方式以展示其文学"真实性"的叙事特征；第二，通过还原小说的叙事性和游戏性（即"可写的文本"游戏性）以达到对小说背后隐隐存在着的主题的悬置。如果说第一种方式达到的主要是对故事的"现象真实"的颠覆的话，那么第二种方式达到的则是对"本质真实"的颠覆。就后一种而言，这种还原小说的叙事性和游戏性的做法，在洪峰、北村和孙甘露那里有极端的表现。也就是说，在他们那里，文本游戏被推到了极端，以至于1990年代以来少有继承或延续。先锋文学对"真实性"的拆解影响，1990年代以来的，主要是在第一点上。这在李洱的《花腔》中有鲜明的表现。小说中，叙述者一上来（在《卷首语》中）就告诉我们核心主人公葛任的死亡，这就是"真实"。但对于他是怎么死的，我们始终不甚了了。小说作者/叙事者（葛任的后人）通过小说的写作试图还原主人公的死亡，结果却发现，越是努力，越是无法抵达主人公死亡的真相。这就有像卡夫卡《城堡》中的想进去而始终不得的悖论，不同的是，这一小说始终是以"有甚说甚"式的"我不是耍花腔"的形式"耍花腔"，其结果，真相就在这真真假假的叙述、考证和分析中变得越发扑朔迷离了。也就是说，这是一种以"真实"的面目的方式"反真实"，是一种以考证式的形式完成的对真实的颠覆。所谓的历史真实，其实就是叙述出来的结果，取名"花腔"其意正在于此。《花腔》中虽然没有直接使用"元小说"的技巧，但因其中列出的很多书名等等，其实是作者虚构出来的，某种程度上，这是在做另一种意义上的虚构的自我暴露。它并不是要去质疑历史的真实本身，而是对如何抵达这一真实提出了自己的质疑和反思。

叶兆言的《刻骨铭心》（2017）则是在另一种意义上使用"元小说"的方式。小说一开始就以自我暴露的方式表明他在写一部名叫《刻骨铭心》的小说，他写作时的困惑，以及他的设想。这使我们想起马原的《虚构》。这是小说的第一章。然而从第二章开始，作者隐退，主人公出场。小说的故事背景也一下子被拉回到1930年代的南京，开始讲述主人公们的故事。这一部分中，有真实的历史事件，例如民国时期发生在南京的"首都计划"、新生活运动，以及南京沦陷等；有这些历史事件中活跃的真实的历史人物，蒋介石、宋美龄、孙传芳，以及国民政府南京国都设计技术专员办事处（国民政府为实行《首都计划》而设）处长林逸民，章太炎，徐悲鸿的夫人蒋碧微等。这些历史事件构成了小说中的真实背景，在这些历史人物之外，作者还虚构了一些人物，如秀兰、希俨、彭绍、碧如、丽君、俞鸿等，乃至首都警察厅厅长冯焕庭都是作者虚构的产物。作者让这些虚构的人物生活在前面提到的历史人物周边，读者读来完全分不清哪是事实哪是虚构。也就是说，作者在这里创造出了真实的历史人物和虚构的主人公，真实的历史事件与虚构的事件彼此融合，形成真假难辨的叙事效果。但在小说最后，作者却又忍不住跳出来告诉读者：

"我的长篇小说《没有玻璃的花房》，曾写到一个叫李道始的人，他是戏剧学校副校长，也就是俞鸿夫妇所在的学校领导。"（《刻骨铭心》）也就是说，此一小说中的俞鸿夫妇是作者另一部长篇小说中的主人公。这样一来，也就完全颠覆了作者此前的所有叙事，并告诉我们：此前的那些都是小说笔法。换言之，读者读到的"真实"都是一种叙事效果，是文学的"似真性"，与历史真实完全是两回事。但作者似乎又不是要去质疑历史真实，他的意图是想通过这种似真效果的揭示表达对历史真实下的个人日常的深切关注。在所谓历史的轰轰烈烈和沧海桑田之下，人们的日常生活的惯性或逻辑并不因此而改变，甚至也不会改变。这是在以一种"元小说"的手法来表达对历史大事背后的日常生活的肯定。"文学真实"是一种叙事的真实，它的目的不是要去还原历史，而是要还原大历史下的活生生的个人和氤氲充沛的烟火气息。也就是说，叶兆言通过一种"元小说"的手法所要完成的仍旧是"文学是人学"的主题。他所看重的，其实是日常生活的惯性所包裹着的质地坚硬的构成部分，如果说有"真实"存在的话，这就是"真实"！先锋技法在这里实际上成了向传统敬礼的方式。

五

今天，虽然先锋文学早已经转向或不再被人们所关注，但其在"文学性"和"真实性"等问题上所展开的思考，无疑启发了日后的作家和理论家们，令他们受惠不已。从这个角度看，先锋写作向"后先锋写作"的转向其实也就是意味着先锋文学从一个流派转向为一种风格。也就是说，先锋文学作为派别虽然落幕了，但作为风格却获得了新生。某种程度上，先锋文学的谢幕，其实也就意味着先锋文学的弥散和无限的敞开。可见，"后先锋写作"并不是先锋的终结，而是先锋的重生。

表面看来，先锋文学的转型与回归，其显示出来的是传统现实主义"收复失地"的胜利。但这是更高意义上的重复。历史很少会以同样的面目重复上演两遍。也就是说，先锋文学的出现及其转型，不仅打破了现实主义一统天下的格局，也使得先前的现代主义文学实验迅速谢幕。先锋文学不仅针对现实主义，也在内部瓦解了现代主义。这也意味着，在经过了先锋文学的洗礼后，现代主义文学不可能再以原来的面目出现。此前从两个方向——文学主题的探索和文体形式上的实验上展开的文学探索，随着先锋文学的到来与转型而逐渐合二为一，现代主义文学创作逐渐被统合到先锋文学的形式探索中去了。比如说王威廉的"'法'三部曲"，以一种很少见的第二人称叙事口吻讲述一个带有现代主义的主题与命题。或者说两个方面的探索都被统合到一个作家不同时期的创作实践之中，以至于很难再做主题探索和形式实验的强分，比如说李洱既写出形式探索极强的《花腔》，也写出现代主义意味颇浓的《你在哪》（短篇），但如果仅仅把《花腔》视为形式实验显然是低估了这部小说，同样，《你在哪》也不能被简单归入到主题探索的脉络中去。

这种现象还在另一个类型文学——科幻文学中有独特的呈现。比如说韩松的《地铁》和《高铁》，以及李宏伟的《国王与抒情诗》。韩松的小说，让我们有一种置身于科幻现代主义中的感觉，科学的异化是他常常思考的命题，而《国王与抒情诗》则创造了科幻写作与意识流技法的奇特结合。韩松和李宏伟的例子告诉我们，转型后的"后先锋写作"创造了纯文学与通俗文学的融合的趋势。先锋实验被包裹进流行写作中，作为类型文学的构成因素被回收，使其在先锋派落潮后获得另一种意义的重生。这样一种倾向，在王小波那里更是有着奇特的表征：王小波创造出先锋小说大众阅读的"奇观"。关于王小波小说的"先锋性"似乎不用怀疑，但他的小说并不像其他先锋小说那样只限于小众读者范围内的阅读接受，相反，他的小说不仅一版再版，销量可观，而且有着多种不同的版本。这在资本逻辑大行其道的今天不能不说是一个"奇观"！在某种程度上，这即意味着，先锋的也可能是大众的，而这，也更加印证了本文开头所提出的观点，也即，先锋和通俗或大众之间，其实只有一步之遥。这种现象，在1980年代中后期，显然是难以想象的。但这恰恰就是先锋文学转型后的"后先锋写作"——一个不可忽视的事实！

"纯文学"的罪魁，或永恒之"异"的文学
——"先锋文学"的再反思

◎徐 刚

将对先锋文学历史遗产与债务的思考，放在整个当代中国现代主义文学浮沉的脉络中来考察，进而勾连起"纯文学"与文学自主性的经验与教训的历史议题，是在文学现实感骤然匮乏的今天所急需面对的问题。作为传统现实主义文学的反叛者，"异质性"的"先锋文学"无疑具有重要的文学史意义，但其"纯文学"的审美诉求客观上造成的"去政治化"的文学方式，又需对文学与现实脱节的现状负责。然而问题的关键在于，在反思"纯文学"弊端的同时，亦不能过于绝对，仍需辩证地审视其中的经验和教训，探寻更有效的释放其批判能量的路径，这也是今天作为永恒之"异"的先锋文学的意义所在。

一

我们在梳理二十世纪八十年代以来当代文学对于西方现代主义与先锋派文学的接受脉络时会发现，五六十年代冷战格局中被看作"颓废、没落的资产阶级文化"的西方现代主义，经过八十年代文化逻辑的转换，成了当时"世界文学"最前沿的标志，这一"先进文化"被作为反叛传统现实

主义规范最有效的文学资源。让我们看看茅盾的《夜读偶记》，再看看徐迟的《现代化与现代派》，历史的脉络已然清晰。

对于中国当代的现代主义与先锋派文学的倡导者来说，首先当然是为了补上现代主义这一课，并积极在现代主义与中国的现代化建设之间建立联系。这是二十世纪八十年代初期，具有现代主义色彩的文学蔚为大观的重要原因。这也就像余华所表达的，"我们今天的文学已经和世界文学趋向了和谐，我们的先锋文学的意义也在于此。在短短的十多年时间里，我们的文学竭尽全力，就是为了不再被抛弃，为了赶上世界文学的潮流"。他说得没错，那个时候的中国作家，承受着"落后焦虑"的压力，纷纷以文学的方式，追寻着"现代"的奇迹。一时间，宗璞、王蒙等人的小说被辨认出"卡夫卡的影响"或"东方意识流"的影子，而到了刘索拉、徐星等人的创作，则清晰见出"垮掉的一代"和"黑色幽默"的初步特征，甚至是格非，也一度被称为"中国的博尔赫斯"。这种第三世界的"欠发达的现代主义"的影响的焦虑，是二十世纪八十年代中期当代文学本土化的现代主义与先锋派文学兴起的重要背景。

从文学史的叙述来看，我们一般会将马原、莫言和残雪等人的创作视为当代先锋小说的真正开端，认为他们分别在叙事革命、语言实验与生存状态三个层面展开了先锋文学的艺术探索。具体来说，马原的《虚构》《拉萨河女神》《冈底斯的诱惑》等文本，以"元叙事"手法打破固有叙事的"似真幻觉"，用"叙事圈套"消解现实主义手法造成的真实幻觉，这在叙事革命的层面几乎铭刻了先锋文学的所有记忆。"我就是那个叫马原的汉人，我写小说，我喜欢天马行空，我的故事多多少少有那么一点耸人听闻。"熟悉中国当代文学的朋友，大概能够轻松回想起那个自命不凡的文学天才，那个不可一世的先锋狂徒，在二十世纪八十年代文坛掀起的惊涛骇浪。这个曾经发明了独特的"叙事圈套"的"写作的汉人"，几乎凭一己之力，创造了彼时"纯文学"的叙述神话。而在其之后，格非在《褐色鸟群》《青黄》等小说中竭力建构的叙事迷宫,则进一步将对现实的怀疑推向了极致。而在第二个层面,莫言的小说被认为"形成了个人化的神话世界与语象世界",其感觉方式的独特性在于"对现代汉语进行了引人注目的扭曲与违反";紧随其后的是孙甘露,后者在语言实验的路途上走得更远,《信使之函》《访问梦境》等篇什专注于幻象构筑和诗性探索,并彻底斩断了语言与现实的指涉关系。而就第三个层面,即生存状态而言,残雪的《山上的小屋》《黄泥街》等作品以丑恶的意象隐喻世界对人的压迫,将一种个人化的感觉上升到对人的生存状态的寓言层次;余华则发展了残雪对人的存在状态的探索,《现实一种》《世事如烟》等小说以一种冷静的笔调描写死亡、血腥与暴力,并以此为基础揭示人性的残酷与存在的荒谬。

综合以上描述来看,文学观念的变革,语言的自觉,以及叙事形式的全面更新,大概可以算作二十世纪八十年代先锋文学最重要的文学成就,尤其是1985年文学新观念新方法的猛烈冲击,使得形式和叙述方式被摆到了重要地位。现在看来,这种美学变革的历史意义无论如何强调都不过分。先锋的魅惑性恰在于极有效地激活了文学的想象力,在那样的文学环境中,无疑具有激动人心的力量,其影响延续至今,而这也是我们今天重新讨论先锋文学的政治性时需要认真面对的理论前提。

现在看来,先锋派文学的"异质性"主要体现在叙述形式、表达方式及话语形态上脱离了当代文坛的主导形态,呈现出一种难以被主流话语命名和言说的特征。这种"异质性"当然意味着对传统文学的决然反抗,因此这也是其政治性的重要内容。比如,余华在《虚伪的作品》中提出,"我所有的努力都是为了更加接近真实",而他所谓的"真实"就是"针对人们被日常生活围困的经验而言"的"形式的虚伪",这也意味着摆脱了传统"反映论"式的语言观。在他看来,文坛主流文学里"各种陈旧经验堆积如山",因此对当代文学形式的破坏,探寻一种"不确定的叙述语言",正是抵达"真实"的首要步骤。在展示这种文学革命的思路时,余华具体讨论了他寻找"最为真实的表现形式"时所借鉴的文学传统，即西方的"20世纪文学"。在很大程度上，余华将文学史上"19世纪文学"与"20世纪文学"之间的差别，对应于当代中国文学现实主义和先锋小说的差别。此后，余华相继在《川端康成和卡夫卡的遗产》《两个问题》等文中表达的"世界主义"的文学主张也令人印象深刻，"如果我不再以中国人自居，而将自己置身于人类之中，那么我说，以汉语形式出现的外国文学哺育我成长，也就可以大言不惭了"。如果我们看看余华的《我能否相信自己》，再看看薛忆沩的《文学的祖国》，大概也就不难理解先锋小说家们的这种"世界主义"的文学理想了。本着这样的主张和理想，他们悬浮于当代中国的"地点和时间"之外。在他们那里，只有世界、祖国与人类这个核心议题，因此他们孜孜以求地扮演着自己国家的批判者和陌生人。

这便从语言、形式以及情感态度上都完美实现了对过往革命现实主义文学的美学反动。这种现代主义的文学运动，加上启蒙史观的历史支援，使得二十世纪八十年代中期开启的这股文学观念的激烈变革，将以现实主义为核心的文学样式彻底击毁，取而代之的是"纯文学"观念的深入人心。尽管在短暂的辉煌之后，先锋文学的倡导者与实践者迅速回撤，转向了日常生活叙事，并与这个商业时代的中产阶级美学趣味合流。但不可否认，先锋文学的艺术实验，为此后文学观念与技巧的变革，做了非常重要的基础普及工作。在"纯文学"观念的烛照之下，"文学性"成为我们今天评价文学的重要尺度。而在此之中，叙事革命、语言实验与生存状态等层面，则是这些尺度的重要因素。先锋文学的本土化，由此带来的先锋的隐匿与转化，让那些技巧与观念"飞入寻常百姓家"，成为今天文学的基本表现方式。比如，我们读到格非的《望春风》时，恐怕没有人对小说中突然跳出来的叙事者感到诧异；而陈应松的《还魂记》则号称"用最先锋的形式，讲好中国故事"……对于经典作家来说，经过先锋文学的洗礼之后，原本高明的叙事手法已然成为家常便饭，而

"纯文学"的读者更是对此见怪不怪了。先锋小说所做的文学普及工作，使得技术和形式在今天不再成为问题。

二

如果说叙事形式与技巧的全面更新，是先锋文学最为重要的文学成就，那么它对年轻一代作家写作之路的深切影响，则是我们今天评估先锋文学遗产时的重要话题。"70后"一代写作者中，相当多的人都是从阅读先锋小说，乃至直接学习先锋小说家开出的大师书单中汲取写作灵感的。说到此处就不得不提起先锋小说家的阅读史。或许在当代作家群体中，没有谁比先锋作家们更热衷于谈论自己的"阅读史"，更为频繁地提及自己所热爱的文学大师，而这些大师不出所料地，绝大部分是二十世纪八十年代前期译介并被命名为"现代派"的大师。马原在《作家与书或我的书目》等文章中表现出了对罗布·格里耶、萨洛特、约翰·梅勒、巴思、乔伊斯、福克纳、博尔赫斯等现代主义小说家的熟稔和喜爱，而正是马原等先锋小说家的引导，使得卡夫卡、普鲁斯特、乔伊斯、加缪、福克纳、马尔克斯、博尔赫斯、昆德拉和卡尔维诺等一票作家，顺利培养了年轻一代的文学趣味。

比如，弋舟就曾被人认为是一位先锋小说家，但他的小说却是不折不扣的城市文学，他更多探讨这个时代城市人的精神疾病。他讨论人性的深邃，刻骨的孤独，以及毫无来由的抑郁和同样没有原因的极端情感。从某种程度上看，他的小说其实是与幽暗深邃的实在界打交道的。在他笔下，人性的真相像深渊一般让人不寒而栗。《所有路的尽头》写出了人物内心的创伤、怯懦与卑微，以及"一个人一无所有的，孤独"，弥漫其间的是历史颓败的沧桑感，毫无缘由的宿命感，以及无因的病态和神秘气息。同样深受先锋小说影响的还有李浩，但他的小说却显示出与弋舟截然不同的气质。这位喜欢琢磨小说与魔法的关系的河北作家，经常自诩为魔法师或炼金术师。

他操持着手里的语言，安然而自得其乐地做着虚构世界里的国王。由此来看，其小说的先锋性一目了然，那些语言的伎俩，翻译体的文风，可以看出从卡夫卡到昆德拉，再到卡尔维诺一脉作家的影响。在李浩那里，讲什么并不是最重要的，怎么讲才是生死攸关的问题。因而他的小说，即便如长篇《镜子里的父亲》，也不是通过故事情节来推动叙事，而是通过某种意义上的絮叨、自我的辩驳，以及更为复杂的形式追求，来组织和填充小说的内部。在他的小说里，我们可以真切地看到他与想象的读者的较量，以及和自己的影子殊死搏斗的痕迹。

还有王威廉和陈志炜等年轻作者，也被认为是新一代先锋文学的翘楚。尤其是年轻的陈志炜，其风格化的特点在于从技巧、文本而非"生活"进入文学。他并不乐于通过叙事的方式呈现意义和细节，比如在故事的讲述中，让人物去行动、说话、思考。在他这里，生活只有一些符号化的片断，并不连贯。他更愿意沉浸在一种能指的滑动中，叙事者陷入到沉醉甚至迷乱的状态，而更像是语言自身在不断运转、自我咏叹，寻找某种韵律、节奏以及内在的快感。另外的特点则在于，他依靠灵感，一种情绪和一闪而过的意念写作，并不受既成的文体观念的限制。他的《柠檬》《犀牛》《老虎与不夜城》等篇什既有荒芜的工业感，又具某种赛博朋克（Cyberpunk，电脑科幻小说，以受技术与电脑控制的虚构未来世界为背景）的味道，兼及强烈的荒诞、反讽风格，同时拒绝一种相对明晰的象征或寓言，其作品非常轻盈，但又和卡尔维诺式的轻盈完全不同。

不仅是年轻作者，甚至是先锋文学的"头牌人物"马原自己，也无法摆脱当年的写作路数。失去了先锋文学掩护的马原，几乎丧失了小说叙述的能力。"复出"后的《牛鬼蛇神》以"文化大革命"故事开启全篇，但作者却完全沉浸在青春与成长的怀旧情绪之中无法自拔。此后，他相继发表《纠缠》与《荒唐》，都试图以更直接的方式切入当下现实。但和余华那部饱受诟病的《第七天》一样，小说虽试图以"正面强攻"的姿态切入现实议题，但其呈现的方式却不能令人恭维。直到《姑娘寨的帕亚马》这部"顶礼神性云南"的作品，才让人看到了些许希望。小说讲述"我"在虚实两种维度中探寻哈尼族祖先及其历史传承的故事。它在结构上双线并行，流水账式的散文游记中隐没着一个匪夷所思的悬疑故事。小说不经意地切入"我"与帕亚马的奇遇，从而引出这个原始森林中如梦如幻的世界。帕亚马，那个腰间冒着青烟的裸体，意味着族群的起源与原始的野性。这个让人心醉神迷的神秘男人给了"我"诸多思想的启悟。然而，神性与世俗的分野终究让"我"与他分道扬镳。令人感慨的是，马原早年独步江湖的"叙事圈套"已然借此神性回归。就此，这位当年的先锋作者在对现实与个人记忆的徒劳捕捉之后，又重回虚构，在翻云覆雨的快意和虚张声势的奇迹中，领略先锋叙事的剩余的激情。

三

有遗产就必然会有债务，这是我们讨论先锋文学时必须拥有的态度。先锋文学以降，"文学性"的张扬所带来的问题，是我们反思当下文学流弊的重要维度。在我们今天的青年写作中，先锋文学的"滋养"所造成的审美弊端已然开始充分显现。越来越多的作者倾向于在某种清晰的叙事框架里努力融入自我的层面，显示出一个特别文艺腔的文本样态，这种刻意制造的虚幻缥缈的意蕴，将故事原本清晰的脉络不断引入模糊与抽象。这些先锋派的手法更像是给作品刻意加入的"作料"，却因其芜杂混乱而并没有让小说"食材"本身的味道更加醇厚。

最近，在一篇讨论范雨素的文章中，诗人王家新提到了米沃什的《阅读安娜·卡米恩斯卡日记》。他如此引用，"她不是一名卓越的诗人。而这才是关键：一个善良的人不必懂那些艺术的把戏"。这无疑是在提示我们，当面对那些矫情夸张，打磨得过于精致的"文学性"时，朴拙与单纯反而成为这个时代最为珍贵和稀缺的元素。这也让人想起某个场合，青年作家石一枫所坦率谈到的，我们当代作家对现代/后现代的二十世纪西方文学过于沉溺，而与批判现实主义的十九世纪欧洲文学渐行渐远，这种偏颇直接造成了当下文学的无力。石一枫的言论恰好与前文所提到的余华的说法截然相反。这里的问题固然客观存在，但我们当然不能把罪责都归结到"先锋文学"的头上，尽管问题的产生也不能说完全与此无关。

正是在这个意义上，有人认为，先锋所倡导的回到文学自身的绝对化，客观上造成了文学与时代关系的隔绝，"纯文学"离现实越来越远。而反思"纯文学"，重估现代主义与先锋派文学的美学遗产，也顺理成章地成为近年来理论批评界的一股潮流。为此，李陀先生提出"重新发明文学"，矛头指向"八十年代的负面遗产"，认为它一味迷恋语言实验和形式元素，过于关注文学内部，而忽略社会现实，使得写作变成了与社会现实无关的"个人的事情"。而"重新发明文学"就是要"充满批判精神地去创造适合今天时代的新的文学"。因为二十世纪八十年代的文学形式和审美趣味已经不适合今天的读者了，而从"十九世纪文学"，而非"二十世纪文学"中获得借鉴，目的是要让文学"重新成为可以帮助人思考的东西"。

现在看来，"纯文学"的后果固然使得文学与现实互动的纽带被剪断，但文学在二十世纪九十年代的失效，却并不在于这种观念本身。如评论者所指出的，更深层次的原因可以从比格尔《先锋派理论》中的"体制内批判"与"体制外批判"的区分中找到。比如在"文学性"问题的讨论中，相关的理论批判仅仅止于对"纯文学"观念的挖掘，认为"文学丧失了介入社会能力"，然而所谓文学的自律体制，"具有彻底的政治性的内容仍在起着作用"。因此，文学在90年代"失效"和"失势"的根本原因并不在于"纯文学"观念自身，而在于"纯文学"的体制与具体作品内容的政治性之间的"张力关系"的消失。也就是说，"纯文学"的意识形态，无法释放它在想象人的更合理生活时的乌托邦能量。

因此，重新反思先锋文学，并积极建立文学与时代的关系，或许并不意味着对先锋文学历史遗产的全盘否定。面对时代的严峻任务，追求一种具有思想性，也更加朴素刚健的新美学固然可喜，但更重要的也许不是简单地回到十九世纪，完全摆脱现代主义，而是如何以一种新的文学来内化现代主义与先锋派的文学遗产，即并非简单的对立或翻转式的否定，而是致力于把现代主义和先锋派吸纳进现实主义文学的空间内部，将二者有效调和起来。对先锋派的反思也正是为了重获文学的复杂而非简单，换言之，把非历史的东西历史化，把非政治的东西政治化，把本体论的东西时间化、叙事化，由此打开一个新的批评可能性，使现实主义的美学更加新颖、丰厚，更具文学的质感。

因为无论如何，先锋文学那永远求新求变的精神终究值得铭记，这毋宁说是文学变革的永恒命题。今天，时过境迁的"先锋文学"依然被人看作一种自由的艺术精神，一种反叛的力量，或一个具有变革性的文学潮流。如陈晓明所言"先锋性可以是作家、诗人及艺术家的精神气质"，或者如谢有顺所说，"先锋就是自由"，而所谓的"先锋精神"，也被郑重地表述为："意味着以前卫的姿态探索存在的可能性以及与之相关的艺术的可能性，它以不避极端的态度对文学的共名状态形成强烈的冲击。"因此，在抽离了语词的历史性之后，永远的"先锋文学"其实就是那个带给我们永恒之"异"的文学，这是在任何时代都值得敬仰的。这或许才是我们今天反思"纯文学"，重新检讨现代主义与先锋派文学遗产时需要注意的问题。换言之，在新的历史条件下完成对"纯文学"观念的自我批判，意味着并非简单地舍弃追求理想的文学诉求，而是试图探寻一种更有效的释放文学与文学研究的批判能量的路径。

关键词 第三代诗歌

"第三代诗歌":可能的遗产

吴义勤　陈培浩

什么是"第三代诗歌"?按照洪子诚先生的描述,"一种意见是,它专指始于二十世纪八十年代前期由韩东、于坚等提倡,由'他们''非非主义''莽汉主义'等社团继续展开的诗歌线索。他们主张诗与'日常生活'建立有'实效'性质的连接,与'浪漫主义'模式保持警觉的距离,在诗歌风貌上呈现'反崇高''反诗意'和口语化的倾向。其他的理解,则倾向于将'第三代诗歌'看作'朦胧诗'之后的青年先锋诗写作的整体"。诚然,今天就有很多研究者在努力描述和阐释"第三代"在日常主义、解构主义倾向之外的新古典主义倾向。不管如何,"第三代诗歌"无疑是二十世纪八十年代最重要的文学景观之一:一群通过与前辈断裂而成功谋求自身文学史位置的诗人,一场极大地拉近了汉语与日常生活关系的诗歌运动,一个边写作边自我建构但又不能不称之为天才辈出的时代……

今天，回首"第三代诗歌"，我们不仅想在二十世纪八十年代的历史语境中还原，也希望在更长的时间维度中反思"第三代诗歌"可能的遗产。在我们看来，值得提出的问题包括：一、作为当代文学史上第一个自觉以"代"自我命名，以"pass上一代"为口号的写作潮流，"第三代"之后，以"断裂"之名的出场策略成了常规操作，这进一步加剧了当代诗歌场域乃至文学场域的戏剧性、泡沫性和迷惑性，"第三代"虽不能为此负全责，但似也不能免责。二、"第三代"迅速经典化的原因。应该说，"第三代诗人"的自我建构与八十年代"重写文学史"潮流的因应契合是"第三代"经典化的重要原因。彼时，摩拳擦掌的文学史家需要"先锋文学""第三代诗歌"这样崭新的文学旗帜来满足新的文学史叙述的渴求。就此而言，"第三代"不仅是一种客观描述，也是一个具有生产性、建构性的文学装置。三、如何看待"第三代诗歌"的美学遗产。"第三代"的内部丰富复杂，它所呈现的诗歌伦理也曾在特定时代化解了汉语的僵硬症。但在今天空前复杂的文化背景下，口语性、消解性写作并不能为我们找到有效的精神出口。

本期邀请的两位批评家——霍俊明、刘波，他们既是青年评论家的翘楚，也是"第三代诗歌"的研究专家。霍俊明的文章《"卡夫卡和他的前辈们"或站在餐桌旁的一代——"第三代诗歌"影响的焦虑与剖析》在梳理了"第三代"诸多来源的基础上，重点关注"第三代"与前辈诗人"断裂"背后的影响之焦虑问题。显然，如他所说："上一代人的传统、形象以及新一代的新的传统和新的形象之间到底是什么样的关系呢？就是主动或被动吗？就是老去和更新吗？就是单向度的惯性循环吗？就是担任'孝子'和'逆子'吗？是纯然的真理还是偶然的误会？显然不是。"可是，问题在于，那些天赋异禀的优秀作家，更不用说天才作家了，他们都深信自己是属于自己的独一无二的"语言英雄",因此,"他们预先设计了英雄的形象,使新时代的精神内容得以具体化"。由是,霍俊明的文章由"第三代诗歌"而引申出文学家如何在伟大的传统和伟大的自我之间进行斡旋的有趣话题。刘波的文章《价值的"中间物":"第三代诗歌"的影响与反思》同样提出了有趣的话题:比如过早经典化的"第三代诗人"如何在挣脱上一代之后挣脱自己?在他看来,"第三代诗人"以朦胧诗人为"他者"而发现了自我"进化的可能","中间代"与"70后""80后"诗人,又从各个方面赋予了"第三代诗人"以"被超越者"的形象。"反过来,'朦胧诗人'对'第三代'诗人有着不可忽视的影响,同样,'第三代'诗人对于'中间代'和'70后'、'80后'诗人来说又是突围的对象。这种代际的超越与被超越、影响与反影响的格局,正是中国新时期以来先锋诗坛的风景,它已经成为一种传统,一种可以不断更新的'行动的力量'。"

或许可以这样说,代际概念倾向于将某一代表述为不可替代又横空出世的存在,而历史化的表述则倾向于在尊重"代"的独特性的前提下重新发现历史的连续性。显然,时过境迁之后,没有人能够绕过历史。

"卡夫卡和他的前辈们"或站在餐桌旁的一代
——关于"第三代诗歌"影响的焦虑与剖析

◎霍俊明

> 孤独的反叛，语言或历史在地下捣乱。
> ——奥克塔维奥·帕斯《诗歌与世纪末》

开　端

"谁造谁的反？""谁革谁的命？"这两句话冒出来的时候连我自己都吓了一跳。实际上这是一次不容回避的追问。为什么二十世纪以来的中国汉语诗歌往往是在高分贝、不容置疑、真理在握式的造反与革命的斗争中进行的？纯诗与非纯诗、抒情与叙事（戏剧化）、口语与非口语、经验与超验、介入与疏离、个人与整体、知识分子写作和民间写作、"朦胧诗"和"第三代"，一定程度上都是这种二元对立思维的产物。这种实有的或预设、假想的"对手"以及二者之间内在的复杂性，今天必须被重估。

上　篇

1986年，《诗刊》社第六届青春诗会在山西举办期间，于坚和韩东展开了几次长谈,谈话更多集中于北岛和朦胧诗。一次对话的开头,于坚第一句就是"在成都有人问我,是不是要和北岛对着干。我说,我不是搞政治的"①。但是,就"第三代诗歌运动"和其时诗人的集体历史焦虑症来说,政治诗学却构成了一个极其重要的维度和动力机制。在循环往复的当代历史结构中,诗歌往往体现为社会运动的一面,比如"第三代诗歌运动"就非常具有代表性,"还有什么能比这场诗歌运动更能反映'革命'在二十世纪所具有的特殊魔力呢?开天辟地的宣言、惊世骇俗的壮举、反传统、对权威不屑一顾、密谋、串联、审时度势、唯我独尊、(在纸上)拉山头、搞飞行集会,诸如此类,举凡人们熟悉的种种革命的常规意识、方式和手段,这里大多不缺。在某种程度上,甚至可以说这场运动像是一面记忆的凹镜,容涵着形形色色的革命风云并把它们混而为一:农民起义的、城市暴动的、红卫兵的;达达主义的、'拉普'的、'波普'的,如此等等。"②

先来看看"第三代诗歌"错综、歧义的发生。一般研究者大抵认为"第三代"这个概念源于《第三代诗会》题记:"随共和国旗帜升起的第一代人/十年铸造了第二代/在大时代广阔的背景下,诞生了我们/——第三代人"(《现代诗内部交流资料》)。兰州当年曾经有一本名曰《第三代》的油印刊物,封面写有:"北岛他们是第一代/北岛的那些子孙们是第二代/我们是第三代",并引埃兹拉·庞德的诗句:"哦/自大透顶的一代/别扭透顶的一代"。而万夏等人则认为"第一代人为郭小川、贺敬之这辈,第二代人为北岛们的'今天派',第三代人就是我们自己"。温儒敏、赵祖谟的《中国现当代文学专题研究》则认为"'五四'时期把诗从文言文中解放出来的白话诗人是第一代,'文革'后把诗从政治工具中解放出来的朦胧诗人算第二代,而他们这些把诗从群体意识中解放出来的诗人便是第三代"。周伦佑则认为"第三代"这一概念的提出者是毛泽东,而对诗人的这种划

---

① 于坚、韩东:《在太原的谈话》,《作家》1988年第4期。
② 唐晓渡:《重新做一个读者》,《天涯》1997年第3期。

分尽管是代际的,但是其前提仍是社会性的。而1985年5月由四川省青年诗人协会编印的铅印诗集《现代诗内部交流资料》只是重提了"第三代人"这一概念(《亵渎中的第三朵语言花·第三代诗与第三代诗人》)。可见,对谁是第一代、第二代、第三代,"第三代"的说法具体在哪一年出现,以及这一概念的具体指涉,都存在着诸多争议。

于坚、韩东、尚仲敏等继起的诗人对"朦胧诗"的反拨,当然也是策略性的,挑战总得找到一个最合适也最容易引起关注的对手,"年轻一代诗人对'朦胧诗'的'反动',只不过是他们自己作为一种新的亚文化精神得以确定的契机。他们之所以选择'朦胧诗',乃是因为'朦胧诗'作为过去时代诗歌精神最后的代表,更天才,更艺术,也更勇敢地表现了他们自己时代的精神"(于坚)。但是,在二十世纪八十年代的"第三代诗歌"运动中,这代表了其时很多人的诗歌认识以及急于更新诗歌史的集体冲动。而从当代诗歌内部和写作谱系来说,任何一种类型的写作都存在着天然的局限性,"第三代诗歌"也同样如此。然后,对于"第三代诗人"和评论家来说,身处其中的"当事人"身份使得他们对前次诗歌以及同时代诗人的判断往往会发生偏颇。而一种公允的评断倒是成为稀缺的精神资源,我想到陈超1988年夏天关于"第三代诗歌"的清醒的、客观的、深透的理解力,"现在,'第三代诗'相对'朦胧诗'的实质性进展是难以回避的事实。对这个事实的理解我以为应持心平气和的态度。这是艺术变构的自然规律,不是谁'报销'谁的问题。对'朦胧诗'的异质者们来说,不能忘记诗歌形态产生要依赖一定机缘。事实上,当一个时代的生活不再以政治生活为唯主时,真正的艺术才可能出现。江河早年曾为他的一组长诗命名为《没有写完的诗》,但这种品位的诗他还是很快写完了,他开始了新的《交谈》,这个事实对我们会有启发。"(《观点:第三代诗的发生和发展》)

批评家和文学史叙事更乐于将北岛等"朦胧诗人"与此后的"第三代"进行比照并且对后者持以批判的态度。北岛等人是不会被历史遗忘的,但是他们的不被遗忘也不应该是以否定、牺牲和打击"第三代诗人"为前提

关键词
第三代诗歌

和代价的。

关于二十世纪八十年代诗歌的"青春期写作""才子写作""业余写作""文化写作""意识形态写作",唐晓渡、于坚等人都有过非常精准的"历史性"评价。实际上,不只是"朦胧诗""海子""青春期写作""才子写作""抒情诗写作"值得深刻反省,二十世纪八十年代的"第三代诗"、先锋诗、实验诗自身同样是需要反省的。"第三代人"和"第三代诗歌"因为过于激烈的"自我意识"、"革命心理"和"运动作风"也草草结束了在诗歌史的使命。当强化"第三代人"的时候,很多诗人和当事人却忽视了一点,即"朦胧诗"在二十世纪七八十年代是如何对前代诗人和诗歌进行造反和革命的。当年的"朦胧诗"与前此的当代政治抒情诗和主旋律的诗歌相比同样是个人的、先锋的、实验的、反叛的、民间的、地下的,只是程度、方式、责任、重点和方向与后此的"第三代诗人"不同而已。从1978年北岛在《今天》创刊号上的发刊词《致读者》可以看出一代人不无强烈的诗歌史意识,即重新看待"文化大革命"以前的诗歌写作,并且张扬出新一代人在文学和历史上的双重意义以及相当强烈的登上时代舞台的迫切心理,"历史终于给了我们机会,使我们这代人能够把埋藏在心中十年之久的歌放声唱出来,而不致再遭到雷霆的处罚。我们不能再等待了,等待就是倒退,因为历史已经前进了。"在政治文化语境和诗歌写作转折的年代,《今天》确实起到了不容忽视的作用。钟鸣尤其强调了《今天》对"第三代诗人"的影响,但钟鸣认为《今天》的影响也是选择性的,自己就没有受到《今天》的影响。他认为这和《今天》上的诗歌写作在美学趣味上仍然僵化有关,"《今天》的作品,单纯得仍让我感到一种固定的美学折射,还没有完全松开关节上的木螺钉。"[1]

于坚说自己是"站在餐桌旁的一代",这无疑属于局外人、旁观者的一代,疏离、独立。这种"局外人"与北岛等诗人的"启蒙者""文化英雄""社

---

[1] 钟鸣:《旁观者·第二卷》,海口:海南出版社,1998年。

会精英"的身份确实有着非常大的差异。今天看来，二者的身份意识在当时不同的社会文化语境中都是成立的、有效的——当然也都有时代限制，即使是在"盘峰论争"中激烈反对于坚的唐晓渡（于坚也同样激烈反对唐晓渡），早在1988年11月的一篇文章中也强调了于坚那种"局外人"身份在诗歌写作中开掘生命领域和强化语言意识上可取的一面。值得分析的是"局外人"实际上是一种独立、自我的边缘位置上的怀疑立场，是个人主义和自由主义的。韩东曾经比较过二十世纪六十年代出生的人和二十世纪五十年代出生的人与"正统信仰"关系上的代际区别，"五十年代出生的则不然，他们不仅有着正统信仰的少年时代，而且将正统信仰带入了自立的成年，他们切实地依赖过它并深知其功能与效果"，"六十年代出生的人无真正信仰，但有某种精神需要，同时他们深知：因需要产生的信仰是不诚实的。理论上相信真理的存在，又觉得遥不可及，因此在拥有真理的问题上常常自卑。他们宁愿将有关问题悬置，也不要虚假的赝品。这是一种分裂性的存在，虽说有某种真实性可言，但为此他们要付出高昂的代价"（《六十年代出生的人》）。

尤其是对"第三代诗歌"而言，校园文化、民刊文化以及传统的纸媒时代的官方机制（比如《飞天》的"大学生诗苑"对大学生诗歌和"第三代诗歌"的推动）都具有不言自明的重要性。而投稿的艰难和有限的公开刊物（官方刊物）及其体制原因也使得当时的民间诗刊大面积出现，甚至民刊的位置也被大大提升。而从二十世纪八十年代的期刊生态来看，诗人的写作、发表和交流形态注定了诗人同仁圈子的广泛出现，而这正是为了抵制"黑暗中的写作"。这种写作是自我获启式的。民刊确实在当时的正统刊物权力之外为"第三代诗歌"提供了阵地并加大了各自之间的美学上的差异，但是其中仍然有着政治文化和意识形态上的最后反光。这一时期的诗歌传播仍然禁忌颇多，这种仍然不自由的诗歌生产和传播状态也在很大程度上刺激了这些民刊的自发产生和独立发展。这些转折年代的诗人也试图在一些官方刊物中寻找几个突破口以便进一步提升这些"地下诗歌"的影响。

而无论是作为运动的"第三代",还是作为写作实体和文本现实的"第三代",都在泥沙俱下的同时创造了新的可能,提供了新的契机,制造了新的秩序,同时也提供了同样多的破坏、限制、危险、混乱和无序。这无论是在二十世纪八十年代还是二十一世纪的今天,都是值得重新检视和反思的。具体到一个诗人不同时期的写作,其差异也是明显的,这都需要写作者具有自我认知、调整的能力,"我年轻时候写作是为与某些东西(语言、意识形态)较量,批判、反抗,或者表现自己的与众不同。最近却越来越'为人生'而写作,但批判的立场依然如故,我无法把写作当成纯粹的游戏,采取玩世不恭的态度。"[①]"朦胧诗""第三代诗"之间存在着"时间进化论"层面的龃龉,后来的于坚则指认文学不存在什么进化论,"诗人写作反对诗歌写作中的进化论倾向。诗人不可以为最好的诗歌总是在未来,在下一个时代。诗歌并不是日日新的。诗歌不是进化的。"[②] 质言之,诗歌是伟大的共时体结构,而非历史性的明争暗斗、厚此薄彼、你死我活。而从更长的时间段来看,"朦胧诗"和"第三代诗"的缺点将被一如既往地扩大,从而为后继的诗人、群体和运动的新的合法性浇筑新的地基,"'今天派'诗人和'第三代诗人'可视为英雄主义时代的革命者。他们满怀革命激情,是理想主义者,是无畏的赶路者。与'今天派'诗人和'第三代诗人'以集体暴动登场方式不同的是,稍后的'地方主义'诗人,却是以静悄悄的方式出场的。他们虽然赶上了一个看上去更为重要的时间节点——世纪之交,那里面纠缠着让人浮想联翩的末世情结,但他们的表现,一如他们的写作那样,表现出了冷静、理性、开阔、个性鲜活的成熟汉语诗歌特质。他们安静地散落在全国各地,没有相互串联着赶赴一场轰轰烈烈的出场仪

---

① 于坚:《为世界文身》,西安:陕西人民教育出版社,2015年,第184页。
② 于坚:《拒绝隐喻:棕皮手记·评论·访谈》,昆明:云南人民出版社,2004年,第74页。

式，而是由内心出发，守住脚下的土地和内心的孤独，通过写作自身完成一场来自诗歌内部的革命，一场静悄悄的革命。"①

下　篇

　　诗歌的运动化和活动化使得表层越来越受到关注，反而诗歌的内质以及某种新质的缓慢发生和累积的过程被忽视。换言之，我们更为关注的是外部的活动、生产、传播、影响，而在很大程度上忽视了诗歌的自律性和内部特征。

　　哈罗德·布鲁姆在《影响的焦虑》《影响的剖析》中自始至终谈论文学的影响问题，这几乎是一个不言自明的文学史事实。影响的焦虑或影响的剖析一直在陪伴着一百年来的汉语新诗，这涉及中国本土诗人的形象建构和语言传统，影响的方式、效果、方向以及反作用和可能性等问题。甚至在某种程度上，西方诗学的影响成为汉语诗人无法回避的命运。而谈论"第三代诗歌"和二十世纪八十年代诗人以及现象的时候，我们似乎总会与那时强行形成的"断裂"地带相遇。这显然是就"朦胧诗人"（"今天诗派"）的影响的焦虑形成的结果，而今天看来这需要重新甄别、剖析。尤其是在"第三代诗人"集体"断裂心理"、"对手交锋"、"抢占座位"、"弑父意识"和急于抖掉"陈旧包袱"而另立门户的运动心理的驱动下，上一代人的传统、形象以及新一代的新的传统和新的形象之间到底是什么样的关系呢？就是主动或被动吗？就是老去和更新吗？就是单向度的惯性循环吗？就是担任"孝子"和"逆子"吗？是纯然的真理还是偶然的误会？显然不是。

　　任何一代人的写作都不可能是凭空产生、"拔地而起"的。即使是"第三代诗人"的代表于坚，他的写作同样不是从零开始的，而且早期还曾受

---

① 谭克修：《地方主义诗群的崛起：一场静悄悄的革命》，载谭克修主编：《国际汉语诗歌·第1卷》，北京：线装书局，2013年，第329页。

过《今天》和食指、多多、北岛的影响。"朦胧诗人"对其他诗人尤其是后来诗人所产生的是巨大的影响的焦虑，无论是具体的个案研究，还是整体的文学史叙事以及诗歌的对外传播，他们都给其他诗人形成了前所未有的压力，"正如人们可能总是会站在这种充满激情的格言一边，于坚的诗无论如何还活着，并且将会给那些说起当代中国诗歌就只会想起北岛和杨炼的西方读者带来一个新的发现，即一个完全不同的然而对于中国而言极具代表性的诗歌方向的发现，这一诗歌方向对读者而言是值得注意的"[1]。但是，场域意义上的"影响的焦虑"并非意味着前代写作者（"文学前辈"）对后来者（"新人""文学青年""后起之秀""新锐"）具有先天的优势以及时间序列形成的权威，但是后来者们总是怀有某种难以挣脱的"父辈"般的规训和魔咒。尤其是对于那些个性奇异和写作才能足够强大的优异写作者来说，他们反过来会因为能动性和自主性而改变单向度的影响过程，而对其他诗人甚至前代诗人构成一种"时序倒错"的影响和反射。2017年的访谈节目《十三邀》（第二季），许知远和西川在城郊凤凰山附近（本意是寻访七王坟，但是因施工封闭无法进入，西川将之调侃为卡夫卡《城堡》里K的境遇）进行了一次从下午到暮晚的对谈。此次谈话中西川尤其强调了强力诗人的重要性——而任何寻求某某主义的诗人都是二手诗人，这个时代的诗人很容易成为"烂诗人"——也就是带有了成为自己的个人可能，而不是像二十世纪八十年代那样更多的是向另外的诗人学习和模仿。

诗歌必然是互文意义上的，很多的诗歌具有某种精神的相通性。是的，诗人和诗人之间总会存在着彼此的寻找（包括跨时代、跨语际的）——心领神会、志同道合。也就是在互文的意义上，有些诗人之间的文本和精神世界更具相通性和谱系性，尤其是在写作与日常生活的关系上。对于同一种语言系统比如汉语来说，诗人与诗人的影响更多是单向度的，而非交互

---

[1] ［德］马克·郝尔曼：《深深地沉入他的时代的黑夜之中》，载马绍玺、胡彦编：《以个人的方式想象世界：于坚的诗与一个时代》，北京：生活书店出版有限公司，2015年，第157页。

性的。尤其是北岛那一代人对后代诗人的影响导致了巨大的反弹。对于现代诗而言,其焦虑更多是对前辈诗人以及其他诗人的不满甚至反抗,而在阅读汉语之外的异域诗歌的时候,每一个汉语诗人似乎都乐于罗列出长长的外国诗人名单。似乎每一个汉语诗人的身前都站立着诸多西方文学大师的影子。不只是诗人,小说家也是,包括像莫言、余华、格非、苏童这样的作家在所列出的喜爱的作家名单中几乎无一例外都是外国作家。但是回复到当代诗歌在二十世纪八九十年代的具体文化语境,"诗人与诗人之间的相互寻找"又具有更为深层的复杂原因。这不是一个简单的阅读资源的问题,而是与整体的精神型构、社会转变和对话冲动关联。这种诗人与诗人、词语与词语之间发出的寻找以及摩擦、龃龉甚至冲撞几乎成为"第三代诗人"和二十世纪八九十年代诗歌的精神症候和必备的精神练习。即使是北岛、于坚、韩东、王家新、西川、杨黎等人也不能例外,区别只是在于话语呈现的方式不同。尽管多年来于坚反对诗歌是一种"知识性写作",但是任何一个诗人都有自己的阅读史,都不可避免地受到阅读和同构性知识的影响。比如于坚所说的自己的情况:"我容易与那些注重具体事物,注意世界作为'现象',而不是本质、精神实体的作家产生共鸣。如新小说派、自然主义、形式现实主义、传记、纪录片、乔伊斯、普鲁斯特、奥登、罗布·葛利耶、弗洛斯特、拉金、威廉斯一类。写作方式也倾向于描述的、相对客观的、冷静的、细节与具体的、非隐喻的、清晰的、物性的、形而下的。"于坚谈论自己的阅读史时是兴奋莫名的,而对于其他诗人以及年轻诗人的阅读则往往不屑一顾甚至充满各种批评意见。针对于坚内外有别的态度,西川则强调:"我承认,我曾受益于中外许多诗人、作家。同样,于坚也不能否认他曾受益于弗罗斯特和垮掉派。而据我所知,伊沙早期受益于舒婷和傅天琳(我有他早年的书信为证),后来又受益于他误解了的后现代主义。这都是知识。这有什么了不起?就像普鲁斯特受益于罗斯金,博尔赫斯受益于史蒂文森,金斯伯格受益于惠特曼,何必自己要掖着藏着抢占一个创造力的制高点来挖苦别人?我要说的是,大家互相知根知底,否则我们也白读了那些书。"①

无论诗人是主动承认还是被动表态甚至沉默不语，诗人与诗人之间发生的影响是不可避免的，这是事实。尤其"第三代"这样经历过阅读饥渴症的一代人必然要进行补课。阅读和写作尽管不发生直接、硬性的主导性影响，但是一个诗人在不同阶段显然都会有自己所倾向的阅读重点和中心，也会在写作发声程度上受到不同的影响。既然"影响""竞争机制"不可能完全避免，既然"诗人内心的诗人"必然存在，那么最关键的则是一个优秀的甚至伟大的诗人如何在关系链上确立自己的个性和精神肖像。除了接受资源具有个人性差异之外，更重要的则是诗歌中转化资源和表达知识的方式不同。"第三代诗人"如此，国外的大师级诗人亦然，"在我们的谈话当中，梅里尔总是避免一切关于诗歌影响的讨论，我也很乐意分享他这种宁静谨慎的态度。可以猜测，他很明显地在这个问题上采取善良的立场。"②

影响的焦虑必然发生在前一个时代与后一个时代之间，这在"第三代诗歌"这里有着极其强烈的体现，裂缝、断裂由此会被强化出来。"从前"和"今天"的对比以及撕裂从来没有像今天这样不可思议的荒诞而又无时无刻不在发生。为此，诗人必须在语言中有所回应，我深深认同西川的看法——任何时代都不应该被浪费。而不幸的是，诗人在回应时代情势的时候很容易成为社会伦理和道德的替代品——正义在握、大言不惭，而在诗意和诗艺上却未见更多的"发现"。我们今天重新思考当年的"第三代诗歌"对"朦胧诗"的态度，尽管有运动的造势和更为年轻诗人的"僭越"与"攻讦"的焦虑情结，但是在诗歌美学尤其是语言层面我们看到了其间的差异以及后者对"前辈"诗人的必然性的不满。同时需要强调的是，目前的新诗史写作和新诗研究

---

① 西川：《思考比谩骂更重要》，载杨克主编：《1999 中国新诗年鉴》，广州：广州出版社，2000年，第539页。
② ［美］哈罗德·布鲁姆：《影响的剖析——文学作为生活方式》，金雯译，南京：译林出版社，2016年。

仍大都认为"今天"诗歌与此后的"第三代诗歌"之间存在对立和差异，而事实却需要进一步甄别和反思。

  影响的焦虑，必然还涉及代际之间天然或人为的区隔。从二十世纪七十年代人类学家马格丽特·米德（美国）写出影响甚巨的《代沟》之后，"代际"研究就从来没有被冷落过，尽管争议之声也并未中断。李泽厚在《中国现代思想史论》中指出"代际"的概念和划分不是仅指生理年龄，同时也涉及文化特征和社会意识。在我看来，有时候代际有其过渡期和模糊性的一面，而代际之间的差异是否就是像文学史家指认的那样界限分明、一目了然？是否代际之间就是一种"断裂"关系？每一代人在成长期是否都有精神的"父亲"？精神成人之后是否都有"另立门户"的"弑父"般的冲动？代际之间的关系远非是黑白界限分明那样的简单，而是相当复杂，并且应该注意到即使是同一代之间也是有其差异性和不可消弭的个性的。比如"第三代诗"和"后朦胧诗"各自的范围指向以及二者之间以及它们与"朦胧诗"的复杂关系等问题。质言之，很多文学史叙述实际上在强调不同写作代际之间的"语言权力斗争游戏"时忽视了一个重要事实。如果说"朦胧诗"和"第三代诗歌"之间存在着思想分歧和美学差异的话，二者之间的紧张与所谓的"断裂"除了一部分"第三代诗人"的运动情结之外，更为重要的是"朦胧诗人"内部的美学差异性，其中就有一个关键的人物——梁小斌。梁小斌早在二十世纪八十年代就对自己的《中国，我的钥匙丢了》和《雪白的墙》等"朦胧诗"代表作表达了不满与反思。之所以"第三代"要反叛甚至强奸"朦胧诗"（杨黎语），其中一个重要的原因是北岛等人要表现的"自我"被指责为对英雄主义和人道主义的恢复。换言之，"第三代"所要反对的就是北岛等人重新塑造"英雄"和"权威"，"阳光下，那摇摇晃晃的纪念碑又重新开始稳定了。中世纪骑士的风衣，穿在了八十年代中国青年诗人的身上。表现自我伟大的人格，表现弥漫血腥的早晨那个挺拔的英雄，以人道主义和英雄主义的结合,构成了朦胧诗强大的背景。在悲愤的旗帜下,遍地种上了理想的鲜花。那个时代,似乎每一个人都从噩梦中醒来;清理着自身的忧伤,倾诉着过往的怨曲,渴求着重温旧梦。旧,旧到了极点。"①而一部分"第三代"诗人所要做的就是不仅要"否定英雄",还要"否定自我",就像李亚伟所说,"用悲愤消灭悲愤,用厮混超脱厮混"。正如胡冬所说,这是一群制造思想和诗歌炸弹的造反派!到了后来,李亚伟等先锋诗人才终于意识到当年他们极力反对的同为"莽汉"诗人的二毛所说的"流派是陷阱,主义是圈套"是有道理的。1986年冬天,在喧嚣的"第三代诗歌"运动终于浓烟散尽之后,李亚伟发出如此的慨叹:"越是新奇有冲击力的东西,到头来越是容易成为圈套。"即使是当时不无激进的廖亦武也对"第三代诗歌"运动怀有疑问:"是谁发起了1986年现代诗运动,撵得缪斯抱头鼠窜?"(《巨匠》)而这种后起诗人对以往诗人的否定心理和反叛意识与"朦胧诗"否定极权政治的心理在本质上是一致的,只是不同历史语境下反叛的对象和重心具有差异。"朦胧诗人"希望在广场上扮演精英、英雄和启蒙主义者的角色,而"第三代"(一部分)就是要把人的非理性的青春期冲动和反传统的狂暴的一面塑造成新时代的标杆。作为先锋诗歌的历史谱系,"朦胧诗"和"第三代"之间存在着既对抗又对称的关系(这在"第三代"的"和谐派"和"反和谐派"那里有直接的对应),无论是从家族相似性还是从时代语境来说,二者之间既有融合也有差异。值得注意的是,对"朦胧诗"之后的诗学本质的理解,从诗歌的内在规定性和自律性的角度而言,张枣的认识是具有一定启发性的,尽管"后朦胧诗"(与此相应的还有"后新诗潮""朦胧诗后""后崛起""第三代诗""新生代""实验诗""现代主义诗群"等)这一概念自身的巨大局限性不会征得一部分诗人的认同,"实际上,后朦胧诗运动是一场纯诗

---

① 杨黎:《穿越地狱的列车——论第三代人诗歌运动(1980—1985)》,《作家》1987年第7期。

运动，它对语言自律、纯粹文学性和塑造新的写者姿态的追求达到了前所未有的迷狂地步，正是这一点构成了众多作者的诗学共同性。如果根据那些平庸中所能结晶出来的生效的文本来判断，便不难发现这一共同性，尽管技术手法和形式重点有所不同甚至对立，但它们皆融入了两种走向：一是通过对某种形而上内心的智力强化和对诗的元诗使命进行言说来达到消解现实的目的，另一种是直面生活的非诗意和通过对指向现实的语汇的扩充来达到诗歌的命名的自律。"① 以张枣的观点，海子和于坚所代表的看似截然不同的写作方式，从诗歌的内在性的角度来衡量的话，却有着隐秘的共同性——向上的路和向下的路实际上是一条路。尽管这一认识到今天也仍然不会被所有的诗人和批评者所认可。

尾　声

尽管"第三代诗歌"浪潮足够短暂，但对前驱的"'崇高'的反动"而"朝向个人化了的'逆崇高'的运动"（布鲁姆）却是足够成为后来诗人的谈资或者炫耀的资本的。有那么多的故事，有那么多的是是非非，有那么多的热情和同样多的荒诞，呼朋引伴、聚啸餐馆酒肆，嬉笑怒骂或酒后吐真言，足够喧嚣足够冷场，真真实实地轰轰烈烈过，又同样真真实实地草草收场。惊异、恍惚和猝然中迎受另一个新时代的到来。在写于1989年冬天的一篇文章中，韩东给当时的"第三代人"进行了某种程度的塑像和总结，"每一代人都有自己的英雄梦，他们不仅是某种人，还要成为某种人。这个'新人'（英雄）的目标是精神生活的需要。或者说，只有重塑英雄形象（或重新考虑），一代人的生活才是可能的。最伟大的艺术家从来就是这样的一些先知：他们预先设计了英雄的形象，使新时代的精神内容得

---

① 张枣：《朝向语言风景的危险旅行——当代中国诗歌的元诗结构与写者姿态》，载中国作家协会理论批评委员会编：《中国文学理论批评文选·2001卷》，北京：作家出版社，2002年，第369页。

以具体化。"[①]二十世纪八十年代的每一个诗人都在确立独一无二的属于自己的"语言英雄"的定位,比如丁当的"英雄梦"、于小韦的"视觉"、吕德安的"家园"、于坚的"史诗"、翟永明的"新女性"、张枣的"传统"、小海的"才能"、杨黎的"实验"、海子的"行动"……

于坚后来也意识到,任何一代的"先锋派""骑手""斗士""实验者""风云人物"都会老去的,只是没有想到在世俗化时代加速的时刻这一代人老去的速度也同样加快了,"这一代人已经风流云散 / 从前的先锋派斗士 / 如今挖空心思地装修房间 / 娃娃在做一年级的作业 / 那些愤怒多么不堪一击 / 那些前卫的姿态 / 是为在镜子上 获得表情 / 晚餐时他们会轻蔑地调侃起某个 / 愤世嫉俗的傻瓜 某个还在怀疑的人 / 组织啊 别再猜疑他们的忠诚 / 别再在时代的广场上捕风捉影 / 老嬉皮士如今早已后悔莫及地回到家里 / 哭泣着洗热水澡 用丝瓜瓤擦背 七点钟 他们裹着割绒的浴巾 / 像重新发现自己的老婆那样 / 发现电视上的频道"[②]。

也许二十世纪八十年代的"第三代诗歌"可以用一些并不一定完备的关键词来概括:传奇、生活、江湖、远方、当下、分裂、恩怨、饮酒、交游、酒馆、校园、西南、外省、油印机、地下、流浪、出走、自杀、流亡……说到"第三代诗歌"、八十年代诗歌,说到一代人的交往,我们后来者追问的是时代在哪里开始,时代又在哪里结束。任何一个时代都会落幕的,有英雄,有烈士,有小丑,有更多默默无名的过客,"和所有以梦为马的诗人一样 / 我不得不和烈士和小丑走在同一道路上 / 万人都要将火熄灭,我一人独将此火高高举起"(海子)。

[①] 韩东:《第二次背叛:第三代诗歌运动中的个人及倾向》,载《韩东散文》,北京:中国广播电视出版社,1998年。
[②] 于坚:《于坚诗歌·便条集 1996—1999》,昆明:云南人民出版社,2001年,第100页。

价值的"中间物"："第三代诗歌"的影响与反思

◎刘　波

"第三代诗歌"运动至今也有三十余年了，作为介于"朦胧诗"与"中间代"诗歌之间的一次持续时间较短的运动，1990年代以后基本上就成了个人化写作的一个"注脚"，在返观历史的意义上具有阐释问题的功能。我们今天寻找"第三代诗歌"的遗产，是基于它给我们留下了什么重要作品，还是我们和它之间共享着同一精神体系？这其实是一个非常复杂的问题。我们要追问的起源是：它不仅仅是对"朦胧诗"的反叛，也不仅仅是在1990年代就已经成为了过去时的记忆，它内在的隐秘力量，足以引领我们重新回望它的来路与去向。

我们在对"第三代诗人"当年行走与流浪的想象中，其实预设了一个前提，那就是"灿烂"的1980年代及其自由的氛围，这是我们今天仍然对那样一个时代抱有好感和向往之意的原因。在一种纸上的美化中，"第三代诗歌"也随着那个诗意年代的远去而有了符号化的定位，诗歌史对此的回应，也难免存在对一个"美好时代"的刻意凸显。这到底是"第三代诗歌"以其影响突破了很多人所持有的偏见，还是我们夸大了对"第三代诗歌"的启蒙作用和现代性使命？当"第三代诗歌"成了某种自由文学的理想范式时，这里面可能就隐藏着更多想象的成分，一旦需要破除这种"神话"，我们对它的重估就成了题中应有之义。

一、"经典化"意味着什么?

在目前已出版的几本关于当代诗歌史的书里,"第三代诗歌"可谓是充分经典化了的,这对于仍然处在创作中的诗人们来说,其实是一柄双刃剑:部分文本的迅速经典化,的确为他们实现了写作主体的身份认同,但又因过早经典化,导致一批诗人后来的写作难以超越之前的诗歌,他们要么选择放弃诗歌,要么只能重新为自己规划写作的路径。当然,诗人们后来也确实是在这两个方向上走向了各自的位置,并在新的时代转型中寻找抒情或叙事的可能。这是"第三代诗人"在经典化过程中,又以抵抗的力量对"反经典化"的一个回应。也就是说,很多诗人将自我的写作当成了镜像,而不是以对"朦胧诗"的反叛作为终极目标,这和当初他们以反动的姿态登上诗坛时的行动不一样,在经典化的趋势中,他们在自我身上发现了角色互换:到底是文本成就了诗人,还是诗人以更决绝的方式赋予了文本内在的力量?这一问题其实在很长一段时间里是被悬置的,因为它所面对的可能就是无解。

在文本方面,"第三代诗人"们大都有各自的代表性作品,像于坚的《尚义街六号》《作品第52号》《横渡怒江》,韩东的《你见过大海》《有关大雁塔》,翟永明的《女人组诗》《静安庄》,吕德安的《沃角的夜》《父亲和我》,丁当的《火车》,张枣的《镜中》《何人斯》,王寅的《想起一部捷克电影想不起片名》,陆忆敏的《美国妇女杂志》等,伊蕾的《独身女人的卧室》,唐亚平的《黑色沙漠》,杨黎的《冷风景》《撒哈拉沙漠上的三张纸牌》,周伦佑的《想象大鸟》《在刀锋上完成的句法转换》,李亚伟的《硬汉》《中文系》,万夏的《莽汉》《诗人无饭》,胡冬的《我想乘一艘慢船到巴黎去》,何小竹的《梦见苹果和鱼的安》,廖亦武的《大盆地》《大高原》,欧阳江河的《悬棺》《玻璃工厂》《汉英之间》,孟浪的《牺牲》《平原》,陈东东的《雨中的马》,柏桦的《表达》《望气的人》,海子的《亚洲铜》《面朝大海,春暖花开》,西川的《在哈尔盖仰望星空》……我之所以花如此篇幅罗列这些诗人的代表作,不仅仅在于它们的经典化以及在文学史上的意义,更在于这些诗歌和诗人发生了自然的对应,并同构成为一个时代的"美学共同体"。如今,我们不可能再去刻意否定这些作品,认为它们只是那个"激情时代"的产物,并不具有普适性;或者以"再解读"的方式,要求重新评价已有定论的诗人诗作。只是在我们转换了审视的角度后,会发现曾经被经典化的诗人及其作品,在自身内部就发生了错位:有些诗人已不再认同自己的代表作,并对此讳莫如深,这虽然关涉诗人的心态与自我评价机制,但是从另一方面来看,这种前后的反差已经构成了一个重新认识"第三代诗歌"的逻辑起点。

如果说"第三代诗人"是选择"朦胧诗"作为反叛的对象,那么,他们所反对的也只是一群符号化的个体,这些个体仍然还在完成的途中。因此,"第三代诗人"的经典化,与其说是在反叛"朦胧诗"的基础上对生活的深度打捞,不如说是他们的自我形塑。"挑战者错误地选择了挑战的对象,也就是说,他们选择挑战的对象其实是其自身,因为早期朦胧诗并不是风格的权威,而只是风格的可能……"[①]当挑战者和被挑战者双方都还处于未完成状态时,这种经典化可能遇到的现实,很大程度上其实是一种自我指涉的冒险。而从实际效应上看,与"朦胧诗人"相比,"第三代诗歌"的经典化要迅速得多。一方面,"朦胧诗人"在"文化大革命"中经历了一段时间的"地下"写作状态,等到他们重归公众视野时,权力和时间已经强行抹除了很多潜在的痕迹;另一方面,早期"朦胧诗人"因与时代的依附性过强,还未形成自觉的诗歌本体意识。而对于"第三代诗人"来说,他们以消解权威的方式登上诗坛,不乏目的性和策略性,他们诗歌的经典化在某种意义上是与其写作同步的。

[①] 张枣:《朝向语言风景的危险旅行——中国当代诗歌的元诗结构和写者姿态》,载《张枣随笔选》,北京:人民文学出版社,2012年,第171页。

"第三代诗歌"在1990年代前中期的经典化,很大程度上是由经典选本完成的,比如说对"第三代诗歌"进行总结性展示的两个选本,一本是1987年春风文艺出版社推出的唐晓渡、王家新编选的《中国当代实验诗选》,另一本是1988年同济大学出版社出版的由徐敬亚、孟浪编选的《中国现代主义诗群大观:1986—1988》,这两个选本几乎同构于"第三代诗人"的成长。选本的经典性与诗歌文本的经典化充分共享了出版的资源,有着很强的现场感,但因为没有经过时间淘洗这一关键步骤,我们很难找到其间的差异性。在历时和共时的各种秩序里,"第三代诗歌"可以说是完成了外部的经典化,但没有在美学的内部确立文本构成的经典格局。所以,杨庆祥在分析了这两个选本和几本当代诗歌史之后,得出结论说:"'经典'无论从何种意义上说都不是一个静止封闭的系统,它'期待'并'接受'着各种力量对它的加入、重组甚至改写。"[1]"第三代诗歌"的经典化,其实是被简化了复杂检验过程的经典化。尤其是当"第三代诗歌"普遍被贴上了经典的标签,而一旦淡化"代表作",那么诗人们的持续性创造就成了难题。如何打破这一困境并超越"代表作",也就成了诗人们在1990年代之后所面临的困境。当然,有些一直坚守在现场的诗人试图精进,像王家新、张枣、欧阳江河、于坚、韩东、西川等,他们所完成的几乎是对自己写作的某种重构;而还有些诗人,因缺乏历史感和超越性,尤其是对于难度意识的漠视,在过度依赖才华和惯性之后,持续性上升难以为继,有的甚至一度停止写作,像万夏、马松、张真等诗人,他们在1990年代之后的作品,鲜有人提及。

由"第三代诗歌"过早"经典化"所引起的后续创作瓶颈问题,对于诗人们来说,是幸事,也是挑战。虽然后来有人放弃诗歌,转向小说与散文写作;有的干脆下海经商,完全或者阶段性地离开诗坛——这与外部的

---

[1] 杨庆祥:《"选本"与"第三代诗歌"的"经典化"》,载《分裂的想象》,北京:北京大学出版社,2013年,第122页。

大环境有关，也和诗人们在1990年代复杂的心态不无联系。虽然有的诗人在新世纪选择重新归来，但再难接续1980年代诗歌的那种"辉煌"与"灿烂"精神。"第三代诗人"影响力的形成，在此也指涉了一个辩证法的问题：作为一个群体性诗歌流派，其内部的美学冲突、话语权矛盾和写作差异性，必定会分化并消解经典化过程中的诸多合力，这也是"第三代诗人"在地域性的民间组合后，于1990年代相继解散的原因。诗歌的大范围影响，在于诗人寻求一致性中所抵达的合力，但每个个体内在的复杂性，又促使他们寻求自我表达的异质性，这一悖论性的存在，决定了"第三代诗歌"至为丰富的内在纠缠。尤其是立足于1990年代"个人化"写作的命题，不管是对"第三代诗歌"的经典化，还是对其精神的思索，都有必要进行"重述"与转化，以补充"第三代诗歌"的精神内涵和外延。

二、对抗性力量和精神遗产

在一些诗人和研究者看来，"第三代诗歌"运动所留下的遗产，更多的应该是精神方面的，它可以是一种反叛与颠覆传统的自由主义精神，也可以是一种多元共生的理想主义意志。"第三代诗歌"的精神遗产，除了诗人的理想主义色彩和文本的先锋精神外，还有诗人的生活方式，以及对抗性的姿态。

1993年，"莽汉"诗歌团体解散后的第七年，李亚伟对其作了这样的回顾："对于一种行为占相当成分的诗歌，要么是使这种诗歌马上流行起来，风靡一时、覆盖天下，要么就留着今后写回忆录，而座谈或讲座等于把这种诗歌上交给了符号、把行为上交给了风中的法庭，它重不重视、驳不驳回是另一回事，但我们愿意继续作案，因为'莽汉主义'是系列过程，如同在人生旅程的一个中途，一次失贞、初恋，或者一次创造以及一次破坏。"[①]"莽汉"写作是青春型诗歌流派的语言狂欢，而"莽汉"诗人们的

---

① 李亚伟：《流浪途中的"莽汉主义"》，载《豪猪的诗篇》，广州：花城出版社，2006年，第217页。

生活，在1980年代"第三代诗人"的日常呈现中颇具代表性。他们大都通过行走、流浪、喝酒、打架的青春期"颓废"表现和作风，才得以形成"第三代诗歌"运动特有的精神风貌。李少君先生在谈到"第三代诗人"时，对"莽汉"诗群情有独钟，他认为"莽汉"其实是最能代表"第三代诗歌"运动精神的流派。① 李少君对于"莽汉"的评价有其合理性，而"非非"和"他们"也可能代表了另一种"第三代诗歌"。尤其是在实际的诗学革命中，"非非"和"他们"似乎要比"莽汉"更具主体性和文本的自觉。

"莽汉"诗人的理想，不仅是在诗歌语言上追求"语不惊人死不休"的效果，而且在行事方式上也带着青春气息和情绪化色彩。他们从组织诗歌社团与流派，办民间诗歌刊物，与其他诗人的交往等，都表现得与众不同。"正是在万夏急于走向反面，更换形象的同时，'莽汉'闯将李亚伟却日复一日喝酒论诗、云游江湖，做着文人的功课，实践着'莽汉'的事业。他已经被生活带上了大道或小路，他以一己之力苦撑着风流云散的'莽汉'，代表了第三代人诗歌运动的精神。"② "第三代诗人"反叛的不仅仅是时代，更是循规蹈矩的生活方式。他们所建立起来的自由写作精神和嬉皮士的生活姿态，到了1990年代，则以一种更显个人化的方式内化在了对时代的隐喻性和暗示性批判里，并形成了另一套新的诗学表达模式。

1980年代的"第三代诗人"，多是在青春期的情绪支配下写作，而他们的生活，同样是在力比多贯注下呈现出一种"狂欢"状态。他们在词语的梦想和身体的冒险中诉诸想象，而在狂热的激情中将压抑的青春释放出来，通过不断的话语实践，不断地寻求刺激，从而还原出"词与物"所对应的张力和野性。原始的野性，或许正是"第三代诗歌"不同于"朦胧诗"的地方，语言虽然粗糙，结构也可能不完美，但诗歌中所透出的那种"异想天开"的狂放品质，却正符合"灿烂"的精神气质。尤其是

---

① 李少君：《从莽汉到撒娇》，《读书》2005年第6期。
② 柏桦：《左边：毛泽东时代的抒情诗人》，南京：江苏文艺出版社，2009年，第143页。

从"莽汉"诗人的作品中,我们能读到一种想象之花无限绽放的美感;而从"他们"诗派的诗作里,我们能感受到书写日常生活的口语同样也可表达简约,呈现优雅;从"整体主义"诗派的诗歌中,我们能获得一种对中国传统文化的另类解读和新历史主义的阐释。这些异彩纷呈的诗歌风貌,乃"第三代诗人"们不同的性情与学养所致,也是他们的创造力所带来的诗歌精神。

"第三代诗人"的这种精神,具有一种标本性的范式价值。他们创作的那些带有反叛色彩的诗歌,也见证了1980年代特殊时代氛围下的文学记忆。"第三代诗人"在文本创造上的非主流化,是其先锋精神在诗歌上的投射,而他们在生活方式上的非主流化,也是其青春期叛逆品质的表现。生活流的涌入与诗人们的理想主义精神对接,二者所碰撞出的思想火花,引起了一些诗人在诗歌观念上的震动,同时也造成了他们在人生价值实现上的矛盾心境,这些也真切地体现在其对待诗歌的态度上。他们在诗歌创作上的自由精神,更多的还是将诗歌还原成基本的修辞,而非像有些"朦胧诗人"那样,以对政治意识形态的隐喻性书写,来应和一代人与时代之间的对抗与断裂。"朦胧诗人"的英雄主义情结,在部分"第三代诗人"那里遭到了瓦解,他们所持有的"文学抱负",多呈现为自觉体验的个性化姿态与对渐趋板结的汉语的重新激活。

当然,有些"第三代诗人"从"朦胧诗人"身上获得了一种信念,即怀疑精神和批判意识,且带有强烈的启蒙色彩。他们虽然从传统上反对主流的价值观,但那种渴望创新的冲动,一直促使他们挑战各种诗歌艺术上的成规。他们将生活与创作放到同一个社会背景下进行审视,而对诗歌与生活也采取一视同仁的态度,这是诗歌理想主义精神的显现。"第三代诗人"们并不担心自己成为诗歌的异端,所以能最大限度地在艺术允许的范围内扩展自己的诗歌经验,或幽默,或沉实,或大气,或内敛,或张扬,或节制,这些都是年轻诗人们所竭力追求的丰富性,而不是在表达上固守于单一化的语言格局。

"第三代诗人"这种冒险的实验精神和在转型期所崇尚的创造,正是出于对汉语缺乏内在活力的不满,这才有了后来一次又一次激进的语言与形式变革。因此,"第三代诗人"的诗歌精神,成了具有启蒙作用的独特参照,这种精神见证了一个开放的时代先锋诗歌发展的演变轨迹,同时,也让很多诗人找到适合自己切入和对话时代的方式,从而打通了诗人与世界之关系的隐秘通道。"第三代诗人"在1980年代所留下的自由精神,让后来的诗人们超越时代对诗人身体的拘囿和限制,而能在生命体验的层面上,去重新挖掘汉语的活力,去领略新时期以来的诗意之美,并将自己的感受化为符合本土的文本实践,以此形成自己个性化的诗歌质地。

三、影响的有效性及其缺陷

1980年代,"第三代诗人"的自由主义精神,大都是各个诗歌流派相互影响、彼此对话的体现,这一集体的精神合力考验的正是各流派在诗歌上的价值判断。对于"第三代诗人"来说,他们在提供文本的同时,也存在着内在的限制。比如,对于"非非"诗群,朱大可先生从流氓主义的角度对其做了这样的评价:"毫无疑问,这场话语无政府主义的革命,只能停栖在纸面上,成为一张无法兑现的话语蓝图。它甚至不能成为一种有效的诗学,因为前进中的先锋诗歌,完全依赖于语词的力量。毫无疑问,非非主义的激进实验方案没有'可操作性',它的意义不在于建构,而是仅仅展示一下话语颠覆的激越方式。"[①]对于以韩东为代表的"他们"诗派,罗振亚先生给出了富有见地的论述:"'他们'诗派语感意识的觉悟和追求,在某种程度上具有突出语言自足性的文体意义。它既是对传统语言意

---

① 朱大可:《"非非主义"和流氓美学》,载《流氓的盛宴:当代中国的流氓叙事》,北京:新星出版社,2006年,第199页。

识的抗衡，又是自身民间立场的最好诠释；既契合着世界范围内文学研究的'语言论转向'趋势，又是诗人们回归原初冲动的最佳途径。当然'他们'诗派强调语感并非仅仅搞纯粹的口语化运动，而是为了更恰切地表达诗人的生命，因为诗人们深知'如果诗歌没有灵魂，那么即使满纸口语，也是白搭'。"① 这是评论家们从各自专业的角度，对"第三代诗歌"两个流派所做的阐释，一方面概括了"第三代诗歌"的影响，另一方面，也从诗歌创作内部总结出了一些规律性的东西，而这正是"第三代诗歌"为诗歌史书写所做的重要补充。

除了各个流派在"第三代诗歌"运动中形成了各自的影响力，对于"第三代诗歌"整体来说，则是正面与负面影响并存，学者对此也褒贬不一。张清华先生在总结"第三代诗歌"运动时，曾这样评价：

> 总体来看，"第三代诗人"的理论资源是十分驳杂的，多数并不明确，且只是似是而非，或临时拼凑。除"非非"比较具有玄学色彩并比较接近西方的结构甚至后结构主义（即使有也是不自觉地触及到，仅具有其语言策略的性质，如蓝马的《六八四十八》《世的界》等）以外，其他不管是主张所谓"平民主义诗学"的"他们"，还是在"反文化"策略上更加激烈的"大学生诗派"和"莽汉主义"等，都没有超出80年代文化激进主义的逻辑。②

张清华的言说是有针对性的价值判断，"第三代诗人"对自由精神的追求，很大程度上就是一种姿态，这一状况也是导致他们在几年之后迅速

---

① 罗振亚：《双峰并立："他们"和"非非"》，载《朦胧诗后先锋诗歌研究》，北京：中国社会科学出版社，2005年，第78页。
② 张清华：《关于"第三代诗运动"的性质》，载《内心的迷津：当代诗歌与诗学求问录》，济南：山东文艺出版社，2002年，第157页。

分化的原因。所以,后来有研究者对此批评道:"总结1985年以来的先锋创作,给我们的感觉是他们的姿态和声势大于他们的作品。他们喧嚣了几年,行动了几年,但并未留下多少真正称得上是上乘的作品。这或许是先锋艺术家们的本意不在作品,而在'姿态'。"① 这种评价虽然有些武断和苛刻,但也不无道理。"第三代诗歌""姿态"大于"作品"的事实,正是一些放弃写作的诗人后来饱受诟病的原因。是那样一个特殊的时代,让一批诗人成就了自己,而时过境迁,他们则回到常态,融入世俗的日常生活中。

由此来看,"第三代诗歌"运动,说到底还是对"朦胧诗"的反叛所延续出来的精神显影,一场短暂的诗歌狂欢之后,一切都复归于沉寂。很多诗人在短期内疯狂地耗尽了自己的才华,然后试图凭借想象和意志重构新的话语场,然而,不少诗人留下来的却是一些关于1980年代诗歌记忆的只言片语,这种记忆因缺少强有力的文本支撑,充其量也只是成为历史,而不是成为诗歌传统。历史是过去时,而传统还有被承继的诸多可能。

> 由于第三代人肆无忌惮的实验行为,诗歌这片纯净的海水遭受了严重的污染。为此,必须重新澄清诗歌事实,拯救诗歌这危难中的手印,否则,中国诗歌的蒙难就不会结束。为了拯救圣役,必须抓住时机,对诗坛现状进行一次严肃的清理和整顿。这一艰巨的任务自然不能由"第三代诗人"自己来完成,历史和现实都为"第四代"先锋诗人的从容出场奠定了可靠的基础。②

---

① 尹国均:《先锋试验:八九十年代的中国先锋文化》,北京:东方出版社,1998年,第349页。
② 邱正伦:《第四代人的诗歌见证》,载宋强等著:《第四代人的精神:现代中国人的救世情怀》,兰州:甘肃文化出版社,1997年,第269页。

这一评价虽然有刻意贬低"第三代诗人"而推崇"第四代诗人"[①]之嫌，但论者确实抓住了"第三代诗人"的某些整体缺陷，这些缺陷在有的诗人身上表现得比较明显，而有的则显得隐蔽罢了。对于这些或显或隐的缺陷和他们的作品，在1980年代的诗歌现场，主流评论界当时根本不屑于关注，而年轻的知识群体中也鲜有人对他们提出质疑。这些因素都可能影响"第三代诗人"们以破坏的方式去对抗现实，去虚化历史。

"第三代诗人"们的自我"放纵"，在给他们带来了新鲜感受与创造力的同时，也让自己滑向了毫无节制的随意。比如宣言与实践之间的矛盾，反叛传统与借鉴传统的冲突，前卫情结与平淡创造之间的错位，走向先锋与回归朴实之间的纠葛，这些矛盾也正是"第三代诗人""姿态"大于"作品"的体现。难怪后来有论者会做出如此评价："他们的先锋姿态和探险精神，都常常让我们只能对他们的探险行为本身叫好。这样的先锋，这样的消解、瓦解和颠覆，有时能给板结的诗坛带来活力，或者提供新的词汇，但往往不能带来有效的诗歌，从而使写作成为一种无益生命的发泄。由于失去所指的制约，能指在可怜的平面上无限地泛滥。"[②]从"第三代诗人"所持有的姿态来看，这种批评不乏中肯之意。从1980年代中期持续的"第三代诗歌"运动的式微，其原因一方面有社会环境的因素，另一方面，也与诗人群体在激情丧失之后的内心分化有关。在这场短暂的诗潮中，诗人们仅仅只是在青春期的叛逆冲动下热衷于破坏，而还没等到去建构自己的法则时，运动已经结束了。所以，有论者认为"第三代诗歌"运动因为匆忙，而只是具有一个"仪式的作用"（张清华语），并没有形成一个可深入探讨的对话性空间。

况且，1980年代的"第三代诗人"并未过分重视技巧在诗歌中的作用，而是凭借青春的激情去创作，沉湎于整体的消解，崇尚诗歌的快意精神。

[①] "第四代诗人"，一般被认为是"第三代"之后在1990年代崛起的一批崇尚"个人化"写作的诗人。

[②] 橡子：《清理与批判——汉语诗歌写作的三种方式》，《诗探索》1995年第3期。

但他们那种破坏具有一定的盲目性，这让年轻诗人们在充分发挥想象力的同时，却又难以写出有"历史意识"的作品。这也是"第三代诗歌"给人的印象总是停留在青春期的原因。等到有些诗人在1990年代逐渐走向成熟，开始意识到技艺之于诗歌的重要性时，诗坛却已经发生了分歧，这种分歧看似基于开放的话语拓展，实际上有着内在的封闭性，最后演变成了话语权的争夺。重要的是，当他们尚未走出自我的限制时，却又不得不让位于新一代诗人了，这是他们试图超越"朦胧诗"却又被更年轻的诗人所超越的宿命。

四、超越与被超越的现实

从代际角度来划分，"第三代诗人"介于"朦胧诗"与"中间代"之间，他们无论从诗歌的"方法论"，还是从美学价值观来说，都具有承前启后性。在诗歌艺术的创新上，"第三代诗人"相比于"朦胧诗人"则在各种形态上都拓展了可能性。像"朦胧诗人"所崇尚的英雄主义与集体主义精神，到了"第三代诗人"那里，却被现代性的个人主义所消解了。他们将"朦胧诗人"的代言者身份，还原为日常俗世中的世俗角色，因此，"第三代诗人"无论从写作，还是从主体意识的觉醒上，对于"朦胧诗"都是一次解构。在这些方面，"第三代诗人"虽然摆脱了某种宏大抒情的虚妄，但是他们紧接着也面临自身的困境：随着写作的日渐稳固和同质化，新崛起的一批诗人又在某种程度上试图超越他们，这一显而易见的趋势也在考验着更多"第三代诗人"，他们是否需要重建一种新的"抵抗性"的实践力量？

1989年之后，"第三代诗人"那种热衷于拉帮结派的诗歌格局逐渐瓦解，而部分诗人以各自独特的方式重新融入真正的个人化写作浪潮中。在这种社会与时代背景下，"第三代诗人"的群体或流派式写作，在新一代诗人面前渐渐变得无效。于此，"第三代诗人"也同样遭遇到了被取代的危机。

在这种颠覆与被颠覆、消解与被消解的格局中,"第三代诗人"也获得了自己的定位:作为一种价值的"中间物",他们在代际的意义上完成了自己的角色转换。所以,虽然被新一代诗人所替代,但是他们留下的影响却不容忽视。他们在启蒙了稍后的"中间代诗人"后,同样还对"70后"乃至"80后"诗人产生了影响。尤其是于坚、韩东等诗人,在更年轻的诗人那里甚至成了某种"教父"形象;而像"莽汉"诗人李亚伟,则对很多后起之秀产生了精神上的影响。"非非"诗人杨黎对一批"70后"诗人的影响是辩证的,尤其是他那种无法复制,但又被很多人模仿的口语写作,给网络兴起后的先锋诗坛带来了一种极端化的风潮,也曾引起过不少质疑。

"第三代诗歌"运动从某种意义上说就是一次各种诗歌流派的运动,其价值和意义显而易见。而到了个人化写作的1990年代,仍然有诗人在以"抱团取暖"的方式以达到群体的影响,但诗学意义并不大,其作用主要体现在流派内部诗人的相互鼓励和塑造。在"第三代诗歌"流派内部,诗人之间的相互影响甚至形成了一种传统。比如"莽汉"诗派的李亚伟、胡冬、万夏、梁乐等人,都是在相互鼓励下进入诗歌创作的,他们将写出来的作品在第一时间寄给朋友,然后相互评价并提出修改意见。像"他们"诗派的诗人,虽然创作风格不尽相同,有的甚至大异其趣,但是他们也在寻找各自的不足中获得了艺术上的互补。

这种"第三代诗歌"流派内部的影响,直接传递给了后来者,比如韩东、于坚、西川、王家新、海子等人对年轻诗人的影响,也在诗坛上成了一道风景。"70后"青年诗人朵渔直接道出他要"以'第三代'为师",针对很多人故意淡化甚至掩盖自己的师承,他直言不讳地说自己就是读了"第三代诗人"的作品后开始学习写作的。这种坦荡的师承情怀,在很多年轻诗人那儿却是个难题。他们大都认为自己是受了某位西方诗人的影响,而绝口不提自己曾经师承过哪位中国当代诗人。而朵渔说"第三代诗人"是他"手艺上的师傅",他们的一些杰作,他都能背诵,他说得那么自然,仿佛"第三代诗人"的那些作品他都"视作己出"。

> 第三代诗人对我的影响在后来持续发生。……在杨黎那里，我私下里学习轻逸。我读于坚，最后不得不把他的书藏起来，以防自己"中毒"太深。我读韩东，终于悟出"我的根本问题，简而言之就是：写作与真理的关系"意旨何在。我读柏桦（他灿烂的1985、1986年），感受他的从容气象。我读德安，并迷恋他的小镇笔法。我读李亚伟，被他的才华倾倒。我读王寅，又被他文体的硬茧缚住。这都是令人信任的写作，有着充分的背景依靠。①

朵渔从"第三代诗人"那儿获得的是一种技艺之道，一种自由情怀，一种多元杂糅的诗歌美学。这种影响或许是潜移默化的，但是他们至少在这种传承中建立起了一种有温度的诗歌精神。

"第三代诗人"对后来者的影响，或显性，或隐性，或直接，或间接，但他们的精神谱系的确对"中间代"和"70后"、"80后"诗人构成了一种"起源"性的范式作用。他们的诗歌信念，尤其是对诗歌的那种自觉与敏感，那种怀疑与批判的态度，那种对汉语言的丰富性与可能性的挖掘，在新一代诗人身上都或多或少地得到了传承。"第三代诗人"投射在"中间代"与"70后"、"80后"诗人身上的影响无处不在，就像当年"朦胧诗"成为"第三代诗人""影响的焦虑"，而"第三代诗歌"也成了摆在"中间代"与"70后"、"80后"诗人们前面的一个参照。他们从大的方向上为后来者奠定一条自由的精神路基，引领他们在这一路基上寻找属于自己的诗歌疆域。比如，很多"70后"诗人就从"第三代诗人"身上找到了通往自觉写作和自由精神的出口，包括汲取他们身上潜在的复杂营养。诗人小海在评价"70后"诗人时谈到了口语诗歌的问题："70后"诗人没有真正体会到口语写作的难度。在他看来，口语写作最终是要指向书面

---

① 朵渔：《以"第三代"为师》，载《意义把我们弄烦了》，北京：人民文学出版社，2004年，第172—173页。

语，它应该是一个过渡性的东西。①这是"第三代诗人"与"70后"诗人之间的艺术分歧，但不管怎样，"第三代诗人"所钟情的口语写作，已经开启了"70后"诗人在语言表达上的"在场感"，而接下来"70后"诗人如何将这种口语写作转化成符合自己个性的资源，仍然是他们所面临的一个重要问题。

"第三代诗人"将"朦胧诗人"作为"他者"而发现了自我"进化的可能"，"中间代"与"70后"、"80后"诗人，又从各个方面赋予了"第三代诗人"以"被超越者"的形象。反过来，"朦胧诗人"对"第三代诗人"有着不可忽视的影响，同样，"第三代诗人"对于"中间代"和"70后"、"80后"诗人来说又是突围的对象。这种代际的超越与被超越、影响与反影响的格局，正是中国新时期以来先锋诗坛的风景，它已经成为一种传统，一种可以不断更新的"行动的力量"。

---

① 杨黎：《灿烂》，西宁：青海人民出版社，2004年，第325页。

关键词 当代诗

何谓当代诗的"当代"?

吴义勤　陈培浩

继续关注诗歌。相比上一期的"第三代诗歌",当代诗似乎是一个更加宽泛的概念。广义的当代诗指向当代文学时间范畴里的所有诗歌;可是,当代诗事实上也是一个价值指向鲜明的概念,它包含着对诗之当代性的持续期待和质询。在当代艺术领域,"当代"绝非"当下",可以称为"当代"的艺术必须以自身的思想力和形式革新向过往的艺术发问,从而重构一个崭新的艺术位置。在意大利思想家阿甘本那里,"当代性"又被译为"同时代性"。何谓"同时代性"?身处当代就必然是"当代人"吗?完全同步于时代者、被裹挟于时代者并非阿甘本意义上的"同时代人",只有死死地凝视时代的黑暗,做出自己创造性的返观者才是真正的"同时代人"。以"当代诗"为议题,事实上包含着我们对这个内部众声杂竞、外部聚讼纷纭的文体的看重和期待。虽然当代诗歌长期以来被诸如"梨花体""羊羔体""乌青体"之类标签娱乐化消费,但当代诗歌内在依然包含着严肃诗人们卓越的美学创造和庄严的精神拓展,当代诗歌的语言实验和精神风景不应被潦草地对待。

本期邀请诗歌评论家荣光启、赖彧煌就当代诗的不同侧面贡献高论,二位皆是诗歌研究的行家里手,对当代诗的来龙去脉、纵深沟壑皆有独到之见解。荣光启的文章《口语化:当代诗的一个侧面》抓住了"口语化"这个当代诗的重要现象、倾向,以丰富的例证予以阐释。在他看来,我们有必要用新的美学立场来审视口语诗。口语诗放弃了书面化表达所依仗的语言修辞,从而使一种容易识别、具有装饰性和局部性的语言美被消解,发展出一种看似"干枯",实则沉淀于整体篇章,语言与思想完全同一的诗美风格。在我们看来,口语化是当代诗的重要倾向,却并非当代诗的必由之路。曾有诗人以排他性的逻辑将口语诗论证为当代诗的唯一未来,这当然不能令人信服。我们既警惕对口语诗的一味排斥,也警惕将口语诗绝对化。口语诗不是当代诗的全部,但也无需将其逐出当代诗疆域而后快。所谓的口语诗,只是一种仿口语风格的诗,绝非用随意的口语材料拼就的口水诗,只有深刻意识到口语化的难度,才可能邂逅"当代性",荣光启文章中举到的诸多例证可为此佐证。

赖彧煌的文章《当代诗的代际诗学转换》处理当代诗歌代际板块运动这个相当内在化的话题,非目光如炬不能道出。众所周知,文学在二十世纪的历史时间中并非做无阻力状态下的匀速直线运动;毋宁说,文学世界的风景随着时代的政治文化幻化成的话语气候而转折斑斓。如此,穿行于转折时代的写作主体,将如何在主体与话语的摩擦中调适而达成诗学转折呢?这个话题洪子诚先生在《中国当代新诗史》中曾以"走进'当代'的诗人"为题处理过。不妨将赖彧煌的文章视为相似诗学话题投射于二十世纪九十年代以降的结果。赖文敏锐地发现西川、欧阳江河、于坚等不同路数的诗人在二十世纪九十年代写作中的内在困境——"轻易地袭用二十世纪八十年代的诗学程式在二十世纪九十年代的写作中已变得难以为继,艰难的、摸索中的新的写作尝试和诗学探求必须得到不断展开",这番代际诗学转折的折磨同样施于从二十世纪九十年代进入新世纪的臧棣、孙文波、朵渔等诗人的身上,赖文就此皆有精彩阐释。

口语化：当代诗的一个侧面

◎荣光启

对于熟悉中国当代诗的人来说，可能有这样一个印象：当代诗的创作状况是比较繁盛的，有各样的作者群；诗坛整体来说，还是比较热闹。我们这里说当代诗，指的是新诗在当代的面貌。其实谈论当代诗也应该包括旧诗在当代的创作状况，毕竟，旧诗词目前的创作队伍、发表阵地也是不容忽视的存在。但谈论当代的旧诗词，其实需要专业的汉语基础和古典文学修养，并非易事。这里只说说当代的新诗的一个特征。

当代诗的作者群，占据显赫的位置的，仍然是一些著名诗人、经典诗歌的作者：比如"第三代诗人"中的西川、欧阳江河、柏桦、王家新、于坚、韩东和杨黎等当代诗歌大家，比如臧棣、余怒、雷平阳、陈先发、张执浩、蓝蓝和杨健等1960年代出生的诗人，比如1970年代出生及1980年代出生的许多知名诗人。但不可忽视的是，当代诗还有一个更广泛的、作为一般诗歌爱好者的写作群体。这个群体的写作，没有太多的难度、形式和技艺上的追求，他们所做的工作，其实是以最通俗的语言、最自由的形式，来表达个体最内在或者最真实的某种情感经验。从整体形态来说，他们从事的是一种口语化的写作。

若从绝对数量来说，我相信当代诗有很大一部分是这种口语化的作品。若将当代诗视为一个复杂的立体的存在，口语化的写作则是一个不可忽视的侧面。而从诗歌发生的角度，口语化可能是一个重要的基础：它使很多人接近了诗歌、进入了诗歌写作的场域,从而有可能更好地发挥其文学潜能;它也可能使当代诗有一个广泛的写作者阵营,增进诗歌在文化建设中的功能与影响力。

但事实上,口语化是当代诗坛最有争议的一种形态,相关的诗作常常招惹是非。人们常常将之视为诗歌写作的一种低端形态。本来新诗就已经为许多读者诟病,被认为没有韵味没有诗意……当代中国文学史上,新诗不同时期又会冒出"废话诗"、"下半身"、"梨花体"、"羊羔体"和"乌青体"等等形态的作品,这就更让人受不了了。大家的疑问集中在语言和"诗意"上:这样的大白话、流水账也是诗?诗歌写作怎么会如此简单?

中国诗歌有三千年历史,到今天,许多人习惯了诗词歌赋的美学风格,对诗意的期待,是"美"。这个"美"蕴藉在精致的诗歌结构和独具匠心的语言和意象上,对于民国初年所发生的新诗,人们仍然也是抱着这样的美学期待。但是新诗不是旧诗,旧诗受篇幅和体式限制,必须要在语词、意象和结构上下功夫,每一处都可能有诗意让人眼睛一亮。而新诗的美学风格往往是整体性的,不一定是局部就显得不同凡响;新诗的一个可能是,你在局部打量它,它毫无趣味,但你读完之后,就在结束的那一刹那,你会为之一振。如果有这个审美认知的前提,我们对待新诗的评价就会不一样。即使是口语,也能言说出"诗意"。

一、"废话"成诗

口语化的写作,其实有相当的基础,远的不说,且说"朦胧诗"之后的情形。"第三代诗人"韩东的诗大多数就是非常口语化的。韩东在语言上的节制、简洁甚至到了干枯(几乎看不出什么"诗意")的地步。这种诗歌语言看似"空无一物",但事实并非如此。对韩东而言,"写诗不单单是技巧和心智的活动,它和诗人的整个生命有关。因此,'诗到语言为止'的'语言'不是指某种与诗人无关的语法、单词和行文特点。真正好的诗歌就是那种内心世界与语言的高度合一"①。若用《圣经·创世记》中知识树（识别善恶树）和生命树的比喻，韩东的诗歌显然是在追求"生命树"，他不想延续前人的思维、审美习惯，把文化、历史的符号与象征意蕴作为写作的素材，他更愿意抓住当下个体生命的真实感受，在这种当下感受中体会永恒。

韩东说的"内心世界与语言的高度合一"完全不是修辞的问题，而是一种生命的境界。也正因为此，他许多看似无甚诗意的口语诗，读来却十分令人感动，像《我们的朋友》：

我的好妻子
我们的朋友都会回来
朋友们会带来更多没见过面的朋友
我们的小屋子连坐都坐不下

我的好妻子
只要我们在一起
我们的好朋友就会回来
他们很多人还是单身汉
他们不愿去另一个单身汉小窝
他们到我们家来
只因为我们是非常亲爱的夫妻
因为我们有一个漂亮的儿子
他们要用胡子扎我们儿子的小脸
他们拥到厨房里
瞧年轻的主妇给他们烧鱼

---

① 万夏、潇潇主编：《后朦胧诗全集·下卷》，成都：四川教育出版社，1993年版，第239页。

他们和我没碰上三杯就醉了

在鸡汤面前痛哭流涕

然后摇摇摆摆去找多年不见的女友

说是连夜就要成亲

得到的却是一个痛快的大嘴巴

我的好妻子

我们的朋友都会回来

我们看到他们风尘仆仆的面容

看到他们浑浊的眼泪

我们听到屋后一记响亮的耳光

就原谅了他们

事实上对于口语诗的理解与接受是一种关于"诗意"的观念问题。怎样的诗才是有诗意的？是局部的美的展现呢，还是多处的"废话"突然被一种力量照亮为"诗"？2013年6月，在湖北潜江一次诗会上，杨黎、沈浩波、宋晓贤等诗人都在，他们的写作或与"废话理论"，或与"下半身写作"相关，在场许多诗人的写作，是口语化的。我读到一位来自北京的年轻女孩——浅予的诗，在写诗方面，浅予也是杨黎的学生。这是她的《阳光照进来》：

阳光从窗户照进来

照到31床

也照到

30床

离29床

还差一步的距离

阳光照到的2张床

都显得好亮好亮

白色的床单

打起反光

阳光没照到的床

显得真安静

离阳光

就那么一步距离

另一首是："一个男同学在扣扣上对我说／他深深体会到了北漂的孤独／心里总是空落落的／我想要对他说点什么／但后来我没有说／说什么都不及给他一对乳房温暖／但是乳房，我不敢给"（《空落落》）。当我读完《阳光照进来》，心里特别震惊，作者在言说对医院、疾病、死亡（"安静"）和绝望（"离阳光／就那么一步距离"）的感觉和经验时，不露声色，言辞简洁到如同医院的白色床单一样，但诗歌整体上的诗意，却如同那床单好亮好亮的反光一样，叫人肃穆。《空落落》写一个北漂青年的孤独与另一个北漂青年无法安慰这种孤独的遗憾，青春饱满的肉体对应着空落落的心灵，意象之间满有张力。面对浅予这样的诗作，我突然对口语化的写作非常尊敬。口语诗人大多是一群极有艺术追求的写作者。

二、"后口语诗"

口语化的写作群体中，有一位很有代表性的诗人叫大头鸭鸭（魏理科）。魏理科出道很早，初期出没于"诗江湖"网站，素来与韩东、杨黎、于坚、沈浩波等"民间立场"诗歌阵营关系密切。他的诗吸收了口语诗、废话诗的长处：用最直白的语言，来表达生命的感动、感慨或感触。这种诗作的风格是，诗作处处看起来平淡无奇，但整体上却明显地呈现出一种生活里的真实，一种生命中的感动。比如他的代表作之一《一个后湖农场的姑娘》：

巴士进入后湖农场时

一个姑娘上了车

坐在我前排左边的座位上

她十八九岁的样子

皮肤偏黑

穿暗红的T恤衫

半截裤和塑料凉鞋

圆脸、圆手臂

肩膀也是圆的

乳房坚实

个子不高，不胖

却显得壮硕

过早的劳动

把她催熟

已经适合生育

和哺乳

这个大地的女儿

眼望车的前方，有时

也扭头看下我

可能是感觉到了

我一直在后面看她

魏理科的诗让我对口语诗、废话诗刮目相看，对写这一类诗的诗人充满敬意。他们的写作，要产生诗意，其实更难。因为这一类诗作的诗意，来自整体，所以对遣词造句的要求其实更高，不能滥用抒情的词汇，陈言套语更是禁忌，一切工作，要做到恰到好处、浑然天成。这是他的《大雪和乌鸦》："把道路埋掉／掩盖事物的真相／一场大雪／却无法把乌鸦

变白 // 风将它越吹越冷 / 更像一块铁 // 一只乌鸦 / 在世界洁白的脸上 / 留下污点 // 它仿佛是故意的"。这首诗的结尾很让人触动。但这种咏物诗的模式只是魏理科锤炼口语诗的诗意的一种方式。他更多的是锤炼诗歌整体的诗意，那种你读完了会心一笑又怅然若失的诗意。比如《给飘飘写信》：

飘飘是我 QQ 上的
一个 MM
我常常爱呀爱的
对她乱说一气

她有时呵呵呵地笑
有时会生生气
如果我爱爱爱说多了
她就会很烦

因为她是个学生
读高二
上星期她说
你给我写封信来吧
我说好啊
昨天，她在 QQ 上留言：
信收到了，看了
全是好好学习
天天向上
鸭鸭，你是不是
已经不爱我了

这几年，魏理科让我更肃然起敬的是他的理论文章。他是一个对自己的写作有自觉的诗人，他不是偶然地崛起于诗歌论坛、闻名于全国，原来他是一个在"诗江湖"厮混多年、目标明确（写口语诗）、有重大的野心（改造口语诗）的诗人，他并不认为口语化是诗歌写作的低端形态，恰恰相反，他认为口语诗是当代诗的一种先锋形态、高端形态。

魏理科称自己的诗作为"后口语诗"，为什么是"后"？这"后"既是"post"也是"pass"，因为他的写作对当前的"口语诗"有超越性，"我是觉得自己基本克服了口语诗曾普遍存在的三个问题：一是段子化的问题。口语诗更依赖叙述和叙事，但必须讲出诗意。很多口语诗只在讲段子，根本没诗意。只有'实在'，缺少'空虚'。二是自大的问题。即自我的真理化、圣人化和神话。我觉得好诗要彻底地摒弃个人英雄主义，诗人不是救世主，诗人不代表真理，诗人也不是道德模范。诗人只代表自己对语言的修炼以及个体的体验与感知。诗人要有担当，但更应该是对自己生活、命运与灵魂的担当，是向内的担当，而不是对外。要观照自身，写出自己的犹豫、摇摆、困惑、无奈、颓废、脆弱、叛逆、羞耻、隐秘而卑微的爱、反思、忏悔、追问等等，并由此来趋近人性的真善美。三是缺乏韵味的问题。很多口语诗太在乎一竿子戳到底的气势，语感和语式太简单化；有的太沉溺于琐碎的细节，诗歌打开的空间太狭窄；有的钟情于场景的描绘而宣泄过度，失去了诗歌的可玩味性；有的主观意图太明显直白，没有一点料峭和崎岖，导致没有可发散的意味。"（大头鸭鸭：《我的"后口语"诗歌写作》）

魏理科坦言他对口语诗有自己的追求："一是情绪饱满。无论写什么，无论言辞是热还是冷，但诗里都有一颗炽热的心。一首诗要写得情绪饱满，语言不失控，又饱有意味，我认为是挺难的。所以写诗在我这里，是件很耗人气力的事情，每一首诗都是自己生命的一种燃烧与转移。我不是一个随口就来的诗人，我写一首诗，常常需要酝酿，主要是情绪与语境的酝酿，以及切入点的寻觅与比对。写诗是件愉悦的事情，虽然写作过程中有很多折磨，但每写出一首诗来，给人的喜悦是巨大的。就像挠痒一样，诗是心中的一种'痒'。二是各种'度'的把握与拿捏。直白又要留白，出奇又不离谱，既实在又空虚、内敛又赤忱，既浓烈又疏离、沉重又轻盈，颤动又宁静，张扬而不宣泄，肆意而不乱方寸，淋漓而不轻浮，质朴而不呆板，简洁而不简单，锤炼而不留痕，顺畅而不打滑，具有张力与摩擦力而又不能生硬，既在此处又在他处，既有形而下的质感，又有形而上的意味，等等。各种'度'的把握与拿捏，渗透在一首诗的全身，一个人的诗歌功夫怎么样，就体现在各种'度'的拿捏上，我很少说别人的诗好，也是基于这方面的考察。再，我尤其看重一首诗的结尾，我认为一首诗的成败，一半在于结尾。第三个长处是比较好玩、有趣。我一直想把诗写得好玩一点，但还没能得心应手。好玩的诗，太难得了。它既依赖诗人个人的性情，也更需要自由精神与创造力。好玩的诗，更能闪耀诗歌本身的智慧之光。闭目回想一下：我们能记得的诗、有印象的诗，大都是些有趣的诗，这是大脑自然记忆的结果。诗歌的趣味，有很多种……我对深度不太"感冒"，语言、语速、语感、语气、语调、语式、语境、意味，才是我看重的。语言的准确、不枝不蔓，是第一步。平淡而出奇是第二步。语言松懈下来，平淡无奇却饶有意味，是第三步。"（大头鸭鸭：《我的"后口语"诗歌写作》）原来，在写口语诗的诗人眼里，口语化的写作并不是低端写作，而是一种独特的诗歌理想。

三、口语化的难度

我们再看另一位坚持口语化写作的诗人——平果。平果的许多作品，几乎是零度的抒情，但是读完却叫人怅然若失，感觉诗作之中有一个漩涡，吸引人的心思意念，让你无法对这样的作品做一次性的消费。

《咳嗽》

那时候
父亲总是最晚回家

听到家门口

父亲一声咳嗽

母亲说

你爸回来了

然后全家人

安然入睡

现在妻子总说我

你每次回家

一声咳嗽

就把我吵醒了

我很茫然地问

我咳嗽了吗

"那时候"与"现在"的对比,"父亲"与"母亲"之间的相互感应,"我"与"妻子"之间的龃龉,"我"与自我之间的茫然感……短短小诗,却蕴藏了很多现代人的生活与情感的信息。在陈述上,作者没有任何地方表现出抒情的态势,但却传达出人与人之间的隔膜、自我的飘忽不定感。这是平果这样的诗人在写作上高明的地方,作品看似毫无抒情性,但细细品味,整体上却言说了人的一种深切的生存体味。

有一次我在湖北某刊物历数槐树、黄沙子这些作品十分令人费解的诗人,尊称他们为湖北的"先锋诗人",不想向来性情温婉、言语不多的大头鸭鸭向我开炮:"说这些人是湖北诗坛的先锋派,那你太落伍了……我们才是湖北真正的先锋!"现在我是赞同大头鸭鸭他们的。他们就如美术界的抽象画派,作品看起来令人费解,甚至让人怀疑"这也叫艺术?",但其实作者内心有强大的观念的支撑:什么是真正的艺术?我们认为这才是!对于"后口语"诗人,其观念非常明确:用最简单的、最不装模作样的语言来言说真实、呈现诗意。这种观念也意味着一种艰难——对读者来说，这是挑战与戏弄：别告诉我这是诗歌……

我将大头鸭鸭、平果他们称为一群认真写"废话"的诗人。这一类诗歌，整首诗你看起来都会觉得废话连篇，但读完却很感动——它以最没有诗意的语言在陈述生活中那些令人怅然若失的东西。大头鸭鸭坦言，其实这样的诗作非常难写。很多时候，你必须像写古诗一样，反复打磨，因为它不能有一处词语、描写是无用的。与很多读者所说的想法恰恰相反：这样的诗，没有一处是废话。它追求的是一种蕴深意于无形的整体效果。

当代有许多优秀的口语诗的写作者，他们的写作需要被重新看待。即使是赵丽华、乌青，你在当代汉语诗歌发展的脉络当中，你在他们个人的写作史当中，才可能对他们有正确的理解。当然，一般读者不可能达到这个程度。包括文化名人韩寒，也达不到（韩寒《诗人急了，不写诗了》："我是很不喜欢现代诗人的，现代诗人所唯一要掌握的技能就是回车"）。

当代口语诗的写作者，承继了韩东的"诗到语言为止"和杨黎的"废话"观念，也吸收了"下半身"诗歌对当下现实的直接反映能力、诗歌叙述的"性感"之风，他们的作品，其实越来越好看。这种用最直白的语言来表达生命的感动、感慨或感触的诗作，我们不能轻视。这种诗作，处处看起来平淡无奇，但整体上却明显地呈现出一种生活里的真实、一种生命中的感动。他们的写作，要产生诗意，其实更难。因为这一类诗作的诗意来自整体，所以对遣词造句的要求其实更高，不能滥用抒情的词汇，陈言套语、思想观念上的"俗"更是禁忌，一切工作，要做到恰到好处、浑然天成。这是一群"认认真真用废话写出诗意"之人，值得尊敬。

四、"羊羔体"

最近几年关于口语化的写作所带来的非议，有"羊羔体"事件。"羊羔体"的作者车延高的作品能获得鲁迅文学奖，这也看出诗坛对口语化写作的承认。但在另一些关注当代诗的人的眼里,这种口语化的写作实在不能叫诗。

车延高的诗被讥讽为"羊羔体",这种标签只能使我们对他的诗歌一无所知。我们看看像《刘亦菲》《徐帆》这样备受诟病的诗作。

《刘亦菲》:"我和刘亦菲见面很早,那时她还小/读小学三年级/一次她和我女儿一同登台/我手里的摄像机就拍到一个印度小姑娘/天生丽质,合掌,用荷花姿势摇摇摆摆出来/风跟着她,提走了满场掌声/当时我对校长说:鄱阳街小学会骄傲的/这孩子大了/一准是国际影星/瞢准了,她十六岁就大红/有人说她改过年龄,有人说她两性人/我才知道妒忌也有一张大嘴,可以捏造是非/其实我了解她,她给生活的是真/现在我常和妻子去看她主演的电影/看《金粉世家》,妻子说她眼睛还没长熟/嫩/看《恋爱通告》,妻子说她和王力宏有夫妻相/该吻/可我还是念想童年时的刘亦菲/那幕场景总在我心里住着/为她拍的那盘录像也在我家藏着/我曾去她的博客留过言/孩子,回武汉时记得来找我/那盘带子旧了,但它存放了一段记忆/小荷才露尖尖角/大武汉,就有一个人/用很业余的镜头拍摄过你。"

我不能说它是一首多么好的诗,它确实是大白话。但是,我想说,文学、诗歌写作,是每个人都有的一种能力,它是一种不同的说话方式,这种说话方式里边有不同于大白话或者说日常交际语言的内容。如果说这首诗里面有什么值得我们可取的地方,我觉得那就是它表达了一个普通人看世界的一种态度,其意义首先是诗人自我的一种表达,然后是这种表达也给读者带来一种新的认识或感受。

诗人和一般人对刘亦菲的态度不一样,他把这个备受粉丝宠爱的"神仙姐姐"当作一个"孩子"。确实刘亦菲也与他的孩子年纪相仿。他还把刘亦菲当成一个非常非常熟悉的普通人。你看在这里,他的妻子对刘亦菲的评价,说她"眼睛还没长熟/嫩",说她"和王力宏有夫妻相/该吻"。这个"该吻",是口语中的口语,但它其实是很有意思的一句话,它把生活当中的某个情景带了进来。车延高先生之所以被称为诗人,当然因为他拥有一些诗歌写作的技艺。在这里，说小时候刘亦菲的演出，她在舞台上的形象，"风跟着她，提走了满场掌声"，这个想象是不错的。当时很多人鼓掌，但是，这里不仅描述了当时的情景，因为这首诗是在回忆，在回忆当中，掌声曾经很辉煌，但是风把满场的掌声提走了，这里就有一点时间已逝、物是人非的感觉了。

车延高的心态特别好，常常自称是"业余诗人"。自称是"业余诗人"对一个诗人才是自然的，也符合我的文学观。文学写作是一种才能，一个人若有想靠特定的语言来言说自我以达到某种表达效果的自觉意识，他就是一个文学家。文学家并非天才才是，而是你我皆是。"业余"的状态、在生活中有实实在在的职业、踏踏实实地为生存奔波的人，也许是写作者最好的状态。

车延高有一首诗，挺有名的，就是那首《日子就是江山》。他也出版了一部同名诗集。他是体制当中的人，这是他的社会身份。你我都有各自的社会身份，但是作为一个人，他还有写诗的那部分，他写的诗也能够使我们看出，他有现代人缺乏的或者说没有表达的某种真性情，这一点是他诗歌宝贵的地方。然后他的诗歌中有很多的乡土诗，这些乡土诗当中有一些作品在感觉和想象上是非常棒的。像《日子就是江山》：

二姐爱打扮，二姐不打扮也很美
二姐走在路上总有男人的眼睛跟着
二姐赶集，集市就多出一道会动的风景
她停在哪，哪就是男人眼睛赶集的地方
为看她，男人时常把东西忘在摊位上
二姐能把三月剪成一瓣瓣桃花
二姐把桃花戴上头，别的花就谢了
二姐是在一个有雨的三月出嫁的
新郎是一级残疾军人，一条腿给了国家

二姐出嫁时山洼里桃花正红

二姐的脸上开着桃花

陪送的嫁妆也开着桃花

只有大姐苦着脸,说二姐傻,不值

二姐说爹也是残疾军人,娘一辈子值吗

大姐说爹是后来受的伤

二姐说不管先后,他们都是为了国家

大姐说路要走日子要过的,你别后悔

二姐笑了,我们是三足鼎立

心和心扭在一起,日子就是江山

  这首诗,如果你因为这里有爱祖国爱人民的因素而一开始就拒绝,那就没办法欣赏了。文学的好坏在于它在感觉、想象和经验上给人的具体性。对于优秀的诗人而言,任何时代可能都是一样的。诗,并不在乎那个时代在思想、文化上的丰富、贫乏、伟大、黑暗与否,诗人"所从事的工作只不过是把人类的行动转化成为诗歌"。"诗人制作诗歌"正如"蜜蜂制作蜂蜜"一样,"他只管制作"。[①]诗人对自我和世界的言说是一种想象性的言说、经验化的言说,诗人将个人的经验"转化"成为特定的语言和形式,使这种关于经验的言说在特定的语言和形式中产生出其他文类难以言说的意味,从而满足人的心灵的更隐秘的需求。一个诗人的优秀之处,正在于他对时代的经验在语言、形式上的"转化"与高质量的文本的"制作"。主题思想本身不能直接决定一首诗的好坏。

  在这首诗里面,它的核心词语是"日子就是江山"。江山我们知道,是空间词汇。我们说打江山、坐江山,江山是空间的,是地理的。在这里,这首诗很出众的地方就在于,"日子"就是江山,时间就是空间。作为日

---

① [英]T.S.艾略特:《莎士比亚和塞内加斯多葛派哲学》,载《艾略特文学论文集》,李赋宁译,南昌:百花洲文艺出版社,1994年,第161、165页。

子的时间,跟作为空间的江山,在这里画了等号。是什么意思呢?在这里面,这个主人公二姐,她嫁给了一个残疾军人(战争使他缺了一条腿)。这首诗中有一个很美好的东西,就是爱情,她尽管没有直说,尽管他是残疾的军人,但是因为爱情,他们还是在一起。二姐说的这话是什么意思呢?"日子就是江山",尽管现在不打仗了,过去的事业是打仗,但是我跟我所爱的人心和心扭在一起,日子就是我们的江山,和一个身体有残缺的人过日子现在是我的事业。接下来的人生,也许像大姐说的那样,是很苦的,但是我不后悔,我们会在一起,心与心扭在一起,我们一起继续把生活度过。这里面用很多的语言来讲二姐的美,但是这个美,最后是建立在二姐说的那番话上,"日子就是江山",我跟我所爱的人在一起,共同来面对生活。这首诗是在讲二姐对爱情的坚贞,写一种令人感动的心灵之美,这个美对应的是那残缺的身体和这个时代被扭曲的人心。

这首诗在主题上,重点不在于爱祖国爱人民,而在于爱情,即二姐对于爱情的态度;它在修辞上借助于对比衬托,由二姐外在的美到她内在的美,用自然意象比如桃花来映衬二姐的美。二姐可以说是他讴歌的、理想中的一个人物,同时他还用更多的现实中的人物来做她的对衬,也就是大姐。大姐是一个真实的人,她的看法是合理的。她不赞成这一桩婚事,但是二姐把她否决了。通过人物的对比,通过山洼、集市上的男人,通过这些映衬,讲二姐外在的美。而最核心的美是落实在"日子就是江山"那样忠诚于爱情、将心灵的价值置于肉体之上的心志。一个经常写诗的人,写一百首,写一千首,你总会写出一两首好诗。因为你经常练习,总有一首诗在感觉上、形式上的技术都比较均衡,细节和整体都比较让人满意。我相信这首诗是诗歌给车延高长期的写作的一个回报。

也许你会说,这样的口语化的诗,我也会写,但事实上你没有,因为你把写诗当作某些人才能干的事。但其实文学写作是我们有语言能力的人的一种才能,只是你未能有意识地去认识和使用它。车延高作为一个诗人,之于我们这个时代,至少可以提醒我们:诗其实很平易,你也可以成为诗人。

口语化的写作，其实是言说自我的一种练习，是当代诗的一种普遍面貌。这个面貌对于文学写作的普遍化来说，有积极的意义。

五、口语化的意义

口语化的诗，到底是不是诗？我们所说的文学，到底是什么东西？人文学科，像政治、历史、文学、哲学，这些不同的话语体系，它们之间有什么区别？文学的独特性是什么？

显而易见，政治、历史、文学、哲学这些学科在说话的方式和说话的目标上是不一样的，文学的特点可能正体现在这个地方。对于同样一个事件，文学、历史、哲学、政治，它的表述从方式到目的可能都是不一样的。历史的话语方式非常强调回到现场、讲究证据。如果说历史的目标是建设过去的话，那么政治可能是建设未来。哲学，Philosophy，起源于希腊文里表达"爱智慧"的词，哲学的语言是抽象的、逻辑的，它所追求的是普遍的原则：幸福生活的原则，或者说普遍的真理、本质这些东西。

跟这些学科一比较，文学是非常独特的，最直观的文学的特点当然是文学是有趣的，文学是让我们有感觉的，文学的语言是非常好玩的，是非常有趣的、非常生动的。文学的特点在什么地方呢？这有趣、好玩，如果再细致地讲，就是文学的语言通常是让我们获得对自我与世界的具体性。是什么具体性呢？在感觉、经验和想象上的具体性。文学语言所给我们的，文学语言对这个世界，或者说对人的表述，它通常给我们带来的是一种具体性，这种具体性体现在感觉、经验和想象这些层面上，这是文学的特点。文学是非常有意思的。为什么有意思？我们经常觉得这么说话很好玩，之所以好玩是我们作为接受者，听起来它唤起了我们的感觉，唤起了我们的经验，唤起了我们的想象，它的原理是这样。这是文学在人文学科当中的独特性。

文学的这种独特性会带来什么作用？或者说文学到底有什么用呢？文

学的作用首先不是文以载道，或者其他的社会功用。对我来讲，文学的作用首先是自我的认知，文学写作最大的作用是个人精神世界在写作当中的一种敞开。我最早接触到这个观点是从余华那里。1992年余华在《收获》上发表中篇《活着》，后来单行本是长江文艺出版社于1993年出版的。余华在序言里说，长期以来他一直想知道他到底为什么要写作，他所给出的答案是："一位真正的作家永远只为内心写作，只有内心才会真实地告诉他，他的自私、他的高尚是多么突出。内心让他真实地了解自己，一旦了解了自己也就了解了世界。很多年前我就明白了这个原则，可是要捍卫这个原则必须付出艰辛的劳动和长时期的痛苦，因为内心并非时时刻刻都是敞开的，它更多的时候倒是封闭起来，于是只有写作，不停地写作才能使内心敞开，才能使自己置身于发现之中，就像日出的光芒照亮了黑暗，灵感这时候才会突然来到。"文学写作对一个人的自我的认知是非常非常重要的。"只有写作，不停地写作才能使内心敞开"，余华的经验让我想起，我们的精神世界就像一块土地，通常情况下是蒙昧的，我们并没有意识到里边到底有多少东西，而写作就像掘井，会使土地下面涌出活水的源泉，让我们重新认识（感受性地认识）自己生命里的丰富。

任何一个有语言能力的人，当他自觉地以语言来表达自己的时候，文学写作就形成了。

这种写作所带来的，首先是自我心灵的慰藉。其中包含着对自我的具体的、深切的认知。车延高诗歌中的意象大都是比较正常的，他不寻求那种标榜"现代"的怪异的意趣；他的诗有浓厚的乡土气息；他整个的做人、写诗、写诗中的技艺，都显得比较踏实，甚至可以说他的作品有一种朴实之美，看起来没什么特别，但细致品味，也还不乏诗意。他的个人形象，在文学界仍然普通，而在诗歌界，有人甚至觉得他连"普通"都没有达到（因为不够先锋、不够新奇、不够"现代"，等等），但我却觉得这正是车延高诗歌的意义。文学其实就是这样普通，文学写作其实属于每个人。车延高首先是一个文学爱好者，一个"业余诗人"，有感而发，寄情于文字，形成了写作习惯；然后，他在经年的写作当中，积累了一些经验，在众多的练笔、败笔当中积累了一些看起来不错的作品；再然后，为人承认，为人褒扬，为人贬损……最后获得了不错的文学名声。但这个名声是偶然的，与他的社会身份没有必然关系。

车延高的诗歌写作，其意义并不是成就了一种叫"羊羔体"的东西，而是再一次彰显了文学写作的一种属性。文学写作属于所有人，那种将文学写作视为天才的事业的看法是狭隘的，每一个人面对生命中的感触，以文学的方式记录下来，这是有意义的。文学的表达之于科学的表达，是另一种精确，这种精确蕴藉在感觉、经验和想象的具体性里面。所以，同样说一句话，文学的表达方式，会使你觉得有趣、感动或者越想越有味儿。而在一切文学的表达式中，对于普通作者而言，以最口语化的方式、最自由的形式来言说人的感动、感触与遐想，其呈现的形态，往往就是"羊羔体"这样的诗。

口语化的写作，是大多数诗歌爱好者最初的选择，当我们谈及当代诗，我们不能将这一类作品划入"低端"的行列，而是要认识到：口语化的写作是所有人真正享有文学功用（言说自我、慰藉心灵）的一种重要的言说实践。有这种普遍化的写作实践，才有当代诗真正繁盛之可能。

当代诗歌的代际诗学转换

◎ 赖彧煌

当代诗歌显然是一个歧义重重的概念，它分享了"当代文学"定义上的种种疑难和驳杂。本文的当代诗歌指向自二十世纪八十年代以来绵延近四十年的现代诗潮，这个内部众声杂竞，殊难用线性时间加以截然切割的历史空间却往往被切分成"八十年代诗歌""九十年代诗歌""新世纪诗歌"这样的时间版块，而且这种切分也并非全无诗学分界意义。时代转换对于历史而言绝非物理时间的递进转移，"九十年代诗歌"这样的命名内在地抽象着特定的诗学立场和审美趋向，由此自然时间也被转换成审美时间。本文试图指出的是，具有主体稳固性的诗人在时代剧烈转折之际如何做出相应诗学调适，因之推动诗学的代际转换。

悬而未决的诗学转换：敞开的与潜隐的

作为集中体现了"九十年代诗歌"趣味之争的节点，同时又不无粗暴简化了的"知识分子写作"和"民间立场"的争论，有必要予以重新打量。藉此将会看到，它的诗学分歧并非像意气用事的想象中那么势不两立，它的诗学诉求也不能作为一段业已了结的断代诗歌史予以归档，毋宁说，它既是一次整体性的拟议却未及充分展开的针对二十世纪八十年代的反思，也是一次有待追寻的在未来的诗歌进程中绽露效应的诗学演练。① 在此意义上，繁琐的、概念自我指涉的"知识分子""民间"的甄别将不再是我们关注的中心。倒是二十世纪九十年代处于中心的诗人们所共同体验和经历的核心问题，即对历史和经验的反应，显得别有意味。不难看出，无论是知识分子派的西川、欧阳江河还是民间派的于坚，他们均明显地意识到，轻易地袭用二十世纪八十年代的诗学程式在二十世纪九十年代的写作中已变得难以为继，艰难的、摸索中的新的写作尝试和诗学探求必须得到不断展开。如何处置历史和经验实际是有代表性的"知识分子写作"和"民间立场"的诗人在二十世纪九十年代面临的共同压力。他们的努力既敞开了各自在二十世纪八十年代的"问题"，也展现了二十世纪九十年代的"雄心"，更体现了未及全面深入而随着二十世纪九十年代的结束被延宕至新世纪得以继续调适、深入和分化的诗学进程。

之所以不能从纯粹概念的演绎与拆解的角度审视"知识分子写作"和"民间"立场，是因为二十世纪九十年代的写作实践不仅无需、也无能例证某种先验的、完满的知识分子或民间。不如说，从错杂经验和情势的角度看，本应对知识分子或民间进入诗的语言坡地时可能遭遇的自反性保持警惕和疏离。实际上，他们的写作中最有意味的部分恰恰显示了其中的悖论与困境：一方面，知识分子或民间作为立场或诉求是介入历史和经验的抓手，他们要以此将自己从以往的新古典主义趣味（例如西川），随口语化的语式、语气漫流的无政府主义（例如于坚）带往更冷峻、自觉的诗学运作中，西川、于坚等人的写作较之二十世纪八十年代因而有整体性的诗学上的迁移；另一方面，他们的写作又宿命般地"卡结"在新的诗学运作之中（这主要体现在下文将进一步论及的他们的诗的结构和态度之拟设仍旧未能摆脱"历史的控制"）。因而，本文着眼于二十世纪九十年代的诗学中敞开的和潜

---

① 诗评家张桃洲在一篇全面清理二十世纪九十年代的诗歌写作和诗学动向的论文中，将该时段界定为"转型"、"未竟"以及"杂语共生"。参见《杂语共生与未竟的转型：90年代诗歌》，载谢冕等著《百年中国新诗史略——〈中国新诗总系〉导言集》，北京：北京大学出版社，2010年。

隐的两个部分，据此为最近十几年来的诗学辨析奠基。

早在二十世纪八十、九十年代之交，欧阳江河即写出了《咖啡馆》《傍晚穿过广场》《1991年夏天，谈话记录》等令人耳目一新的作品，仔细察看其中的修辞安排、细节处置和语气调拨，却可以发现，其中潜隐的如临大敌的"意识"和看似轻实为重的隐喻（例如"广场"的譬喻）在很大程度上损害了他试图用腾挪和转换的方式来呈现经验。欧阳江河的这一尾大不掉的转变和他的总体性野心有关，他低沉的激越、暗暗煽动的句群效果，非常贴合二十世纪九十年代业已打开的诗学氛围和诗学期待。从对诗的态度而言，欧阳江河的写作并非孤例。同样，在西川那里，面对"历史的巨兽"（"巨兽"是西川写于1992年的《致敬》中的一节，其中铺排式的"那巨兽……"的句式夹杂着书写者张皇与反讽、紧张与抑制的情绪，尤为意味深长），一种正襟危坐的、全力以赴的心志不可避免地附着在他的书写中。西川写于二十世纪九十年代前期的《厄运》《芳名》《近景与远景》等作品，其中情境的构拟、细节的结构，常常也是以一种语气上庄重、视角上俯瞰、口吻上先知一般的方式进行的。此中的缘由是，诗人尽管意识到以新的书写策略来应对"历史的巨兽"的重要性——从诗学意识的角度而言，它首先是一种严峻性，并相机从修辞、语态、语速等方面予以构造和突破，但是，严峻的、严肃的乃至大兵压境的紧张性浸染到诗的语言时，板结的、一言难尽的经验是否可以游刃有余地一网打尽又是另一回事。人们因此可以看到，哪怕于坚在此时也因严峻性的挤压写下了和他二十世纪八十年代的《尚义街6号》《对一只乌鸦的命名》《便条集》截然不同的《0档案》，严峻一方面当然戏剧化般地吻合了他对档案的反讽，另一方面，对体制的反抗或质疑最终难以摆脱以板滞的、密不透风的结构予以对应和疲于追随。

正是在这里，可以发现，知识分子和民间在二十世纪九十年代有他们共同的严峻、深刻的命题，这是随着历史的机缘和语言的探测得到敞开的部分。与此相对，严峻的诗学挑战既极易磨损语言构织相应的结构和态度时的灵活性和转圜力，也极易被某些似是而非的热点、焦点所掩盖，终而忽略了其中未及彰显、始终潜隐的部分。这就是，过于贴近地围绕"知识分子写作"和"民间立场"之间进行的盘点、争论，几乎毫无例外地忽略了对于双方均未能触及或因故搁浅的历史之谜的另一面的探询。作为一种有待在崭新的实践中磨砺的动向，它当然只能在后来的写作中得到接驳、检验和体现。在有代表性的诗人那里，最近十几年的诗歌写作实际是对此前诗学拟议的更深刻的调整和践行。

重拟诗的结构与更深刻的调整

从一众诗人自二十世纪九十年代迄今的写作中指认出相较于二十世纪九十年代堪称是辩证法式合题的调整，并以确切的时间性来标记，几乎是不可能的。然而，如果深入到他们如何重设诗的结构和态度这个维面看，则会清明地绽现出此间所实现的真正转折。有必要指出的是，正如西川、于坚等人在二十世纪九十年代的书写，有一部分是出自对二十世纪八十年代的"反动"，而二十世纪九十年代未及展露的部分（乃至诗学上的暗晦面）同样将在嗣后新一轮的"反动"中得到扬弃，尽管它采取的经常是不太为人所注意的文本实验的方式，而非宣言或诗学争论的方式。

不妨将二十世纪九十年代的写作视为以直面的、迎难而上的策略与历史展开撕咬，以此挽救某种美学的纯洁化之下的乏力感，一如西川所说的："诗歌语言的大门必须打开，而这打开了语言大门的诗歌是人道的诗歌、容留的诗歌、不洁的诗歌，是偏离诗歌的诗歌。"[①] 不过，撞开过去唯美、狭隘的语言之门，为容纳历史与经验赢得先决条件是一回事，而如何成功地与历史和经验展开周旋，进而切实敞开有活力的、负责的、反思性的语言洞察力则是另一回事。正如上文已经指出的，二十世纪九十年代的写作试图进入历史却可能被历史巨大的结构所覆盖、所吞噬，毕竟，在诗中（例

---

① 西川：《答鲍夏兰、鲁索四问》，载《让蒙面人说话》，上海：东方出版中心，1997年，第271页。

如长诗）苦心经营的结构、气氛的效用，极有可能像美学的自我决定论者那样，深深地沦陷在自足性的幻觉之中，一俟情势转移或经验迁变，脆弱的结构即便不是迅速地垮塌也已显得不合时宜了。

应当注意到精进不息同时又细细拿捏着诗艺的分寸感的诗人在最近十几年的自我革新，较之二十世纪九十年代有了更深入的展拓。他们的书写昭示的意义是，语言在策略性地改组之后（譬如不再轻信语辞的流利、自足等值于经验的丰富）、经验在卸下正襟危坐的态度之后（譬如不再轻信诗中的标靶或意识可以轻易就范在紧张的、苦大仇深的主体性语言之中），一种可以和复杂情势展开更有效周旋的诗之结构的拟设得到了广泛且卓有成效的探索，而诗之结构的内里则是诗的态度和判断的审慎打磨。可以看到，于坚在《火锅行》（2007）、《读康熙信中写到的黄河》（2003）、《"杏仁眼的阴影"——看克劳德·朗兹曼的纪录片〈浩劫〉有感》（2011）中，不同于二十世纪八十年代的无主体性的"随遇而安"，也不同于九十年代被特定的素材和体制（如《0档案》）所助力的决绝与紧张，一种因物赋形、伺机而动的新的主体生成了，为此人们从中读出了与过往的态度截然不同的判断。在《"杏仁眼的阴影"——看克劳德·朗兹曼的纪录片〈浩劫〉有感》中，抽象的难以具形的沉痛被如此刻写：

> 一边瞟着擦得雪亮的长筒皮鞋
> 一边用歌德的母语谈犹太人
> 追求最高的抽象　冻结象征功能
> 只启动数学物理几何化学方面的单词
> ……
> 精确如游标卡尺　妙语连珠如史上那些
> 致命的诗　超以象外　省略肉体
> 准备#　准备∅　准备÷　准备×　准备%
> "准备6000000个0"　完毕　保罗·策兰诞生

他的舌苔与史上出现过的不同
　　长满了铁丝网　那么尖锐　那么花哨
　　那么血肉模糊　难以确认所指
　　又一个词被脱光衣裳送进淋浴室
　　他说　"杏仁眼的阴影"

关于集中营的陈述（这首诗的引子是表面中立的纪录片）似乎是客观的，细致入微的可计量的各类消灭肉体的器具、方法和含混的语言（"难以确认所指"）并置，搅起同样经受过磨难、难以精准描述的语词包裹的异质性，隐喻着某些面目模糊（"血肉模糊"）的伤痛，它有待触及又难以言表。

的确，周遭漂浮和涌动的经验碎片繁复、多义而且隐蔽，在敏锐的觉知者那里，激起的与其说是成竹在胸（或亦可谓傲慢）的把握，毋宁说是犹疑不决，这种盘桓于心的不定性并不意味着诗人在经验捕捉上意志的崩溃，相反，它更显出进退失据处境中的怅惘、焦灼乃至张弛交错的心境。这也鲜明地、大面积地弥漫在西川那里。尽管早在二十世纪九十年代他即深感"当历史强行进入我的视野"的压力，并颇具自觉地在《致敬》一诗中究问经验的模棱两可乃至多义性[1]，例如该诗第七节"十四个梦"的互为对峙、交叠，既有梦见在游泳池"纵情歌唱"时池内却"忽然空无一人"的虚无，又有　"梦中偷盗"但无法"向太阳解释清白"　的荒谬，等等，最后以疑惑的三节问询结束，汇聚成的诗歌气流虽有悲壮却仍留着"光明"的尾巴。该诗最后一节如此收尾：

---

[1] 姜涛曾在《"混杂"的语言：诗歌批评的社会学可能——以西川〈致敬〉为分析个案》一文中，富于说服力地分析了这首诗错杂的、泥沙俱下的语言，以"诗性"与政治、内部与外部复杂缠绕，凸显出的崭新的诗学命题。作者指出，"《致敬》一诗成为高度暧昧的文本：一方面，它满纸荒唐，实现了对确定性的最大破坏；但另一方面，它又风格庄重，在容纳矛盾、异质的同时，试图用箴言体克服无序。"载《巴枯宁的手》，北京：北京大学出版社，2010年，第105页。

……我手持地址走上风雪弥漫的大街，我将被什么人接纳或拒绝？
痰迹，有人生存。

寒冷低估了我们的耐力。

纵然心头左右盘结，最后依然是坚定地承受（"耐力"）。但是，在更晚近的写作中，百转千回的心绪（这些心绪或已彻底卸下贯穿二十世纪九十年代的某种风声鹤唳的尖锐感受，而更多转向戏谑、反讽）虽有时气若游丝却不断贴身漂浮且缠绕着诗人，或可谓某种更"近"的、更迫切的驱力要求诗的语言予以触探、辨明和"写出"。

西川似乎有意竭尽全力地摆脱内在关联性的引力，他给外观上的散漫注入了更多的含混和游移不定。譬如《八段诗》（2011）名目之下的八首组诗，诗和诗之间缺乏连续性，这点从诗题即可看出（第一首题为《哪一朵色情的桃花》，第二首则题为《面向大海》。有人或许会说第七首的《老演员》和第八首的《小演员》有某种关联性，但前者是表演本身的无意义，"酸甜苦辣还在继续"，后者则是表演有难以掩饰的表演性，未进入角色的小姑娘登台时"提了提裤子"）。又如《2006年8月6日凌晨梦见热雨》，全诗不分行也不分节，固然内中有具体而微的抒写，像"热雨打在我的身上""热雨打在我赤裸的手臂上""想暂避这场热雨"，像"偶尔有人与我擦肩而过""遇到一个小男孩""躲进路边一座小屋"，但表面的连贯几乎被诗中"我本以为""我怀疑""我亦心忧、我亦心喜"等内在的心理活动（它们本身又是多向度的）冲决，最终让这场梦"在连滚带爬中惊醒"。在这里，连接的线索更像不断飘移的浮标，没有定性（定型？），其作用只是探测性的，甚至只为最终的否定而聊备一格。

以于坚和西川为代表的自二十世纪九十年代的中心进入到新世纪的诗人，他们的调整是剧烈的。这既体现为个人诗学自识的推进，更体现为他们重新结构出一种至少可以权宜性地与复杂情势展开摩擦乃至调情（一种严肃的后现代式的情调）的诗。因而，如果我们更深入地清点他们自二十世纪八十年代迄今的进展，毫无疑问，正如二十世纪九十年代某种意义上是二十世纪八十年代的"否定"，最近十几年则是对二十世纪九十年代的"否定之否定"。无需惊讶，"他们对当下美学氛围感受的一致性，尽管相互间气质、风格和技巧有难以化约的差异，但在诗的构型上，为了因应时代、现实和物象等激起的语言态度，哪怕他们采取或拼接重组，或杂糅综合的语言策略，体现各自的言说方式，彰显的却是共同的挑战，即努力在混杂的经验和语言中变构出可能的形式建构。可以看到，有作为的诗人总是在或隐或显地修正、确认着当下写作的可能性。"[1]

需要指出的是，这里绝非暗示仅有屈指可数的几位二十世纪九十年代的重要诗人完成了蜕变，而是强调，他们以一种审慎的、强有力地贯彻到文本书写中的写作策略，以便因应变化的情势（历史和经验的捕捉在他们看来已经难以采取某种张扬的、自负的主体性进行对垒和围剿），道出错杂事件背后可以且可能被"击穿"或展露的部分，相较于他们仍旧显得过于直接、严阵以待的二十世纪九十年代的书写实践，这种迂回、穿梭中确立结构和态度的写作，其意义值得大书特书（就文本的样式而言，他们的作品显示出了更大跨度的穿插、更驳杂臃肿的堆砌，以致形制松散、诗语破碎，但这不正是海德格尔反用格奥尔格的诗句时所言的"诗语破碎处，存在显现"吗？）。

更广泛的扫描：接驳和拓展的写作

不难看出，在上文"否定之否定"的环节，本文有意抑制了对另一些极为重要的诗人的论述，比如欧阳江河和萧开愚等人。他们在新世纪之后进行着不竭的探索，且影响深远。欧阳江河有长诗《凤凰》《黄山谷的豹》《大是大非》《看敬亭山的21种方式》和诗集若干，萧开愚

---

[1] 参见拙文《论近期诗歌形式探索的三种路向——以于坚、西川和臧棣的写作为例》，《广西师范学院学报》2016年第2期。

有长诗《内地研究》和诗集《联动风景》《二十夜和一天》等。应当说，就力图打开历史的缺口、焕发语言的洞察力而言，他们和其他诗人的努力方向并无二致。然而，从更高的要求和他们本已显示的良好的诗歌素质的期待来看，他们从一种结构到另一种结构的转换过程中，令人抱憾的是，要么为旧的结构强有力地吸附，要么在新的结构中轻信了结构的拆解力量，终而迷陷在语言的迷津之中。与其说，无需怀疑他们诗的意志是否薄弱、介入历史的意愿是否犹豫，不如说，像《凤凰》《内地研究》均保持了迅猛的叩击和强烈的反思意识，这较之某些以漂亮的修辞掩饰苍白之语言的自我增值的作品当然不可相提并论。

然而，即便关切的意识之刃锋利，即便诗人调拨的修辞、组织的情境颇费思量（一如《凤凰》对现实高密度的、多维度的切入，《内地研究》对内地之殇的田野式的深入），峻急的诗的气流被折叠在一种总体性的结构之中，这种总体性对于欧阳江河和萧开愚而言则是，试图以围剿的、集束的强力瓦解对象或事件之"恶"，可是，转移了的资本或权势的结构和运作方式本身已经化整为零或变得无孔不入，这使得巨大的"凤凰"宛若卡壳在修辞与观念之间的一个难以为语言消化和处置的"装置"之中，以致整首才情勃发、野心勃勃的大诗被修辞和句群围困；这也使得"内地"宛若淤积的内河，巨量的"调查""议论"被诗人自设的语言的帷幕切割、挤兑和遮蔽，外部的变化了的更狡猾的结构轻易地瓦解了它闭塞在材料与观念盘结中的结构。

与此相对，可以看到为变化了的语言、情势和事件相机布设灵活的结构的大量实践，它有代表性地体现在臧棣、孙文波和朵渔等人的写作中。近年来，臧棣写下了巨量的迄今仍旧没有完结的"协会""丛书""入门"系列，此举必将激发起广阔的诗学追问的光谱。他从单首诗到系列诗、从一种系列诗到两种系列诗，鲜明地体现了诗人的如下用心：在局部的精确、意义的集束和整体的发散（丛书、协会当可不断分解下去）、能指的漂浮（一首诗和另一首之间并无必然的、逻辑的关联性）之间乐此不疲地建筑。

从写作发生学的角度，诗人像埋首于单一的、特定的某栋建筑物的建造师，此时他只专注于此，按当下的图纸叠床架屋，彼时则移师他向，按新的图纸展开工作，这使得他的诗作之间绝无形体上流畅的起承转合，成为符合某种精细规划、谐调组接的建筑群，毋宁说，诗人的系列诗更类似于维特根斯坦所云的"家族相似"的概念，用途、构造不同的建筑物均是建筑而已。

或许臧棣的写作建立在如下诗学信念的基础上，在诗的形制上，他不求全责备，不幻想在一首诗中穷尽一个物象、一律心绪的色相，他更愿意追求侧面和表面。这就是为什么，他的诗集《未名湖》系列集诗一百首，是一百种未名湖。在这一点上，他绝对性地和古典主义保持了决裂。古典诗歌中的物象如月亮，要么在不同诗人如张若虚的"春江潮水连海平"、李白的"对影成三人"、杜甫的"月从今夜白"之间，只是接龙般地、各司其职地连缀关于月之情思的某段花边；要么在同一个诗人如杜甫的"清辉玉臂寒""环佩空归月夜魂""不知明月为谁好"之间，不无"机会主义"地捕捉月亮投在心头的某个幻象，相机地抒怀。但是，"未名湖"却是中心，且是扩散的中心，与古典的"月亮"向另一个中心汇聚截然相反。这使臧棣的诗的形体学犹如正在展开的舞蹈——人们难以推究它从什么时候、以何种姿势开始和结束，表现为明暗不断晃动的光晕、主题不断变形的变奏，这或许可以视为某种不断推究的写作（它的根本特征是动和变），步步为营地编织着语词的氤氲，使诗的形体和踪迹不断撒播。

很显然，臧棣始终将他的写作看作正在进行的当下性的实践，他更专注于局部或某个侧面的暂时"完成"，并有意无意地让不同时段、不同主题的作品发生隐秘的关联。诗人曾如此自述："我必须发明出好几种东西来推迟或分解某种正在成型的东西。"[①] 与其说，一种或多种似是而非的"现实"，哪怕多么生动（有具体的色相），也无法轻易指认或坐实，不如说，它们只是语词表象世界时的颤动（"颤抖"），正如《自选动作》这首短诗：

[①] 臧棣：《假如我们真的不知道我们在写些什么……——答诗人西渡的书面采访》，载《中国诗歌评论：从最小的可能性开始》，北京：人民文学出版社，2000年，第272页。

揪住薄荷的小辫子,绿个没完是吧?
撬开沙子的小嘴,过完瘾还没够是吧?
借着风力,既然迷人的晚霞
来自七月的迷途,既然你这么问——
这些诗既不是写给天使的,
也不是写给沙子的,
因为盐,已撒进语言,
并开始溶化在微微颤抖的深渊中。

对薄荷的绿色程度的究问(揪),起首于反问语气,但它似是而非的确定(像揪住了辫子般)漂浮在"借着风力"带来的揣测,实际是对"你"寻求肯定(第一个"既然"来自"你"肯定的推断)的质疑,而后转向否定(但所否定的对象亦似是而非,因为不确定"天使"是与薄荷还是与晚霞相关),再以逻辑关联"因为"带到不确定(盐或者究问终将"溶化"),并一同构成已经变化的语言或水的全部。臧棣以不断延宕的语词之触须否定某种直接性和确定性,在他看来,不确定的世界中,真正可"确定"的部分唯剩通过语言不断触碰、荡开的语词光辉及其表象。毫无疑问,应当把分解看作臧棣为诗构型的根本原则,这种权宜性、临时性、即刻性的结构方式强烈地昭示了诗人不轻易为错综的现实下注的冷静自识,作为一种周旋的策略,它反而更强烈地进入到了事件的内部。

同样,像张曙光、孙文波等人的写作也体现了类似的周旋式的切入的力量,尽管他们未必像臧棣那么热衷切面、剖面的七巧板式的组合(有趣的是,孙文波也写有相当数量的"与某某有关""与某某无关""某某之一之二之三……"之类的系列诗)。对张曙光而言,一方面,诗的命名和确认是"必须负起的责任",这意味着诗人在他唯一可以依凭的语言之间要保持清醒,譬如不被语言的迷障所覆盖;另一方面,诗的多义、多向"必须小心地 / 注视它,得从手掌的纹路 / 或几张散乱的塔罗牌中 // 观测命运的走向,并揣测／它的反应,愤怒,失望／或害羞"(《怎样为一首诗命名》,2008年)。对孙文波而言,"临时"的摩擦(他有"临时的诗歌观"若干)、"修辞"的试探(他有"修辞练习"若干),干脆就是一种不断迁移的诗学探询。但是,对于许多人误以为朝向外部的掘进、朝向某种政治的能指与所指之间幻觉般的透明性,孙文波是警觉的、抵制的。对他而言,表面的"修辞练习"恰如倒置过来的更有效的结构方式接引着、抒发着切实的关切:

> 反对隐喻是一件复杂之事。
> 我不想做,所以我写隐晦的诗:
> 白太阳悬挂树梢。一生的理想
> 藏匿于书。……如果我告诉别人
> "安"韵太浅薄,"翁"韵四平八稳,
> 还有"欧"韵,适合写简单的诗。
> 我的意思是已不革命。一个年过半百的人,
> 考虑的是什么?一觉醒来,阴云挂在窗外,
> 心里立即悬石,或者午后爬山,
> 站在山顶喘气。我正是这样。
> 就像今天,我站在山顶琢磨眼前
> 的白太阳,以及它可能的隐喻。

如果说,臧棣、张曙光、孙文波随着二十世纪九十年代的氛围进入新世纪,他们的写作因而鲜明地体现了与二十世纪九十年代的诗学相斥相亲(一方面是清理可能的迷思,另一方面是将未及张大的成果发扬光大)的关系,那么,朱朱、朵渔则更多地展现出自我清理的意味,并将这种清理扎实地张大在鉴照着二十世纪九十年代的诗歌写作的晚近进展中。乍一看,两位诗人的来路是迥然不同的。朱朱在相当时期里以典型的乃至沉溺式的江南习气书写着质地晶莹的唯美诗篇,而朵渔在写诗的起步阶段则属于备受争议的"下半

身"阵营。细心的读者却会发现,两人殊途的自我救赎方式(朱朱是不断地羼入异质性,加快语流推进的速度,增加语词穿插的向度,以此赢取诗意的博、杂乃至涩;朵渔则以沉思的方式向过往的急、猛、露告别,在诗语空间中加入更多的悬搁和顿挫,以此博得诗和思在反刍、交错和悬拟的境遇中沉淀生成),却出人意表地同归于诗歌书写——无论是历史人物、空间地理、过往记忆的打量,还是细碎的、庸常事态的洞察——与当下关切的成功接榫之中。在朱朱的诗集《五大道的冬天》里,有向个人记忆叩问的同时又勾连当下物欲时代,终而成为现代性迭代中时空异形混溶的《双城记》,有将俗常的标签化的鲁迅形象翻转为迟疑、沮丧之面孔的《伤感的提问——鲁迅,1935年》,等等,内中历史与现实、肯定与质疑、耽溺与自醒交错驳接,因而,读到其间轻盈与沉滞并置,低沉与激越共存的"判断"和介入是令人惊讶的:"一种思考的重,常令电梯多降一层,/就像书房里再添一本书,整栋公寓楼/就会垮塌。午夜,翻阅着青春期的通信,你的眼眶里溅出这一代的泪水——/让一只烟圈里幻化的须弥座重回地面,需要多少人作为台阶?"(《给来世的散文——致一位友人》)在朵渔的诗集《写小诗让人发愁》中,则可以看到,有对青春年少时轻信于诗的力量和夸饰的矫正:"我们曾坐在河边的酒吧闲聊/聊一个人的死被全世界纪念/聊侍奉自己的中年多么困难/不断升起的烟雾制造着话题/没有话题的时候就望着窗外/黑暗的运河在窗下日夜不息/沉默的拖轮像条大鱼一闪而过"(《清白》);有对啮心的现实充满隐痛的爬梳:"是这样:有人仅余残喘,有人输掉青春……将词献祭给斧头,让它锻打成一排排钉子。/或在我们闪耀着耻辱的瞳孔里,黑暗繁殖。末日,没有末日,因为压根儿就没有审判。/世界是一个矢量,时间驾着我们去远方。/自由,也没有自由,绳子兴奋地寻找着一颗颗/可以系牢的头,柏油路面耸起如一只兽的肩胛"(《论我们的状况》)。毫无疑问,将关切锚定在自我与他者铰合而成的反思性向度中的书写,既有难得的清醒,又有俭省精确的细节,诗的发现和视野是平行、审慎且开阔的,人们有理由对朱朱、朵渔等一众新进诗人在二十世纪九十年代之后的实践赋予热切的期待。

余 论

毫无疑问，给最近十几年来的诗歌写作勾勒相应的诗学轨迹和动向，将是困难的。它再难以袭用曾轻车熟路的思潮、风格的评价图式。在别的时间区位中，可为诗歌史读解机制和诗艺解析方法触探的要素毕竟清晰可辨，例如，"第三代诗歌"与"朦胧诗"之间的迭代和对峙有迹可循，其间的意识形态差异和趣味分野，几乎是泾渭分明的，因此约略可以从代际、美学的差价式结构得到推定。作为紧挨着我们的、仍在向前延伸的"当下"，一方面，它体现了罗兰·巴尔特所言的此种历史叙述面临着别有的紧张："历史家越接近自己的时代，话语行为的压力就越大，而时间制也就越缓慢：两种时间制不是等时性的（isochronic）"①；另一方面，在该时段冒现、穿梭、往还的诗人和"事件"，越来越具有显著的"共时性"特点，"与其说是前后相继地流散，不如说是面向尚待评议的某种'结构'的沉积，它们聚拢为诗之'近况'的所有肉身。基于此种判断，对它进行评议的出发点就得淡化时间代际，而突出空间共存"②。这也使得它在供聚焦、概括和特写的层面，甚至截然不同于"九十年代诗歌"。尽管对后者的评价很难说已经盖棺论定，但是，两种虽分疏粗糙但旨意明确的写作趣味、两类虽成分驳杂但轮廓大致清楚的写作群落映射出来的诗学观念的对决与牵连，其基本纲要乃至疑难基本是没有疑义的。

新世纪以来的诗不再为某种总的"行动指令"所激励，与它的历史构成简明的转承关系，它没有了二十世纪八十年代施行"pass"的动力和契机，也没有了二十世纪九十年代宣称"中断"时那种喜忧参半的情绪与情怀。

---

① ［法］罗兰·巴尔特：《历史的话语》，载［英］汤因比等著：《历史的话语——西方现代历史哲学译文集》（张文杰编），桂林：广西师范大学出版社，2002年，第113页。
② 参见拙文《打开更广阔的诗世界》，《诗刊》2016年第8期。

毋宁说，它始终在瞻前顾后中游移着、调适着；它也无法遵循某种似是而非的"自由意志"与它的此刻和未来调情。值得注意的倒是，该时段各种资本、媒介和话语运作机制日渐娴熟，不断转手、转借之下的诗的光谱至为繁杂，使得诗的内行的评估更迫切地要从内部的、隐而不彰的线索中寻绎。

  叩问二十世纪九十年代（在此，断代的完整性、自足性因而是可疑的）未及打开的暗区以及它的遗产以何种方式投掷到了"未来"，从延宕和效应的角度看，则会看到：第一，于坚、西川、臧棣、张曙光、孙文波等重要诗人，自二十世纪九十年代过渡到二十一世纪之后，写作动向中的变或不变深刻地牵连着他们在二十世纪九十年代的作为和当时整个的诗学征候；第二，最近十几年的诗歌写作者构成中，固然有相当部分已显露其重要性的诗人，如朱朱、朵渔等，因为趣味、代际的关系，或者游离于二十世纪九十年代的主潮之外，或者在二十世纪九十年代虽已登场而主要在最近十几年形成重要影响，但是，无论是从延续还是深化抑或转折的向度看，他们和二十世纪九十年代的诗学动议之间呈现的跨度都值得申议。

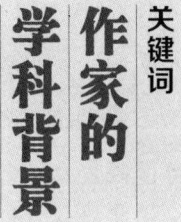

关键词 作家的学科背景

知识与写作

吴义勤　陈培浩

对于写作来说,作家的学科背景是一个内在话题。毫无疑问,作家是知识分子,但作为知识分子的作家是不是知识越多就越可能在写作中胜出?即使我们不把这里的"知识"认定为某种特定学科知识,而是多学科知识构成的"博学"视野,我们也很难推出知识与写作的必然正相关性。固然,博学如博尔赫斯和钱锺书同时也都是杰出的作家,可是博学而成不了作家者大有人在,不博学而成优秀作家者也不胜枚举。由此,我们或许可以说,知识视野是作家写作的重要条件,却非充分条件,对于某些天才作家有时甚至不是必要条件。有必要破除写作对于知识的迷信,却也似有必要警惕写作对于知识的傲慢。很多作家自命手艺人,对知识表现出某种矜持的"傲娇"。这显然是把掌握写作这种特殊知识凌驾于其他人文甚至自然科学知识之上。事实上,写作自然是一门有着自身特殊性的知识，它需要灵性、感悟和想象力去开启，但写作要达致博大辽阔，却需要触类旁通，需要在知识视野上的远行和反观。

事实上，作家的学科背景对其写作会产生何种内在影响依然是一个值得探微发幽的话题。本期特邀青年评论家房伟和青年作家王威廉参与讨论。无论是房伟还是王威廉，他们的身份都是跨界的：房伟既是优秀学者，近年在创作上也频出新作，引人瞩目；王威廉则先以小说家身份登上文坛，近年攻读博士，时以批评家身份出场。更重要的是，他们都对作家学科背景有着深刻感悟。房伟用很多例子指出非文学学科背景作家的普遍性，"朱文在东南大学的专业是自动化，胡适在康奈尔大学学习果树嫁接，张洁在中国人民大学学习会计专业，王小波毕业于中国人民大学商品学专业，刘庆邦在煤矿工作多年，阿乙干过多年警察，冯唐博士毕业于北京协和医学院的妇科肿瘤专业，刘慈欣是工程师，郝景芳则跨天体物理与金融两个专业"。原有的学科背景将为写作带来何种影响呢？房伟以生动晓畅的笔触，深入浅出地道出了逻辑学的家学背景和计算机的专业修养在王小波小说中的影响，不愧是《王小波传》的作者！王威廉则从自身经历出发，讲述了他自身从物理学、人类学到文学的复杂学科背景。这种知识结构的杂异性打破了单一学科的藩篱，对他成为思想型作家显然大有裨益。正如他所引马丁·布伯《我与你》的一段话："'我—你'才是本质性的关系，才能创造出真正的关系世界，才能带来真正的相遇和对话，带来超越和意义，带向对'更高领域'的敞开，带来真正的自我实现。"写作不是对"一"的认定，写作是由"一"出发而抵达无限，每一门学科都是一间小小房子映照出来的灯，没有任何一盏灯是绝对的，也没有任何一盏灯是没有意义的，千灯互照，光光相寻，写作才会有新境界。

今天的世界，科技带来的巨变正在使很多知识失效，也在催生着面对世界的崭新视野。巨变引发的困惑和震荡要求作家不能自限于一室之中，而应走向辽阔的现场，在写作中创造崭新的知识可能性。

专业背景与作家的精神世界

◎房 伟

严羽在《沧浪诗话》中说:"夫诗有别材,非关书也;诗有别趣,非关理也。然非多读书、多穷理,则不能极其至,所谓不涉理路、不落言筌者,上也。"这段话常常被大家拿来说明作家创作才能的特殊之处。专业背景与作家的成长问题一直被大家讨论。这些年来,就"大学中文系能不能培养作家"这个话题,文化界争议也很大。有的学者认为,大学中文系培养文学工作者,而不是作家;也有学者认为,大学中文系过分注重学院派知识养成,造成文学教育与实践的脱节,以至于大学中文教育越来越萎缩,和社会的隔阂也越来越大。

对于这些观点,我不能完全同意,也不会完全不同意。我身在大学学院体制,深知其中甘苦,而作为一个"不甘寂寞"的大学教师,我也在业余进行文学创作,知道搞学问的人搞创作自有利弊。目前的中文教育受到理工科思维影响,的确存在过分追求量化和学院话语的问题。很多学中文的人博士都毕业了,弄了一肚子半生不熟的理论术语,最基本的文学鉴赏能力却很差,甚至作品阅读面都非常狭窄。学院化最大的问题是太多条条框框,专业之间壁垒森严,利益链非常清晰,不要说跨界创作,就是在"大学科范畴"内部流动都存在尴尬的情况。笔者就认识一位长江学者级历史专业学者,他是搞宋史的,因为对唐史产生了兴趣,写了几篇唐代研究文章,就被别人指责为"撬行"。俗话说,文史哲不分家,哪有那么多腐臭规矩?这种"学院化"深入骨髓之后,就会造成一种"学者病",即轻视文本、轻视创作,注重研究，特别是注重古典化研究方式。很多象牙塔里的中文学者都变成了"坐井观天"的蛤蟆，出了自己狭窄的研究领域，几乎丧失了大研究视野，更丧失了对鲜活的社会现实的感受力和判断力。

就此而言，中文教育的现状令人担忧。不是说中文教育就应该培养作家，而是说，中文教育应该在一个更宽泛的视野之内，对"作家的养成"起到良好的促进作用。中文教育不应该过分强调自己的专业领域性和学科性，导致狭窄的利益化和趣味化，而应当做好通识教育工作。笔者曾在大学开设一门校际公选课，专门讲当代诗歌鉴赏。令我惊讶的是，每次前排都坐着五位青年学子，态度认真，学习热情很高，仔细一问，竟都是隔壁山大医学院的本科生，两个临床专业，两个血液专业，还有一个呼吸系统专业。他们在网上看到选课内容，完全凭着兴趣过来听课，没有任何拿学分的功利目的。还有一件事给我触动很大，就是2017年参加茅盾文学奖新人奖颁奖典礼。在"茅盾文学新人奖·网络文学新人奖"颁奖会上，我认真考察了一下，真正中文系出身的作家几乎没有，大部分成功的网络作家专业都是五花八门，有财会、建筑、医学、机械等。这也从一个侧面验证了目前体制下，中文专业在作家养成方面存在缺陷。

但是，从另一个方面讲，也不是学问搞得好，就能搞好创作。钱锺书算是学问和小说都好的通才，但一生最反对宋人的"学人诗"。这种"学人诗"就是"知识的傲慢"之后产生的文学创作幻觉，认为自己学识丰富，就一定能写出优秀的文学作品，结果写出的作品处处"掉书袋"，酸腐不堪，令人昏昏欲睡。文学家的培养和专业素养有关，也与作家自身的养成训练有关。这种养成训练，大部分作家依靠自修和艰苦自悟。有时候，文学知识太多，反而容易形成"文学范儿"，钻入既定的文学框架，限制了文学创造性。要知道，文学创作是"喜新厌旧"的行业之一，与学问的积累研习不同，文学创作更讲究推陈出新。文学专业的学生容易被一座座文学高峰遮蔽，徒然剩下"文学范儿"，学着林黛玉去后院看衰败的海棠，烧几页残稿，或学着张爱玲的范儿，设计几件大氅披风，烫钢丝头，抽几支细烟，戴上大墨镜，看人只是面瘫式的冷漠无感。"作家范儿"很足了，但作品怎么样，就不知道了。记得读博士的时候，宿舍隔壁的理科生最喜欢打趣学中文的女生相亲，说她们都是"左胳膊夹着《红楼梦》，右胳膊夹着张爱玲的《倾城之恋》"，动不动嘴里就是"生命是一袭华美的袍，爬满了虱子"这类句子……

由此，我们似乎可以得出一个结论，作家的成长和他从事的职业关系不大。朱文在东南大学的专业是自动化，胡适在康奈尔大学学习果树嫁接，张洁在中国人民大学学习会计专业，王小波毕业于中国人民大学商品学专业，刘庆邦在煤矿工作多年，阿乙干过多年警察，冯唐博士毕业于北京协和医学院的妇科肿瘤专业，刘慈欣是工程师，郝景芳则跨天体物理与金融两个专业。这些人最后都变成了很不错的作家。但是，这样判断也许过于武断，我更倾向于认为，作家学习的专业和所从事的职业极有可能对作家形成潜在的但极为重要的影响，这种影响也许并不是直接以文本内容的方式出现，却会影响作家看待世界的方式，进而影响到作家的创作思维和审美趣味。认真盘点起来，从医生和军人这两个职业成为作家的比例比较高。说起来，医生见惯生死，且大多充满理性精神，无论鲁迅、郭沫若，还是毕淑敏，这样的职业可以让作家有更多机会接触人生不同侧面。军人也是如此，无论莫言、阎连科，还是朱苏进，军旅本身就是富于话题性的生活来源，而"生死之间"又让人对人生和社会有了别样的感受。因此，专业背景能否构成作家创作的重要因素，主要看作家本人是否主观上有将专业背景融入创作的意愿，以及作家客观上是否受到专业潜移默化的影响。这既是一个创作发生学问题，也是一个文艺心理学话题。有的作家在专业之中游刃有余，有的作家则非常讨厌自己的专业。有的作家主动介入这种影响，有的作家则是潜在地受到影响。以下，以王小波为例，分析一下这些因素的作用。

从经历上看，王小波和很多"50后"作家、知识分子都差不多：少年时经历"文化大革命"，青年时上山下乡，恢复高考后考上大学，然后在改革开放的春风下出国留学，中年归国后遭遇了市场经济大潮。但仔细看来，王小波的知识背景却很有意思：他是所谓"才兼文理，学通中西"的"非典型性"中国作家。就这一点而言，王小波注定不同凡响。"50后"作家，有的以"知青作家"成名，逐步走上文坛，比如，竹林、陈建功、张承志、梁晓声等；有的作家则接受了较系统的学院教育，但这种教育都是在作家有较丰富的社会经验之后，比如阎连科参军后又入河南大学学习，莫言则在军队被保送解放军艺术学院等。这些学院教育大多偏于文学或文科，理科生较少（也不能说没有，比如张洁）。中国"50后"作家理工科出身的少（这种情况在网络文学领域发生"大逆转"，纯粹文科专业的精英网络作家不多，文学专业的则更少了）。王小波本科是人民大学商品学专业，之前的自我学习阶段，读书很杂。他既喜欢萧伯纳、马克·吐温这样的作家，也喜欢几何学这样的理科课程。从云南回到北京，有相当长时间，王小波靠做几何题解闷。

除此之外，王小波的家学也不可忽视。王小波的父亲王方名是一个老革命出身的学者，因为受到了不公正待遇，从高教部被发配到人民大学附属工农速成中学（如今的人大附中）。从这时候起，王方名开始真正地钻研起了逻辑学。1953年，他由李新安排调任中国人民大学逻辑学教研室任教，在《教学与研究》发表了一系列文章。他的观念与当时流行的苏联逻辑学观点相异，认为形式逻辑学没有阶级之分。毛泽东主席曾接见并设宴招待了周谷城和王方名，鼓励他们在学术上坚持真理。王方名在逻辑学的造诣影响了王小波的大哥王小平。恢复高考后，王小平考取了中国社会科学院逻辑学专业。王方名对王小波的小说和杂文也有着很深的影响。王小波的杂文以理性推理见长，这些杂文还有一个显著特点，就是把小说的情节生动性与对细节的描绘引入创作，通过一个个关键性场景、故事、人物来表达他的自由主义思想。这是一种"小说化杂文"。正是这种独特的文体，使得王小波的杂文非常吸引人（与此相对，王小波的小说，特别是历史小说，则存在类似鲁迅《故事新编》的"杂文化历史小说"的特征，利用杂文的修辞手段，如夸张、反讽、造型、对比、逻辑推理等，介入小说的故事、人物和主题，形成具有批判性、解构性的历史小说模式）。例如，王小波最有名的杂文——《一只特立独行的猪》，就从一头猪的、类似寓言的神奇故事引出有关人的自由的问题，幽默中饱含苦涩，既有轻灵的想象气质，又有现实沉重的思考。其他诸如《肚子里的战争》《思想和害臊》《体验生活》等，都能从细节推理入手，于出人意料之处洞见社会荒谬。

王小波的小说也以有意味的"逻辑悖论"引发读者的思考。这种以逻辑思维入文学的做法在中国当代文学中是独一无二的，反映了王小波"才兼文理"的特点。比如，王小波的成名作——中篇小说《黄金时代》就有"破鞋辩诬"与"母狗逻辑"两个情节，将逻辑的悖论引入小说，从而揭示"文化大革命"逻辑反人性的荒诞境地。《黄金时代》开头，陈清扬因为被称为破鞋，被放置于无法辩诬的境地。王小波在此反复使用逻辑辨析法，反复缠绕，但没有让人感觉冗长与厌烦。这种阅读感受非常奇特。陈清扬之所以被认为是破鞋，是因为她的美貌超乎寻常，引起了俗人的嫉妒，进而制造一种"只可意会不能言传"的道德氛围。而以道德杀人则是中国文化固有的陋习之一。

> 她要讨论的事是这样的：虽然所有的人都说她是一个破鞋，但她以为自己不是的。因为破鞋偷汉，而她没有偷过汉。虽然她丈夫已经住了一年监狱，但她没有偷过汉。在此之前也未偷过汉。所以她简直不明白，人们为什么要说她是破鞋。如果我要安慰她，并不困难。我可以从逻辑上证明她不是破鞋。如果陈清扬是破鞋，即陈清扬偷汉，则起码有一个某人为其所偷。如今不能指出某人，所以陈清扬偷汉不能成立。但是我偏说，陈清扬就是破鞋，而且这一点毋庸置疑。我对她说，她确实是个破鞋。还举出一些理由来：所谓破鞋者，乃是一个指称，大家都说你是破鞋，你就是破鞋，没什么道理可讲。大家说你偷了汉，你就是偷了汉，这也没什么道理可讲。至于大家为什么要说你是破鞋，照我看是这样：大家都认为，结了婚的女人不偷汉，就该面色黧黑，乳房下垂。而你脸不黑而且白，乳房不下垂而且高耸，所以你是破鞋。

对此，王小波给出的对策就是，改变逻辑预设情境，真正地解放自己的天性。

"假如你不想当破鞋,就要把脸弄黑,把乳房弄下垂,以后别人就不说你是破鞋。当然这样很吃亏,假如你不想吃亏,就该去偷个汉来。这样你自己也认为自己是个破鞋。别人没有义务先弄明白你是否偷汉再决定是否管你叫破鞋,你倒有义务叫别人无法叫你破鞋。"

与"破鞋辩诬"情节同时存在于《黄金时代》的,还有一个"母狗事件",也是将逻辑学知识运用于小说创作的典范。生产队长的狗的左眼被人打瞎了,队长怀疑是王二做的,原因有三:一是王二有手,能拿气枪;二是王二有把气枪;三是王二和队长有隙,还曾拿气枪打东西。因此,队长就给王二小鞋穿。而王二的办法是,打瞎狗的右眼,让它彻底走失。队长认定王二有罪,是从王二可能是罪犯的前提出发的,王二必须证明自己无罪,才能摆脱嫌疑。而王二的做法是直接取消逻辑前提,即不启动辩诬程序,而是让逻辑辩诬的整个形式不成立。不能小看"破鞋辩诬"与"母狗事件",因为它们颠覆了新时期伤痕文学的一个潜在逻辑,即"辩诬",例如从维熙的《大墙下的红玉兰》、鲁彦周的《天云山传奇》、古华的《芙蓉镇》等。这些"文化大革命"反思小说都存在"忠奸对立"的内在文化逻辑,即"四人帮"是奸臣,老干部是忠臣,老干部虽受尽冤屈,却痴心不悔。《黄金时代》里的这条狗包括陈清扬的"破鞋"辩诬方式(即拒绝权力窥视程序,干脆做一个真正的破鞋),彻底颠覆并嘲弄了"文化大革命"逻辑,彰显出一种强悍的个人主义气质。

在美国,王小波还自学了计算机。计算机的网络思维也影响到了王小波。他自己设计了很多软件,特别是汉字输入软件,已经走在了那个时代中国计算机技术的前列。1991年5月,他还发明了一套汉字输入法,是用调整汉字字模发生器的方法制作成的。简言之,就是利用汉语拼音和汉字"平上去入"的四声法的结合,制作出来的一套汉字输入法。微软的Word汉语软件开发前,王小波的设计要比当时的同类软件先进很多。1990年代初,处理大量汉字如长篇小说时,当时的软件往往容易出错。王小波曾想找软件商卖掉这款软件,但因输入法不是特别简易,没有成功。当时王小波是少数利用电脑创作的作家，他交给编辑的往往不是手写的文稿，而是打印稿或软盘。他还配合着小说的写作开发了一些多媒体效果，比后来网络文学写作对于"超文本"的运用要早很长时间。比如小说《万寿寺》开头，王小波引用阿迪莫诺的话说，"我的过去一片朦胧……"，小说文档不仅配有电子音乐，王小波还用"递归算法"设计出一个混沌图形，被深浅不一的绿色和棕色按数学规律渲染，一点点地呈现在电脑屏幕上，非常好玩。波普艺术的拼贴性与装置性也呈现在王小波的小说，特别是历史小说之中，比如，他在《万寿寺》等小说里就有古今中外各类知识的拼贴。

这种"理科思维式"的文学创作，对当代中国文坛来说，无疑具有很强的"异质性"。这既带来了新鲜元素，也导致王小波的作品不易被文坛接受。作家李洱曾与笔者讨论阅读王小波作品的感受，他认为王小波的小说经常出现"事情的真实情况是这样的""我们的想法一是、二是"等表述方式，非常明显地带有理科思维，而且，他不擅长或者说不愿意用"线性时空"叙述，而喜欢用"多线索时空"或"套嵌式结构"，造成一种非常复杂精微、又奇妙无比的小说叙事文本。在笔者看来，这种叙事文本不同于先锋小说的元叙事或后现代气息的解构性叙事，而是类似于一架庞大精密的科学仪器，将叙事变成了非常有趣的智力游戏与知识集锦。王小波的小说，经常出现双线索对峙。比如，《黄金时代》里在云南插队的知青生活与现实北京城里陈清扬与王二重逢的故事，《红拂夜奔》中唐代风尘三侠的故事与现实中王二与小孙无聊的合居生活。这种双线时空不仅构成对现实生活的反讽，且构建了一个自由主义的快乐的精神境界。就这一点而言，这种双线结构不是后现代式的，而是一种中国式文学建构方式。同时，王小波的叙事时空是"不动的"，缺乏线性发展态势，人物性格也不是发展的。他的小说叙事呈现出"空间化"态势。但这种空间化并不等于法国新小说家罗伯特·格里耶、克洛德·西蒙等人表现出来的对线性时空的消解，进而塑造"小叙事"的空间化状态，而是在不断反复之中，强化叙事主题，即反抗庸俗与权力专制。因此，《红拂夜奔》和《万寿寺》都出现了奇特的循环式情节，即对一种情境的不断反复重写，对于可能性的穷尽列举，比如《红拂夜奔》

对于红拂女自杀殉节的五种可能结局的推演，《万寿寺》对于鱼玄机之死的几种情境描述。

除此之外，王小波的小说又有着丰富的知识性，或者说，叫杂学性。各种学科知识、各种文化背景都在小说文本中发生碰撞和交融。这能看到尤瑟纳尔的《阿德里安回忆录》、卡尔维诺的《看不见城市》等小说对于历史想象力的热情。这里还有翁贝托·艾科的《玫瑰之名》对智力的挑战、马尔库塞的超越哲学理论，以及年鉴派历史学家布罗代尔与勒华·拉杜里对于历史知识细节无与伦比的杂学兴趣。比如，小说《红拂夜奔》之中出现的数学、物理学等各种知识，以及对千年前长安城充满奇思妙想的想象。

说到文学背景，王小波也是够杂的。出国前，他的文学阅读主要依靠自学。出国后，王小波并没有在原专业上继续深造，相反，却在匹兹堡大学读了一个文学硕士。这个过程中，他遇到了导师许倬云。导师给了他很多小说创作方面的指导。他读了很多中国传统经典，但大多是带着批判性眼光去读，只有唐传奇及民间小说给了王小波不少灵感。比如，他在《收获》上发表的《立新街甲一号与昆仑奴》，就有很多大唐意象，更不要说后来《寻找无双》、《万寿寺》与《红拂夜奔》这几个改写自唐传奇的历史小说了。在王小波的家中，笔者曾看到他的藏书，其中有大量民间传奇与演义小说。而从他对历史的戏仿之中，我们还能看到阿迪莫诺、卡尔维诺、鲁迅等作家的影响。

他的文学功底不是国内文化圈的大学文学教育培养出来的，反而处处带着"野路子"的影响。他极少煽情，却喜欢在小说中辩理，少有描写，不多的几笔透着精妙诗意与神奇的想象力，显示着独特的文学师承。比如，《绿毛水怪》曾有诗句："你看那水银灯的灯光像什么？大团的蒲公英浮在街道的河流口，吞吐着柔软的针一样的光。路灯把昏黄的灯光隔着蒙蒙的雾气，一直投向地面，我们好像在池塘的水底。从一个月亮走向另一个月亮。"王小波曾有一篇杂文叫《我的师承》，透露出受到查良铮与王道乾翻译文学影响的情况。他推崇地说道："查先生和王先生对我的帮助，比中国近代一切著作家对我帮助的总和还要大。现代文学的其他知识，可以很容易地学到。但假如没有像查先生和王先生这样的人，最好的中国文学语言就无处去学。"即便是对苏俄文学的接受，王小波身上也较少有俄罗斯文学主流作家的影响，如托尔斯泰、契诃夫，反而是马雅可夫斯基、莱蒙托夫这样的诗人对他的影响比较大。在这一点上，王小波与俄罗斯理想主义精神烛照下的大部分"50后"作家（如张炜、张承志等）有很大区别。王小波提到的苏联作家和作品，只有卡达耶夫的《雾海孤帆》、陀思妥耶夫斯基《涅朵奇卡·涅茨瓦诺娃》等很少几部。对于欧美文学，王小波不提当时非常受推崇的拉美魔幻主义大师马尔克斯、略萨等人，而推崇杜拉斯、尤瑟纳尔、迪伦马特、阿迪莫诺、卡尔维诺、萧伯纳、马克·吐温、聚斯金德这样非主流、偏于讽刺批判、理性反思、学院化或喜剧色彩的作家作品。去世之前，王小波曾戏言，诺贝尔文学奖只发对了两个人，一个是哲学家罗素，一个是德国的伯尔。这无疑表明了他不同寻常的阅读趣味和知识背景。

总而言之，如果总结王小波的专业背景，考虑到理科思维与知识集锦，以及另类的文学素养，可以用"杂学"概括。在我看来，真正优秀的作家都应该有点杂家气质，因为只有真正成为杂家，才能不迷信知识的片面偏执与权力控制感，才能洞彻知识与权力结盟背后的荒诞和残酷。类似王小波这样的"杂家气质"小说家，中国现代文学史也有很多，如鲁迅、郭沫若、沈从文、汪曾祺、钱锺书等。鲁迅学医出身，对小说史、翻译、木刻、金石等领域都有研究；郭沫若同样早年学医，更是精通文学、甲骨文、历史学等诸多领域的"球形天才"；沈从文出身行伍，小说与散文都写得好，后来在文物与古代服饰上更是有着精深的造诣；钱锺书是学问大家，小说《围城》也写得精彩；汪曾祺更是在戏剧、小说、绘画等领域都有建树。当下我们的文坛，太关注于文学创作的专业性，似乎一个人只有学习文学专业，大学毕业后天天写小说，才能算是"真正"的作家。还是印证了古人那句话："诗有别才"。无论知识背景如何，优秀的创作都离不开作家对人生和社会的体验能力与无与伦比的创新能力。

心灵、知识与写作

◎王威廉

将写作和所学专业非要连接在一起的想法，对我来说好像是一个极其不可思议的事情。自从我知道世上有写作这回事以来，就在潜意识里认为写作是每个人的权利，就像吃饭、喝水、上厕所一样，是一项人的基本权利。时至今日，我持之以恒地写作了十来年，还专门系统读了各种文学史和文学理论，可我仍旧是这么想的，也每每在不同的场合宣讲。表面上看，我似乎是在励志，其实只不过是表达我对写作的那份感恩之情。这种心情就像是那种获得过上帝福泽的虔诚信徒，愿意把上帝的福音传布给更多的人。

我对写作的认识是从写日记开始的。就像是原始人发明了结绳记事，我发现了文字可以补充脆弱的记忆。还是小学生的时候，放寒暑假前，语文老师经常布置的一项作业便是写日记。那会儿可不像现在有各种各样的培训班，那会儿是玩耍的狂欢节，几个人围着一堆建筑用的沙子，也能玩上整整一下午。在沙堆里掏洞，或是建造城堡，然后临走的时候，又把辛辛苦苦堆成的城堡踏得粉碎，心中居然还会有一种诡异的快乐。（后来读历史，据说古罗马暴君尼禄烧了罗马城，只为欣赏火光。想起摧毁沙堡的往事，似乎也能有点儿理解。）总而言之，放假的那一个多月的时间转瞬即逝，想起老师们的竹竿，害怕得要命。嗯，那时候的老师都会打人，家人和学生都觉得特别正常。因此，在极度的惊恐之中，我一两天写完了一个月的日记，这自然充分锻炼了我的虚构能力。在日记中，我是个爱学习爱劳动的好孩子，从来不玩沙堆，只做好人好事，度过了一个无比充实的假期。当然，绝非全然虚构，那样的虚构有时让自己也觉得荒唐，便想起那些难忘的玩耍经历，忍不住也写一些出来。写这些事情的时候，是纯然快乐的，仿佛把欢乐的时光温习了一遍，同时，又以文字为载体，保存了下来。

这种重温欢乐的写作，让我迷恋，于是，我的日记逐渐少了那些虚构的好事，多了一些好玩的趣事。从那时起，写日记成了我的一个爱好。当然，我没能做到天天都写，但一个星期总会写上一两篇。我应该是受到了父亲的影响。他每天都写日记，而且还会写满满的一页。我有时也会好奇他到底记了些什么，但我又很怕去看，觉得那是另外一个我不了解的世界，我不想贸然进入。因此，我从未偷看过父亲的日记。

在一篇谈写作和不同学科背景的文章中，我大谈写日记，并非是跑偏了，而是蕴含着我的一个观念，那就是写作与个体生命意识的成长有着极大的关系。换句话说，我猜测，写作极有可能是一种人类的本能。与其说，这个本能的开掘，暂时还没有一门可以教学的课程可以与之顺利衔接，不如说，这个本能的成长、达成有赖于生命的内在发展与外在际遇，在合适的时机，这个本能便可以成为最轻便却也是最直接的工具，接续和转化心灵所承载、分泌的一切。写日记只是这种本能的一种自然表现罢了。我们写日记，其实并没有设定阅读对象，但我们依然在其中倾诉，仿佛有自己以外的什么意识可以聆听到自己倾诉的这一切。如果这个本能在人幼年时得到引导，很可能会保持一生。当然，这个本能如果一直没被唤醒，那就和人类的其他许多本能一样，沉睡在深海一般的潜意识中了。

因此，我大胆揣测，写作是一种本能，也是一种独立的精神现象，它的种子与具体的学科学习没有关系。但是，我想强调的是，它的生长却一点也离不开各种学科的学习。

在我的童年时期，我和其他人一样，保持着对于自然世界的极大兴趣。通过学习之后，我被告知，各种奇妙的自然现象，比如风雨雷电，其背后居然都有着规律可以解释，这是我在意识懵懂阶段经历的第一件极为震惊的事情。这种震惊引发了我极致的兴趣，我拆解了全部的玩具，玩具内部的齿轮聚合正如大自然背后的规律一般，看着这支离破碎却犹如神谕般的"规律"，可以享受到创世般的快乐。这种兴趣一直伴随着我的整个成长，一直到青春期的结束。成为一名科学家因此也成了我理所当然的人生理想。在我阅读科学家传记的时候，也发现了许多科学家有着动人的文采。爱因斯坦、居里夫人都写得一手好文章，而且他们的行文几乎没有花哨的修辞，只因积年累月的思考，让许多段落沉淀着浓郁的哲思。就像爱因斯坦说的："在科学思维中，永远存在着诗歌的因素。"说到这里不得不提到薛定谔（大家都知道他提出的物理模型：薛定谔的猫），这个量子力学的奠基者，竟然出版过诗集，有着媲美职业诗人的才华。

所以，当时的我认为，文学是完全靠天分的，是不需要接受教育的。我可以完全投入到科学家的梦想中去，而文学和写作这回事则可以一直当成爱好保持下去。整个中学时代，我的确是这样想和这样做的，并且取得了相对不错的平衡。我参加奥林匹克物理竞赛可以取得名次，写的文章也时常在作文课上被选为范文，并且还有余暇创办了一份完全由学生编辑的校园报纸。物理老师和语文老师都对我青眼有加。几年后，新世纪开始的第一年，我考入了中山大学物理系，我以为真正开展研究的好日子要开始了。

但是，半个月后，我就苦不堪言。我发现我对高等数学完全没有感觉，看着没有了数字、只剩下一堆符号在页面上变幻来、变幻去，有一种极度空虚的感觉，我甚至开始怀疑，那些公式和这个具体实在的世界是真的有关的吗？这是学业上的困境。还有另外一方面，我独自从西北来到广东，从气候、语言到饮食，感到了各种不适，那种青春的敏感自然会把这些东西给放大，从而造成了一张孤独的大网。我必须承认，在那之前，我可从来没有一个人独自生活过，我没有住过校，每天中午都会回家吃饭、午休，再骑着自行车去学校。可现在，我被丢在了一个完全陌生的异质的地方。

是的，不得不说，还有那空旷而寂寥的环境。那一年，2000年，正好是中山大学珠海校区建成的第一年，所有的本科生都必须前往珠海校区，在那里读完大一大二后,再返回广州的老校区。因此,我们这批人被忽然从刻板的高中生活中拽出来,放在那样一座自由而开放的舞台上,大家都蒙了。这是大学生活吗?和想象中的大学生活完全不同嘛。我曾经无比着迷的世界规律与本质,在这种处境下,似乎变得和我自己的生活没有关系。这是让我最为惊恐的一件事。我在中学时代,尤其是高三,玩了命地学习的原因,就是抱定了一种信念:只要我考上了大学,那么我的生活就像是野马脱缰,来到了广阔的草原上,任我随意驰骋。我的科学家之梦更是触手可及。谁知道生活的真相竟然是如此残酷,我连跟自己的关系都没处理好,怎么去处理那些掌管世界规律的公式?或者说,即便我努力再去拼命学习那些公式,探究世界的规律,可我心中却忽然无端端生长出了一个巨大的空洞,而我在物理学上的努力,不仅对修补这个巨洞无济于事,反而还在扩大着这个巨洞,且这个巨洞随时都有可能把自己给吞噬掉。

这个时候,我发现阅读文学,似乎能修补那个正在扩张的巨洞。因为在文学中,描写了太多的人生,让我在这个人生的转折时期可以将其作为某种镜像,从而感到踏实。文学的亲戚——哲学,似乎味道也很好,其中箴言一般的句子有着宗教式的感染力。原本我思考的问题都是具体可感的,即便世界的本质和规律,也是在物理学的框架之内,各种实验和公式都是坚实的依靠。但这个时候,文学和哲学促发了我对形而上问题的思考,我才意识到,那个扩张的巨洞原来存在于每一个人的心底,那种虚无是生命的阴影,就像事物不能摆脱阴影,虚无也是生命不可避免的阴影。

虚无的阴影之所以令人无比恐惧,更是因为它的根须是植根于那深渊一般的死亡峡谷。我很小的时候,大约是小学五六年级的时候,第一次意识到这个意识本身有一天是注定要消亡的,我感到了天旋地转般的恐惧和痛苦。那种无法理解这种消亡的心情,让我的眼睛几乎有了泪水。那应该是一个下午,父母都去上班了,我一个人在家,百无聊赖地想到了这件事。从此,尽管我看上去和别的小朋友一样贪玩、无忧无虑,但实际上,我的心底已经有了一份挥之不去的沉重。当成年后离开熟悉的环境,置身完陌生的境地，那个压抑的问题也伺机而动，因为我意识到，从此以后，在精神意义上，我都要一个人独自生活下去了，那条看不见的脐带被剪断了，那么我必须为自己的生活和生命找到意义。

但，找到意义，世间还有比这更难的事情吗？尽管从小长到大，从长辈到老师，从社会、媒体到各种教育机构，都对"意义"这回事给出了形形色色的答案。我不愿意去"解构"这些答案，说这些答案大部分是社会文化机制去建构和规训出来的（很可能是这样），我是愿意敞开心扉的，去相信他们的诚意，去接纳那些答案。可是，作为一个独立的人的那颗心，却是极为固执的。要让人的心去真正相信什么东西，实在是很难很难的。正如人不再谛听自己内心的时候，转而去相信什么东西却是很简单很简单的。

确实没有一门学科像哲学那样追问关于"意义"这回事。文学自然也是追问的，但是文学的追问被覆盖在厚厚的故事、细节与生活表象之下，我们往往看不清那样的追问，或是追问也很容易被稀释，或是用表象来代替答案。但是，哲学便不然了，哲学得把追问暴露在白纸黑字上边，然后还得绞尽脑汁用正面的，但抽象、复杂的方式去回应追问。我坐在珠海校区的图书馆里，面朝着大海（据说那片海叫伶仃洋，油然而生一种悲壮的感觉），从古希腊时期的哲学开始读起。其间，还选了哲学史的课程来辅修，我终于不再独自摸索，而是进入了人类的智慧空间。

我发现"轴心时代"（雅思贝尔斯提出的）的哲学家们都对生命充满了纯真的热情，他们关于人生的诸多论述迄今看来依然引人深思。到了康德这样的哲学家那里，极度的抽象思辨让人难以进入，必须一手拿着解读的著作，一手拿着原著（也是翻译成汉语的），方能领略一二。因此，这么说起来，还是近代以来的哲学家更让人亲近。那些历史久远的古典哲人，他们在面对生死、世界等根本问题时，是无所畏惧的，死只是生的反面。这自然和他们那个时代宗教文化比较发达有关，而人类历史不断发展，技术理性也侵入到对生死的理解中，因而死亡的宗教色彩越来越弱化，人在面对死亡时的勇气也越来越少。在尼采那里，"上帝已死"带来的后果便是人间死亡的不可承受之重。他的心灵是那么强悍，提出"强力意志"，要为自己的生命塑造意义。因为他说："受苦的无意义，而不是受苦本身，才是覆盖于人类之上的诅咒。"为生和死的苦难要以一己之力赋予意义，那该是一种怎样的不可能。意义的生成本来就是超越单个的存在的。个体的必死性与人类的永恒性归根结底还是两回事。尼采最后的发疯通常被解释为一种极致的孤独，但我总觉得那其实是他的思想走到了一种无解的绝境。而加缪在《西西弗的神话》中的思想跟尼采相比，看似是虚弱的、被动的，却是实实在在励志的。我一读再读，那个推石上山再滚落的悲剧形象令我无法忘怀。渺小的个人终究成不了强有力的"超人"，他充其量只是一个苦役犯，但他本着把苦役进行到底的精神，完成了一种无限的反抗。加缪作为作家的思想，与纯粹的哲学家有了分野，他更加立足于个人的立场，充分理解人的处境，因而他的思想充满了生命力，他对历史局势的判断也因为如此而异常准确，超出了与他同时代的引领一代思想风潮的萨特。这也让我对文学的理解有了极大的升华，我更愿意从人及其处境的角度去思考问题——这让我觉得自己是站在日常生活的大地上来思考问题，而不是凭空虚蹈的。

　　我袒露了这么多心路历程，就是想说明，我终于发现文学才是自己心中所爱。当我有了这种想法，并努力争取到了一个大学生的文学奖之后，便开始了转系的行动。想转系，首先得取得理工学院相关的老师们的同意，我和当时的副院长吴申尚教授写信长谈，也许是我的认真恳切让他觉得应该认真对待这个学生，他也给我写过好几封信，说他求学与研究的历程，让我深为感动。他也对我提到高等数学的艰深，这让我也开始怀疑自己是不是因为高等数学过于艰难，转头去从事文学是为了避难？我至今自然也无法否定这样的因素，但是，这只是最表层的原因，深层的原因还是上面所说的人生危机。我反复琢磨了数月，认定了文学是我可以甘心情愿用一生的时间去对待的事业，最重要的是，做这行我也不惧怕失败——只要写出来的东西能发表就好了。我不指望用文学混饭吃，我会和其他人一样找工作，然后一边工作一边写作。我想，只要自己足够努力，发表这回事还是可以做到的吧。我就怀抱着一腔热情,找了几个中文系的朋友商量,他们都表示支持,并且帮我把意愿传达给了系里的领导。消息终于传来,被拒绝了。其实这结果倒不让我意外,让我意外的是理由:我们中文系比你们物理系好找工作,不要拉低了我们系的就业率。我传达了我的意思:我保证自己一定会找到工作,不会失业。但没人再听我微小的声音了。

中文系的其他朋友事后说:"我们也不大希望你能转来。"这更是让我惊诧莫名。他们说:"倒不是因为你来了会和我们抢工作,而是你这半中腰杀过来,逃过了百篇作文的磨难,我们心里太不平衡了。"我这才知道,写百篇作文,这是中文系的特色培养方法,是说到做到不打折扣的一百篇作文。我听后,倒吸一口凉气,反而庆幸自己没有一开始就进入中文系,如果写了一百篇作文出来,我自此一定会对写文章生厌。因为对于年轻人来说,尤其是没有经受过小说这种虚构艺术的训练,会把自己的真实经验全部变成文字(能否称为文体意义上的散文都很难说,散文与作文岂能是一回事?),因为那样最为便捷,也更加具有舒畅的快感。但是,人的经验是很奇妙的,在人的头脑中是一种没有形状的气态一般的存在,一旦形成文字,反而是使其锁定和窒息了。如果以后还想写作,但那轻盈的形态已经被书写(破坏)过了,便会不再想继续挖掘那块经验的内部。从这个意义上来说,经验有点儿像窖藏的白酒,一定要在记忆的密封罐里捂得时间越久越好,杂质沉淀了,而香气变得浓郁。当然,这也只是我个人的偏见,这种有些极端的训练方式,也许对一些人也是受用的。就像福克纳说的,有些人注定要成为作家,怎样的生活和经历都不能改变和阻止他。不过,迄今为止,我还没有遇见经受过一百篇作文洗礼后成长出来的作家。(话说回来,这个时代无论在哪儿,作家都如朱鹮这种珍奇鸟类一般罕见。)

既然如此,我把当时的人文学院逐个扫描了一遍,除了中文,还有历史、哲学、人类学,看看哪里才是我的去处。扫描的办法倒是很笨的,没有去找人询问,而是自己去图书馆找相关图书来读,看看哪些符合自己的胃口。历史和哲学,我本身就是很喜欢的,人类学之前是一无所知。但奇妙的是,

> 关键词
> **作家的学科背景**

我读了人类学的书籍之后,激动得不得了,仿佛这正是为自己量身打造的学科一般。有理论:各种关于文化的理论,又不像哲学那样艰涩,不像历史那么遥远;有实践:人文学者一般都是坐在书房的椅子里思考问题的,可人类学要求你必须走出去,走向那些不起眼的角落之地,了解那里的人们,用他们的文化来反思主流的文化。我作为出生在大西北藏区(金银滩草原,西部歌王王洛宾写《在那遥远的地方》的地方)的孩子,发现自己曾经所置身的边缘并非一无是处,甚至还包含着如此重大的学术内涵,怎么能不激动呢?这类似于一种对于自己生命的再发现。因此,我毫不犹豫地决定要去人类学系。况且,我已经发现有很多人类学家都有作家的才能,甚至还有精彩的文学作品。(想想列维施特劳斯的《忧郁的热带》中写的:"去闻一闻一朵水仙花的深处所散发出来的味道,其香味所隐藏的学问比我们所有书本全部加起来还多。")我愿意成为那样的人。

可那个年头,转系不是一件容易的事情,各个学院之间壁垒森严得很。于是,为了能把事情一口气说清楚,我只得分别写信给了校长、理工学院院长和人类学系主任,经过一系列的程序(极为不易),我终于顺利转系。拿到文件,看到0001号,内心百感交集。来到人类学系,人类学专业确实如我设想般对胃口,原本有些沮丧的大学生活变得充实丰富起来,写作方面的兴趣还在,但很明显,文化理论的研读让写下的文字变得深刻起来。通过了解人类的文化,也对写作这回事有了逐渐深入的思考。这纠正了我曾经对于文学的轻视——我以为这个行当只要有才华,就是可以混饭吃的。我从人类学的角度不经意地去打量文学,反而得到了更多的滋养。我那会儿写诗,也想写点小说,但发现小说的难度还不仅仅在于修辞,更在于生活本身,我不知道该写些什么,太宏大的题材于我当时来说大而无当,身边的校园题材我更是碰都不想碰。那些所谓的"青春小说"完全败坏了我对这类小说的兴趣,大学生在那些作者的笔下,幼稚得如同中学生一般,看过《麦田里的守望者》这样的小说的人无法再接受那样的肤浅。我意识到,自己热爱文学的这颗心需要蛰伏下去,彻底蛰伏,哪怕遗落了都不可惜。

因为那只能说明，自己并不具备写作的能力。

于是我沉浸在人类学的思考和学习之中，人类学研究异文化，期待"他山之石，可以攻玉"，这忽然让我明白了海明威谈写作的话："你总得想着别人。"我之前觉得，这和我写作的初衷是不符的，我之所以有写作的冲动，是因为我想表达自己，如果让我一天到晚都想着别人，那对我来说写作还有什么意义呢？但是，学习人类学让我明白，他者的意义是多么重大：没有他者，何来自我？文学中经常会倡导人类精神共同体，像是英国诗人唐恩写的："谁都不是一座孤岛，自成一体。每个人都是那广袤大陆的一部分。任何人的死亡都使我有所缺损，因为我与人类难解难分。所以，千万不要去打听丧钟为谁而鸣，丧钟为你而鸣。"但是，你从感性上模模糊糊地认同不代表你从理性上真正知晓。人类学的研究让我切实感受到我和其他人共享着同一套文化体系，当然，这套体系是有层次的，是地方化的，但是在根本处却是一样的。文化塑造着我们的心灵，也塑造着我们的行为，我们在镜中只看到自己，如何能看到那些决定自己、比自己更广大的事物呢？那就是建构他者，获得来自他者目光的注视，以及与他者心灵的交谈。正如马丁·布伯在《我与你》一书中写道："'我—你'才是本质性的关系，才能创造出真正的关系世界，才能带来真正的相遇和对话，带来超越和意义，带向对'更高领域'的敞开，带来真正的自我实现。"从文化的反思与建构到个人精神主体性的反思与建构，人类学与文学实在是有太多相通的地方。

大三的时候，我们全部被拉去广东的东部山区进行田野考察。此前总以为广东是中国最富的省份，但没想到出了珠三角，还有许多贫困的山区。粤东地区的山民大多从福建迁来，在迁徙和定居的过程中，形成了不同的宗族，也保留了许多过去的文化细节。人类学考察和记者采访大不一样，特别忌讳走马观花，因此要大致选定自己所要了解的对象，反复去观察与交流；更重要的是，问题的意识要在日常的聊天中随时保持"在线状态"。因为人类学讲究的是以对象的视角去理解他们的文化，因此不能用太过刻意的问题去引导乃至扭曲他们。你得和他们慢慢聊天，从聊天中甄别出文化的元素。一开始，他们以为我们是记者，还时时提防着我们，但后来发现我们问的问题都和拉家常一样，才放松了戒备。久而久之，连赌六合彩被警察追捕、逃到山里的事情都和我们说了。

我在那里的日子，表面看是无所谓嘻嘻哈哈的样子，实际上是无比专心地在聊天，第一次感受到了"世相"这个词语所包蕴的那些林林总总的东西。每一个人像沉重的石头一样，是那么深地沉在文化的水中。石头的翻转会激起微弱的涟漪，而水流的波动可以轻易让石头滚动。那些平凡的人，我一直记得，他们因为长期喝茶，牙齿变得褐黄，他们笑的时候，牙齿就会暴露出来。他们有强烈的历史意识，他们未必都去研究族谱，但他们都从祖辈那儿知悉并牢记自己的家族是从哪里迁来的。因此，他们敬畏祠堂，他们赚到钱之后，祠堂也得到了复兴，他们在那里找到了更紧密的认同感。这些人的生活，如果不是我前来研究，和我是一点关系也没有的，但是，我在了解他们的生活的过程中，却总是觉得（他们的生活）和自己是那么息息相关。我甚至会幻想，假如自己出生在这里，又会如何看待这个世界，这种对于生命的假设，对生命本身来说意味着很多东西，也许还涉及生命的本质。反过来想，我已经不可能出生在这里了，这是客观的事实，但我依然做出这样的假设，并按照相应的文化和生活逻辑，想象出我出生在这里的各种细节，从而推演出我的另一种命运。这不正是文学所要做的事情吗？田野调查之后，我写了篇人类学论文，关注的是国家主流文化对于乡村社区的控制与渗透。

转眼就要毕业了。尽管我特别有冲动去考人类学专业的研究生，继续自己的"文化苦旅"，但对文学的热爱让我已经开始"蠢蠢欲动"，我已经琢磨着摆脱了学校的体制之后，自己可以随心所欲地大干一番。于是，我的毕业论文变成了"四不像"（学术黑话叫"跨学科"），用人类学的视野研究沈从文的小说《边城》，论及了人类学民族志的写法问题。我在潜意识里几乎完全把人类学和文学当成一回事了。人类学的有些教授自然对此不以为然，但好在，我本来也不是为了一个好分数才转系的。

毕业后，一直想找一个能糊口却不忙的工作，因为必须腾出一部分时间来阅读和写作。我曾去一家动漫杂志社应聘，干了三天就因受不了而辞职。此后，又和搞音乐的朋友一起做原创音乐。我们做的歌被彩铃商买去，得了几千元收益。就在我们摩拳擦掌聚集了一个三人组合准备正式进军乐坛之际，朋友的音乐公司因为人心各异（他们都是出来创业的大学生）忽然分崩离析了。朋友远走故乡，我也只能就此终止了成为一名"词人"的奋斗之路。我先后去一家做学术刊物的出版单位和一家出版社谋生，这倒是比较合适我的选择。这些辗转于时光风沙中的瘢痕，让我见识着社会与人生，领教着理想与贫穷。我的微薄收入只够我租住在校内的单身教师公寓，那白天也黑洞洞的筒子楼的楼道，那一层楼几十家公用的一间厕所和洗手池，那狭小却温馨的室内单间，像是一艘无望而漂流的夜航船。

在我非常迷茫的时候，我读到了库切的自传体小说《青春》。库切作为IBM的一名程序员，却怀抱着对文学的隐秘热爱，在情绪和生活中充满了与我相似的迷茫感受。在计算机程序员和库切后来的那些耀眼的小说之间，有什么隐秘的关联吗？当然，就内容而言，《青春》中有着文学理想的程序员的形象，让人印象极为深刻。如果是一个有着文学理想的语文老师，似乎就会平淡许多。作为计算机程序员，一个离文艺很遥远的职业，恰恰具备这个世界的普遍性。那就是，大部分的人为了生活，其实都过着很不文艺的生活；但奇迹就在于，文艺的营养都是来自不文艺的部分。如果文艺来自某种"文艺生活"，那一定会带给人一种难以掩饰的做作的感觉。而且，我认为他曾经从事过程序员的工作，让他的小说都具备了更加强烈和鲜明的形式感。纵观库切的小说，每一部长篇小说都有着独特的结构，这让作家有效避免了自我重复以及自我厌弃。因此，库切最初给我的启示，不在具体的写作技巧上，而在于一种对人生的态度。

我的写作在"创业失败"后才算是真正开始了。大学时代，写过许许多多的诗歌，但那些诗歌已经成为自我青春的见证，散佚了大半。大四的时候，在《读书》杂志上发表了一篇随笔《做乘法的凯尔泰斯》，只因听人说那是很好的杂志，只有作家张承志在大学时代在上边发表过文章，这引起了我的虚荣心，便跃跃欲试，不想还能交上好运。文章发表后，我便毕业离校了，我这才记得投稿时留的地址还是宿舍的，因此，每个周末我都会从校园西区走到东区（需要走半个小时），去宿管员那里看看信件。但印象中一直没能收到样刊，至于稿费，好像是收到了。但是，我所决心要创作的小说，只有一些不成系统的片段。

让我第一次领略到小说是怎么回事的，还是在那黑暗筒子楼里的黑暗经验。我终于体验到了人性的恶是怎么回事，我也没有回避自身所潜藏的恶，我的叙事在那种"斗争"的状态下找到了前行的动力。而一方面因为首次写那么长的文章（《非法入住》约有两万五千字），一方面由于需要作品和自己保持一种疏离感，所以我用了第二人称"你"来叙述，我觉得那个视角实在是非常符合我当时的心境。但我也因此被视为"先锋作家"。老实说，我一开始并没有那样的自觉意识，当然也读过文学史，读过余华、苏童、格非等作家的早期作品，那实在是先锋得很，而自己的小说离那样的先锋确实有不小的距离。说到这里，我又得庆幸一下自己没有一开始就读中文系了，如果那时开始做论文，研究"先锋"什么的，肯定会锁死自己之后的写作，总会想着"先锋"应该是什么样子的。但人类学的学习让我读小说时有种纯粹的读者视角，也就是希望故事好看，但又不止步于故事本身，渴望能有更深的意蕴。那便成了我努力的方向。《非法入住》写好的半年后，在《大家》杂志顺利发表，终于让我坚定了写作的道路。既然我一开始的目标只是"发表"，那么我此后所获得的一切都让我觉得奢侈。写作十几年，自然存在着对于"发表"这回事已经麻木的时刻，但"发表"作为一种路标始终让我保持着清醒：文学之路走得再远，奖项与版税再多，依然还得立足于"发表"。其中蕴含着我对文学期刊编辑的巨大感激，在这个丧失了艺术与精神尺度的时代，他们依然是"尺度"的使者。因此，"发表"在我这里已经成为一种郑重的精神事件。

拉拉杂杂地说了这么多专业背景的学习与个人的经验心得，仿佛写作之路非如此不可，其实这只是我这个人的路径罢了，如果其中有些地方能触动他人，在心灵的对话中促进了思想的生长与传播，我就心满意足了。其实，认识和实践在很大程度上是两码事，还是以我多年的经验来说，写作的时候越是忘记那些理论的东西，越是能获得自由。但是，问题在于，如果没有平时大量的理论思考，写下的文字又不免苍白无力。这正好说明了在人类心灵的疆域上，理性与感性是怎样相互联系和相互补充的。写作，作为心灵的一种活动，不能偏废于哪一边。

  在我看来，在这世界上，没有任何知识和艺术可以像写作这样关涉人类社会的方方面面，又同时关切于个体精神深处的疼痛与欢喜，换句话说，写作兼顾了人类与个人，兼顾了文化与心灵，兼顾了物质与生命。每个作家的重心都不同，有些作家擅长描摹物质，有些作家只盯着心灵，有些作家聚焦于文化分析，但他们都知道没有写到的、另外一侧的事物也是非常重要的，只是因为自己的性情、经验等缘故不得不选择了这一种罢了。写作是一种探寻，文学是一种呈现，诗人米沃什提到文学是人类生活的"第二空间"，但这个空间与人间并非泾渭分明，而是如此密集地扎根于人间的土壤，以至于构成了人间的真实部分。当其他的学科、知识、体系、结论处于时过境迁之际，文学依然紧裹着它的内核，那些文学史的经典在阅读中再次复活，只是对它的阐释和理解有了和时代同步的变化。不妨这么说吧，写作特别像是在给人类的存在本身勾勒形象，我们借此来看见和理解自身。一方面，在今天这个剧烈变化的历史时刻，文学看上去在远离公众，但是，另一方面，人类却是如此迫切地需要文学为这个破碎和重聚的时代描摹出真切的心灵图谱来。

关键词 多民族文学

多民族文学：在差异性和共同体之间

吴义勤 陈培浩

对于英国这样的单一民族国家而言，无论是民族文学还是国别文学，都叫作 national literature，但对于中国这样的多民族国家而言，民族有着更复杂的含义。首先，我们所接受的"民族"概念包含了作为民族国家之民族与作为文化、人种、地域族群身份之民族的张力。"中华民族"包含了"多民族"，如何在尊重多民族的主体性和差异性基础上建构和维系统一的"民族国家"认同，是这种民族张力的重要内涵。我们常说的"中华民族"是始于晚清，基本完成于二十世纪三十年代的文化想象和实践共同体，它通过对民族图腾、神话、历史地理的系统建构，建立了一种整体性的民族国家文化认同。对于中国这样的国家来说，国家的整体性话语必须建立在承认多民族的文化差异性的基础上，这是中华人民共和国成立以来少数民族文学（现统称"多民族文学"）勃兴的体制基础。就文学来说,"中国文学史"经常受到的质疑在于它盗用了国家文学之名而仅有汉民族文学之实。否定国家层面上建构多民族文学叙述平台的努力并不客观,但质疑也并非没有根据。某种意义上,"多民族"不仅是一种事实,更必须成为一种打开文学叙述的视野。我们会发现,是否具备多民族视野,其展示的文学景观是大相径庭的。在此意义上,"多民族文学"是当代文学非常值得探讨的话题。

本期邀请两位在民族文学领域有精深研究的专家参与讨论。刘大先既是《民族文学研究》副主编,也是近年民族文学研究领域内在理论建构方面最具说服力的专家之一。其文章从"民族"概念的近代建构和多重含义说起,聚焦于对中国多民族文学发展的溯源、梳理和把脉。在他看来,中国的多民族制度规划"曾经一度极其有效地在革命与建设时期起到了最大范围内动员群众的作用,并完成了对于幅员辽阔、族群众多、文化多样的中国形象的塑造",既延续"大一统"的前现代帝国遗产,又纳入人民性话语体系,"提供了关于未来美好中国的想象图景"。在中华人民共和国成立之初,少数民族文学的"族群认同在强势的国家认同和人民认同之中处于缺席地位","呈现出时代的共性,而较少具体族群的特殊性"。进入二十世纪八十年代以后,"少数民族成为主流文化保持自我更新的活力源头之一",无论是杨炼、海子,还是张承志等作家,都具有从少数民族文化寻找创新资源的倾向。当然,在新时期文学的主潮中,很多少数民族作家并未刻意强调地方性、族群性身份。刘大先还特别指出,在全球化时代,"少数民族文学一方面具备抵抗消费主义新的一体化的潜力,另一方面也具有可以被商业化消费的要素",因此他也特别反思和警惕各种以少数民族为背景的潮流写作或"假性写作"。广西民族大学的董迎春教授精研诗歌符号学和民族文学问题,他的文章从多民族视角纵论百年新诗,并清晰梳理出其发展的多个阶段。

他尤其强调了"多民族"作为一种话语可能对于诗歌的生产性，诸如"以否定情感建构现代民族书写的深度与激情"，"以非母语写作创造合宜的民族精神表达"，创造"'民族共同体'的符号诗学"等观点都颇有见地。

对于中国这样的统一的多民族国家而言，不顾及民族的差异性和主体性，势必带来认识上的遮蔽和价值上的单一；但如果不顾多民族存在于共同民族国家这一前提，以绝对的差异性和零余性瓦解统一的认同，则所谓的主体性表达也将同时失去附着。在我们看来，多民族文学不仅是一种事实，还应成为一种方法。民族议题跟性别议题相似，我们要借此寻找一种反思霸权、反抗遮蔽但又不走向虚无、解构认同的方法，这或许是"多民族文学"可以提炼出的更深刻的启示。

当代文学视野中民族话语的变迁

◎ 刘大先

引　言

　　从其发生而言，"当代文学"有着明确的国家性质和政治意涵。作为社会主义文化领导权的一个有机组成部分，它承接了"五四"新文化运动的启蒙遗产和新民主主义革命与反帝反封建的遗产，被纳入到社会主义文化建设的规划之中，即便是某些"潜在写作"和"抽屉文学"，也是作为依附性和对话性的形态而存在。在这样的"顶层设计"当中，"民族性"是其题中应有之义，连带着社会主义国家人民主体的表述与确立，以及社会主义文化认同的想象与塑造。无疑，政治意涵浓郁的"民族"与因为带有歧视色彩而已经被抛弃的人种论叙述中的"种族"以及当代人类学侧重文化意义上的"族群"都有着质的区别。

　　"民族"在当代文学中具有双重含义，并不能笼统言之。其一是民族主义意义上的，即"国家—国民—民族"的叠合，它源于晚清梁启超、汪兆铭、孙中山、杨度等人对于欧洲民族主义的译介和本土民族的建构，辅之以一系列舆论强人、诗人作家、学者对于龙凤图腾、炎黄神话、长江黄河等象征隐喻的阐释与发明，而在二十世纪三十年代后期逐渐成为共享的文化理念，对应的是"中华民族"这一想象与实践的共同体；其二是公民身份意义上的，特指中华民族各个组成部分的不同少数民族，它们在民族主义理念普及与蔓延开来后，由中国共产党吸取苏联经验，结合本土历史现实与地缘政治现状，由《中华人民共和国宪法》确立下来，强调从属于"人民"这一集体内部的某种由于地域、血缘、语言、心理等因素所造成的差异性存在。两种"民族"含义并不在同一个逻辑层面上，在使用中往往可以通过语境区分出它们之间的差别，本文则主要就后一个意义而言，讨论"少数民族"对于当代文学所具有的文化结构、内在动力因素、多元美学与交互主体等方面的功能和价值，而后者在消费主义盛行之后，又衍生出第三种含义，即文化政治意味上的"族裔"或者"族群"。

我相信，民族维度的展开，可以让当代文学某些一度晦暗不明的角落敞亮起来，进而可以更为全面地呈现出当代文学的组织、构成、生态与演变——它们由现代性所生发和命名，曾经在启蒙现代性的话语中遭逢遮蔽和强化之间的张力，又在审美现代性或者说后现代性话语的发展中重获多元化生机。"民族性"在这个复杂缠绕而又充满回流与曲折的过程中，不断因应外部社会而发生流变，显示出当代文学本身在剧烈转型的二十世纪和二十一世纪初的鲜活景象和勃勃生机。

一、国家话语一体性与兄弟民族文学互动

无论是哪种含义，民族首先指向的无疑是身份与认同。与前现代时期不同的是，如果说此前的身份更多来自诸如阶级和门阀、士人与庶人、士农工商之类等级制度与社会职业的划分，民族指向的则是由现代民族主义理论所规划的血缘、语言、宗教、地域之类共同体特征，以及含混莫测却又无法回避的心理因素。血缘对应于种族，语言对应于文化，宗教指向信仰，地域则划分边界，它们共同作用下形成了某种特定的"民族心理"，也即情感认同。从起源来说，少数民族的现代政治认同是模仿民族主义的后发产物，但是在社会主义中国的政治实践之中被改造为一种独特的政治制度和文化规划。这种制度和规划曾经一度极其有效地在革命与建设时期起到

了最大范围内动员群众的作用，并完成了对于幅员辽阔、族群众多、文化多样的中国形象的塑造，并以共产主义和国际主义为指导，协助中国共产党在对抗国民党的民族主义中完成了政治改造和理论提升：在现实层面体现为继承了清帝国和中华民国留下来的广袤地域与人口，在意识形态层面接续了"大一统"的前现代帝国遗产；同时与社会主义的平等诉求相关联，在人民性和阶级叙事的支持下，让无数被压抑、侮辱与伤害的人们获得了翻身的机会；这两者结合，也提供了关于未来美好中国的想象图景。

因为在社会主义中国初期民族话语与阶级话语之间的紧密结合，或者说以阶级、集体、人民等话语作为主导，将少数民族纳入到人民性之中，所以彼时的少数民族文学呈现出时代的共性，而较少具体族群的特殊性。少数民族的景物、地域、语言、文化、民俗、宗教等元素只是作为地方性与多样性的存在，内在于整体性的国家（中华民族）叙事之中。这种情形一直延续到二十世纪八十年代，我们可以观察到其间出现的代表性少数民族文学选本，基本上都呈现出与国家意识形态同符合契的话语表述方式，是国家文化领导者有意通过推行制度建设和组织文学活动的结果。1960年人民文学出版社编选出版的《新生活的光辉（兄弟民族作家短篇小说合集）》，选取了10个民族19位作者的46篇作品，包括蒙古族的纳·赛音朝克图（《春天的太阳照耀着乌珠穆沁草原》）、玛拉沁夫（《科尔沁草原的人们》《春的喜歌》《在暴风雪中》《满眼春色的草原》）、乌兰巴干（《牧场上的春天》《马场主任》《草原上的驯马姑娘》《初春的山谷》）、敖德斯尔（《小钢苏和》《一个姑娘的经历》《时代的性格》）、朋斯克（《金色兴安岭》）、扎拉嘎胡（《小白马的故事》《社员之间》《亲爱的妈妈》）、安柯钦夫（《在冬天的牧场上》《新生活的光辉》《牧羊姑娘的心愿》），回族的米双耀（《投资》），维吾尔族的祖农·哈迪尔（《锻炼》《回忆》）、克尤木·吐尔的（《吾拉孜爷爷》），苗族的伍略（《小燕子》《野渡无人》《高山上的凤凰》），彝族的李乔（《拉猛回来了》《第一次医治》《接米乌乌和他的老伴》《竞赛的一天》）、普飞（《辣椒》《镜湖》《门板》《洗衣》），壮族的陆地（《一对夫妻》），朝鲜族的李根全（《金炳一》《洪水泛滥的时候》），哈萨克族的郝斯力汗（《起点》《牧村纪事》），白族的杨苏（《求婚》《剽牛》《没有织完的筒裙》）、那家伦（《柏松》《女通讯兵》），纳西族的赵静修（《苗床》《铜水畅流》），时间从1949年中华人民共和国成立到1959年9月，是致敬新中国成立十周年的小说集。从地域分布来看，其中蒙古族作家很多，这与内蒙古自治区最早建立有关，南方少数民族作家中云南的较多，这也与民族识别最初在云南、广西开展有关。选本几乎没有母语作品，所选作品都是汉语写作的，用编选者的话来说，"有些作家在本民族有相当影响，但他们的作品目前还没有译成汉文，而临时组织翻译又来不及，因此只得暂缺"。民国年间的"五族共和"，除汉族之外的其他民族中，蒙古族、回族（信仰伊斯兰的诸多民族，包括维吾尔族、哈萨克族等）都有入选，而藏族和满族则没有。其中的原因在于藏族的书面文学往往由掌握藏语的贵族及喇嘛掌握，还没有发展出自身的现代文类创作，而史诗如《格萨尔王传》作为民间口头文学则没有置入到这个以作家作品为序列的选本中来，尽管此际的史诗搜集、整理与翻译等已经得到了文化主管部门的高度重视。满族则因为辛亥革命前后的"排满"话语的影响与冲击，也没有刻意地被当作"少数民族文学"标识出来，而事实上舒群、李辉英、关沫南、马加、胡可、胡昭这些满族作家大多有在东北从事革命事业，后来又去延安的经历，他们的作品已经成为革命文学的组成部分，少数民族的因素并不那么明显。老舍这样在民国年间已经获得巨大声名的作家尽管并不避讳满族身份，但新中国成立之后也在努力寻找契合主流意识形态需要的题材与形式，突出某种族群的特质尤其是已经颇有污名化色彩的旗人文化显然不在其努力的范围之内。有意味的是，1961年老舍开始创作《正红旗下》，这是一部预想中的长篇小说，明确以旗人的身份标识和家族记忆作为对象，但很快在1962年就被动终止了，这也显示出少数民族文学在文学史所称的"十七年"时期基本上统摄在国家与政治的语法之中，族群认同在强势的国家认同和人民认同之中处于缺席状态。

值得注意的是，该选本用的是"兄弟民族"这个词。1956年，在中国作家协会第二次理事会（扩大）会议上，当时任中国作家协会副主席的老舍作了《关于兄弟民族文学工作的报告》。在报告中，老舍提出"以马克思列宁主义的科学方法按照文学艺术本身的特点从事搜集整理文学遗产，以便出版与翻译，发扬文化并交流文化；以社会主义现实主义的创作方法，继承并发扬民族的文学传统，歌颂前进的新人新事"。直到二十世纪六十年代，"兄弟民族"这个称呼还通用着，如《文艺报》1960年8月号发表的贾芝《祝贺各兄弟民族文学史的诞生》，《云南日报》1961年3月29日《云南文艺界展开关于兄弟民族文学史编写问题的讨论》。"少数民族文学"的说法大约始于1958年，编写中国少数民族文学史的动议也是在这一年正式提出的。1958年7月17日，中共中央宣传部召集到北京参加"全国民间文学工作者大会"的各自治区及有少数民族聚居的省的部分代表和北京有关单位，座谈并决定编写少数民族文学史，向中华人民共和国成立十周年献礼，进而动议在各少数民族文学史（或文学概况）的基础上，编著包括少数民族文学在内的多卷本《中国文学史》。同年中宣部下发了《中共中央宣传部关于少数民族文学史编写工作座谈会纪要》。1958年，中国民间文艺研究会提出编选各地歌谣选、各地民间故事选和民间叙事长诗选，中国科学院文学研究所提出编写少数民族文学史，这些由中宣部批准实施的计划，俗称"三选一史"。编写多民族的中国文学史的构想，是由中国科学院文学研究所提出来的。何其芳作为首倡者说道："直到现在为止，所有的中国文学史都实际不过是中国汉语文学史，不过是汉族文学再加上一部分少数民族作家用汉语写出的文学的历史。"何其芳的看法代表了彼时主流知识分子对少数民族及其文学的普遍看法：作为中国人民的有机组成部分，少数民族的文学自然也有资格成为中国文学史的一部分。事实上，后来的实践也一再证明，各种族别文学史的组织编写，无论从分期，还是从文学观念上，基本上都遵循了冠名为"中国"的各类文学史的书写语法。

在创作上同样如此，人民性、革命史观、阶级斗争话语是"兄弟民族文学"的倡导方向，因而我们可以在彼时的民族题材作品中看到的多是关于革命斗争的英雄叙事、"大跃进"、土改、合作化和人民公社的内容，如果说略有不同的地方，那就在于某些后发的少数民族因为地理环境、生产生活方式、文化传统的不同，而在接受主流话语中有个逐步被启蒙和改造的过程。与《新生活的光辉（兄弟民族作家短篇小说合集）》同年出版的《新疆兄弟民族小说选》和《新疆十年小说选》的选文时间段也是从1949年到1959年。《新疆兄弟民族小说选》由《天山》文学月刊编辑部编辑，所选的兄弟民族作家作品包括维吾尔族作家赛福鼎的《吐尔地阿洪的喜悦》《晨风中飘荡的旗》，祖农·哈迪尔的《锻炼》《肉都帕衣》《回忆》，阿·吾甫尔的《暴风》，阿米提·沙吾提的《第一次领工资》，吐·阿依汗的《草原彩霞》，阿·米吉特夫的《悲离欢合》；哈萨克族作家郝斯力汗的《起点》《牧村纪事》，吐·阿勒琴巴尤夫的《幸福》；柯尔克孜族作家乌·努孜别科夫的《雪山吐红日》；蒙古族作家刊载的《真挚的友谊》。《新疆十年小说选》由中国作家协会新疆维吾尔自治区分会编，以汉族作家的作品为主，同时也收入了赛福鼎《吐尔地阿洪的喜悦》、祖农·哈迪尔的《锻炼》、郝斯力汗的《起点》、乌·努孜别科夫的《雪山吐红日》、刊载的《姑娘名叫"友谊"》等少数民族作家的作品。这些作品如今大多数已经湮没无闻，只是在少数民族的族别文学史中可能占有一席之地，因为在"一体化"的语境中，它们并没有提供新的视角与观念，那些具有差异性的地方、族群与文化经验被统摄在较为单一的时代话语之中，作为外在风情与点缀而存在。

与此同时，少数民族题材的电影与动画却焕发出令人瞩目的光彩，真正意义上展示了民族文化的题材优势和反馈潜能。展现1927年至1937年土地革命的《羌笛颂》《金沙江畔》《红色娘子军》《五朵红云》《柯山红日》，再现1946年至1953年新中国成立前后土地改革的《勐垅沙》《摩雅傣》《景颇姑娘》《山间铃响马帮来》《边寨烽火》《瑶山春》《达吉和她的父亲》《草原上的人们》《五朵金花》，还有改编自民间传说故事的《刘三姐》《蝴蝶泉》《阿诗玛》《九色鹿》，以及《阿凡提的故事》系列等，它们对内起到了族际文化交流，宣传主流意识形态，凝聚团结各民族同胞的作用，对外则塑造了带有公约性和共通性的主题（比如爱情）与多民族文化的中国形象，至今仍然是中国电影史上的经典记忆。这里体现出影像作品与文学作品之间的差异：前者的视觉形象有着直观表达的优势，差异性因素很容易呈现出来，不太受到一体化话语的影响；而文学书写的心理幽微层面则无法通过文字轻易传递，并且接受中需要的前理解、文化积累与想象空间也对读者提出了更高的要求。无论如何，民族视野已经打开，尽管更多是由所谓的"他者"进行叙述，即外来者或者汉族作家书写少数民族的人、事、物、情占多数，但少数民族自己也产生了自己的当代写作，像玛拉沁夫的《科尔沁草原上的人们》被改编成电影之后，甚至产生了很大的影响，电影的插曲《敖包相会》（1952年，达斡尔族作曲家通福根据海拉尔河畔的一首古老的情歌创作）至今还是脍炙人口的曲目。

少数民族文学与汉族文学之间彼此的互动给养，在闻捷、郭小川带有强烈抒情性质的诗歌和二十世纪八十年代新出现的一些作家比如哈萨克族的艾克拜尔·米吉提的作品那里有着鲜明的体现。闻捷的诗作无疑吸收了维吾尔族口头传统的韵律、形式以及宏大抒情的传统，而艾克拜尔·米吉提则受到了"归来的流放者"王蒙的影响和提携。不过，直到1979年，在中华人民共和国成立三十周年时，中央民族学院语言文学系"民族文学编选组"编的《少数民族短篇小说选》中仍然可以看到少数民族外部风情与主流观念之间结合的主导性创作语法。所选的三十多篇作品，如同冰心在序言中所说，"在这道路上前进着的人物，各个都具有生动鲜明的民族风格和气派。这些人物的背景更是奇伟壮丽：这里有青绿无际的草原，有万年积雪的高山，有连绵葱郁的原始森林，有秀雅玲珑的竹楼茅屋……在使人激动和引人赞赏的背景之后，我们还听到了马啸、鹃啼、泉流、松响……而高出一切之上的，却是那对党和毛主席的颂歌，是对社会主义制度的赞歌,和各族人民在集体劳动中的欢歌。"也就是说,在"十七年"时期形成的范例一直延续到"新时期",成为少数民族文学的叙事语法,这也正是"自上而下"的文化设计所要达到的效果,直至新世纪以来依然是少数民族文学的主流。在这个主流之中,作为国家话语的"民族性"体现为民族主义式的宏伟蓝图,而作为少数者话语的"民族性"更多是题材意义上的。

二、民族性泛化与少数民族文学主体性

二十世纪八十年代各种文学思潮尤其是中国古典文学传统的复活和西方现代派的传入,给予少数民族文学以一种真正意义上的刺激,其结果是激活了从晚清直至五四新文化运动的启蒙传统中一直强调的较之于精英文人传统不同面相的边缘、民间、民族的要素,并且汇聚为文化寻根中蓬勃兴起的第二波少数民族文学热潮。一方面,少数民族携带边疆、边地、边民、边缘的先天印象,呼应着二十世纪二三十年代"眼光向下的革命",而这种视角的转移在共产党的文化实践中进一步被以大众化、通俗化的方式所推进,并且集中体现于毛泽东《在延安文艺座谈会上的讲话》所确立的中国气派、中国风格之中。少数民族成为主流文化保持自我更新的活力源头之一,这一点在西学甚嚣尘上的二十世纪八十年代被反方向激发,从而使得一部分作家文人转而谋求从少数民族文化中寻找复兴与创新的资源,比如杨炼的长诗《诺日朗》对于藏地的发掘,海子在内蒙古、青海、西藏写下的诗篇,被视为先锋文学代表之一的马原也以书写藏地而闻名。而官方文化组织则大力予以扶植,并且将原先没有书面文学的少数民族拥有了自己的作家作品视为文学事业的一大进步。正是在二十世纪八十年代初期,许多有语言无文字的少数民族诞生了最早一批用汉语写作的本民族作家,比如曾经被目为刀耕火种的佤族出现了董秀英,尽管她的《马桑部落的三代女人》(1985年)放在当时的文坛并没有特别之处,但因为题材和作家身份的独特性,也获得了极大的关注。

另一方面，在各种文学思潮与流派兴起的过程中，少数民族作家也在逐渐确立自我言说的主体性叙事。李陀（达斡尔族）、张承志（回族）等作家虽然有少数民族的族籍，但更多着眼于超越于具体族群认同的表述，着眼于对于一个时代的"时代精神"的把握，少数民族身份并没有成为刻意要观照的维度。李陀的《愿你听到这支歌》是放在纪念周总理的"四五"运动的背景之中，放眼的是整个"这几年来的国内形势"。张承志的《骑手为什么歌唱母亲》，写的虽然是蒙古族"额吉——母亲"，但他将这个"母亲"直接泛化等同于"人民"，呈现出高度主观化和抒情性的特征，与彼时（1978年）大行其道的伤痕文学显示出迥然不同的面目，其后的《黑骏马》《北方的河》《金牧场》也多充满了浪漫主义和理想主义的激情，其抒情主人公往往代表的是中国青年，而不是某个族群的青年。不过，乌热尔图为中国当代文学输入猎人和森林的意象，以及进入二十世纪九十年代之后的萨满文化书写，显示了额尔古纳河河畔的人文生态尤其是鄂温克人的生活场景；扎西达娃则让藏族的神性思维与魔幻现实主义之间发生了有趣的交织，已经显示出"族内人"写作的主体视角。这些进入到主流文学史中的作家，树立了一种有别于伤痕、反思、改革、先锋小说、朦胧诗序列的民族之眼。

可以说，所谓"新时期文学"是接续了被革命运动所中断了的五四新文化启蒙现代性规划，提升中心、精英视野之外的民族、民间、民众的位置，但因为从十九世纪中叶以来"中西古今之争"所形成的文化交流"单行道"中西方文化一直是强势话语，或者说中国现代文学的标准是建立在后发、模仿西方尤其是西欧和北美现代文学的基础之上，而社会主义文学的尝试因为过于激进又受到挫败，所以"新时期文学"的总体潮流是向西转的。在这种总体潮流之中，民族视野的出现无疑具有彰显本土文化自觉的意味，它们显示在主流文学史书写记录之外的另一条隐伏的脉络那里——少数民族文学具有新经验性质的实践，比如"非非主义"诗派（以及"莽汉派""第三代诗"）、藏族作家色波等人的"新小说"试验，他们并没有刻意强化地方性、族群性的文化要素，但那些内容在何小竹（苗族）、吉木狼格（彝族）这些人的诗作中往往有种潜在记忆的影响。这股隐秘的潮流在二十世纪九十年代的市场自由主义新意识形态之下，蓬勃为一种文化多元主义的取向，尽管世纪之交的十数年间，文学日益"边缘化"，"道德滑坡"，"人文精神"失落，日常生活审美化，新历史小说和新写实主义……都在告别革命、颠覆崇高、走向反讽和虚无之中打上了犬儒的色彩。这个被许多论者称为"后新时期"的时间，在文学的低潮中孕育着商业与技术变革所带来的各种可能性，由西方现代文学所确立的文学自主及审美为中心的观念面临瓦解却依然占据文学知识与教育体系的主流，而"自上而下"的文学组织与"自下而上"的文学表达之间交相互动，促生了新世纪的文学多样性。作为多样性中的一种，少数民族文学的"民族性"显现出认识论转型的潜能与实绩。

三、多样性、收缩的族群观念与多民族文学

文学多样性产生于市场化、景观社会、消费主义和信息高速公路的背景下，新世纪少数民族文学内在于这种多元性浪潮之中，得益于非物质文化遗产保护的政治正确话语以及政策性扶植的加持。作为全球化时代中有着独特性潜能的文学成分，少数民族文学一方面具备了抵抗消费主义新的一体化的潜力，另一方面也具有可以被商业化消费的要素，在这种彼此撕扯的张力场中，少数民族文学形成了从他者话语到自我表述的全面转化，在谋求并突出自身的文化差异性。在这第三波的少数民族文学浪潮中，既有严格按照主旋律的规定和要求进行的主旋律书写，也不乏"严肃文学"的形式探索、人性挖掘和观念推进，同时也出现了诸如苗族的血红那样具有广泛受众的网络文学作者。因而这个时候的少数民族文学再也无法形成某种共识结构，在土家族作家田耳的《长寿碑》、满族作家刘荣书的《浮屠》、回族作家马金莲的《听见》、东乡族作家了一容的《红山羊》之间

几乎找不到任何相似之处,这种差别不仅仅是来自外在的地域、民俗、景物,更多来自情感结构和认知方式。甚至仅就藏族而言,阿来的《三只虫草》、次仁罗布的《阿米日嘎》、央金拉姆的《独克宗13号》、万玛才旦的《塔洛》之间也迥乎不同,除了由于不同藏区的地理人文所形成的感受与体验不同之外,还由于代际之间的经验不同,更有来自不同美学和思想观念上的不同。

不过问题也恰恰在于多样性被多元主义和相对主义本质化了,也就是说当曾经一度作为态度一致性和认知共通性的人民、阶级、革命和集体主义话语被二十世纪末的市场、欲望、日常生活和个人主义消解之后,新的价值共识尚没有建立起来,或者说更多被技术与资本合力建构的消费主义所左右。这实为二十一世纪以来中国社会与思想的普遍状况,但置诸少数民族文学就尤为明显,因为它的记录与虚构、叙述与想象、抵抗与认同,涉及地缘政治、民族主义、文化传统、宗教信仰、区域稳定,无一不是利害攸关的问题。在理想的理论图景中,由于多民族的差异性,多民族文学想当然地会带来语言与美学的刷新、空间角度的转化、另类传统的启示以及诸如此类的异质性因素。比如新兴起的母语文学就是少数民族之于语言与美学上提供的新经验。尽管中华人民共和国成立以来由中央政府主导的为没有文字的少数民族创制拉丁字母为基础的文字大部分失败了,但有着悠久的本民族文字传统的如藏族、蒙古族、维吾尔族等,原本就有深厚的文学传统和经典,如今仍然是该民族文学中的常用语言和表达方式,像维吾尔族语文学还与波斯、阿拉伯文学之间有着传承递进的跨国联系。有着古老民族文字的彝族、纳西族等也有一部分恢复了母语创作,甚至还出现了新创的壮文作品[比如蒙飞的《山重水复》(Ndoi Lienz Bya Rij Lienz Dah)、李法的《乜姥和她的茅屋》(Mehlaux Caeuq Ranzhaz De)等]和苗文作品[黄朝明的《一对银镯》(Ib Ngeuf Bous Nyax)、杨荣军的《做媳》(Uat Nyangb)和《女村男寨》(Ngoux Raol Hluak Raol)等]。这些民族母语文学置诸全球版图中也是为数不多的现象,体现了中国文学的内源性多元现象。各个语言及语言所携带的文化、思想、情感信息,丰富了中国文学的内容，而母语的移译以及操持母语而转用汉文写作的作品则在语言转换中创造出了新的文学语言，与现代白话在译介西方文学时所发生的情况相似。这也是许多汉文写作的少数民族文学作品的语言也具有陌生化效果的原因，比如维吾尔族作家阿拉提·阿斯木《时间悄悄的嘴脸》，哈萨克族作家叶尔克西·胡尔曼别克的《永生羊》。汉语文学中的少数民族写作，如同英语文学中的少数族裔的贡献：俄裔的纳博科夫以《洛丽塔》《微暗的火》为美国文学输入了新鲜血液，奈保尔、拉什迪则将特立尼达和多巴哥、印度、伊斯兰文化因子带入英国文学，华裔美国作家赵建秀、汤亭亭、谭恩美的作品中作为一种"积淀"性的中国文化要素依然渗透到写作之中……与移民国家不同，除了如朝鲜族等为数不多的移民之外，中国少数民族绝大部分是世居民族，他们以其母语传统和新兴的母语文学创作在中国文学内部构成了本土话语的张力，让当代文学的话语模式和思维空间不再局限于汉字、汉语和汉文化。

另外，反观主流文学中，"非虚构"与民族志叙事之间某种意义上有着隐在的借鉴与参照意味，它通过"深描"式的切入真实语境与人事，有助于祛除因为大众传媒上的刻板印象所造成的异域想象。但是文学手法与技巧上的借鉴与化合还只是外在层面的，更主要的是在少数民族的信仰、情感与认同中所搭建的他山之石的镜鉴与参照。西北游牧民族与南方后发稻作民族对于自然和生态的重视，一再表现出区别于已经日益商业化的东部发达地区的文学关注层面。萨满教、南传佛教、形形色色的南方民间信仰、西北地区拥有极多信众的伊斯兰教……这些弥散性或建制性的宗教沉入民众的情感与生活之中，会给他们的写作带来怎样的特质？这些无疑都敞开了当代文学别开生面的可能性。

然而，现实中的少数民族文学生态固然部分地体现出上述那些可供进一步发掘的资源，更多地却是在朝向一种文化主义和认同政治方向迈进。可以观察到的是，在普遍性的去政治化语境中，少数民族文学的书写体现出神话式的历史、风情化的呈现和缺乏现实感的遐思。那些异质性元素抽离出具体的时空,进而被塑造为一种抽象的、封闭的乃至凝滞的形态,这构成了一种"假性写作"。比如在少数民族的历史书写中往往表现为单边叙事,将某个族群的历史孤立出来,而忽略了同主体民族和其他兄弟民族的关联;有关现实变迁的叙事中,更多设置出城市与乡土、现代性与"传统"之间的二元对立结构,突出个人的遭际,而缺乏总体性的视野;在抒情性文本中,其对象被固化为某种博物馆化的静态存在。凡此种种,都或多或少在强调一种"民族性"的认同。"民族性"在这样的文本中就不再是与时代、社会的语境息息相关的流动性范畴,而是在文化想象中脱离现实的文本性存在。这其实与大众媒体中印象化、符号化的化约形成了同谋,共同营造出一种不及物的文学。在官方化、体制性的文学组织活动很难发挥具体而微的作用的时候,这种假性书写构成了绝大部分少数民族文学的常态,被刻意雕琢的"民族性"不过是策略性的技巧和方法,而被抽空了它原本的核心内容与价值。

在如此语境中,张承志这样极少数能够不断修正自我、调适对于世界的认识与叙述的作家凤毛麟角。张承志在二十世纪九十年代转入非虚构的散文随笔创作中,并且将其在《心灵史》中通过把伊斯兰教哲合忍耶门宦书写为被压迫和戕害的穷人宗教的阶级式话语,转化为游历了日本、中亚、拉丁美洲后的新国际主义话语。这才是真正意义上具有范例意义的作品,它们所体现出来的观点未必具有会受到普遍接受和认可,却搅扰着当下的写作,令人不得不正视某种异质性存在的意义与价值。对于文化多元主义和狭隘"民族性"的反思应该落实在文化的主体——人——那里,而人无法被本质化和固化,总是随着语境而变化,人在哪里,变成什么样子,那么"民族性"就是什么样子。在历史化的"民族性"考察中,任何抱残守缺而美其名曰的"守望"与"坚持"都不过是愚驽或出于特定利益的诡计。

2008年之后,由于学术界的推动,"多民族文学"逐渐开始与"少数民族文学"并提。"多民族"的意思包含三个层次:一是多民族,具体到中国就是56个民族;二是多语言,不同族群的语言;三是多文学,不同的文学界定和标准。如果说此前的"兄弟民族文学"或"少数民族文学"在语法上更多是随着主流文学的观念规行矩步，或者按照西方传入的后结构主义、后殖民主义、后现代主义、文化相对主义的理念以西律中，"多民族文学"的提法则显示中国文学理论的自觉提炼，突出一种万象共生、千灯互照的文学主体间性。与之并行的是中国作家协会"中国少数民族文学发展工程"陆续开展的少数民族作家培训班、出版资助、评奖机制等工作，其集大成者是《新时期中国少数民族文学作品选集》的陆续出版，这套选集以民族立卷，五百万人口以上民族各1卷2册，不足五百万人口的民族各1卷1册，人口较少的民族合卷1册，总计55卷60册，总共收录了从1976年到2011年的2218位作者的4279篇作品，其中小说792篇，散文1413篇，诗歌2010首，报告文学63篇，影视剧本1篇，长篇作品仅列目录。尽管因为细大不捐，而使得某些卷中泥沙俱下，但无疑留存了晚近三十多年中国少数民族文学的档案资料。鲁迅文学院也陆续出版了"中国多民族文学丛书"三辑近百种作品，体裁涵括小说、诗歌、散文、报告文学、文学批评等各种文类。这些政策性扶持，无疑有助于激发中国各民族文学的活力，对于当代文学的整体态势而言带有重启组织化与规划性的含义。客观地说，作为个体事业的文学与集体化的组织活动之间存在着一定的紧张关系，许多作家作品也未必摆脱了因袭已久的文化主义惯习，但文学史一再证明，正是因为有无数可能无效的作品的存在，才会在文字的浪花中诞生出美妙的维纳斯。

结　语

历史化地看，从"民族"作为一种政治身份被识别、认定和由法律形式固定下来开始，中国的各个少数民族书写与表述中的民族话语经历了一个由趋向于或者等同于主流意识形态话语，到泛化了"民族性"的过程，尤其是在改革开放以来，很多时候"民族性"的涵义在"少数民族"与"国家"之间徘徊和混用，显示出直接与"世界"对话的企图，而这种泛化的"民族"一直延续到当下,涉及"少数民族"的表述与被表述的时候则"民族性"的内涵又发生了向"族群性"的收缩,并出现了符号化、文化化与消费化的情形。

只有在历史脉络之中,我们才可以清晰地看到这个当代文学的民族视野的嬗变历程,这个历程并非某种孤立的存在,而是一直与当代政治、经济、社会、生活与文化的转型密切相关。从来就没有什么"越是民族的就越是世界的"之类不假思索的永恒事实,"民族的"必然是特定时空中的特殊性和流动性的存在,只有超越了这种特殊性才具有转化为"世界的"的可能,就少数民族而言,它还无法绕过"国家的"这一政治规定性。作为中国文学的特定存在,少数民族文学显然不能将自己局限于"少数者"的差异性视野,而要将自身定位于总体性中的差异性,它的合法性从一开始就来自族群与国家、局部与整体、个体与集体之间的辩证,即能否讲述出一个有别于众口一词的中国故事,或者给共同的中国故事提供新的讲法。谁人云亦云,必将陷入陈词滥调;谁进行创造性的转化,谁就将获得未来。

"多民族文学"视野下"民族诗歌"的创作及可能

◎董迎春

民族是诗人之"家",为诗人的创作提供具体的认知对象与审美意蕴。彝族诗人吉狄马加说:"一个诗人,一个真正有出息的诗人,他必须植根于他的土地和他的民族。"[①] 在"多民族文学"理论视野的"多民族"书写中,"多民族"诗人(现代诗歌当中的民族书写具有多民族性,本文论及的"多民族"诗人包括汉族诗人在内)意蕴深远、充满创造力的"民族"书写蕴含着丰富的现代诗歌创作可能。"新诗"诞生百年,"多民族"诗人的"民族表达"在历史上发挥着重要作用,并在不同时期、不同民族地域的创作过程中形成了具有独特本体意蕴的民族诗歌创作类型。以新中国成立为界,中国"多民族"诗人的民族表达由20世纪初至新中国成立的"中华民族"整体形象,转入新中国成立后55个不同民族的具体表达之中。民族诗歌这种不同民族的创作转向,不仅培育了"多民族"诗人创作群体,促进了55个不同民族的民间诗歌(歌谣、史诗、叙事诗为主的"韵体文学")向现代诗歌的转型,提升了民族诗歌的审美内涵,又以"多民族"丰富性、差异性、独有性的民族诗歌"母体"建构起现代诗歌新的书写维度。

---

① 吉狄马加:《为土地和生命而写作:吉狄马加访谈及随笔集》,西宁:青海人民出版社,2011年,第12页。

一、民族诗歌与"多民族文学"理论视野

诗是民族文化的一部分,历史说明,中国百年新诗的"民族书写"具有"多民族性"(汉族诗人与少数民族诗人共同书写)。"民族"概念诞生于西方殖民理论思潮,是一个近代的特定地域与时空的产物,"它的正式形成是在18世纪末和19世纪初,其标志性事件是北美独立战争、法国资产阶级革命和费希特的《对德意志民族的演说》的发表"①。在近代,中国有相当长的一段时间处于半殖民的状态,中国和西方列强的矛盾直接造就了现代的"中华民族"或是具体"民族"等概念及实体的形成,费孝通表示:"中华民族作为一个自觉的民族实体,是近百年来中国和西方列强对抗中出现的"②。中国新诗与"民族"的概念都诞生于20世纪初,据考证,倡导"诗界革命"的梁启超是"民族"一词在中国的最早引用者。③因而,从"诗界革命"开始,新诗就服务于"恢复中华""为中华民族之崛起"的"民族"使命。可以说,中国新诗的民族书写(指民族诗歌)是包括汉族诗人在内的"多民族"诗人共同建构起来的。

中国"多民族文学"理论视野的演变与形成经历了"少数民族文学"到"多民族文学"的过程。现代意义上的"少数民族文学""少数民族诗歌"等概念及文学性的建构大致始于1961年"少数民族文学史编写工作讨论会"。有论者指出,中国民族文学建构主要是新中国成立后完成的,第一阶段完成于20世纪50年代,"第二阶段大致始于80年代初并延续至今"。④此种分期,对中国民族文学的整体认知有其客观依据,但对中国民族文学

---

① [英]厄内斯特·盖尔纳:《民族与民族主义》,韩红译,北京:中央编译出版社,2002年,代序言第3页。
② 费孝通等:《中华民族多元一体格局》,北京:中央民族学院出版社,1989年,第1页。
③ [英]厄内斯特·盖尔纳:《民族与民族主义》,韩红译,北京:中央编译出版社,2002年,代序言第22页。
④ 姚新勇:《观察、批判与理性——纷杂时代中一个知识个体的思考》,北京:文化艺术出版社,2005年,第104页。

中具体的艺术门类来说，特别是对于新诗或是新诗当中的民族书写来说，就存在不合理之处。因为作为中国新文学觉醒最早的艺术形式，新诗与"民族"命运的交织与融合远远走在散文、小说等其他艺术门类之前。因而，从新诗百余年来客观的发展进程来看，在中国民族文学概念之下，"多民族"诗人的民族书写大致可分为两个阶段：第一，20世纪初至新中国成立近50年时间，"多民族"诗人主要塑造"中华民族"这一共同的民族形象。因为"共同的命运，共同的处境，共同的历史责任，使各民族人民走到一起，必然造成文学上的趋同现象"①。新诗在五四新文化运动中唤醒国人民族意识，在抗日战争中的抗日救亡担当，都是从"中华民族"这一整体来叙事与表现。第二，新中国成立以来，即20世纪50年代以来，由于中华民族与外来民族的矛盾已不是主要矛盾，"多民族"诗人的民族书写转向以表现中国的55个民族为主，当代诗歌发展过程中"多民族"诗人共同表现藏族的藏族诗歌、表现彝族的彝族诗歌、表现壮族的壮族诗歌等现象可证明。很显然，历史当中的"中华民族"与55个民族的民族书写史实说明新诗当中民族诗歌创作的时间跨度与范畴比"中国民族文学"长，而且不管在"中华民族"的创作阶段，还是在55个民族的民族书写阶段，都表现出明显的多民族性。

民族是"具有名称，在感知到的祖地上居住，拥有共同的神话、共享的历史和与众不同的公共文化，所有成员拥有共同的法律与习惯的人类共同体"②。在近代以来，也是在新诗的百年发展历程中，"多民族"诗人在"中华民族"与55个民族的共同地域、历史、文化等方面建构起了民族诗歌的多民族性，或者说是民族文学的多民族性。但在新中国成立后，学术界仅专注于"民族"性质的界定，"多民族"涉及有限。国内具有"多民族性"

---

① 梁庭望：《中国诗歌通史·少数民族卷》，北京：人民文学出版社，2012年，第683页。
② [英]安东尼·史密斯：《民族主义：理论、意识形态、历史》，叶江译，上海：上海人民出版社，2011年，第13页。

或"多民族文学"理论性质的思考最早见于1961年中国科学院文学研究所举行的"少数民族文学史编写工作讨论会"的补充说明。1961年大会提出以"民族成分""语言""题材"为界定民族作品与民族创作的三项要素[1]（除"民族成分"，主要指民族身份，与会者基本认同外，"语言""题材"两项并不作必备要求）的同时，对其他民族作品，特别是汉族作家、诗人的作品在少数民族地区流传的情况也作了补充说明，即"汉族作品在少数民族地区流传，经过民间艺人整理加工或再创作而形成的少数民族的文学时，……这样的作品也应该写入少数民族文学史中"[2]。并且在同年的《中国各少数民族文学史和文学概况编写出版计划（草案）》中对无法考证作者的民族作品，"以在本民族中流传并有本民族文学特色"[3]为依据，像这样把汉族作家、诗人或是作者无法考证的民族题材作品归入民族文学史，应是民族文学或是民族诗歌中"多民族文学"理论视野的初次显现。

1961年"少数民族文学史编写工作讨论会"上对"民族文学"性质的界定以及对隐含"多民族文学"理论视野的补充说明，为民族文学、民族诗歌的整理、编撰及创作提供了方向性的影响。在20世纪80年代，玛拉沁夫在《中国新文艺大系（1976—1982）少数民族文学集》导言中重申"民族成分""语言""题材"是界定"民族文学"性质的三项基本要素，同时也指出这三项要素不要求都符合或并列，即"以作者的少数民族族属作为前提，再加上民族生活内容和民族语言文字这二者或是这二者之一"[4]，民族作品即成立。这种界定实际上是20世纪70年代末与80年代初"多

---

[1] 中国社会科学院少数民族文学研究所编印：《中国少数民族文学史编写参考资料》，北京：中国社会科学院少数民族文学研究所，1984年，第103页。
[2] 中国社会科学院少数民族文学研究所编印：《中国少数民族文学史编写参考资料》，北京：中国社会科学院少数民族文学研究所，1984年，第103页。
[3] 中国社会科学院少数民族文学研究所编印：《中国少数民族文学史编写参考资料》，北京：中国社会科学院少数民族文学研究所，1984年，第8页。
[4] 中国作家协会编：《新中国成立60周年少数民族文学作品选：理论评论卷1》，北京：作家出版社，2009年，第39—40页。

民族文学"理论视野的"内容决定论""形式决定论"反应,即以民族作品的题材、体裁、语言为界定标准。很明显,玛拉沁夫意识到具体的创作过程中,汉族作家、诗人在民族地区进行民族题材创作及汉族作家、诗人与少数民族作家、诗人合作完成的作品是无法忽略的,对此类作品的民族归属也需认真勘定。因此,玛拉沁夫基本认同1961年"少数民族文学史编写工作讨论会"提出的界定标准的同时,也为民族文学或是民族诗歌中"多民族文学"理论视野增加了汉族作家、诗人的民族地域、历史、文化等方面的意蕴做了说明。

至20世纪末,根据中华民族几千年分而未裂、融而未合的历史特征,费孝通提出中华民族是一个"经过接触、混杂、联结和融合,同时也有分裂和消亡,形成一个你来我去、我来你去,我中有你、你中有我,而又各具个性的多元统一体"[①],即"中华民族多元一体格局"观点。以费孝通"中华民族多元一体格局"的世纪观点为基础,2004年,中国社会科学院《民族文学研究》编辑部发起并举办全国性的"多民族文学发展论坛",正式提出"多民族文学"理论,"以'多民族'取代'少数民族',有意纳入宏观的全球视野"。[②]"多民族文学发展论坛"创办10余年来,邀请汉族与少数民族作家、诗人、批评家围绕"民族作家身份认同问题"(2005)、"中华民族多民族史观"(2006)、"'多民族文学'与'少数民族文学'概念"(2007)等命题进行多维度的论证。在"中华民族多元一体格局"观点下,"多民族文学发展论坛"的创办与邀请汉族作家、诗人参与相关问题的讨论,这种不单一局限于"民族身份"认知的"多民族文学"探索与实践,很大程度上也是在进行汉族作家、诗人民族题材创作合理性的宏观肯定。新世纪以来,"多民族文学"理论视野虽然倾向于以民族的族属、

---

① 费孝通等:《中华民族多元一体格局》,北京:中央民族学院出版社,1989年,第1页。
② 汤晓青主编:《全球语境与本土话语:中国多民族文学论坛十年精选集》,北京:社会科学文献出版社,2014年,序第2页。

地域、历史、文化等现代意蕴为民族创作与作品的界定标准，但对民族文学当中汉族作家、诗人进行民族题材创作这一特殊现象，可以说是基本上认同将汉族作家、诗人的民族题材创作纳入民族文学之中。这种"多民族文学"的时代理论视野为审视当代民族文学与民族诗歌的包括汉族诗人在内的"多民族"诗人的"民族书写"这一特殊的现象提供了更为充足的学理依据。

"多民族，是指它的民族与地区的广泛性和生活题材、语言文字以及表现于作品中的民族心理素质的多样性。"[①]从民族诗歌百年创作的实际情况来看，汉族诗人在民族地域所进行的民族题材创作是民族诗歌创作与民族诗歌作品构成的重要形式与内容。所以在"多民族文学"理论视野下，虽然汉族诗人没有民族身份的"标签"及民族诗人特定的心理结构，但他们表现"中华民族"与55个民族共同的意愿、历史、文化等维度的民族题材创作无疑应归入民族诗歌之列。因而，参考传统的"民族成分""语言""题材"三要素，以及现代意义上的民族创作意蕴与民族诗歌当中汉语诗人的创作情况，"多民族文学"理论视野下民族诗歌创作发生了两大变化：其一是其界定标准"民族成分""语言""题材"三要素"一重两轻"的衡量体系被打破。"民族成分"似乎不再单一地深陷于"民族身份"尺度，现代意义上民族诗歌转向以"民族意蕴成分"为界定参照，即以民族地域持久的意愿认同，共同的历史、文化及民族精神等为参照。其二是民族诗歌的创作形式普遍为不同民族题材的"非母语写作"，"多民族"诗人的民族创作都以汉语与汉字为主。除了微妙的心理与精神差异外，汉族诗人与少数民族诗人在民族地域与民族题材的创作动机、目的、意义上趋于一致。汉族诗人与少数民族诗人的民族题材创作，就内容与诗写能力及作品水准等方面来看，其间的差异已非常小。

---

① 中国作家协会编：《新中国成立60周年少数民族文学作品选：理论评论卷1》，北京：作家出版社，2009年，第34页。

综上所述,"民族文学"的概念,由20世纪50年代的"兄弟民族文学"、"少数民族文学"(茅盾语)逐渐向新世纪的"多民族文学"转变,并最终演变成如今的"多民族文学"理论视野。在这一变化过程中,我们看到,百年新诗中的民族书写,特别是20世纪初至50年代期间的"多民族"诗人的"中华民族"创作为中国"多民族文学"理论视野的形成提供了更为深远而厚实的历史依据。同时,在新世纪"多民族文学"理论视野成为学术界重要共识的时代语境下,"多民族文学"理论视野不仅遵循民族文学的定界传统,而且以一种各民族平等的意识,把汉族作家、诗人在民族地域、历史、文化等维度的民族创作归入民族文学、民族诗歌范畴,对重新梳理与阐释百年新诗中的"多民族"诗人的民族诗歌创作有重要意义。

二、"多民族"视野下民族诗歌的百年创作

整体上看,在"多民族文学"理论视野下,百年新诗中"多民族"诗人的民族诗歌创作,除了20世纪初至新中国成立时间内较少差异的"中华民族"创作阶段,20世纪50年代以来主要以55个民族地域、历史、文化等方面的民族书写建构起了民族诗歌的诞生与现代转型,并创造出各民族地域内丰富而复杂的民族诗歌流派与现象。可以说,新世纪的中国"多民族文学"理论视野的意蕴与表现领域,让"多民族"诗人的百年民族诗歌创作,表现出了应有的诗体价值、时代价值。

第一,"多民族"理论视野下"多民族"诗人的"中华民族"创作。在新中国成立前,中国处于半殖民地半封建的社会状态,在五四新文化运动民主、科学、自由、独立等先进思想的影响下,"中华民族"成为人们共同的想象与认同。"国家不幸诗家幸","在国破家亡的痛苦年代,诗人……与受难的人民同命运,与滴血的祖国共存亡"。[①] 因而,在20世纪初到新

---

① 刘增杰选释:《抗战诗歌》,开封:河南大学出版社,2005年,代序第4页。

中国成立前不到50年的时间里，闻一多、李金发、艾青等一大批汉族诗人创作了大量的"中华民族"诗歌。这种"中华民族"主体的创作即是费孝通先生"中华民族多元一体格局"中所说的"中华民族在近百年和西方列强的对抗中成为自觉的民族实体"①史观的显现。如闻一多先生在《发现》中写道："我来了，我喊一声，迸着血泪，／'这不是我的中华，不对，不对！'／我来了，因为我听见你叫我；／鞭着时间的罡风，擎一把火，／我来了，不知道是一场空喜。"② 在诗中，诗人闻一多的"发现"是一种"中华民族"意识觉醒的象征。诗人通过呐喊式的情感抒发表达了对苦难祖国的热爱与希望。在"多民族文学"理论视野下，20世纪初到新中国成立前这种包括汉族诗人在内的（本质上也是以汉族诗人为主）"中华民族"诗歌创作，不仅展现了民族诗歌创作的最初形式，更是建构了"多民族"诗人民族诗歌创作的历史依据。

第二，"多民族"理论视野下民族诗歌的现代转型。新中国成立后，根据中共中央宣传部"全国民间文学工作者大会"要求，即"从1958年起，我国各少数民族聚居的省、市和自治区开始有计划、有步骤地开展本地区少数民族文学调查，编写各个民族的文学史或文学概况"③，蒙古族、藏族、白族、苗族、壮族等民族开始在各省市地域内收集与编撰本民族文学，并着手建构与探索本民族地域内的民族诗歌创作。梁庭望指出："少数民族诗坛在很长的时间里，是由民间诗歌（包括民歌、民间长诗、民间说唱）领衔的，作家诗产生比较晚。"④ 在开展"少数民族文学史编写工作"之前，民族地区的民族作家、诗人队伍基本由民间歌手、民间艺术工作者等构成，他们创作的文本属于"韵体文学"。"由于许多民族没有自己的文字，直

---

① 费孝通等：《中华民族多元一体格局》，北京：中央民族学院出版社，1989年，第29页。
② 蓝棣之编：《闻一多诗全编》，杭州：浙江文艺出版社，1996年，第244页。
③ 中国社会科学院少数民族文学研究所编印：《中国少数民族文学史编写参考资料》，北京：中国社会科学院少数民族文学研究所，1984年，第7页。
④ 梁庭望：《中国诗歌通史·少数民族卷》，北京：人民文学出版社，2012年，第5页。

到新中国成立前夕，大部分少数民族都还没有作家诗，故而民间诗歌在少数民族韵体文学中占有绝对的优势。"①相对于20世纪初到新中国成立前的"多民族"诗人的"中华民族"创作，在各民族以歌谣、史诗、叙事诗为主的"韵体文学"占据文学的绝对优势的情况下，"多民族"诗人中的少数民族诗人根据"民族成分""语言""题材"三项要素开始现代意义的民族诗歌创作，汉族诗人则根据民族地域、历史、文化等方面开展民族诗歌创作。

在"多民族文学"理论视野下，韦其麟（壮族）、吉狄马加（彝族）等少数民族诗人及汉族诗人开展了围绕民族歌谣、史诗、叙事诗的现代民族诗歌（以民族叙事长诗为主）创作，试图扭转长期以来"韵体文学"领衔民族诗歌创作的局面，以建构民族诗歌的现代转型。如新中国成立以前，在广西诗坛中"勒脚歌"与"排歌体"的"韵体文学"写作是广西诗歌创作的主要特征。"勒脚歌"结构为"首节定基调的歌，其结构比较复杂，有特殊的反复规律：其最基础的是每首八行，七、八行复沓一、二行，十一、十二行复沓三、四行，经过反复，形成三节十二行"②，流传于广西红水河下游各地域。"排歌体"讲究"在两章之间用'讲到这里先歇息，再说凤娇难临身'两行隔开，第二行点明下章内容"③，主要流传于广西的右江地区。可见，在新中国成立前，一个显著的事实是："勒脚歌"与"排歌体"作为广西诗歌创作的最基本结构被使用。然而，在20世纪50年代至60年代，壮族诗人韦其麟综合"勒脚歌""排歌体"及新诗的自由形式与技巧的现代民族诗歌创作，扭转了"韵体文学"主导广西诗坛的局面。韦其麟在其具有全国影响力的长诗《百鸟衣》中写道："像天上的云一样，/古卡到处游。/像塘里的藻一样，/古卡到处飘。//没有人踏过的山顶，/古卡爬上去了。/没有人穿过的山麓，/古卡穿过去了。//没有人饮过的山水，

---

① 梁庭望：《中国诗歌通史·少数民族卷》，北京：人民文学出版社，2012年，第5页。
② 梁庭望：《中国诗歌通史·少数民族卷》，北京：人民文学出版社，2012年，第7页。
③ 梁庭望：《中国诗歌通史·少数民族卷》，北京：人民文学出版社，2012年，第8页。

古卡饮过了。/没有人尝过的野果，/古卡吃过了。"① 可以看到，这一时期韦其麟的民族诗歌创作尽管部分遵循"勒脚歌"与"排歌体"的隔行与复沓规则，但这些规则已被新诗创作的比喻、排比等修辞技巧所打破，"韵体文学"式民间诗歌已经开始朝向现代的民族诗歌转变。至20世纪60年代末，韦其麟与其他广西诗人一起，以一大批现代诗歌作品完成了广西民族诗歌的现代转型。新中国成立后，藏族、彝族、苗族等多个民族当中也有类似的"韵体文学"领衔诗歌创作的情况，他们的现代转型过程大致类似壮族民族诗歌转型的过程。

第三，"多民族文学"理论视野下民族诗歌的"多民族"深化。在20世纪80年代中期"文学有'根'，文学之'根'应深植于民族传统文化的土壤里"②的"寻根文学"思潮影响下，"多民族"作家、诗人围绕民族地域、历史、文化等方面，开始集体式的"民族"探索与实践，以求在民族的传统、历史、文化中找到文学的永恒价值与可能。可以说，"多民族"作家、诗人这种集体式的"民族寻根"一方面是在进行中国文学的"多民族"深化探索，另一方面则为新世纪"多民族文学"理论视野的提出提供了一场浩浩荡荡的在场性实践。在现代诗歌方面，提出与韩少功"寻根文学"相似理念的杨克（汉族）是民族诗歌的"多民族"深化探索与实践的代表人物。在面向壮族"花山"的"百越境界"的寻根理念下，杨克完成了《走向花山》组诗。"欧唷唷——/我是血的礼赞，我是火的膜拜/从野猪凶狠的獠牙上来/从雉鸡发抖的羽翎上来/从神秘的图腾和饰佩的兽骨上来……血哟，火哟/狞厉的美哟/我们举剑而来，击鼓而来，鸣金而来/——尼罗！"③ 杨克这种强调民族符号、民族意象移用，注重想象、意境创造，以民族地域、

---

① 韦其麟：《广西当代少数民族作家丛书·韦其麟卷》，桂林：漓江出版社，2001年，第40页。
② 韩少功：《文学的"根"》，《作家》1985年第4期。
③ 杨克：《杨克的诗》，北京：人民文学出版社，2015年，第163页。

历史、文化等为诗歌表现内容的民族诗歌创作,反映了20世纪80年代以来,特别是在"多民族文学"理论视野下民族诗歌的"多民族"的书写趋势和"多民族文学"理论视野的建构可能。

综上所述,百年新诗中,不管20世纪初到新中国成立前"多民族"诗人(以汉族诗人为主)的"中华民族"创作,还是20世纪50年代以来"多民族"诗人(以少数民族诗人为主)围绕民族地域、历史、文化等方面的民族诗歌创作,本质上是体现了在"多民族文学"理论视野下,"多民族"诗人百年的民族诗歌创作历史。"'多民族'是在对中华民族认同的前提下,从整体性的高度,客观历史地看待中国文学整体中多民族构成属性"①,这种在"多民族文学"理论视野下的民族诗歌的百年创作,不仅建构起了民族诗歌的"多民族"意义与价值,而且对完善与深化"多民族文学"理论视野有重要的印证作用。

三、当下"民族诗歌"的"多民族"话语可能

历史已证明,对作家、诗人来说,具有创造性的"民族"是一种稳定的心理结构与价值取向,是一种永续的创造力,具有无限的书写可能,而且"少数民族文化与精神资源也成为主流文学的重要创作来源"②。20世纪初以来,在"多民族文学"理论视野下,"多民族"作家、诗人围绕"中华民族"与55个不同民族共同的意愿、传统、文化及精神等意蕴开展了不同程度的民族书写。这种民族视角的写作为主流文学与"多民族文学"创造了丰富的可能。对现代诗歌而言,现代意义上的民族诗歌创作不仅只是简单地观照某个民族在其历史过程中形成的共同意愿、价值与精神等意

---

① 汤晓青主编:《全球语境与本土话语:中国多民族文学论坛十年精选集》,北京:社会科学文献出版社,2014年,第21页。
② 汤晓青主编:《全球语境与本土话语:中国多民族文学论坛十年精选集》,北京:社会科学文献出版社,2014年,序第1页。

蕴，而是将"民族"观照作为一种创作理念与抱负，以寻求民族诗歌与新诗及时代的多种可能。当下，"多民族"诗人趋于成熟的民族诗歌创作，作为一种新诗创作体裁实践，其写作的意蕴、特征展现出民族诗歌体裁与现代诗歌共同的发展可能。

第一，"多民族"诗人以否定情感建构现代民族书写的深度与激情。

比尔·阿希克洛夫特、格瑞斯·格里菲斯、海伦·蒂芬在《逆写帝国：后殖民文学的理论与实践》中指出："当今世界上超过四分之三的人口及其生活是由殖民经历所塑造的。"[①] 这种殖民、苦难的经历对人的影响是深刻的，虽然这种影响不太被人意识到。显然，中华民族分分合合的历史及近代以来半殖民的苦难记忆必然直接影响"多民族"诗人的情感表达，并成为无数的具有否定、讽刺、批判情感与意识的民族诗歌作品。中国55个少数民族历史中形成的民族史诗、叙事长诗等"韵体文学"，如《格萨尔王传》（藏族）、《玛纳斯》（柯尔克孜族）、《江格尔》（蒙古族）、《阿诗玛》（彝族）、《马骨胡之歌》（壮族）等作品，以及前文所提到的闻一多《发现》中的诗句"'这不是我的中华，不对，不对！'"可以形象地说明这种影响。作为一个优秀的新世纪诗人，如切斯瓦夫·米沃什所言，"意味着要接受各种悲观主义、讽刺、苦涩、怀疑的训练"[②]。以揭露民族苦难、讽刺侵略、赞扬抗争与牺牲等为意蕴的民族诗歌创作传统与情感，无疑为现代诗人建构起了久远的否定、讽刺、批判等深度的思维。所以，在"多民族文学"理论视野下，"多民族"诗人重拾民族诗歌当中这种"否定情感式"的认知与思维，很大程度上能够建构起一种现代的民族书写的深度与激情。

第二，"多民族"诗人以非母语写作创造合宜的民族精神表达。

---

① [澳大利亚]比尔·阿希克洛夫特、格瑞斯·格里菲斯、海伦·蒂芬：《逆写帝国：后殖民文学的理论与实践》，任一鸣译，北京：北京大学出版社，2014年，第1页。
② [波兰]切斯瓦夫·米沃什：《诗的见证》，黄灿然译，桂林：广西师范大学出版社，2011年，第19页。

传统的民族创作强调母语的运用，然而由于现代汉语的普及，"多民族"诗人群体主要以普通话作为交往用语，以现代汉字为书写用字，纯母语写作或母语与汉语的"双语写作"比重非常有限。所以当下"多民族"诗人的民族创作明显的特征是一种非母语写作。很明显，"多民族"诗人这种双语（母语与汉语）或多语相结合的非母语写作不仅提升了民族诗人的诗写能力，同时也引发了民族诗歌的写作焦虑，但综合地看，民族诗歌的非母语写作应是利大于弊。正如藏族诗人、作家阿来所言："我是一个藏族人，又用汉语写作"[1]，"正是在两种语言间的不断穿行，培养了我最初的文学敏感，使我成为一个用汉语写作的藏族作家"[2]。可以说，朝向母语精神的民族诗歌及"多民族"诗人群体，他们是乐于包容与接受非母语写作的。一方面原因是非母语写作的思维、技巧、规则让民族诗人更容易驾驭民族诗歌，拓宽民族诗歌相对新诗有限的表现领域。同时，如阿来所言，非母语写作能够培育写作者写作的冲动与使命。

"多民族"诗人群体的非母语写作问题，本质上是群体自发地对民族语言、意蕴等内容与新诗创作关系的一种"合时宜的思考"。诗作为一种语言的艺术，"多民族"诗人的非母语写作实际上是以多种语言形式创造合宜的母语精神与民族意蕴表达。"当一个民族从自身内在的自由之中成功地构建起语言时，就意味着它迈出并完成了关键的一步，即获得了某种新的、更高层次的东西；而当一个民族在诗歌创作和哲学冥想的道路上取得了类似的成就时，便会反过来对语言产生影响。"[3] 弱化的母语并非真正消退，而是"涓流入海"，沉潜为每个人生命意识中"某种新的、更高层次的东西"。随着民族诗歌表现力、诗写能力的提升，在"多民族"诗人群体的非母语写作"实际"中，我们明显可以感觉到，民族的母语、民族的意蕴，俨然

---

[1] 阿来、姜广平：《"我是一个藏族人，用汉语写作"》，《西湖》2011年第6期。
[2] 吴怀尧：《阿来：文学即宗教》，《延安文学》2009年第3期。
[3] [德]威廉·冯·洪堡特：《论人类语言结构的差异及其对人类精神发展的影响》，姚小平译，北京：商务印书馆，2010年，第52页。

作为一种更高、更新的精神出现在民族当中。在"多民族文学"理论视野下,"多民族"诗人的非母语写作作为民族诗歌创作的时代特征与主导特性,不仅不是对民族母语精神与民族意蕴的背弃,而是发自每个诗人的真心呵护,借助非母语写作的表达深度与厚度,沉潜的母语精神与民族意蕴将表达得更为恰当与合宜。

第三,"多民族"诗人创造"民族共同体"的符号诗学。

人是符号的动物(卡西尔语),民族是由多人的社群创造的"符号共同体"。"民族共同体"的形成是一个"符号化"的过程,民族诗歌作为"民族共同体"最亲近与最重要的载体,以符号的形式记录、保存了民族在历史上形成的文化与传统。福柯指出:"古代的遗产,类似大自然本身,是一个宽广的阐释空间;在这两个情形中,都必须记下符号并使它们逐渐开口说话。"[1]符号是一个有意义、有价值,具有叙事特征的符号。民族的"符号共同体"是人所居社群的精神家园、心灵的家园,民族诗写就是借助符号让"符号共同体""开口说话",以实现对民族的想象与阐释。"符号不仅是意义传播的方式,更是意义产生的途径。"[2]"多民族"诗人的民族诗歌创作本质上是一种符号叙事,即以人的最高意愿、激情开展的民族诗写,其目的不是简单地让人归属与认同民族的"符号共同体",而是要完成对"符号共同体"的现代审视与诗性认知。在这一过程中,承载与诉说民族历史、文化、精神的符号,它们所具有的历史内涵被体认、提取与再度阐释,并被"多民族"诗人的时代意识、生命意识加以重构、生成意义。显然,民族"符号共同体"的"符号化"过程与"解符号化"过程能够说明传统与现代的两个不同阶段的民族诗歌创作,前者以历史中的史诗、叙事长诗等形式进行与达成,后者以"多民族"诗人创作的现代意义上的

---

[1] [法]米歇尔·福柯:《词与物:人文科学的考古学》,莫伟民译,上海:上海三联书店,2016年,第36页。
[2] 赵毅衡:《哲学符号学:意义世界的形成》,成都:四川大学出版社,2017年,第62页。

民族诗歌的方式进行与达成。在"多民族文学"理论视野下，两者并无本质的差异。

第四，百年"新诗"背景下现代诗歌艺术的本体建构。

在"新诗"百年的背景下，国内各界进行了多维度的"百年新诗"探讨与观照，以求实现新诗艺术的总结与创新。然而在互联网与新媒体的影响下，在"诗人"与"诗歌"数量庞杂的时代背景下，"百年新诗"的最大问题仿佛是"诗"与"非诗"问题。"一个时代，诗的词汇由那个时代诗人所使用的说话方式组成。"① 当今时代网络写作、垃圾写作、下半身写作的"非诗人"与"非诗写作"使用的非诗语言所传递出的非诗情感、观念，以及其所引起的"非诗"潮流，对诗歌而言是一种巨大的"伤害"。所以，在新诗百年之时需要对新诗艺术进行一种本体的观照与认知。在"多民族文学"理论视野下，新诗艺术的本体创新最有可能在书写严肃、意蕴厚重的民族诗歌中找到。因为相对于新诗艺术的其他类型与实践，"多民族"诗人书写对象、内容、形式、意蕴等丰富、深刻的民族诗歌，是新诗艺术进行本体创新的最佳"母体"。"以表层而言，构成诗歌的元素和母题，多来自森林、草原、瀚海、绿洲、高原、喀斯特山海、山谷、稻田的民族生活。但表现在诗歌中最深层的民族文化心理是民族情结，类似荣格的集体无意识。"② "多民族"诗人基于民族这一想象的共同体，以共同的意愿、共同的情结，激情开展新诗的民族审美，能够唤起潜藏于个体当中的生命尊严与严肃，并让他们以一种稳定而本质的语言观与生命意识进行真诗的写作，从而生成新诗艺术的本体创新。

"心有所属"的朴实愿望对诗人而言，就是让心灵与写作能够安放于一"地"。民族既是诗人的某个真正地域，又是他们的精神家园。"栖居"

---

① [美]苏珊·朗格：《情感与形式》，刘大基、傅志强、周发祥译，北京：中国社会科学出版社，1986年，第324页。
② 梁庭望：《中国诗歌通史·少数民族卷》，北京：人民文学出版社，2012年，第9页。

民族地域，观照民族的精神与内涵，对诗人来说是一种灵与肉的"回家"与升华。民族的"家"滋养诗人的灵与肉，使诗人平静，有担当，更给诗人们无限的可能。民族深远的传统，稳定的心理结构及丰富的审美意蕴，既是民族诗人忠于本民族母语精神、民族意蕴本意的创作方法，又是"多民族"诗人拓宽个体创作维度，进行深度、普世写作的可能形式。新诗所探求的创新与发展，有望在此完成。

"多民族文学"理论视野所具有的价值与意义越来越被重视，作为"多民族文学"理论视野的重要构成与表现内容的民族诗歌，对勘探民族文学"多民族文学"理论视野的价值，展现"多民族文学"理论视野的时代地位，意义不言而喻。最能代表"多民族文学"理论视野本体意蕴的民族诗歌的形成与发展经历了一个复杂的时间过程，期间汉族诗人在民族地区的民族创作归属民族诗歌、少数民族诗人诗写能力的提升不仅是民族诗歌百年发展的显著特征，而且为"多民族文学"理论视野的形成与发展提供了有力的史实支撑。如今，随着"多民族"诗人民族创作群体的壮大、诗写能力的提升，这种时代趋势共同助推了民族诗歌与汉语新诗的创作。

关键词 当代散文

你要把散文带往怎样的天地?

吴义勤　陈培浩

众所周知,二十世纪以来的散文是所有文类中最具现代中国性的一种了。说它现代,是因为在古代汉语向现代汉语转型的过程中,也伴随着"文学"观的现代,"散文观"的现代正内在于此。当我们的"文学"概念在从古典向现代转变之途中变得愈来愈"纯化"的时候,散文也从古典中国众取杂收、文史不分的大散文观逐渐转向二十世纪以来这种审美化的艺术散文观。人们常会问,散文是什么?很难有一个一劳永逸的答案。文学理论对文类特征的框定常常要被现实的写作经验溢出或胀破。不是因为文体学虚妄。所谓文体理论,事实不过是为写作分类打造一个基本合身的展架,从此各有去处,井井有条。可是,总有新的经验在召唤着新的表达,总有新的创造要给旧分类制造难题,并最终要求文学理论做出新的总体性安排。在新安排尚未出现之时,我们相信以下的判断依然有效：如果说诗歌更看重和情感、语言订立契约的话，散文则更看重和现实之间的契约；如果说小说对现实景观的摹写背后总包含着一份"未来心"并借助于虚构的加持孜孜不倦地叩问"可能性"的话，那么，散文虚构的武器始终是受限的，不管是潜身于烟波浩渺的史料，还是涉足于不曾被文字记载的乡野，散文始终是从此在的人出发，带着"这一个"人的气息、记忆去跟内心、环境、时代、历史博弈和周旋。因此，散文往往是最有"人味儿"的文体，也是现实感最强的文体。散文里的人和现实跟生活最具同构性。悖论在于，好散文又必须去超越这份与生俱来的"实"。

二十世纪九十年代以来的当代散文可谓四面出击，异彩纷呈。小女人散文和大历史散文，性灵冲淡的言志美文和智性谐趣的随笔杂文都曾引发广泛追捧和争议。新世纪以来，散文多样化的内在景观及其催生的理论追问更是如潮拍岸。新世纪散文在虚构与非虚构、历史与纪实、篇幅规制的小与大方面都有非常独特的探索，也引起了学术界持续的关注和争论。本期特邀两位长期关注当代散文的学者——王兆胜先生和黄雪敏博士参与讨论。王兆胜的文章从二十世纪九十年代的散文现场出发，反思当代散文存在的城市与乡村、传统与现代的二元对立思维，提倡以前瞻性的发展向度和天地境界克服人本主义的局限。作者指出，"近现代以来，城乡关系确实存在某些对立，作家尤其是散文家亦可对此进行审视与批评。不过，忽略城乡的融合发展，尤其是对二者缺乏互补与辩证的理解，这是一个世纪以来包括散文在内的新文学之局限"，"既有传统眼光，又不乏现代意识的散文，在当前可谓少之又少，而更多的是充斥着传统与现代的矛盾和迷茫"。作者于是指出："散文创作应走出私人、'个我'和小我的小天地，进入天地自然和天地大道之中。只有这样，散文才会获得高尚神圣的境界，才能给人带来智慧的启示。"立论可谓高屋建瓴。黄雪敏的文章对新世纪散文有深入细致的观察,在极为庞杂的写作现场中梳理并重点评述了以祝勇为代表的"述史"散文,指出"这类充满了历史意识和文化情怀,以日常生活的细节触摸历史的暗门""在'思'与'诗'之间找到动态链接的历史文化散文,是新世纪以来散文领域最有分量的收获"。她也在非虚构的写作浪潮中评述了散文写作中"家族记忆"的苏醒和对话,指出此类散文的动人处在于将沉潜于家族记忆中的历史信息,个人生命的脆弱和坚韧融汇其间。文章也就新世纪散文中以独特职业身份参与写作的潮流做出评述,这些作品包括王小妮以教师身份写就的《上课记》,柴静以记者身份写就的《因为如果是我》,周亚鹰以城管局局长身份写就的《我是城管》等。作者指出:"重拾个人的立场,以鲜明的身份意识,进入生活深处,着力于某一个领域的发现","汇成一股'非虚构'的创作潮流,那么新世纪散文创作的领域,也有可能获得另一种性质的突破"。

当代散文写作的新变显然是时代、媒介和新经验等因素综合推动的结果。作家们在探索散文文体特质的过程中也不断拓宽着散文的边界。在我们看来,不管是在历史中沉思,还是朝向被遮蔽的现实发言;不管是借助虚构手段敞开散文的丰富景观,还是诉诸"非虚构"强化散文与现实经验的贴身性;不管是在小散文方寸之间经营心灵境界的尺幅千里,还是把散文篇幅打造成堪与长篇小说媲美的鸿篇巨制,散文始终不能忘却辩证的伦理:探索非虚构者千万不要忘了经验之上还应有更丰富的体验和更高的超验;热衷将"虚构"引入散文者也且别忘了散文写实的初心,记住你要把散文带往怎样的精神天地;当我们的散文在历史和纪实的两端来回时,千万记住,中间是人,是一个渴望变得更加辽阔的人!

散文写作的难度与境界

◎王兆胜

当前,似乎全民都在写散文,这既是一件幸事,反映了散文受欢迎的程度以及普及状况;同时,也应引起警觉和注意,因为过于大众化的散文,极易让人失去规范和敬畏,使散文写作变得过于随意甚至泛滥。因此,我们既希望更多的人参与到散文写作中,又要认识到散文"易写而难工",看到散文写作的难度,以便提升散文写作的境界。散文写作有以下几个瓶颈问题,需要努力进行突破。

一、突破城乡二元对立

近现代以来,中国新文学着力书写城乡冲突,这既表现在单个作家,也包括作家群体。较有代表性的是路遥,他在《人生》和《平凡的世界》中一直书写紧张甚至对立的城乡关系,仿佛这是一个永难和解的矛盾体。鲁迅笔下的乡村与人物闰土,也是狭隘、封闭、保守、落后的典型,曾经多么鲜活的少年闰土,一下子变成失去活力的麻木之人。另一方面,沈从文、废名则描绘了乡土风情之美好和一种不被污染的纯净大自然。

其实,这种观念与审美在当下一直没有得到改变,在散文创作中表现得尤其明显。最有代表性的是近些年对于破败村庄的描写,仿佛让我们看到了鲁迅笔下的破败景象。那就是原本美好的乡土一下子流失了,就如同被雨水带走的高原土壤,村庄变得荒芜、失落,毫无生机活力。这在大量的新时期乡土散文中几近成为一种风尚。另一方面,不少散文对于乡村则给予礼赞,并陶醉于其中,对都市实行的则是无情的批判与否定。最有代表性的是张炜和苇岸。他们在用乡土文明批判都市文明,获得某些对于都市异化的超越性的同时,也将城乡关系对立起来,从而失去关于城乡文化的辩证理解。如张炜表示:

> 说起来让人不信,我记得直长到二十多岁,只要有人大声喊叫一句,我心上还是要产生突然的、条件反射般的惶恐。直到现在,我在人多的地方待久了,还常常要头疼欲裂。后来我慢慢克服,努力到现在。但是说到底内心里的东西是无法克服的。我得说,在反抗这种恐惧的同时,我越来越怀念出生地的一切。我大概也在这怀念中多多少少夸大了故地之美。那里好像到处都变得可亲可爱了,再也没有了荒凉和寂寥之苦。那里的蘑菇和小兽都成了多么诱人的朋友,还有空旷的大海,一望无边的水,都成为我心中最好最完美的世界。
>
> ……
>
> 不用说,我对于正在飞速发展的这个商业帝国是心怀恐惧的。说得更真实一点,是心怀仇视的。商业帝国的中心看来在西方,实际上在自私的人内心——包括我们的内心。我之所以对前途不够乐观,是因为我们实在难以改变我们的内心。许多人,古往今来的许多人都尝试着改变人的内心,结果难有效果。这说到底是人类悲观的最大根据。[①]

苇岸也有同样的看法,他说:

> 二十世纪这辆加速运行的列车已经行驶到二十一世纪的门坎了。

---

① 张炜:《我跋涉的莽野》,沈阳:春风文艺出版社,2001年,第3、4、8页。

> 数年前我就预感到我不是一个适宜进入二十一世纪的人,甚至生活在二十世纪也是一个错误。我不是在说一些虚妄的话,大家可以从我的作品中看到这点。我非常热爱农业文明,而对工业文明的存在和进程一直有一种源自内心的悲哀和抵触,但我没有办法不被裹挟其中。①

在此,我们看到了沈从文、废名的深刻影响。

近现代以来,城乡关系确实存在某些对立,作家尤其是散文家亦可对此进行审视与批评。不过,忽略城乡的融合发展,尤其是对二者缺乏互补与辩证的理解,这是一个世纪以来包括散文在内的新文学之局限。这就必然影响作家的文化价值判断与选择,陷入非此即彼的二元对立之中,从而导致文学创作的简单化与价值偏向。在这方面,林语堂倡导的城乡互补、融通和谐值得借鉴,即让城市融入乡村风光,让乡村多些城市文化内涵。总之,只有超越城乡二元对立的视野和价值判断,散文创作才能变得更加开阔和健全起来。

二、走出传统与现代的困局

传统与现代的关系,是晚清民国和"五四"以来中国文学的核心问题。经过百余年来的努力,作家们成绩斐然,贡献颇丰。但值得注意的是,作为一种文化价值选择,在包括散文在内的文学创作中,至今它仍未得到根本解决,有不少地方甚至呈现出更为强烈的矛盾冲突及困惑。不走出传统与现代的困局,文学创作尤其是散文创作就很难获得真正的进境。

以周作人、林语堂二位作家为例,其现代性倡导与追求在新文学作家中无疑是颇有代表性的。然而,有时他们仍会陷入传统性的迷思中不能自拔。如周作人与林语堂都曾写过北京与上海这两座城市,而且两人都几乎异口同声地高扬北京,贬损甚至咒骂上海。林语堂说:

---

① 苇岸:《太阳升起以后》,北京:中国工人出版社,2000年,第285页。

上海是可怕的，非常可怕。上海的可怕，在它那东西方的下流的奇怪混合，在它那浮面的虚饰，在它那赤裸裸而无遮盖的金钱崇拜，在它那空虚，平凡，与低级趣味。上海的可怕，在它那不自然的女人，非人的劳力，乏生气的报纸，没资本的银行，以及无国家观念的人。上海是可怕的，可怕在它的伟大或卑弱，可怕在它的畸形，邪恶与矫浮，可怕在它的欢乐与宴会，以及在它的眼泪，苦楚，与堕落，可怕在它那高耸在黄浦江畔的宏伟而不可动摇的石砌大厦，以及靠着垃圾桶里的残余以苟延生命的贫民棚屋。①

这一面显示了林语堂对于上海被异化的不满与仇恨，另一面也隐含了他们对于现代性的隔膜与忽略。因为周作人、林语堂笔下的北京与上海显然是传统与现代的代名词，即一个是古老的守旧的，一个是全新的开放的。问题的关键不在于周作人与林语堂两人都对上海大加责罚，而在于他们都看不到上海有一丝一毫的现代性，相反却对传统的北京充满无限爱恋与陶醉。如林语堂用"辉煌的北京"富有深情地来写老北京："北京，似乎是个永不衰老的城市。当此时刻，所有的西方文明的记忆都似乎从脑海中消失了，只有古代的梦化作真实的北京，在眼前迤逦展现。""北京代表了中国的一切——泱泱大国的行政中心，能够追溯到大约四千五百年前的伟大文化的精髓。世界上最源远流长、完整无缺的历史传统的顶峰，是东方辉煌文明栩栩如生的象征。"②

还有鲁迅，在他的散文集《野草》和《朝花夕拾》中，其实是包含着现代与传统的关系的。换言之，《野草》是鲁迅表达"现代性"的一个文本，《朝花夕拾》是承载着传统审美意识的。问题的关键是，在这两个文本中，最能显示鲁迅心性和本来面目的，我认为不是《野草》，而是《朝花夕拾》，

---

① 林语堂：《上海颂》，载《林语堂名著全集·第15卷》，长春：东北师范大学出版社，1994年，第56页。
② 林语堂：《辉煌的北京》，载《林语堂名著全集·第25卷》，长春：东北师范大学出版社，1994年，第53、255页。

正是后者让鲁迅心怀陶醉。因此，在鲁迅的现代与传统关系中，最具深度与灵魂意义的不是现代，而是传统意蕴和情调。

当下散文一直没有处理好传统与现代的关系：不是简单地用现代性误读传统，就是抱定传统而忽略现代性，从而在传统与现代中迷失自我。如在余秋雨、李国文的散文中，我们常看到简单地用现代性看待传统，于是有了《笔墨祭》和《司马迁之死》这样的文本。又如张承志的《清洁的精神》一文主要站在传统角度全力赞美荆轲精神，认为其冒险、刺杀、讲究诚信是"洁"之表现，是值得大书特书的伟大品格。其中，现代性的意识较为薄弱。林非先生的《浩气长存》同样写荆轲，但他既看到荆轲的大义凛然、勇毅果敢，又深刻指出这底下隐含的暴力情结，即处理不好的话荆轲就会变成恐怖的渊薮。基于此，林非提出，在现代民主社会中，一般说来，是不再需要让荆轲去进行刺杀，以完成所谓的伟业了。林非还对美国都市文明进行过辩证理解，认为它在取得巨大成就的同时，也带来了原始人生活的某些局限与误区。这是因为过于密集的高楼大厦挡住了阳光，让人有进入原始洞穴之感。这样的认识犀利敏锐，又充满现代性反思深度。

问题在于，既有传统眼光，又不乏现代意识的散文，在当前可谓少之又少，而更多的是充斥着传统与现代的矛盾和迷茫，这是需要注意和思索的。当百年之后的今天，散文仍不能走出现代散文的局限，甚至在原地踏步，这不能不令人担忧起来。

三、确立前瞻性的发展向度

如果要问当前散文最大的问题是什么，我认为是作家过于沉溺于历史，对现实、时代关注不够，更缺乏对于现实与时代的穿越能力，难用更长远的眼光进行更有预见性的智慧写作。从此意义上说，当前散文多是一种盲目写作，是一种缺乏创新维度、不能指引美好前途的写作。

近些年，大历史文化散文盛行，并形成散文创作的一个高潮。其中余秋雨可谓功不可没。从散文的历史感、文化含量，以及散文的学者化角度讲，这一趋向无疑是有价值的。但少有人从更广阔的视野审视这场散文风潮的成因和负面效果。我认为，历史文化散文暴露的是作家对于现实的疏离，以及与时代的隔膜，尤其是在社会重大转型面前的无能为力。因为世界如此变化无常，社会如此丰富多彩，时代如此波澜壮阔，前途如此充满未知，然而，我们的散文家却躲进历史的皱褶中发掘历史的碎片，其中虽不乏某些时代社会的隐喻甚至讽喻，但其方向是逆时代的，对当下和未来缺乏真正的触摸与探求。

当然也有一些关注现实，与时代同呼吸的散文作品，但这些散文作品或由于过于贴近现实，不能具有超越性与未来性而显得机械刻板；或因为缺乏悟性与智慧，不能起到开悟和点醒作用；或由于眼界和理论的限制，导致难以产生洞悉的能力。以贾平凹为例，他多年来一直用文学创作关注时代变化，也试图解释社会转型中强烈的矛盾冲突，尤其是中国农村在都市、传统在现代面前的变演，其努力与价值不可低估。不过，由于难以透过现象看到本质，也由于过于拘泥于传统和乡土，致使其包括散文在内的文学创作很难具有前瞻性与未来指向。如将之与马克思、巴尔扎克看透了资本家和资本主义的本质相比，这一点最为明显。贾平凹曾这样表达自己对乡村书写的困惑："从理性上我在说服自己，走城镇化道路或许是中国的正确出路，但在感性上我却是那样的悲痛，难以接受。""当下的农村现实，它已经不是肯定和否定、保守和激进的问题，写什么都难，都不对，因此在我后来的写作中，我就在这两难之间写那种说不出的也说不清的一种病。"[①] 其中显然透露出作家对于未来乡村发展的困惑与忧患，也说明作家还无法穿越现象世界进入未来的明确方向之中。

应该承认，在当前，中国所面临的巨变是前所未有的，虽然它不是通过激烈的革命形式得以呈现。不要说敏感的诗人和小说家，更不要说与社

---

① 贾平凹：《当下的汉语文学写作》，《美文》2017年第5期。

会时代紧密相连的散文家，就是普通百姓也能从中感受到惊心动魄的震撼。然而，我们的散文家却沉溺于历史写作中不能自拔，少有或几乎没有能真正解释时代，为未来中国乃至世界指点迷津的。这不能不说是一个历史局限，也是作家未能尽责的一大缺憾。

四、以天地境界克服人本主义局限

"五四"以来的中国新文学，突显周作人的"人的文学"观念，于是，"文学是人学"深入人心，这也导致包括散文在内的文学创作的自由与解放。但其最大的不足是过于强调"人"，尤其是无限夸大人的欲望，从而导致了天地情怀之淡化乃至丧失。没有天地境界作为支撑，"人的文学"就会越来越褊狭，甚至出现异化的结果。

失去天地自然尤其是天地大道，散文创作就会带来如下问题：一是忽略"人"之外的事与物，许多散文除了写"人"，很难写好"事"与"物"，这就导致中国传统"格物致知"之丧失。二是欲望与暴力写作盛行，对天地失了敬畏。过于信赖人的无所不能，以及人为天地之精华和主宰，散文创作就会失去节制与平衡，变成一个自我主义者，甚至成为自大狂。这样的散文在当前俯拾皆是。三是以人之道消解或否定天地之道。当一个作家心中只有"人"甚至只有他自己，他就很难摆脱"人"的局限及其形成的路径依赖，更难进入天地情怀与博大境界中，于是散文就难免在个我、碎片化、小情调、小格局中徘徊，更难进入浩然正气、顶天立地的大丈夫境界。

余光中《借钱的境界》《我的三个假想敌》《我是余光中的秘书》等散文就存在着过于"个我"以及贵族化的倾向，如果将之与王鼎钧、琦君的具有"大我""大爱"的散文相比，这一点尤显突出。还有时兴的"小女人散文"和"种花养草养生散文"，以及更多关于阿猫阿狗的散文，都是缺乏天地情怀与天地境界的典型例子。

散文创作应走出私人、"个我"和小我的小天地，进入天地自然和天地大道之中，只有这样，散文才会获得高尚神圣的境界，才能给人带来智慧的启示。

其实，表面看来，散文文体极为丰富，写法也可以多种多样，而散文的魅力正在于自由自在的写作，在于爱怎么写就怎么写。然而，散文本身并非没有边界，更不是随便怎么样都可以写好散文的。在此，除了需要生活阅历、真情实感外，还需要"绚烂之极归于平淡"的表达技巧，当然，更需要有文化价值立场的正确性，需要一种穿越历史、现在与未来的眼光。在此，冯骥才说得好："文化眼光不是一般眼光，它必需具有文化意识和文化素养。""有些事物的历史文化价值，必需站在未来才能看到。文化，不仅是站在现在看未来，更重要的是站在明天看现在。那么，文化眼光不只是表现为一种文化修养，一种文化意识，更是一种文化远见和历史远见。"[1]就如同一般汽车司机都可在平道上开车，但能让飞机在短暂的地面滑动后，腾空而起，展翅高飞，那却是相当困难的。因此，切不可看轻散文写作，认为谁都可以试试，谁都能够写好。一般的涂鸦很是简单，但要写出佳作尤其是"天地至文"，却并非易事。

---

[1] 冯骥才：《文化眼光》，载野莽主编：《中国当代才子书·冯骥才卷》，武汉：长江文艺出版社，1997年，第229—230、233页。

个人言说中的历史与当下
——对新世纪散文的一种观察

◎黄雪敏

自 20 世纪 90 年代以来，散文一直活跃在人们的视野当中。毁誉参半的"文化大散文"不仅带来了创作上的喷涌，也刺激了评论的交锋。新世纪声势浩大的"在场主义散文"运动，勾连起 20 世纪末对大散文的诸多不满和本世纪初对散文的殷切期待，在理论和创作的双重"突围"中，敞开了诸多散文的话题。这期间，"新散文"的别致"转身"和果断"背叛"唤起了新一轮的文体革新的冲动，及至近年来"新新散文""非虚构""跨界写作"等口号的提出，依然在多方面显示着散文的亲和力与活力。每年几百种散文图书的出版，数以千计的散文篇章在报纸和杂志上的登载，新媒体平台短平快式的推介，以及新旧杂陈规模不等的散文奖项的创设和颁奖，使得散文的"会客厅"齐聚各路人马，不断地挑战写作的壁垒，更新人们对散文的固有认识。渐行渐远的历史事实与次第展开的当下场景以一种驳杂又生动的形象展现在新世纪的散文作品中。打捞记忆碎片，重返生活现场；以个人立场回溯历史、切入当下，是新世纪散文的基本的向度。

一、历史图景的"小叙事"

"述史"，是新世纪散文的一种常见姿态。新世纪散文的"历史"图景，体现在大至家国战争小至个人生活史的讲述中。新世纪散文领域涌现了许多描写重大战争、刻画领袖人物和英雄人物的篇章,而在书写历史事件和历史人物的诸多散文中,祝勇和张锐锋的姿态很值得关注。

作为20世纪90年代末"新散文"的倡导者和践行者,祝勇和张锐锋对历史有自己的观念和写法,致力于"恢复历史本身的复杂性、神秘性和戏剧性","捡拾被主流叙事无意或者有意遗漏的碎片","拼接出'新'的历史版图","拼接和营造了属于我们自己的秩序"。2002年,祝勇出版的六万字长篇散文《旧宫殿》,被称为21世纪初跨文体叙事的发轫之作。此后,祝勇的散文创作保持了对历史的高度热情。他直言"历史与现实的区别是不存在的,历史是现实的另一个版本,而所有的现实,都将归入历史的统辖"。因此,他的历史书写,往往贯穿古今,找到了连接历史与当下的精神隧道。他笔下的先秦变法(《变革者的咒语》)、民国风云(《残局》《当部长的梁启超》),以及郑和下西洋的历史(《一半是海水 一半是火焰》),视野开阔,文气充沛,文采飞扬。发表于《人民文学》(2010年第5期)《非虚构》专栏的《宝座》则体现了一种新变。这篇文章延续了作家在《旧宫殿》中对专制制度的剖析,并将思考向前推进了一步。它聚焦于故宫博物院中那一把象征皇权的"皇帝的宝座",以大量的历史资料加以佐证,钩沉了与这一文物有所关联的古今中外人士,从贝托鲁奇、绿蒂、慈禧太后、路易十四、山西巡抚毓贤等人的不同视角出发,以考古学家的耐心、历史学家的专注和文学家的想象,逼近并敞开了丰富而细腻的历史细节。它以"宝座"的流失海外、失而复归隐喻历史的神秘性——有属于它的意志和道路,透过一个古老帝国对尊严和权力的追逐来展示历史衰亡的不可逆转,以实写虚,动静相生。引人瞩目的除了作家绵密的针脚和熨帖的阐释,还有文末附注的25个注释——一方面以扎实的史料托举起充沛的想象,显示了一种严谨的史学意识,又得益于当代意识的穿透,且通篇贯穿着诗一般的语言和想象,给读者留下了一个新鲜又有趣的阅读空间。

如果说《宝座》这类散文主要倚重历史事件和历史人物，散文的"跨界"色彩和小说化的痕迹比较明显，那么祝勇的另一类散文创作，则开启了面向历史的另一种叙述。2013年，《十月》杂志开设祝勇散文专栏《故宫的风花雪月》，主要分为书画、古籍、文物三个类别，从历史的角度叩问传统文化的精髓。著名作家冯骥才这样评价祝勇："……当农耕社会不可抗拒地走向消亡，祝勇反而来得更加急切和深切。他像面对着垂垂老矣、日渐衰弱的老母，感受着一种生命的相牵。"在这一系列散文中，历史事件褪去了戏剧化的面影，人物也甘愿退居其次，凸显出来的是书画、古籍和文物背后的中国传统文化的一种气脉。《永和九年的那场醉》堪称代表。

《兰亭序》，一页古老的纸张，就这样形成了一条漫长的链条，在岁月的长河中环环相扣，从未脱节。在后世文人、艺术家的参与下，《兰亭序》早已不再是一件孤立的作品，而成为一个艺术体系，支撑起古典中国的艺术版图，也支撑着中国人的艺术精神。它让我们意识到，中国传统文化是一个强大的有机体，有着超强的生长能力，而中国的朝代江山，又给艺术的生长提供了天然土壤。

该文由王羲之《兰亭序》制作，联想到中国文化史上"率性而为"的名篇巨制，在历史典故中追寻文人的原生态，以三国的刀光剑影、西晋的压抑悲凉反衬东晋的畅饮、酣歌、书写，追问生命的价值，呼唤一种自由、随性、不羁、本色的文化氛围。祝勇以饱满的想象性描绘复活了后人对艺术精神的"曲水流觞"式的承传，全文充盈着鲜活的现代气息和一种绵绵不绝的文化的力量。而一代又一代的书法家以临摹的方式"追溯"《兰亭序》的文化魅力，以艺术永恒的美来对抗死亡和虚无，这种博大的文化情怀和刚健的文化气质，则赋予了祝勇的历史文化散文一种动人心魄的力量。

我以为，这类充满了历史意识和文化情怀，以日常生活的细节触摸历史的暗门，呈现生命的真实状态；以对历史的深刻理解和充沛的想象性体验抵达了精神的现场，兼具思想的穿透力和语言的美学力量，在"思"与"诗"之间找到动态链接的历史文化散文，是新世纪以来散文领域最有分量的收获。

二、家族记忆的苏醒与对话

2010年，《花城》杂志开辟《家族记忆》的非虚构栏目，"希望透过家族往事的讲述和回忆来折射历史的变迁，追溯远去的年代，唤醒同辈人的集体记忆，引发读者的情感共鸣和思考"（《花城》杂志《家族记忆》栏目征稿启事）。这类"家族记忆"，在各种"非虚构"的"记忆"大军中脱颖而出，成为我们检阅和审视新世纪散文的一个入口。近些年来大量出现的对父亲母亲（尤其是对父亲）的追忆，构成了新世纪散文的一道奇观。就题材而论，这类散文表现的是亲情的流淌、创伤的抚摸、时光的追忆和生命的顿悟，对读者和作者而言都不陌生。然而，从另一个侧面来看，家族的历史就是民族历史的注脚，家族的记忆就是乡村记忆、民族记忆的基础，家族记忆的苏醒，宛如民族记忆河床的默默涌动，投射着时代的光和影，回响着代际经验的对话，也为读者进入历史河道提供了一叶摆渡的扁舟。

因为对作者而言，家族历史不像国家历史那样，是外在于个体的肉身和灵魂的宏大背景。它是我们身体的一部分，是"我"成为今日之"我"的原初。从出生之日起，我们就无可阻挡地投身到家族历史的谱写中，我们用血肉和灵魂参与了家族历史的书写，当我们凝视、审阅、触摸或撞击祖辈父辈历史的时候，我们正以另一种形象为后代留存记忆，为他们来日的咀嚼和谈论提供资源。因此，这种家族记忆伸手可及，沁入血脉，它常常是幽深的、痛苦的、纠缠着让人无法回避的。这些，正是我们在新世纪散文中读到的。

鲁敏的《以父之名》，写一个"生活腐化"的父亲，与"我"与家庭的隔膜、与父亲的疏远,写"我"在年轻又残忍的岁月里成长的无奈,成年后"亡去者永远不知,生存者亦知虚无"的无尽的唏嘘。"我旁观着世界上的父亲与女儿们。我知道那很好,但说实话,倒也不是多么羡慕。我心里始终有一块冷静的去处,那是结了冰的湖面。"文章以真诚和勇气,抖落出私人生活中一些残忍和粗糙的碎片,固执地撬开了记忆的冰湖。当我在父亲死后透过那全黑、高光漆、很亮的家具中映照出来的恍惚的面容时,我惊觉:"镜中人不是我,而是二十年前,那个刚刚目睹父亲吐出最后一口浊气的女儿,以父新亡之名,她紧绷着脸,下巴硬硬的,看不出难过。"这个文章一面在写父亲,同时也在写自己,或者借着写父亲,来写自己,来质问生存的意义。

诚如某位论者所言:"这些散文的最大特点是,迥异过往对严父慈母的一味礼赞、歌咏和感恩,而是把深情厚念逼入历史的深处和意识形态最为诡秘的部分,出示与生俱来的血缘亲情如何与特定历史时期坚硬如水的政治、社会和人际纠结、抗争、妥协甚至合谋,从而表现出人性的晦暗、光亮和苦难,使这类散文超越以往,具有了异乎寻常的历史容量和思想深度,走向成熟和大气。"这些散文中的父母亲形象不那么高大,谈不上完美,更多的是卑微、琐碎甚至有些丑陋——因而也格外真实的面孔。

李颖的《父亲的三个可疑身份》以悲怆的基调回忆了父亲卑贱的一生。父亲像一个影子,一生被黑暗笼罩,他是一个"不曾拥有哪怕是一艘最小的破船"的捕鱼人,一个由"走街串巷卖艺的叫花子"演变而来的蹩脚可笑的魔术师,一个倔强地为自己挖了个坟墓的掘墓人,而这三种身份都是可疑的,模糊不清的——"父亲是一个可疑的存在":

> 那么多难以言喻的身份,那么多难以界定的历史,那么多难以启齿的欲望,像一个个永远无法挣脱的困兽,在他贫瘠的思想里横冲直撞。他曾经引以为荣的贫农身份、军人身份、工人身份,在现在来说

都显得是那么的别梦依稀。他不能理解这个荒谬的世界。他迫切地需要一个证明,证明那曾经属于他的时代并未远去;他迫切地需要一个肯定,肯定他是一个足以值得尊敬和骄傲的人。

这个终其一生都找不到存在感的父亲,却在他死后变成"我"生命中无法抹杀的影子:"他的一生也许过于乏善可陈,可是我有什么资格去评判他的一生呢。我知道是没有的。我们那么相像。"撕开父亲惨淡不堪的一生,"我"看到的是生命的沉重、虚飘、幻灭,"我"灵魂深处的这声叹息,越过自己,穿过父亲,留下了空旷低调的回响。

这类表现"家族记忆"的散文,常常从令人扼腕叹息又不可逆转的死亡写起,通过与父辈的生命对话,来经历对生命的缺失与丰盈、逼仄与豁达、创痛与欣慰的体验,来达成对生命价值的探询,来呈现生命的生长性与整体性。打捞这些属于几代人的记忆碎片,其实开启了一场代际的对话。沉潜于家族记忆,在带着感伤、沉痛又弥漫着陈旧气息的氛围里,几代人共同参与了生命的历程,体验到生命的脆弱和坚韧。这就是这类散文的动人之处。

三、现实处境的在场体验

对个体而言,进入历史有时需要一个契机、一点勇气和一丝技巧,历史的深邃和厚重常常阻挡了我们质疑的目光,而"家族记忆"所敞开的晦暗不明的历史有时也会让我们停下脚步,但现实社会的快速变动却时常催促我们迈入其中,跟上时代的旋律和节奏。光怪陆离、新异出彩的生活给散文作家的写作提供了丰厚的养分,也对作家对时代的回应提出了更高的要求。切入当下、直面生存,从作者的亲身经历里,从自我的角度、个人的立场发现生活的真相,领悟生活真谛,就成为散文作家写作的一种常态。这种常态，是建立在散文对现实处境的"在场"体验之上的，它放弃了对生活的抽象概括，重返生活的现场，以个人的生活史来记录当下正在发生的事情，见证社会即时性的变化。与小说孜孜不倦于探索"未来的可能性"不同的是，散文当中的日常生活场景的呈现，是凭借个人的经历和经验达到对作者身处其中的生活的沉浸，是为了最大限度地从"一己"出发，去理解当下生活的丰富性和独特性，对变动不居的社会场景予以近距离的"凝视"和"贴身"的描述。正如学者陈剑晖先生指出的："散文与此在的日常生活呈水乳交融的关系。散文与日常生活有一种诗所不能及的契约，它总是与日常生活保持着一种共时状态。它通过一个个的带着人间烟火的生活情景或形象片断，将或明或暗或直或曲的感情寄寓其间。"这种从个人立场出发，倚重"在场"体验的书写方式，在新世纪的"非虚构"写作中得到了强化。

以梁鸿的《中国在梁庄》和《梁庄在中国》，慕容雪村的《中国，少了一味药》和萧相风的《词典：南方工业生活》为代表的"非虚构"写作体现出了一种现场式的介入性写作姿态，无论是面对历史还是现实，都有着非常重要的意义。这种积极主动、敢于承担的介入，是从个人的微观立场出发的，是直击现场的。尤其是那些针对当下现状，通过田野调查的方式，记录都市或村庄的社会变化的文章，无疑成了现阶段最快速、最直接地展示普通人谋生的艰辛与尴尬，并展示了作者对中国现代化进程的独特反思的文字。这些作品真实、真诚、真挚，但文章的艺术性却还有很大的开拓空间。对"非虚构"的限制和不足，李敬泽曾坦然指出："我认为梁鸿和慕容雪村在很大程度上还是没能充分解决一个问题：什么是文学能做的？他们在多大程度上是一个记者、一个社会调查者？在多大程度上是一个当代精神的见证者，是一个文学家？我一直期待着类似于诺曼·梅勒的《夜幕下的大军》《刽子手之歌》那样的作品，依靠文学的叙述和洞察发现世界，在社会景象中、在哪怕最普通的一个人身上，我们看到人性的真实状态，看到史诗般的宏伟壮阔。"

不过，在新世纪的散文中，我却读到了另外一种"在场"的呈现，那就是各种各样的身份意识、身份立场在作品中的呈现。

王小妮的《上课记》以一个大学教授的身份来切入现场，观察自己的学生，体会他们的喜好与苦恼，记录他们的彷徨与躁动，感受他们对时代的回应，呈现出一个较少为人发掘的群体的面貌；发现他们青涩思考中的光芒和力量，呈现出一个纯真与复杂并存的青年自我成长的心灵世界。作家很珍惜自己这种身份带来的收获，她在与大学生的课堂交流和谈论中，倾听年轻的灵魂，以年轻人葱茏的激情来激活自己对生活的感悟和想象，获得一种生活的诗意。

柴静的《因为如果是我》充满了一个职业记者的敏感和对底层艰辛生活和悲惨命运的一种体恤。可贵的是，她的散文，写出了一个记者在职业的尖锐、到位的提问，克制的情感和非新闻记者式的语态和动作中的"两难"，当她情不自禁地走进被访谈者的情感世界时，她惊讶于"我为什么会有这样的反应？"；当她以职业记者来要求自己客观冷静时，她又充满了矛盾和苦恼："'这种采访像在竹楂尖子上走'，我在笔记里写'我把自己的心也放在这个密密的芒刺上'"。于是，她感悟到，要"像作家一样去问"，把自我放下，"沉浸在别人命里，像他那样活一遭"。她从对访谈类节目制作的反思里得到突破，获得对生活的更加深入的理解——客观是对事件中的任何一方都"投入其中"，对生活在此侧与生活在彼侧的人都要有所感受，相互冲突的感受自会相互克制，达到平衡，呈现出"客观"的结果，露出世界的本来面目。带着强烈的职业身份进入到写作中，又不断地反思这种身份，进而达到对生活的更深入的理解，是柴静散文的独特之处。

2012年，青年作家、江西省广丰县城管局局长周亚鹰出版了《我是城管》一书。这本书"如同一封起诉书"（梁晓声），把改革开放和城镇化建设中的新行业——"城管"晒在了公众面前。作家想"根据我的经历、我的理解、我的认知，把城管之所以成为'过街老鼠，人人喊打'背后不为人知的东西说出来,借此还原城管的本来面目,再现严峻的现实"。文章不仅是呐喊,更是以最基层城市里的一名城管工作者的身份,来思考中国城市现代化进程中的症结,反思城市管理体制的不健全。这部书不以猎奇为立足点,而是通过对体制的反思来考察"城市意识"的嬗变,理性地反映市民生活方式和思想观念的深刻变化,由此达到对城市景观的透视。

重拾个人的立场,以鲜明的身份意识,进入生活的深处,着力于某一个领域的发现,使得新世纪的散文创作在某种意义上真正变成了"全民创作"。这种实践,可视为作家在碎片化和智能化时代,抵抗遗忘,追求精神完整性的努力。而这么多不同社会身份的人拿起笔来写自己的经历、体验,汇成一股"非虚构"的创作潮流,那么新世纪散文创作的领域,也有可能获得另一种性质的突破。

关键词 新世纪海外华文文学

"海外华文文学":警惕封闭,开启思悟

吴义勤 陈培浩

在大陆(内地)学界,中国现当代文学与海外华文文学是两个齐头并进、相互补充的研究领域,中国现当代文学学科版图主要覆盖大陆(内地)、台港澳地区文学;从二十世纪八九十年代开始热起来的台港文学研究发展出了"全国台港及海外华文文学",这个研究领域后来也有"世界华文文学""海外华文文学"等学术指称。刘登翰先生辨析"海外华文文学"是全国(含台港澳)以外的海外移民及其后代的华文文学。陈思和先生则以为"海外华文文学"应该纳入中国现当代文学的学科范围。学术争论还在继续,但随着新世纪中国现当代文学学科的成熟及饱和,"海外华文文学"成了大陆(内地)学人推陈出新的创新突破口,也成为与海外中国文学研究直接对话的窗口。然而,"海外华文文学"这一命名却一直不无争议,质疑者以为"大陆(内地)—海外"这种划分中

隐含的"大陆（内地）中心主义"很难容留海外学者的身份认同。作为替代的"世界华文文学"这一概念又陷入了声称世界，却把中国的大陆（内地）文学排除在外的尴尬。近年来，"华语语系文学"概念再次引发海内外学界广泛争论，史书美、王德威等海外学者对此概念各有不同的理论建构。在史书美那里，"华语语系文学"与其说是一个文学概念，不如说是一个社会学概念。她的问题意识并非在为文学研究创造新的增长点，而是面对所谓的三四代移民"在地化"的身份困境。史书美"华语语系文学"挑战上辈学者杜维明"文化中国"的概念，在她看来，"文化中国"使得广大华语区域的华人世代难脱对作为文化母体之中国的乡愁，从而阻碍其现实中的"在地化"。挥舞着后殖民的解构武器，史书美意图挑战和解构所谓的"中国文化霸权"，但其在中国大陆（内地）和所谓华语语系地区建立的"文化殖民"关系则颇类妄想。事实上，移民三代、四代之后其对中国的文化认同不断削弱是事实，但把"文化中国"之存在视为海外华人"在地化"的障碍实在是张冠李戴、胡乱归因。"文化中国"所谓的大陆（内地）——海外等级关系只是史书美想象出来的。毋宁说，"文化中国"是在人的国籍身份之外保留一份文化身份，这种认同不仅不是阻碍，反而是每个个体可以依凭的思维武器、文化支撑乃至精神家园。相比之下，王德威主要是在文学研究领域内论述"华语语系文学"，并力图规避史书美简化的对抗性论述，拒绝将"中国"——华语语系的源头——视为铁板一块。某种意义上，王德威主编的哈佛版《新编现代中国文学史》乃是其"华语语系文学"观念的史述实践，但是作为一个学术概念，王氏的"华语语系文学"同样是启发和迷思并存，必将对大陆学界构成冲击并形成持续对话、论辩和互融。

正是基于以上的学科背景和问题意识，本期邀请两位在"海外华文文学"研究方面用力颇深的学者——来自中国社科院的刘艳和暨南大学的龙扬志,参与这一话题讨论,希望在这一近年聚讼纷纭的国际性文学议题发出中国学者的声音。两位学者都有力说明了"文化中国"作为认同的重量,这在某种意义上也是跟史书美、王德威"华语语系文学"概念进行对话。在《新世纪海外华文写作的中国想象》中,刘艳有对整个学科发展高屋建瓴、拨云见月的梳理,也有对具体作品细致入微的阐释和发微。通过对於梨华、聂华苓、查建英、严歌苓、陈河等重要作家的细致分析,刘艳展示了"离散"作为一代海外华文作家创痛剧烈的心理体验。由此,"想象中国"不是作为一种被迫的精神压迫,而是一种文化迁徙过程中融入和寻根碰撞产生的必然反应。但她也指出:"'离散'美学和命题,已经越来越无法概括和囊括新世纪以来愈来愈呈现新变的海外华文作家们的创作。新世纪以来,在严歌苓、张翎、陈河等海外华文文学代表性作家这里,更多的,是一种中国叙事或者说中国故事的讲述。"因此,想象中国,既是"离散"心理体验基础上的文化反应,更映照出这批既在"中国之外"(地理),又在"中国之内"(文化)的写作者对"中国"的丰富理解。正如刘艳通过严歌苓的例子所强调的,在海外想象中国未必是用西方价值系统看取中国历史,而是"以一种统摄了东西方文化和价值观念,并且熔铸了她的个性、她对历史和人性的一种女性视阈的理解,来进行她在新世纪的中国想象"。因此,超越"西方—中国"这种潜在的二元思维,揭櫫海外华文写作中国想象内在的丰富和幽微,是这篇文章给予我们的启发。龙扬志的文章选取了一个非常独特的角度——粤籍华人作家的方言书写与文化内涵。文章选择粤籍东南亚华人作家、北美华人作家和中国港澳作家的语言使用情况进行对比,分析他们在语言使用与文化认同方面展示的文化内涵,以及通过方言表达所蕴含的文化乡愁,从而建构华人对母语文化的集体想象。隐含在语言中的身份,印证的正是认同的重量,如作者所言:"华人作家在文学创作中使用带有强烈身份象征意味的方言,将中外文化的体认和感悟形诸笔端,文学作品也就打上了追忆原乡、确证身份的烙印。"显然,"中国"并非一个抽象的词语,它落实在语言、文化、思维、饮食中,以各种方式汇入那个"想象的共同体"。

  显然,"海外华文文学"是一个并不完美的命名。争论必然继续,但我们更看重的是如何建立一种对话、包容、辩证的思维。全球化的时代,成为一个"世界人"意味着敞开和接纳,意味着对各种文化霸权的反思和拆解,却并不意味着对自身民族文化身份和立场的放弃。警惕文化身份成为一种自我封闭的枷锁,却也要反思带着虚无去开启世界旅程。

新世纪海外华文写作的中国想象

◎刘　艳

海外华文文学被视为是从"台港文学热"引发出来的，而海外华文文学在学界的兴起被学者们定位于20世纪70年代末、80年代初。从"台港文学热"及其研究，到世界华文文学，再到海外华文文学，其间夹杂了"华文文学"还是"华人文学"等的争论，近年又出现了新的概念范畴——华语语系文学。2001年，张错提出的"华文文学区域"，可视为"华语语系文学"前身；2004年，他又提出"华语圈"的概念。史书美被目为最早明确提出"华语语系文学"并大力提倡者，"华语语系文学宣言"则被认为是王德威的杰作《文学行旅与世界想象》。王德威近年成为最为积极和活跃宣扬华语语系文学的学者，他在2017年6月7日，由腾讯文化、京东图书、中国人民大学联合举办的"21大学生世界华语文学人物盛典"上，作为首位致敬对象，他的发言《何为中国？何为华语语系文学？》[①]当中，还提出了"华夷风"的问题……华语语系文学的探讨，其实是为扩充海外华文文学的概念。刘登翰先生申述了"海外华文文学"的概念并且指出："海外华文文学，实质上是移民者的文学。"他还进一步补充这一概念：一是凡使用华文（汉语）创作的文学都是华文文学，二是专指中国（包括台、港、澳）以外的"海外"华文文学。他说："在我看来，所谓

---

① 王德威：《何为中国？何为华语语系文学？》，"楚尘文化"微信公众号，2017年6月10日。

海外华文文学，其实就是中国海外移民者及其后裔的文学。移民和移民的生存状态，应是海外华文文学研究的背景和起点。他们在异国土地和异域文化环境之中谋生，面临着对移入国及其文化的适应和认同，他们携带的中华文化也在融摄异质文化时发生变异，这些都或显或隐地融入在他们的文学书写，形成新的书写传统。"而"华人、华族、华族文化、华人多元跨国的离散生存和中华文化环球性的网状散存结构、海外华人的世界体验与母国回眸、移民的双重经验与跨域书写……"，都应该是海外华文文学研究的命题。①

所以，在吸收史书美、王德威意图以"华语语系文学"扩充海外华文文学研究视阈的内容外，我们目前还是倾向于使用"海外华文文学"的概念和范畴。新世纪海外华文写作，较之此前，发生了很多的变化，表现出由离散生存体验更多地向一种迁移之后错位归属的文化价值观和生存体验的嬗变，也表现出双重经验和跨域书写里异域生活的书写在减少，有关中国想象——对中国历史与现实的想象，或者说是一种"中国叙事"的小说叙事方法在增加和提升。

王德威在他那篇有名的演讲的最后，这样宣告："我们看到在全球各地的，各种各样的语境里面，有不同的作家以汉语来书写，来传播他们对于华文和华语的想象，无论是在法国的高行健，还是早就过世的来自台湾的三毛。但是三毛的写作千万别忘了，她是从非洲开始的，从北非的撒哈拉沙漠展开了华语创作。来自台湾的郭松棻，或者是漂流到海外的张爱玲、白先勇。来自马来西亚的黎紫书，香港的董启章，台湾的朱天文，现在在德国的从上海来的作家严歌苓，或者是在美国波士顿的哈金，这些作家以不同的场域，甚至实验着不同的语言，来想象着他们心目中的话语、他们心目中的中国、他们心目中的中国历史。在这个意义上，我觉得'华

---

① 刘登翰语，参见龙扬志、刘登翰：《华文文学的文化视野与学科建设——刘登翰研究员访谈录》，《文艺研究》2018年第3期。

夷风'这个词仍然是值得我们进一步思考,怎么样扩充我们对华语世界的憧憬,或者是对于华语世界铭刻的开始,谢谢大家的聆听。"① 我们在这里,还是借用王德威的说法,看看严歌苓、张翎、陈河等海外作家,如何在新世纪以他们的写作,来想象他们心目中的话语、他们心目中的中国、他们心目中的中国历史,还有他们心目中的中国的现实。

一、离散—迁移—错位归属

要想清晰地了解新世纪海外华文文学作家(本文主要分析第一代移民作家)是如何想象他们心目中的话语、他们心目中的中国,想象他们心目中的中国历史与现实,恐怕要对海外华文文学的重要命题乃至核心命题有所了解。只有追根溯源,才能了解变化的其来有自和理出一个更为清晰的脉络。

刘登翰先生指出,相对国内作家,海外华文作家拥有从国内到国外的双重人生经验。这是他们独具的文化优势。他认为:海外华文作家,尤其是第一代移民作家,都有一段难忘的国内人生经历和文化体验,这对于他们后来在异域的文学书写,有着不可低估的重要意义。另一方面,他们又拥有另一份异邦的人生经历,不是那种由参观访问得来的浮光掠影的印象,而是真正融入自己血肉和心灵的真实人生的体验。国内的人生经验和海外的人生经验在移民作家那里,形成了一个既互相冲突又互相包容,既互相对视又互相解读的具有互文性的矛盾统一体。由此也构成了他们观察、思考和创作的一种"复眼"式的双重视域。双重人生经验构成了一个互相交叉的文化视角,形成一个互有比较的新的思考空间和书写空间。由此他提出海外华文作家的书写,是一种跨域的书写,不仅是地理上的"跨域",还是国家的"跨域"、民族的"跨域"和文化的"跨域",因而也是一种

---

① 王德威:《何为中国?何为华语语系文学?》,"楚尘文化"微信公众号,2017年6月10日。

心理上的"跨域"。由"跨域",刘登翰也提出了海外华文写作的一个核心命题:"离散"——"跨域"是一种飘离,从母体向外的离散。他认为,中国的海外移民,远离自己的母土,飘散在世界各地,本质上是一个离散的族群,或者说是一个"跨域"的族群。离散或者"跨域",是历史形成的,其中既有政治的原因,但更多恐怕还是经济和文化的原因。但将一个跨越全球的离散的族群整合起来,成为所谓的"离散的聚合",其联结的纽带主要是文化——中华文化。[①]

不只是刘登翰先生的阐析和申说,"离散"是海外华文写作的一个核心文学命题,也是作家的一种最为基本的创作心态和创作的状态。在刘登翰看来,"跨域"产生差异,也产生冲突,当然也带来融通和共存。华人移民必须使自己的族姓文化逐渐适应所居国的异文化环境,在历经不适和冲突之后,也带来自己族姓文化和所居国文化的共存和融变;而所居国的文化也必须从对移民所携入的文化中,培养一种接纳不同文化的襟怀和气度(笔者注:尽管这有点我们单方面的理想主义色彩)。二者在这种彼此适应和磨合的过程中,既产生冲突,也走向和谐(我个人认为走向和谐之感,可能更多来自华人移民主体的主动乃至被迫适应),其过程是互相包容与统摄。在他看来:"海外华文作家的文学主题,就常常表现出这种不同文化从冲突、排斥到包容和融摄的转换。""早期华文作家大量存在的对故国文化和人生境遇的怀思,即所谓怀乡思归的主题,从另一侧面反映出移民对异国文化和生存环境的不适应和难以被接纳的困囿;而近年海外华文文学的文化主题更多地转向对所居国生存环境和本土文化的融入和认同,正是华人在海外生存这一历史变化的文学体现。"[②]

可以进一步补充的是,近年海外华文文学的文学主题,除了更多地转

[①] 参见刘登翰:《双重经验的跨域书写——美华文学研究的几个关键词》,《文学评论》2007年第3期。

[②] 参见刘登翰:《双重经验的跨域书写——美华文学研究的几个关键词》,《文学评论》2007年第3期。

向对所居国生存环境和本土文化的融入和认同,他们还把笔触从海外异域生活的书写,更多地转向了他们的中国想象——他们心目中的中国、中国历史和现实。同样是"离散"的文学命题,与新世纪之前相比,在新世纪还是有着嬗变乃至较大变化的。我在以前的研究当中也分析过,20世纪后半叶以来,尤其是近年来,"离散"问题的研究在西方理论批评界日渐升温,华文文学研究界也有着不少对于"离散"问题的思考。离散(diaspora),来源于希腊语,原来是指"古代犹太人被巴比伦人逐出故土后的大流散",《圣经·新约》中指"不住在巴勒斯坦的早期犹太籍基督徒",近代以来尤指"任何民族的大移居",是"移民社群"的总称①。当这个词的首字母大写的时候,它意指这样的历史文化内涵——古犹太人被迫和被动承受着"离散"的历史境遇时,精神上处于失去家园和文化根基而漂泊无依的状态。当这个词的首字母小写的时候,它泛指一个民族国家分散和流布到另外一个民族国家的族群和文化中的现象。"离散",几乎是海外华文写作的永恒命题。但是,它并非是一成不变的。自20世纪80年代尤其是新世纪以来,其变化也是明显的:从之前的"无根的一代"、无根与迷失、怀乡思归主题和难以融入所居国文化的冲突和不适,到虽经历了"连根拔起"后重新"植根"的过程,到更能融入所居国文化或者说有着对不同文化的包容、融摄和多元整合的倾向。

中国的海外移民,最早可远溯到唐宋乃至更早。但在刘登翰先生看来,20世纪50到70年代,是中国海外移民的第三个时期,以留学生为主,主要是台湾、香港的留学生赴美。他们最初是随同父辈裹挟在政治漩涡中由大陆来到台湾的青年,对台湾失望,大陆又回不去。1949年前后,国民党官兵和一些文化人士携家眷由大陆赴台,形成独特的"眷村"文化。而"眷村"的后代青年中许多人都把赴美留美当作最高的理想与追求。后

---

① 陆谷孙主编:《英汉大辞典》,上海:上海译文出版社,1995年。

来成为"无根的一代"代名词的牟天磊，是於梨华长篇小说《又见棕榈，又见棕榈》（1967）中的主人公，他说："在那边的时候我想回来，觉得为了和亲人在一起，为了回到自己成长起来的地方"，"可是回来之后，又觉得不是那么回事，不是我想象的那么样叫我不舍得走，最苦的，回来之后，觉得自己仍是一个客人，并不属于这个地方"。①"和美国人在一起，你就感觉到你不是他们中的一个，他们起劲地谈政治、足球、拳击，你觉得那与你无关。他们谈他们的国家前途、学校前途，你觉得那是他们的事，而你完全是个陌生人。不管你的个人成就怎么样，不管你的英文讲得多流利，你还是外国人。"②这其实是那个时段所有海外华文文学作家的心声。这种无根与迷失，白先勇将其概括为怀念"失落的王国"的"永远的迷失者"。台湾旅美女作家聂华苓创作于1970年的长篇小说《桑青与桃红》，堪称"离散"书写的典范之作，白先勇也认为它是表达"迷失的中国人"症候的一个典型范例。这部作品最为深入并且淋漓尽致地表达了迷失的中国人的身份困惑。20世纪80年代中期，查建英以中篇小说《丛林下的冰河》，对"边缘人"的文化现象做出形象阐释。查建英本人曾对"边缘人"做了解释："这类人夹在两种文化、两个世界之间，经验到了在某种意义上分别自圆其说的现实和思维方式，而又很难彻底融入其中任何一个或与之达成较深刻的和谐。"③

漂泊无根、难以真正融入所居国文化，在老一代移民作家像於梨华的作品当中多有展现。像她的长篇小说《考验》（1974）与后来的一部长篇小说《在离去与道别之间》，所描写的就是华人知识分子在西方学界的苦苦奋争和所面对的生存困境。《考验》将笔触深入美国学界和重重帷幕下的美国文化，小说对华人知识分子与西方同行之间的隔阂、华人丈夫与妻

---

① 於梨华：《又见棕榈，又见棕榈》，福州：福建人民出版社，1980年，第131页。
② 於梨华：《又见棕榈，又见棕榈》，福州：福建人民出版社，1980年，第80页。
③ 查建英：《关于"边缘人"的通信》（代序），载《中国留学生文学大系·当代散文纪实文学卷》，上海：上海文艺出版社，2000年。

子之间的隔阂、华人父母与他们在美国生养的孩子之间的隔阂，以及彼此缺乏沟通与理解，甚至即便沟通也很难相互理解的状况，展露无遗。《一个天使的沉沦》（台湾九歌出版社1996年版，人民文学出版社1999年版）更是将"离散"中东西方文化遭遇时的冲突与不适应，推向了极致。东、西方文化相遇下父母的看护和教育失效，导致罗心玫被姑爹猥亵强奸、成年后她愤而杀死了姑爹的悲剧故事，王鼎钧这样评价："依於梨华的诠释，华裔子女的歧途，似乎是他们从中国传统和美国方式中分别取出并不适当的一部分来做了最坏的组合。"[①]

　　这种离散之感和"离散"文学命题，从来也没有消逝过。严歌苓在20世纪90年代写作了大量表现异域生活的短篇小说，也是深刻表现出了东方文化与西方文化遭遇时的冲突与隔阂。长篇小说也有涉及，像写作老移民历史并塑造了"地母"形象的长篇小说《扶桑》（1996）。19世纪末的旧金山，扶桑在异邦卖笑，即使遭到轮奸时，她也没有反抗，只是奋力用牙咬掉施暴者胸前的一枚纽扣，谜一样收集到一个盒子里，却把克里斯的那枚藏于发髻，同时掩藏起最远古的那份雌性对雄性的宽恕与悲悯、弱势对强势的慷慨与宽宥。用王德威的话说是"古老中国里解决不了的男女问题，到了新大陆更添复杂面向"。长篇小说《人寰》（1998），是"我"爸爸和叔叔贺一骑的故事，在那段特定的历史时期的"中国故事"和"我"与舒茨教授之间的"美国故事"的一种拼接，形成参差的叙事张力。小说所采用的是以向心理医生寻求治疗的"Talk out"方式作为小说叙事形式，向心理医生叙说自己在中国的成长故事和移民后的"我"在美与年长的美国教授舒茨之间的恋情故事。相对于於梨华等前辈作家的"离散"书写，我们感受到的是主人公更加能够落地所居国文化，一种很深刻和内在的融摄和融通多元文化的努力。长篇小说《无出路咖啡馆》（2001），虽然初

[①] 王鼎钧：《问天下多少小三子》，载《一个天使的沉沦·附录》，北京：人民文学出版社，1999年，第277页。

版封底荐语里有"……迫使一些漂泊海外的游子在作无出路的挣扎",但这个美国外交官和中国女留学生之间的故事,在我看来是展现了东西方文化不同中的融通,甚至是对东方文化在西方文化这里拥有一种文化从容和自信有所表现,严歌苓自言其本意是"外交官与女留学生之间的爱情,因为'拯救'就永远不可能是真实的,是不被享受的,是被思想毒化的",意指西方对东方拯救的不可能与不被享受——新世纪的海外华文写作,很珍贵地出现了这样一种近乎有着我们东方的文化自信的东西——我们不能认为它只是严歌苓的个性使然,这背后其实是有着政治、经济和文化大背景的多种因素合力的一个结果。

我始终把《也是亚当,也是夏娃》看作严歌苓尝试沟通东西方文化、做多元文化融摄和整合最为有力的一个代表作。这是一个白种男人购买华人女性作为代孕母亲的故事——我们都知道这样的购买女体的代孕行为在美国迄今都是很有市场的。《也是亚当,也是夏娃》里,白人男性亚当因为是同性恋,想购买母体来获得后代;华人女性伊娃"我"刚刚被前夫抛弃、离婚,要通过出卖自己来养活自己。在这个代孕买卖关系之上,揭示的却是多重的文化意蕴——东方与西方,同性恋与异性恋等,以及多层的人性心理因素。菲比患病乃至夭折,隐喻了不同族群和不同文化的人,在人性基础上彼此沟通和一种普遍意义的生存困境。说明严歌苓对写"迁移"之后"离散"的思考,已经不是一个"隔阂"问题的思考,也已不是单纯地描绘一种碰撞和激烈冲突,她渐渐能够拥有一种超越性的眼光和写作姿态。

移居美国的生活在严歌苓那里,"像一个生命的移植——将自己连根拔起,再往一片新土上移植"。迁移问题对严歌苓而言是:"而在新土上扎根之前,这个生命的全部根须是裸露的,像是裸露着的全部神经,因此我自然是惊人地敏感",而"伤痛也好,慰藉也罢,都在这种敏感中夸张了,都在夸张中形成强烈的形象和故事"。[①] 在她看来:"'Displacement'意为'迁

---

① 严歌苓:《少女小渔·后记》,台北:台湾尔雅出版社,1993年,第247页。

移'，对于我们这种大龄留学生和生命成熟之后出国的人，'迁移'不仅是地理上的，更是心理和感情上的。"① 她有着对于自於梨华、聂华苓那里就纠缠身心的流亡与无所归属之感的充分理解。她举了纳博科夫的例子："纳博科夫十九岁离开俄国之后，从来没有拥有过一处房产。因为没有一座房屋感觉上像他少年时的家园。既然没有一处能完成他感情上的'家'的概念，没有一处能真正给他归属感，他便是处处的归而不属了。"② 而"荒诞的是，我们也无法彻底归属祖国的文化，首先因为我们错过了它的一大段发展和演变，其次因为我们已深深被别国文化所感染和离间"，"即使回到祖国，回到母体文化中，也是迁移之后的又一次迁移，也是形归神莫属了"，于是，严歌苓"私自给'Displacement'添了一个汉语意译：'无所归属'。进一步引申，也可以称它为'错位归属'，但愿它也能像眷顾纳博科夫那样，给我丰富的文学语言，荒诞而美丽的境界"。③ 小说《花儿与少年》（2004），可能是严歌苓将移民"迁移"之后的"错位归属"心态和状态，表达得最为充分的一个故事了。十年前的晚江，原本有着平常却不失温馨的家庭生活，偶遇回国选妻的刘先生（老瀚夫瑞），丈夫得知后主动提议与妻子离婚，理由是"连一套把老婆孩子装进去的单元房都混不上"，连离婚都颇有些戏谑化意味："托了一串熟人，离婚手续竟在一礼拜之内就办妥了……"而故事的背后，中国社会在20世纪八九十年代的政治、经济、文化背景因素都隐约可见。晚江与洪敏的相恋、没有婚房、两人所在歌舞团的不景气、两人"下海"开餐馆与时装店，乃至两次分房的落空，等等，活脱脱就是中国社会20世纪八九十年代的一个缩影——这是严歌苓心目中的"中国想象"，更是包含她对自己出国前20世纪80年代的真切记忆。晚江嫁给了年纪长自己30岁的美国退休律师老瀚夫瑞，10年来，孩子一个个来到美国，丈夫

---

① 严歌苓：《错位归属》，载《花儿与少年》，北京：昆仑出版社，2004年，第194页。
② 严歌苓：《错位归属》，载《花儿与少年》，北京：昆仑出版社，2004年，第194页。
③ 严歌苓：《错位归属》，载《花儿与少年》，北京：昆仑出版社，2004年，第194—195页。

也来了，这都是晚江努力经营的结果。在与瀚夫瑞、瀚夫瑞前妻留下的苏、瀚夫瑞与前妻所生的路易（严歌苓在小说中称路易"血统含混、身份不明"）、小女儿仁仁一起生活的家庭里面，她一直貌合神离地思量与计划着如何与前夫、与儿子九华重聚重温往日幸福生活。她不仅想方设法在经济上资助他们，甚至还要时时跟瀚夫瑞玩"猫捉老鼠"般的游戏——与前夫洪敏、儿子九华联系，电话也好见面也罢，都要费心设计与谋划。只是，这是个危险的游戏，是一种"危险的双重生活"[①]。

纳博科夫可能是严歌苓、陈河等很多新移民作家对之都能感到彼此身心相通的一个作家了，原因何在？大约是因为那种可以彼此心灵相通的离散、迁移与错位归属之感。陈河说过："远离祖国在海外写作的作家名单列起来会很长，外国的、中国的都有，我心中最优秀的是那个俄国人纳博科夫"，"有意思的是，远在我出国之前的八十年代，我就对这些远离祖国的作家有着特别的喜爱。也许是他们的作品中对于祖国的深沉的忧伤和思念打动了我。这些年来我一直在读纳博科夫"。[②] 陈河在新世纪的作品，也多涉及海外生活素材和题材，比如《黑白电影里的城市》中的阿尔巴尼亚、《女孩与三文鱼》中的加拿大，《米罗山营地》《沙捞越战事》中写作和还原的是马来西亚的历史故事。这些虽不是严格意义上的"中国想象"，但更多呈现新移民作家在错位归属之后的一种写作上的从容和自信。像写作《黑白电影里的城市》，就在繁杂的素材里沟通了历史、战争、爱、死亡等命题，沟通了多种元素，作家把三个时间层面——现在进行的时间，20世纪70年代电影流行的时间，40年代德国占领下的时间——"要把这三个时间层面统一到小说里面，必须要打通一条时间的通道"[③]。这样一种可能性的小说写法被找到和尝试后，陈河后来斩获中山文学奖唯一大奖（2016）的长篇《甲骨时光》中，

---

① 李敬泽：《二十一世纪的"雷雨"》，载《花儿与少年》，北京：昆仑出版社，2004年，第2页。
② 陈河：《女孩和三文鱼》，载《为何写作》，北京：作家出版社，2014年，自序第5页。
③ 陈河：《女孩和三文鱼》，载《为何写作》，北京：作家出版社，2014年，自序第6页。

对诗性中国形象的建构和他能够非常自如地将小说叙事的时光隧道打通,就一点也不奇怪了。目前来看创作上更为丰赡的张翎,与陈河一样,也是温州籍的加拿大华裔作家。张翎也是自20世纪90年代以来杰出的新移民文学代表作家。其早期的《望月》(1999)、《交错的彼岸》(1999)、《邮购新娘》(2004)等,都有着对移民历史和迁移之后两种文化隔阂、对立并且交融的表现,"离散"并文化融摄主题的思考,一直延续到近年,比如《睡吧,芙洛,睡吧》(2012),迁移之后的生活直到《流年物语》(2016)当中,都有涉及和表现。新世纪以来,"离散"的文学命题似乎更多的是呈现在海外华文作家的散文和随笔当中,小说当中的"离散"命题,已经同新世纪之前尤其是20世纪50—70年代赴西方留学并移民的上一代作家有了显著的不同和差异。2017年12月21日,暨南大学"离散写作与文化记忆"国际学术研讨会暨"海外华文散文丛书"首发式举行。"海外华文散文丛书"(花城出版社2017年12月版)的第一辑,包括八位作家:陈河、曾晓文、亦夫、谢凌洁、朵拉、刘荒田、林湄、老木。会议的主题是"文化记忆与离散美学",说明"离散"美学仍然在新世纪以来的海外华文写作当中有着旺盛生命力,而且散文可能是在新世纪里表达"离散"文学命题最为得心应手的创作体式了。加拿大籍华裔女作家曾晓文说:"海外作家不占天时地利人和,只是孤独地写作。"[1] 她在散文《与多伦多共饮》当中,明确写道:"迁移,练就了人的勇敢,也注定了人的淡漠。"[2] 尽管如此,我们在其创作中,已经更多地看到迁移之后的坚定、自信、从容,是"与多伦多共饮",而不是"无根的一代""失落的王国"的"永远的迷失者"。

二、新世纪海外华文写作的中国想象

"离散"美学和文学命题在海外华文文学当中的重要性不容忽视。

---

[1] 曾晓文:《假如不在海外写作》,载《属树叶的女子》代后记,广州:花城出版社,2017年,第204页。
[2] 曾晓文:《属树叶的女子》,广州:花城出版社,2017年,第92页。

但是在很多的海外华文文学学术会议和学术讨论当中，我都特别提出了"离散"美学和命题，已经越来越无法概括和囊括新世纪以来愈来愈呈现新变的海外华文作家们的创作。新世纪以来，在严歌苓、张翎、陈河等海外华文文学代表性作家这里，更多的，是一种中国叙事或者说中国故事的讲述；或者，用王德威的说法：他们在"以不同的场域，甚至实验着不同的语言，来想象着他们心目中的话语、他们心目中的中国、他们心目中的中国历史"。

严歌苓的《无出路咖啡馆》（2001）已经通过美国的白人外交官与华人女留学生之间的爱情，在诉述西方"拯救"东方的不真实、是不被享受的。《花儿与少年》（2004），作家将她的中国想象，将主人公在国内的遭际视作20世纪80年代中国的缩影，而通过一场离婚再嫁，将对中国的想象或者说叙事延伸到西方。我们看到的不是东方的被虐和挤压，而是老瀚夫瑞在这场婚姻当中的各种近乎可怜的样貌。"十年前，他把晚江娶过太平洋，娶进他那所大屋，他与她便从此形影不离。他在迎娶她之前办妥退休手续，就为了一步不离地与她厮守。晚江年少他三十岁，有时她半夜让台灯的光亮弄醒，见老瀚夫瑞正多愁善感地端详她。如同不时点数钞票的守财奴，他得一再证实自己的幸运。"（《花儿与少年》）那本名为长篇、实为中短篇小说集的《穗子物语》（2005），几乎是严歌苓全面开启她的中国想象的开始之作。《第九个寡妇》（2006）、《一个女人的史诗》（2006）是严歌苓开启女性视阈中历史与人性书写的长篇之作，用贺绍俊的话来说，《一个女人的史诗》是关于一个女人的革命史和爱情史，《第九个寡妇》是乡村普通寡妇王葡萄的生活史（注：当然，这个生活史同时又富有传奇性）。严歌苓不像其他作家那样写乡村妇女和乡村苦难，她对待苦难是什么样的书写态度呢？"但严歌苓不是启蒙主义者，甚至都不是人道主义者，她是以一种生活的乐观主义者的姿态进入写作的，对生活充满了热情和爱意。因此她的小说不以发现生活的意义为目的，而是把生活看作是上帝对人类的恩赐。即使面对苦难，她不去写人们如何被苦难所压倒，而是要写在苦难中磨砺得更加闪亮的韧性。当然，事实上严歌苓的小说并没有拒绝意义，在她的对生活充满了品赏和体悟的兴趣中，彰显出生活中的人性光辉。她对寡妇王葡萄就是非常欣赏的，她以快意的、鲜亮的语言讲述着王葡萄的故事。"①由此贺绍俊宣称："她基本上是以西方的价值系统来重新组织中国'红色资源'的叙述，从而也开拓了'红色资源'的阐释空间。这也是严歌苓在中国文坛'热'起来的主要原因。"我倒觉得，说她全是西方的价值系统，有失公允，西方的价值系统也不是这样来看取中国的历史的，而且严歌苓未必有意要重新组织"红色资源"的叙述，但她的确是以一种统摄了东西方文化和价值观念，并且熔铸了她的个性、她对历史和人性的一种女性视阈的理解，来进行她在新世纪的中国想象的。

严歌苓长篇小说《小姨多鹤》《寄居者》《金陵十三钗》，其实都是涉抗日战争叙事的"中国想象"。张翎的《劳燕》，也是开启一种新的叙述视角和叙事方式来进行她的中国想象——对抗日战争那段历史的还原。陈河《甲骨时光》是双重叙事空间，其中民国时期那段叙事，也涉日本侵华和掠夺中国的甲骨文等文物。《小姨多鹤》可以说是抗战后叙事，小说写了抗战结束时日本在满洲的"垦荒开拓团"村民仓皇溃逃，路上留下的孤女多鹤，十六岁就被一个中国家庭（张站长家）用七块大洋买去作为借腹生子的工具，和张二孩、小环组成了二女一男的特殊家庭的故事。小说写出了中国在抗战后几十年的历史和民众现实生活的流转变迁，辐射面从东北到江南，其实是一个部分采用了异族女性视角（也有中国人的视角）的抗战后叙事。《寄居者》（2009）也是对抗战时期上海一段历史的还原，是一个变形了的"沪版辛德勒名单"的故事，这个华裔女子 May 要以牺牲一个爱自己的青年来救一个自己所爱的青年——这样一个有些传奇的故

---

① 贺绍俊：《从思想碰撞到语言碰撞——以严歌苓、李彦为例谈当代文学的世界性》，《文艺研究》2011年第2期。

事。故事延续了严歌苓独特的自述式与视觉化的叙事风格，但是采用第一人称"我"的叙述，通篇较少叙述视角的转换和限制性叙事策略的使用，所以现场真实感和在历史与人性的书写方面，不及《金陵十三钗》那般震撼和让人心痛。《金陵十三钗》运用女性的视阈，来还原南京大屠杀的那段惨痛的民族历史。严歌苓要揭出南京大屠杀的历史真实，便选择了这个可能只有女性视阈的书写者才会选择和驾驭自如的——强奸和被施暴——来赋形民族的屈辱和苦难，从而获得历史还原的通道。

张翎的《劳燕》[①]，是首部涉及中美特种技术训练营题材的长篇小说，在题材和小说叙事方面，开启了抗日战争叙事的新维度。《劳燕》还采用了三个鬼魂——当年在美军月湖训练营是朋友关系的两个美国男人（牧师比利、美军军官伊恩）和一个中国男人（阿燕当年的未婚夫刘兆虎）在2015年8月15日——日本天皇宣布战败70年后相聚，每个人吐露自己所掌握的那一部分真相，以多声部的叙述和追述，还原和补缀出当年发生在月湖的全景历史。三个鬼魂当年都是同一个女孩的恋慕者，他们分别叫这个女孩"斯塔拉"、"温德"和"阿燕"。这个小说，是有关抗日历史的"中国想象"，作家将她心目中的历史，建立在大量的走访抗战老兵的纪实性材料的搜集中，借丰富的文学想象力，让小说远远超出纪实性文学作品之上，氤氲而出的是张翎的文学想象和中国想象。小说保持作家素有的语言的细腻、美感、节制而又不失灵性，战争的阴冷敌不过人性的温情与坚韧。阿燕面对战争的灾难、苦难、伤害和恋人的背叛、村人异样的目光乃至有人心怀趁机再度糟践她的企图，她以德报怨，独立、坚韧、承担、温柔与力量并存，宽容与原则共在，以一个温婉的江南小女子在战争中凤凰涅槃般的遭际，展现了战争和苦难蹂躏下的中华女性所体现出来的坚韧和强韧的生命毅力，是战争废墟上开出的一朵人性坚韧与温暖之花，其中

---

① 张翎：《劳燕》，原发于《收获》2017年第2期，人民文学出版社2017年7月出版单行本。

很多场景描写令人动容。①

新世纪海外华文作家们"想象着他们心目中的话语、他们心目中的中国,他们心目中的中国历史"。严歌苓《陆犯焉识》,是通过对"我"的祖父陆焉识以及祖母冯婉喻,尤其是陆焉识的故事的讲述,展现了20世纪中国男性知识分子的命运沉浮,是一部"知识分子的成长史、磨难史与家族史"。陆焉识与冯婉喻那"始终错过的矢志不渝的爱",无疑是小说最为打动人心的一个重要方面。小说在用一种相对轻松的笔调写出一个较为沉重的故事和历史方面,是表现出作家高超的叙事能力和中国想象的独特的话语方式的。《床畔》(2015,原名《护士万红》)、《芳华》等,都是对一段历史的书写和她对过去的时间里所发生的故事的"中国想象"。

张翎也是新移民作家的杰出代表人物,其《望月》(1999)、《交错的彼岸》(1999)、《邮购新娘》(2004)、《睡吧,芙洛,睡吧》(2012)等,都有着对移民历史和迁移之后两种文化怎样融摄的思考。但《余震》(2010)、《阵痛》(2014)、《流年物语》(2015)、《劳燕》(2017)、《胭脂》(2018)等,也是明显的一种向"中国叙事"和"中国想象"的小说叙事的转变。陈河《黑白电影里的城市》写华人在阿尔巴尼亚的故事,《女孩与三文鱼》写加拿大的留学生与第一代移民房东的相恨相杀的故事,《米罗山营地》《沙捞越战事》中写了马来西亚的历史和故事。到《甲骨时光》,陈河的写作发生了质变,就是放在当下的内地文坛,它也毫无疑问是最优秀的"中国想象"的长篇小说。陈河说,他写作上"这种成熟的能力就是我开始能够看见内心深处那团模糊的光芒","在后来的写作中,我不时会迷失方向,可最终都能找到迷宫的出口。随着故事的步步推进,我终于把这条时光隧道打通了。而引领着我最终穿越这条时光隧道的,就是我内心那团'模糊的光芒'"。② 我有理由想象,陈河在《甲骨时光》

---

① 参见拙著《严歌苓论》,第188—189页,北京:作家出版社,2018年。
② 陈河:《女孩和三文鱼》,载《为何写作》,北京:作家出版社,2014年,自序第4、6页。

中，他受着内心那团"模糊的光芒"的导引，彻底飞升起了他的文学想象，飞升起了他的"中国想象"。大量的、内地作家都罕用和罕见能够运用自如的翔实的史料镶嵌在小说的诗性叙述中，诗性虚构出一个民国与殷商时期的中国故事。《甲骨时光》是通过杨鸣条对甲骨的寻找、甲骨之谜探寻发现的当下叙事，以及与之对应的古代殷商的故事这两套叙事结构中完成对中国故事的构建的，杨鸣条一次又一次在与大犬的神交中返回商朝，两套叙事结构所构建的中国故事得以完整呈现，一个美学层面的中国形象也逐渐浮出水面。[①]

新世纪海外华文作家以写作来完成他们的"中国想象"——想象他们心目中的话语、他们心目中的中国、他们心目中的中国历史，当然还有他们心目中的中国的现实。《赴宴者》（英文版2006，中文版2009），可能是迄今为止严歌苓对中国现实描摹最多的长篇小说了——也是一种中国想象，似乎比《上海舞男》（单行本《舞男》，2016）还要贴近现实。记得毕飞宇曾经讲过一位移民作家的一段说辞，大致就是说，第一代移民作家，一旦用英文写作，涉及语气和叙述细部方面，会让以英语为母语的人一读就知道不是以英语为母语的人写作的。这可能也是很多海外华文文学作家坚持以汉语进行写作的一个重要原因。所以严歌苓在《赴宴者》中文版后记中会说："用英文写作也许是我一生中最后一次跟自己过不去。""一个英文句子要在电脑上反复写三四遍，还吃不准哪一句最好，这就证明我不再像写中文那样游刃有余了。""然而我必须逼自己最后一回，否则对我在美国学了好几年的英文文学创作没个交待。"她把《赴宴者》的写作视作激发自己潜能之举，其实不只是激发她的潜能，还激发了她对中国现实描摹和进行书写的"中国想象"的潜能。《妈阁是座城》写的虽然是赌城妈阁的叠码仔梅晓鸥与赌客之间的故事，但也可以算是关联中国现实的

[①] 参见拙文《诗性虚构与叙事的先锋性——从赵本夫〈天漏邑〉看中国故事的讲述方式》，《中国文学批评》2017年第3期。

中国想象的作品。毕竟，与梅晓鸥发生瓜葛的段凯文、史奇澜、卢晋桐都是内地的男人，借由他们，关联起的也是各个阶层的中国社会现实。《上海舞男》通过一个有着八十多年历史的老上海的舞厅的空间叙事，将那个原本应该被套在内层的内套的故事——石乃瑛和舞女阿绿的故事（1941年前），翻转腾挪并扯出小说叙事结构的内层，自始至终与现实当中张蓓蓓和杨东的故事绾合在了一起。小说对现实的反映和关注程度也是蛮高的，是基于中国现实的"中国想象"。《芳华》（2017）后面的部分，也有涉及现实的书写。而像主要是对中国历史的"中国想象"当中，也有涉及现实的想象和书写，比如《小姨多鹤》的结尾部分。张翎的《空巢》（2005）、《死着》（2015）[另，《每个人站起来的方式，千姿百态》（2016）收录了《死着》《生命中最黑暗的夜晚》《余震》《雁过藻溪》]是关于中国现实的"中国想象"。《余震》完稿于2006年，小说最后也落笔在2006年的唐山市和多伦多。而不能不提的一个中篇小说，是张翎的《都市猫语》（《花城》2017年第4期），它是直面当下和现实的张翎的"中国想象"。对于海外华文作家能够写出这样的现实关注力度和文学力量兼具的作品，是很让人吃惊的，当然，也是给人以十足的阅读吸引力的。张翎在创作谈《猫语，抑或人语？》里，都自言："《都市猫语》是我近年一系列探险举动中的一部分。在二十年的写作生涯中，我一直有意识地回避两种题材——关乎自身和当下的，因为我觉得这两样是我一直看不清楚的事情。我以往的大部分小说题材，都是从时间线上横着片下一个长截面，从历史一路延伸到现今，很少竖着下刀，取出一个当下断面。但这种状况在这两三年里起了一些微妙的变化。""《都市猫语》是继《死着》《心想事成》之后的又一部书写中国当下现状的小说。虽然都可大致归类在都市小说里，但与以上两部不同的是，《都市猫语》引进了一个'非人'的观察和叙述媒介——两只跟随主人公在都市里讨生活的猫——老黄和小黑。""我赋予了这两只性别体型具有巨大差别的猫以各样神奇的功能，使它们能够在狭小的居住空间中准确地闻出各自主人的不安、躁动,以及佯装成各样负气行为的试探。它们用猫的语言化解着卑微中求生存的人在相撞中必然结下的猜忌和抗拒,它们用动物靠直觉建立的情感嘲弄着人扭捏作态的假惺惺。"记得我读了《都市猫语》,完全感觉不到它有哪怕些许的海外华文文学作家写作可能罹患的对中国当下现实的"隔",文学想象和书写的入木、入骨和入心,非通常的作家笔力所能及。这也告诉我们,除却文学想象中国的历史、文学想象中国的现实,对于海外华文写作而言,同样值得期待,我们相信会有更多的惊喜到来。

语言的身份
——粤籍华人作家的方言书写与文化内涵

◎龙扬志

据史料记载，广东、福建等沿海省份的移民外迁，至19世纪中叶已蔚然成风，到20世纪中叶，粤籍海外华侨已近700万，占全国侨民总数的70%，而随着全球流散时代到来，这一比例在70年后略有下降，散居世界的粤籍华侨华人有3000多万，是全国首屈一指的侨乡。自改革开放以来，华侨华人既在金融、贸易等领域为广东创造体量巨大的外资，也为推动中外文化交流发挥至关重要的作用。得益于庞大的人口基数，广东籍海外华人作家成为一个重要群体，在近代以来的海外华文文学发展过程中扮演着极为关键的角色，他们以域外生存经验和行旅感悟为书写内容，记录着中国走向世界的心路历程，也用饱浸民族基因的笔墨，在文化交流中发挥着沟通中外的作用，同时在不断拓展的生命履历里，借助文学书写的方式回望故土，通过文化符码的编写持续表达"割不断、理还乱"的故园乡愁。

众所周知，语言作为一种直接的文化表征方式，往往渗透了作家的价值取向和精神趣味，而伴随一代又一代人成长的土语方言，尤其具有家园记忆和故国怀念的作用。据学者统计，世界上讲广东话的人数在1958年就有4300万人，占世界总人口的1.5%；1992年有6500万，占世界总人口的1.1%，这一数量和比例表明粤语是汉语中第一大方言。[①]与此同时，大部分海外广东人在家中讲广东话，是所有海外华人中保留自己方言最成功的语言社群。因此，粤籍华人即便侨居异国他乡，粤语作为传承文化记忆的母语已渗入集体潜意识，而华人作家在文学创作中使用带有强烈身份象征意味的方言，将中外文化的体认和感悟形诸笔端，文学作品也就打上了追忆原乡、确证身份的烙印。

本文选择粤籍东南亚华人作家、北美华人作家和中国港澳作家的语言使用情况进行比对，分析他们在语言使用与身份认同方面展示的文化内涵，以及通过方言表达所蕴含的文化乡愁，如何建构华人对母语文化的集体想象。同时，将方言纳入海外华人文学讨论语言与身份的重建，阐述粤语方言在作家身份认同过程中发挥的塑造功能，展现全球化背景下母语（方言）对于文化多样性的建设作用。

一、离散身份与语言记忆

杜维明曾把中华文化划分为三个象征世界，试图从不同区间互动审视文化中国的内在构成。其划分依据是与中华文化的亲疏远近：第一个象征世界包括中国的大陆（内地）、台湾和香港地区，以及新加坡；第二个象征世界是由世界各地的华人社会所组成；第三个象征世界包括与日俱增的国际人士，例如学者、教师、新闻杂志从业者、工业家、贸易商、企业家和作家，等等。根据杜维明的论述，使用"华人"（具有中国始祖的人）而非"中国人"（中国公民）指称种族和文化上同属于中国、但国籍甚至乡籍各自不同的人群，这种共识形成于20世纪70年代后期中国改革开放之前。海外华人知识分子希望借助文化根源建立一个跨国界的网络，努力

[①] [美]萨缪尔·亨廷顿：《文明的冲突与世界秩序的重建》，周琪等译，北京：新华出版社，1998年，第50页。

消除文化运动的政治性,通过世界背景探讨"作为中国人"的意义。

从华人演变史看,散布世界各地的华人移民大部分来自东南沿海,对某些特定移民群体和家园文化而言,省份往往不能满足华人的情感认同。"1949年之后开始了往北美的移民潮;在此之前,绝大多数的华裔美国人并不自称为广东人(这个词所指太广泛,无法唤起真正的根的感觉),而自称为省内某分区的人,像佛山人、中山人和番禺人。在欧洲和东南亚的华人也有类似的现象。马来西亚、泰国和印尼的互助会,通常就是依据同县或同村的关系——而不是省籍贯——组织起来。"① 因此,文化身份认同需要回归具体的族裔源头,根据方言背景划分族裔归属成为常见的方法。

现代民族认同不同于古代以血缘、地缘等关系自然划分的事实,它具有强烈的社会性特征,对他者民族的认同因此首先表征为文化认同,具有深刻的自觉意味。费孝通曾经指出:"文化自觉只是生活在一定文化中的人对其文化有'自知之明',明白它的来历、形成过程、所具有的特色和它发展的趋向,不带任何'文化回归'的意思,不是要'复旧',同时也不主张'全盘西化'或'全盘他化'。自知之明是为了加强对文化转型的自主能力,取得决定适应新环境、新时代对文化选择的自主地位。"② 不难理解文化自觉与语言自觉的密切关联,作为社会文化大系统的组成部分,语言背后承载着独特的文化内涵,隐藏着该民族的诸多内在秘密,比如审美结构、价值伦理与精神状况。因此,母语能给个体成员带来归属感与安全感,成为持续激活写作灵感的源泉。

美国社会学家施默霍恩认为,族裔是一个作为族群的一个或多个象征物的文化聚焦,象征性的文化纽带可以比任何其他方式都更加牢固地将同族裔的人们凝聚在一起。德国语言学家洪堡特亦指出:"语言与人类的精

---

① 杜维明:《文化中国》,载孙祥来、陈佩钰编:《杜维明思想学术文选》,上海:上海古籍出版社,2014年,第470页。
② 费孝通:《重建社会学与人类学的回顾和体会》,《中国社会科学》2000年第1期。

神发展深深地交织在一起，它伴随着人类精神走过每一个发展阶段，每一次局部的前进或倒退，我们从语言中可以辨识出每一种文化形态。……语言不是活动的产物，而是精神不由自主的流射，不是各个民族的产品，而是各民族由于其内在的命运而获得的一份馈赠。"[1]由此可见，"语言即人的思想即人的存在"，表面看来稳固不变的语言因方言发生变异，由此展示出不同地方独特的文化内涵。

考察海外华文写作的语言选择，可以发现粤籍作家经常在作品中书写那些带着原乡意味的生活习俗和文化符码，甚至直接选用地域色彩更加浓厚的潮汕、广府、客家方言。尽管方言书写对于大众读者而言构成了理解的屏障，作家的自主选择显然超越了他者的认同，说明他们希望自己的内心被文化背景相似的群体所接受。安德森曾经指出，由表意语言建构的"想象共同体"，拥有超越语音障碍的天然优势，使族群成员能轻松进入纯粹符号的世界，而由中文这种"神圣语言"所结合的"古典的共同体"，对语言的独特的神圣性深具信心，由此实现对共同体成员的认定。[2]流散海外的写作者以母语作为维系族群记忆的媒介，搭建置放心灵与精神归依的家园。方言作为直接呈现血缘关系与族群记忆的文化符号，凝聚了特定地区的生存智慧和人文精神。当方言化身书写话语和修辞形式，必然倾注着作者精神的自我理解，从而表现出作者对本土文化和异族文化的价值立场。

二、作为建构社群想象的粤语书写

东南亚作为早期华人移民的首选地，经过历代华人的艰辛耕耘，已成为海外华文文学的重镇，其中新马华文文学又以运营的连续性和作家

---

[1] [德]威廉·冯·洪堡特：《论人类语言结构的差异及其对人类精神发展的影响》，姚小平译，北京：商务印书馆，2002年，第21页。
[2] [美]本尼迪克特·安德森：《想象的共同体——民族主义的起源与散布》，吴叡人译，上海：上海人民出版社，2005年，第12页。

代际延续的完整性首屈一指。在马崙（梦平）编的《新马华文作者风采》一书中，收入的华人作家有2948位，其中马来西亚广东籍作家占据马华文坛半壁江山，在新马文坛享有盛誉的著名作家就有李光耀、陈崇智、方修、碧澄、陈慧桦、王润华、张贵兴、陈雪风、陈政欣、梁放、商晚筠、李忆莙、方娥真、李宗舜、何启良、洪流文、胡金伦、黄孟文、李天葆等，此外还有一大批"8"字辈、"9"字辈作家（"80后""90"后作家），他们的写作有力地参与了马华文学由侨民文学到本土文学转化的历程建构，又在民族文化主体性维护、抵制他者/异族压抑方面一直发挥着极为重要的作用。

20世纪二三十年代规模化的"南来文人"现象引发新马华文文艺的"本土化"课题，文学的本土化固然关系到作家主体如何书写生存经验、关注切己问题的内在要求，但是此种趋势并非马华文学酝酿的孤立现象，世界范围的离散写作或多或少都受此命题支配。20世纪六七十年代以来东南亚国家兴起的"再地化"浪潮，反映出全球化背景下现代性与本土性的冲突与妥协，对应于以西方发达国家为主导的主流文化和以发展中国家为主体的民族文化之间的对话结构，并进一步演化为20世纪80年代世界文化多样性要求对西方文化霸权的抵抗。

印裔英国作家萨尔曼·鲁西迪说："用移民的眼光看到的世界是一个崭新的世界，因为他的眼光既是局内人的，同时又是局外人的。"[①]当华人从"局内人"的视角重新审视写作，必然会思考文化的"在地"（本土）维度，但是文化融合又决定了"局外人"不可避免走向捍卫本民族的立场，不断通过文化符码回归离散族裔的原生领域，这是文化乡愁之所以持续萦绕于华人写作空间的重要原因。钟理和在日据时代喊出"原乡人的血，必须流返原乡，才会停止沸腾"（《原乡人》），反映出一代人与祖国命

---

① Salman Rushdie, "In Good Faith", *Imaginary Homelands*, London: Granta, 1991, pp. 5-6.

运休戚与共的忧虑，而在居住国逐渐完成国族认同的海外华人，他们对"祖国"的内在关联已由直接关怀相应地演变为对"文化中国"的追寻，这一过程反映出生存课题对主体的文化塑造，也说明文化作为联系族群的纽带，始终具有不可摧毁的稳固作用。

事实上，包括东南亚在内的世界华人近百年的移民心路，就是一种身份重塑的过程。海外中国人经历由"华侨"到"华人"的身份转换，背后对应着国家在国际关系中的基本处境，尤其是体现在经济、政治、文化等方面的综合实力。生于20世纪四五十年代之前的华人作家遭遇的心理冲击，决定了他们天然地保留"华侨"的思维方式。比如新马华文文坛的韦晕、铁抗、方北方等作家，一方面强调马华文学要书写本土华人"落地生根"的故事，另一方面又笃信马华文学乃中国文学之支流，此种"暧昧"的文化立场，为他们后来遭受新生代作家的集体抨击埋下了伏笔。在新生代作家看来，国家认同成为华人不可逃避的现实困境，甚至持续数十年而不得其解，症结在于国家当局采取打压少数族裔的威权政策。然而在"为承认而抗争"的过程中，马华族群不仅业已完成国籍身份的认同，而且在文化姿态上体现出立足南洋、灵根自植的决心，如何摆脱中国文学的影响焦虑，开拓出属于马华的文学空间已成为他们面临的首要任务。

作为身份觉醒的一部分，书写民族歧视遭遇成为第一代华人作家的使命。潘雨桐《一水天涯》表达的就是华人身份之痛，林月云10年前嫁给马来西亚华人后裔陈凡而成为新移民，为维护公民权而不断向公民权局递交申请材料，但是十多年仍然无法获得认同，那些真正非法进入马来西亚的菲律宾人、印尼人却顺利获得合法性承认，种族歧视造成的心理落差与温馨的原乡记忆构成鲜明对比。作为潘雨桐的同代人，张贵兴、李永平长期寓居台湾，却无法阻止他们执着书写双重边缘化的"故国"。李氏于1986年完成的长篇小说《吉陵春秋》，语言糅合了中国乡土风格与南洋情调，这种混杂美学的尝试为他后来的身份想象奠定了广阔的根基。类似

《大河尽头》追溯原乡对于生命个体的意义，本身就是一则海外华人文化返乡的寓言。

由于成长环境的限制，新生代作家较少涉及原乡经验的想象，他们的作品经常有意使用方言俚语，此种文化身份的展示尽管仍服务于华语社群空间的建构，但与老一代作家的乡愁书写主题相比，已不可同日而语。

以近20年来马华新生代作家的领军人物黎紫书为例，可以看出她对广府、客家文化的用心经营。黎紫书1971年生于怡保，祖籍梅县，自20世纪90年代中期通过"花踪文学奖"崭露头角，已通过扎实的创作造成马华文坛独特的"黎紫书现象"。黎紫书的小说题材广泛，粤语元素丰富，尤擅细腻刻画和发掘南洋华人的精神境况。不少读者留意《州府纪略》涉及的马共题材，其实"马共"只是引起兴味的楔子而已。小说里的"吃瓜群众"并不惦记什么马共英雄，而是那个会唱戏的谭燕梅，李乾初、张淼坤、黄其祥、罗雁生、蔡碧玉、赵锡贤、赵苏虾、廖秀卿、廖兆国、刘远文、李银桃等人眉飞色舞谈论神秘的谭燕梅，无非是用本地视角诉说一段与华人有关的陈年旧事。比如李乾初的叙述：

> 有个叫谭燕梅的，我记得。唱帝女花做皇帝女，唱功做手都好，以前旧街场京都戏院有义演，说是赈济广东水灾，全场爆满。戏院外面卖咸水花生都卖到发达。
>
> 真的，卖花生那个就是谭燕梅的契家佬，叫……雁生，姓罗。我们叫他生仔生仔，叫到熟，还一起看戏。他不多讲话，只是傻呼呼地由头看到尾，一有谭燕梅出场他就拍烂手掌。慈善社的人都这么讲，说他和谭燕梅有路，每晚收了档就在慈善社楼下等人，叫一部冷车两个人坐，送到休罗街才分手。谭燕梅老公在楼上，一直咳，什么都没说。

方言的叙述给人留下亲切的印象，像"契家佬""有路""收档""卖到发达""叫到熟""拍烂手掌"等粤语常用的词汇，以及粤曲经典唱段《帝女花》；小说也弥漫着一种特殊的乡土气息，仿佛这个叫怡保的城市就是从中国南方移植到马来西亚，然后被作家写入小说里。《州府纪略》之所以有一种浓郁的人文气息，离不开口语方言的大量使用。张淼坤形容谭燕梅的美貌时说：

没想到谭燕梅这么美，她演王宝钏，一出场我就看得眼定定，耳朵嗡嗡响，彩莲说什么没听到，大锣大鼓督督锵也没听到，心想死了死了仙女下凡。

黄其祥则这样描述：

我大姐个样都几好，虽然矮少少，鸳鸯眼，不过笑得甜，有小蛮腰，做女时很多男仔追。

平实俚俗的话语在不经意的家常闲话之中，便把一个平头百姓眼中的美女勾画得丝丝入扣。小说叙述的这些人来自社会底层，自然不能使用艰涩花哨的形容词，在他们眼中，令"大锣大鼓督督锵"都成耳边风的女孩子便是"仙女下凡"。平时难登大雅之堂的詈骂，此时成了活灵活现、原汁原味的证词，各有各的声口。

黎紫书曾经谈及长篇小说《告别的年代》粤语的使用："我在那里（怡保）待了30多年，它占据了我记忆的大部分。它在书写上对我更大的影响，是语言的冲击。在怡保都说粤语的，我可以说是在马来西亚第一个想到把粤语放入小说的人，我之前的短篇已经那么做，以前没有人这么做。这个事情在香港已经比较普遍了，但在马华没有人想过要这么写。我觉得要表现一个地方，没有什么比语言更直接。"当粤语作为作家、人物角色乃至怡保的母语出现时，小说也就真正"开口说话"，特定的人物命运因为共同的发声机制而联系到一起。

除美学效果之外，方言代表了一种"话语政治"。洪堡曾说："借助语言媒介，极不同的个性通过相互传告各自的外向意图和内部感受而统一了起来。心灵是最有力、最敏感、最深刻亦且最富足的内在源泉，它用自己的力量、温暖以及深奥的内蕴浇灌着语言，而语言则回应以一些相似的音，以便在他人身上引发相同的情感。"[①] 如果说华语建构了海外华人维系情感与精神结构的社群空间，那么方言无疑是这个空间里最具象征意义的内在化力量之一。自中国废除双重国籍60多年以来，绝大部分东南亚华人已完成落地生根的身份与心理转换，不过跟欧美华人主动融入所在国主流文化不同，东南亚华人一直保持对中华文化传统的坚定维护。此种选择固然体现出华人对民族身份的情感态度，反对排斥、追求承认提供的力量尤其不能忽视。欧美华人尽管也曾经历歧视的遭遇，然而那一页早已翻过，20世纪五六十年代东南亚国家的脱殖独立运动导致民族主义情绪高涨，菲律宾、泰国、越南、老挝、柬埔寨等国家发生过持续抵制华人的运动，而华人群体最大的印尼、马来西亚尤具代表性。印尼战后发生过多次针对华人的骚乱，比如万隆惨案（1946年）、巨港惨案（1947年），苏加诺政府上台的前10年间推行限制华人经济与文化的政策，1965年禁止所有华文报刊出版，1969年"9·13政变"，1998年排华事件造成数十万华人被害。马来西亚1969年"5·13"华马种族冲突发生后，马华的政治、经济、文化、教育权益被"新经济政策"严重压抑，当局将马来文学塑造为"国家文学"，包括华文文学在内的少数族裔文学被排斥。在华人社团、华文媒体、华文教育和华文文学遭遇巨大困难的情况下，华人作家化苦难

---

① [德]威廉·冯·洪堡特：《论人类语言结构的差异及其对人类精神发展的影响》，姚小平译，北京：商务印书馆，2002年，第31页。

为墨血，书写薪火传灯的文化信念。但在追求国家承认的进程中，新生代作家的本土意识不断强化，20世纪90年代，马华文坛喊出了"文学断奶"的口号，虽然人们经常从文化主体性发展角度加以积极解读，其实何尝不是碍于威严政治而进行的自我阉割？

虽然方言并不直接构成文化政治的抗议，但是清晰地传达了华语的"内在化"面相。华文文学中的潮州话、客家话、广府话元素运用，不仅以顽强的方式铭刻着旧日的光影，在异国他乡形成一种熟悉而别致的韵味，而且使"中国性"获得了文化原乡最有力量的支撑。

三、方言写作的延续与变异

尽管标准"华语"从一开始就与现代国家的民族想象联系在一起，然而正如马克思所说，"国族以民族国家面貌出现时，所获得的存在是一个观点、一个幻思、一个幻觉、一个再现——也就是一个被代表的国族——与真正的国族以全然割离"。换句话说，民族主义经常对族群多样性形成认知层面的遮蔽，而丰富多元的地方文化恰恰是民族主义浪潮不断积累和强化的后果，因此地方文化天然地具备反抗文化霸权的功能。随着中国在全球经济领域的强势崛起，华人的命运亦迎来重构的历史契机，移民居住国当局意识到与中国保持密切文化联系的群体能够发挥特殊的沟通中介作用。新的历史发展趋势呼唤研究者跳出以往的观察模式，将方言写作纳入更广阔的文化视野，在美学、思想领域形成新的学术互动，探讨华语文学如何在新的历史时期延续和变异，同时与所谓"正统"的中文创作进行平等对话。而挖掘海外华文文学在使用地方语言时隐含的生命细节，重新审视中文的世界旅行所呈现的丰富景观，这对于重构华人的经验与想象比以往讨论海外华文文学"概观"时因袭的立场与方法要更加有效。

杜维明将东南亚、北美华人群体列入文化中国的"第二象征世界"，若从方言的群体使用情况考察，这种类别划分不足以表征其差异，即便新加坡与马来西亚之间,方言的日常使用与文学书写的不平衡性也远甚于彼此的共同性。如果把视线扩张到北美、欧洲地区,再比对反观港澳地区的方言写作,可以看到粤籍作家独特的生长姿态和能指意义。

与东南亚华人作家构成同时代参照的北美作家,早期书写不外乎生存之痛、离乡之苦,然而经历世代变迁和混血繁衍,早已面目不清,但是他们的文学书写逐渐壮大为重构文学史的华裔文学现象。华裔作家自出生起即脱离中华文化母体,虽然故国元素在他们笔下不如东南亚作家浓郁,但是文化基因仍然以另外一种面貌出现,呈现出语言在异质空间的强大生命力,这种延续与变异的特质尤其具有文化意义。

祖籍广东新会的华裔作家汤亭亭曾进行过将汉语转换成其他形式的尝试,比如粤语歌谣在诗歌《成为诗人》(*To Be the Poet*)中的书写:

Som Goong ah. (三公啊。)
Say Goong ah. (四公啊。)
Nay hoy nai, yah? (你去哪呀?)
Mahhai cup cup, (马靴得得,)
say ngyeuk, yow say ngyeuk, (四脚,又四脚,)
nay hoy nai, yah? (你去哪呀?)

粤语童谣作为残存的原乡记忆,来自父辈使用的语言。汤亭亭曾经介绍,她在小说里直接采录广东话,目的是让人们知道母语对于她的写作起着强大的激励作用。她说自己回忆起第一次来中国,发现她想象中的广东新会老家竟与现实中的景象相差无几。为了描述自己的文化,她试图在英文写作中找到一种新的表述方式,它能结合母亲、祖父讲故事的韵律,实验性地加入汉语,这使她的英语更加完美。[①] 与此类似,谭恩美《喜福会》

---

① 卫景宜:《全球化写作与世界华人文学——美国华裔作家汤亭亭、裘小龙谈话述评》,《国外文学》2004年第3期。

中的"母亲"经常在蹩脚的英语中夹杂着粤语方言,正是从这些混杂的语言里,反映出海外华人族裔群体的日常生活与母语文化的密切关系。尽管有的文本已被刻意提纯,看不出来自文化原乡的印记,但是读者仍然可以感受到内在的情感脉络,"因为语言深深地渗透着历代先人的经验感受,保留着先人的气息。这些先辈与我们的民族联系和亲缘关系,体现在同一种母语的同一些语音上,我们自己就是用这种母语来表达感情"[1]。异质文化环境的生存体验,吸引华裔作家追寻保留在记忆深处的文化源头,获取"一定程度的方向感和些许确定性"(洪堡特)。也许他们从未踏足父辈生存过的那片土地,但中华文化基因融进他们的血液,成为他们生命中不可剔除的标记。

由于身处异邦双重甚至多重的文化、语言身份,华裔作家将汉语打乱、重组,原本稳定一体的汉语变换成混杂着个人记忆、故国经验以及异邦体验的鲜活的、变化的语言。来自祖居国的文化记忆通过语音的外壳保留下来,成为华裔作家在文化夹缝中生存与表征自我的重要资源。正是与原乡保持着疏离的现实身份,华裔能以"局外人"的眼光看待故国文化,原乡对于他们来说是通过文化记忆联系起来的独特天地,不受外在因素和刻板印象的干扰。他们通过打散与重置,创造出既游离于正统汉语经验之外却又印刻着中华文化印记的语言,不断书写既源于文化记忆和本土经验,又与异域经验相混杂的离散身份,呈现出族裔视野下个体生命在异域空间中重构的多种向度。

而在时代经验的转换中,20世纪80年代以来因留学、经商、投资等各种因素移居国外的华人新移民作家体现出身份问题的差异化关注,不论是文学观念还是价值追求,他们的写作与老一代华人不可同日而语,彰显出全球时代语言与文化的互动张力。

---

[1] [德]威廉·冯·洪堡特:《论人类语言结构的差异及其对人类精神发展的影响》,姚小平译,北京:商务印书馆,2002年,第75页。

以严歌苓为例,她所创作的小说注重女性视角,着眼于不同文化背景下人与人之间的冲突与交融,文笔细腻,风格鲜明。她的小说大量加入了地方方言,地方色彩和风土人情气息十分突出。严歌苓早期曾生活于河南、四川、重庆等地,小说也经常出现这些地区的方言。不同于黎紫书等人对方言话语的全方位使用,严歌苓主要使用方言土语和语气词。比如小说《白麻雀》就采用四川方言表现人物身份,如小蓉所使用的语言:"狗日班玛措,你平常咋穿裤儿的?腰杆都莫得你皮带拴在哪儿了?这下好了,有地方拴裤儿了。""龟儿凶啥子么凶?你不是闹麻了要脱军装吗?"这些话中,"咋""莫得""裤儿""啥子""闹麻"等词语都属于四川方言词,方言土词可以展示人物的形象与性格,营造出浓厚的乡土氛围。而长篇小说《第九个寡妇》则经常使用河南方言:

有时从早到晚,窑院里开过三顿饭了,她还在那扒着。要问她:"你不饥吗?"她说:"老饥呀。"假如人家说:"下来喝碗汤吧。"她便回答:"俺爹说,吃人嘴短,账就收不回来了。"人说:"不就欠你爹二斤'美孚'钱吗?"她说:"一家欠二斤,俺家连汤也喝不上了。"

充满泥土气息的方言不仅让人物对话亲切自然,而且也突出了王葡萄质朴、本真、敢做敢当的性格。短篇小说《天浴》使用诸如"喽""嘛""啥""哟""咋"等方言语气词,营造出一种日常化的粗鄙交流氛围,为人物表达压抑的情绪提供一个宣泄的出口。

作为新生代作家的代表,严歌苓对文学语言的使用自有其美学理念,也许她的书写不具备老一代华人作家的离散悲情,但也不能忽视她对文化中国的建构意义。"中华性"作为海外华人无法挣脱的身份烙印,新生代作家即便完成从适应到融入的身份重构,"中华"作为文化血缘的母体仍然在他们的思想文化结构中发挥极为重要的塑造作用。去国离乡的经历、身份的转换、文化的差异，总是给人带来全新的体验，在中西文化交汇点获得重新审视本族文化的契机。"每一种语言都包含着一种独特的价值观。……人从自身中造出语言，而通过同一种行为，他也把自己束缚在语言之中；每一种语言都在它所隶属的民族周围设下一道藩篱，一个人只有跨过另一种语言的藩篱进入其内，才有可能摆脱母语藩篱的约束。"① 与老一代华人相比，接受良好教育的新移民外语能力更为突出，意味着他们占据通向美丽新世界的捷径，也拥有潜返文化故土的隐秘暗道，穿梭往返，游刃有余。新移民作家热衷于书写跨界题材，与此不无关系。

从"西方"反视"东方"，新移民作家能够敏锐发现深藏于故园民间厚土的文化底蕴。对于民间资源的重视构成了华文书写地方经验的变异，如刘荒田创作的"假洋鬼子"系列，以戏谑方式激活其域外体验，方言口语的丰富与生动获得强烈的本土意味，作品也弥漫出质朴的生活气息。当作家以民间的语言去消弭神圣与崇拜，化解苦难和奴役，带着泥巴土块芬芳的方言俚语就在作品中点点化开，乡野气息与环境的蛮性野趣相互渗透，在还原生活与人性方面取得别开生面的效果。

与欧美等距离"原乡"遥远的地理空间不同，中国的港澳地区与内地一衣带水，虽然同处粤文化区，但是在特定时期也产生了"一水天涯"的文化乡愁，尤其在港澳回归之前，各自的文学发展在精神状态上产生了基于地缘文化的独特品质，作为一种内部离散的书写对照，同样反映出粤文化的变异景观。

香港作家对本土性的自觉，是在寻找自我身份的背景下展开的。很长一段时间里，虽然香港被英殖民者管治，但省港民众尚无边境概念。舒巷城、黄谷柳等"南来作家"的写作，虽然大部分内容写香港，其实不少场

---

① [德]威廉·冯·洪堡特：《论人类语言结构的差异及其对人类精神发展的影响》，姚小平译，北京：商务印书馆，2002年，第72页。

景与广东密切联系,语言也并无明显区别。方言在中生代作家中逐渐成为一种激活灵感的资源,黄碧云的《烈女传》《烈佬传》使用了大量广东话,以桀骜难驯的本地方言作为叙述语言,似乎建立了一道横亘在读者面前的阅读障碍,然而这种贴近底层人物的文学话语所制造的陌生化效果,使得作品具有内敛的语言魅力。《烈佬传》获得第五届"红楼梦奖"首奖,方言的精心提炼成为一大亮点。董启章一向喜欢用大量粤语塑造本土特色,探索方言在表达生活中的可能性与冲击力。比如《时间繁史》就有许多用广东话进行哲学讨论的内容,粗略统计,广东话篇幅占到1/3之多,可以看出其家族在广州的生活经历。澳门张兆全、冯钜鹏、淡如、劲夫等人在二十世纪九十年代初都曾用方言写作小说,如冯钜鹏的《过埠新郎》、张兆全的《跛德与闭眼女神》、林中英的《重生》,都选择广东话为叙述语言,讲述澳门新移民的悲苦人生,成为重返澳门文学发展历史的重要文本。此外澳门的戏剧也多用方言,勾勒出普通百姓的市井生活场景。

从情感的角度看,港澳地区的方言写作可归为追寻"本土特色"的文化意识,在经历身份转换过程之后,这种"文化寻根"的诉求与大陆自有差异。相比之下,处于中华文化圈内核的大陆地区的方言写作承担着较小的文化压力,他们没有确认身份的迫切要求,方言写作虽然同样有着文化指认的意味,但更多时候是作为一种营造遥远、神秘氛围的手段出现。而在大陆境外作家的方言写作中,本族语言始终是维系文化血统的重要桥梁,回到本土语言和先祖讲述,寻找本土特色也就具有文化保存和身份确认的意味。

结 语

"语言是民族的创造,同时,它也是个人的自我创造,因为,语言的创造只有在每一具体个人的身上才能进行,而另一方面,个人只有在求得所有的人理解，并且所有的人都满足了他的这一要求的情况下，才能创造出语言。"① 离散写作迎来"众声喧哗"的时代语境，语言最终成为相互对话的最大公约数，尽管这种语言满载着族群记忆，充满着口语方言杂音，但是作为"中华性"的内在组成，以文化之名得以与中州正韵平等而论。对于海外华人作者来说，被规训的"标准中文"必然会在异国他乡慢慢消解文化政治的象征意义，而具有文化身份同等指称功能的方言土语，则会以全新的姿态出现在记忆储存与提取的源头。巴赫金认为，这种"充满杂音"的语言永远处在离心与向心力量的交汇点，也是历史情境中个人和群体、自我和他者不断对话的表意行为。在华文文学所提供的不同华人族裔群体相互对话的场域中，作家笔下的南腔北调及其蕴含的复杂多样的族群文化、信仰和政治倾向丰富了我们对于正统中华文化的认知。

法国学者德勒兹、伽塔里在界定"少数文学"时概括出四个特点：语言的解域化、文学中的一切都是关于政治的、一切都具有集体价值及景象与声响的创造。将来或许还可以由"少数文学"考察粤籍海外华人群体的方言写作提供的参照视野，无论如何，方言并不只有语言修辞的作用，其还蕴含着基于文化策略而采取的深层意图，比如还原、振兴族群文化身份位格的历史想象与集体记忆。近代以来广东华人的离散书写完整地呈现了海外移民在不同阶段、不同空间遭遇的离乡之苦、思乡之痛，再现了民族国家命运对于华人个体的深刻塑造，这一沿珠江水系走向远方的群体，无疑极大地推动了地方语言、文化、情感体验的世界性弥散，同时母语又用极具感召力的韵律吸引着异乡人迅速找到自己的同类，加速他们对宗族、民族、国族身份的认同。渗透着地域文化的形声文字，在异国他乡焕发出不可抗拒的魅力，撩动情意绵绵的恋乡之情，不仅提醒其来处，而且召唤其归程。

---

① [德]威廉·冯·洪堡特：《论人类语言结构的差异及其对人类精神发展的影响》，姚小平译，北京：商务印书馆，2002年，第49页。

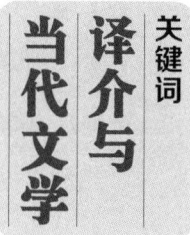

译介与当代文学的变革

吴义勤　陈培浩

众所周知,语言和文化并非封闭自足的存在。事实上,语言和文化始终处于多维度的接触、摩擦、交互和融合中。如今被普遍使用的很多现代汉语词语如人民、服务、哲学、世界、民主、艺术、科学、社会、政治、经济、杂志、逻辑、干部、革命、社会主义等就是来源于近代留日学生对日语的转译。如今已经很难想象没有这些词存在的现代汉语,换言之,它们通过长久的流通和接受已经被自明化,以至于很少有人会想到它们的"起源"。同样,译介对于二十世纪中国文学的发生、发展也产生了极其重大的影响。在不同时期的中国文化期待视野下,一代又一代翻译家把风格迥异、来源不同的外国文学作品带到汉语中来。这个过程并非静态地在汉语文学中立一个参照性的外国文学长廊,而是一方面翻译不断在自身复杂而具体的文化动机下改写外国文学，另一方面汉译外国文学也全方位改变了二十世纪中国文学的文类、题材、风格、观念和语言。

长期从事跨语际书写研究的学者刘禾认为，语言之间透明地互译是不可能的，文化以语言为媒介透明地交流也是不可能的。所以，必须以历史的眼光来打量语言之间的"互译性"问题，从而洞穿词语互译的建构性。在《燃烧镜底下的真实》一文中，刘禾便敏锐地指出笛福在《鲁滨逊漂流记》中让鲁滨逊在荒岛上烧制出已经完全具备瓷器功能的器皿，却避而不将其称为"瓷器"的隐匿的纠结——因为瓷器即使在英文中也是一个具有太鲜明的中国性的词语。由此，她洞穿了《鲁滨逊漂流记》中存在的"殖民否认"书写策略。语言、文化之间的非对称性一旦加入了文化政治权力结构这一变量，问题又会变得更加歧路重重，但这并不意味着译介的意义只是负面的。洪子诚先生分析过茨维塔耶娃和波德莱尔在中国独特的传播。1963年，作家出版社出版了爱伦堡的回忆录《人·岁月·生活》，其中谈到茨维塔耶娃等人的生活和创作。"爱伦堡的序言，精彩之处是对茨维塔耶娃思想情感、诗艺的矛盾性，和对她的'极端的孤独'性格的论述。"二十世纪六十年代，茨维塔耶娃这种格调的作品尚无法直接通过译介进入中国，只能透过爱伦堡的介绍这个曲折的路径被少数中国读者读到。可是，即使爱伦堡这个传播通孔是如此之小，却依然影响着中国诗人的写作。通过对茨维塔耶娃《我的诗……》多个中译版本的比较，洪子诚敏锐地发现多多《手艺——和玛琳娜·茨维塔耶娃》依据的很可能就是当年爱伦堡评述茨维塔耶娃的文章。"假设当年多多读到的不是这篇序言，而是另一种译法，《手艺》可能会是不同的样子。""在当代那个精神产品匮乏的年代，可能不是完整的诗集，只是散落在著作文章里的片段诗行，也能起到如化学反应的触媒作用。张孟恢在爱伦堡的这篇文章中，就投下了释放诗人创造能量的催化剂。"洪子诚又征引1957

年《译文》刊登的阿拉贡论波德莱尔的文章《比冰和铁更刺人心肠的快乐——〈恶之花〉百年纪念》对中文诗歌产生影响的例子，该文译者沈宝基，产生影响主要不在于阿拉贡的观点，而在波德莱尔光彩熠熠的语言。"陈敬容译的九首波德莱尔和阿拉贡论文中沈宝基翻译的《恶之花》的零星诗行，根据相关的回忆文字，70年代在北岛、柏桦、多多、陈建华等青年诗人那里都曾引起惊喜，产生震动。"洪先生所举例证说明，译介始终是推动中国文学变革的重要力量。

译介对中国现代文学的发生固然产生了重大影响，对当代文学的面貌同样有着重要而内在的作用。本期以诗歌为主要聚焦点，邀请李以亮、黄灿然、舒丹丹三位诗人翻译家分享译事洞见和独家心得。李以亮的文章从宏观着眼，勾勒了当代诗歌译介大潮的一些重要侧面，从中我们可以看到，中国当代诗歌的行进与各种译介努力有着密不可分的联系。黄灿然主要从自身的翻译实践出发，贡献了诸多朴素实在的独家秘籍。同时，他也旗帜鲜明地站在"异化"翻译的立场上。所谓翻译的"异化"，即采用直译，尽可能保留原作"异于"汉语的独特性。在他看来，翻译是朝向更好的汉语的事业。"译者不能拿原作者来迎合汉语读者。相反，译者的任务是让汉语读者来适应原作者"，只有"最大程度上传达原作者的声音"，才能为汉语的更新提供有益的异质性。舒丹丹则认为翻译本质是一种"种子移植和审美再现"，在强调诗歌翻译的客观、准确，调动全部努力理解原作者的复杂性、丰富性的同时，在翻译技巧上却认可"在充分阅读和理解原作'灵魂'的基础上，将译作进行形式上的创新，从而让一种新的内在形式从文本自身中产生"。

我们显然无法面面俱到论及译介与当代文学的各个面向，更无意对译介的不同立场做出任何裁决。我们只是提醒读者注意当代文学作为一个复杂而动态的存在背后各种可能被忽略的推手。

翻译的年轮
——以诗歌翻译为例

◎李以亮

"文学的伟大时代通常也是翻译的伟大时代。"美国诗人庞德的这句名言可视为从历史经验中得出的关于翻译的最鼓舞人心的一个总结。这里不论我们是否处于一个伟大的文学时代,在今天全球化已然到来的语境下,不难感到翻译离我们越来越近,在我们的生活之中发挥着越来越重要的作用,在文学上当然也是如此。认真说起来,汉语在佛经的翻译过程之中早就经历了第一次"混血",那主要是印度文明的一次重大输入。佛经的翻译也被公认为我们古代翻译史的发端。到了清末,中国面临"三千年未有之大变局",为着"师夷长技以制夷"的目的,清政府设立了最早培养译员的洋务学堂,以及从事翻译出版的"同文馆"。近代著名翻译家严复便曾就任京师大学堂译局总办,他首倡的"信、达、雅"译文标准,无论我们同意与否,迄今仍然是译者需要面对的翻译标准之一。

进入二十世纪,特别是"五四"前后,翻译充当了新诗诞生的助产士。此后经过几代翻译家的工作,新诗在百年时间里几乎将外国诗歌在几百年里走过的道路"复习"了一遍,无数翻译家参与的诗歌翻译成为现代汉语诗歌艺术实践的一个重要部分。试想:这一百年时间内,世界上还有哪个国家像我们一样译介了那么多外国诗人的作品?外国诗歌翻译的成就可谓蔚为大观。从"文化大革命"后新时期的"朦胧诗"到"第三代诗歌"运动及至新世纪活跃的诗歌写作，翻译诗的影响依然无处不在。

本文拟以诗歌翻译为例，对新时期诗歌翻译史进行一番检索和梳理，以期从中寻找到一些可能的启示。

诗歌翻译的第二个黄金时期

"文化大革命"结束后，文学进入了新时期，诗歌翻译随之正常化、常态化，中国迎来了自二十世纪三十年代后的第二个诗歌翻译的高潮。这个时期，文学生态极为活跃。首先，新创办的刊登翻译作品的刊物如《外国文艺》《译林》《中外文学》《外国文学》等如雨后春笋般纷纷涌现。《世界文学》不再是一家独大，而是众多外国文学译介窗口中的一个。其次，一些经典作品的译本，如钱春绮译海涅《诗歌集》《新诗集》《罗曼采罗》，查良铮译《雪莱抒情诗选》，余振译《莱蒙托夫诗选》，等等，得以再版。它们当时的发行量少则几万册，多则几十万册，深受读者欢迎，成为青年诗人学习创作的典范。

令人记忆深刻的是一套被简称为"网格本"的大型丛书。此丛书实际名称为"外国文学名著丛书"，它是一项浩大的出版工程，由中国社会科学院、人民文学出版社和上海译文出版社及有关专家组成编辑委员会，主持选题的制定和书稿的编审，并由上述两个出版社担任具体编辑出版工作。丛书选题原则是"编译世界各国古代、中世纪、近代和现代的重要文学名著"，计划出版两百种，后来的出版过程中有所增删，译文均采用名家名译。

"网格本"在1979年开始出版发行第一种，已知共出版一百四十余种（由于统计方法不同，结果略有出入）。据笔者简略统计，纳入其中诗集达三十余种（含散文体译本，如《奥德修纪》《埃涅阿斯纪》《变形记》《神曲》等），产生了广泛影响的超过十余种，如石真、冰心译《泰戈尔诗选》（多次重印），王佐良译《彭斯诗选》，查良铮译（王佐良注）《唐璜》，王佐良译《英国诗选》，杨德豫译《朗费罗诗选》，兴万生译《裴多菲诗选》，赵萝蕤译《草叶集》，等等。这套名著丛书全面代表了当时国内最高的翻译水平。

《诗苑译林》则是诗歌翻译出版方面又一个规模宏大、影响深远的出版工程。这套诗歌译丛由湖南文艺出版社陆续推出，因为专注于诗歌翻译，尤其在诗歌界产生了持久而巨大的影响。从1983年到1992年，《诗苑译林》总共出版了51种，有"汉译诗歌第一丛书"之誉。它们大体可以分为四类：第一类是诗歌翻译名家的译作专集，包括戴望舒、梁宗岱、徐志摩、朱湘、孙用、施蛰存、冯至等人；第二类为各国别（地区）诗选合集，如《英国诗选》《苏联抒情诗选》《古希腊抒情诗选》《日本古典俳句选》《苏格兰诗选》《法国七人诗选》等；第三类是各国大诗人诗选，如弥尔顿、布莱克、雨果、普希金、莱蒙托夫、勃洛克、叶赛宁、帕斯捷尔纳克、阿赫玛托娃、茨维塔耶娃、狄金森、聂鲁达等；第四类是各国（地区）现当代诗选集，如《美国当代诗选》《法国现代诗选》《德语国家现代诗选》《西班牙现代诗选》《日本当代诗选》《北欧现代诗选》等。参与丛书的翻译名家人数众多，著名译者包括冰心、卞之琳、郑振铎、金克木、施蛰存、程抱一、罗洛、叶汝琏、江枫、陈实、周煦良、王佐良、查良铮、石真、杨德豫、绿原、屠岸、江枫、林林、方平、袁可嘉、郑敏、申奥、顾子欣、陈敬容、王央乐、吕同六、北岛等，可谓阵容豪华、声势浩大。这套丛书的编选态度严谨、审稿严格，出版后深受好评。施蛰存在给出版社负责此套丛书出版工作的杨德豫的信中说："五四运动以后，译诗出版物最少，《诗苑译林》出版到现在，发表译诗的数量，已超过了1919至1979年所出译诗的总和。"

1992年丛书因故停止出版，但它在诗人和读者中间产生的影响并没有停止。回头来看，《诗苑译林》特别是其中所包含的各国杰出诗人诗选和现当代各国诗选，对青年诗歌写作更具借鉴作用。

在此诗歌出版的黄金年代，几乎所有具有眼光的出版社都在出版外国诗歌的译本。比如外国文学出版社连续出版的《外国诗》（1983 年—1987 年），曾经风靡诗歌界，令诗歌写作者受益匪浅。漓江出版社从 1986 年连续出版了"域外诗丛"二十种，大多是国内首译，如裘小龙译《意象派诗选》、赵琼与岛子译《美国自白派诗选》，虽然译文均有所欠缺，因为得风气之先，一时间炙手可热，成为年轻读者和诗人中的新宠。

作为一家地方出版社，漓江出版社更大的手笔则是由极具开放精神和领先意识的刘硕良先生主持出版的更为雄心勃勃的"获诺贝尔文学奖作家丛书"。此套丛书从 1982 年开始出版第一种，一直延续到二十世纪九十年代末，囊括了自 1901 年至 1996 年获诺贝尔文学奖所有作家、诗人的代表作品。它让中国读者了解到，除了巴尔扎克、托尔斯泰、高尔基以外，世界上还有很多优秀的作家。此套丛书的翻译出版，改变了我们很长时期内脱离世界、对外国现当代文学知之甚少又歧见甚多、误解甚多的状况，不仅对一批作家、诗人的创作产生重大影响，对中国的文化界、思想界也起到不小的推动作用。

丛书的译者大多是中国译界的精英、大家，译文质量上佳。仅就诗歌方面来说，有些迄今仍是难以超越的译本：裘小龙译艾略特《四个四重奏》（1985），绿原译米沃什《拆散的笔记簿》（1989），王希苏、常晖译布罗茨基《从彼得堡到斯德哥尔摩》（1990），管筱明译圣－琼·佩斯《蓝色恋歌》（1991），朱景冬等译帕斯《太阳石》（1991），裘小龙译叶芝《丽达与天鹅》（1992），李野光译埃利蒂斯《英雄挽歌》（1995），等等。今天，诗人阅读、研究者研究这些著名外国诗人，这些译本都是绕不过去的。

漓江出版社还最早通过"以书代刊"的形式，陆续出版了《国际诗坛》（4 期），各期均有侧重点；同样，湖南人民出版社也连续出版了《现代世界诗坛》（2 期），编选策略与《国际诗坛》类同。可惜的是，它们存在的时间均不长。但它们集中翻译、推出了某个（或某几个）重要诗人的代表性作品，或者某个重要诗歌流派的专辑，令人耳目一新。它们的分量往往都在一部单行本诗集之上，在诗歌界也留下了深刻记忆和影响。

此外，从1980年至1985年，由袁可嘉等人选编、上海文艺出版社出版的《外国现代派作品选》（全4册），第一次大规模编译、介绍了西方现代主义文学的代表作品，这在当时具有"破冰"的意义。书中选译的瓦雷里、里尔克、叶芝、艾略特、庞德、洛尔加等人的诗歌作品成为很多青年诗人的案头书。王家新、沈睿编选，1989年春风文艺出版社出版的《当代欧美诗选》，因为内容广泛、诗风新潮，在青年诗人和读者中也曾产生过广泛的影响。

二十世纪九十年代之后诗歌热潮逐渐消退，以致诗集出版渐成出版业的"票房毒药"，除了某些重印再版的诗歌读物，市面上已很难寻觅到翻译诗的集子。随着中国加入世贸协定，版权贸易受到一定程度影响和限制，不少出版社退出现当代海外图书出版的领域。这一状况大约要等到新世纪后十年才开始有所改变。

翻译诗歌在新世纪的回暖和乱花迷眼

在新世纪最初十年，就翻译诗的出版规模、影响而言，大概应首推河北教育出版社在2002年后陆续出版的"20世纪世界诗歌译丛"。此译丛第一批计划出版共5辑包括50部诗集（事实上"第一批"出版后就停止了）。编辑者、出版者意图是想解决翻译诗一直处于零散、非系统出版的状态，为读者提供一份比较完整的"二十世纪诗歌版图"。从已出版的50种诗集来看，似乎与出版初衷有些距离。除选题过于随意、不能代表世界诗歌发展水平，此译丛翻译质量也很不尽如人意，可以一观的集子不多。放宽尺度来看，《阿米亥诗选》（傅浩译）在分量上应该说足够，译文质量上也达到了"以诗译诗"的目标；《米沃什诗选》（张曙光译）虽满足读者长期以来对米沃什诗集的渴求，该译本却很难说可以作为诗人的一个"选集"而存在，书中所译诗作仅能代表米沃什二十世纪八十年代之前的部分实绩（这跟中国此前出版的同一作者的《拆散的笔记本》一样不能作为诗人的"选集"看待）。从版本的完善和译文的质量看，《R.S. 托马斯自选诗集：1946—1968》（程佳译）应算是此译丛之中最能令人满意的一个译本了，挑剔地说，此译本部分译文也缺少气韵与神采，译语略嫌滞涩。此外，《保罗·策兰诗文选》（王家新译）和《德瑞克·沃尔科特诗选》（傅浩译）也有首译之功，对了解两位二十世纪重要诗人颇具参考价值。关于这套诗译丛书主要的问题，诗人北岛的批评或许能够代表相当一部分读者的感受：

> 这套由河北教育出版社出版的诗歌翻译丛书，自本世纪初问世以来接连出版了数十种。而这种财大气粗的"善举"，到底质量如何呢？我是深表怀疑的，虽说其中也包括了不少重要译者及优秀译作。就我所知，首先是操作层面的问题：没有严格的组稿和编审制度，从译者到选题过于随意，甚至连几乎根本不懂外语的人都滥竽充数……在我看来，河北教育出版社的初衷是好的，但由于制度性的硬伤，不仅构成对诗歌翻译及母语的伤害，而且进一步误导在阅读中迷失方向的读者们。①

此外，2007年由唐晓渡、西川主编，作家出版社出版的《当代国际诗坛》本着介绍当代国际诗坛的发展状况、收集国际诗坛名作的目的，延续了二十世纪八十年代后期《国际诗坛》和《现代世界诗坛》的先例，同样以"以书代刊"的形式，持续出版至今。《当代国际诗坛》有比较严格的选题策划标准和流程，各期均有侧重，入选诗人具有较高水准和代表性，不定期推出的重要专辑也颇具分量，如德语诗歌专辑、当代俄罗斯诗歌专辑、东欧专辑、墨西哥当代诗专辑，体现了编选者独特的视野和专业眼光，扩大了诗人读者的诗歌文化视野。

说翻译诗歌的出版在新世纪有了回暖之势，理由更在于进入新世纪第二个十年后，各路人马似乎加足了马力，各种译诗集、各类译诗丛书不胜

---

① 北岛：《翻译与母语》，载《古老的敌意》，北京：生活·读书·新知三联书店，2015年，第164页。

枚举、纷至沓来。

首先，不同的地方和国家级的出版社不断整理，不惜重金出版了一些著名翻译家的译文集。如人民文学出版社推出《穆旦译文集》《绿原译文集》，安徽教育出版社推出《卞之琳译文集》，华东师范大学出版社推出《梁宗岱译集》。这些多卷本译文集，带有总结的性质，既是对翻译文化遗产的发扬光大，也为未来的翻译家提供有益的参照和借鉴。再如上海译文出版社，这家中国最大的综合性翻译出版社相继出版了国外重要诗人的新译集，如《奥登诗选》（马鸣谦、蔡海燕译），惠特曼的《草叶集》（邹仲之译，全译本），《兰斯顿·休斯诗选》（邹仲之译），《叶赛宁诗选》（郑体武译），艾略特的《荒原》（裘小龙等译）、《威廉·卡洛斯·威廉斯诗选》（傅浩译），阿米亥的《开·闭·开》（黄福海译），等等。这些译本或填补翻译出版的空白，或致力于推出更佳更全的译本。

另外，广西人民出版社推出了"大雅诗丛"，目前已出版了《白鹭》（德里克·沃尔科特）、《曼德尔施塔姆诗选》、《坛子轶事》（华莱士·史蒂文斯）、《精灵》（西尔维亚·普拉斯）、《开垦地》（谢默斯·希尼）。这些诗集出版后即引起广泛关注，登上各种年度推荐书目或者排行榜。由上海文艺出版社、人民文学出版社等共同推出的"巴别塔诗典"，目前已达23种，也是引人注目的诗歌翻译出版计划，"诗典"选题和译文质量保持了较高水准。范晔译塞尔努达《致未来的诗人》，程一身译佩索阿《坐在你身边看云》，刘楠祺译耶麦《春花的葬礼》等颇受读者关注。花城出版社出版了林贤治主编的"文学馆"丛书和高兴主编的"蓝色东欧"丛书，都收入了译诗集，前者如泰戈尔《献歌及其他》（汤永宽译）、曼德尔施塔姆《我的世纪，我的野兽》（王家新译），后者如《罗马尼亚当代抒情诗选》（高兴译）、米沃什《第二空间》（周伟驰译）与《路边狗》（赵玮婷译）等。这些大多是国外大诗人的作品，中国读者均是久闻其声，未见其翻译，它们的出版早就在读者的热切期盼之中。

翻译诗构成了现代汉语诗歌文化最具活力的一部分

翻译对新诗的创作和艺术探索产生了重要的刺激和影响，已是一个不争的事实，我们甚至完全有理由认为，诗歌翻译已然构成中国现代诗歌文化中最具活力的一部分。这主要表现在三大方面。

一、重建与丰富了中国新诗的诗性。白话新诗兴起于尝试，尝试也就是"试验"。胡适首先做的便是排除中国传统诗歌的影响，要照着翻译过来的外国诗的样子写诗，所以他把译诗当成自己的创作收入自己的诗集。这不仅仅是单纯的一种形式模仿，在形式革命的背后，是文化精神大逆转的自觉实践。

在胡适之后，作为现代诗人，无论郭沫若、闻一多，还是冯至、艾青，他们都经历了一个大胆摆脱传统束缚，以新的语言深入新的现实的各种层面，从不同角度表达时代精神和时代生活的过程。当然，在这些优秀诗人这里，开创现代新诗的道路不是简单地切断与传统的一切联系，不是简单化的反传统，而是基于质疑的革新精神，意在再造新诗的目标。

在这个过程里，翻译诗歌不同程度地为他们提供了新诗创造所必需的文化资源。翻译诗歌在帮助中国诗歌重铸一种诗学品格和精神气质上起到了不可替代的作用。在这一百年中，经过众多优秀诗人的努力，现代汉语诗歌写作不断突破传统诗学、传统诗歌单一的审美方式，到今天可以说实现了诗歌在新时代里的转世、复活。也许新诗仍然存在诸多不足，但无人能够否认这样一个事实：现代汉语诗歌极大地拓展了汉语诗性思维的空间，在表达现代生活经验、沟通现代人的情感上，都已达到了更为自由的程度。对此，最直接和有效的证明当然是新诗创作的斐然实绩，包括许多杰出诗人卓越文本的涌现。而这，无不得益于对优秀外国诗歌（诗歌翻译）的借鉴和学习。

二、参与了现代汉语诗歌的诗体建设。谢冕先生在接受媒体访谈时说："新诗最初是按照西方诗歌的理论进行自身建设的，它最初并不讳言这一点。"诗歌理论建设最主要的部分便是诗体的问题。胡适主张"要使作诗如作文",目的还是在于为新诗摆脱文言束缚、争取诗歌语言的解放。为实现弃文言、破格律的目标,他本人以翻译做出了示范。加上许多后来者的加入,直接造成了中国新诗以"自由诗"为主流的风尚。自由体诗歌成为不可阻挡的主导潮流,这与外国诗歌的主要方向大体一致。

但是,自由体诗歌的广泛流行也带来困惑和不满,那就是诗性的欠缺、诗味的匮乏、散文化倾向,令人无法区分何为诗、何为散文。虽然存在为之辩护的不同声音,比如艾青以"散文美"区别"散文化",伸张新诗的"散文美"。这里,抛开为维护传统诗歌地位而出现的对新诗的非议,必须承认的一个事实是:新诗在求新的同时,出现了对诗性与诗意本质的忽视或游离现象,比如语言诗化、音乐性的削弱。所以到闻一多的时候,他提出了"三美"(音乐美、绘画美、建筑美)原则,以期矫正泛滥的主流诗体,规范新诗的艺术表现。这跟闻一多的经历密切相关。当年在芝加哥求学时,闻一多便认为,值得注重的诗都是"跟着传统的步伐走","与传统的英国诗差异的地方都不如相同的地方"。[①]这便是他提倡"新格律诗"的思想根源。有人说英语诗歌熏陶出了"闻一多体"和"新格律诗"主张,完全是一种基于事实的判断。

闻一多并非单纯的保守主义,毋宁说恰恰因为他是极懂得诗歌内部自律、极为尊重诗歌艺术性要求的诗人。同样,艾略特认为,随着诗歌中自由体和通俗语言的胜利,会有向正统韵律和诗节的回归,甚至是向令人难解的、严格音韵的回归。应该说,他们都是洞悉了诗歌艺术之根本特性后达成这番认识的。自新诗诞生开始,新诗便在自由体与极端的格律化这两极之间运动。而自由体说到底也绝不是不顾诗艺章法和内在规律的"自由",而是近于一种"法无法、无法法"的艺术辩证法;而新诗格律化也不是重

[①] 参见闻一多《〈现代英国诗人〉·序》,载《中国人的骨气》,北京:中国工人出版社,2012年,第160页。原载于费鉴照著、新月书店1933年2月出版的《现代英国诗人》。

新"戴上镣铐跳舞"(这是一个蹩脚的比喻,因为除了囚徒无人需要镣铐),而是尊重诗歌本身的内部规律,从根本上确立诗歌艺术的一些有效规则。

无论"新格律"还是自由诗,都属于新诗发展过程中对诗体建设的不同探索。而这,依然是以外国诗歌(翻译诗歌)为借鉴对象的。

三、对现代汉语走向成熟起到重要的促进与建设作用。现代汉语受翻译体(翻译语体)强烈的影响,在词汇、语法各方面均受惠于翻译文本,这应该是一个大家都能共同感受到的事实。也许不同的只是,对此每个人的看法和评价并不相同,有人甚至可能站在维护汉语纯洁化的立场,强烈指责翻译体的这种影响。

诗歌作为语言的艺术,对语言的重视程度一般来说高于其他文学样式。翻译诗歌中存在的翻译体现象,的确需要一分为二地看待,但它在促进现代汉语走向成熟,对语言的拓展、变革和丰富上的贡献应该说还是主要的,甚至可以说,离开了某些翻译语的词汇、语法结构的使用,很多话我们都会找不到表达方式。

许多"欧化"、翻译体的语言,包括词汇、语法、修辞手段,最初的确可能不容易被接受,但是,正是在这种困难的过程中,现代汉语在逐渐丰富和成熟起来。就语言的演变逻辑而言,这是一个异化与同化之间不断互动、转化的过程。世界上没有任何一种语言不具有一定程度的开放性,绝对封闭的语言系统不可能真正适应现代社会的要求,至少其有效性会成为问题。对于现代汉语,我们也应该让它在发展过程中保持开放性,并通过翻译自觉地引入、接受、消化异质文化的语言资源。

语言往往是一种文化最直接的精神表情,富有生气的语言,具有表现力的表达方式,从语法结构到修辞方法,从来不是僵死不变的,其成熟与完善也不是可以一蹴而就的。在百年现代化的宏伟进程中,我们也有过"关起门来"的曲折经历:与"思想改造"同步的是一个语言被禁锢的年代,整个社会的思想被一种粗鲁、简陋、极端单调乏味的语言所控制。这是一种政治文化上的倒退,也是现代汉语遭遇的一次精神窒息,人们的真实经验与情感被隔断、抽空，语言前所未有地空心化、失血、苍白和虚假。这也就是为什么在"文化大革命"之后，当率先沐浴了"欧风美雨"、被翻译诗歌启迪而如同新生的"新诗潮"崛起时，那些带有强烈翻译体痕迹的诗句，它们的表达方式、诗性思维给人带来一种全新的话语体验，感受到一种长期被压抑的精神的绽放，开始重新获得它应有的活力和光彩。那时也正是诗歌翻译的第二个黄金年代。考虑到现代汉语的这一复苏过程，诗歌翻译的贡献真是怎么赞美也不过分。

朝向更好的汉语
——我的翻译经验

◎黄灿然

我不谈翻译的艺术，或就我的翻译领域而言，译诗的艺术。这是因为，我认为，不打好基本功，奢谈翻译的艺术是没用的，是虚荣和虚幻的。有句行内话，大意是未译百万言，不足以论翻译。所谓百万言，主要还是指基本功。虽然我本职的新闻翻译何止千万言，文学翻译也不止百万言，但我认为翻译主要是一门技术，更像科学研究，是解决一系列问题的过程。翻译的艺术成分都在原作里，如果你译得很好，那只是表示你技术过关而已，并没有什么艺术功德可言。所以这篇文章主要谈基本功，因为终极而言基本功更有助于达致我所称的朝向更好的汉语。

一、有目标地翻译

每个译者都有自己的追求或倾向。就我自己而言，可以归结为有目标地翻译。

有目标地翻译，意味着有所为有所不为。我基本上只局限于诗歌和文论尤其是诗论的翻译，因为在我从事文学翻译的最初阶段和后来相当长的时间里，出版界的外国诗歌和诗论翻译是最缺乏的。由于我的本职和专业是国际新闻翻译，宽泛地讲，属于散文翻译，如果在业余又翻译譬如传记、小说或关于政治、经济、社会的平铺直叙的散文作品，就会变成专业与业余重复或重叠，而这对我来说会显得太单调。更重要的是，我本来就喜欢诗歌和文论，包括诗论。文论读起来有快感，翻译起来也特别刺激。

有目标地翻译，也意味着某种责任感。在挑选翻译对象时要非常严格地评估其质量，对自己和对读者负责。就我而言，还做了一个决定。在我进入中年之后，我重新思考生命的意义。思考的深浅或宽窄暂且不说，但我因此决定下半辈子专心做翻译，为别人服务。就像我更早的时候确定自己要做诗人一样，只不过做诗人是对自己负责，而做翻译是对别人负责。这样我的生命也就变得简单而清晰，甚至清白：写诗和翻译。

责任感还包含引领读者认识或重新认识外国作家。这就要求译者投入金钱、时间和精力，当然最重要的是兴趣，去广泛获取和阅读外文著作和报纸杂志。上面与有目标地翻译相关的事项，都多多少少涉及译者的主动性，而引领读者这一层，涉及特别具体的主动性，更确切地说，涉及付出非常具体的努力和代价。

有目标地翻译，对我来说还意味着相信直译，这并不是说我排斥意译。一般关于翻译的艺术的文章和著作，其背后的基本理念，可以用"汉化"来概括。而我认为翻译的价值是引入"异质"，其实，这与创作是相同的。尤其是仅就诗歌语言最浅显的层面来说，好诗人与差诗人的区别主要还是好诗人能通过异样的语言处理普通的题材或主题，而差诗人用庸常的语言。而且好诗人的异样总是千差万别，差诗人的庸常总是一样。好诗人的语言有"意味"，差诗人的语言只有"意思"。在诗歌翻译上更是如此，一般的译者只译出"意思"，而无"意味"。但"意味"是一种审美趣味，既然是审美趣味，就会不断地变化。现在很多诗歌翻译，尤其是诗人做的翻译，虽然远远抛离了庸常译者的"意思"，但他们的"意味"却是一种二十世纪八九十年代汉语诗歌的审美趣味。虽然这种审美趣味对提高普通读者的欣赏水平而言也许是有益的，但却是对原作者的亵渎。译者不能拿原作者来迎合汉语读者；相反，译者的任务是让汉语读者来适应原作者。而直译，我认为是避免译出"意思"或过时的"意味"的最有效的方法，或者说，是尽可能避免降低原作者来迎合汉语读者的最有效的方法。除了表面文字的意义之外，翻译中更为根本的东西，是原作者的声音，而直译也是能够在最大程度上传达原作者的声音的最有效途径。

二、查词典

我主要是靠查词典学习英语的。学了八年，进香港大公报做翻译时，刚好翻烂了一本《新英汉词典》。之后，在作为职业的新闻翻译和作为业余的文学翻译，以至近几年作为专业的文学翻译的过程中，我已翻烂了六七本陆谷孙主编的《英汉大词典》、三四本《牛津高阶英汉双解词典》、两本《英华大词典》。但我发现，我以为是必不可少的查词典，很多人尤其是年轻人都不用、少用或不会用。当然，他们的翻译水平是很低的，这不用说。学英语或做翻译，重要的不是单词，而是习语、介词和短语，以及个别单词与介词、副词的搭配等。最近有一位进入中年的朋友发奋学英语，而且进步相当快。有一天他拿一本小书请教我，说难度好大。我一看就知道是怎么回事。他原来学的都是简单句子的英语，包括一本艺术家的谈话录他也能看懂，不懂的单词查一下也就明白了。但是，他给我看的那本书，是一本正式的论说文体式的书，主要由长句构成，基本上一句就是一个自然段，其中有各种插入语、定语从句、短语等等。仅仅从阅读快感来说，简单句子会带来畅顺感，但复杂的长句会带来有着起跌、迂回、差异的节奏的真正音乐感。我建议他继续大量阅读简单的英语读物，同时精研难度高的读物，英汉对照来读，也要看一些如何理解和翻译英语长句的读物。经过三五年的磨炼之后，最后就可以放弃简单读物，读正式的也就是正常的英语文章和著作。在从简单英语向复杂英语迈进的过程中，查词典就变成一大学问，不是随便上网查一下，而是要有好大的耐性，有时候你要把两三本大词典的某一词条的两三页例句和解释都看了，才能得到答案。没有的话，还要上网去查各种实例，来确定真正的意思。精读的过程也差不多就是翻译的过程了。

查词典的重要，我仅举一个短语。布罗茨基的《小于一》，开篇就是：

As failures go, attempting to recall the past is like claiming to grasp the meaning of existence.

如果你上网查任何一个词，"as"也好，"failures"也好，"go"也好，你都查不到"as……go"的解释。你必须得查词典的"go"条，如果没有答案的话，查"as"条，当然，如果没有的话，还得试试"failure"条。

《英汉大词典》"go"条的解释：

as...go，同一般的……相比：As birdhouses go, this was certainly a luxurious residence. 就鸟笼而言，这个可算是相当豪华的了。

《牛津高阶英汉双解词典》"go"条的解释：

as people, things, etc. go，和一般人（或事物）相比：As teachers go, he's not bad. 和一般教师相比，他是不错的。

《韦氏高阶英汉双解词典》"go"条的解释：

as（someone or something）goes，就……来说：As lectures go, it was very interesting. 就演讲来说，这个非常有趣。

在这里，三个解释都满足我们的答案。但我们可以看到《牛津高阶》

的解释"as people, things, etc. go"是比较丰富和实用的，我们由此而知道涉及的人或事都是复数，而虽然《韦氏高阶》把这个习语里涉及的人或事作为单数，但它所举的例子里"lectures"还是复数。这就是不但要查词典而且要查不同词典并互相比较的必要之处。你也可以查一下你手头的英汉词典，看它们是否有收录这个习语，由此而知道它们的优劣，至少知道它们是否实用。

现在已经有人用翻译软件来做初步翻译，然后再做修改和补充。但是我担心，他们也会像改译一样，受翻译软件（原译）的误导。一般的改译，尤其是学院教授给学生的改译，往往有一个规律，也即原译越精彩，改译也越精彩；原译差，改译也差。有一次，一个朋友让我看几个翻译软件对同一个句子的翻译结果，看我判断的准确率。由于是新闻翻译，所以我几乎不怎么细看，就几秒钟判断一个句子。结果有一个我判断错了，反而是一个英语水平很普通的年轻人看到那个错误。那是一个极其低级的错误，我在快速判断中忽略了它。如果那些例句由我亲自来译，我肯定是不会出错的。所以，我还是提醒使用软件的翻译工作者，要慎之又慎。

除了查英文词典、英汉词典外，在中文表达遇到问题时，尤其是遇到寻找同义词、近义词方面的困难时，可以求助于中文同义、近义词典，包括上网搜查。在这方面，我最常用的是台湾《重编"国语"辞典修订版》网络版，而且必须是网络版才好用。譬如说你要找一个与"静"字有关的两个以上的词的组合，包括成语和惯用语，它都会列出来，共127条。其网页设定每页10笔（条），但你可以选择100笔，这样就全部在两页里显示出来了。你可以快速地寻找是否有适合你的词。你还可以再输入与"静"相关的某个字，例如"宁"，寻找你要寻找的与"静"字有关的词的近义词。

三、利用互联网

互联网为翻译带来极大的方便，这是一两代以前的译者无法享受到的。

如何尽可能充分利用互联网的资源，就像一两代以前的译者如何尽可能充分拥有和利用词典、工具书、图书馆一样，虽然未必是成败的关键，却是提高质量和减少错误的关键。

在做翻译时，利用网上词典或软件来查一般的单词，尤其是你认识或以为认识但还需要进一步确定的单词，是没问题的，因为翻纸质词典的速度还是太慢了。但是，互联网最大的优势是方便查词典以外或词典没有的各种资料。

例如利用互联网查原书。如果你正在翻译的文章中提到某本书的人物或事件，文章很简略，或很抽象概括，你无法确定其意思，便可以通过英文维基百科网站的作者和作品介绍，以及亚马逊和谷歌的图书预览等等来求证。亚马逊有很多书是有目录和部分内容预览的；谷歌搜索里有一项"图书"，你可以在那里搜索部分内容。如果在译某首诗，里面有一个句子或一个词无法确定其准确意思，就可以在谷歌图书里寻找各种相关著作对该诗以至该句子和词的解读，有时候相关著作只是顺便一提，就会使你如获至宝。

举一个最简单的例子。有一次，某个同行在一篇小文章里推荐几本书，包括我译的库切的《内心活动》，并在文中对库切谈保罗·策兰的文章的标题的译法提出批评，认为不应该这样译，而应该怎样怎样译。我一看就知道这位评论者缺乏最起码的查资料的基本功。两个标题的译名相差实在太远了，他应该会想到其中必有蹊跷才对。真相是，他根据的是库切这本著作成书前在《纽约书评》发表的同一篇文章，但这篇文章在库切把它收录进这本著作里时，已被库切做了修改，包括改了标题。他手头显然没有库切这本书的原著，但如果他懂得一点互联网搜索的基本知识，他就会上亚马逊或谷歌图书去查该书的目录。

如果你手头在翻译的书不是电子版，不方便在电脑上检阅；又如果这本书里有多次提到同一个概念，而你忘了你前面是怎样译的，或想修改前面的译法，而在你的电脑文档里靠猜测关键词还是没找到，你也可以上谷歌图书或亚马逊找到这本原著,输入这个概念的词或词组,确定它在书里的哪部分,或书中哪篇文章的哪一段,或哪一页,再回头确定它们在你电脑里的译文中的位置。这样还是要比你翻查厚厚的纸质原著快得多。

再如利用互联网查图片。有时候遇到某些概念,词典无法解决,或上网看各种原文例句,还是无法获解究竟是什么,也可以求助于谷歌里的图片。例如美国当代小说家詹姆斯·拉斯登(James Lasdun)一篇小说里的一个句子:

> She tried, and failed, and tried again to slip the slackened cradle of string around the edge of the little box.

这里是说,她(一个老妇)一再尝试要把松弛的"cradle of string"绕着小箱子边缘绑好,但总是失败。"string"是绳子应该没问题,但"cradle"到底是什么?词典没有"cradle of string",但上网查,这种说法倒有不少。在谷歌里查图片,原来是这样的:

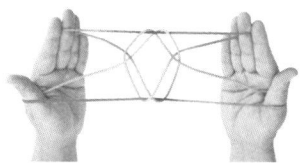

【图1】

类似儿童玩的翻绳游戏。图片库里有好几种。作者所指未必就是这种,但我们看到这些图片后,就明白是把绳子结成十字状、双十字状或交叉状。

同一位作者的同一篇小说里还提到:

> Inside the parcel was a pair of ornate silver scissors with a little box protruding from the blades. It was for snuffing candles.

这里说的是一把剪刀，刀面上凸起一个小盒子，用来掐灭烛火。但它究竟是什么样子的？在谷歌图片库里输入关键词"scissors, box, candle"，跳出各种各样的图片，例如这张：

【图2】

我们看到图片后，可以对译文做修饰和补充，不一定要依照原文直译。或直译，另做注释。图片里有些剪刀古色古香，堪称豪华，这样我们也就能更有把握地将"ornate"译为豪华。

四、查资料要有耐性

查资料和查词典一样，是翻译必不可缺的一环。查资料也像查词典一样，需要极大的耐性。在互联网时代，译者相对于他们的前辈而言，在拥有可供利用的资源方面，堪称富甲天下。互联网非常大，资料不仅丰富而且处于不断更新中，你一个月前输入关键词查不到的，一个月后、一年后可能就查到了。还有，可能更为重要的是，你现在查，输入的关键词是按照你此刻的惯性思维来设置的，过一段时间，你设置关键词的时候，可能改变原来的思维，换了一种或几种办法。

我在翻译卡尔维诺的《新千年文学备忘录》的时候，遇到这句：

In his *Lettere famigliari*, Petrarch tells us that he had heard this "not unpleasant tale"...

彼特拉克这本书，我所据的英译本把卡尔维诺的意大利原文照抄下来，简单翻译成英文，相当于"Familiar Letters"，简单地译成中文，是《熟悉（或随意）的书信》。但这究竟是什么？在我译这本书之前，它已有三个中译本，包括一个根据意大利原文的译本和一个我国台湾地区的繁体字译本，三位译者都把这本书译成《家书》。我在互联网上查了好久，而且隔一段时间就上网查一下。碰巧，这本书从开始翻译到正式出版，花了三年时间，既有我拖延的原因，也有我交稿后出版社拖延的原因。就在我校对清样时，我又一次上网查这个资料，读到一篇书评，是关于最新出版的彼特拉克一部书的英译本的，书名叫作 *Letters on Familiar Matters*（《关于熟悉的事情的书信》），原文是 *Rerum familiarium libri*。拉丁文！我这才想起彼特拉克大部分散文著作是用拉丁文写的。卡尔维诺提到的书名，其实是意大利语译名，并且是该书信集的简称的意大利语译名。英译本分三卷，我连邮费花了约一百美金把它买下来了。然后我又在我书架上那本收入牛津出版社"世界经典丛书"的彼特拉克诗文选的作者简介里，看到这部书信集被译成 *Personal Letters*（《私人信札》）。这本牛津版的小书是我读到的最早的、对我影响深远的彼特拉克著作，曾激发我在1996年写了一首由五首十四行诗构成的组诗《彼特拉克的叹息》。书信集最初的名称是 *Epistolarum mearum ad diversos liber*（《我给不同的人的书信集》），后来简称 *Epistolae Familiares*，也即卡尔维诺的意大利语译名的出处，以及牛津版彼特拉克诗文选简介里的《私人信札》的出处。我最后决定用《私人信札》。

我在翻译苏珊·桑塔格的《论摄影》时，遇到这句：

Life is not about significant details, illuminated a flash. Photographs are.

我觉得不对劲，这"illuminated a flash"在逻辑上讲不通，在整个句子的上下文里也讲不通。我上网输入这个片语,出来的都是跟书里一模一样的。在这本书从翻译到交稿的一两年间,我一再上网查啊查。就在交稿前,我突然灵机一动:会不会是作者漏写了"by"?我输入桑塔格的名字和"illuminated by a flash",一查,奇迹出现了。好几个人在引用她这句话时,直接帮她改了:"illuminated by a flash"(被一道闪光照亮)。

五、回到上下文里思考

难题无所不在,你功夫越深,就越能发现问题。这就像你校对越仔细,问题就越多一样。遇到难题时,我一般都会一读再读,读几遍很自然就能背诵了,这时候我会离开书桌,趴在床上既休息又思考。因为遇到难题会很伤脑筋,人很容易累。如果还解决不了,那就把这个句子储存在头脑里,时时回想,包括在走路和散步时回想。刚才提到过了,我们的思维会陷入惯性,如果遇到问题不懂得停下来,容许自己稍后换种角度来思考,很容易伤害头脑又没有成效。

我在翻译布罗茨基《小于一》里回忆奥登的文章时,有这样一段:

> My desire to write in English had nothing to do with any sense of confidence, contentment, or comfort; it was simply a desire to please a shadow. Of course, where he was by then, linguistic barriers hardly mattered, but somehow I thought that he might like it better if I made myself clear to him in English.

布罗茨基说,他想用英语写作,与信心、满足或安慰无关,而是纯粹为了取悦一个影子,也即奥登。当然,"where he was by then",语言障碍已经不是问题,但布罗茨基还是觉得如果他用英语清楚地跟奥登讲话,奥登可能会更喜欢。

这个"where he was by then",到底是什么意思?我想了好久,查了很久,都不得要领。但如同巫宁坤先生所说的,意义都在上下文里。不断地回过头来思考,不断地读前前后后的上下文,总会有灵机一动、豁然开朗的时候。也是在交稿之前(那意味着思考了一两年),我才突然想到——其实是多么简单啊——原来是:奥登当时已经死了,在天堂了,所以生者死者已不存在语言障碍。

同一篇文章里的另一句:

In the dining hall the members of the faculty jostled him away from the food board.

这里说的是奥登晚年在牛津大学驻校有点凄惨的境况。文中这个"food board"是指什么?我动用了所有手段,包括查图片,包括上牛津的网站查各种与膳食、住宿有关的资料,都不得要领。也是到交稿前,我才恍然大悟——也是非常简单啊——原来是他在食堂浏览写在告示板上的菜单时,其他也在看菜单的教职员工竟然把他挤开。

这两个例子与"查资料要有耐性"的不同之处是:后者通过耐性,最终查到结果;而这两个例子则是,通过耐性查资料,最终排除了查到结果的可能性,重新回到上下文里反复地思考。

六、原作者引述错误

除了像刚才所举的原作、原作者错误之外,更常见的是原作者引述别人的著作时出错。这是可以理解的。我们校对自己的著作时,对我们自己的文字会很警惕,我们引述别人的著作时,我们出错的机会跟我们自己写的一样高,可是我们校对时,一般不会去拿我们引述的文字,跟我们引述的原作对照。

二十年前,我在一个英文网站上看到一篇文章,其引用约翰逊博士的莎士比亚戏剧集序言第一段:

"That praises are with reason lavished on the dead..."

我读了足足半个小时,读不通,不禁有点心虚。后来我想起了查阅这篇文章的原文,发现开头的"with reason"实应为"without reason"。约翰逊绕来绕去的长句本来就不好读,还被错引,难怪我要读得心虚起来。我立即把这个发现告诉作者,作者回信说,发表在网刊上已经一年半载了,没人指出来。作者还恭维了我一番。正是这次经验,使我后来在做翻译时,警惕原作者的引述错误。

我翻译爱德华·萨义德的一本文选时,在其中一篇文章里遇到这段:

Hugo of St.Victor, a twelfth-century monk from Saxony, wrote these hauntingly beautiful lines:

It is, therefore, a source of great virtue for the practised mind to learn, bit by bit, first to change about invisible and transitory things, so that afterwards it may be able to leave them behind altogether.

文中的"to change about invisible and transitory things",我读了好久读不通,就上网查相关资料。很多人都引用萨义德这段引文,大多数都原"引"照抄,其中有一位在"invisible"前加了个"[sic]",意为"原文如此"。遇到这种"[sic]",一般是表示这个词有问题,包括写错字。接着我又看到好几本著作,包括萨义德自己的著作《文本·世界·批评家》,都是作"in visible"。这就讲得通了,而且也明确了"change about"作为固定配搭的词性。"to change about in visible and transitory things",意思是:不执着于可见和短暂的事物。我猜,萨义德文章最初发表时,可能是他自己写错字或出版社用错字,后来他的文章编成书时,改正了。但他原来的文章还一直被引用。我翻译的他的文选里的这篇文章,所据的显然也不是经修订的《文本·世界·批评家》的版本。

我在翻译桑塔格谈帕斯捷尔纳克的文章时,遇到这段:

Early in Safe Conduct, Pasternak speaks of living on and for those occasions when "a complete feeling burst into space with the whole extent of space before it".

这里两个"space",很奇怪,不是句子不通,而是逻辑不通。我查帕斯捷尔纳克原著的英译本,发现前一个"space"实应为"freedom"。

哈罗德·布鲁姆在论科马克·麦卡锡的《血色子午线》时引用一句话:

In that sleep and in sleep to follow the judge did visit.

我也是直感这"in sleep to follow"有点奇怪。查原书,应为"in sleeps to follow"。

在我翻译的《诗的见证》里,米沃什曾引用波兰诗人兹比格涅夫·赫贝特的诗作《小卵石》。在我翻译的《希尼三十年文选》里,希尼也引用了这首诗,所以我就直接拷贝过来了。但我在最后校对希尼的文章时,发现诗中的"充满一种秘密",原文作"with a scent";我查米沃什《诗的见证》原文,发现那里的引诗作"with a secret"。于是我找来书架上的赫贝特英译本,又上谷歌图书找各种版本核实,确定是米沃什的引诗把"scent"

（气味）误写为"secret"（秘密）。

不妨再举一个相关的例子，这也可以称作版本错误。我在翻译希尼《开垦地》时，使用的是初版的硬装本，中译本的出版社编辑手头也是这个版本。但我还让我的公众号"黄灿然小站"的执编郑春娇帮我做初校，她呢，手头有《开垦地》的平装本。一般来说，英美出版社都是先出硬装本，然后出平装本，如果硬装本有个别错误，会在平装本里纠正。在《谷仓》一诗里，有一处"musky dark"我译成"麝香味的黑暗"，郑春娇指出是"musty"，应该是"霉味的黑暗"，由于她还列出原文，所以我没有对照我手头所据的《开垦地》原文，直接就改成了"霉味的黑暗"。交稿后，编辑很认真，指出"musky"应该是麝香味，而且他也是列出原文。我对照了一下我手头的原文，就不假思索地改成"麝香味的黑暗"。我重新校对过的稿子，会再拍照让郑春娇过目。郑春娇问我：老师您又改回"麝香味的黑暗"，不是"霉味的黑暗"吗？要知道，翻译如此厚的一本书，其间我与郑春娇和编辑的校对往来历时一年多，因此我早就忘了郑春娇原来的修改。经她再提醒，我才想起并发现是版本问题。硬装本作"musky"，平装本作"musty"。郑春娇问我如何取舍，我说不用取舍，只需要求证。这首诗收录在希尼第一本诗集《一个自然主义者之死》里，仅求证这个单行本还不够，因为单行本也有各种版本，也可能有错。我到谷歌图书里搜索关于希尼的研究著作，输入"musty dark"，这些研究著作引用时都作"musty"。我又输入"musky dark"，没有研究著作如此引用，除了希尼《开垦地》初版作"musky"。这样便可以断定其他版本都没错，只有《开垦地》初版是错的。

七、避免先入为主

关于校对的重要性，尤其是原文与译文对照校对的重要性，我已经在很多地方谈过了。这里只想强调：校对怎么强调也不为过。我愿意拿自己翻译中的一个错误做例子，说明翻译中一个常犯，因而应当在校对时特别警惕的毛病，那就是先入为主。

在布罗茨基论奥登的文章里，有这样一段：

I was, of course, perfectly aware of the futility of my undertaking, not so much because I was born in Russia and into its language (which I am never to abandon–and I hope vice versa)as because of this poet's intelligence, which in my view has no equal.

我译成：

当然，我十分清楚我这样做是徒劳的，与其说是因为我生于俄罗斯，俄语是我的母语（我从未放弃它——而我希望情况相反），不如说是因为这位诗人的才智，这才智在我看来是无可匹比的。

括号内的文字，正确的译法应是：

我永不会放弃它——而我希望反之亦然。

当我发现这个错误时，我立刻就想起并明白是怎么回事了。布罗茨基常常有惊人之语，甚至可以说，常常颠覆读者的普遍预期。虽然"vice versa"是一个常见的词，完全可以不假思索地译成"反之亦然"，可我却因为先入之见而不假思索地把它译成"情况相反"，并且在一次次校对过程中视若无睹。当我修改这个句子，以便《小于一》将来再版改正时，发现"反之亦然"本身也是一个容易使人视若无睹的套语，也即读者看到"而我希望反之亦然"时，不一定真的在脑中完全明白它的意思。最后我这样改，读者不妨印证一下：

> 当然，我十分清楚我这样做是徒劳的，与其说是因为我生于俄罗斯，俄语是我的母语（我永不会放弃它——而我也希望它永不会放弃我）……

八、广泛阅读原著

以上所谈几项，都与是否广泛阅读原著紧密联系。当你广泛阅读原著，各种句型基本掌握了，每当在翻译中遇到原文句子有异样，便会高度警惕起来，怀疑其中隐含你不熟悉的习语或短语或其他意想不到的玄机，于是就会小心查词典；求证的深入，自然把你引向互联网这个庞大的工具库和资料库，而能否有效地使用互联网，又与你能否快速阅读资料密切相关，而快速阅读又与你平时是否广泛阅读原著密切相关；继续探索，便会把你引向查证的耐性和解决难题时思考的耐性，而耐性正是广泛阅读原著早期阶段的试金石；再继续探索，你便会怀疑原作者语句不通或原著版本错误，或原作者引述错误，而怀疑是一种直感，这直感是广泛阅读原著培养出来的；最后的校对，则是对之前所有步骤的大检查，而我们平时广泛阅读原著的能力和资源，则成为我们做校对时能否仔细而彻底地读通原著里每个句子的基础。

不久前我在微信上看到一篇文章，作者 A 是一位留美多年的博士，他对另一位留美博士 B 的文章表示深有同感。B 说他经过有意识的努力，到了第七、八年，才可以较自如地阅读英文报刊长文。A 也表示，他也是经过有意识地克服困难，到了第四年才勉强可以常态化地阅读英文媒体文章。他们都一致表示，他们所知道的大部分中国留学生都没有这等能力。我觉得他们的自白和评断都是很真实的。必须付出多年的努力，才能把广泛阅读原著常态化。

广泛阅读原著，本质上是一种资源的匹配。打个比方，你从外国拿到一个产品的专利授权，让你生产同等质量的产品。这个商品各种生产环节要求都很高，包括材料、工艺、卫生，为了完成任何一个环节的工艺要求，你必须调动广泛的资源和带着严格的标准去寻找和采购不同地方、不同供应商的零部件。如果你最大的资源只是你的廉价劳动力，那你肯定是不及格的。

九、修改的准则

我说过我不奢谈翻译的艺术。不过，在意译与直译之间，有一个灰色地带，或者说明亮地带，就是修改。我反而觉得，这里是有点"艺术"的。

> Everything conspires to deprive me of the time, and almost the strength, to say in fitting terms what I think of you. I should like to bring to the task a grace that is the fruit of calm and leisure.

> 所有事情密谋起来夺走我的时间，也几乎夺走我的气力，使我没法用恰当的表达方式说出我对你的看法。我想给这个任务带来一种优雅，这种优雅是宁静和安逸的结果。（我想赋予这个任务一种应是宁静和安逸带来的优雅。）

这是郑春娇根据英译本瓦莱里文集翻译的一篇谈里尔克的文章的一段话，括号里的文字是我提供的修改。她的译文完全没有问题。如果我做她的编辑和校对，我是不会提出修改的。但因为她常常帮我做校对，同时学习做翻译，所以我才会提出这个额外的修改。也就是说，这是只有我修改自己的译文的时候才会做的事情。我的修改准则是：提高与原文匹配的清晰度和精确度。译文在有可能用一个句子完成、相对于原文而言也没有造成更大的阅读难度的情况下，没有必要拆成松散的短句。

  Enviable above all others is your dwelling place with its low tower, the enchanted tower of Muzot.

  最令人羡慕的是你有低塔的居所,那是慕佐的被施了魔法的塔。
（最令人羡慕的是你穆佐的居所，连同它的低塔，那座被施了魔法的塔。）

  这个修改，多了一个逗号，表面上松散了些，但感觉在句式和节奏上更接近原文。此外是我个人的洁癖，也即在名词慕佐和穆佐的译法都通用，或者说都还没有任何一个现成规范译法的情况下，我选择穆佐，以避免一个句子里出现"同字相犯"，也即文中又是"羡慕"又是"慕佐"。就像我翻译时，"宁静"和"安静"都可以用，但如果其中一个可以避免句子里的同字相犯，则我会选择避免它。有时候会改完又改，最后又恢复原貌。

  既然是准则，也就意味着虽然努力但不一定都能完全达到。既然有点"艺术"，也就意味着见仁见智，意味着有模糊地带。就上面两例修改而言，有没有更好？未必，但也许好一点点儿。有没有提高清晰度和精确度？也不一定，但也许提高了一点点儿。但如果译者这样整篇文章、整本书地修改，或者用一个流行语来说，打磨，则效果可能就会很可观。

十、朝向更好的汉语

意译与直译之争一直存在着,而且看来是不可能有解决方案的。我说过了,我坚持直译但不排除意译,因为我也会使用意译的。但我们可以做点辨识,也许可以拉近两者之间的距离,使两者朝着和解的方向移动;或拉远两者之间的距离,使两者更加界限分明。

首先我们应该分辨意译与误译,或意译中可能存在的误译成分。这是艾略特论但丁的一段话:

> The majority of poems one outgrows and outlives, as one outgrows and outlives the majority of human passions: Dante's is one of those which one can only just hope to grow up to at the end of life.

这是一位译者的意译:

> 大部分诗不能使人终生不忘,就像人的大部分激情不能使人终生不忘一样:但丁的诗篇是那些使人终生难以忘怀的诗中的一部分。

这是我比较笨拙的直译:

> 我们会长大成熟得不再把大多数诗当成一回事,并活得比它们长久,如同我们会长大成熟得超越大多数人类激情,并活得比它们长久:但丁的诗是那样一些诗之一,我们在生命终点也只能希望朝着它长大成熟。

我的笨拙表现在无法在汉语里重现"outgrow"和"outlive"的简洁和

浓缩，但是到了后半部分，两个译文之间的差距就出来了，因为感觉很不一样了。但丁的诗使人终生不忘，这跟说但丁是一个伟大的诗人一样，等于什么也没说。我的直译虽然笨拙，却还是经得起解读的，或者说，我自己或读者还可以在我的直译的基础上做一次不看原文的意译：

> 随着我们年龄和经验的增长和累积，我们曾经热爱和喜欢的大部分诗都变得经不起考验了，就像随着我们年龄和经验的增长和累积，我们曾经投入其中的大部分人类激情，也就慢慢淡化了。而但丁的诗歌属于那种我们年龄越大、经验越丰富，就越感到它们深不可测的诗歌。

而我想，那个有误译成分的意译，是不可能再被意译或直译一遍的。

其次，就像我前面提到的，简单句子与复杂句子在原文里就是有差别的。如果把复杂句子翻译成简单句子，译者也就剥夺了汉语读者体验原著起跌、迂回、差异的节奏的权利。因此，译者在决定用简单句子翻译复杂句子之前，必须慎重考虑，并且在做出这个决定之后必须考虑如何在整体译文中补偿汉语读者的损失。个别词语的简化同样会造成对汉语读者的权利的剥夺。一位译者翻译奥格顿·纳什的一首童诗，原诗最后提到美国诗人艾米莉·狄金森。但在译文里，狄金森的名字消失了，代之以"诗人"。译者还深有体会地说："她是西方国家耳熟能详的女诗人，但是中国人不一定知道她，于是我翻译的时候只翻译成了'诗人'。"我们假设一个少年看到"狄金森"，说不定会好奇，去找狄金森的诗集来读，或者看到狄金森的名字后记住了，后来在图书馆遇到狄金森的诗集，从此爱上狄金森和爱上写诗，并且成了一个杰出的汉语诗人，甚至成了比狄金森更伟大的诗人。但译者却剥夺了他这个机会，也剥夺我们可能会有一个比狄金森还伟大的诗人出现的机会。至少，译者剥夺了汉语读者知道狄金森进而读她的诗集的机会。另外，该译者的心态也是意译者的一种常见心态：唯恐汉语读者读不懂。就该译者而言，则是自己无知，却以为读者无知。因为几乎所有买译诗集的读者，都会知道狄金森。就是说，狄金森在汉语诗歌界是家喻户晓的。

第三，有些意译的神话，是在脱离上下文的背景下制造的，而神话总是容易带来盲信。我不妨举两个例子。钱锺书在《谈艺录》和《管锥篇》里，每逢引用外文，都会顺手译出那些句子，往往古雅至极。这是脱离上下文的翻译，当然也是标准的好意译。可是有经验的译者应该很容易就看出，如果整篇文章和整本书翻译，这样的妙手意译是无法进行下去的。不久前我读到钱锺书一篇正式的译文，那是海涅的《堂·吉诃德》引言。果然，他的妙手完全派不上用场，他的译文是一篇标准的文论的译文，有长句，有欧化，有拗口。我不是说他不好，相反，我认为就应该这样才对。董桥曾经改译过香港特区政府一篇布告的译文，也是古雅至极，妙手意译。我二十年前就在一篇文章里批评过他的改译。后来我买到董桥早年为今日世界出版社翻译的一本介绍斯坦贝克的小书，只是小书而已。他的译文，也是标准的论说文的译文，长句不少，欧化很多，拗口严重。我不是说他不好，相反，我认为就应该，或差不多应该这样译。那个妙手的钱锺书和那个妙手的董桥，只是妙手而已，并无真正的妙法。或者说，那是他们舞文弄墨的一面，而当他们严肃认真起来译一篇完整的文章或著作，他们就变得诚实了，接近他们的真相。他们的真相，我想，也接近于翻译的真相。也就是说，直译既不是什么发明，也不是什么美德，而只是更主动和更诚实地朝着更接近真相的方向努力而已。

第四，而这也是本文的结论和新观点，即意译与直译之争并不是它长期暗示的好汉语与坏汉语之争，而是好汉语与可能更好的汉语之争。当然，我说的好汉语是指优秀的意译，而可能更好的汉语是指准确的直译（暂且不说优秀）。"可能"是指，在不是更好的情况下，直译是一样地好、一般地好、不够好,以及很差。即使是夹杂着"更好"和"很差",我觉得相对于只是"好"而言,也有必要重视可能更好的汉语。至于我们应该用好汉语来做翻译呢,还是用可能更好的汉语来做翻译,则应该由译者根据自己的喜好来选择,因为两方面都会有自己的读者。不过,我自己的目标,或任何译者的目标,当然是既保持一样地好,又追求可能更好。

现在我举一个例子,来说明何谓好汉语和可能更好的汉语。这是上面提到的詹姆斯·拉斯登小说里的一段话,是我的一位年轻朋友译的,括号里的文字,是这位年轻人自己对括号前的文字的修改。

> We passed much of the time in silence, absorbed in our own activities; comfortably aware of each other's presence, but feeling no obligation to speak.

> 我们大部分时间只是静静地,专心做自己的事情;可以很舒适地意识到彼此的存在,而不感到有义务去说话。(对彼此的存在感到舒适,又不觉得非要交谈不可。)

括号里的修改是标准的好汉语,但原译却包含可能更好的汉语,也即"不感到有义务"去做什么事情。如果是商业翻译,选择好汉语是无可非议的,但文学翻译,我就会选择可能更好的汉语。

种子移植与审美再现

◎舒丹丹

纵观百年诗歌翻译史，不难发现几大热点争议：诗歌翻译本身的可能性，即诗歌可译性与不可译因素之争；本体诗歌翻译理论之形式与内容的关系；以及具体翻译策略的选择与方法论等几大根本性问题。

对于诗歌可译性和不可译因素的争议，曾是诗歌翻译理论界的热点议题之一。英国浪漫主义诗人雪莱在其《诗辩》（The Defense of Poesy）中曾说："把某个诗人的作品译为另一种语言，借此来发现诗人的创造性，这就像把一朵紫罗兰放入坩埚去，希冀借此发现其花色与花香的构造原理，两者皆非明智之举。紫罗兰必须再次萌生于种子，否则开不出鲜花——这是巴别塔之咒的负累。"这段话常被人用以支持诗不可译的观点。美国诗人罗伯特·弗罗斯特也曾感叹，"诗，就是翻译中所失去的东西"，这一论断曾令多少人将诗歌翻译视为畏途和不可能的任务。诗歌可译性从本质上说就是诗歌翻译程度及翻译过程中原作表达效果的损失问题。"不可译"论者认为，由于语义场（semantic field）偏差，即词语的意义范围或复杂的意义网络不可能和其他任何语言中任何词语的语义场完全吻合，加之各语言文化特征间的无法等值置换，使得诗歌从本质上来说是不可译的。

另一派观点则认为诗的本质是可译的，只是不可译因素程度有别。英国翻译理论家苏珊·巴斯内特就曾批驳弗罗斯特的观点为"愚蠢的论述"，她用自己的方式重新解读了雪莱之说,在其一贯坚持的文化翻译观视阈下,阐明诗歌可译,提出了著名的诗歌翻译"种子移植"论。她认为,诗歌作为文化资本从本质上说是没有故乡的,或者说有一个共同的大故乡。英国当代诗人唐纳德·戴维(以菲利普·拉金为首的"运动派"诗人成员之一)也曾说过,"最伟大的诗是最能够从翻译中幸存下来的"。既为译者,我自然认同可译论。诚然,"真正的诗是经得起翻译的"。我国诗歌翻译史上查良铮、卞之琳、戴望舒、冯至、王佐良、袁可嘉等老一辈翻译家的优秀译诗本身即是对不可译论的有力反驳。即使在翻译过程中有不可避免的源语的损失,但在翻译中损失的主要是属于源语语言特性的东西,而纯粹的诗之所以为诗的东西则可以转化为任何一种语言为人类所共享,也即巴斯内特所说的"诗歌的大故乡"。认知发展到今天,纯粹的不可译论者已不多见。在诗歌翻译认知论上更多的是持辩证、持中的态度,既主张抛却"完全对等(equivalence)"这一不可企及的目标,又反对"翻译不可能"的绝望情绪。

巴斯内特认为,尽管诗歌不能从一种语言直接转换成另一种语言,但可以移植。她将诗歌翻译比作"种子移植",认为"种子可以移植到新的土壤,长出新的植物。译者的任务必须是发现种子、找到种子,并着力完成移植过程"。这是多么贴切独特的比喻!那么,诗歌翻译中的"种子"是什么?"种子"该怎样确定?"种子"确定后,又该如何把它植入译语文化中?对此,巴斯内特并没有给出明确的定义和答案。作为译者,我且借用"种子移植"这一比喻,结合自身诗歌翻译实践探索对这些诗歌基本问题的有效回答。

我们知道,诗歌是一个生机勃勃的生命体,诗歌的形式与内容高度融合,不仅原作如此,译作也应达到形式与诗意的浑然天成,形成一个富有活力的新的有机体,而不是仅有词语外壳而没有诗歌灵魂的躯体。而诗意不啻于诗歌的灵魂和心脏,心脏跳动,才有血脉的流转。对于译者而言,如何敏锐颖悟地捕捉到原诗的诗意和灵魂,在目的语中进行微妙而贴切的精神再现与美感再植，是比简单还原语词、节奏、韵律、形式等语言因素更重要、更艰深的功课。译诗之难也在于此。诗歌翻译不能仅仅满足于"得意忘言"（仅传达词意而不重语感和精神），更要求既"得意"，又创造新的语言，并完成诗意和精神情感在译语文化中的移植。菲利普·拉金曾说，"每一首诗都必须是它自己独创的宇宙"，这句话也同样适用于译诗。一首好的译诗，必须在最大限度忠实于原诗的基础上，保有自身诗的特质。译诗必须仍然是一首"诗"！王佐良主张所谓"以诗译诗"也即此意。我想这就是诗歌所蕴含的独特的"种子"——无论在形式上（结构、句法、韵律等语言结构特征）或内容上（意象、思想、情感等语用功能特征），既能体现原作的诗意和神韵，又能在译语文化语境中"开花结果"的"诗歌灵魂"，这才是诗歌翻译的核心所在。

那么，如何确定诗歌中的"种子"并完成"种子移植"呢？译者要发现种子并进行移植，必须从两方面进行：一方面，译者首先必须是卓越的读者，要对源文本进行创造性的阅读、解码和阐释。译者必须对原诗及作者进行精心选择，达到语言学上所说的"移情"（empathy），译者与作者才能建立一条心灵通道。心灵的契合以及翻译过程中译者情感的共鸣，乃是诗歌翻译对译者提出的情感要求。回想多年前初次邂逅菲利普·拉金和雷蒙德·卡佛的诗，都有一种被他们的诗歌怦然击中的感觉，如此才有之后漫长的翻译尝试。要翻译好诗歌，首先要智读具体的诗歌源文本，细致准确解码原作、揣摩诗意，充分考虑文本特征及写作背景和社会文化影响等文本外因素，领悟诗人不同时期的诗歌或一以贯之或有所变化的创作风格，而非一律简单的风格"标签化"。比如被贴上"极简主义"标签的雷蒙德·卡佛，其诗作就既有体现极简之美的优雅短制，如诗作《黄昏》《德舒特河》《小步舞》等，后期也有相当一部分充满琐细叙述和繁盛细节之美的长诗，如《苏醒》《理发》等作品。而以庄重的诗体、典雅的英诗传统格律、夹杂闲谈式口语甚至偶尔以粗言俚语入诗而著称的菲利普·拉金，也并非简单的一味粗鄙，其早期诗作就不乏洋溢着叶芝式感伤美的优雅，成熟期也多有庄重之作。比如对拉金《这就是诗》（*This Be The Verse*）一诗的理解和汉译，译诗界就曾出现过较普遍的误译。对于首句"They fuck you up"的翻译，较多译本误译为"他们操出了你"，或许部分由于拉金的"粗言"这一夸大的风格标签所误导。从语义上分析，原文为"fuck up"而非"fuck"，前者为英文俚语，意指"把事情或局面弄糟了，搞坏了"。拉金此诗强调父母对孩子的坏影响代代传递，"不是有意要带坏孩子，搞糟孩子，但事实如此"，此意才与后文逻辑一致，而非故意在诗中耍酷爆粗。"操出了你"一词除了爆粗貌似个性外，在语义上和此诗诗意表达上均无意义。至于在诗中镶嵌粗语的艺术效果，拉金早就说过"粗话在艺术需要时才偶尔为之"。因此无论从语义学解码或整体诗意的揣摩上，我将此句译作"他们搞糟了你"，并非不敢译出粗话或遮掩或削弱语气，而是实事求是，细致解码和整体表达的结果。这种情况在翻译诗人毕生诗全集时应尤为注意，翻译时应依据具体文本具体分析处理，既反映诗人整体风格，又不是在译作风格上一律简单套用标签。

在这一过程中，作为读者的译者，比一般读者承担着更多更艰巨的任务，因为他要通过不止一套系统对源文本进行解码，必须跨越文化障碍，阐释互文因素。在阅读中译者要对源语诗歌各个构成因素按其重要性进行排序，如诗歌的主题、内容、意象、语调、语域、形式、互文性，等等，然后在译语中按照不同的等级顺序将这些因素重新编码。也就是说，在进行诗歌的语际翻译时，由于两种语言系统的文化因素、诗学差异、文本的时代差异，以及翻译的目的等，译者可以创造性地选择那些能使原文作为一个整体在译语系统中获得生命力的因素，对它们进行强化、陌生化处理，而对另外一些因素则可弱化处理，目的同样是为了使原文获得新生。比如在翻译菲利普·拉金诗歌时，在中文语境中我着力于理顺复杂的英文句法，厘清诗歌内在的思维逻辑脉络和模仿其庄谐并用的措辞、个性化的语气，以及那由气度、精神内外交织而成的浓重的英国风味，而对其格律、音韵则进行了弱化处理。同样，在翻译雷蒙德·卡佛诗歌时，我注重呈现诗人复杂幽微而克制的情感，看似松弛随意的冷叙述语气，以及丰富的细节与弥漫在字里行间的气息之美，这些都是诗人作品中富于生命力的重要因素。

种子移植过程中必须着力的另一方面，则是译者对目标语文化需要的敏锐捕捉，即选择诗歌翻译策略或方法时应充分考虑该文本在目的语文化语境中所产生的作用或功能。借用庞德的话说，译者具有双重责任，不仅需要细读源文本，了解原文的形式特征、文学背景，以及它在源语文化语境中的作用和地位，同时还必须充分考虑该文本在目的语文化系统中可能产生的功能。那么，在对原作进行充分阅读解码之后，译者又该如何进行表达重组和翻译呢？如何才能使译作仍能保持原作的生命力，创造出一种新鲜而有活力的文本？如果用一个词来概括诗歌翻译"种子移植"的方法，那便是：变通，或创造。诗歌翻译无论在语言形式或意境创造上都有其特殊性，同时形式与内容又高度融合，因此，译者唯有在参透原作的基础上，结合译入语语言特质和文化语境的切实需求，对原作进行创造性阐释和重组变通，才能在保持原作鲜活生命力的同时，将诗歌"新种子"移植到译语土壤中。

种子移植后该如何实现在异地土壤中生长的诗歌这棵新植物的美感再现？在传统译学思想中，"信达"或"忠实"的观念堪称理论构建的基石，"形神兼备"原则历来被奉为诗歌翻译的最上乘境界。徐志摩曾对诗歌翻译的"形神兼备"有过妙喻："翻译难不过译诗，因为诗的难处不单是它的形式，也不单是它的神韵，你得把神韵化进形式，像颜色化入水，又得把形式化进神韵，像玲珑的香水瓶盛香水。"那么，诗歌翻译中到底应该信什么，忠实于什么？对此，历来见仁见智，或如语言派忠实于原诗之语言、结构、节奏、音韵，或如文艺派主张忠实于原诗之意境、神韵、情思、精神，或重内容而轻形式，或先"形"而后"神"，或追求"形神兼备"者，凡此种种，皆是围绕语言结构、原诗意境，以及格律等美感因素和审美特质的追求。尽管"求美"并非诗歌翻译的唯一目标，但从文艺美学角度来看，诗歌翻译的理解阶段就是译者对诗的审美感知和把握阶段，而表达阶段就是再现诗美的过程,因此,诗歌翻译的本质就是审美再现。

从西方审美价值观来看,西方诗歌的发展脉络和审美追求大致如下:古典主义诗歌注重形式美、技巧美;浪漫主义诗歌注重情美、情趣;写实主义诗歌注重理真、事真;现代主义和后现代主义诗歌注重思美、理趣、逻辑、语言的创新。因此,在英诗汉译的翻译策略上最好依据诗歌特点选取不同的翻译原则或标准,在翻译效果的追求上也应根据诗歌风格的不同而有所侧重,追求面面俱到必然得不偿失。具体说,即翻译浪漫主义诗歌应注重译诗的情美效果;翻译现代主义和后现代主义诗歌则应注重译诗的思美理趣、逻辑思维和语言创新效果。比如翻译菲利普·拉金诗歌,就应清晰准确地译出诗歌本身逻辑的发展。正如刘巨文在《中国的菲利普·拉金诗歌翻译》一文中所说,"这一点非常重要,如果说现代派诗歌和后现代派诗歌中存在断裂、跳跃、省略较多,逻辑发展不甚分明可以理解,那执着于反对现代派、主张清晰明了的拉金,就不能译得含混不清"。

影响诗歌翻译美感再现的因素很多,既有语言结构特征上的形式因素,也有语用功能特征的内容因素。本文无意面面俱到,在多年翻译实践中,我所看重并着力追求的主要有语言技巧的处理,以及语调的还原和诗意精神的再植。辜正坤教授曾说,"一切诗歌的特定妙蒂总根于特定的语言形式"。由于诗歌语言形式最为精炼复杂、最具代表性,所以诗歌翻译能更集中地表现出对语言技巧的理解、把握与处理。诗歌翻译的关键最终要落实到语言技巧处理问题上来,亦即形式与意义的关系问题上,这是诗歌翻译学的本体和核心。在此范围内,诗歌翻译学就提出过直译法、意译法、格律译法、散体译法、形似法、神似法、音美形美意美法、多元标准论等多种翻译策略和方法论。译者所持翻译观不同,采取的翻译策略既灵活丰富又各有侧重。此外,语调的还原也是我所注重追求的翻译效果之一,虽然这是一项艰难的功课。我以为,还原诗人的语调是再现原诗神韵的关键之一。语调最能呈现一个人音容笑貌之神采。语调拿捏准了,即使在另一种语言中,我们也可感受到诗人们栩栩如生的独特而鲜活的个性，正如拉金的冷峻、嘲讽，卡佛的感伤、谦卑，以及保罗·穆顿那隐含在沉重里的幽默……作为译者，应努力使诗人们在他们各自的语调和神韵里生动起来。

具体到翻译策略的选择和方法论上，则需要具体情况具体分析，寻求一种多向应机解决机制，以达到诗歌翻译中的求真或求美。诗歌作为包括主题、形式、韵律、节奏、语调、语域等各个元素在内的综合体，形式与内容不可分割，只有将原作的形式和内容视为一个有机整体，在充分阅读和理解原作"灵魂"的基础上，将译作进行形式上的创新，从而让一种新的内在形式从文本自身中产生，译作是原作的整体体现，这才是对诗歌整体的、有机的处理。这种"有机诗体翻译法"是二十世纪较为普遍的诗歌翻译处理方式，即依据源文本的意义，灵活处理译本的形式。因此诗歌翻译中必须考虑到作品的整体性，在翻译策略的选择上不可由于过分强调一个或数个因素而牺牲了整体，导致诗歌翻译的明显失衡。比如翻译某些讲究格律的诗歌时，如果过分追求以韵译韵，甚至强行凑韵，则所受的约束也更多，有可能造成因韵害意，或其他重要诗歌元素的损失。因此在翻译菲利普·拉金的押韵体现代主义诗歌时，当韵脚与词意难以两全，我所采取的翻译策略便是舍弃押韵而追求更为重要的意义的恰切转换。同时，以呈现诗歌的内在节奏和其他乐感手段来补偿韵脚的丧失，因为它们和音韵一样同属于诗的格律，对于现代诗歌而言，对押韵的追求已逐渐消退，而诗歌的内在节奏却犹如植物的呼吸，一直是诗歌重要的美学特征之一。

诗歌翻译讲究对原诗审美的把握与再现，既求真，又求美。但需注意的是，"求美"并不意味着美化或唯美，因为诗歌翻译讲究"从心所欲不逾矩"，这里所说的"矩"，从翻译本体角度看，指的是诗歌翻译的本质要求、原则和客观规律，其内涵不仅包括"源语中心论"的"忠实""信达""再现原美"等要求，还包括"译语中心论"的目标读者群的接受，以及诗歌翻译作为文化交流的桥梁之社会属性等原则；而从诗歌艺术审美角度看，"矩"代表的又是审美规律的客观性和"内在尺度"。因此，译者在内容和形式上应忠于原诗不逾矩,尽量使译诗与原诗风格相同或接近,力求最大限度地保持原作的精神、形式与内涵,追求一种相对的"全面的信"。王佐良曾有论述:"一切照原作,雅俗如之,深浅如之,口气如之,文体如之。"而当翻译细节问题有碍于整体效果的统一时,则不宜死译硬译,而应灵活变通,以调整句子顺序、改变句子结构、更换用词乃至表达方式等方法,以达到"通篇的神似"。同时,诗歌翻译也是一种创造性活动,在诗歌翻译中,译者的主体意志起着极其重要的作用,活跃着一种宝贵的创造性精神。诗歌翻译唯有体现翻译主体的创造性,同时又表明客观规律的制约性,两者兼备方为成熟境界,才能成功地完成诗歌的"种子移植"与审美再现,使之在异域文化的土壤中开出新的诗之花。

关键词 海外经验与当代文学

海外经验与当代文学的发生

吴义勤　陈培浩

我们曾经以"海外华文文学"组织过一次讨论,本期的话题是对海外华文这一话题的延伸,更期望深入到生活与写作的关系内部探讨海外经验对当代文学的影响和塑形。所谓的海外文学写作,常常被称作离散文学,这其实是一个超越中国范围的世界性现象。随着资本主义世界市场的形成和世界移民的日益增加,离散文学成为二十世纪以来一种相当普遍的现象。此中值得我们思考的问题是:异域异质的生存对作家而言究竟意味着什么?如拉什迪所言,"传统上,一位充分意义上的移民要遭受三重分裂:他丧失他的地方,他进入一种陌生的语言,他发现自己处身于社会行为和准则与他自身不同甚至构成伤害的人群之中。"离散文学常被描述为所谓的"流亡文学",对于作家而言,流亡最核心的意指是失去了母语的存在土壤,却依然必须把母语视为不可或缺的精神纽带。布罗茨基对此有一段著名的论述:"我们称之为'流亡'的状态首先是一个语言事件,即他被推离了母语,他又在向他的母语退却。开始,母语可以说是他的剑,然后却变成了他的盾牌、他的密封舱。他在流亡中与语言的那种隐私的、亲密的关系就变成了命运,甚至在此之前,它已变成一种迷恋或一种责任。"北岛描述的"对着镜子说汉语"的情境,为我们理解流亡作为严峻语言事件提供了绝佳的注脚。

本期邀请两位青年学者林培源、杨汤琛参与讨论。林培源同时也是知名青年作家,是清华大学、美国杜克大学联合培养博士。海外求学经验使他得以更真切理解海外经验与写作的内在关联。他的文章以随笔体来谈论学术问题,视野开阔、纵横捭阖:从约瑟夫·布罗茨基、萨尔曼·拉什迪、V.S.奈保尔、约瑟夫·康拉德和亨利·詹姆斯等著名的离散文学案例出发,以英语文学的离散谱系为参照,再回溯鲁迅、郁达夫、老舍、张爱玲等著名现代作家的海外经验与写作,顺流而下讨论了马来作家黄锦树"重写郁达夫"的系列小说和移居加拿大的华文作家薛忆沩的小说,从中辨析海外华文文学关于"中国性"和"国际性"的辩论与辩证。文章还对当前争论颇多的"华语语系文学"概念做出辨析和评价。相比之下,华南农业大学的杨汤琛教授则集中火力,对身处海外的汉语诗人"作为异乡与故土之间的悬置者,不自觉拥有了内面与外部的双重视野,其诗歌言说亦由此发生了嬗变与扭曲、分裂与生长,与国内迭起纷呈的诗歌场构成了互涉、互融、互为镜像的诗歌景观"进行深入辨析,展示了诗歌"朝内的风景和文本的内部旅行"。

事实上,海外经验对于写作的影响在不同作家身上各有不同。以纯正英语写作而为美国文学界所接受并重新回译为汉语的哈金,与坚守华语写作、主要受众一直在国内的严歌苓各有各的路数。同样,去国而又返国的北岛、多多、张枣、王家新与一直在海外坚守、阐述"中文性"

写作并为国际诗坛所广泛接受的杨炼也有不同的海外文学经验。某种意义上，作为语言事件的"流亡"确实把写作者逼入险境甚至绝境，但它也必赋予写作者以反身观山中云雾的独特意识和宏阔视野。而海外文学经验最终也将成为丰富中国当代文学的重要元素，成为当代文学内部相互鉴照的力量之一。

诱人的风景：海外华文小说与"中国情结"

◎林培源

一、先驱、后继者与"中国情结"的发生学

1964年，二十四岁的布罗茨基（1940—1996）被苏联当局以"寄生虫"罪名提起公诉，流放至北方，而后度过了五年的牢狱生活。整整八年后的1972年，这个做过烧炉工、运尸工、地质勘探等十几样工作的苏联"寄生虫"被人塞进一架飞机远离故土，开始了在异国他乡的流亡。当然，现在我们知道，和纳博科夫一样，布罗茨基最后也到了美国，在远离祖国的美利坚开始了全新的文学生涯。纳博科夫以小说和评论见著，更是一名痴迷蝴蝶的博物学家，而布罗茨基则以诗歌闻世。1987年，他因"出神入化""韵律优美""如交响乐一般丰富"的诗篇和"为艺术英勇献身的精神"荣获诺贝尔文学奖。获奖前的11月，布罗茨基为即将在维也纳举行的维特兰德基金会（Wheatland Foundation）文学会议提交了演讲稿《我们称之为流亡的状态，或曰浮起的橡实》（"The Condition We Call Exile, or Acorns Aweigh"）。同年12月，本该赴会的他因获诺奖而缺席了这次"流亡者"盛会。隔年初，布罗茨基的演讲稿在《纽约图书评论》上发表。关于流亡，布罗茨基如此写道："之后对于一个从事我们这行职业的人来说，我们称之为'流亡'的状态首先是一个语言事件，即他被推离了母语，他又在向他的母语退却。开始，母语可以说是他的剑，然后却变成了他的盾牌、他的密封舱。

他在流亡中与语言的那种隐私的、亲密的关系就变成了命运,甚至在此之前,它已变成一种迷恋或一种责任。"不管出于迷恋抑或责任,对布罗茨基而言,流亡首先是和母语之间的割裂——就像被推离海岸,在惊天海浪中浮沉的"橡实";其次,流亡才意味着身份、认同,以及社会关系等的变迁。"剑""盾牌""密封舱",这些闪着金属光泽的词汇被加诸语言身上,使得语言和流亡的关系剑拔弩张。在布罗茨基缺席的那次维特兰德会议上,还有来自中欧、南非、以色列、古巴、智利、索马里和土耳其等国家地区的诗人、作家和记者,布罗茨基与他们共同书写了流亡的动人诗篇。可以说,这群不同国籍、语言和身份的文人是一个不折不扣的"流亡者共同体"。

  这样的"流亡者共同体",不过是"世界文学"中的独特一脉,不管我们以流亡、离散(diaspora)或其他概念称之,背后牵涉的,终究还是迁徙、移民、身份及民族认同等问题。无独有偶,世界文学谱系内,还有"华文文学"。这个"墙外开花墙内香"的概念,很早就被台湾学界意识到,大陆(内地)则要等到改革开放以后,以中国"香港—台湾—澳门"为轴心,进而辐射到全世界,方才注意到大陆(内地)以外的这一文学现象。1986年,德国汉学家马汉茂和美国威斯康辛大学刘绍铭教授联袂,在德国莱圣斯堡(Reisensburg)举办了"现代华文文学的大同世界"国际会议。大会名称,旨在模仿"大英共和联邦"(British Commonwealth),将Commonwealth加以汉化成为"大同世界"。可以说,会议的成功举办,标志着"华文文学"在国际舞台上的首次亮相;此后,"海外华文文学""世界华文文学""华语语系文学"等概念轮番登台,形成众声喧哗之势。

  刘绍铭与马汉茂对"华文文学的大同世界"的命名,直接以英国殖民地文学为参照。所谓的"共和联邦文学",根植于英国海外殖民历史,凡是在殖民地以英语这门帝国共同语言创作的作品,皆可纳入其中。我们熟知的英籍印度裔小说家萨尔曼·拉什迪即为一例。拉什迪(也译鲁西迪)以《午夜之子》斩获英语文学最高奖项"布克奖"。在这部巨著中,拉什迪将复调、对位和后现代手法熔为一炉,以狂放的想象力书写了一则印度独立的政治寓言。1989年，他因另一部小说《撒旦诗篇》讽刺伊斯兰教而被伊朗宗教领袖霍梅尼下通缉令。在英国政府的保护下，拉什迪只好隐姓埋名，开始了漫长的"内在逃亡"。直到1998年英国和伊朗恢复外交，拉什迪的危险处境才得以解除。许多年后，拉什迪撰写了英文回忆录《约瑟夫·安东》（*Joseph Anton*, 2012）追忆此事。当时苏珊·桑塔格、加西亚·马尔克斯等文学名流都曾公开发言怒斥伊朗当局的野蛮行径。拉什迪写到，马尔克斯闻讯向他打来电话，隔着千山万水，两位大作家夹以法语和英语，磕磕绊绊完成了这次历史性的越洋通话。这部回忆录之所以命名为"约瑟夫·安东"，源自他所崇敬的两位作家——约瑟夫·康拉德和安东·契诃夫；此外，诺贝尔文学奖得主奈保尔，也是"共和联邦文学"中的佼佼者。和拉什迪一样，奈保尔祖籍印度，但他出生于加勒比海的特立尼达，二十世纪五十年代进入英国牛津大学求学。最早为大陆读者所熟知的小说集《米格尔街》，即是奈保尔深情回望故乡，为特立尼达"米格尔街"上的底层人所塑的群像。

奈保尔、拉什迪和石黑一雄，被称为当代英国文学的"移民三雄"，可见，在这一标签下，地缘政治、文化边界、文学风格等都被降一格，而以书写语言"英语"作为最大公约数。如果说，英语世界的"共和联邦文学"常围绕"宗主国"/殖民地的身份冲突、文化对抗为书写主题，那么，汉语/华文世界的"大同"文学又是怎样一番情景呢？

我们知道，目前学界所谈论的"华文文学"，是指大陆以外的世界各国使用华文创作的文学作品，譬如南洋的马来西亚、新加坡、印尼、菲律宾、泰国，以及欧美各国的华文创作，都可纳入"华文文学"的版图之中。华文文学发源于中国文学，又有别于中国文学，与中国文学保持着联动、对话甚至拮抗的张力。

前文述及的汉学家马汉茂，1967年获得汉学博士学位，但他当时却连汉语都讲不好，直到游学台湾，结识了当地的华语作家和文人，才算真正融入汉语文学圈，成为名副其实的"汉学家"。近二十年后与马汉茂共同主持"现代华文文学的大同世界"国际会议的刘绍铭，是二十世纪六十年代台湾《现代文学》的核心编辑之一。这种跨国的文学合作，预示着华文文学天然具有的流通性和全球化，效仿詹姆逊的说法，我们或许可以称之为"跨国大同主义时代的华文文学"。

追溯海外/世界华文文学的起源，台湾是不得不提的一个重镇。1960年春，当时就读于台大外文系的白先勇呼朋唤友，和欧阳子、李欧梵、王文兴、刘绍铭等十二位同仁共同编辑《现代文学》，掀开了台湾文学崭新的一页。1962年，白先勇在经历了丧母之痛后，飞抵美国，落脚爱荷华作家工作坊学习文学理论和创作，此时，这位台湾"现代文学"的干将，才真正开启了自己的海外文学生涯。读者所津津乐道的《永远的尹雪艳》《游园惊梦》《金大班的最后一夜》等名篇，皆在这一时期孕育，刊于《现代文学》，而后结集为"台北人"系列；与此同时，身居美国的白先勇又陆陆续续创作了以《谪仙记》等为代表的"纽约客"系列，聚焦的是流落海外的华人的身世和遭遇。白先勇的短篇小说融古典叙事和现代主义为一炉，技法高超，语言典雅，文学史家夏志清曾言："旅美的作家中，最有毅力，潜心自己艺术进步，想为当今文坛留下几篇值得给后世朗诵的作品的，有两位：於梨华和白先勇。"夏志清甚至断言："当代中国短篇小说家中的奇才，五四以来，艺术成就上能与他匹敌的，从鲁迅到张爱玲，五六人而已。"由是，白先勇的小说和汤亭亭、聂华苓、谭恩美及后辈作家哈金、严歌苓、薛忆沩等的作品一道，撑起了北美华文文学的璀璨画廊。

伟大的作家既创造着自己的"先驱"，也成为别人的先驱，卡夫卡如此，博尔赫斯更是如此。比如十九世纪末、二十世纪初的英语文学中，约瑟夫·康拉德和亨利·詹姆斯迁居英伦。他们既是"异乡人"，又凭借其作品，被后来无数的文学爱好者和研究者所青睐，成为英国文学中闪耀的明珠。比如爱尔兰小说家科尔姆·托宾，便以康拉德和亨利·詹姆斯为先驱和致敬对象。托宾以亨利·詹姆斯的英国经历和戏剧创作为题材，写了长篇小说《大师》，又在《纽约时报》上撰文《康拉德之心》（题目戏仿康拉德的名作《黑暗之心》），以纵横捭阖的行文，逐一批驳了奈保尔的《康拉德的黑暗，我的黑暗》和非洲小说家阿契贝的《非洲的形象：康拉德〈黑暗之心〉中的种族主义》对前辈作家康拉德的"诋毁"。康拉德就像本雅明《讲故事的人》说的"远行之人，必有故事可讲"。托宾为其辩护道："他的小说触及了东方、西方、非洲、南美、马来西亚和英国"，"他是世界的客人，也是全然的全球化先锋派"。

有了英语文学这一谱系作为参照，再反观中国现代文学，我们或许可将华文文学也纳入到广义的中国现代文学脉络中，将二者进行勾连，便可发现其中错综复杂的渊源和传承。鲁迅早年留学日本仙台的经历和幻灯片事件，以及后来的弃医从文，放在这一海外华文文学的显微镜下，也便有了鲜明的"发生学"意义。甚至可以说，鲁迅这一代"五四"文人的经历，是中国现代文学史上较早的彰显"海外经验"与"中国情结"紧密关联的事件，更不用提更早的康有为、梁启超等人。此外，在现代中国文学史上，老舍的海外生涯和《二马》《小坡的生日》等小说的关系，郁达夫长达七年的南洋流亡和《乱离杂诗》等旧体诗的创作，以及共和国成立前后离开大陆前往台湾的姜贵与张爱玲，无不昭示着迁徙、出走及逃亡中的中国（华文）作家——尽管叙述对象各异，政治立场不同——和中国的血脉关系。中国的社会风俗、政治变迁乃至人情伦理，一度成为这些现代文人强烈关注和批判的对象。夏志清在《中国现代小说史》中将这一流落海外、情系中国的现象称为"感时忧国"或"中国情结"（Obsession with China），可谓一语中的。

二、流亡诗学与"中国性"的书写

探讨海外/世界华文写作与"中国情结"的关系，不可不提黄锦树的"重写郁达夫"系列小说（《死在南方》《M的失踪》等）。黄锦树祖籍福建南安，1967年生于马来西亚柔佛州居銮，1986年赴台湾求学，之后入籍台湾，成为著名的马华作家和文学评论家。从求学经历来看，黄锦树和前辈作家李永平有相似之处，不过李永平在台湾寓居九年后，选择远赴美国深造，在辗转于纽约、密苏里等地求学的过程中，陆陆续续完成了早期代表作《吉陵春秋》，最终学成归来，定居台湾。而黄锦树似乎并不想步老一辈作家的后尘，他的小说另辟蹊径，重在探讨马来西亚华人的身份、"中国性"（Chineseness）与汉语文学的复杂关系，加上他以文学评论家的身份不遗余力地对马华文学大举讨伐，在华文文学界掀起了轩然大波，更令其人其作争议不断。王德威戏称黄锦树为马华文学的"坏孩子"，这一称呼，不啻将他视作马华文学谱系中叛逆的异类。

那么，黄锦树又是如何"重写"郁达夫的呢？

在现代中国的"五四"文人中，郁达夫以《沉沦》《春风沉醉的晚上》等具有鲜明自传性和抒情性的小说奠定了其独树一帜的文学地位。抗战爆发后的1938年，郁达夫携家眷逃离动乱的祖国，前往新加坡，继续抗日救亡的宣传工作。在新加坡前后三年间，郁达夫曾任《星洲日报》文艺副刊《晨星》、《星洲晚报》文艺副刊《繁星》和《星光画报》文艺版的主编，写下系列抗战文章。1941年底，太平洋战争爆发，次年初，在新加坡沦陷前夕，郁达夫与胡愈之、王任叔等抗日文化人，乘着一艘摩托舢板撤离，逃到印尼苏门答腊岛的巴雅公务（Payakumbuh）。其间，一行人曾先后辗转卡里蒙岛（Karimun）、石叻班让（Selat Panjang）、望加丽（Bengkalis）和保东村（Pulau Padang）等地。由于荷兰殖民政府不颁发前往爪哇的签证，以致他们无法绕道返回中国，无奈之下，只好继续逃亡。郁达夫最终落脚巴雅公务镇，在当地华侨的掩护和资助下，办起了赵豫记酒厂，郁达夫任老板，化名赵廉。1945年，日本战败，郁达夫化身印尼侨商的身份曝光，随后被日军秘密处决。这段悲壮经历，于1946年，经由胡愈之的悼亡文章《郁达夫的流亡与失踪》披露。自此，"爱国主义者和反法西斯的文化战士"（胡愈之语），几乎成为现代中国文学史对郁达夫的盖棺定论。

离乱年间，郁达夫告别了沉郁的笔调和苦闷的抒情，只能在飘零途中写下汉诗短章（遗稿《乱离杂诗》也经由胡愈之整理问世）。可以说，属于五四的郁达夫自远离祖国的那一刻就已"死去",南洋八年(1938—1945)间的流亡,在现代中国文学史上留下扑朔迷离的传奇。

黄锦树的《死在南方》,取材自郁达夫的南洋经历,经过一支妙笔,衍化出虚实相间的"流亡诗学"。自称为"骸骨迷恋者"的郁达夫,也在数十年后,从中国现代文学史的版图中被一再撬离,坠落于马华文学的迷阵中。《死在南方》讲述了"我"童年时和郁达夫相遇,以及三十年后对郁达夫的追寻。在追叙赵廉老板为日军担任翻译和他对印尼当地人的恩惠时,小说以亦真亦幻的笔触,制造了巨大的叙事空缺。赵廉(郁达夫)是如何失踪的?又是如何死去的?或许他并没有失踪,也没有死去。妻儿在日本战败后离开印尼,而"失踪"的郁达夫却化身幽灵,一次次地回来了。不仅在"我"的记忆中,也在被"我"发现的残片断章中,以文字的方式,死而复生。"遗族的终于离去,间接地也就宣判了赵廉的死亡;再也没有人期待他回来;奇怪的是,他的'幽灵'也在那一刻起获得解放,他竟然'回来'了。"在黄锦树小说的起死回生术中,现代中国、遗民、族群认同等压在郁达夫/赵廉和南洋华人身上的历史包袱,似乎轻而易举地被卸掉了。

《死在南方》延续黄锦树小说一贯的"失踪—寻找"模式,这样的叙事,最早可追溯到他1990年的短篇《M的失踪》(当时黄锦树还是台大中文系的学生)。《M的失踪》虚构了马来国家文学和马华作家群围绕一部匿名巨作的争夺战,暗示了其时马华文学的"经典缺席"的焦虑。叙述者的记者"我",通过种种追寻,将目标锁在了失踪的郁达夫身上。大写的M,明白无误指向了失踪的"大师"(Master),也对马华文学对中国性的"认祖归宗"和经典焦虑进行了辛辣的嘲讽。这篇小说已经成为马华文学的经典,也成了一则马华文学和"中国性"互相缠结的政治寓言。无疑,黄锦树试图借《死在南方》和《M的失踪》等作品提出:华文文学必须定中国为一尊吗?如果马华文学其来有自,又如何凸显其独异性?在"重写郁达夫"系列之外,黄锦树还有《梦与猪与黎明》(1994)、《乌暗暝》(1997)、《由岛至岛》(2001)等短篇结集。这些小说,或深入橡胶雨林,或勾勒在地华人身影,为读者营造出浓郁的马华情调。当然,小说之外,黄锦树还有文学评论家的身份[他著有《马华文学:内在中国,语言与文学史》(1996)、《马华文学与中国性》(1998)等学术作品]。可以说,创作和评论并举的黄锦树,实现了在小说虚构和学术领域的双丰收,并以热辣狂放的想象力重构"中国性",续写了又一段南洋传奇。

如果说"坏孩子"黄锦树的反骨是对刻板中国性的抵抗和疏离,那么,比黄锦树年纪稍长的另一位华人作家薛忆沩,则呈现出华文文学的另一副面孔——尽管我们很难将薛忆沩的写作全部纳入海外华文文学的版图中。薛忆沩1964年生于湖南郴州,二十世纪八十年代求学北京航空大学(现为北京航空航天大学),被大陆媒体称为中国文学"最迷人的异类"。1989年,25岁的薛忆沩写下长篇处女作《遗弃》。1991年,他和王小波同获台湾《联合报》文学奖。2002年,薛忆沩移居加拿大蒙特利尔至今,其间的1996到2006年,则在深圳大学任教。近年,薛忆沩陆续出版了长篇小说《空巢》《希拉里,密和,我》,以及《文学的祖国》《异域的迷宫》等文学随笔,并不断进行着旧作的"重写",其中就有2012年的重写版《遗弃》。"图林说,世界遗弃了我,我试图遗弃世界",这是《遗弃》开篇的第一句话。《遗弃》便是生活在二十世纪八十年代的年轻人图林的一份"生活的证词"。图林是一名"自愿遗弃者"和"业余哲学家",小说文本由他的日记和小说习作组成——它们构成这份"生活的证词"的一体两面,图林便借助这两类文体,在现实和想象的平行世界展开精神漫游。1989年,主人公图林自动脱离公务员的岗位,从体制内退下来,开始"遗弃"这个世界,成为沉底的"局外人"和一个"例外":他当兵的弟弟死了,女友怀了别人的孩子并最终离开他。图林隔绝于世界之外,却在精神大地上不断远行。《遗弃》具有鲜明的存在主义色彩,个体与历史的关系,始终是薛忆沩反复探寻的场域,这在他的"战争系列"《首战告捷》和"深圳人系列"《出租车司机》等小说中可窥见一斑。无缘大陆出版的《白求恩的孩子们》和《一个影子的告别》,更是以"犯忌"的姿态,凿开了共和国历史的黑洞。因此,我们似乎可以说，存在两个薛忆沩，一个薛忆沩通过文学审查在大陆出版，拥有"合法"身份，并赢得了学界和读者的关注；另一个薛忆沩则披上"禁书"的面纱，只能暂时取道港台等地，与读者秘密约会。

如果说《遗弃》《空巢》《出租车司机》等讲述的是地地道道的"中国故事"，那么在《希拉里，密和，我》，薛忆沩则不再满足于本土叙事，而将视角伸向"全球化的大时代"，讲述发生在"异乡"（蒙特利尔）的故事。

在《空巢》中，薛忆沩将叙事形式和现实观照巧妙融合，到了《希拉里，密和，我》，这一融合则进一步强化。深谙小说虚构堂奥的薛忆沩，在新作中重新发明了文学书写当下的"三一律"（classical unities）：他"固执"地将故事的发生地设置在蒙特利尔的冰湖，"那是我在蒙特利尔经历的最奇特的冬天"，人物在此则轮番登台，上演了"一个冬天的故事"，时间、地点和行动的整一，无不令人想起发端于启蒙时代，盛于欧洲新古典主义戏剧的传统。从形式上，《希拉里，密和，我》是对莎翁浪漫传奇剧《一个冬天的故事》（*The Winter's Tale*，1623）别样的"戏仿"。借莎士比亚的壳，薛忆沩为虚构的小说注入了"全球化时代"的魂。传奇和小说在此相遇。然而，就像理查德·卡尼在《故事离真实有多远？》（*On Stories*）中谈到的，小说和传奇毕竟有别，而最大的区别就在于，小说独有的"综合性"。小说可以综合诗、戏剧乃至散文。在薛忆沩笔下，虚构的魔力就在于他化虚为实，将"不可能"变成"可能"。小说叙述者"我"是一个丧偶的中年男人，他经历妻子的死亡（患胰腺癌去世）之后，又遭受了女儿"离家"所带来的父女关系的"死亡"。加缪的"默尔索"（《局外人》）失去了母亲，而"我"也在两次"死亡"后成了世界的局外人。这个孤独的男人，在蒙特利尔奇特的冬天和两个"神秘的女人"相遇了：一个是"健康的病人"希拉里，一个是坐在轮椅上的东方女子密和。希拉里的神秘吸引了"我"的注意，在寒冬的海狸湖边埋头写作的密和也引发了"我"强烈的好奇。这是小说的谜面："我清楚地意识到与上一个冬天相比，自己与世界的关系已经彻底改变了：我已经不再是一个丈夫，我也已经不再是一个父亲，已经不再是一个业主（叙述人"我"卖掉经营了十三年的便利店），甚至已经不再是一个男人。"一个孤独的异乡人，在生命被抛掷进虚空之后，反观其移民生活，也在反观中探寻自身存在的价值和意义。

"1974年"、"圆明园的废墟"和"密云水库"，是小说中三位陌生人勾连彼此记忆和历史的"中国"密码。借助《希拉里，密和，我》，薛忆沩道出了这样的真相：在全球化大时代，人与人的关系复杂而脆弱；他也由此勾连了当下和历史的辩证关系。这部小说像一柄锋利的手术刀，剖出了历史的"遗腹子"。"冬天的故事"烛照出"同时代人"的精神状态：我和你，无一例外都是这个全球化时代的"移民"。在小说结尾，"我"借"王隐士"的洞见，道出了另一个真相："移民最大的神秘之处就是它让移民的人永远都只能过着移民的生活，永远都不可能回到自己的'家'。'回家'对移民的人意味着第二次'移民'……'你永远回不了家，你是所有地方的陌生人！'"。对中日混血的密和来说如此，对神秘的希拉里如此，对小说中的"我"来说更是如此。

在处女作《遗弃》中，图林在虚构（小说）和现实（日记）中展开内在的精神流亡，时隔近三十年，薛忆沩将"流亡"的版图一再拓宽，深入到全球化时代，继续探寻个人和历史间的复杂关联。在如何书写"中国性"这一问题上，薛忆沩和黄锦树不同。抛开二者的意识形态歧义，黄锦树的小说总是存在一个精确的瞄准点，那就是被神话化了的"中国性"。他的"重写郁达夫"，既是对这一中国神话祛魅，又是试图借助小说，重构马华文学的主体性；而薛忆沩则将个人和中国的关系，放在异域时空做探寻和观照，他笔下的"人"总是被抛出历史之外，流落为全球化时代的异乡人。他笔下的"中国性"更像一个移动的坐标，既是"此在"，又是"异在"。

在海外华文小说的场域中，黄锦树和薛忆沩也只是长着特别面孔的代表，在他们之外，尚有活跃于欧洲、非洲、北美、拉美等全世界各地的华人作家，不管是否以汉语作为书写语言，只要小说聚焦华人在域外的生存状态、精神裂变，都和"中国性"息息相关。比如以英文创作小说的哈金，既关注当下的法拉盛唐人街（小说集《落地》），又不忘深入历史，为南京大屠杀抒写"安魂曲"（《南京安魂曲》）。再比如移民英国的女作家郭小橹，其代表作有《简明中英文恋人词典》（*A Concise Chinese-English Dictionary For Lovers*，2007）和《九州：中国内外回忆录》（*Nine Continents: A Memoir In and Out of China*，2017）。不管是为当下的移民生活做速写，还是为逝去的历史写备忘，语言不过是披在这些作家身上的一件隐身衣。抛开这个，我们能说，他们所思所写的，和中国无关吗？他们眼中的中国，不同于贾平凹的商州、莫言的高密东北乡，不同于苏童的香椿树街，更不同于阿来的西藏和阎连科的耙楼山脉。与其说他们是中国文学的异域之声，毋宁说，他们和内在于大陆（内地）的作家构成对话，或许可以称之为中国书写的对位。忽略任何一方，都不足以呈现"中国性"的本来面貌。

三、离散、华语语系与文学"大同主义"

近年，学者针对海外华语写作的历史现象和当前状况著书立说，所涉概念有华文文学、海外华文文学、世界华文文学和华语语系文学等，大有令人眼花缭乱之感。其中由海外华裔学者提出的"华语语系"研究（Sinophone Studies）影响最深，争议最大。以相关"读本"为例，就有史书美、蔡建鑫和贝纳德主编的《华语语系研究：一个批判性读本》（*Sinophone Studies: A Critical Reader*，2013），王德威、高嘉谦、胡金伦主编的《华夷风：华语语系文学读本》（*Sinophone / Xenophone: Contemporary Sinophone Literature Reader*，2016），还有较早由石静远、王德威主编的《全球化的中国文学：批判性的文选》（*Global Chinese Literature: Critical Essays*，2010）。如果说，石静远、王德威是基于多元混杂的"大同主义"，将大陆、离散华人、华侨、华裔的文学生产纳入华语语系的范畴——尤其在王德威的论述中，大陆是被华语语系"包括在内"的，那么，到了史书美这里，华语语系则呈现全然不同的面貌。在其论述框架中，大陆是被排除在华语语系之外的，她所倡导的华语语系研究，聚焦的是"中国以外的华语社群，以及中国境内不得不使用汉语的少数族群"，是对"处于中国和中国性（Chineseness）边缘的各种华语（Sinitic-language）文化和群体的研究"。换言之，她的研究虽是从作为最大公约数的母语问题切入，却无意于以汉语或者中文为主体，以构建"世界华文文学"或者"华文文学的大同世界"，而是执着地批判"中国情结"（即夏志清所谓"obsession with China"）。在史书美的理解中，汉族中心主义、中国中心主义等都是和帝国殖民无异的霸权，都是要被拆解和打倒的，但纵观其论述，不难发现存在偏颇之处。究其原因，华语语系和中国文学并非殖民对抗，在"中国性"的问题上，也并非判然有别。

  要客观地辨析史书美和王德威等学者所提出的华语语系观念，就不得不追根溯源，深挖其理论泉眼。可以说，史书美"离经叛道"的华语语系，是从西方后学如解构主义、后殖民话语和少数族裔理论出发的。比如她所高举的理论大旗，就有吉尔·德勒兹与弗利克斯·瓜塔里合著的《卡夫卡：通往一种少数文学》。在德勒兹和瓜塔里看来："少数文学"指的"并非产生于少数族裔的文学，它是少数族裔在多数（major）的语言内部建构的东西"。"少数文学"有解域化、政治性和体现集体价值等重要特征。"少数文学"从语言问题出发，以此类推，华语语系中的"华语"，则对应西方帝国殖民统治中所推行的英语、法语、西班牙语和葡萄牙语等"语言殖民"史。如此，帝国／殖民地，宗主国和附属国之间便有了强烈的等级关系。在西方后殖民的理论中，如何颠覆帝国中心主义，是无数学者和作家所关注的重心，但这一颠覆，是建立在殖民历史的实体之上，而非无凭无据的空中楼阁。但史书美用西方帝国主义、后殖民话语作类比，所高扬的华语语系则明显有脱离事实而牵强附会之嫌。学者刘俊在《"华语语系文学"（概念／理论）的生成、变异、发展及批判——以史书美、王德威为论述中心》一文中认为："中国（含台湾、香港、澳门）与其他具有使用汉语（中文、华语、华文）社群的国家和地区不存在殖民与被殖民的关系，因此中国的汉语'输出'，也不存在英、法等国那样依靠殖民统治向殖民地强行推广自己语言的现象，由是，史书美在这里'仿造''Anglophone'和"Francophone"'创造'出来的带有强烈史书美个人色彩的Sinophone（'史氏Sinophone'），其实是对'Anglophone'和'Francophone'的一种不合适的'误用'。"

而从离散/流散（diaspora）和华语语系的历史关系来看，史书美在《反离散：华语语系研究论》（2017）中对华语语系所作定义如下："华语语系研究是对处于中国和中国性（Chineseness）边缘的各种华语（Sinitic-language）文化和群体的研究。这里'中国和中国性边缘'不仅仅理解为具体的，同时也要理解为概略的。它包括严格意义上的中国地缘政治之外的华语群体，他们遍及世界各地，是持续几个世纪以来移民和海外拓居这一历史过程的结果；同时，它也包括中国域内的那些非汉族群体，由于汉族文化居于主导地位，面对强势汉语时，它们或吸收融合，或进行抗拒，形成了诸多不同的回应。由此，华语语系研究在整体上天然就是比较的、跨国族的，但它又处处与时空的具体性紧密相关，即依存于其不同研究对象而变动不居。"也就是说，在史书美的理解中，离散中国人和中国本土之间的关系，并非天然的，而是有期限的和人为建构的。当离散、流散的华裔（中国人）与定居地文化相融合时，离散的命运便宣告终结。此时不管你所使用的是何种语言，已然不属于"强势汉语"，而是另起炉灶，成为华语语系。

因此，"离散中国有尽时，华语语系无绝期"。史书美甚至进一步，在收编北美华语电影、华人写作和中国港澳台等地的视觉影像、文字书写之外，还将华语语系的冰镐深凿到了大陆（内地）内部，试图挖掘新疆、内蒙古等边疆地区的发"异声"、持"异见"者，将这些对中国认同的分歧视为"华语语系"的增援队伍。无怪乎，在《反离散》一书出版后，身为资深华文文学研究者的黄锦树也按捺不住，站出来批驳道："史书美那样的'反离散'论，究竟在反什么？对像我这样一个老派的华文文学研究者来说，'华语语系人'史书美的论述不过是用歪七扭八的新瓶来装那一点点旧酒。……在书中，她还刻意把Chinese diaspora译为'离散中国人'

而不是离散华人,刻意用美国人的眼光来看 Chinese 这个字。而当华文文学的'华'被转译为建构式数学式的'华语语系'时,连华人、华文这些原本简单又简洁的词汇都难以表述了。"(黄锦树:《这样的"华语语系"论可以休矣!——史书美的"反离散"到底在反什么?》)此外,身处大陆(内地)的学者如赵稀方、朱崇科、汤拥华等也都曾撰文,对史书美"一家独大"的华语语系理论进行学理性的探讨和批判。

不过,在梳理了围绕华语语系的争论之后,是否就意味着,我们应该将这一理论大旗扯下焚烧,而奉海外华文、世界华文等概念为正宗呢?其实未必。当我们在探讨流散、离散和"华语语系"书写之间的关系时,不应将目光局限于文学领域,关于"中国"的论述,也不唯史书美一家之言。而应让不同政治立场、学术派别的观点和思想互相激荡,彼此生发。从文化根系与中国性的认同和界定来看,杜维明的"文化中国",王赓武的"中国的'天下观'",唐君毅所言的"花果飘零、灵根自植",葛兆光的"宅兹中国"和"从周边看中国"等,为我们提供了更切实可行的理解处于地缘政治、文化传承、宗族血缘等历史、社会和人类学话语网络之内的"中国"。

回到开篇所谈的"流亡者共同体"和"共和联邦文学"的问题上来。以布克文学奖为例,1968 年,在法国龚古尔文学奖、美国普利策奖等的激励下,英国图书界提议设立一项可以与之媲美的文学奖,用以奖励年度最佳英文长篇小说,获奖人不限于英国籍作家,其他如爱尔兰及英联邦国家作者都可参与,但美国作家除外。英国图书界此举并非狭隘的民族主义,而是为了抵制以美国好莱坞为代表的娱乐、快餐文化对文学的蚕食。不过,自 2013 年起,只要是以英文写作并曾在英国出版的书籍即可参选。这意味着,原先被排除在外的"美国文学"(包括翻译成英文出版的其他语种的书籍),也可以竞逐此奖了——中国作家阎连科继 2013 年的《受活》和 2016 年的《四书》后,于 2017 年再次以《炸裂志》(英译本)入围国际布克奖,即是明例。换言之,布克奖的起源和发展,早已跳出了"共和联邦"的窠臼,而将目光伸向更具世界主义的广阔天地。

从汤亭亭、聂华苓，到白先勇、谭恩美、严歌苓、裘小龙、哈金等北美华裔作家，再到高行健、毛翔青、张戎、郭小橹、杨炼、余泽民等身处欧洲的华裔作家、诗人和翻译家，华裔族群中的文人几乎遍布全球各地。他们的存在，不该被简单纳入华语语系或海外华文的理论牢笼内，而理应还原到复杂、多元的历史文化场域中被细读。这样一批华文作家，或移民，或流放，但大多具有强烈的"中国情结"。正如《纳博科夫传》的作者博伊德所写："阅读纳博科夫，就仿佛坐在一个房间里，却看到外面某种诱人的风景，在阳光中摇曳生姿，它在召唤着我们。"我们所选择的"房间"，面对的也正是海外（世界）华文文学这样"诱人的风景"，如何观看、描摹并攫取其光辉，是个大问题。在我们回溯海外（世界）华文文学的来路时，是否能承接晚清康有为的"大同主义"，在中西交融和对话中，创建更具包容性的"中国性"和华文世界呢？如此，这一时时召唤着我们的风景才能散发恒久而迷人的魅力。

漂泊的诗神，或浮起的橡实：当代海外诗歌的漂流诗学

◎杨汤琛

从来漂泊与诗互为成就，羁旅异乡，茕立陌上，游子嗟穷叹旅以慰愁思，而锦绣诗章也得以从行旅间显身。漂泊与才华相撞后所发生的奇妙壮伟的化合反应，更可堪成为改造世界诗歌版图的有力撬点。正是奔走于时空的流动之沙上，且行且吟的荷马于流浪中编织了辉耀西方文明的诗句，流亡的但丁写下了展示文艺复兴之曙色的《神曲》，而行吟泽畔的屈原则于放逐地独力制造了中国诗歌史上的一座高峰。无论自我放逐抑或抱憾离乡，空间的无尽漂移在对诗人造成身心创痛的同时，也于虚无与陌生中敞开了诗歌更为丰富的力量与秘密。

二十世纪八九十年代，头角峥嵘的西方世界在浩瀚的太平洋那边隐露出诱惑的边际，发出一种与理想等同的远方的召唤。仿佛循光而去的飞蛾，一批怀揣渴望的诗人纷纷加入漂泊的行列，如北岛、杨炼、多多、顾城、张枣、宋琳、杨小滨、孟浪、胡冬、吕德安、王家新等，他们在策兰所言"非祖国与非时间"的异度时空，彷徨于离散与思乡、自由与失根、沉沦与奋起之间，他们作为异乡与故土之间的悬置者，不自觉拥有了内面与外部的双重视野。其诗歌言说亦由此发生了嬗变与扭曲、分裂与生长，与国内迭起纷呈的诗歌场构成了互涉、互融、互为镜像的诗歌景观，生长为足以修正当代诗歌走向的现象级的经典言说。

一、被失去的地址与还乡的诱惑

曾经,远方(异域)对于曾失落于政治迷狂、怅然于理想废墟的当代诗人而言,是闪耀着金色光芒的乌托邦,是当代诗歌一个被反复书写的主题词,是浪漫主义和新启蒙理想的一道美丽投影;共和国时代出生的诗人们以闭抑空间内部能达到的最高想象力涂抹着那无边无际的异域他者,对抗着被视为闭抑、呆板的时代现实。在他们早期的诸多诗篇中,我们看到异域化身为色彩缤纷的地址名词,燃烧为诗歌中的希望之焰、活力之源。二十世纪七十年代的多多隅居僻地,却要为心中的玛格丽洗劫"一千个巴黎最阔气的首饰店",电汇"加勒比海岸湿漉漉的吻",甚至连食物都是"英国点心""西班牙牛排""土耳其烟草",要"到黑海去,到夏威夷去,到伟大的尼斯去",这些琳琅满目的异域地名成为刺激诗人多多狂欢式诗歌展开的重要幻剂。远方也引发了北岛、张枣、王家新们巨大的激情:北岛高吟"走吧,/我们没有失去记忆,/我们去寻找生命的湖"(《走吧》),张枣渴望"选择/一个朝南的房间/一块干净的地方/我们重新开始/没有姓名和年龄"(《纪念日之四》),王家新则幻想着斯奈德的北部山区和暴风雪中的俄罗斯。怀揣远方的渴求,中国当代诗人们如联翩的候鸟,于二十世纪八九十年代络绎迁往海外。

当渴望的双脚真正抵达幻想的彼地,诗人却无法寻回往昔在文字里畅想、在言谈中渴望、在大陆内部呼唤的他者,彼岸永不可抵达,想象的地理与历史呈现为冰冷的现实存在,成为多多笔下被失去的地点:"是英格兰/使我到达我被失去的地点"(多多《在英格兰》)。与此同时,曾经幻想为抵制之物的时代外部(譬如作为祖国的实体)退隐幕后(这个外部曾经给予当代诗人以巨大的压力与动力,他们藉此迸发过强悍的诗歌激情),"应许之地"的乌托邦光芒瞬间消失,日常、冰凉的海外生活成为存在的实体。这一境遇类似拉什迪所描述的移民必将承受的分裂与丧失,"传统上,一位充分意义上的移民要遭受三重分裂:他丧失他的地方,他进入一种陌生的语言，他发现自己处身于社会行为和准则与他自身不同甚至构成伤害的人群之中。"海外诗人丧失了文化故土，而西方的商业化、消费主义又败坏着他们曾经追寻的自由，作为诗人的社会价值也因边缘的漂移而趋于虚无，异域既是物质般无情的现实，也是虚空中升起的冰冷城堡。

《看不见的城市》里，卡尔维诺笔下的旅人以寓言的方式演绎了幻想与现实之间的分裂，"在梦中的城市里，他正值青春，而到达依西多拉城时，他已年老。广场上有一堵墙，老人们倚坐在那里看着过往的年轻人，他和这些老人并坐在一起。当初的欲望已是记忆"（卡尔维诺《看不见的城市》）。曾热烈畅想英国点心与金色港湾的年轻多多也曾用梦幻的方式到达他的"达依西多拉城"，而当他真正触及异域的土地，当初的欲望却化为记忆。诗人笔触阴郁地描述着现实抵达的英格兰，"当教堂的尖顶与城市的烟囱沉下地平线后／英格兰的天空，比情人的低语声还要阴暗……耻辱，那是我的地址／整个英格兰，没有一个女人不会亲嘴／整个英格兰，容不下我的骄傲"（《在英格兰》）。不难想象，当诗人不远万里奔赴他所幻想的英格兰，感受到的却是现实中的阴郁与漠然，地址已经失效，无处可依的凄怆让诗人激愤地将耻辱作为栖息地。祛魅后的异域呈现了它粗笨而冷酷的底色，文化的隔膜、语言的隔离瞬间转变为游子的囚所，它甚至让张枣发出囚徒的叹息，"这海底好比一只古代的鼻子／天天嗅着那囚得我变形了的瓶子／看看我的世界吧，这些剪纸，这些贴花／懒洋洋的假东西：哦，让我死吧！"（《海底被囚的魔王》）。昔日幻影不再，地址已被现实修改，流浪的缪斯注定处于无尽的漂流与寻找之中。

无枝可栖的孤独与苦闷化为怀乡者的眼泪，"流亡者的头总是往后瞧，眼泪总是滴落在肩胛骨上"（布罗茨基）。孤悬海外的诗人中了魔咒般纷纷陷入了思乡的迷途，异域非但没有如约展现一望无垠的幸福许诺，反而成为一个飘移的原点，不过为诗人再造了回归"丢失的源头"、回到初始的无限欲望。漂泊的北岛被故国所蛊惑，被归去来所折磨，"被来自故乡的牛瞪着，云／叫我流泪，瞬间我就流／但我朝任何方向走／瞬间，就变成漂流／刷洗被单簧管麻痹的牛背／记忆,瞬间就找到源头／词,瞬间就走回词典／但在词语之内,航行／让从未开始航行的人／永生都不得归来"(《归来》)。而对于二十世纪九十年代之后才旅居英国的王家新来说,祖国成为飘移途中一个压迫性的存在、一种如影相随的事物,"流亡的人把祖国带在身上／没有祖国,只有一个／从大地的伤口迸放的黄昏／只有世纪与世纪淤积的血／超越人的一生……祖国在上,在更高更远的地方／压迫你的一生",故国,成为被失去的源头,成为压倒性的过去的时光,它们从眼泪与伤口中生长为漂泊者的抒情。

多多自1989年去国之后,变得多愁善感起来,怀国思乡之作不绝于手。它们流溢着安静而忧伤的调子,朝向远方的祖国一唱三叹,"十一月入夜的城市／唯有阿姆斯特丹的河流／突然／我家树上的橘子／在秋风中晃动／我关上窗户,也没有用／河流倒流,也没有用／那镶满珍珠的太阳,升起来了／也没有用／鸽群像铁屑散落／没有男孩子的街道突然显得空阔／秋雨过后／那爬满蜗牛的屋顶／——我的祖国／从阿姆斯特丹的河上,缓缓驶过"(《阿姆斯特丹的河流》)。在"没有用"的相思成灾中,诗人成了一个被祖国纠缠睡眠的重症思乡者,他甚至在《居民》一诗完全陷入了思乡这类明澈的忧伤之中,"在没有时间的睡眠里／他们刮脸,我们就听到提琴声／他们划桨,地球就停转／他们不划,他们不划／／我们就没有醒来的可能／／在没有睡眠的时间里／他们向我们招手,我们向孩子招手／孩子们向孩子们招手时／星星们从一所遥远的旅馆中醒来了／／一切会痛苦的都醒来了／／他们喝过的啤酒,早已流回大海／那些在海面上行走的孩子／全都受到他们的祝福:流动／流动,也只是河流的屈从／用偷偷流出的眼泪,我们组成了河流……"(《居民》)有意味的是,多多曾提及自己书写的分裂性,"在中国,我总有一个对立面可以痛痛快快地骂它;而在西方,我只能折腾我自己,最后简直受不了。""祖国"这个庞大而模糊的意象在诗人去国前与去国后的诗作中都曾闪烁过,但呈现的却是色调迥异的情绪。作于1973年的《祝福》中,"祖国"是一个流浪的孤儿,"从那个迷信的时辰起／祖国，就被另一个父亲领走／在伦敦的公园和密支安的街头流浪／用孤儿的眼神注视来往匆匆的脚步／还口吃地重复着先前的侮辱和期望"，祖国是晦暗而阴郁的，它摇摆于侮辱与期望之间。而在作于1989年的《阿姆斯特丹的河流》《在英格兰》等诗作中，祖国是漂流于异乡河流的浪漫屋顶，是魂牵梦绕的祖国母亲："从指甲缝中隐藏的泥土，我／认出我的祖国——母亲"（《在英格兰》）。祖国意象的蜕变，呈现了多多于不同时空语境下对于母国的感受与情绪。赛义德认为，"放逐"是知识分子"对抗式阅读"的方式，也是创作生命力更新的源泉。无疑，在身体与精神的双重转变中，故国与异国均成为在场的他者，这种被悬置的命运让移居海外的多多足以在陌生化情境下重新观看与感受母体文化，从而更新了对于祖国的观看视角与情感倾向。

海外诗人漂流异域，与故土的牵绊不仅凸显于祖国这个巨大之物上，汉语与传统文化的还乡亦成为海外诗人们反复确认与寻求的方向。异域之场中，他们是被隔离的他者，是不在场的在场者，语言的隔绝、文化的差异、异质的焦虑制造的是无穷尽的心灵孤独与文化迷失，由此，汉语，这悬浮的故乡宛然化为漂泊途中坚固的安全岛。北岛从母语中找到了现实的存在感，"在外面漂泊久了，是否和母语疏远了？其实恰恰相反，我和母语的关系更近了，或更准确地说，是我和母语的关系改变了。对于一个在他乡用汉语写作的人来说，母语是唯一的现实……"[1]为此，独在异乡的诗人以噬心的疼痛在母语中反复寻觅故土的慰藉，"我对着镜子说中文／一个公园有自己的冬天／我放上音乐／冬天没有苍蝇／我悠闲地煮着咖啡／苍蝇不懂得什么是祖国／我加了点儿糖／祖国是一种乡音"（《乡音》）。诗人所面对的镜子，是虚空的象喻、孤独的表征，亦是虚无中自我的确认，而确认的支点便是被说的"中文"。中文与对镜自白的我成为互为镜像、互相确认的关系，只有在乡音的慰藉下，诗人才得以从冬天公园的沮丧（异域的荒芜与孤独）

---

[1] 唐晓渡：《我一直在写作中寻找方向——北岛访谈录》，《诗探索》2003年3—4辑。

中挣扎出来。他放上音乐、悠闲地煮着咖啡，以为可以藉此优雅地度过这异域时光。可这一系列貌似轻松并颇具西式风范的动作不过是脆弱不堪的自我表演，诗人的内心痛楚正在淤积，他不得不从优雅的咖啡手艺滑向不堪的苍蝇，嘲弄"苍蝇不懂得什么是祖国"，肮脏龌龊的昆虫在没有祖国的负担下比"我"活得更加轻松。为了缓解这沉郁于心的痛苦，"我"又加了点糖。可祖国的魅影挥之不去，它又幻化为镜中之音向诗人徐徐召唤。对于备受思乡煎熬的北岛而言，中文，不但是唯一的行李，也是唯一的安慰罢。

布罗茨基曾深入思考过流亡与母语之间的关系，他阐述道："流亡作家是对他的母语的反讽或者向母语的隐退。语言起初是他的剑，接着成为他的盾，最终变为他的宇宙舱。他同语言之间最初是私人的、亲密的关系，这在流亡中变成命运——再往后才变成职业和责任。"母语以亲人的方式予漂泊的游子以安慰，而对于诗人而言，母语是无可逃避的命运，也是诗人必须藉此创造的责任。作为海外诗人的代表，杨炼离乡30年，漂流过20多个国家，无尽的漂泊中，他始终坚持用汉语写作，提出了汉语诗歌"中文性"的诗学命题，并以走火入魔的方式书写了彰显汉语之魅的组诗《同心圆》。其中《识》一诗全用小篆写成，诗中仅有寥寥八个不成完句的汉字。这类误入歧途的极致书写固然让杨炼难逃文字游戏的指责，然而，从精神指向而言，杨炼对汉语的疯狂迷恋与他经年的漂泊无不有着内在的关联。无根的漂泊之途中，汉语成为诗人抵抗虚无、确认自我的唯一现实，他企图攀缘汉语之枝寻求自我确证的回乡之根。

语言、传统，它们就像血缘的召唤，是游子无法逃离的宿命，也是人类回溯来处的天然冲动。张枣对此有着决绝的认知，"她也就是那个在历史从未摆脱过政治暴力的重压，备受意识形态的欺凌、怀旧、撒谎、孤立无援而又美丽无比的汉语。……让我们在自由和镣铐中各自奔赴自己的命运。但母语是我们的血液，我们宁肯死去也不肯换血。"[①] 我们会发现一个

---

① 张枣：《张枣随笔选》，北京：人民文学出版社，2012年，第53页。

有意思的现象，曾视西方现代派诗为引路人，曾高举反叛传统旗帜的当代诗人们，一旦远离传统、置身西方，就仿佛失去了张力的弓箭，他们失去了从西方诗歌中汲取力量的热忱，反而将才华之弓指向曾奋力攻击的传统之源。这一悖论性情境，让我们望见了传统、时间与诗歌创作之间的无尽纠葛。朦胧派诗人北岛、顾城、杨炼去国前的诗作是共和国诗坛上一次集体的美学叛逃，是西方现代诗派的一个嘹亮的回声。他们在中国新诗史上勇猛地开创了新的地平线，然而，漂流于异域文化之场的他们却如逃亡的逆子，离得越远，血液内部的呼唤越有力量，时间愈久远，过去的印记愈清晰。曾被他们所叛逃的传统文化在远隔重洋后化身为殷殷呼唤、不竭诱惑。"胡马依北风，越鸟巢南枝"，海外诗人们望风而鸣，在海外承续传统之源，重新发掘传统之活力。

顾城去国后，多次化用古体诗的形式来作诗，如《遥念》《远望》《汉堡临渡谢梁君》《娴歌》等作，不仅语言古雅，诗情诗意亦不脱唐人兴味。杨炼则如炼丹师，着意在古典文化、诗词与现代汉语、经验之间化合一种"中文性"的诗作，《水薄荷叙事诗（五）——哀歌，和李商隐》以李商隐的一句诗作为楔子展开创作，诗人之神与李商隐之影交相出没于诗句间，成为古今诗文之幻化的奇景；其组诗《水肯定的》与《水经注》形成互文，其中不少诗句直接引用《水经注》原文，成为现代汉语与古典文献交叉编织的互文性文本。为什么漂流的缪斯会格外钟情传统的承续？有关张枣的言说或许能触及其中的秘密，"越想脱离流亡状态，就越是陷入流亡的迷途；越在迷途中，就越热衷于对过去经验的精美重构。行子断肠，百感凄恻，流亡中的诗人对传统文化元素的自觉再现和变形，其实也是流亡心态的一部分。"①

这实在是一个有趣的悖论，身在其中却渴望逃离，而一旦离开则断肠凄恻，被无尽的还乡执念所诱惑。去国经年，曾经执意飞离故土的游子纷纷以各种方式还乡：多多回到了阳光热烈、气息清新的海南岛，成为一名

---

① 颜炼军：《诗歌的好故事……——张枣论》，《文艺争鸣》2014年第1期。

沉默的教授；王家新匆匆旅居两年，又折回了始终呼唤着他的祖国；张枣终于摆脱了海底魔王的囚所，返回了最终安顿他身心的故土；而常年辗转世界各地的北岛、杨炼也成为候鸟式的返乡者。漂泊的缪斯依靠故乡的指引，返回了母语的发源地。

二、朝内的风景与文本内部的航行

在颂歌文体一统天下的时代，北岛、顾城们从时代的淤泥内部挣扎而出，赋予了当代诗歌政治抗议与美学反叛的双重形态。外在法则与意识形态的束缚是他们颠覆的对象，也是他们诗歌激情的重要来源，他们从与外部的对抗中获取了巨大的诗意，在历史的序列中生成为一个大写的抒情主体。而二十世纪八九十年代，他们纷纷放弃国内的殊荣而漂流海外，在某种意义上也遵循了挑战与反叛的内在逻辑，以远离的方式将自我抛入一个作为对立面的异域。然而，这一自我流放似乎并没有让他们获得想象中无边无际的自由与激情，无尽的漂泊仿佛耗尽了他们对于外部的热忱，曾经沸腾于对外颠覆与抗议的内在心灵冷却下来，那潜伏于现实冰山下黑暗而个人的一部分如幽灵般浮现，成为诗人不得不直面的事物。北岛谈及出国前后诗歌之变化时回答："如果说变化，可能现在的诗更往里走，更想探讨自己内心历程，更复杂，更难懂"[1]，"我想流放给了我许多去面对黑暗之心的机会，那是每一个人都必须面对的……"（《流亡只是一次无终结的穿越虚空的旅行》）。悬居域外的宋琳渴望从孤独的内心缔造一个新的开始，"长期的孤独中养成的与幽灵对话的习惯，最终能否在内部的空旷中建立一个金字塔的基座？"[2] 仿佛布罗茨基所谓的橡实的漂流，它固然会遭遇无数的洪水与泥土，可始终坚固地与外界保持着隔绝，悬着一个空旷的内部。

漂泊始终是一种与他者文化保持距离的悬置状态，是身处其中又身处

---

[1] 北岛：《热爱自由和平静》，载《新诗界》第四卷，北京：新世界出版社，2003年。
[2] 宋琳：《域外写作的精神分析——答张辉先生十一问》，《新诗评论》2009年第1辑。

其外的"在",这种闭抑的流动所发生的如影相随的孤独会予人以"海底被囚"的苦闷,而从诗歌创作层面而言,亦有助于诗人从大写的主体走向实在的个体、幽微的内心。寓居海外后,北岛的诗作与二十世纪八十年代相比更为个人化,呈现了朝内的持续性深入的态势,对自我潜意识的捕捉、对暗示性心象的呈现构成了他海外书写的主要形态,如《关键词》一诗:"我的影子很危险 / 这受雇于太阳的艺人 / 带来最后的知识 / 是空的 // 那是蛀虫工作的 / 黑暗属性 / 暴力的最小的孩子 / 空中的足音 // 关键词,我的影子 / 锤打着梦中之铁 / 踏着那节奏 / 一只孤狼走进 // 无人失败的黄昏 / 鹭鸶在水上书写 / 一生一天一个句子 / 结束"(北岛《关键词》)。北岛对作为诗人的自我进行了反复的拆解、重建与反思,危险的种子、黑暗属性的工作、梦中之铁、孤狼、鹭鸶,这些碎片化随意穿插的意象呈现为个人呓语的特质,带有陈超所言的"自嘲"与"宿命感",呓语般潜意识的展示则意味着北岛从理性的诗语建构走向了心灵深渊处。与北岛类似,新西兰漂流岛上的顾城也逐渐步入了一个谜语般的内心世界,他作于此时的一些诗作让人想起梦幻者的喃喃自语,他不再对着外在的他者抒情,也不指向形而上的追问,而是返回自身的梦境与感受之中,呈现他入迷的心象。

仿佛一颗被寒冷所包裹的种子,在突围不了的孤独中,张枣努力于寒冷的德国练习观物与观心的能力,"但我刚到德国,就马上理解了里尔克与罗丹的关系,就是所谓物诗。从那里,我真正开始了解罗丹,了解'看',练习各种'观看',然后内化'看'。在孤独的黄昏,寒冷的秋季,坐在一棵樱桃树下,观看天鹅等等。这种'看'也成了对生命的一种消遣,也是一种面对绝望的办法。"[①] 如果不孤独地契入德国,张枣可能永远徘徊于里尔克与罗丹之外。漂流将张枣推入孤独、一个绝对的远景,在这一状态中,他拥有的只是他自身。异域在制造孤独的同时也让诗人从绝望中寻找诗歌的出路。张枣所提及的里尔克的物诗,其内涵是从罗丹的雕塑得到灵感,

---

[①] 张枣:《张枣随笔选》,北京:人民文学出版社,2012年,第210页。

通过个体对客观对应物的直观，于物我交融间返回心灵的内在空间，并抵达普遍人性的幽暗基地，因为"人类的灵魂永远在清明或凄惶的转折点中，追求这比文字和图画、比寓言和现象所表现的还要真切的艺术，不断地渴望把它自己的恐怖和欲望，化为具体的物"（里尔克《罗丹论》），观物成为张枣化解内心恐怖、寻求本质力量的重要方式，"在我最孤独的时候／我总是凝望云天／我不知道我是在祈祷／或者，我已经幸存？"（张枣《云天》），从对云天的凝视中，诗人返回自身，对自我存在进行了本质性追问，这一追问不仅指向个体经验，在作为人类眼睛的凝视中，也恍然指向人的来处与去处。宋明炜指出萨义德教授发现"来自后殖民国家和地区的流亡者的经验，处在话语世界边缘的存在，处在'历史'之外的时间。在他的论述中，流亡从历史的黑洞中被还原为一种切肤的体验，它因此也就走出了狭窄的领域，面向我们每一个人"（《流亡的沉思：纪念萨义德教授》），流浪于历史黑洞中的海外诗人最终如萨义德所言不得不以独立的姿态来承担朝向个人的生存体验并藉此潜入普遍人性的幽暗水域，因为漂泊是"一种绝对的视角"，"你本人和你的语言就是你的全部，没有任何人或任何事介于这两者之间"（布罗茨基）。

漂泊不仅改造诗人的内心，也作用于诗歌美学肌理的变形，除了不断朝向内心深渊的航行，海外诗人也于文本内部进行美学层面的编织与调节，以纯粹手艺人的姿态心无旁骛地打磨诗艺。张枣将这一倾向视为流浪诗人的必然追求，"一九八九年出现的文学流亡现象虽有外在的政治原因，但究其根本，美学内部的自行调节的意愿才是真正的内驱力。先锋，就是流亡。而流亡就是对话权力的环扣磁场的游离。流亡或多或少是自我放逐，是一种带有专业考虑的选择，它的美学目的是去追踪对话，虚无，陌生，开阔的孤独并使之内化成文学品质。"[①] 自我放逐，既是此在的生存方式的逃离，也是对既成美学规则以及被束缚的美学品质的挣脱。北岛就颇悔少作，对

---

① 张枣：《张枣随笔选》，北京：人民文学出版社，2012年，第256页。

他人津津乐道的"经典"总抱不愿提及的态度，就算远走海外，他也"注定成为受成见侵害最深的一个"（唐晓渡），而一直挣扎于别人扔给他的各类政治标签之中。从某个程度而言，自我放逐对于北岛而言，更意味着他渴望摆脱"社会正义与良知代言人"的僵化符号，渴望从纯粹诗人的角度来恢复自身，渴望朝向诗歌语言与艺术形式的内部探险。陈超对于北岛的评述是敏感而中肯的，"从另一角度说，'第三世界'诗人也可以'利用'西方读者的误读兴奋点，来强化自己诗中的'政治'，以获取国际影响力的'象征资本'。在此，'道义'和'投机'会时常显得含混难辨。然而，在我看来，北岛是较为清醒的，他出国后的诗作，不但极力淡化政治性，而且继续朝向了对'纯粹的诗'的努力。"①北岛希望"笔在绝望中开花"，他的海外书写勇敢地朝向了汉语内部的航行。对于汉语的重新发掘与赞叹，让悬居海外的北岛痴迷于语言炼金术，语言的锻造愈发精纯，意象的雕刻愈发精细，诗体仿佛枝蔓尽除的水晶树，冷峭而富于质感。譬如《无题》一诗："在母语的防线上／奇异的乡愁／垂死的玫瑰／／玫瑰用茎管饮水／如果不是水／至少是黎明／／最终露出午夜／疯狂的歌声／／披头散发"（《无题》）。这首短诗足以体现北岛海外诗作所追求的"少就是多"的特质，诗句精简，每行仅寥寥几字，摈弃了复杂的修饰与转折，但凸显的意象却富于造型与张力，饮水的玫瑰、披头散发的歌声这些诡奇的意象宛如工笔雕刻、匠心独具，它们在诗意的牵引下构成奇异的关联，从而迸发出巨大的诗意。其海外诗的代表作《时间的玫瑰》也清晰呈现了北岛诗艺追求的细节与方向。"当守门人沉睡／你和风暴一起转身／拥抱中老去的是／时间的玫瑰／当鸟路界定天空／你回望那落日／消失中呈现的是／时间的玫瑰／／当刀在水中折弯／你踏笛声过桥／密谋中哭喊的是／时间的玫瑰／／当笔画出地平线／你被东方之锣惊醒／回声中开放的是／时间的玫瑰／／镜中永远是此刻／此刻通向重生之门／那门开向大海／时间的玫瑰"（《时间的玫瑰》）。

---

① 陈超：《北岛论》，《文艺争鸣》2007年第8期。

"时间的玫瑰"作为一个富于视觉效果的名词组合,它赋予了形而上的时间以具象的美,同时又展现了仿佛正徐徐绽放的玫瑰的动态生命,可谓诗中的神来之笔。作为核心意象,它不断以回环往复的方式幽灵般浮现于每一诗节的末尾,仿佛无尽的时间的循环与流逝,一次次消失又绽放于读者面前。时间中幻现的意象有转身的风暴、水中之刀、东方之锣、开向大海的门,它们是每一诗节的核心意象,形成独立的诗节意义,同时从不同层面如花瓣涌向花蕊般精确地呼应着"时间的玫瑰",立体多维地呈现了诗人对于时间的哲理性思考。

漂泊的体验也以近乎极致的方式压迫着顾城脆弱的神经。他在新西兰漂流岛上执意过着与邻舍鸡犬相闻、不相往来的隐士生活,用树皮盖房子、木头造桌子。对于诗歌,他也一样要追求返璞归真的自然,竭力从自然口语中寻找诗意的升腾、毫不掩饰地呈现个体破碎性的精神生活片段,他写了大量诸如以下的诗句:"他很没钱/大堤不容/不知怎的/拿着桔子"(《焉知》),"娃娃不要说话/沿着走,跟着下降/写完中小学幽暗未明/的发言稿,该回去了//午夜,也在食堂吃饭/说谁在碗里洗锅/小鳄鱼皮张开,像谁来着/大了娶媳妇,照相尤/其是 眉毛呵"(《风声》),"死是一个/很坏的感觉/就像一个说好的下午/车没有来/你还得等/缩在床底下哎,几天几夜//都是因为插门/他从前门进来/没人救她/敲勺的时候,把刀/舞来舞去/走路不要踩鸡蛋,这才/稍有松心,兔子一个跟一个/没人的地方/更深,也没人"(《魔》)。这些诗句彻底抹去了顾城前期的诗歌风格,它以破碎的口语形态挑战惯有的美学法则,以无为的方式主动放弃诗歌写作技巧,让诗歌借助词语神秘地流动,它通向被淹没的无意识之流,呈现的是诗歌无言而幽冥的部分。顾城的这种书写方式不啻是一种决绝的自我毁灭与再造,它趋近策兰式自我紧闭的语言漩涡,而所指则更为神秘悠远。

虽然,在诸多访谈中,多多总断然否定海外生涯对其诗歌的改造,但不可否认,域外的孤绝、漂泊的省思已如水融般,不自觉地变形了他诗歌书写的方式。如果说出国前,多多通过对意象的绝对控制体现了操纵词语与想象的强悍能力,那么出国后,多多对恣肆的才情则有了足够的警惕,对诗艺有了更精细的追求。他望见了诗与歌之间的古老血脉,开始从声音循迹而来,专注于诗歌的发声学研究。黄灿然指出:"多多的激进不但在于意象的组织、词语的磨炼上,而且还在于他力图挖掘诗歌自身的音乐,赋予诗歌音乐独立的生命。"①《依旧是》《在一起》等诗作一唱三叹、回环重叠,内在的韵律与表象的节奏融合无间,成为富于弹性与灵性的谣曲式书写,"走在额头飘雪的夜里而依旧是 / 从一张白纸上走过而依旧是 / 走进那看不见的田野而依旧是 // 走在词间,麦田间,走在 / 减价的皮鞋间,走到词 / 望到家乡的时刻,而依旧是 // 站在麦田间整理西装,而依旧是 / 屈下黄金盾牌铸造的膝盖,而依旧是 / 这世上最响亮的,最响亮的 / 依旧是,依旧是大地"(《依旧是》)。"依旧是"犹如有节奏的鼓点,驱使着诗句持续前进,在加速的能量聚集下,诗句如礼花般依次绽放。多多对于诗歌韵律的追求为诗歌中跳跃、纷乱的意象赋予了清晰的形态,并制造了听觉的狂欢,这无疑是多多诗歌艺术形态上一次有效的提升。当然,随着对诗歌音乐独立生命性的进一步追逐,多多不断调试着诗歌的发声方式,从外部的音律追求转向对诗歌内在节奏的调试,不难发现,他二十世纪九十年代后期的诗作如《四合院》《没有》等诗已然褪去了外部音律的躯壳而化为有呼吸的生命体。

帕慕克曾说:"离乡背井助长了他们的想象力,养分的吸取并非通过根部,而是通过无根性。"(《伊斯坦布尔》)当代诗人漂泊异域,遭遇了悬浮于自我与他者之间的双重失重,漂浮于无根性的不可承受之轻中,然而,正如养分的吸收往往通过无根性,反重力的压迫之下,他们反而在母语与传统间寻得了写作的根基,获取了更为开阔的想象空间,甚至萃取了更为深邃的诗歌之秘密。从这些层面而言,海外漂泊者的诗歌具有类似的泛音,

---

① 黄灿然:《最初的契约》,见《多多诗选》附录,广州:花城出版社,2005年。

当然，基于个体的诗学追求与个人的诗性见解，当代海外诗歌永远声音纷扰、面容复杂，书写者很难对之进行整齐的划分与概述，任何界定都会带来迷失与损耗，因此，上述东鳞西爪式的表述不过是投向他们漂流生涯、动荡文字的匆匆一瞥。

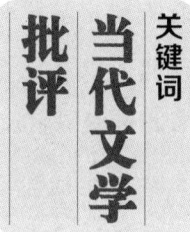

当代批评,如何可能?

吴义勤　陈培浩

　　文学批评作为专门的学科是现代教育体制的产物。韦勒克、沃伦的文学理论、文学史、文学批评三分法是对西方学术的准确概括。这种划分后来传到中国。如今有无数专业研究者从事着文学批评工作,很大原因就在于这种知识生产具有深厚的学科支撑。文学现场源源不断的新作需要文学批评的阐释,层出不穷的文学现象需要文学批评去辨认,文学史的准入门槛需要文学批评去建构和创设……因此,文学批评从来不缺热闹,甚至,文学批评的问题就在于太过热闹。

　　近年来,对文学批评的反思之声不绝于耳。站在不同的立场上会有不同的反思:忧心于批评的独立性、公正性而有对"红包批评"的发难,忧心于批评的及物性和同时代性而有对学院化批评的针砭,忧心于批评的专业性而有对泡沫化媒体批评的炮轰……这些反思之间甚至是相互驳斥的。从事纯学院文学批评的人关心的是文学批评的精深渊博，以及在学术谱系中的突破，这个谱系由于很难被非专业读者共享而常被视为艰深晦涩，因此反对批评的过度学院化成为一种有代表性的声音。反过来，受过专业训练，把客观公允、准确自洽作为批评标准的批评者能轻易发现当下很多批评或自说自话，没有参照，无限放大；或翻手为云覆手为雨，为了不同需要能引申出完全不同的结论。这只能说明任何批评类型都有其限度。

批评的乱象呼唤有效的批评伦理。显然，这种伦理恐怕不是以某种类型为旨归，不是定于一尊，而是在批评场域中确立一种有益的生态。除了抄袭、谩骂等明显有违文学批评的道德及专业伦理的做法外，作为类型的争执，不妨看其百花齐放、百家争鸣。从事文学批评者也不妨多一点平常心，"挖烂苹果"这样直接、实证的文本批评有精深学院批评所不及处，但优秀学院批评的宏阔视野也不该被轻视。

提倡批评生态的包容多元并不意味着我们没有自己的批评立场。何谓文学批评？教科书提供的是一般化定义，但好的文学批评都是个人风格化的。所以，从事文学批评者不仅要追问何谓文学批评，更要追问何谓有效的文学批评，何谓好的文学批评。在我看来，文学批评必须要有幽微曲折的审美之心，也要有精深宏阔的历史之眼，前者帮助批评家不遗漏作家的体验，后者帮助批评家为这种体验找到合适的历史位置。能如此，便不失为称职的批评家。可是，更好的批评家，还为自己的写作找到个人风格；更更好的批评家，他的写作不仅阐释作品、阐释自己，它也在时间的迷雾笼罩的巨石荒野中寻路，用创造性的批评照亮人类精神的某条分岔小径。

本期邀请了黄德海、刘奎、李德南、张光昕四位在当代文学批评领域崭露头角、个性鲜明的评论家参与讨论。批评家黄德海开宗明义指出:"文学批评不是文学作品的意义解释,不是文学作品杰出的后置证明,更不是判决一部作品优劣的定谳,而是一种特殊的写作方式,一次尝试探索新世界的努力。"强调文学批评作为写作之一种,便是强调批评的独立性、思想性和文体性;强调批评和文学创作一道面对当代精神难题的责任和担当,这是很多以批评为志业者一直孜孜不倦的探索。黄德海的批评实践无疑一直充满着对批评文体性的敏感。评论家刘奎则对激活社会和历史想象力的文学批评特别倾心,他先是勾勒了近年文学批评场域的一种倾向:"都试图从文学和文化的角度重探文学与社会、历史、政治之间的有机联系,重新激活文学的历史和社会想象力",继而以陈超、姜涛、张桃洲的诗歌批评为例,阐释了重建文学与社会历史之间微妙关联的批评可能。批评家李德南特别警惕在文学史或文学批评之间设置学科高下的倾向,在他看来,当代文学批评"必须得真正置身于流动的文学现场","对未来具有判断力",对作家写作"同样应该有预见性"。有趣的是,同样是面对当代文学批评话题,批评家张光昕则选择通过一个创造性的批评文本,追问了如何成为"同时代人"的一种路径——用"谁"来回答"什么"。他深入到具体可感的情境中,从生动的细节和写作发生学反向想象了"当代批评"之可能。

白手不许持寸铁
——可能的文学评论写作

◎黄德海

在讨论这个话题之前,或许应该事先声明,文学批评不是文学作品的意义解释,不是文学作品杰出的后置证明,更不是判决一部作品优劣的定谳,而是一种特殊的写作方式,一次尝试探索新世界的努力。

一

你们看水边的鸟,一边快跑一边扇翅膀,之后双翅放平,飞起来了。将飞,是双翅扇动开始放平,双爪还在地上跑;飞而未翔,是身体刚刚离开地面,之后才是翔。这个转换的临界状态最动人。

进入大学文科,接受了系统理论训练的学生们,是不是一方面对自己暗暗怀抱的文学梦息心绝念,一方面想着在枝杈横生的理论森林有所建树呢?是不是会花很大的功夫集中攻读诘屈聱牙的西方经典,了解了一个又一个不同的理论观点,觉得自己有整把整把可以打出去的好观点,手触肩倚间就能让面前的文学作品谡然而解、无所遁形?是不是根本没有意识到,这种方式不过是用旧已知对待新混沌,七日后而混沌将死,只留下理论操练的枯燥文字,在曾经生机满眼的纸上尸横遍野?

等离开理论本身,准备好面对具体的文学作品的时候,我们或许很快会意识到,各类经典著作中提供的完美的理论框架和精妙的文学见解,根本无法照搬照抄,当然也就不能提供给我们一直渴求的理论依据——除非削足适履,让文学作品对某些理论委曲求全;或者削履适足,让理论对某些作品迁就忍让。习惯了以理论框架作为依仗的文学评论写作,差不多会一直处于顾此失彼的状态,不是流于感性的泛滥,就是陷入理性的疏阔,更多时候是两方面都搭不上,落到宋代常语所谓"半间不界"的困局里。

这个困局让我们认识到,理论并非文学创作的指导,也不是要为此后的文学评论提供某种"合法"的理论支撑,我们应该恰当地将其理解为一种有益的写作尝试,用与此前创作不同的方式,表达写作者对这个世界的独特认识。与文学创作类似,文学批评要表达的,也是写作者的独特发现。这个发现一旦被完整地表述出来,就确立了其在认知史上的地位,应该以独立的姿态存在,不需要简单地重复使用。因此,有关文学的结论,在起始意义上就几乎杜绝了被挪用的可能。

为了避免这种尴尬,文学评论应该回到我们置身的当下,与批评对象共同成长,在深入、细致阅读具体作品的基础上,获得具体的感受,回应具体的现象,得出具体的结论——即使因此形成了较为系统的理论陈述,也应该是在当前的具体文学现状中生成的。这个生成虽与具体的文学作品相关,根柢却是写作者在阅读时凭借自身的知识和经验储备,有了发现的惊喜,并用一种与作品不同的方式把这个惊喜有效传达出来。

诺斯洛普·弗莱说,"批评的公理必须是:并非诗人不知道他在说些什么,而是他不能够直说他所知道的东西。"在这个意义上,文学创作和文学批评写作是有益的协作。一个文学作品朦朦胧胧地传达出对某一陌生领域的感知,文学批评的写作者在阅读时,凭借自身的知识和经验储备,有了"发现的惊喜",并用属己的方式把这陌生领域有效传达出来。

这发现跟阅读的作品有关,却绝不是简单的依赖。说得确切一点,好的文学批评应该是一次协作性朝向未知的探索之旅,寻找的是作品中那个作者似意识而未完全意识到的隐秘世界。评论者与作者一起，弄清楚了某个陌生的领域，从而照亮社会或人心中某一处未被道及的地方——新的世界徐徐展开。一个有意味的悖论是，评论越贴近作品的具体，这个价值就越容易彰显出其生动的独特；脱离了作品"跑野马"，这个发现的价值就仿佛失了灵魂，即使再奇异，也免不了气息奄奄。就像上面引的阿城解"若将飞而未翔"，那个看似乍离具体作品，却又不是真的脱开的临界状态，最富韵致。

认识到这一点，文学评论的写作并不会就此变得轻松起来，或者更糟，自此变得更加困难了。因为每个作品都有具体的语境，没办法用同样的方法处理不同的具体的语境，故此每当面对一个新的作品的时候，必须试着去摸清这个作品自身的肌理，并用适合这个作品的方式将其表达出来。在这种情形下，几乎每次写作累积的经验，在面对下一部作品时都会完全失效，从开头到结尾，需要重新摸索。不断的摸索迫使我们不断回到作品本身，反复体味其中的微妙，却也在很多时候让人三鼓而衰，失去了写作的乐趣。或许正是在这里，文学评论才真正开始脱离用已知凿破混沌的习作阶段，进入了自觉的尝试过程。

二

> 此外，还应懂得作为"能"演员虽然掌握十体很重要，但更重要的是不可忘记"年年岁岁之花"。例如，十体是指模拟表演的各种类型，而"年年岁岁之花"，则是指幼年时期的童姿，初学时期的技艺，盛年时期的作派，老年时期的姿态等，是说将这些在各时期自然掌握之技艺，都保存在自己的现艺之中。

人们很容易把败坏的赞扬当成赞扬的文学评论的典型，从而忽视了赞扬更为优异的品性，就像为了抵制假古董而忘记了古代艺术品的美。败坏的赞扬不外两路：一是把陈陈相因的滥调作为郑重的发现，一是假想一种作品实际上并不具备的美德。前一路败坏是乡愿作怪，后一路败坏是恶紫夺朱。无论是以上的哪种赞扬，都虚伪而不能反映真实价值。长此以往，写作者的内在品质就逐渐"学会了搔首弄姿、跳舞，以及如何使用化妆品，学会了'用抽象术语的恰当思考'来表达自己，并逐渐失去了它自己"。如此情景之下，又怎么可能期许一种有意义的赞扬？

在古代，"颂"是一种高贵的文体，因为它通向神明。按《诗大序》的说法，《诗经》里的"颂"，就是"美盛德之形容，以其成功告于神明者也"。屈原的《九歌》，也明明确确是愉神之作。王逸《楚辞补注》："昔楚国南郢之邑，沅、湘之间，其俗信鬼而好祀。其祀，必作乐鼓舞以乐诸神。"在古希腊，人应效仿的典范是神，照希罗多德的说法，是"赫西俄德与荷马……把诸神的家世交给希腊人，把诸神的一些名字、尊荣和技艺交给所有人，还说出了诸神的外貌"。在这个写作的序列里，因为对象是高于人的存在，人要把最好的自己和自己最好的所有展现给神看，写出自己的勇敢、节制和虔诚，写出世上的美好和庄严。

以上文字的主题不是神明，而是敬畏，对那些高于自己的一切的敬畏。对文学批评来说，跟任何写作一样，"敬畏是从一个伟大的心灵所写下的伟大作品中学到教益的必备条件"。就像阿兰·布鲁姆说的那样："最后一次对莎士比亚的解读，其结果对我来说就是我再一次确信，任何我所想和所感的东西，不管是高是低，他没有不比我想得、感受得和表达得更好的。"面对那些最伟大的心灵，我们只有一种爱的方式，那就是敬畏，以及练习表达这种敬畏。质实说，文学批评中的赞扬被败坏，在很大程度上，正是因为敬畏的缺失——无法感知那些高于我们的心灵，因而把属于更高级别的赞词送给了拙劣的作品。

建立在敬畏基础上的赞扬，即便最终无法达至跟那些伟大的心灵一致的程度，写作者毕竟是在用那些更好的东西来校正自己，并一直在往一个更高的方向进步。甚至，这种敬畏会让一个评论写作者拥有一种特殊的预言能力:"如果批评家要承认具有预言性的作品,他本身就必须具备预言家的素质:供他仿效的典范便是施洗者约翰,当年最伟大的先知,他的关键作用在于承认一种比他自身更大的力量。"这么说吧,当懂得敬畏、属于创造的赞扬开始出现的时候,它就最好地表达了与世界上最好的头脑竞争的愿望。

上引能剧宗师世阿弥《风姿花传》中的一段话,大约可以说明如上的问题。"十体"可以看成文学批评写作的各项具体技艺,所谓"年年岁岁之花",则是复合了过往诸种理论探索和一己直观在内的可贵"现艺"。在不得不跟经典生活在一起的今天,文学批评的上出之路,要"执今之道,以御今之有",从各类典籍中辨识出什么是有益的,什么是最有生机的,把古代和西方的经典读到现在沉潜往复、从容含玩之后,那些经典背后的人,面目和神态会在我们面前慢慢清晰,他们处理和对待世界的方式,会有效地校正我们,甚至他们的讨论和思考方式,也不时加入我们的日常决断。

持续跟那些优秀的头脑打交道,持续不断地砥砺自我,当那些在具体、直觉和现艺中建造起来的理论航船驶进新的河道时,这样的文学批评将确立自己在人类认知史上的独特地位——这样一来,那些古旧的书方能一点点跟我们的生活处境建立联系,经典也才算是读到了自己身上的"现艺"。当然,这条跟经典有关的道路永远不会是现成的,而是需要敬畏着学习过往卓越的精神成果,用适合自己时代的形式表达出来——那个新世界筚路蓝缕的创始者,只能靠自己从洪荒中开辟出道路。

三

我因想起欧阳修守滁州时与宾佐赋雪诗,不许用鹅毛、柳絮、银海、瑶花、玉宇字样。后来苏轼守徐州时,亦与宾佐追摹欧公韵事,曰:"当时号令君记取,白手不许持寸铁。"我特为说这故事给你听,是要你注意,学圣贤之学亦要有本领,能白手不持寸铁,举凡"仁义""和谐""真善美""超越"诸如此类明儒学案或什么学案常用的字样一概不用，看你还能写得出圣贤之道么？又，你能于圣贤之道，有似犯冲犯斗，相反又相成么？又，你能不以书解释书，而从人事生出新的言语文字么？

在对文学批评的接受中，有一个经常见到的误解，仿佛文学批评的写作者不过是等因奉此的传令官，早就拥有了一把事先造好的文学标尺，只要根据这标尺指点江山即可。很多人想当然地以为，这把标尺不是天然形成的，就是自然地来源于新老经典，诸如经典形象、经典腔调、经典句式、经典遣词……我们在谈论这些经典的时候，很容易陷入一个误区，即认为经典是固有的，早就立好了各类标杆尺度，只要在使用时顺手拿过来就是。

T.S. 艾略特在《传统与个人才能》中说道："现存的不朽作品联合起来形成一个完美的体系。由于新的（真正新的）艺术品加入到它们的行列中，这个完美体系就会发生一些修改……在同样程度上，过去决定现在，现在也会修改过去。"与艺术品的体系形成一样，标尺的生成，也是一个后能改前的过程，是无数人竭尽心智努力的结果。在经典被创造和创造性辨认（这恰好是文学批评的责任之一）之前，根本就不存在任何天然或自然的标准。以固定标尺批评新作品，只能算是对过往的维护，不能说是对未来的敞开。

随经典而来的标尺极有说服力，也会对一个时段文学趣味的保持起到良好的作用，但如果认识不到此标尺是生成的，需要不断跟新作品互动，文学评论写作者就会产生某种莫名的优越感，用标尺来比照新作品时显得游刃有余，写作者自身也会在指责中获得胜券在握的快感。过于依赖经典的评论标尺一旦形成，会反过来要求作家的新作品以不同的方式来适应标尺，否则就冒犯了文学的纯正趣味。一位按固定标尺衡量作品的评论者，会对饱含异质的新作品失去判断力，甚至在不经意间变为成见的牺牲品。

这样的写作，多的是批评，正像余华当年谈莫言的《欢乐》时说的那样，"虚构作品在不断地被创造出来的同时，也确立了自身的教条和真理，成为阅读者检验一部作品是否可以被接受的重要标准,它们凌驾在叙述之上,对叙述者来自内心的声音充耳不闻,对叙述自身的发展漠不关心。它们就是标准,就是一把尺或一个圆规,所有的叙述必须在它们认可的范围内进行,一旦越出了它们规定的界限,就是亵渎……就是它们所能够进行指责的词语"。质实言之,经典和标尺,本质上是一种创造,如果真有一把衡量文学的标尺,这标尺也处于不断变化中,因而文学评论的写作不会一直处在安全的边际,而是经历无数次可能失败的尝试。

一旦意识到标尺不断变化,文学批评写作差不多就类似于上面所引的"白战",即空手作战。文学评论写作到一定程度,很多时候是白手不持寸铁,与作品素面相对,从其本身发现秀异之处,即使有引用,也属点染。如此一来,文学评论写作就在某种意义上脱离了传令官的身份,创造了属于自己的标尺,其创造出的评论标准,改变了我们对过去的认知,并将在一定意义上作用于现在,从而可以期许一个更好的现在和未来。长此以往,一个人的性情、趋向,以至于才华、品味,尤其是判断力,都会在文学批评中显现出来,文学批评也来到了跟其他任何一种写作同样的位置——一种文体,一种用于尝试(essay,"随笔"一词的原义)的文体。

走这条路的人,要有"先进于礼乐"的气魄,相信只有人走过,一条路才出现,所谓"道,行之而成"。或许只有这样,我们才不会被此前所有优秀的思想资源困住,不会对自己置身的环境牢骚不断,而是把这些资源有效地转化为自己的前行资粮,始终以特有的小心与世界上那些最好的头脑交谈,并生机勃勃地与其竞争。当文学批评通过陌生而精微的写作形式表达出来的时候,新文体已经呼之欲出。文学评论写作者应该清楚,为自己"只千古而无对"的体悟寻找独特的表达形式,以特有的小心尝试适合自己的文体,本就是一个人确认一己天赋的独特标志——现在,属于创造的时间开始了。

重探新诗的诗歌精神与历史想象力

◎刘　奎

在经历二十世纪八十年代的理想主义、二十世纪九十年代的彷徨与分化之后,新世纪以来的文学朝向更为多元也更为琐碎的方向发展。对经历过政治统治文学的当代文学而言,多元化本身可说是文化人主动追求的结果,它充分释放了文学的活力,但实际情况并非全然如此乐观。当前所谓的多元在很大程度上并非文学自身活力的呈现,反而是市场和消费这无所不在的触手在引导。作家也并不全是百家争鸣,部分则有缺乏立场乃至有价值虚无倾向,即便是目前越来越受关注的网络文学,其庞大的写作群体和阅读受众也像是文学的虚火一般有些华而不实。

面对新世纪以来的文学问题,批评家们也做出了诸般努力,即以近两年[①]笔者所见,值得一提的话题也不少,像钱理群、李怡等人提倡的大文学概念,贺照田、余旸等人的"人文知识思想再出发",《文艺争鸣》组织的"社会史视野下的中国当代文学研究"笔谈,以及澎湃新闻《思想市场》栏目推出的纪念1968的系列文章等,都试图从文学和文化的角度重探文学与社会、历史、政治之间的有机联系,重新激活文学的历史和社会想象力。不过,这类讨论往往也存在一些问题:一是在信息爆炸的时代,这类讨论容易被网络时代的信息消费回收;二是类似讨论往往从宏观出发,缺乏具体的研究实绩和批评实践;三是新诗批评处于失声状态。网络让人们接收

---

① 本文写于2018年8月。——本书编者注

信息更为便利，但也加速了人们对信息的遗忘。这导致的问题是，批评界从来不缺乏针对时代问题的讨论，但总是在尚未引起充分关注的时候就被湮没，对这种现象，除拿出新的批评实绩外，也需要我们不断地回顾与重读既有的讨论。所谓的重读，首先是重回批评现场阅读过往的相关研究，同时也是带着当下的问题意识，将既有的讨论重新引入当下的视野。

在众多的相关讨论中，新诗批评看似失语，但稍作回顾便可发现批评界并不缺乏类似的理论提倡和批评实践，如陈超的相关研究，以及张桃洲、姜涛、段从学、张洁宇、冷霜、孙晓娅等人的讨论与研究等。他们对新诗写作和批评的诸多问题做了及时回应，对省思当代文学的现状和问题不无启示。他们不仅以诗歌批评的方式，重新探寻二十世纪九十年代以来新诗在位置边缘化、社会绝缘化方面的突围，而且在2007年左右组织了多次主题明确的讨论，如"诗歌精神的重建""文本的社会性""新诗批评的活力与效力"等问题。因他们的讨论相对集中，而且参与者相对固定，几乎可以视为一个相对稳固的诗歌批评群体，这些讨论结集于张桃洲所编《内外之间：新诗研究的问题与方法》一书。

张桃洲、姜涛等人的讨论是从重建诗歌精神开始的。当代诗歌从二十世纪八十年代便开始分化，如1986年的现代诗群大展便涌现出各种不同的诗歌流派。此后的诗歌便逐渐告别政治抒情诗和朦胧诗的时代影响力，这当然也是诗人们的自觉追求。当时的"第三代诗人"在提出"pass北岛"的时候，他们部分针对的正是北岛等人的时代英雄之姿。在政治和经济这两大时代因素的影响下，二十世纪九十年代的诗歌便呈现出另一种样貌，进入到如臧棣所说的"作为写作的诗歌"，即便他们仍然坚持"从最小的可能性开始"，从诗歌形式自足的美学视域重新确立诗人安身立命的基点，但诗歌整体上还是如迟暮的英雄一般，被市场大潮边缘化。不少诗人也弃诗从商，直到新世纪后才以成功商人的身份重返诗坛。无论是基于形式自足的价值坚守，还是面对市场的文学弄潮，诗歌精神这个话题都显得有些"不合时宜"，乃至被部分诗人遗忘。而另一方面，部分重返诗坛的诗人，在忆及二十世纪八十年代的诗歌氛围时,缅怀的往往又是当时诗歌的纯粹性,是不沾染历史或社会的精神追求。这种将诗歌精神视为不涉现实的精神圣地,听起来更像是工商时代的精神救赎或文化点缀。面对这类现象,张桃洲等人开始重新讨论诗歌精神问题。他们首先要做的,便是对伪诗歌精神的辨析,正如张洁宇所说:"许多调子很高、看上去特别富有诗歌精神的作品或主张,其实是非常空洞的。那种很有道德感、很正确的东西,其实并不是我们所说的诗歌精神。"① 这倒不是说诗歌精神只能有某种确定的标准,而是说诗歌精神并非抽象的调门,而应该是内化为诗歌肌理的质地。

实际上很多热门概念,即便如底层写作,虽不乏沉潜的实践者,但当它们在成为热门话题时,本身也成为一种道德姿态或政治正确,以至于连知识者与底层的关系这类基本问题都可能被忽略,这是臧棣一再警惕的"姿态"的"时尚化"乃至庸俗化现象。② 姜涛也指出:"有的诗人保持了高调的精神向度,也通过写作来实现某种超越性,但关键是一切似乎都模式化、自动化了。另一些诗人则自觉回避了'主题'的压力,更多看重语言自发的活力,对刹那的、即兴的、无度的语言可能性的挥霍,但单纯对语言快感不加反思的追求,导致的可能正是活力的丧失,造成诗歌空间的缩减。"③ 这也正如伊格尔顿所指出的,低于历史"达到不可言喻的个别"和"升到历史上面,达到普遍的真理",是诗人拥有的"两种逃避历史真实的处置方法"。④ 诗歌精神并不单纯是一种道德姿态或价值尺度,它还是一种关系,是写作者如何通过作品直面写作对象,并回应时代问题的态度、方法和能力。也就是说,要不要承担固然是问题,但对诗歌精神而言,问题还在于如何

---

① 张桃洲、孙晓娅主编:《内外之间:新诗研究的问题与方法》,北京:社会科学文献出版社,2012年,第9页。
② 臧棣等:《我们时代的诗歌(笔谈)》,《郑州大学学报》(哲学社会科学版)2004年第4期。
③ 张桃洲、孙晓娅主编:《内外之间:新诗研究的问题与方法》,北京:社会科学文献出版社,2012年,第10页。
④ [英]特里·伊格尔顿:《如何读诗》,陈太胜译,北京:北京大学出版社,2016年,第17页。

承担,以及承担的效果如何。

这种从关系视域探讨的诗歌精神,当然是具有历史性和开放性的,张桃洲、姜涛等人的讨论,也正是基于近现代以来的诗歌史,从具体历史语境中讨论诗歌精神的具体形式,并将之作为当下重建新诗的诗歌精神的历史资源。如"在现代文学的历史上,比较早强调诗歌精神的"鲁迅,他的《摩罗诗力说》就将诗人或者说文学家视为民族精神的代言者,在民族遇到危机时要及时发声[①];除对诗人先知身份的期待外,鲁迅、郭沫若这一代诗人对诗歌乃至文学都持开放的态度,文学、社会学与科学等学科之间尚无这么严苛的壁垒,鲁迅的杂文就不仅具有文学体式上的创新性,也兼具文化实践和社会批评的意味,这是具有形式和政治双重生产性的开放性,因而与当下遵循商业伦理的多元不同。姜涛、张桃洲等都自觉地通过重返新诗的起点,在挑战既有研究范式的基础上重探新诗发展的可能向度,如姜涛《"新诗集"与中国新诗的发生》就以《尝试集》《女神》等早期新诗集为研究对象,借助社会学的方法重返新诗发生的现场,"通过还原的工作,恢复新诗史的弹性"[②]。而到二十世纪四十年代,鲁迅、郭沫若等新文化人的诗歌写作与文化实践,其对诗歌体式的开放性态度,写作主体对写作对象的切己性投入,再度被诗人引为重建民族国家的方法和资源,如穆旦、绿原等甚至将鲁迅的杂文引为诗歌精神的内涵。

追溯现代以来的诗歌史,二十世纪四十年代和二十世纪九十年代诗人对诗歌精神的探索和发扬值得多做些回顾。如果说二十世纪初的鲁迅、郭沫若等所用的诗歌或文学的含义,还是在如马克思·韦伯所指出的现代分科尚不那么明晰的时代,对诗歌的政治与道义担当的诉求,那么到了二十世纪四十年代,尤其是经历新月派和现代派诗人对诗歌的形式做了诸多专

---

① 张桃洲、孙晓娅主编:《内外之间:新诗研究的问题与方法》,北京:社会科学文献出版社,2012年,第12页。
② 张桃洲、孙晓娅主编:《内外之间:新诗研究的问题与方法》,北京:社会科学文献出版社,2012年,第30页。

业探索之后，穆旦、卞之琳等现代诗人如何处理诗歌与时代之间的关系则更让人期待。卞之琳在抗战时期曾前往解放区，除写有十四行诗《慰劳信集》外，还有长篇小说《山山水水》。他看待太行山区依然是此前"看风景"的姿态，但是在个人与现实之间有了更多的交互性，启发我们重新思考知识人在变局中的出处问题，以及诗歌如何处理个人与时代、小我与大我之间的辩证关系等问题。穆旦引出的问题也同样复杂，他以诗歌的形式切入到了历史精神与社会现实等多个层面。穆旦、卞之琳等诗人，在二十世纪四十年代对现代主义诗歌形式的开掘，也一定程度上让现代主义诗人的主体结构，从二十世纪三十年代的纳蕤思（Narcissus，又译纳喀索斯或纳卡索斯）形象走向了历史主体，主体结构从之前纳蕤思式的封闭镜像走向了涵容了社会和政治的文化主体。①

除了穆旦、卞之琳等人从现代诗歌内部或从诗歌与现实的关系之间生成足够的复杂性外，老诗人闻一多在二十世纪四十年代关于诗歌精神的说法也值得一提。闻一多认为，诗有两种取向：第一种是"对于诗的价值论者"，侧重"宣传的效果方面"；另一种是"对于诗的效率论者"，"只吟咏于词句的安排，惊喜于韵律的美妙；完全折服于文学与技巧中。这种人往往以为他的态度仅止于欣赏，仅止于享受而已，他是为念诗而念诗"。闻一多认为这两种态度各有偏颇，在批评时应两者兼顾。不过，他认为未来的社会是要发展成为"Society of Individual, Individual for Society"（社会属于个人，个人为了社会），基于诗人个体的诗作，与社会之间因此有更为紧密的关系，"诗是与时代同其呼吸的，所以，我们时代不单要用效率论来批评诗，而更重要的是以价值论诗了，因为加在我们身上的将是一个新时代"。② 闻一多是当时较为激进的自由主义知识分子，他对诗歌美学形式与社会性关系的观点，对于我们的启示在于，他对诗歌形式变革的主张

---

① 参考吴晓东：《临水的纳蕤思：中国现代派诗歌的艺术母题》，北京：北京大学出版社，2015年。
② 闻一多：《诗与批评》，《火之源》文艺丛刊第2、3辑合刊，1944年9月1日。

是内在于他对社会问题和历史发展的整体预期之中的。

相对学界对二十世纪四十年代的热情,二十世纪九十年代的诗歌研究则相对遇冷。张桃洲、姜涛、陈超等人则不同,他们很早就开始提请读者注意二十世纪九十年代的复杂性,并陆续推出颇有深度的批评文字。张桃洲和姜涛都从二十世纪八九十年代的诗歌中看到了当时诗歌试图超出已有诗歌轨范的尝试,如姜涛对西川《致敬》(1985年)语言杂糅的分析,张桃洲对二十世纪九十年代诗歌众声杂语现象与跨文体写作现象的关注等。[①] 姜涛的《巴枯宁的手》由一首短诗引申开去,谈诗歌的历史责任、诗歌的政治性等问题,尤其是诗人观看风景时,所内涵的政治性,"它要求破除纳卡索斯式的封闭自我,要求一只挣扎着伸出去的手"[②]。姜涛等人可宽泛地归于"70后"批评家,他们对二十世纪九十年代复杂性的发现,不仅是学术性的,往往也带着历史现场的记忆和思考,因而显得尤其宝贵。此外值得一提的还有陈超的"新诗的历史想象力"概念。陈超在面对二十世纪九十年代的诗歌时,绕过当时所谓的民间写作与知识分子之间的派别纷争,从总体上认为,他们的写作不只是美学上的遣兴,更是对身处其中的历史和生存处境的揭示,因而具有"历史的想象力"。这是一个颇具原创性的概念:

> 简单地说,"历史想象力"要求诗人具有历史意识和当下关怀,对生存、个体生命、文化之间真正临界点和真正困境的语言有深度理解和自觉挖掘意识,能够将诗性的幻想和具体生存的真实性做扭结一体的游走,处理时代生活血肉之躯上的噬心主题。"历史想象力",应是有组织力的思想和持久的生存经验深刻融合后的产物,是指意向

[①] 张桃洲:《众语杂生与未竟的转型:1990年代诗歌综论》,《长沙理工大学学报》(社会科学版)2010年第6期。张桃洲、雷奕:《论1990年代诗歌中的跨文体书写》,《中国现代文学研究丛刊》2011年第8期。
[②] 姜涛:《巴枯宁的手》,北京:北京大学出版社,2010年,第12页。

度集中而锐利的想象力，它既深入当代又具有开阔的历史感，既捍卫了诗歌的本体依据又恰当地发展了它的实验写作可能性。这样的诗是有巨大整合能力的诗，它不仅可以是纯粹的和自足的，同时也会把历史和时代生存的重大命题最大限度地诗化。它不仅指向文学的狭小社区，更进入广大的有机知识分子群，成为影响当代人精神的力量。①

诗歌的历史想象力，将诗歌视为统和诗人、诗歌与时代的整体形式，这对当代诗歌逐渐趋于私语化和碎片化的现象颇具批评意义。"历史想象力"综合了很多资源，如葛兰西的有机知识分子理论、文化政治理论，甚至不无胡风主观战斗精神的影响，也让人联想到米尔斯的《社会学的想象力》。米尔斯的社会学的想象力，对诗歌历史想象力理论的完善或有启发。在米尔斯看来，社会学的想象力"是一种心智品质"，以让人了解自己所处社会结构的方法理解自己的命运："即个人只有通过置身于所处的时代之中，才能理解他自己的经历并把握自身的命运，他只有变得知晓他所身处的环境中所有个人的生活机遇，才能明了他自己的生活机遇。"②"它似乎能戏剧性地让我们理解我们周围的现实与更宏观的社会现实间的联系。它不只是当代文化理解范围内的心智品质之一，对它更广泛更巧妙的应用提供了一个前景，即所有这些理解力，事实上，即人类理性本身将在人类事务中发挥更大的作用。"③社会学的想象力有点类似卢卡奇的"阶级意识"，但相对而言更为温和、保守一些，将社会学想象力仅仅当作理解个人处境并寻求出路的方法。不过，无论是将社会想象力视为一种心智，还是以社会学想象力为方法以明了自身所处的历史位置，这都可以作为诗歌历史想象力的补充。

---

① 陈超：《重铸诗歌的"历史想象力"》，《文艺研究》2006年第3期。
② ［美］C.赖特·米尔斯（C.Wright Mills）：《社会学的想象力》，陈强、张永强译，北京：生活·读书·新知三联书店，2001年，第4页。
③ ［美］C.赖特·米尔斯（C.Wright Mills）：《社会学的想象力》，陈强、张永强译，北京：生活·读书·新知三联书店，2001年，第14页。

在陈超看来，诗人对时代的关怀应该落实到个人生存的社会肌体层面，并通过诗歌语言和形式回馈到诗歌本体。这与姜涛、张桃洲等在个人与社会的关系中思考新诗的诗歌精神，闻一多从对社会发展的历史远景中侧重诗歌的价值论是一致的。而值得留意的是，这些诗人和研究者在重新思考诗歌精神或诗歌社会性时，共同之处是并未直接将诗歌与历史扭结在一起，而是强调诗歌形式的中介意义。也就是说，诗人在重新承担历史责任的时候，要意识到自身的身份和位置，要明确诗歌体式自身的局限，而不是让诗歌再度献身于政治。对此，姜涛就呼吁借助小说的形式诗学搭建诗歌由形式抵达历史的暗道："对于诗歌而言，社会学批评的可能，或许更切实地显现于审美结构的内在性与社会实践的外在性之结合上。其实，强调作品的形式'中介'作用，通过细致的文本解读，发现外部历史及不同的意识形态压力，在形式结构、语言风格层面留下的冲突痕迹，这样的'形式的意识形态'分析方法，在小说批评中已得到广泛应用。在诗歌的解读方面，这样一条由形式、技巧通向外部历史的'暗道'，也亟待搭建。"[①]

形式中介的意义，不仅是为解读诗歌而言，对诗人而言同样重要。它既要求诗歌形式自觉承担社会的压力，同时也让诗人具有了退守的位置，或者说堡垒。因为有了形式的中介，诗人即便在面对时代的压力时，既因形式的可塑性生成新的美学形式，同时形式的相对自足性，也让诗人具有选择不承担的可能，正如段从学在讨论中指出的"不承担、逃逸的可能性"，"即在高度集权化的社会使个人从宏大叙事当中逃离出来的可能性。从这个角度来看，我认为穆旦就是一个很有意思的例子。他一方面认同了个体生命的价值和国家民族的命运之间的同一性逻辑，但又发现了两者之间的冲突"[②]。在文学有可能被暴力征用的时代，强调文学场域自身的规则和

[①] 张桃洲、孙晓娅主编：《内外之间：新诗研究的问题与方法》，北京：社会科学文献出版社，第166页。
[②] 张桃洲、孙晓娅主编：《内外之间：新诗研究的问题与方法》，北京：社会科学文献出版社，第25页。

审美自足性是有必要的，毕竟诗歌精神的终极目的应该是诗人或人自身的解放。

  尚需强调的是，《内外之间：新诗研究的问题与方法》不是一个孤立的文本。张桃洲、姜涛等人所重点谈论的二十世纪四十年代和八九十年代诗歌，是他们长期研究和关注的重心所在，张桃洲、姜涛、段从学、张洁宇、冷霜、孙晓娅等人对二十世纪四十年代文学或二十世纪九十年代文学均有丰富的研究成果。因而，重读《内外之间：新诗研究的问题与方法》带出的多个文本链，实际上除了他们所提及的作品外，还有他们各人的研究著作，像《荒原上的丁香：20世纪30年代北平"前线诗人"诗歌研究》（张洁宇）、《穆旦的精神结构与现代性问题》（段从学）、《现代汉语的诗性空间：新诗话语研究》（张桃洲）、《巴枯宁的手》（姜涛）、《分叉的想象》（冷霜）、《跋涉的梦游者：牛汉诗歌研究》（孙晓娅）及《个人化历史想象力的生成》（陈超），等等。这带出来的问题视野是，他们的讨论既建立在他们的研究成果与困惑之上，同时，他们对诗歌史的回顾也呈现出多重层次。这不仅包括当下的问题意识，还有对新诗史，以及对新诗研究本身的反思。对研究者自身位置的思考，以及对研究路径的自觉反思，使得张桃洲等人的相关讨论，不再是坐而论道式的呼吁，而成一种切己的思考和探索。而从某种程度上来说，对于批评者身份与立场及方法有限性的自觉，是重探诗歌精神和历史想象力的前提。

当代文学批评的任务

◎李德南

不知道是从什么时候开始,在当代文学史研究者和当代文学批评者之间,逐渐有一种相互轻视的情绪和态度,并且各自都有不少理由。比如说,有的文学批评者认为文学史研究者有一种方法论的天真,时常觉得掌握了一种方法就可以包治百病,打遍天下。文学史研究者还经常被文学批评者认为缺乏审美感受力和判断力,无从区分好文学与坏文学。你看,在一些声名赫赫的文学史研究者的文章中,莫言、刘震云、余华、阎连科、王安忆、迟子建、残雪、孙甘露、马原这些作家的写作,几乎没有什么不同;先锋小说、寻根文学、新写实等文学思潮也只是同一种机制所塑造的,没有大的差别。因此,那些看似严谨的文学史研究论文,实际上是毫无问题意识的,也把握不住真正的问题。而在不少文学史研究者看来,文学批评是一个没有什么难度、几乎人人都可以涉足的领域。很多批评文章又写得如此轻率,不过是复述作品的主题和情节而已,并没有提供什么高明的见解,却照旧可以发表,批评家也照旧可以借此获得关注度。一些有见解的文章,也多是游离于所讨论的文本,经不起实证和推敲。文学批评者还经常受利益所拘囿,他们的思与言,自然缺乏应有的公信力。由于当代文学批评存在种种问题,它甚至还被认为拉低了中国当代文学作为一个学科而存在的价值。因此,文学史研究比当代批评更有价值,学科研究意义上的中国当代文学研究与批评则必须走史学化的道路。

针对文学史研究或文学批评的不满，其实都各有道理。不过，当人们批评文学史研究或文学批评所存在的问题时，实际上都会有意或无意地把自己所偏爱的领域中的优秀之作和不太喜欢的领域中的粗劣之作进行比较，多少都会以偏概全。实际上，当代文学史研究和当代文学批评，都不乏卓越之作，都有其不可忽视的作用。文学的发展，离开了文学史研究或文学批评，都是不可想象的。文学史研究和文学批评之间，固然有相互竞争的关系，同时也相互倚重、相互成全。如果没有文学批评的筛选、阐释和建构，文学史研究，也包括文学史的写作，将会变得困难重重，甚至无从开展；而如果没有文学史提供的历时性视野作为参照，文学批评者也很难针对当下新出现的作品和问题进行恰切的判断。那些卓越的文学史家或文学批评家，则通常是同时具备两副手眼的，只是其中一副比较突出，另一副相对隐匿而已。不管是文学批评还是文学史研究，真正要做的工作，都在于克服各自所存在的问题，完成自身的建构。如果因为存在问题就一棍子打死，就从根本上取消，那情形肯定是糟糕的。

另外，要对文学史研究和文学批评各自的问题有清晰的理解，当然离不开对自身的任务的理解。比如说当代文学批评，实际上，它有哪些具体的任务，也是每个文学批评者都得想一想的。

当我们谈到当代文学批评的时候，不能不注意到的，是"当代"这个词，是当代文学批评本身的当代性。何谓当代性？从最基本的层面说，当代文学批评的当代性意味着它得立足于文学现场，得对文学现场的状况做出有效的判断。这个任务，看起来寻常，实际上是不太容易完成的。因为文学现场本身是一个动中之在，有许多的变化。批评者必须得真正置身于流动的文学现场才能感受并理解这种变化。文学现场除了是动中之在，也是芜杂的存在。中国的文学期刊是发达的，图书出版也是热闹的，加上网络文学，可以说每个月都有大量的作品面世。如此庞大的数量，当然不可能都是精品。面对如此庞杂的存在，批评家要从整体上对文学现场有恰切的了解和把握，本身就不容易。这让我想到"80后"文学的研究和批评。在青年作家群里，

"80后"作家是较早得到关注的一群。在韩寒、郭敬明、张悦然等"80后"作家开始写作的时候,针对这一群体的批评,差不多是与创作同步的。然而,随着社会历史的变迁,以及更多的作家作品的出现,针对"80后"文学而展开的批评虽然没有停顿,却开始跟不上创作的步伐。当"80后"作家开始出现巨大的分化、作家的个人面目开始逐渐清晰的时候,原来的一些针对"80后"文学而形成的、曾经有些合理性的判断,比如"80后"文学是青春文学、"80后"文学是校园文学等判断,开始变得非常不合身。这种没有得到及时更新的认知,更一度成为人们认识"80后"文学的障碍。因此,当代文学批评要保持其当代性,始终立足于文学现场,具有现场性是必然的。立足现场,与时俱进,这是当代文学批评的任务所在。

需要注意的是,当代文学批评还需要对未来具有判断力。当代批评应该既有现场性,也有预见性。它需要对新出现的种种现象进行观察,进而对其未来的发展走势有一个相对准确的认识,这是当代文学批评的又一任务,比起现场判断,这更有难度。前几年,非虚构写作成为一种颇受关注的文学现象,尤其是《人民文学》从2010年开始设置《非虚构》栏目,先后发表了《中国在梁庄》《中国,少了一味药》《词典:南方工业生活》《拆楼记》《女工记》《阿勒泰的角落》等一大批优秀作品,有效地推动了非虚构写作。"非虚构热"的兴起,李敬泽可以说是很重要的推动者。然而,对于非虚构的意义与局限,他在《论非虚构》《我们太知道什么是"好小说"了》等文章中很早就有清晰的认知。他曾谈到,提倡非虚构是"希望推动大家重新思考和建立自我与生活、与现实、与时代的恰当关系","'吁请海内文豪',对于这个世界确立起认识热情和刚健的行动能力"。[①] 他充分肯定《中国在梁庄》与《中国,少了一味药》的价值,认为"这两部作品都是作者在场的,而且不是一种被动的在场——你本来就在那儿,而且他们都采取了行动,走过去,介入进去"[②]。同时他也指出,"我认为梁鸿

---

① 李敬泽:《致理想读者》,北京:中国人民大学出版社,2014年,第88页。
② 李敬泽:《致理想读者》,北京:中国人民大学出版社,2014年,第29页。

和慕容雪村在很大程度上还是没能充分解决一个问题：什么是文学能做的？他们在多大程度上是一个记者、一个社会调查者？在多大程度上是一个当代精神的见证者，是一个文学家？我一直期待着类似于诺曼·梅勒的《夜幕下的大军》《刽子手之歌》那样的作品，依靠文学的叙述和洞察发现世界，在社会景象中，在哪怕最普通的一个人身上，我们看到人性的真实状态，看到史诗般的宏伟壮阔。"[1]从文学现场出发，李敬泽知道提倡非虚构能够激活当下的写作，能够给文学现场带来活力，因而提倡非虚构是有意义的。同时，他也很早就意识到非虚构本身可能存在的瓶颈，以及它可能面临的发展限度。如今回头看，会发现他对非虚构的认识，是具有预见性的。尤其是当年曾广受关注的非虚构作品，在写作热潮过去后是否还具有生命力，还是跟作家在写作时是否充分考虑到非虚构在何种意义上是文学的并且在文学的层面上有怎样的可能有关。

除了面对文学现场需要有预见性，当代文学批评者在面对作家的写作时，同样应该有预见性。由此，我想起李静曾写过的一篇题为《不冒险的旅程——论王安忆的写作困境》的文章。李静在文章中谈到："在庞大的当代作家群中，王安忆卓然独立，成就非凡。她高产，视野开阔，富有深度，艺术自变力强，尤其是汉语的美学功能在她的作品中被愈益发挥得动人心魄。"[2]但李静同时注意到，王安忆的写作在技巧越发精湛的同时，开始呈现出一种"远离冒险""不冒险的和谐"的面貌。这篇文章发表于2003年，实际上那时候王安忆的创作特点，也包括创作上存在的问题，还不是那么明显，但是李静很早就敏锐地意识到了这些。在许多年过后，当我们重读王安忆的作品，包括阅读王安忆的新作时，也许会发现，李静这篇文章是有预见性的。人们未必一定都要认可她的判断，可是不得不说，她所提出的观点对于理解作家的创作特点而言，具有重要的价值。

对于当代文学批评而言，这种预见性，可以说是非常重要的。因为当

---

[1] 李敬泽：《致理想读者》，北京：中国人民大学出版社，2014年，第30页。
[2] 李静：《不冒险的旅程——论王安忆的写作困境》，《当代作家评论》2003年第1期。

代文学批评本身就具有很强的实践性和行动性。只有具有预见性，能够对一些文学创作和文学思潮中仅仅是处于萌芽状态的新因素或新特点进行及时归纳和阐释，其实践性和行动性才是有效的。

萨义德在《文化与体系间的批评》一文中曾谈到这样一个观点："任何哲学或者批评理论的存在和维系，其目的都不仅仅是为了存在于那里，并且被动地簇拥在一切事物和一切人们周围，而是为了传授于人并使之扩散开来，为了断然地被吸纳进社会诸机构之中，为了在维系或者改变甚或推翻这些机构和那个社会的过程中发挥工具作用。"[①] 萨义德是特别强调批评的社会作用的，在他看来，这是批评的一大任务，甚至是最为重要的任务。"批评不能假定它的领域仅仅限于文本，甚至不限于名著文本。它与其它话语都栖居于一个论辩激烈的文化空间之内，而在这一空间，在知识的连续性和传播中被认为有价值的东西就是能指，因此它必须把自身视为一个在人类主体上留下了持久踪迹的事件。"[②] 这是批评的建构性的作用。然而，为了完成这一任务，当代文学批评还得注意自身的建设性。对于当代文学批评来说，批评家一方面要"抽丝剥茧"，凭着细致、耐心与技艺把文学作品中的精华和糟粕分开；另一方面，批评家还要"抽丝织锦"，能够从作家结束的地方开始，以作家的成果为基础来进行再创造和再生产。对于当代文学批评来说，"抽丝剥茧"与"抽丝织锦"都不可或缺。它们关乎责任，也关乎能力。相对来说，"抽丝织锦"的难度是要大于"抽丝剥茧"的。批评要完成自身的建构，则涉及文体、形式、思想和批评家自身的主体性等方面。从文体和形式方面而言，批评文章必须要注重文体的经营，要有文章学方面的考虑，要有文章的美感，能够给人带来感性和理性、诗性和智性的多重愉悦。从思想方面而言，则意味着批评文章不只是对对象的阐释，不只是对对象进行主题归纳或复述情节——如果仅仅局限于此，那么批评

---

① ［美］萨义德：《世界·文本·批评家》，李自修译，北京：生活·读书·新知三联书店，2009年，第340页。
② ［美］萨义德：《世界·文本·批评家》，李自修译，北京：生活·读书·新知三联书店，2009年，第398页。

就只是依附性的，本身并不具备独立性——而是要通过阐释来进行思想的再生产，要通过对文本的解读而产生新的思想。从批评家自身的主体性而言，则意味着批评家可以在批评文章中树立起自身的形象，传递个人的声音，流露个人的表情。比方说，读福柯、萨义德、巴赫金、斯坦纳等人的文章，总会注意到这些批评家本身的形象，能感受到批评家自身鲜明的主体性。

好了，关于批评的任务，已经谈了不少了。但这些就是批评的任务所在吗？是的，但又远非如此。在《无限的清单》中，艾柯曾谈到这样一种认知上的忧虑："我们担心事情说不完，不但在碰到名字无限多的时候有这种担心，碰到事物无限多的时候亦然。"[①] 对于当代文学批评，我同样有这样的忧虑。我希望在谈到批评的任务时，能够对我所关切的任务有相对清晰的认识。但我同时意识到，这并非就是批评的全部任务。在今天，批评话语本身的多样化在减少，对话的氛围并不热烈。批评的话语方式，在日渐变得千人一面、千人一腔。高校的学术体制和学术训练，固然培养了一代又一代的批评家，可是也必须意识到，批评家本身的独特性正在变得模糊。如今读一些青年批评者的文章，即使对作者本身没有多少理解，透过其文字、方法和立场，也时常能判定他们是哪所学校毕业的。另外，对于身处文学现场中的批评者而言，其批评的任务固然少不了对自身的求真意识的维护，还有对自己所认可的价值的追慕，但与此同时，注意到他人的声音也是重要的，也可能是有价值的。最起码，它们可以进一步激发我们思考。文学批评本身的正常运转，始终需要有一种多元的、互相激发的氛围。

维护文学批评本身的多样性这个任务之所以重要，还在于当我们谈及当代文学批评的任务时，任务本身即使不能说是无限的，至少也是非常多的。实际上，每位批评家都很可能只完成他们视野中的主要任务，或是为这些主要任务而努力。这些看起来并不一样的，甚至是背道而驰的任务，合而观之，恰好构成当代文学批评本身的趋于无穷的图景。正如吴亮所说的："文

---

① ［意］艾柯：《无限的清单》，彭淮栋译，台北：联经出版事业股份有限公司，2012年，第67页。

学作品犹如一个世界,它万象纷呈,而纷呈的万象之下不知还蕴藏着多少未探明的矿岩,我们的智慧之光不能奢望照遍它的全部角落,洞悉到它隐蔽在地表下的全部奥秘。我们只能攫取几个片断,而不能全部占有它。因此,有限的文学批评就开始企求寻找一条便捷的通道和一个窥视口,来接近并观察这个'世界'。这通道和窥视口显然是因人而异的——批评家掌握的钥匙不同,他就试图凭这个去开锁(问题是,文学之锁的确有很多钥匙可打开)。于是,文学作品所展示的,往往是批评家注意力凝聚的区域。在这焦点下,冒出了缕缕青烟——某些意蕴被'发挥'出来了。"[1] 每一种批评都可能提供理解作品的角度,但是这种理解不是彻底穷尽了作品的意蕴空间,相反,阐释的可能性是无限的。而任何的批评话语或批评方式,总难免有自己的盲见,甚至是具有巨大的迷误。只有当不同的批评方式同时存在时,只有当批评家能从不同的视角去观看文学的风景时,视角所带来的盲见才可能被照亮。

　　正因如此,让文学批评本身保持多样化,也应该是当代文学批评的一大任务。这个任务,也可以说是文学批评者共同的任务。

---

[1]　吴亮:《文学的选择》,上海:华东师范大学出版社,2014年,第84页。

成为同时代人
——用"谁"来回答"什么"

◎张光昕

"什么":一个颓败的背景

我与我的同时代人,已经不再有关系。一班列车停在身旁,透过车窗,我突然发现,有双眼睛在对面的车窗后闪了一下,与我的目光触碰在一起。那是一位公务员?一位少女?一个乞丐?还是一只猫?两辆车错身疾驰,两道目光彼此逃离的本能,比相互亲凑的愿望,还要强烈。短暂对视之际,究竟发生了"什么"?也不拥抱,也不杀戮,我们一水之隔,在断裂里偶然相遇,在意外中踏入同一条河流。君住江之头,我住江之尾,我们被并排的琴键各自演奏着,没有爱憎,没有哀乐:

　　兰花和兰花,单个
　　　　　　——保罗·策兰:《托特瑙山》

多数时候,写作者们早已习惯委身于这个聒噪的时代,产生新的依恋,激起隐秘的取悦之心。正像一位妻子需在丈夫隆隆的鼾声中才能安然入睡,我们就这样,在一间人肉拥挤、灵魂沉默的高分贝车厢里,昏昏欲睡:谋不完的稻粱,还不完的房贷,回报不尽的赠予,永不终结的操心……从早到晚,"施暴者的马／会在树干上磨蹭它无辜的后臀"(奥登:《美术馆》)。我们不停地在面前的玻璃上擦拭着一块污渍(低着头,用拇指滑动着手机),妄图透过它,瞥见一张精确的生活底片,但我们亲手涂抹了它,销毁了它。一场真实世界的连连看,我们究竟看到了"什么"?一水之隔的我们,不得不坐在一起,心里却惦念着千里之外的另一朵兰花。在污秽里作画,在罪恶里享乐,我们却浑然不知。现代诗人闻一多给出过一个如此巴洛克式的观察:

>再让油腻织一层罗绮,
>霉菌给他蒸出些云霞。
>让死水酵成一沟绿酒,
>漂满了珍珠似的白沫……
>
>——闻一多:《死水》

对岸的人,请在夜晚饮下这杯"绿酒",在白天多拾取些"珍珠",祝你发财。我们翻越残山剩水,来到高楼街市,住进整齐划一的小房间,"灰心年复一年"(柏桦:《夏天还很远》)。"看见大花园变成了小花园,大房间变成了小房间,大长椅变成了小长椅。它们萎缩了,仿佛长出了和小矮人一样的驼背。"(本雅明:《驼背小人》)在那个不太被人注意的驼背小人跟前,我们趾高气扬,假以"发展"和"进步"之名,都成了高大强壮之人。"绿酒"在体内流窜,为我辈赢得自傲的面孔和虚胖的年龄,仿佛欲将那厮装进口袋,驯服成玩偶。但那小矮人的目光却坚硬无比,牢牢锁在我们身上,像一只冬天的蚊子,异常机警,从一个低矮的角落,轻咬着我们的皮肤和耐心:

>"爸爸。"
>"×吗吗。"
>
>——韩少功:《爸爸爸》

语言率先叛乱了，像数字时代的乱码，它着魔般地又回到人类降生前的时空，笨拙地牙牙学语。它在说着"什么"？在一个大浪淘沙的乱世，驼背小人的目光没有"进步"，也懒得"发展"，他还躲在原来的瓦肆间，盯视着我们这些匆忙前行的人：在火车站，在菜市场，在卧室的床上。一颗心正经历着混乱和失格，不和谐音弥漫着整个大地。只有那些严重的时刻，一只巨掌同时按下所有琴键，我们在唯一而绝对的强音中被震醒了。只有在那短暂、有力、出神的一刻，活着的和死去的人们，彼此能够相互倾听。依凭每个人耳后的小耳，我们究竟听到了"什么"？进而果敢地认出了对方。小耳，是一句诗中长出的蘑菇，是一个问号，是黑暗时代里一笔羞涩的签注。在贝多芬 C 小调第五交响曲的开篇，传来四指齐发的"命运"敲门声；在理查德·施特劳斯的《查拉图斯特拉如是说》开场，那段壮丽无比的日出序曲，牵引着人们昂起的头颅。伟大的作曲家为它献上了这样的描绘："太阳升起来了。人进入世界，或世界融入人心中。"

　　如许壮丽的乐章突然在某个日光涣散的下午迎来逃逸的一跃。我沿闹街散步，多年无用的小耳，恍惚聆听到一种与众不同的声音。那声音里带着一个与这个时代格格不入的姿势，一位满头白发的老人（一个出现在我面前的驼背小人？），正对着手机说些"什么"。与常人不同的是，他的胳膊肘奇怪地向内弯曲，整个身子陷入紧张，让人看上去极无调性，像捏着一件想极力摆脱掉的物件。他坐在路边，与另一个陌生人分享一条长椅。只听他对着手机絮叨着："我没事，我很好，不用惦记。"这平凡的句子，刚好被从他旁边走过的我捕捉到，那是人们打电话时最常说的句子。像是对着他的儿女，也像是对一个不在身边的亲人说："我很好。"那声音虚弱、轻缓，很快就被街道的喧声淹没。老人故意压低音调，似乎不愿让别人听到他苍白的自况，但那些一遍遍重复的言语，却无比清楚地传进我的小耳——"我很好。"——用那铺天盖地又格格不入的方式。两道目光在被压低的声音里对视了一下，那似乎也是整个世界的背景音。世纪的老人完成了他的使命，那孤独的姿势像花瓣一样颓落了。

今天，满大街的红男绿女都捏着宽屏的手机，它像是长在手上的智能器官，延伸着欲望的触角，填充着那些无处消磨的时间。人机合一后，那种随处可见的娴熟姿势，在多年以后，当有无法预知的新器官代替了手机之时，会不会变异为另一种格格不入的姿势呢？在未来的人们眼中，它犹如低语者的姿势，将引起他们的注意、惊讶和怜悯："瞧，那个老人……"在声调和姿势里，我们注定会成为另一个时代的老人和遗民，总有某个裂缝会暴露我们的身份。在时间面前，我们各自经历了"什么"？这些遭遇多么无辜，那令人哭泣的姿势多么不幸，它标记了我们最熟视无睹的生命情态。问号般的叶子倾颓了，我从另一个时代找到了此时此地的同时代人，不再问发生了"什么"，而要问：他们是"谁"？通过虚无的话筒，我们相互说了声："我很好。"

"谁"：一张张清晰的面孔

若只问"什么"，诗歌批评注定是一门即将消失的手艺，因为诗歌写作漫过了它。诗人的行当不也面临着随时覆灭的危险吗？因为我们此刻经历的现实已平地腾空，遥遥领先。历史的背景在悄然更换，物褫夺了诗，偷戴一顶叫作幻想的帽子。装腔作势地谈论一个或一群诗人是便宜的，高深隽永年年有余，"谁"也不愿为平淡和固执买单。蝗虫般的赞美扮演着最大公约数，何处能开出人心的二次幂？在这个地道的二手时代，庸碌如你我者还有"什么"理由喜欢诗歌？如果诗歌是好的，它为何持久疲乏？将一把泡剩的茶叶攒成堂·吉诃德，冲入太极拳方阵。如果诗人是必要的，它为何还不变形？如尼采说，从骆驼变成狮子，从狮子变成孩子……或者他们比"谁"变得都快：脚踏黄河两岸，手持秘密文件，上午为人民公社点赞，夜间叫个朦胧诗大保健。德艺双馨的白头翁太多了，小麻雀明显不够用。一位准大师暴露了随时间而来的愚蠢，一位君子仁师正给自己朋友的未婚妻发骚扰短信，一个流氓革命家在三流媒体倡导中产阶级生活方式，一个文学的销售经理兼诗歌保安,总是浑身带电地在所有你能看得见的地方晃悠,仿佛真理在握,坚挺无比,十万元一平方米的房子和稳坐抽屉里的公章都敌不过他。这些时务国闻都大大高于诗。

读者骑在针尖上,诗歌睡在雪山顶。前者对后者的想象已经耗尽了,社会问题试比高,时代精神哪家强?人们见面还谈灵魂吗?诗人还能胜任拍打一个陌生人入睡的工作吗?现在不都提倡"读首诗再睡觉"吗?在诗歌谢顶的地方,我们胯下的齿轮和弹簧百发百中,日行千里,诗人干嘛还在世界加速冲刺的半途杀出来,说声"停一停吧",揭开一场衰竭的仪式?年复一年,诗歌为地球织毛衣,织了拆,拆了织,生了龙种和跳蚤,读都读不完,还需锤子加剪刀。这绝不是一个主张沉淀的时代,人人都在攀比着甚嚣尘上的美德。诗的滚筒洗衣机没有暂停键,写"什么"的都有,"怎么"写都行,处女、新娘一起抓。诗人们普遍拥有中级职称,谎称是艰辛人生的抵扣券。在以丑为美的时下,你可千万别大惊小怪。来吧,一些人嚼着夸富宴,一些人忙于冬藏,如果不是在人群中多看了一眼,我们永远都不晓得时钟在"什么"地方溜出了一秒:

> 然而你的脊骨已经断裂
> 哦,我完美而不幸的世纪。
>
> ——曼德尔施塔姆:《世纪》

我要辨认一些面孔,试着用"谁"来回答"什么",用一个追问代替另一个追问,留下那些骨感的痕迹。要不是2014年觉得生活索然无味,我不会在夏季的草原之行中结识青年诗人李浩和苏丰雷。在那一年的北大未名诗歌节上,我刚刚认识他们,对李浩朗诵的《哀歌》印象尤深。一些人的相遇似乎是早晚的事,不管若干年里我们在各不连通的地洞里打磨着"什么"兵器。

循迹去读李浩的诗,发现他对信仰的倚重,把若干羁旅与困厄擢拔到一条荒寒的雪线上，酝酿着一声醍醐灌顶般的锣鸣。在那洪亮的声响来临之前，读者常常不自觉地锁住呼吸，仿佛只有那样才能放大听力，迎候动荡音节之上那枚神圣的休止符。李浩的诗聚拢了乌云压顶时拨云见日的雄心和渴念。其时已写出《木码头》的苏丰雷则更关注留在大地上的投影和个体历史中的油渍。他不在登高和飞行中写诗，而是展开一份深入底层的侦察员收集到的世相情报、心理指标和伦理图志，活像一个流放在京郊的卡夫卡的使徒。或许在另外一些人身上，人生还有更蹀躞的走法。李浩和苏丰雷的"多皱"阅历令人惊诧，这些都是做一个真诗人的基本底料。

很快，李浩当时在中国诗歌学会的办公室成了大家碰头的地方，接着是青年诗人们的聚会。在那里，我先后认识了青年诗人江汀、昆鸟和张杭，还有比我们年长的诗人陈家坪。与其说陈家坪是个不老的理想主义者，不如说他更像是中国当代诗歌自觉而热心的守夜人。几乎每次有聚会和活动，他都不辞辛劳地从家里背来录影器材，尽力保存下大家的讨论，晚间又在电脑上耐心剪辑整理。全世界在他脑中浓缩为一个执着的信念，在他的诗歌中，我读到了诚实的人本关怀、道德心和批判力：

> 永不能理解时代对于一个人的安排
> 因为我的生活并不是一个人的生活
>
> ——陈家坪：《街灯》

一场简朴的宴席静悄悄地开张了。没人关心自己能够获取"什么"，这已经是"谁"的集会。记得李浩经常会带酒来，张罗给大家倒上。江汀一杯酒还没喝完脸就熟透了，我们总会在他的诗中察觉到游逛者的目光，顽固而羞涩，但他观看世界的方式却全变了。在千篇一律的生活和老生常谈的历史中，这些文字并不陪伴时髦的变革逻辑和病态官能，而是颇有勇气地向人们熟视无睹的旧事情做永恒回归，填补了人类精神辞典中被称作"必然性"的词条。

在一篇文章中，张杭被江汀称为"天通苑的穆旦"。他向外彰显着鲜亮的诗性人格，仰仗着一个清澈的理性支点，善于从缤纷多姿的社会晶体和心理晶体中演算出他所谓的"社会学函数"。于是他开始写作"自传诗"，在诗集《即兴与故事》中可以读到。诗人每讲一个故事，读者就如同走进一间悬满无穷变量的剧场。

昆鸟抱怨张杭的"自传诗"这个标题起小了。如果不做诗人，昆鸟定能成为出类拔萃的批评家。他的骨头是双份的，从肩胛到肝胆，都闪出庖刀的峻峭和高傲。这种硬碰硬的精神，体现在昆鸟的诗集《公斯芬克斯》中，它释放出的精神强度在当下青年写作者中是罕见的。昆鸟绝大多数诗作都可被《劫数中的顽童》这个标题所接管。我甚至愿意这样认为，昆鸟连同李浩、苏丰雷、江汀和张杭等几位青年诗人，似乎都分担着一种相似的胎记。他们是"谁"？这些青年诗人背负着铁器时代坠落的星子，在今生今世的无物之阵里，相互默示和点头，相约将彻骨的演奏进行到底：

> 我永是劫数中的顽童
> 敲着两块无用的铁
> 　　　　——昆鸟：《劫数中的顽童》

更多的朋友在这场简陋的宴席落座：回地、王东东、戴潍娜、田玥、车邻、陈迟恩、严彬、王辰龙、叶美、刘年久，甚至还包括阿西和孙磊这样的诗坛宿将。告别激进，告别线性，告别封闭，退回到诗歌从未有过却无限敞开的时空中去，让那些早已存在的法度涣然冰释，渐渐成为青年一代写作者的共识。他们的任务，是盯紧句子里的时钟，解放被缚的双手和目光，将它们重新置回时间中恰当的位置，勾勒出每一个"谁"的剪影。同时代人并不是从来就有的，而是依靠某桩心灵事件来厘定，或主动或被动。当大多数人在汹涌向前的意志中结成团块之时，请允许少数人在重重劫数中选择驻留、后退或还乡。

一支储满青年精神的箭已经离弦了，扰动哑默的"什么"，射向更多的"谁"。一个唤作"北京青年诗会"的写作共同体在2014年秋天诞生了。这期间，"桥与门""成为同时代人""诗歌正义"，以及"荒芜之后的风景"等命题，成为这批青年诗人思考和研讨的结晶，它们将缓缓释放出光和热。陈家坪完成了一系列对北京青年诗会诗人的访谈，编成《桥与门：北京青年诗会诗人访谈》一书，并于2016年出版。《桥与门：北京青年诗会诗人访谈》无疑成为"北京青年诗会"首度推出并极具分量的工作成果，也是一份对新世纪以来北京青年诗人精神面貌和写作现状的翔实生动的记录和展示。它不再固执地追问"什么"，而是用更敏锐的小耳去倾听每一个"谁"、每一次心跳和呼吸。

2017年，精选了"北京青年诗会"几位代表诗人作品的诗选集《在彼此身上创造悬崖》正式出版。每位青年诗人的作品不再成为"什么"的复象和回声。在丧失中心的时代，一张张面孔逐渐清晰起来。他们是"谁"？在完美而不幸的世纪，纷纷呈现出写作上的锐角，力图用内爆般的诗性话语来抵抗现实公共话语的平庸、愚顽和暴戾；在每个"谁"之间又形成友善的犄角之势，辨识出艺术与写作中深渊般的艰难和陡峭，在充满差异的创造精神中还原和应对现时代棘手的精神状况和美学处境。"什么"崩坏以后，吾"谁"与归？普天下霰弹状的青年诗人们是时候行动起来了，借用孙磊的诗句，这种罕见的行动意志可以被表达为：

  要申明一种高处的立场
  往往需要使用更低的碳
        ——孙磊：《事实或者高处》

当代文学关键词

下册

吴义勤　陈培浩　◎主编

贵州出版集团
贵州人民出版社

目录

下 册

重写文学史　*文学史：重写的可能和限度*　　　375

"重写文学史"的海外经验　　/郑焕钊　　379

史述观念与二十世纪九十年代以来的"重写文学史"进程　　/郑润良　　395

新经验　*新经验：未来性与反思性的辩证*　　　409

潜在的弗兰肯斯坦
——关于文学与新经验的迷思　　/颜炼军　　412

新经验与当代汉语诗歌的生成
——兼及对当代工人诗歌的一种观察　　/景立鹏　　423

现实主义 关注"现实主义"的当代化进程　441

现实主义的暧昧达成
——1990年代"现实主义冲击波"小说一议　／李蔚超　445

论外视角　／曾念长　460

在场主义 "在场主义"：散文的思想性、艺术性和可能性　473

散文写作的生命在场
——我的写作之旅　／艾　云　477

文类焦虑、文本策略和理论野心
——"在场主义散文"刍议　／伍明春　498

侦探叙事 侦探叙事：成为严肃文学资源的可能　509

当代叙事与侦探小说的结构　／◎徐兆正　512

悬念的魅力：中国当代小说中的侦探叙事　／唐诗人　531

城市文学 城市文学：从传统到未来　549

新世纪海外华文写作的城市书写
——以严歌苓、张翎为例　／刘　艳　553

从"城市文学"到"新城市文学"　／陈培浩　570

目录

新历史主义 如何抵达可信赖的历史?   585

新历史主义与文学批评:一种当代条件下的再思考 /张屏瑾   589

"新历史主义"与生在这一边的我们 /陈芝国   602

文学启蒙 以启蒙为桥梁重审人的困境和出路   619

内在的陌生人
——启蒙笔记 /王威廉   623

启蒙在中国消失了吗?
——一份基于文学的考察报告 /刘小波   639

人工智能写作 强人工智能时代的写作何为?   655

人工智能写作的"镜像"与"正名" /杨丹丹   659

"人工智能"说话了吗? /沈建阳   671

现代派 现代派:历史的和审美的   683

过时还是未竟:现代主义再思考 /邹 军   687

谈"现代派"的异质性 /慈明亮   700

科幻与当代文学　科幻想象与中国当代文学　　　　　　　　　713

科幻小说中的"物质"与"装置"
——以《巴比伦塔》和《北京折叠》为例　／飞　氘　　717

科学与情感
——汉语科幻诗谈屑　／李国华　　　　　　　　　　　731

回顾与出发　面对"当代"：回顾与出发　　　　　　　　　747

关键词、当代经典和通往未来的文学史
——《广州文艺》的《当代文学关键词》栏目笔谈　　750

附录　本书作者简介　　　　　　　　　　　　　　　　772

关键词 重写文学史

文学史：重写的可能和限度

吴义勤　陈培浩

"重写文学史"是二十世纪八十年代一股重要的文学思潮，最重要的代表是1985年陈平原、钱理群、黄子平提出的"二十世纪中国文学"理论和陈思和、王晓明1988年在《上海文论》杂志上主持的专栏，他们提出以崭新的价值体系和审美标准对中国现当代文学史上已有定评的作家作品和文学现象做出质疑的探寻和多元的阐释。这股思潮与二十世纪八十年代诸多社会文化思潮拥有共同的价值指向，通过现代化立场重写文学史，以应对时代变革带来的文化更新任务。事实上，"重写文学史"并不是孤立事件，而是在不同时代一直在发生的重新修史行为。因为，我们始终存在着两种不同的"文学史"：一是纷繁复杂、丰富纵深的文学发展历程本身，一是由史家基于一定的史观立场、史述范式和书写方法呈现出来的文学史著。人们往往相信存在着一个如实记录文学发展全貌的"文学史"，这也是人们信任文学史权威性的心理前提，可是人们所能看到的只是史著形态的文学史，新历史主义甚至据此认为历史只是作为一种文学叙事存在。必须承认，历史具有某种程度的"叙事性"，这意味着史家在努力靠近真实的过程中依然不可能免于受到主流时代思潮、教育体制、知识范型甚至个人知识立场、修养趣味等因素或隐或现的渗透。随着时代文化转型，人们往往会发现上一时代的史述并不能真切回应现时代的文化立场、关切和焦虑。如此，"重写文学史"就必然是一个不断发生的文学事件。

以中国现当代文学史为例，自二十世纪三十年代以来其事实上已经经历了多次重写。黄修己先生指出中国现当代文学史存在着"进化论的阐释体系""阶级论的阐释体系""启蒙论的阐释体系"等不同阐释体系。李杨则以《中国新文学大系》、王瑶《中国新文学史稿》、二十世纪八十年代重写文学史思潮和"二十世纪中国文学"为对象，指出了文学史书写范式从进化论范式到新民主主义论范式，到现代化史论范式的转变。到了二十世纪九十年代，洪子诚撰写《中国当代文学史》时，则自觉地与阶级论的阐释体系及启蒙论的阐释体系对话，从而建构了一种以建构论为方法、以启蒙论为价值立场的崭新文学史型构。洪子诚的文学史在获得巨大肯定和声誉的同时，也受到了来自更新文学史书写范式的挑战：其一是李杨、蔡翔、贺桂梅等人的新左派文学史范式，另一则是王德威《新编哈佛中国现代文学史》的后现代星座图文学史范式。这意味着没有任何一个重写的结果会永远权威下去，永恒的可能是"重写"本身。

本期邀请郑焕钊、郑润良两位评论家从不同角度对此话题贡献高论。郑焕钊的文章关注"重写文学史"的海外经验，深入细致地展示了从夏志清、李欧梵到王德威、唐小兵的海外文学史研究理路，并对其进行深入浅出、切中肯綮的评述。郑焕钊目光如炬地透视了海外文学史研究的思想理论资源:"海外'重写文学史'具有鲜明的文化研究的色彩",其研究"力图在大文化自身的演变逻辑中,在多元复杂的关系中来重建文学自身的生长关系;在政治、社会、历史、文化、个体与文学的多维关系中,来建构中国现代文学的动态模式,揭露中国现代文学生成的复杂机制。这正是其往往能够融汇各种西方理论于文化研究的视域之内,对一元化叙史模式进行质疑与解构,极大地释放历史叙事的丰富空间,并因而深具解构色彩的根本原因"。郑焕钊还指出海外华人学者对中国现代文学史的重写"与其自身所具有的文化身份意识具有重要的关联",并辩证地指出"作为凝结世界各地华人的中华文化主体性,其内在的开放、多元的特质,与作为民族国家核心价值建构的中国文化主体性,两者有统一性,也有不同的内涵和功能,我们要在这一辩证性中深入地研究、辩证地分析和准确地评价海外华人学者的理论贡献与陷阱迷误"。郑润良文章则剖析了二十世纪九十年代新的"重写文学史"实践中的史述观念。其对区别于"进化论阐释体系"、"新民主主义阐释体系"和"启蒙论阐释体系"的新左派文学史话语的构成、内涵和背景进行深入剖析,并特别推举南帆所主张的"关系主义文学史观":"关系主义文学史观着眼于文学史的结构、因素、关系,强调文学史的本土结构的特殊性","关系主义文学史观力图修复当代文学史及相关的当代历史的复杂纹理,目的在于为我们理解中国现代性的复杂脉络或者说中国经验的复杂性提供一份更为可靠的证词"。

面对不断发生的"重写文学史"实践,或许未来的当代文学史将不再命名为"当代文学史",已发生变化的文学情境和历史诉求也要求构造当代文学新的史述。或许我们的重心不是去确认哪种"重写"是最好的重写,而是应该思考一些尚未解决的问题:其一,面对"历史本质"

的异代建构，重写者该以什么样的学术立场和方法去捍卫"当代性"的中立性？其二，如果说文学史研究倾向于客观化、学术化的话，那么书写主体的价值立场该在何种程度上被容留？其三，面对急剧变化的时代和知识转型，文学史写作主体该以何种学术状态和修为去转化时代的挑战和营养？这或许是"重写"和"文学史"对我们提出的持久拷问。

"重写文学史"的海外经验

◎郑焕钊

一

夏志清的《中国现代小说史》（1961年出版，以下简称《小说史》）是欧美中国现代文学学科的开山和奠基之作，它所产生的影响和引起的争议，在海外中国现代文学研究领域，至今仍无人能及。《小说史》的开创意义主要在两个方面：第一，它开启了一种不同于当时大陆的新民主革命框架视野下的文学史的写作方式。在此之前王瑶的《中国新文学史稿》上卷于1951年出版，下卷于1953年出版，成为第一部系统的、权威的中国现代文学史著作。与之不同，《小说史》初版序言中道明宗旨："无意成为政治、社会学或经济学研究的附庸。文学史家的首要任务是发掘、品评杰作。如果他仅视文学为一个时代文化、政治反映的镜像，他其实已失去了对文学及其他领域的学者的作用。"该书力图以现代作家的"感时忧国"为线索，发源自"新批评"与"利维斯传统"的道德人性批评构成了该书最为重要的思想框架。对审美形式的重视，以及将"道德细察"作为内在的述史思路，使得该书与《史稿》所遵循的政治性与思想性的标准不同，重视对现代小说审美的讨论，尤其经常将中国作家的文学特质与西方作家进行比较。更为重要的是，《小说史》注重对小说中的中国现代的道德和人性的分析。第二，对张爱玲、钱锺书和沈从文等作家的独特发现。《小说史》对文学史的重写,在很大程度上动摇了现代文学史以"鲁郭茅巴老曹"为代表的经典序列,夏志清对张爱玲、钱锺书和沈从文等在革命史叙述下被遮蔽的现代文学重要作家的重新发现,不仅构成了海外中国现代文学研究中的一条重要的脉络,而且在极大程度上改写了中国现代文学的版图。正是在对左翼作家的重新评价与对张爱玲、钱锺书、沈从文等作家的价值发现中,夏志清重建了另一种叙述中国现代文学的方法。其开启的重要议题如中国现代作家的"感时忧国"的精神,与普实克论争的"抒情与史诗"等命题,在此后半个世纪的北美现代文学研究中获得持续的回响。

作为费正清、史华慈和夏志清三大汉学家的学生,李欧梵对中国现代文学史的研究,"徘徊于历史与文学之间"[1]。其先后出版的《中国现代作家的浪漫一代》(1973)、《铁屋中的呐喊——鲁迅研究》(1987)、《上海摩登:一种新都市文化在中国 1930—1945》(1999),每一本书的出版都开创了该领域研究的典型。他从文化史的视野,立足于现代文学史发生的文化场域来讨论现代文学现代性书写的可能性,构成海外重写文学史的另一重视域。李欧梵在《中国现代作家的浪漫一代》中描写了文界、文坛与文人现象。在该书的第一、第二两章中,分别从自由创作、出版和结社三个层面,分析了中国现代文学发生的"原初语境"。他重视从心灵与人格的角度来讨论现代文学的创作个性,对郁达夫、徐志摩、郭沫若等现代浪漫作家,重视挖掘作家的心灵史与文学史之间的幽微关联。在此基础上,该书全面梳理了西方的"浪漫主义"观念在激烈动荡的"五四"时期被吸收、转化的过程,以"浪漫主义"为主线,挖掘和塑造了从林纾、苏曼殊、郁达夫、徐志摩到郭沫若、蒋光慈和萧军等左翼作家的"一代浪漫作家群",从中挑战中国现代文学"现实主义"的叙述逻辑。该书的出版在美国成为研究"五四"现代作家的一个新的起点,影响甚深。在《铁屋中的呐喊——鲁迅研究》中,他对鲁迅的研究也着力从文本与心理分析相结合的角度,

---

[1] 李欧梵:《现代性的追求》,北京:生活·读书·新知三联书店,2000年,序言第2页。

探寻鲁迅作为一个"文学家"的形象,既注重鲁迅走向文学之路的心理成长历程,又高度关注鲁迅与中国传统之间的复杂关系。此外,他还从文化现代性的角度,为中国现代文学史的写作开辟现代性论述的理路,构成了文学史叙述中现代化与现代性之间的张力,在其中对现代主义进行重新评估。在《上海摩登:一种新都市文化在中国 1930—1945》中,李欧梵借助于"物质生活上的都市文化和文学艺术想象中的都市模式的互动关系",从物质文化对现代性的影响,以及现代作家对都市体验所进行的现代性的文化想象两个层面,探寻城市与中国文学现代性的关系,从而对大陆以感时忧国为主导的乡土型学风进行反驳,独辟中国都市现代性研究的进路,开启中国现代城市文化研究的潮流热点。

作为当今哈佛大学中国现代文学研究最主要的代表,王德威自二十世纪九十年代末以来,陆续提出"没有晚清,何来五四?""被压抑的现代性""抒情现代性"等重要的论题,成为海外重写文学史的又一重要面向。"没有晚清,何来五四?"的命题在于探寻中国现代文学众声喧哗的起源。王德威注意从晚清的社会文化的语境中,探寻被压抑的现代性的多元走向的可能性,从而冲破"感时忧国"的"五四"文学史狭隘的自我设限。他指出,"我们不能回到过去,重新扭转历史已然的走向。但作为文学读者,我们却有十足能力,想象历史偶然的脉络中,所可能却并未发展的走向。这些隐而未发的走向,如果曾经实践,应使我们对中国文学现代性的评估,陡然开朗。"[①]因此,借由晚清小说,来作为想象中国现代性的方法,在虚构与真实、想象与历史之间,"回归"中国文学更具丰富杂糅的"多重现代性",从中试图重建中国文学现代性的主体性,这正是王德威"重写文学史"的基本逻辑。王德威的文学史重写,事实上包含着双重目标:借由想象突破"五四"以来启蒙与革命的"感时忧国"的历史叙事,而在多元杂糅的多重现代性中重建中国文学主体性。其最终都指向对何为"现代"

---

① 王德威:《被压抑的现代性:晚清小说新论》,宋伟杰译,北京:北京大学出版社,2005年,第8—9页。

的解构与重构：解构的是"五四"所建立的中国文学之现代观，一种建基于进化的、线性的、断裂的，甚至是外来的时间观的文学现代性观念，而重建被压抑的、可能的、多元的、主体的现代性。近年来，随着王德威学术视野的进一步拓宽，他的研究也暂离历史与暴力的梦魇，转进入抒情现代性的讨论空间，相继出版了《抒情传统与中国现代性：在北大的八堂课》（2010）、《现代"抒情传统"四论》（2011）、《现当代文学新论：义理·伦理·地理》（2014）、《华夷风起：华语语系文学三论》（2015）、《史诗时代的抒情声音》（2015）等著作。王德威以上溯抒情传统的方式，试图发掘以往对于抒情更为多元的认识，从而使抒情以非文类的形式介入革命语境当中，丰富"小说中国"的别样场景。与此同时，他关乎中国现代文学的众声喧哗之想也逐渐延伸发展，重启并接续了"重写文学史"的关键命题。

二十世纪九十年代以来，随着大陆华人学者旅美游学，从重构左翼文学史的角度，掀起了"再解读"的思潮。"再解读"思潮是指二十世纪九十年代初以唐小兵、黄子平等人为代表的一批海外华人学者试图用西方文化理论对"红色经典"文本进行重新解读的现象，其代表著作是唐小兵主编的《再解读：大众文艺与意识形态》（1993）和黄子平的《革命·历史·小说》（1996）。实际上，"红色经典"概念只是"再解读"的研究对象的泛称，尽管"再解读"的作者大部分来自现当代文学研究领域，但是他们各自的立场，以及对于自身的研究和解读对象的概念的理解是不一样的。比如唐小兵将其研究对象界定为"延安文艺"，而黄子平则将其界定为二十世纪五十至七十年代的"革命历史小说"，孟悦将之界定为"解放区文学"，李扬则将其界定为"红色经典"。但抛开其具体对象的差异，以唐小兵为代表的"再解读"，实际上是以一种阿尔都塞意义上的"症候式批评"的方式，力图"揭示出历史文本后面的运作机制和意义结构"的重新编码的过程。在其中，"现存文本中被遗忘、被压抑或被粉饰的异质、混乱、憧憬和暴力"得以暴露出来，因而"解读的出发点和归宿必然是意识形态批判，也是拯救历史复杂多元性、辨认其中乌托邦想象的努力"。①解读的根本性冲动在于对历史一元叙述的挑战，对"基奠性话语"（关于起源的神话或历史目的论）的超越。从这一意义上，唐小兵指出，延安文艺是对"五四"新文学的重读，但由于其过于完整而急切地认同新起的超越性所指"大众"，因而是不完全的解读，因此，"再解读"的目标正是对"延安文艺对'五四'新文学的解读"的再解读。

二

从二十世纪八十年代以来，海外"重写文学史"就对大陆的中国现当代文学史研究，形成一浪又一浪的"冲击波"：无论从文学史观念、文学史叙述模式、文学经典秩序的重构，还是对具体文学现象的评价等，都产生了重要的影响。有学者甚至认为大陆学界存在对海外中国现代文学研究过度推崇的"汉学心态"。当然，对海外"重写文学史"所倚重的西方理论与批评模式及其内在的政治倾向、解构色彩，以及在知识上的硬伤等，也在引发大陆学界的批评，其中有真知灼见，也不乏偏激粗暴的观点。如果我们立足于海外"重写文学史"的具体理论语境及其华人学者自身"感时忧国"的文化意识，对其"重写文学史"所形成的经验进行归纳，则主要体现在两个方面。

一方面，由于置身于西方理论语境之中，海外"重写文学史"具有鲜明的文化研究的色彩。海外华人学者对中国现代文学史的研究，秉承着文化研究对马克思主义的机械决定论述史模式的批判，力图在大文化自身的演变逻辑中，在多元复杂的关系中来重建文学自身的生长关系；在政治、社会、历史、文化、个体与文学的多维关系中，来建构中国现代文学的动态模式，揭露中国现代文学生成的复杂机制。这正是其往往能够融汇各种西方理论

---

① 唐小兵：《我们怎样想象历史（代导言）》，载唐小兵编：《再解读：大众文艺与意识形态（增订版）》，北京：北京大学出版社，2007年，第15页。

于文化研究的视域之内,对一元化叙史模式进行质疑与解构,极大地释放历史叙事的丰富空间,并因而深具解构色彩的根本原因。

二十世纪六十年代,欧美正从新批评向结构主义和后结构主义的理论转向;与此同时,文化研究从二十世纪六十年代开始,也经由英国伯明翰文化研究获得较大发展。海外中国现代文学史的建构,整体上正是处于从新批评向文化研究转型的历史氛围之中。身处新批评重镇的耶鲁大学,夏志清的《中国现代小说史》尽管秉持着审美自律的精神,但其内在对利维斯"伟大的传统"的继承,实际上仍然包含着英国早期文化批评的重要回声。利维斯上承阿诺德,立足于文化精英主义的立场,推崇"世人所思所表之最好之物"的"文化",视新兴的工人阶级为群氓,对当时正在兴起的民主政治,尤其是有工人阶级男性获得政治投票权所产生的恐惧,更对大众通俗文学深表痛恨,认为其将对文化带来极大的冲击;坚守"少数人的文化",以之对抗"大多数人的文明",开启了"文化"与"文明"之间对立的阐释模式;推崇文学经典的"伟大传统",认为只有通过"伟大传统"的经典教育才能真正达到维护文化的目的。英美新批评在事实上深受利维斯主义的影响,因而特别强调文学对道德人性的完善。夏志清的小说史写作,其内在的标准正是在于摆脱一时一地的功利性限制,而从更为普遍的道德人性的书写的角度,来讨论中国现代文学的书写与价值。他对中国现代文学"感时忧国"精神的论述,对沈从文、张天翼、张爱玲与钱锺书的高度肯定,而对其他作家的微词,尤其对左翼文学的其他作家的较低的评价,事实上并不能只是从其所谓反共立场来讨论,他对张天翼、萧红、端木蕻良等左翼作家的肯定性评价(见之于《小说史》中译本序),正见出他是以文学的标准而非政治的标准来衡量作家。他肯定的是文学在"感时忧国"与"普遍道德"之间的平衡,而反对单纯作为图解政治或道德概念的宣传写作。在当时新批评的氛围中,夏志清的《小说史》的文化视野正是透过立足于跨文化脉络的文学视野与普遍道德人性而获得了重新观照中国现代文学的可能。尽管这种对普遍人性的追求恰恰是西方文化理论,尤其是后来深受解构思想影响的批评理论所力图克服的。

英国伯明翰学派的霍加特、雷蒙·威廉斯和汤普森等左派学者，都力图打破简单的经济决定论，从工人阶级的能动性的角度展开文化批评。新马克思主义的重要代表葛兰西和阿尔都塞，也同样力图突破经济基础对上层建筑的决定关系，而着力于思考和讨论上层建筑的相对独立性及其影响。葛兰西贡献的"文化霸权"理论，正是建立在上层建筑对革命的重要性的基础之上；而阿尔都塞在葛兰西的启发下，提出了多元决定论的观点，认为上层建筑与经济基础相互影响，文化和意识形态等上层建筑具有相对独立性。文化研究对文化相对独立性的理解，对于理解海外"重写文学史"对决定论模式（王瑶的"新民主主义文学史叙述模式"，二十世纪八十年代以后的"现代化文学史叙述模式"）的突破，而在政治、社会、历史、文化、个体与文学的多维关系中来探讨现代文学生成的历史语境与权力机制，建构更为广阔的多维视野下的现代文学动态关系演变的历史叙述模式，具有非常重要的影响。李欧梵在《中国现代作家的浪漫一代》中就注重对特定的文化语境与区域对于现代文学史产生的决定性关系，他尤其注重现代文学结社、出版等新的组织形态的产生对现代文学产生的重要意义，对"文学界"、"文坛"和"文人"的现象的讨论，正是立足于文学自身的场域及其逻辑。此外，他还尤其注重对个体心理与其文学之间的文史互证关系的阐释，从个体的心理解读作家的创作个性。这种在历史多维语境下对文坛、文人与文本所进行的多维阐释，是对现代作家研究的一种极大的突破。

文化研究尤其注重文本与现实之间的"表征"关系，在结构主义、新马克思主义、福柯的话语理论、葛兰西霸权理论、精神分析学、女性主义、新历史主义、后殖民主义的影响下，注重文本与现实之间的"再现"与"代表"的表征机制，从而打开了文本与社会、历史之间的丰富的阐释空间。伯明翰学派的第二代掌门斯图亚特·霍尔就曾编《表征——文化表象与意指实践》一书，涵盖当时英国文化研究应用者话语理论进行文化研究的诸种面向。文本与现实之间因为话语机制所形成的"表征"关系，正是海外华人学者"重写文学史"的重要方法。王德威、刘禾、周蕾、唐小兵、张旭东等浸染于海外批评理论与文化研究思潮之中的学者，其研究与当时国内学人之间的差异，以及与上一代学人夏志清和李欧梵的不同，就在于以话语的表征机制深入地探讨文学文本书写的内部裂缝，以及文本与历史之间的复杂关系。王德威就曾指出："所谓的'再现'和'代表'，指的不只是艺术媒介对事物的诠释和呈现，也是经由艺术媒介对身份、学科、社团、方法、立场呈现的认同和否认的机制。"[①]他曾译介福柯《知识考古学》一书，并对新历史主义具有较高的认同，在其晚清小说研究中，贯穿着福柯知识考古学的基本方法，其研究所指就在于揭示"五四"所开启的"启蒙"与"革命"的历史叙事如何狭隘化和压抑多元表述、众声喧哗、丰富多元的晚清现代性。而在关于"抒情传统与现代性"的讨论中，他进而从现代文学扩展到现代艺术中，去解开启蒙与革命叙述之下的抒情现代性及其与启蒙和革命的复杂的历史关系，去讨论二十世纪中叶中国现代的"抒情"与"史诗"之间的复杂关联及其暴力机制。

在《英雄与凡人的时代：解读20世纪》中，唐小兵指出："语境并不是一个实物性的具体存在，而是多层次、多形态的意义网络；文本与语境之间也并非简单的单向决定的关系，而往往是丰富错综的相互牵动和交织。怎样通过重新编制反复的意义网络来揭示某一作品的生成和作用，是外层重构的焦点，因为重构的前提，便是相信任何作品都是一项象征行为，都是对某些无法回避、排遣或调和的现实矛盾的想象性克服和解决。指认这些现实矛盾，并理解其象征性解决的必要和必然，是解读过程中进行外层重构的首要目的。"[②]从研究路径看，"再解读"实际上也体现了一种文化研究的理论实践，体现了话语表征理论的深入运用。正如唐小兵指出："福柯的理论工作改变了传统的学术范式，使得当代前沿的理论思考摆脱了'思

[①] 王德威：《海外中国现代文学研究的历史、现状与未来——"海外中国现代文学译丛"总序》，《当代作家评论》2006年第4期。
[②] 唐小兵：《英雄与凡人的时代：解读20世纪》，上海：上海文艺出版社，2001年，第7页。

想派生思想'的这种延续式的思维定式,而让我们把精力更多地放在研究话语与物质世界和社会体制生成的互动关系。"① 如果说,"重读文学史"是将红色经典视为纯粹的政治运作的产物,而从"否定'文革'"的正确的历史政治立场出发对之进行拒绝和批判,那么"再解读"则试图对这种所谓的"正确的政治立场"保持一种超然态度。正如黄子平指出:"解读意味着不再把这些文本视为单纯信奉的'经典',而是回到历史最深处去揭示它们的生产机制和意义架构,去暴露现存文本中被遗忘、被遮掩、被涂饰的历史多元复杂性。"② 对于他们而言,重要的不是对红色经典的立场本身——因为"立场"最容易造成偏见,而是以一种"客观"的态度去关注红色经典具体的历史生产过程。

三

另一方面,海外华人学者对中国现代文学史的重写,还与其自身所具有的文化身份意识具有重要的关联。正是身处海外对家国的忧思,对中国现代性命运的关切,使其将"重写文学史"作为"感时忧国"的载体,于历史的脉络的重新拆解与重组之中,以边缘的视野展开与中心的对话:或在内地(大陆)和港澳台地区由于政治分隔所带来的文化离散之际,力图以历史"众声喧哗"空间的打开,重构文化中国的历史想象,以寻找自身在文化离散之间的身份与位置;或在海外心怀家园政治,关切家国的现代命运与当下处境,寻求在历史空间的释放中重新获取主体性的位置。这就使得海外华人学者"重写文学史"充满着深切的个体思想史的印记,其知识脉络的梳理、理论讨论的交锋,以及历史解构的意图,并不唯知识论和认识论的抱负与追求,而是借对文本的批评、阐释来书写"想象的文学

---

① 李凤亮编:《彼岸的现代性:美国华人批评家访谈录》,桂林:广西师范大学出版社,2011年,第137页。
② 黄子平:《"灰阑"中的叙述》,上海:上海文艺出版社,2001年,第2页。

史""解构的文学史""浪漫的文学史"乃至"抒情的文学史"。

夏志清将中国现代小说的精神概括为"感时忧国"的写实和爱国精神,在受到他高度评价的张爱玲、钱锺书、张天翼和沈从文的小说中,他认为包含着讽刺和人道的写实主义传统。他指出"这些优秀的现代中国小说""最主要的一个特质,就是对中国当代生活认真而清醒的检讨","最切合写实主义的写作路线还是讽刺",因为讽刺手法既可"透露他们对现实丑陋的厌恶",又能够"防止人道主义对他们的强大压力"。① 而从长远的眼光看,"讽刺体裁,虽然未能完全的与自怜形式分得开,但在中国小说中,却是最稳定的、最有成就的一种形式"②。尽管认为中国现代小说缺乏西方的宗教罪感意识,缺乏对人类普遍的个体道德意识的书写,但夏志清对于现代中国处境之下,同时对个人与国家表达同样关切的"感时忧国"精神以文学形式的讨论,仍然深具家国历史命运的同情。正是在此一讨论中,他自觉地将中国现代小说与以杜甫为代表的写实人道主义的文学精神和古典讽刺文学的传统建立了关联。其对以宣传为特点的左翼文学的贬低,实在与其对真诚与独立的文学价值的肯定有关。在其关于中国现代文学的讨论中,实际上包含着他对文学"现代"的肯定,以及对中西文化脉络中的现代小说价值的肯定,其间蕴含的是对于家国现代命运的关切。王德威在为夏志清的中文版《中国现代小说史》(香港中文大学出版社2001年版)再版时所写的《重读夏志清教授〈中国现代小说史〉》中就颇具同感地指出:

> 我以为《小说史》的写成可以引导我们思考一系列更广义的文化及历史问题。这本书代表了五十年代一位年轻的、专治西学的中国学者,如何因为战乱羁留海外,转而关注自己的文学传统,并思考文学、历史与国家间的关系。这本书也述说了一名浸润在西方理论——包括当时最前卫的"大传统""新批评"等理论——的批评家,如何亟思将一己所

---

① 夏志清:《中国现代小说史》,刘绍铭等译,香港:友联出版社,1979年,第429页。
② 夏志清:《中国现代小说史》,刘绍铭等译,香港:友联出版社,1979年,第430页。

学,验证于一极不同的文脉上。这本书更象征了世变之下,一个知识分子所作的现实决定:既然离家去国,他在异乡反而成为自己国家文化的代言人,并为母国文化添加了一层世界向度。最后,《小说史》的写成见证了离散及漂流(diaspora)的年代里,知识分子与作家共同的命运;历史残暴不可避免地改变了文学以及文学批评的经验。[1]

对王德威本人的学术实践来说,其念兹在兹的是重构"众声喧哗"的文学史面貌。无论其早期"没有晚清,何来'五四'?"的"被压抑的现代性"命题,还是晚近对于"抒情现代性",以及"华语语系文学"的文学版图建构实践,都是为了打开时间、地理与文化的多元脉络,以"众声喧哗"来重构边缘与中心的固有关系,而以一种复杂的、运动的甚至暧昧的关系来容纳多元歧异的声音,建构一个模糊边缘与中心的有包容性的文化中国。

从这个角度来说,王德威"被压抑的现代性"所指陈的三个不同方向:"(一)它代表一个文学传统内生生不息的创造力。……然而'五四'以来,我们却将其归纳进腐朽不足观的传统之内。相比于此,以西学时尚的现代观念,几乎垄断了文学视野""(二)指的是'五四'以来的文学及文学史写作的自我检查及压抑现象""(三)亦泛指晚清、'五四'及30年代以来,种种不入(主)流的文艺实验","既名'压抑',上述的诸般现象其实从未离我们远去,而是以不断渗透、挪移及变形的方式,幽幽述说着主流文学不能企及的欲望、回旋不已的冲动。这构成了中国现代文学另一种迷人的面向"。[2] 透过《被压抑的现代性:晚清小说新论》中经由晚清狎邪、侠义公案、丑怪谴责和科幻奇谭四类小说的批评实践,王德威着力探寻晚清中国不同于"五四"以来单一启蒙—革命维度的欲望、正义、价值与知识的多元现代性向度,并在二十世纪末的华语文学中重新发现其隐

---

[1] 夏志清:《中国现代小说史》,刘绍铭等译,香港:香港中文大学出版社,2001年,第XIII页。
[2] 王德威:《被压抑的现代性:晚清小说新论》,宋伟杰译,北京:北京大学出版社,2005年,第10—11页。

秘而持续的生命力。时隔一个世纪的遥远回望与浮出地表,正是王德威力图于文学的现代历史中探寻文化出路的努力。"中国文学正处于重新发现自我、让所有的声音皆可言传的开端,就仿佛逝去的20世纪在最后一刻终于从其痛苦的实验中领悟到,无须所谓的全盘革命或另起炉灶,中国文学已然踏上日新又新的进程,再次起步。"①

他关于"华语语系文学"的参与和书写实践,则是在全球的空间地理上,进行边缘与中心转移的一种策略。与史书美不将中国包含在华语语系文学的概念不同,王德威借用张爱玲的词汇"包括在外",并透过文学选本的形式,实践着以离散文学为主体的华语语系文学的版图建构,书写着另一种全球离散文化视野下的汉语文学史。在此期间,他讨论新加坡等不同区域的作家,并与大陆现代文学作家鲁迅、张爱玲进行遥相呼应,以重构不同空间华语文学之间的对话脉络。

王德威还在"启蒙"与"革命"之外,另创一个"抒情"维度,将普实克"抒情"与"史诗"的视野拓展为现代中国文化"启蒙""革命""抒情"三个相互关联的维度。他自述其旨要:

> 提议纳"抒情"为一种参数,对中国现代"启蒙"与"革命"两大范式重做检讨;亦即将二元论述三角化,关注"革命""启蒙""抒情"三者的联动关系。此处所谓"情"意指感情、人情、世情;是人性的七情六欲,也是历史的情境状态;是本然真实的存在,也是审时度势的能力。"启蒙"无论如何诉诸理性,需要想象力的无中生有;"革命"如果没有撼人心弦的诗情,无以让千万人生死相与。更要强调的是,二十世纪的"抒情"话语总已扣紧时代的幽暗意识。②

---

① 王德威:《被压抑的现代性:晚清小说新论》,宋伟杰译,北京:北京大学出版社,2005年,第389页。
② 王德威、陈国球、陈晓明等:《再论"启蒙","革命"——与"抒情"——北京大学座谈会》,《文艺争鸣》2018年第10期。

王德威的目标，实际上是阐明在"启蒙"与"革命"之间，被压抑的"抒情"总是作为一种"扣紧时代的幽暗意识"而存在于"启蒙"与"革命"之中，因而无形中消解了三者孰是中心孰是边缘的问题，这与王德威关于晚清现代性与华语语系文学对于边缘与中心的讨论策略是一致的。而实际上，在关于"抒情现代性"的一系列论述中，王德威的"抒情"的外延也不断扩展，几乎涵盖现代性的一切，使其自身难免自我消解（由于篇幅关系，这一问题将另文论述）。在《史诗时代的抒情声音》（The Lyrical in Epic Time）一书的引言中，他解释书名关于"时代"的英文单词"Time"："除了指涉'时间'和'时代'，也指涉音乐的'节奏'。借此，我有意发挥此书有关声腔音调的母题，不仅描写一个时代的种种抒情声音，更要探询这些抒情声音如何体现或颠覆了史诗的节奏和韵律。"[①] 联系到书中论及胡兰成和江文也的时候所讨论的古典礼乐，可见关于抒情的声音与节奏，实际上还包含着"和而不同"的礼乐精神，而此正是与其"众声喧哗"的价值追求步调一致的。

　　王德威一代在新的批评理论的影响下，尤其在后现代、后殖民的解构视域和新历史主义的影响下，重构中国文学现代性的历史维度、空间维度及文化维度，以完成边缘与中心对话甚至位移的新主体构建。这一新的主体性的变更和表述将海外中国现当代文学的主体性问题作为一个需要重新质疑的关键问题重新提了出来。如果说在此之前，中国现当代文学的主体性不外是在国族文学的范围内，认同何种书写传统的问题（"五四"—左翼传统还是日常生活叙事传统），一旦涉及"后殖民"、"抒情传统"与"华语语系文学"等，则王德威这种"被压抑的现代性"的历史意识就具有了全新的主体性意识——一种对于身居海外的中国现当代文学研究者的文化身份和文化政治的自觉意识。从而与立足于大陆从民族国家视野出发的现当代文学学科研究者之间必然产生立场上的冲突，这就不能只是进行简单

[①] 王德威：《史诗时代的抒情声音：二十世纪中期的中国知识分子与艺术家》，涂航等译，台北：麦田出版社，2017年，第8页。

的批判，而需要立足于全球华人离散的这一新的全球化语境下对问题复杂性的认知和理解的研究。

事实上，海外现当代文学学科的建构队伍，不仅有海外非华人学者和华人学者的差异，而且在华人学者内部，还存在来自港澳台地区的、内地（大陆）的，他国的华人学者之间的差异。这种差异不仅仅只是一种地域和国籍的区别这么简单，它往往包含不同的立场及其所带来的学术视野和关注问题的差异。不同于从台湾地区移民的华人学者的"离散情结"，对自二十世纪八十年代末从大陆到海外求学或任职海外的华人学者而言，中国现当代文学的主体性仍然植根于"五四"—左翼—社会主义—后革命这一清晰的左翼文学和文化政治的文学系谱。不论是王斑的革命的崇高客体，还是备受争议和质疑的刘康的中国的马克思主义美学谱系，乃至张旭东的后革命叙事，来自大陆的旅美学者念兹在兹的，恰恰是社会主义和革命的历史、记忆与创伤经验如何经由文学、美学与艺术迂回折中地成为后革命中国社会文化与书写的内在能量。唐小兵在《再解读：大众文艺与意识形态》的导言《我们怎样想象历史》中，就表明其"再解读"的意图。"'大众文艺'几十年间的权威和正统地位正是为了弥补'社会主义经济基础'的脆弱和艰难，而现在进行的对大众文艺的解读，以及新兴通俗文学对大众文艺的离叛和戏仿，都逐一地指示出一个以市场调节为关键的生产方式的形成到位。"① 而张旭东对鲁迅，以及对毛泽东《在延安文艺座谈会上的讲话》的解读，甚至对后社会主义时期的作家如莫言、王安忆的持续关注，其关切点在于全球性时代里中国文学的主体性表述，以及社会主义主体性论题。

从这一意义上，海外华人学者"重写文学史"实践就具有了去国离乡"感时忧国"的存在论意义。

---

① 唐小兵编：《再解读：大众文艺与意识形态（增订版）》，北京：北京大学出版社，2007年，第16—17页。

结　语

如果我们将视域从中国现代文学史的重写扩展到海外华人学者在海外的文艺学术实践，则可发现，尽管中华民族内忧外患，华人学者于家国离乱之际散居世界各地，但他们仍立足于中华文化，挖掘中华文艺思想的世界价值，以之作为应对现代性、克服现代性危机的重要精神资源，展现了华人学者的文化自信和文化主体性；他们力图在对中国文艺理论及思想的阐发和研究中，构建中华文艺主体和另类现代性，力图突出中华文化主体；他们力图拓展世界华语文学研究，展现了世界中华文化主体建构的立场。因此，对华人学者所从事的中国文学和艺术的学术思想的整理与研究，要立足世界性视野下的中华文化主体性的视角，探寻海外华人学者在一百多年的历程中，如何着眼于中华美学和中华文艺的精神、话语、价值的主体性建构，他们如何在现代性的土壤中，探寻中华文艺思想的根源并使之开枝散叶，传衍开去。也即是，我们要从其文化和学术生存的具体语境中，去探寻海外华人学者对中华文艺思想主体建构的问题视域、价值开掘和积极意义。

另一方面，与中国本土学者相比，海外华人学者的中国文艺学术思想的文化主体性，又因为其"远取近观"的学术视野、多元身份构成及其特定的学术语境与策略的差异，显示出其内在的繁复和歧异。其中既有独特的"第三只眼"的发明与创造，也有话语迷误和陷阱，需要我们立足于中国文化主体性的视角，从中华文化复兴与中国精神确立的角度，力图从构建中国话语的视野，既肯定海外华人学者在传播、阐释和建构中华文艺主体性、中华美学主体性和中华文化主体性中的积极意义；同时，也要对其以西方理论、西方话语和西方价值作为参照系，对中国文艺理论话语和中国文学文本的批评实践中所出现的价值立场、阐释逻辑和理论话语中出现的问题进行批判性反思。尤其要特别注意其内蕴的消解民族国家立场和价值的倾向，从民族国家视野的中国文化主体性的角度进行深入的分析和评价，坚持在大是大非问题上立场坚定、旗帜鲜明、毫不含糊。

作为凝结世界各地华人的中华文化主体性，其内在的开放、多元的特质，与作为民族国家核心价值建构的中国文化主体性，两者有统一性，也有不同的内涵和功能，我们要在这一辩证性中深入地研究、辩证地分析和准确地评价海外华人学者的理论贡献与话语陷阱迷误。

史述观念与二十世纪九十年代以来的"重写文学史"进程

◎郑润良

新时期以来，在文学回归文学、文学研究回归文学研究等口号的吁求下，现当代文学研究取得了突飞猛进的进展。但同时，一个现象也引起了人们普遍的关注：对于现代文学史，学界基本上达成了共识。但是，对于当代文学史，由于研究资源、立场、观念、思路的不同，文学史的叙述观念仍存在诸多分歧。二十世纪八十年代的"重写文学史"运动中，启蒙文学史观占据了主流。"重写文学史"运动因为诸多外因告一段落之后，二十世纪九十年代发力于海外并影响大陆学界的"再解读"活动其实是"重写文学史"的某种延续，只是在这波解读热潮中，启蒙文学史观无法再一统天下，新左派文学史观和关系主义文学史观相继出现。因此，梳理当代文学史的叙述观念的变异、分歧，还必须从二十世纪八十年代的"重写文学史"说起。

一、二十世纪八十年代留下的谜题："重写文学史"的终结？

依照张颐武的界定，"重写文学史""一是指'新时期'以来人们对于二十世纪以来的中国文学史的再认识，这一过程自1978年'实践是检验真理的唯一标准'的大讨论起业已开始。在现当代文学领域之中，这一过程发展得极为迅速。人们对一系列作家作品及批评理论进行了再评价，使得'中国现代文学'研究在中华人民共和国成立之初建构的基本话语发生了巨大的转变，'现代文学'的经典知识谱系业已被更替。这个过程是贯穿于整个'新时期'之中的。二是特指由1988年第4期开始至1989年第6期为止，在《上海文论》杂志上持续一年的专栏。"① 我们今天所说的"重写文学史"主要是指向第二种含义，因为它以鲜明的口号直接挑战了原有的附庸于政治叙述的文学史制度，引发了文学史叙事的革命。在新历史主义者的眼光中，历史与文学都是一种叙述，本无所谓客观。在他们看来，历史的书写"取决于历史学家把历史时间按照一种而不是另一种的情节"② 加以组合；因此，历史叙述并不能与文学叙述划清界限，史家对历史的书写必然带着特定时代的历史烙印。这也就注定了历史要被一次次重新书写。人们对克罗齐的"一切历史都是当代史"已经耳熟能详，他认为，"没有一部历史能让我们完全得到满足，因为我们的任何营造都会产生新的事实和新的问题，要求新的解决，因此，罗马史、希腊史、基督教史、宗教改革史、法国革命史、哲学史、文学史，以及其他一切题目的历史总是经常被重写，总是重写得不一样。"③ 文学史同样不能例外。

　　关于二十世纪文学史建构的范式变迁，许多论者已经予以总结。比如李杨选择二十世纪三十年代的《中国新文学大系》、五十年代王瑶的《中国新文学史稿》、八十年代的"重写文学史"和"二十世纪中国文学"来描述从进化论的新文学史观到新民主主义文学史观，到现代化论的文学史观的范式变迁；黄修己也用相近的"进化论的阐释体系""阶级论的阐释体系""启蒙论的阐释体系"来描述这种变化。可以说，对于这种文学史叙事背后的范式变化，学术界已经达成了很大程度上的共识，

---

① 张颐武：《"重写文学史"：个人主体的焦虑》，《天津社会科学》1996年第4期。
② ［美］海登·怀特：《作为文学虚构的历史文本》，转引自陈启能、倪为国编：《书写历史》，上海：上海三联书店，2003年，第175页。
③ ［意］克罗齐：《历史学的理论和实践》，傅任敢译，北京：商务印书馆，1982年，第26页。

问题是如何评价这种变迁。大部分学者对于二十世纪八十年代"重写文学史"运动的理论预设，在指出其某些不足之后，更多的是肯定它对文学史叙事的革命性意义。但是，对"重写文学史"的评价中还有一些尖锐的否定的声音。在这些否定的声音中，出现了本文所要重点论述的新左派诸君。他们认为，"重写文学史"不会成功，并提出"'重写文学史'的终结"等论题。

客观地说，二十世纪八十年代的"重写文学史"运动背后"启蒙论的阐释体系"是有其理论限度的，它直接受到了李泽厚"救亡压倒启蒙"论的影响。在这种文学史观念中，二十世纪的革命文艺是前现代的农民文艺，因而在二十世纪八十年代新的历史语境中必须接续五四文学革命的知识分子启蒙传统，回到世界主义的现代文学的正轨上。这种阐释体系对二十世纪中国文学及革命文学的理解显然是简单化的，忽略了太多的历史脉络与纠葛。二十世纪九十年代初，"新儒家"及"后学家"们首先引入了"现代性"话语。"现代性"概念带来了新的阐释体系。在"现代性"阐释体系的观照下，暴露了二十世纪八十年代文学"现代化"阐释体系的局限性。但同时，对"现代性"的不同理解，导致了新文学研究的驳杂局面。新左派诸君的文学史观自然也在"现代性"的理论潮流中。他们也以反思二十世纪八十年代"重写文学史"的现代化范式作为建构自身理论合法性的基础。在借用新的理论语言对"重写文学史"进行解构之后，他们却戏剧性地返回原来的文学史图景，并以新锐的理论话语为之辩护。新左派认为二十世纪中国革命是"反现代性的现代性"，是合理的，八十年代的现代化范式是需要反思乃至否定的，因此建构在现代化范式基础上的"重写文学史"可以终结了。但事实上，九十年代以来的更多研究显示，引入"现代性"话语并不代表"社会主义现代性"不需要反思。引入"现代性"话语后，历史包括文学史的图景不是更明朗化了，而是更复杂化了。"重写文学史"不是终结了，而是刚刚开始。

二、现代性话语解读与当代文学史叙述观念的分裂

二十世纪九十年代以来的"重写文学史"进程受到了"现代性"话语的全面渗透,所谓"成也萧何,败也萧何",在这一过程中取得的成绩或造成的混乱都与这一话语相关。因此,有必要先对之进行一番界定。

(一)何谓现代性、文学现代性?

关于"现代性"的解释,可谓众说纷纭,令人眼花缭乱。笔者无意在这里做过多的概念缠绕。对"现代性、文学现代性"的追问其实就是"什么是现代社会和现代文学?"的追问。关于这个问题,米兰·昆德拉的一段话或许可以给我们启示:"当上帝慢慢离开它的那个领导宇宙及其价值秩序,分离善恶并赋予万物以意义的地位时,唐吉诃德走出他的家,他再也认不出世界了。世界没有了最高法官,突然显出一种可怕的模糊;唯一的神的真理解体了,变成数百个被人们共同分享的相对真理。就这样,诞生了现代的世界和小说,以及与它同时的它的形象与模式。"① 从这段话里,我们可以得出以下结论:现代社会及现代文学诞生于同一个历史情景中,这种历史情景的来临是因为传统社会赖以存在的伦理价值体系的崩溃即韦伯意义上的"脱魅",由此形成了从"神义论"到"人义论"的转换,开始了社会的理性化与世俗化进程。这也就是卡林内斯库所说的,"我们用它(现代性)来指在独一无二的历史现时性中对于现时的理解,也就是说,在把现时同过去及其各种残余或幸存物区别开来的那些特性中去理解它,在现时对未来的种种允诺中去理解它——在现时允许我们或对或错地去猜测未来及其趋势、求索与发现的可能性中去理解它。"② 在这个意义上,现代性指的是一种面向未来的求新求变的意识,或者说福柯意义上的一种

---

① [捷克]米兰·昆德拉:《小说的艺术》,孟湄译,北京:生活·读书·新知三联书店,1992年,第4页。
② [美]马泰·卡林内斯库:《现代性的五副面孔》,顾爱彬、李瑞华译,北京:商务印书馆,2002年,第336页。

新的反思的态度。这种新的意识或态度必然体现在社会诸层面的建构实践中。现代文学或者说文学的现代性就是这一进程中人文知识分子的复杂体验在文学形式上的投射，并构成了这一现代性进程中不可缺少的部分。但现代性的诸项诉求——民族国家的建构、个人主体性的张扬、理性化、世俗化在现实实践中包容着无法化解的矛盾，由于这种内在矛盾，"在现代存在和（以自身意识的最高级形式出现的）现代文化之间有一种爱—恨关系，一种充满内战的共生现象"，"现代性的历史是社会存在与其文化间充满张力的历史。现代存在迫使其文化成为自己的对立面。这种不和谐正是现代性需要的和谐"。① 这也就是卡林内斯库所说的"资产阶级现代性"与"美学现代性"之间的对峙，"关于前者，即资产阶级的现代性概念，我们可以说它大体上延续了现代观念史早期阶段的那些杰出传统。进步的学说，相信科学技术造福人类的可能性，对时间的关切（可测度的时间，一种可以买卖从而像任何其他商品一样具有可计算价格的时间），对理性的崇拜，在抽象人文主义框架中得到界定的自由理想，还有实用主义和崇拜行动与成功的定向——所有这些都以各种不同程度联系着迈向现代的斗争，并在中产阶级建立的胜利文明中作为核心价值观念保有活力、得到弘扬。相反，另一种现代性，将导致先锋派产生的现代性，自其浪漫派的开端即倾向于激进的反资产阶级态度。它厌恶中产阶级的价值标准，并通过极其多样的手段来表达这种厌恶，从反叛、无政府、天启主义直到自我流放。因此，较之它的那些积极抱负（它们往往各不相同），更能表明文化现代性的是它对资产阶级现代性的公开拒斥，以及它强烈的否定激情。"② 美学现代性突出体现在现代主义艺术中。

应该说，在西方社会，由于现代性进程的长久发育，社会现代性与美学现代性之间形成的这种张力关系有助于现代性的自我反思、自我调整，

---

① ［英］齐格蒙特·鲍曼：《现代性与矛盾性》，邵迎生译，北京：商务印书馆，2003年，第15页。
② ［美］马泰·卡林内斯库：《现代性的五副面孔》，顾爱彬、李瑞华译，北京：商务印书馆，2002年，第48页。

从而为自身激发再发展的活力。而二十世纪的中国,作为一个后发现代化国家,由于全体国民尤其是知识分子追寻现代性的普遍焦虑,新文学中所体现的美学现代性与社会现代性并不是处于对峙的关系,更多的仍然是卡林内斯库所讲的"现代观念史早期阶段的那些杰出传统"。因此,将"现代性"话语应用到中国文学阐释实践中,必须回到中国问题的历史情景中。可惜的是,相当多的学者对"现代性"话语的追逐是出于追赶学术潮流、抢占最新话语资源的目的,而不是为了深化对中国问题、中国文学的理解,难怪王德威喟叹:"许多的议论似乎并不正视现代性出现的迂回道路,也乏对历史前景坐标不断改换的警觉。他们并不求将'现代性'放入历史流变中,而是持续追逐主流论述的踪迹,复制出形异实同的小小花果。"① "现代性"反思的意义不在于制造各种现代性或后现代性的话语泡沫,而是切实进入二十世纪中国现代性经验的复杂场域,描述中国社会、文学现代性的复杂地形图,理解、总结其中的历史脉络及给予我们的启示。

(二)"现代性反思"视野中的再解读与新左派文学史观的崛起

二十世纪八十年代末引起很大反响的"重写文学史"活动出于政治原因很快就偃旗息鼓了,但这一活动的内在意义使它必然要寻求另外的发展途径。因此,"1990年代以来,一种以经典重读为主要方法、被宽泛地称为'再解读'的研究思路,最先由海外的中国学者实践,逐渐在现、当代文学研究领域引起广泛注意。"② 根据贺桂梅的概括,"再解读"的代表作包括:唐小兵主编的《再解读:大众文艺与意识形态》(香港:牛津大学出版社,1993)、黄子平《革命·历史·小说》(香港:牛津大学出版社,1996)、李杨《抗争宿命之路:"社会主义现实主义"(1942—1976)研究》(长春:时代文艺出版社,1993)、王晓明主编的《批评空间的开创:二十世纪中国

---

① 王德威:《想象中国的方法:历史·小说·叙事》,北京:生活·读书·新知三联书店,1998年,第89页。
② 贺桂梅:《"再解读"——文本分析和历史解构》,《海南师范学院学报》(社会科学版)2004年第1期。

文学研究》（上海：东方出版中心，1998）、李陀的论文《丁玲不简单——毛体制下知识分子在话语生产中的复杂角色》等。并且，"再解读的思路主要为重新理解20世纪中国左翼文学与文化（尤其是作为左翼文学的'当代形态'的50—70年代文学）提供了新的研究视野。"①

很显然，"再解读"是二十世纪八十年代"重写文学史"活动的延续，只是其观点、方法、立场更加多元与复杂。仅以1993年版唐小兵主编的《再解读：大众文艺与意识形态》为例，各篇论文的观点、立场之间就存在着微妙的差别，"在另外一个层面上，由于其本身所无法避免的历史时刻和语境，《再解读》里最初选录的十篇文章也是既有一致性又各不相同的。其共同点，是我当时借用毛泽东诗句'纸船明烛照天烧'来表达的对正统意识形态的挑战和批判，是一种'送瘟神'式的拆解和摒弃。所谓正统意识形态，指的是20世纪中期社会主义国家体制下的文艺政策和制度，这不光是指政治对文艺的控制和裁剪，也包括政治赋予文艺的显赫和特权。其不同点，则是在各篇文章之间，对这个正统意识形态的态度是不完全划一的，所流露出来的对历史的理解和认识也是深浅不一的。这个深浅不一，实际上与我们自己希望在哪个层面上来观照历史经验的必然性有直接的关联。"②其实，通观这本论文集所选的十篇文章，加上唐小兵的《我们怎样想象历史（代导言）》、刘再复的序《"重写"历史的神话与现实》，以及李陀的《语言·方法·问题——关于〈我们怎样想象历史（代导言）〉的讨论》，总共十三篇文章，从对左翼文学及正统意识形态的态度上可以区分为三类。这三种类型的研究多少都渗透了"现代性"反思的影响，但由于对"现代性"及中国问题的不同理解，研究的趋向及结论却大相径庭。不无巧合的是，《再解读：大众文艺与意识形态》中的这三类文章也预示了二十世纪九十年代以"现代性"话语"重写文学史"的三种研究向度。因此，从

---

① 贺桂梅：《"再解读"——文本分析和历史解构》，《海南师范学院学报》（社会科学版）2004年第1期。
② 唐小兵：《再版后记》，载唐小兵编：《再解读：大众文艺与意识形态》，香港：牛津大学出版社，1993年，第283页。

某种意义上,我们可以说二十世纪九十年代以来的"重写文学史"就是用"现代性"话语对二十世纪中国文学再解读的进程。

第一类研究对二十世纪左翼文学持基本否定的态度,以刘再复的序为代表,"在我们看来,二十世纪的中国现代文学,从总体上说,只是一种实验,这是语言形式发生重大转变——以白话文取代文言文——之后的实验,其时间只有七十多年。在实验中表现出一些幼稚病与疯狂病是不奇怪的,问题是,叙述这段历史的时候,不必把实验时期的文学病态也作为'伟大成就'来加以讴歌。不必把丁玲的《太阳照在桑干河上》一类的现象描述成光芒千丈甚至光芒万丈。如果文学史书能就二十世纪出现的普遍性的失败的文学现象给予美学的文学的批评,那么,文学史书就会少些高头讲章的世俗气"[①]。这类研究事实上仍然停留在二十世纪八十年代"重写文学史"将"审美"与"政治"二元对立的逻辑上,将二十世纪左翼文学视为新文学现代化进程中走的一段回头路。如果说这种启蒙论的阐释体系在二十世纪八十年代具有现实的批判意义的话,那么在九十年代的历史语境中,在新的知识背景下,它所呈现的历史图景相当简单化,越发显出自身理论预设的非历史性。

第二类研究力图避免简单的褒贬态度,还原历史的多元复杂性。这类研究已经意识到第一类研究的问题,"延安时期的文学通常被不言而喻地看作是纯粹的政治运作的产物,研究这个时期的文学多少被视为政治表态,于是不大有人对其更复杂的内容作学术性的分析。当政治环境许可时,人们首先想到去做的往往是揭示其中的政治话语运作方式,以求对主宰了中国内地文化界几十年的话语专制系统表示一种拒绝和批判。这种拒绝和批判无疑有相当深刻的意义,它不仅提供了政治立场,而且提供了历史的立场。但这种批评却有自身的局限性,比如,它容易流于一种简单的贬斥。"[②] 通

[①] 刘再复:《"重写"历史的神话与现实》,载唐小兵编:《再解读:大众文艺与意识形态》,香港:牛津大学出版社,1993年,第250页。
[②] 孟悦:《〈白毛女〉演变的启示——兼论延安文艺的历史多质性》,载唐小兵编:《再解读:大众文艺与意识形态》,香港:牛津大学出版社,1993年。

过这篇文章，孟悦力图做到的是分析延安文艺与"五四"以来新文化之间更内在的关联，而不是对延安文艺的简单批判。通过分析，孟悦事实上发现了延安文艺优于"五四"新文化的一面——民间性，"'五四'新文化体现出这样一个尴尬：为了建立一个既是'现代'的，又是'中国'的新文化，它既要排斥'本土资源'，又要吸引'本土观众'。倒是往往只被看成一种政治强制文化的延安文艺把一些'本土资源'与'大众'连在了一起，而且这种对民间文艺的发掘早在毛泽东的《在延安文艺座谈会上的讲话》之前就已开始。"因此，孟悦认为在延安文艺中事实上存在非常大的非政治运作空间，"实际上可以认为，正是由于在歌剧以及电影中存在如此大的非政治运作空间，《白毛女》才可能一次次地被修改，体现阶级斗争主题的部分被不断强化，而非政治性的伦理观、道德原则和娱乐性被削弱和删减"。如果说孟悦的文章在关注延安文艺与"五四"新文化之间的联系时更多考察它们之间的不同，另一些文章则更加关注二者之间的共通点。这一类文章事实上已经超越了二十世纪八十年代对现代化的乐观主义和"进化论"意识，进入对整个二十世纪中国现代性进程的现代性反思；它没有简单地将二十世纪中国革命及左翼文学理解为"前现代"现象，而是力图从总体上做出反思。因此，重新认识现代中国文学的性质乃至整个文学生产体制就尤为关键了，"近几年来，重写文学史成了越来越多的人关心的话题，但'重写'意味着什么？我以为，仅有一种叙事去取代或是补充另一种叙事似乎不值得大惊小怪，类似的工作有史以来就没有中断过。况且任何'写'都已经是某种程度的重写。关键在于能不能对这些叙事（包括准备要写的）提出自己的解释和历史的说明。也就是说'重写'的大前提在于重新认识现代文学的性质和它的历史语境。"① 这在事实上已经进入了"文化研究"的范畴。刘禾的《文本、批评与民族国家文学——〈生死场〉的启示》提出了"民族国家文学"这个理解二十世纪中国文学的重要概念。刘禾认为，杰姆逊

---

① 刘禾：《文本、批评与民族国家文学——〈生死场〉的启示》，载唐小兵编：《再解读：大众文艺与意识形态》，香港：牛津大学出版社，1993年，第1页。

所谓的第三世界文学和"民族寓言"的说法事实上没有看到"民族国家文学"并不是作家的主动选择,而是一整套民族国家话语及文学体制规约的产物,并对包括女性主义话语在内的其他话语造成了压抑性的力量。依据这一概念,不管是"五四"新文学,还是延安文艺,从某种意义上说都在"民族国家文学"这一范畴的统制之下,这无疑为我们理解二者的深层联系、反思二十世纪中国文学的现代性提供了一个有益的视角。同样,李陀在他的系列文章中提出的"毛文体"概念或许可以理解为"民族国家文学"的变体,深化了我们对二十世纪五十至七十年代文学的理解。在笔者看来,"再解读"的第二类研究是二十世纪九十年代应用"现代性"话语"重写文学史"的重要收获,以新视野、新方法丰富和深化了我们对文学史的理解。余虹的《革命·审美·解构——20世纪中国文学理论的现代性与后现代性》、毛丹武的《现代性视野中的二十世纪中国文学史写作》等论述都不同程度地挖掘了二十世纪中国革命现代性及革命文学现代性内部的动力因素之间的冲突、矛盾与悖论,在笔者看来是第二类研究的深化。海外学者的研究对这一研究向度的开发和深化起到了重要作用,比如周蕾、李欧梵、王德威、陈建华对二十世纪中国文学现代性的总体反思。当然,他们的研究更多集中在对非革命文学的现代性的研究,比如周蕾对"鸳鸯蝴蝶派"现代性的研究,李欧梵对"颓加荡"的现代性的研究,王德威对晚清小说现代性的研究,等等。在这种研究中,不但二十世纪的革命文学得到了反思,"五四"文学的主导地位也受到了某种质疑。这无疑对重审二十世纪中国文学、深化"重写文学史"研究起到了很好的推动作用。

  第三类研究力图抛开以往人们对革命文艺的负面印象,塑造全新的二十世纪中国革命文艺的现代性面貌。这类研究使人们耳目一新,但往往撇开二十世纪中国问题的复杂性而"走入自造的概念迷宫",而使其概念缺乏更深厚的涵括力,从而表露出"大概念迷信"的症候。唐小兵的《我们怎样想象历史(代导言)》就是此类观点的滥觞。几乎与之同时,李杨的《抗争宿命之路——"社会主义现实主义"(1942—1976)研究》是此类研究的系统展开。唐小兵和李杨的相关论述代表了新左派文学史观的正式崛起。这类研究有一个共同的特点，就是站在维护而不是反思毛泽东时代的社会主义实践的立场上，在肯定性的意义上将二十世纪中国革命称为"反现代的现代性"，将二十世纪左翼文学界定为反资本主义现代性的现代性文学。这种一味肯定的态度虽然突出了二十世纪左翼文学中的某些现代性因素，但由于缺乏总体的历史观照眼光和反思性的人文立场，事实上已经失去了"现代性反思"的意义。

三、关系主义文学史观与当代文学史图景重构的可能

正如洪子诚所言："对于现代文学史，经过50年代，尤其是80年代以来，在几代学人的勤奋工作中，已处在一种相对的稳定之中。而对于'当代文学史'来说，则可以说还是暴露在很大的不稳定性之中。……可以看到，在近年的当代文学史研究中，视角、立场、方法上比较一致的情况，已在发生变化，出现了'分裂'。这是值得庆贺的现象。十部百部一面的状况，有了初步的改观。出现了在评析立场、方法上有差异和创新的著作。目前，需要辨析不同的立场、方法各自的可能性，所能到达的境地，以及它们各自的限度。"[①]

当代文学史观的分裂事实上可以追溯到"再解读"活动，其中最突出的就是启蒙文学史观与新左派文学史观的分裂。二者都借助"现代性"话语，但由于对"现代性"话语及中国问题的不同理解，研究的趋向及结论却大相径庭。二者各执一端，均不利于我们还原当代文学史的多元复杂性。显然，当代文学史叙述必须走出这种决绝的理论对峙，寻求更辩证、更具阐释效力的历史观与文学史观。前文所述"再解读"的第二类研究已经让我们看到了某种曙光，而以南帆、洪子诚等为代表的关系主义文学史观则让我们看到了更为明晰的文学史图景。

---

① 洪子诚：《近年的当代文学史研究》，《郑州大学学报》（哲学社会科学版）2001年第2期。

南帆先生所提出的关系主义理论模式强调在多重历史文化网络关系中定位文学的功能、意义，其理论意图在于凸显中国现代性问题及中国文学的复杂图景。这一理论模式在阐释文学性等文艺学前沿问题上屡现锋芒，同样，聚讼纷纭的当代文学史叙述问题也是关系主义必须应对的理论课题。《当代文学史写作：共时的结构》①一文标志了关系主义文学史观的正式出场。

尽管《共时的结构》一文并未明确提及启蒙文学史观与新左派文学史观，但它暗示了关系主义文学史观的出场首先就是基于左右二元对立观念所造就的当代文学史叙述的偏差。"迄今为止，一种钟摆式的文学史叙述惯性已经根深蒂固；要么审美，要么政治，要么自由主义，要么激进主义。二者的对立甚至将导致当代文学史的内在分裂。"②从关系主义的理论视野来看，或左或右的当代文学史叙述，要么以审美、人性为核心，要么以政治、革命为核心演绎文学史情节，将时序作为组织文学事实的主轴，事实上都建立在从属于现代性意识形态的进化论之上，忽视了当代文学史场域内部复杂的历史纹理。"时序的记录不仅说明了文学事实的先后，重要的是显示出发展的脉络、过程或者演变的谱系。当然，脉络、过程或者演变谱系的记录并非中性的、客观的。许多时候，某种价值观念可能隐蔽地依附于时序之上，例如'进化论'。"相对于这种建基于二元对立观念的、重时序的文学史叙述，关系主义所重视的是文学史内部共时发生的复杂关系，比如与文学生产相关的各种因素。在这个意义上，洪子诚的《中国当代文学史》得到了作者的肯定。"相形之下，洪子诚对于文学体制如何细致地控制文学生产的考察尤为令人瞩目。从文学机构的设立、出版业和报刊的状况到作家的身份，洪子诚分析了一套管理和监督文学生产的严密体制，分析这一整套（体制）如何保证左翼文学、革命文学的持续。" 洪子诚的当代文学史叙述力图避免简单的褒贬态度，还原历史的多元复杂性，

---

① 南帆：《当代文学史写作：共时的结构》，《文学评论》2008年第2期。
② 南帆：《当代文学史写作：共时的结构》，《文学评论》2008年第2期。

这种研究向度在早期"再解读"的学者中已有体现。比如孟悦对延安文艺与"五四"新文化之间的内在关联，刘禾对民族国家文学的压抑机制的分析，李陀对"毛文体"的理解，都为我们提供了理解当代文学的多重线索。这一类文章事实上已经超越了二十世纪八十年代对现代化的乐观主义和"进化论"意识，进入对整个二十世纪中国现代性进程的现代性反思；它们没有简单地将二十世纪中国革命及左翼文学理解为"前现代"现象，也不像新左派文学史观将革命文学理解为一种优越的、理想的现代或超现代的文学，而是力图从今天的历史语境出发对这种革命的现代性及革命文学的现代性内部的悖论、困境做出反思。关系主义文学史观正是在此类研究的基础上提出了更为清晰、宏阔的理论路线，从而为修复当代文学史的丰富肌理、发现当代文学史的各种隐蔽空间提供了理论先见。

关系主义文学史观着眼于文学史的结构、因素、关系，强调文学史的本土结构的特殊性，南帆本人的当代文学研究著作《冲突的文学》《文学的维度》即是这种文学史观念的实践结果。揭示文学史本土结构的特殊性，目的不仅在于还原文学史的复杂面貌，更在于恢复历史的多元图景，"关系主义首先承认历史图景的多元——关系意味了双边的共同存在。'本质主义'形成的文学观念时常设计一个理论对决：要么审美，要么政治——要么审美骄傲地将政治拒之门外，不闻不问；要么政治无情地吞噬审美，尸骨无存。相反，关系主义倾向于考察二者如何共同存在，并且在抗衡之中相互影响——二者无不因为对方的压力而有所改变，哪怕这种改变是极其微小的。"文学从来不仅仅是文学，尤其是对当代文学的历史叙述事实上与我们对当下及未来的理解息息相关，这也正是当代文学史观分裂的内在因由。启蒙文学史观与新左派文学史观显然都有自己对中国当代历史及走向的价值判断与现代性方案。但南帆认为，或左或右的二元对立的历史判断显然无力应对中国现代性的复杂症结，正如以"审美"或"政治"的强势一元无力支撑当代文学史的整体结构。关系主义文学史观力图修复当代文学史及相关的当代历史的复杂纹理，目的在于为我们理解中国现代性的复杂脉络或者说中国经验的复杂性提供一份更为可靠的证词。"当今中国问题的复杂性,是没有办法套用西方的或者古代的理论来解决的。目前的中国,不管是社会历史还是文化的发展,正在出现的形态都是人类历史上所没有过的。正因为如此,必须要有新的方法来解决,套用旧的理论肯定无法面对这些问题。……当然,意识到问题的特殊性和复杂性之后,进入到这些问题会有很多的脉络和方法,我都非常尊重这些方法。但是我自己强调的方法是空间、结构、关系、共时性,当然这里可能仍然存在着结构主义的思想痕迹。但是这并不意味着,由于我的兴趣和强调,别人的历时性分析、时间和传统都一文不名。我要说的仅仅是,历时性之外还存在着一种共时性的视野,我比较喜欢从这种视野看问题。"[①]着眼于中国现代性的特殊症候及其未来,从共时文化网络的结构、因素、关系出发,关系主义文学史观的理论野心决不满足于当代文学、文化图景的重构,它必将为我们收获"中国问题"研究的丰实未来。

[①] 南帆、周红兵:《跨越时代,游历问题》,《渤海大学学报》(哲学社会科学版)2009年第6期。

关键词 新经验

新经验：未来性与反思性的辩证

吴义勤　陈培浩

鲍曼宣称："现代性是向未来投诚的意识形态。"与此相应，现代的文学就是不断面向新事物、新经验而寻找新语言的文学。崭新的经验不断胀破既有的语言外衣，要求着属己的表达；一旦这种经验及其语言获得了普遍认可而成为主导范式，又有更新的经验及语言要求打破这种范式的独断。新经验在很大程度上考验着文学的阅读和评价。一般而言，文学阅读和批评的标准是从既往的经验中形成，更喜欢向"伟大的传统"致敬。假如秉持艾略特的"传统观"，这显然是成立的。艾略特认为："产生一件新艺术作品，成为一个事件，以前的全部艺术作品就同时遭逢了一个新事件。现存的艺术经典本身就构成一个理想的秩序，这个秩序由于新的（真正新的）作品被介绍进来而发生变化。这个已成的秩序在新作品出现以前本是完整的，加入新花样以后要继续保持完整，整个的秩序就必须改变一下，即使改变得很小；因此每件艺术作品对于整体的关系、比例和价值就重新调整了；这就是新与旧的适应。"（《传统与个人才能》）艾略特睿智地将"传统"设定为一套永远流动着的向新艺术经验敞开的弹性秩序，在他这里，"传统"不是凝固之物，"传统"之所以永恒成立，恰恰在于它维持了相对精神版图的同时不断接受新经验的"延异"，而生成了既延续又有更新的视野。

艾略特唯一没有指出的是：旧"传统"更新为新"传统"从来不是自动发生的，相反，这个过程充满了偏见、歧视、讨伐和抗议、呐喊与变革。在一系列或隐或现、错综复杂的新旧博弈之后，新经验才终于在文学场域中获得一席位置。可是，当它成功地让自己挤进"传统"秩序时，更新的经验又在"传统"外部发起进攻。现代性向批评家要求着站在变革的未来凝聚审美经验的视野和胸襟。

中国当代文学史，正是一部新经验与旧经验对峙、新批评同旧批评交战的历史。每一种新语言的底部，无不涌动着压抑已久的新经验。"朦胧诗"作为二十世纪七八十年代之交的新语言，这个指称起初承载着旧批评的指斥（"令人气闷的朦胧"），后来却成了社会转型之际与现代化趋向同行的个人反思意识理直气壮的自我表白。随后，崭新的市民日常经验为"第三代诗"赋形；惊世骇俗的女性主义身体独白有赖于二十世纪八九十年代以来个人主体所获得的越来越大的欲望自主化空间；新世纪之初风靡一时的"打工文学""底层文学"跟改革走向深水区的浩荡工业化经验密切相关；至于近年风头无二的"科幻文学"，无疑深深根植于巨型都市和人工智能构成的普遍现实所催生的文明期待与焦虑。

本期邀请颜炼军和景立鹏两位青年批评家参与讨论。颜炼军的文章从游历欧洲博物馆的观感说起，视野兼及古今中外，追问"作为语言艺术的文学作品，是如何收纳现代新事物及相关新体验"的宏观和微观过程。在他看来，"语言的革新，是增加文学经验容量的必要条件"，"新经验有时会倒逼写作语言的新锐"。他还注意到，"文学语言的更新，常常是整体性的历史变革"的文学显现。颜文以玛丽·雪莱的例子阐述作家"由于主题和语言的双重超前"而无法被时代接纳的孤独性。文章博采旁收，由玛丽·雪莱的《弗兰肯斯坦》而及歌德的《浮士德》，又及赫西俄德的《工作与时日》和中国古代的《列子·汤问》，以比较文学主题学的方法串起诸多有趣互文，从而为当代文学新经验打造一面多维镜鉴。颜炼军迎着智能时代的文学焦虑走下去，面对的可能是由高新材料构成的文学未来，他的这段话意味深长："古罗马诗人贺拉斯在论及文学语言的兴衰时，用过一个美妙的比喻：'每当岁晚，林中的树叶发生变化，最老的树叶落到地上；文字也如此，老一辈消逝了，新生的字就像青年一样将会开花、茂盛。'这种古老而强大的轮回信念，或许能继续让我们抱有'希望'。"景立鹏的文章聚焦于当代诗歌史，在宏观勾勒市民经验、女性经验、民族经验以及底层经验、新工人经验等新经验与诗歌文体的内在激发之后，相对细致地进入对"新工人经验"与"当代诗"相互激发的关系的阐述，有不少独到的论述。

科技如此深地介入甚至左右了人类历史的走向，并进而影响了未来文学的生产和呈现方式。这是未来文学无法拒绝的新经验，人类或许无法抗拒这种文明转型的"总体性"，但现代人之为现代人，面对新经验或许依然应葆有未来性和反思性。所谓"未来性"是指我们并不为"传统"预设故步自封的界限，一味站在过去和现代构成的经验底座上与未来新经验切割，而是始终把新时代、新生活、新经验作为激荡我们写作之思的源头活水，并努力创造和辨认由新经验所激活的新语言。"未来性"要求我们不自外于新经验，但并不意味着我们必然要对新经验大唱赞歌。现代人面对变动时代的"同时代性"立场绝非"顺时代性"，在我们看来，未来时代依然召唤着人类的辨认和反思，并由此确证人之为人的尊严。

潜在的弗兰肯斯坦
——关于文学与新经验的迷思

◎颜炼军

一

2018年夏天,借访学英国的余暇,我乘"欧洲之星"去巴黎参观了一批心慕已久的博物馆。在蓬皮杜艺术中心参观那天,天朗气清,室内明亮,游人不多,于是我趁机仔细观摩了许多现代艺术作品。这些艺术作品与不远处卢浮宫里的古典绘画形成的鲜明比照,愈发引人深思。由蓬皮杜艺术中心的现代艺术反观,卢浮宫里的传世古典作品采用的"语言",显然已不足以表达现代人类的种种新体验。构成这些艺术品的主要"语言",多是近百年来人类发明的各种新事物,尤其来自人类消费这些新事物后造成的废料。艺术家对它们进行了各种巧妙奇异的设计融合。

经过近百余年的实验和传播,现代艺术如今已比较普及。蓬皮杜艺术中心已经成为闻名世界的现代艺术博物馆,这事儿本身即是证明,更不必说许多现代艺术设计理念已渗入当代日常生活的方方面面。作为观光客,置身迷宫般的蓬皮杜艺术中心,看着眼前用废弃拉链做眼睛的人头雕像,仰视墙上挂着的分崩离析的钢琴部件和碎片,感觉自己就像置身荷兰现代画家莫里茨·科内利斯·埃舍尔的名作《画廊》,自己既是看作品的人,也迷离懵懂地沦为这些作品的一部分——现代人的身体和心智，其实已被现代新事物占领殆尽了。

置身此情此景，我心里也难免自问，作为语言艺术的文学作品，是如何收纳现代新事物及相关新体验的？不久后，在泰晤士河边一个艺术馆看到的一件视频艺术品，更引起我对这问题的思考。这是台湾地区的一位当代艺术家的视频作品，大致情节如下：晴朗的某日，一座儿童游乐场原因未明地瞬间爆炸，各部分朝四面八方溅射，尘埃落定，一座废墟由此生成。视频持续十几分钟，以正常的速度展示了这起爆炸的全过程。仁慈的艺术家肯定考虑到观众的心里承受能力，因为游乐场是空的，没有孩子。但作为一个幼儿的父亲，我心里依然阵阵发紧。如果这里像我们假日看到的所有游乐场一样，坐满兴高采烈的孩子，该如何是好？这座精美的游乐场，弥漫着绚丽的色彩、欢快的音乐，它是现代精密生活的象征。它突然在瞬间爆炸，警示了现代生活的精密中潜藏的危险。① 而就在 2018 年 7 月 5 日，泰国普吉游船遇特大风暴沉落，导致一百多名游客遇难，其中包括不少儿童。通过图片、文字所讲述的新闻，大众可了解到这次灾难的起因、过程和相关数据，责任人以及政府的处理……但新闻无法再现全船人兴高采烈地出发，最后遇难的缓慢过程。

这个过程，会出现在某位当代作家笔下吗？亲戚或余悲，他人亦已歌。事故很快被大部分人遗忘，但是否能变成故事而获得新的生命力？作家把"当下"经验编织为文学的有效部分，虽然有选择上的偶然（从"泰坦尼克号"沉没遇难，到成为文学和电影的《泰坦尼克号》，等了许多年，正如沉船残骸许多年后才被打捞），但终归需要两方面的工作：一方面是革新文学语言，一方面是关注和探究生活世界。如此分别，似乎也不够周全，语言新旧是相对的，生活世界纷繁复杂，绝大部分生活，都从时光的筛子

---

① 后来在网上查到了相关新闻：2015 年 6 月 27 日晚 8 点 40 分，台湾新北市的八仙水上乐园舞台，在彩色派对活动最后 5 分钟突然爆炸，造成 500 余人受伤，12 人死亡。这次引发广泛关注的事故，或许是艺术家的素材来源之一。

里溜走，杳无踪迹，彼探究与此探究也可能相差甚远。当然，无论如何分别，最后都落实为作家如何用有效的语言，写下所想象或面临的生活世界。

二

语言的革新，是增加文学经验容量的必要条件。一个优秀作家之所以优秀，常常因其语言的革新；而新文学潮流的出现，实际上往往是一种新的文学语言的出现。优秀作家个体与新文学潮流之间，有时彼此独立，更多情况是相互推进。

文学语言常在作家个人那里获得突破性更新。一种情况，是在旧的意思或表达的基础上点铁成金。比如，清人赵翼对杜甫名句"朱门酒肉臭，路有冻死骨"的"过度"溯源，或可为证：

> "朱门酒肉臭，路有冻死骨"，此语有自。《孟子》："狗彘食人食而不知检，途有饿莩而不知发。"《史记·平原君传》："君之后宫婢妾，披绮縠，余粱肉，而民褐衣不完、糟糠不厌。"《淮南子》："贫民糟糠不接于口，而虎狼厌刍豢；百姓短褐不完，而宫室衣锦绣。"此皆古人久已说过，而一入少陵手，便觉惊心动魄，似从古未经人道者。①

另一例证也许更典型：美国现代诗人T.S.艾略特在其长诗名作《荒原》里对但丁《神曲》原句的化用。在《神曲·地狱篇》里，但丁在地狱的冥河边亲见秋风落叶般繁多的堕落的灵魂，因此感慨"我从未想到／死亡毁了这么多人"。这句诗被艾略特用来写二十世纪二十年代被雾霾笼罩的伦敦泰晤士河畔："缥缈的城／在冬天早晨的棕色的雾下／一群人流过伦敦桥，这么多人／我没想到死亡毁了这么多人。" 以泰晤士河对应地

---

① ［清］赵翼：《瓯北诗话》，南京：凤凰出版社，2009年，第17页。

狱冥河，以一战后伦敦的雾霾比拟地狱的迷途，可谓精准。这样化古为今的写作创举，堪称"有袭而愈工，若出于己者"。此处之袭，其实已是创造。英国现代作家奥威尔的《动物农场》采取十九世纪流行的童话故事的讲法，揭露了极权的残酷，而《1984》则戏仿了十九世纪以来流行的乌托邦小说，预见了人类痛苦的未来。某种意义上，也是一种脱胎换骨、吐故纳新的能力。

新经验有时会倒逼写作语言的新锐。比如，中唐诗人韩愈的许多诗，就属于这种情况。日本学者吉川幸次郎说得准确："他喜欢采取别人不用的题材为题材，运用别人不用的语言为语言，就在这种特殊的题材和语言的配合之下，产生了属于他个人的特异风貌。"现代作家鲁迅的散文诗杰作《野草》中，许多句子，甚至词汇，都是鲁迅的发明。比如"于浩歌狂热之际中寒；于天上看见深渊。于一切眼中看见无所有；于无所希望中得救"，再比如"春词""无物之阵"等。这些语言的发明，都增加了现代汉语对于主体精神困境的表现力。

文学语言的更新，常常是整体性的历史变革。例证之一，是中国古典诗歌语言中"四声"的发明。据陈寅恪考证，南齐永明年间诗歌"四声"的发明，不但得益于南北语言的汇合，是佛教与文学结合的产物，还可以说是文学语言形式的一次整体变革："四声何以发明于南方而不是发明于北方？须知南朝能文之士，每人至少可以说两种语言，一为洛阳语，一为吴语，对声音的高下重浊能够辨别。……四声何以发明于南齐永明之世，按四声的发明是善声沙门与审音文士合作的结果。""四声"作为渐渐被广泛实践的诗歌语言新规的基础，为唐诗时代的璀璨来临，做了形式和技术上的充分准备。例证之二，是近百年现代图像变革导致的文学语言更新。曾几何时，现代摄影术的发明普及，让本雅明感叹"灵光消逝"时代的到来。本雅明认为，古典绘画的唯一性特征，可以让《蒙娜丽莎的微笑》这样的作品具有永恒的"灵光"，而现代图像尤其是摄影作品的无限可复制性,则让图像艺术成为世俗生活的一部分。电影、电视的出现与普及,更是大大促进了图像艺术的世俗化。图像的现代形式,也帮助了文学语言的整体更新。例如在卡夫卡的中篇小说名作《变形记》中,主人公格里高尔的卧室置有一幅从画报上剪下来装在金色镜框里的贵妇人像,起居室墙上则挂着父亲的戎装照,它们在小说的叙事逻辑中都非常重要。父亲的戎装像,可能与卡夫卡心目中的父亲权威相关,而室内的贵妇像,给"大甲虫"的室内感受增加了一重必要的想象维度。现代汉语小说的表达也受到类似影响,比如张爱玲小说《金锁记》里有如下一段描述:

> 风从窗子里进来,对面挂着的回文雕漆长镜被吹得摇摇晃晃,磕托磕托敲着墙。七巧双手按住了镜子。镜子里反映着的翠竹帘子和一幅金绿山水屏条依旧在风中来回荡漾着,望久了,便有一种晕船的感觉。再定睛看时,翠竹帘子已经褪了色,金绿山水换了一张她丈夫的遗像,镜子里的人也老了十年。①

这是《金锁记》里最精彩的片段之一,在小说中也承担了非常重要的叙事功能。女主人公曹七巧与枯骨死尸般的丈夫煎熬地一起生活,现在丈夫去世了,生活发生了新变化。十年的漫长时间,在这段话里一阵"晕船"就结束了,可谓快刀斩乱麻。这段话两个地方与图像有关。首先,其中包含的时间切换,是通过镜里成像的变幻实现的:"翠竹帘子和一幅金绿山水屏条",变成了"丈夫的遗像"。据笔者有限的阅读经验,这种切换手法,在古典汉语叙事文本中很难见到,这应是张爱玲对现代电影蒙太奇手法的天才化用。其中写到的丈夫的遗像,是画像还是照片?作家未明确交代,但照片的可能性更大,在二十世纪三四十年代上海的富裕人家里,照相已经很普及,何况张爱玲后来还写了精彩的《对照记》。在《对照记》临近

---

① 张爱玲:《红玫瑰与白玫瑰》,北京:经济日报出版社,2011年,第72页。

结尾处，她正巧也是这么写的："然后时间加速，越来越快，繁弦急管转入急管哀弦，急景凋年倒已经遥遥在望。一连串的蒙太奇，下接淡出。"①张爱玲对旧照片带来的"蒙太奇"感，是深有体会的。

三

与上述几种情况不太相同，有时作家个体书写当时新的社会历史经验，由于主题和语言的双重超前，很可能得不到同时期作家和读者的广泛共鸣。从巴黎回伦敦后，友人约我参加一场关于19世纪前期英国女作家玛丽·雪莱小说《弗兰肯斯坦》（1818年出版，全名是《弗兰肯斯坦——现代普罗米修斯的故事》）的研讨沙龙，我因临时有事没去成，但有此机缘，我开始留意这部小说及相关话题。这部小说的名气在二十世纪渐渐变得很大，被追认为科幻小说的鼻祖，引来众多的续写和改编作品。十九世纪前期的英国文学读者，可能更喜欢读当时流行的歌德、卢梭一路的抒情感伤类小说，或中世纪延传下来的哥特故事。《弗兰肯斯坦》其实也有哥特故事的特征。这部小说一开始大概是作为哥特小说被阅读的。但现代读者越来越发现，它各方面都十分超前。小说大致情节如下：科学家弗兰肯斯坦努力探索各种科学知识，尤其热衷于探究生命起源。于是他出没于藏尸间，耗费移山心力，试图采集不同尸体的部件，拼凑一个巨大的人体，最后终于获得成功。

十一月的一个阴沉的夜晚，我终于看到了自己含辛茹苦干出的成果。我的焦虑不安几乎达到顶点，我将制造生命的器具收拢过来，准备将生命的火花注入躺在我脚边的这具毫无生气的躯体之中。当时已凌晨一点，雨点啪嗒啪嗒地敲打在玻璃窗上，平添了几分凄凉之感。我的蜡烛快要燃尽了，就在这时，借着摇曳飘忽、行将熄灭的烛光，

---

① 张爱玲：《对照记》，北京：北京十月文艺出版社，2007年，第81页。

我看到那具躯体睁开了一双暗黄色的眼睛，正大口喘着粗气，只见他身体一阵抽搐，手脚开始活动起来。①

弗兰肯斯坦求索知识和执着发明的形象，与浮士德博士有相似之处。歌德的《浮士德》第一部1808年完成，第二部1831年完成，与《弗兰肯斯坦》的写作几乎在同一时期。在歌德《浮士德》下部第二幕里，浮士德的学生和助手瓦格纳在实验室里发明了一个婴儿："只要把几百种要素掺和起来——关键在于怎样掺和——慢慢合成人的要素，再密封在一个烧瓶里，相应加以蒸馏，大功就可悄悄告成。""将来我们可要嘲笑生殖的偶然性，一个思维杰出的头脑会由一个思想家制成。……我看见一个乖巧的小人儿，露出了纤细的形体。"②造人的情节在《浮士德》只是零星提及，而科学家弗兰肯斯坦造人，产生的人伦困境和悲剧性，则贯穿《弗兰肯斯坦》小说的始终。无论玛丽·雪莱的《弗兰肯斯坦》还是歌德的《浮士德》，作家对实验室发明工作的描写，其实都仰仗于当时的科学或医学领域的新知识。浮士德形象的部分象征意义基于此，《弗兰肯斯坦》被追认为科幻小说的鼻祖，甚至是思考人类与现代科技的关系的经典文学文本，也基于此。这一点，玛丽·雪莱的序里已经交代：当时不少科学家大概都尝试或幻想在实验室里造出真人来，这些尝试和幻想，成为许多人茶余饭后的新鲜谈资。③把当时令人兴奋和充满想象力的新知，作为文学虚构的原动力，这是《弗兰肯斯坦》了不起之处。

实际上，浮士德的助手瓦格纳和弗兰肯斯坦，在某些方面都有点像现代艺术家，他们都是通过新材料、新知识创造新的有机体。弗兰肯斯坦制造的怪人具有的人性与诉求，得不到满足后产生的仇杀，最后绝望赴死的

---

① ［英］玛丽·雪莱：《弗兰肯斯坦》，刘新民译，上海：上海译文出版社，2007年，第48页。
② ［德］歌德：《歌德文集》第1卷，绿原等译，北京：人民文学出版社，1999年，第279—280页。
③ ［英］玛丽·雪莱：《弗兰肯斯坦》，刘新民译，上海：上海译文出版社，2007年。参阅其中收录的两篇作者序文。

过程，都令人动容。集合各种材料制造真人，这类故事其实有古老的渊源，但我们一般不会把它们视为《浮士德》或《弗兰肯斯坦》的源头，比如上帝造人，女娲造人等——虽然《弗兰肯斯坦》的副标题试图引导读者认同，说这是一个"现代普罗米修斯"的故事。如果一定要追溯，在上古流传下来的故事里，有更具体生动的故事，可视为弗兰肯斯坦故事的远祖。比如，古希腊诗人赫西俄德的诗篇《工作与时日》里较为细致地描绘了奥林匹斯山众神制造潘多拉的过程，实在精彩绝伦。

> 他（宙斯——笔者）吩咐著名的赫淮斯托斯赶快把土与水掺和起来，在里面加进人类的语言和力气，创造了一位温柔可爱的少女，模样像永生女神。他吩咐雅典娜教她做针线活和编织各种不同的织物，吩咐金色的阿佛洛狄特在她头上倾洒优雅的风韵以及恼人的欲望和倦人的操心，吩咐神使阿尔古斯、斩杀者赫尔墨斯给她一颗不知羞耻的心和欺诈的天性。著名的跛足之神立刻依照克洛诺斯之子的意图，用泥土创造了一个腼腆少女的模样，明眸女神雅典娜给她穿衣服、束腰带，美惠三女神和尊贵的劝说女神给她戴上金项链，发髻华美的时序三女神往她头上戴上春天的鲜花。帕拉斯·雅典娜为她做了各种服式的周身打扮。按照雷神宙斯的要求，阿尔古斯、斩杀者神使赫尔墨斯把谎言、能说会道以及一颗狡黠的心灵放在她的胸膛里，众神的传令官也给了她成篇的语言。宙斯称这位少女为"潘多拉"，意思是：奥林匹斯山上的所有神都送了她一件礼物——以五谷为生的人类之祸害。①

在东方也不乏相似的故事。比如《列子·汤问》里有一则小故事，讲一位名为偃师的术士发明了一个真假莫辨的"倡者"：

---

① ［古希腊］赫西俄德：《工作与时日·神谱》，张竹明、蒋平译，北京：商务印书馆，1991年，第3—4页。

周穆王西巡狩，越昆仑，不至弇山。返还，未及中国，道有献工人名偃师，穆王荐之，问曰："若有何能？"偃师曰："臣唯命所试。然臣已有所造，愿王先观之。"穆王曰："日以俱来，吾与若俱观之。"越日偃师谒见王，王荐之，曰："若与偕来者何人邪？"对曰："臣之所造能倡者。"穆王惊视之，趋步俯仰，信人也。巧夫镊其颐，则歌合律；捧其手，则舞应节。千变万化，惟意所适。王以为实人也，与盛姬内御并观之。技将终，倡者瞬其目而招王之左右侍妾。王大怒，立欲诛偃师。偃师大慴，立剖散倡者以示王，皆傅会革、木、胶、漆、白、黑、丹、青之所为。王谛料之，内则肝、胆、心、肺、脾、肾、肠、胃，外则筋骨、支节、皮毛、齿发，皆假物也，而无不毕具者。合会复如初见。王试废其心，则口不能言；废其肝，则目不能视；废其肾，则足不能步。穆王始悦而叹曰："人之巧乃可与造化者同功乎？"诏贰车载之以归。①

在比较古老的故事里，"真人"发明者是神或者巫术/幻术拥有者；而在近代的作品里，发明者变成了人/科学家，作者玛丽·雪莱选择用普罗米修斯作为副标题，也多半由于近代以来，他一直被视为启蒙者的象征。从浮士德到弗兰肯斯坦，读者肯定自然联想到近几十年克隆技术的突破性进展，甚至基因编辑事件的发生，某种意义上，这些正是上述古老技术想象的部分实现。笔者无意探讨科技带来的人伦困境，只是由此迷思与文学与时代经验的复杂关系。

四

文学以玄妙与形象的语言，展示和发明生活世界可能的"真实"。如果把上述发明"真人"的故事，视为一个艺术创造隐喻，那么，综合各种材

---

① 《列子》，景中译注，北京：中华书局，2008年，第163—164页。

料/元素，发明一个可能之人的能力，即属于文学的创造力，它来源于神还是人，是个古老的争论。比如柏拉图在《伊安篇》中，苏格拉底与诵诗人伊安就此有过著名的争论。苏格拉底向伊安提出，《荷马史诗》写了那么多事情：驾车、占卜、医术、雕刻、航海、战争等，荷马对这些行当的认知，是否超过从事这些行当的人？如果不及他们熟悉，那他如何能把如此丰富复杂的事物精彩地写进诗行？苏格拉底因此认定，无论荷马还是别的诗人，他们之所以能写这些不熟悉的事物，是因为他们得到"神助"，靠灵感把它们呈现于诗句。

在《荷马史诗》和其他古希腊、古罗马时代的史诗里，每写复杂场景，诗人常常深感舌头和文字不够用，深感语言的贫乏，于是要请缪斯帮忙。如果只是把复杂事物一一摆出来，可能就沦为一种记录或历史化的写作。正如亚里士多德在《诗学》里所讲："诗是一种比历史更富哲学性、更严肃的艺术，因为诗倾向于表现带普遍性的事，而历史却倾向于记载具体事件。"[①] 诗的表现普遍性的能力来源于神的帮助，与发明人的能力只有神/巫具备，可相互解释。

虽然被苏格拉底驳斥得最终无言以对，但伊安的诗学观念，也许更接近于现代人，他认为人的诗性能力来自人自身。在现代人的普遍观念里，文学创作恰恰源于个人的禀赋与劳作。苏格拉底对伊安的诘问，依然摆在当下所有的写作者面前：创作个体如何赋予丰富、琐碎而复杂的当下经验以艺术形式？在当代汉语文学作者面前，集体的亢奋和颓靡，个体受侮辱和受伤害的经验，被迫沉默或转入暗喻的历史与现实的隐痛，冒现代化之名而来的血淋淋的灵魂中伤……远山近影，旧恨新愁，都等待着被杰出的文学表达。而一个更强大的整体事实是，在一个新技术、新事物朝新暮旧，各种生活方式方生方死的时代，文学乃至一切艺术表达都面临莫测的剧变。我们也许真的很难看出，哪部作品里出现了新的弗兰肯斯坦，他的故事包

---

① ［古希腊］亚里士多德：《诗学》，陈中梅译，北京：商务印书馆，1996年，第81页。

纳了这个时代隐秘而重要的知识和经验。甚至发明出他的作家，也很可能处于某种无意识状态——正如塞万提斯不曾料想堂·吉诃德将成为现代精神的象征，莎士比亚也不知哈姆雷特会成为子孙繁茂的文学形象。但潜在的弗兰肯斯坦早就开始默默奔赴时运的安排，他竭力发明的怪人，也许已在繁多的新事物的累累尸骨中间，悄声无息地睁开眼睛，这个新生命以及他引领的军团，将开启一个新的文学未来——如果我们还有未来的话——哪怕是一个高新材料做成的潘多拉开启的未来。古罗马诗人贺拉斯在论及文学语言的兴衰时，用过一个美妙的比喻："每当岁晚，林中的树叶发生变化，最老的树叶落到地上；文字也如此，老一辈消逝了，新生的字就像青年一样将会开花、茂盛。"① 这种古老而强大的轮回信念，或许能继续让我们抱有"希望"。

---

① ［古希腊］亚里士多德、［古罗马］贺拉斯：《诗学·诗艺》，罗念生、杨周翰译，北京：人民文学出版社，2008年，第129页。

新经验与当代汉语诗歌的生成

——兼及对当代工人诗歌的一种观察

◎景立鹏

中国现代文学一开始被称作"新文学",这一称谓一直被沿用下来。所谓"新文学",从字面上讲即是用新语言、新的文学形式表达新的思想,具体言之,就是用现代白话写作,依靠现代媒介传播,表达"五四"以来确立的民主、科学的现代启蒙思想,以实现对传统的反叛(当然,这种反传统的真实性聚讼纷纭,依然值得讨论)和对现代思想文化的宣传,服务于现代社会转型的文学。在这里,文学之"新"不管是从其社会文化功能,还是从其思想价值取向,抑或是从文学内部而言,"新"之实质归结到一点,即是经验之"新"。正是新的社会历史经验,促动新的文学的产生和变化。可以说,新文学史就是一部不断面对、回应和生成的新经验史。对新经验的有效回应是文学的内在命运。而作为文学中最为敏感的文体,诗歌自然责无旁贷。新诗之"新",同样内在地面临着对新经验的有效抵达与命名这一命运。对于诗歌而言,经验之"新"不仅体现在诗歌的个人化层面和时代经验之变化上,而且体现在二者之间的相互寻找、塑造与生成的关系上。这一点在汉语新诗的发展过程中得到生动的说明。

一、新经验与当代汉语诗歌的发生

对于汉语新诗而言,以诗歌流派进行命名颇为常见,诸如早期的象征诗派、现代派、格律派等。这些诗歌表面上是从诗歌美学内部来进行命名的,但实际上又何尝不是对新经验的美学回应。对西方现代诗歌美学横的移植也好,对古典诗歌传统纵的反思与继承也罢,都暗含着特定时期对新经验的思考与回应。这一点在二十世纪三十年代的左翼诗歌中体现得尤为明显。蒋光慈、胡也频、殷夫、蒲风、杨骚等为代表的左翼诗歌虽然在艺术上存在粗疏之处,但是不可否认的是,它们都是特定历史条件下对新的革命经验的自觉书写,是历史经验推动下的产物。这一创作倾向一直延续到二十世纪七十年代末。新经验为诗人的创作提供了丰厚的历史资源和艺术动能,但是从新经验到新的诗歌美学仍然存在一段距离,它需要一个有效的艺术生成过程。只有在这一层面,新经验才有意义——它必须通过充分而有效的形式化过程,才能作为一种美学经验存在,进而嵌入历史话语场域中。

这一点在当代诗歌中得到了自觉的反省与纠正。"朦胧诗"的兴起,正体现了这种美学自觉。客观地看,"朦胧诗"并没有提供新的诗歌经验,也并非是对新经验的某种艺术生成。它更多的是接续了"五四"时期确立的现代启蒙精神,通过重启西方现代诗歌美学对过度意识形态化的当代诗歌进行反思与解构。如果说,"朦胧诗"的兴起真与某种新经验有关的话,那就是从革命经验向市场经验的转型。但这更多的是作为一种社会历史背景存在,并没有过多地在"朦胧诗人"的作品中得到直接的触及。相反,新时期以来,新经验对诗歌的推动与革新作用更多地体现在"第三代"诗歌作品中。新经验的产生,从外部条件来看首先是社会历史文化转型的结果,它必然需要通过文学得到呈现。作为文学中最敏感的神经,诗歌必然能够准确捕捉到那幽微的时代气息,同时,这一过程中,诗歌话语的经验和想象空间也变得更加丰富。这是一个相互映照和打开的互动过程。就这一活动过程而言,可以从二十世纪八十年代中后期以来,当代汉语诗歌中的女性经验、地方经验、日常经验和城市经验四种新经验的诗歌实践加以说明。1984年，翟永明的组诗《女人》发表，标志着女性诗歌的兴起。女性诗歌的兴起虽然与世界范围内的女权运动遥相呼应，但更主要的原因则是新时期以来思想解放、社会历史转型和人文主义思潮的兴起带来的时代经验的转换。历史地看，现代诗歌史中，远有冰心、陈衡哲、林徽因、陈敬容、郑敏等女性诗人，近有舒婷、傅天琳等女性诗人的创作，但是女性经验的书写并不明显，直到翟永明的《女人》组诗的出现，才真正使女性经验写作在当代汉语诗坛成为一个诗学话题，并掀起了以翟永明、伊蕾、唐亚平、海男等为代表的女性主义诗歌思潮。这一思潮的兴起固然受到世界女权主义运动和伍尔、西苏等人的女性主义思想，以及美国自白派诗歌的影响，但更根本的原因仍然在于一种经验的觉醒和内在体验。女性的生理心理经验、两性欲望与死亡体验也许每个时代都有，但只有在当时的历史与文化语境中才可能转化为一种诗歌经验。翟永明的《独白》《黑房间》《迷途的女人》，伊蕾的组诗《独身女人的卧室》，唐亚平的《黑夜》《分居》等作品，正是通过对独特的女性经验的洞开，为当代汉语新诗提供了一种敏锐、幽微、细弱而精确的经验空间。

　　新时期以来的另一典型的经验形态即是地方经验的书写。古典式的地方经验侧重感物吟志，建立在一种天人合一的人—地关系经验之上。而现代诗歌中早期的地方（乡土）经验书写则是对现代社会转型过程中乡土秩序凋零带来的文化阵痛经验的表达，例如鲁迅、沈从文的乡土写作。而当代汉语诗歌中的地方书写则是社会历史意识形态、个人现代体验与地方经验相互交织、角力的过程。例如在顾工、闻捷等人的地方书写中，塑造的是一种乐观的意识形态化的地方抒情，它更多服务于一种社会历史意识形态抒情，因此其话语形态是一种政治抒情诗的抒情语调。而在昌耀的地方书写中，地方经验与诗歌话语之间的相互激发与生成要复杂得多。在早期的高原风情写生阶段，西部高原给昌耀的刺激是充满冲击力的奇观，这种异域景观的冲击使得他的诗歌来不及对其进行文化、观念、意识形态上的停顿，而直接进入他的诗歌语言空间，其强劲的空间雕凿感、力量感与这一时期的地方经验密切相关，诸如《鹰·雪·牧人》《高车》《峨日朵雪峰之侧》等作品中，那高古、拙朴、苍茫与空阔的空间经验和视觉线条均来自这一阶段地方经验对诗歌的激发。而随着地方经验和时代经验的积累与深化，地方经验转化为诗人的精神救赎空间，例如《慈航》《雪。土伯特女人和她的男人及三个孩子之歌》等作品中个人经验与地方经验之间的精神融合。到了《青藏高原的形体》这组诗中，地方经验就上升为一种面对时代经验的精神隐喻空间。在这一流变中，昌耀诗歌的美学风貌也在发生着变化，从早期的苍古、劲健，逐渐转向古奥、滞涩；从一种生命的激情涌动，逐渐走向内心的焦虑与烘烤。在这一过程中，昌耀通过他的地方经验与语言实践的相互碰撞，为汉语新诗提供了独特的、美学的西部高原。沈苇的地方经验书写提供的则是作为一个异乡人，如何有效处理两重文化身份之间的矛盾，进而成为当地人的美学经验。地方经验促使他用诗歌回答一种跨地域的文化分裂，例如《泥滋泉子》等。而潘维的地方书写则通过江南想象回应个体生命的文化危机和当代生存经验，通过地方历史时空的召唤，安放自身的当下生存和精神想象。这些地方经验都是伴随着新的时代和个体生存经验出现的，它们提出了新的命题，要求当代诗歌做出有效的回应。在这种回应中，地方诗学话语逐渐形成、丰富。

从"朦胧诗"到"第三代"诗歌，一个重大的转变是日常经验逐渐成为众多诗人关注的重点。所谓个人化写作、叙事性写作，均是通过对日常经验的关注实现的。在此之前，新诗长期以来更加侧重对文化经验、政治经验的处理，而随着消费社会的到来，人的世俗经验获得了合法性。从诗歌史内部来看，通常将"第三代"诗歌作为对"朦胧诗"崇高的英雄叙事的反叛，实际上，它更是新经验促动的必然结果。日常经验之所以为一种新的时代经验就在于它长期被人忽视，无法进入诗歌处理的视野。当它重新获得合法性时必然要求诗歌进行有效的回应。面对这一新经验，"他们"文学社诗人的创作尤为典型。其代表诗人包括韩东、于坚、王寅、陆忆敏、丁当、小海，等等。对他们而言，日常经验不仅指向一种对既往诗歌观念的反思，更是他们个体生存经验的当下内容。从这个意义上重审于坚的《尚义街六号》《0档案》等作品中生动的日常经验书写即可发现，新经验对诗歌语言与观念的生成作用，以及诗歌对新经验美学潜能的开掘。

纵观新时期以来的诗歌潮流的演变，它不仅是诗歌美学内部的话语演变，更包含着新经验的促动与对诗歌的提问。在一个时代现实瞬息万变，生存现场日益复杂的时代，经验到底是贫乏了还是丰富了，本雅明自然有其提问的立场，但是经验的贫乏又何尝不是一种新的经验？而诗歌的内在命运正是对新经验的发掘、提问，在一种互动的磋商中相互型塑，彼此生成。针对其内在的互动过程和生成机制，我们可以通过对二十世纪九十年代逐渐兴起的工人诗歌的观察进行细致辨析。

二、作为一种新经验的工人诗歌

工人诗歌，或者叫"打工诗歌"，是二十世纪九十年代以来逐渐兴起的诗歌创作现象。它是伴随着二十世纪八十年代以来东南沿海打工潮的出现而出现的。这些诗歌大多是围绕打工生活中关于劳动、尊严、爱情、乡愁等经验展开的。这些经验是中国通过改革开放实现现代化过程中的新经验。而围绕工人诗歌展开的批评也主要从文化政治和社会伦理层面展开。秦晓宇在为《我的诗篇：当代工人诗歌诗典》写的序言中，谈到工人诗歌的价值时首先肯定其"为底层立言的意义和历史证词的价值"[1]，接着指出其启蒙价值。当然，他也强调了其文学价值，但这是一种以身份意识为基础的文学价值："身份对于诗歌究竟是标签还是烙印，取决于两者之间是否存在某种深刻的内在关系，取决于诗人的'社会性自我'是否在一定程度上主导了创作活动，并由此形成基于身份的文学特质（当然身份本身

---

[1] 秦晓宇：《"在其所创造的世界中直观自身"》，载《我的诗篇：当代工人诗典》，北京：作家出版社，2015年，第2页。

亦为有待辨析之物）。"① 这种强调在"社会性自我"基础上的文学价值看重的依然是新的时代经验对于诗歌精神主体性的影响与塑造作用。张清华在谈到底层写作的见证、代言特征时指出，"最重要的还不是'对苦难的拯救'，而是'看见'。你不能要求苦难的叙述者去消除苦难本身，他做不到，事实上'悲剧'的意义也许从来就不是意味着对命运本身的拯救……从这个意义上我认为，这些作品的感人和有价值之处就在于，它们是写作者通过自己的发现和书写来实现对劳动与劳动者价值的一种伦理的捍卫，并由此完成对自己心灵的净化和提升"②。所谓"看见"正是对新经验的美学见证。总体来看，工人诗歌对这一新经验的见证通过三种经验叙事来实现。

首先即是铁的经验。在这部诗选中，铁是一个重要意象，诸如《被铁消灭的铁》、《钢铁是生活结束的地方》（绳子），以及《像铁那样生活》（殷常青）、《铁屑》（梦天岚）、《铁》（郑小琼）、《我咽下一枚铁做的月亮》（许立志），等等。铁，在工人诗歌中具有原型意义，它既隐喻大工业生产带有的那种冰冷、残酷与坚硬的价值伦理，又暗示工业资本主义生产方式对人性的异化及其带来的人的心灵的麻木冷漠与孤独。唐欣的《工厂记忆》中写道："机器比人坚强／我只是附在它身上的／一个什么小动物罢了／／我不动声色但内心忐忑不安／就像在密林深处／不知会撞上什么家伙。"③在此，机器取代了人，获得了存在的主体性，人物化为附属的存在，甚至降格为无名的动物。主体性的丧失必然带来生存的内在焦虑。"不知会撞上什么"所提示的正是工人由于主体性的丧失带来的漂泊感与紧张感。铁的经验以其坚硬锋利的物质形式，碾压这生命主体精神之"软"。

---

① 秦晓宇：《"在其所创造的世界中直观自身"》，载《我的诗篇：当代工人诗典》，北京：作家出版社，2015年，第2—3页。
② 张清华：《"底层生存写作"与我们时代的写作伦理》，《文艺争鸣》2005年第3期。
③ 秦晓宇编：《我的诗篇：当代工人诗典》，北京：作家出版社，2015年，第35页。本文所选诗作均选自该书，下文不一一标明。

物化的典型表现形式是将机械动作内化为人的本能记忆:"现在我也能回厂里熟练地摁下旋钮 / 这已成为某种顽固的本能。"诗中最后一节更是用一种戏谑的口吻将这种主体性的丧失写到极致:"钢铁是怎样炼成的 / 是在工厂炼成的。"曾经带有鲜明意识形态色彩,塑造了光辉的革命主体精神形象的时代之问,被冰冷的工厂取代。这既是解构,又是反讽,见证了当下工人的基本生存境遇。

铁不仅是当代工人劳动对象的隐喻,而且不断地按照自身的语法塑造着工人自身,转换为工人生存的经验背景。

> 小小的铁,柔软的铁,风声吹着
> 雨水打着,铁露出一块生锈的胆怯与羞怯
> 去年的时光落着……像针孔里滴漏的时光
> 有多少铁还在夜间,露天仓库,机台上……它们
> 将要去哪里,又将去哪里?多少铁
> 在深夜自己询问,有什么在
> 沙沙地生锈,有谁在夜里
> 在铁样的生活中认领生活的过去与未来
> ——郑小琼《铁》

在这里,铁构成人的肉身,铸成生活的面具,它在不断地变形、漂泊中慢慢生锈。铁一方面构成工业资本主义的政治经济生产逻辑,确立自身生产的标准化、统一化和整合性的秩序空间,这是现代性的经验空间;另一方面,一旦它渗透进个体生存肌体中就会失效、生锈,发生变异。铁与肉之间的矛盾造成人根本无法完全被铁的原则规训,扎根于它所许诺的现代城市乌托邦中。铁的生锈即是法则的失效、人的生命的萎靡,而个体生命只能陷入对时间的渴望中。

"生活正像炉火在烧亮着，涌动着"
我外乡人的胆怯正在躯体里生锈
我，一个人，或者一群人
和着手中的铁，那些沉默多年的铁
随时远离的铁，随时回来的铁，
在时间沙沙的流动中，锈着，眺望着
渴望像身边的铁窗户一样在这里扎根

——郑小琼《铁》

铁的命运无法摆脱，个体生命就只能在时间的催化中自我销蚀，或者与铁的生存做无望的贴身肉搏。而此时，血肉之躯唯有长出语言的芒刺，刺向一种绝望，"刺痛这柔软的时代"。语言之刺成了他们唯一的也是最后的武器。

我说着这些多刺的油腻的语言
铸铁——沉默的工人的语言
螺丝拧紧的语言。铁片的折痕与记忆
手茧一样的语言。凶猛的、哭泣的、不幸的
疼痛的、饥饿的语言。机台上轰鸣着的欠薪职业病
断指的语言。生活的底座的语言。在失业的暗处
钢筋潮湿的缝隙间。这些悲伤的语言

——郑小琼《语言》

这些沉痛的语言构成对现代性的铁的经验秩序的最后的抵抗。"这些多刺的油腻的语言，它们所有的刺都张开着"，不仅"刺痛这柔软的时代"，而且也刺伤工人的精神情感世界。他们在不断的言说中咀嚼着自我的疼痛，同时也试图通过不断的言说重新命名这个冰冷的现实，"对世界说／而不是

在抽屉里 / 对一只蟑螂命名 // ……请多一些 / 多一些谢湘南这样的诗人 / 不是从天空的乌云中 / 而是从大地的腹部 / 从那收工的人群 / 扛铁铲、执铁锤、衣冠不整的 / 男人中"（谢湘南《请多一些谢湘南这样的诗人》）。"对世界说"就是一种命名的冲动，一种对现代工业话语的质疑与反抗。但是面对异化带来的不适感，这种吁请显得声音细弱，他们只能在一次次对伤痛的凝视、诉说中讲述血的故事，通过获取怜悯与同情实现伦理上的正义性。面对肉体被伤害——"消失的手指，像一把枪没有了子弹 / 像一个巨大的黑洞 / 可以阻挡任何阳光"（池沫树《断指的男孩在阳台看着自己的手指》），面对尊严横遭践踏——"一只只在生活的泥沼中挣扎的蚂蚁 / 一滴滴在打工路上走动的血 / 被城管追赶或者机台绞灭的血 / 沿途洒下失眠，疾病，下岗，自杀"（许立志《我谈到血》），当无望的控诉、怀疑、不满滋长的语言之刺逐渐被铁的现实抹平，剩下的唯有血的叙事。此时泪水的语言成为工人面对铁的经验的基本姿态和精神症候。

另一方面，铁的经验还体现在其用一种清晰、精确的经验伦理割裂了诗人与大地和故乡之间那种整体性的情感性的经验伦理，从而造成独特的现代乡愁经验。乡愁并非新的经验形式，但是当它进入时间的维度进行观照时就会具有新的经验内容。古典的乡愁来自时空阻隔带来的单向的情感渴望，而现代乡愁包含着"此时此地"的独特性。这一点在工人诗歌中得到明显的体现。对于当代工人而言，现代乡愁经验之所以是一种新经验并非是一种时空上的隔绝，而是精神时空上的分裂与矛盾——故乡的消逝与还乡的需求之间的冲突。在这个意义上，乡愁成为铁的时代经验在工人精神情感领域的表现形式。他们始终在不断的还乡与还乡的不可能之间折返，从而使这种行动成为时代的生存寓言。有的人通过死亡在诗人的纸上还乡，"白白的骨灰，轻轻的白，坐着火车回家，它不关心米的白 / 荻花的白 / 母亲的白 / 霜降的白 / 那么大的白，埋住小小的白 / 就像母亲埋着小儿女"（郭金牛《纸上还乡》）；有的人在劳动的词语中回到故乡，"我活在螺丝钉尖锐的词芒上 / 我站在扳手痛苦中心的句锋上 / 我不由自主被夹在钳子嚎叫的篇章//起承转合/乡愁的落日押在累与屈辱的韵脚里/我的思想漫游于未来"（程鹏《乡愁》）；而有的人却要找回那条失去的腿陪自己回乡（唐以洪《寻找那条陪我回乡的腿》）。不管以哪种方式回乡，回乡对他们而言只能是一种梦想，一个动词，一个永远倒退的姿势。

> 从北京退到深圳，从东莞
> 退到杭州，从常熟退到宁波
> 从温州退到成都，退到泥土、草木
> 五谷里的香气，故乡依然
> 很远，是一只走失的草鞋
> 退，继续退，从工地里退出来
> 从机器里退出来，从那滴泪水里
> 退出来，从四十岁退到三十岁
> 二十岁，十岁……故乡依然
> 很远，是一只走失的草鞋
> 退，继续退，面朝未来
> 退到母亲的身体——那里
> 没有荣辱，没有贫穷贵贱之分
> 城乡之别。没有泪水，相遇的
> 都是亲人
>
> ——唐以洪《退着回到故乡》

之所以是"退回"，是因为一方面他们是现代化生存的溃败者，面对铁的生活，他们只能通过对故乡的梦想获得安慰和精神的栖所；另一方面，"退"这一动作本身提示着个体生命与故乡之间的本体性关系。他们都来自那个共同的精神起点。故乡是他们精神情感的始源，同时也是溃败后最后的归宿，因为那里没有铁的法则中那种清晰的价值分别。更为值得关注的是"退"作为一种精神情感动作的内在悖论性:"退,继续退,面朝未来。"从时间的维度来说,"退"往往指向过去,指向落后,尤其在现代进化论的价值体系中,而未来、前进代表着正义的价值。对于当代工人而言,他们虽然面朝未来,身体上却是朝向精神情感的过去的。这恰恰体现了当代工人生存的分裂感和无奈感。家庭伦理的正义性战胜了现代话语的正义性。但悲哀的是,即便这最后的情感皈依之地对工人而言也变成一种奢望。"退着回到故乡"也许只能成为一个梦想,因为无论这些工人从哪里退回,"故乡依然/很远,是一只走失的草鞋"。退回故乡的过程最终成为一个寻找故乡的过程,成为生命的漂泊。

不管是用刺的语言讲述的铁的经验,还是用泪的语言讲述的血的经验,抑或是用梦的语言讲述家的故事,它们都构成了工人诗歌和新的时代经验之间的张力关系。但是对工人诗歌的讨论如若仅仅停留在新经验的内容层面,那么它很难超越社会文化和伦理道德的题材囿限。诗歌或者说文学具有伦理性功能,但是并不能止于此;也就是说,工人诗歌并不能仅仅在"饥者歌其食,劳者歌其事"层面获得其经验和道德优势。这一点很多批评家在对工人诗歌进行反思时已经意识到。钱文亮在《伦理与诗歌伦理》一文中指出:"一种审美的角度,一种沉着的专业的态度,通过'技巧'对思想、意识、感性、直觉和体验的'辛勤咀嚼',成就出经得起时间磨损的诗歌形式,和能够保持苦难的重量与质感的、具体的诗歌文本。他的道德价值也只有通过对诗歌艺术的忠实,通过艰苦的甚至是寂寞的诗歌劳作来体现。他的伦理态度、伦理价值关怀不应该表现在人云亦云的热情和具有轰动效应的题材上,而应该体现在遵循诗歌自身的逻辑。"[1]张桃洲在谈到诗歌与伦理的关系时亦指出:"诗歌有其自身的伦理,它自己的至高律令,那也许是语言或别的什么,但决不是强加给它的可疑的道德要求或外部现实。"[2]也就是说,诗歌必然要面对新的时代经验,但是最终要在

---

[1] 钱文亮:《伦理与诗歌伦理》,《新诗评论》2005年第2辑。
[2] 张桃洲:《诗歌与伦理:批判性观察》,《南都学坛》2007年第1期。

诗歌本体的伦理中确证自身。这些看法在肯定新经验的历史正当性的同时，对诗歌的艺术本体维度提出了要求。如何将新经验与工人诗歌的美学自觉真正统一起来是工人诗歌面临的基本问题。在此，"诗性正义"似乎为工人诗歌在这方面的探索提供了某种尺度和参照。"诗性正义"是美国学者玛莎·努斯鲍姆在其代表作《诗性正义：文学想象与公共生活》一书中提出的概念。她认为，在政治经济功利主义时代，文学与情感通过畅想（fancy）拓展人的经验边界，进而具有矫正物化生存对人的过分压迫的价值。①"畅想"本身指涉的即是文学的美学要求。因此，诗性正义本身就包含着诗歌与经验两个层面的对话、融通的可能性。换句话说，对于工人诗歌而言，必须明确和更有意义的是在面对新经验时如何找到新的语言可能。"问题不在于诗歌是否应该直面现实，而在于如何准确地处理现实的经验；当代诗歌的症结也不在于个人写作到了尽头，而在于如何既拓展个人经验的视野，又完整地保持了诗歌写作的维度。"②唯其如此，工人诗歌才能参与到当代汉语诗歌的话语体系中，成为一种独特的美学实践，从而参与当代中国的精神建构。纵观汉语新诗的发展史，可以发现这并非一个新话题，甚至教训惨痛，但是依然没有得到很好的解决。而工人诗歌的出现恰恰为这一问题的解决提供了新的契机与挑战。

　　按照这一标准重新审视工人诗歌可以发现，虽然工人诗歌中存在大量苦难的简单化的展示和泪水的挥洒，但这并不妨碍其在诗歌美学上的潜能。在《我的诗篇：当代工人诗典》中，仍然可以发现很多经验与技艺兼备的

---

① 在玛莎·努斯鲍姆看来，经济学功利主义以成本—效益为基本价值取向，首先会带来人的"物化"。它并不将人作为独特的个体之"人"来看待，而是出于自身需要，将其看作是效用的载体和容器。这就"抹杀了人的独特性、丰富性和复杂性，从而无法真正捕捉人和人性的真实需求"。然而，"通过对他人生活经验的同情性想象，文学和情感能够让我们以最大同情的态度去拓展我们的生活边界和经验边界，能够帮助我们去除那些未经反思的歧视和仇恨，尽量作出真正负责任的群体评价，防止那些基于偏见的群体仇恨和群体歧视。"参见丁晓东：《走向诗性正义（代译序）》，[美]玛莎·努斯鲍姆：《诗性正义：文学想象与公共生活》，丁晓东译，北京：北京大学出版社，2010年。
② 张桃洲：《诗歌与伦理：批判性观察》，《南都学坛》2007年第1期。

上乘之作。在这些作品中经验与技艺获得了某种正向的彼此成就，从而提供了一种坚实、充盈的诗歌景观。例如老井的《地心的蛙鸣》中，"漆黑的地心，我一直在挖煤／远处有时会发出几声深绿的鸣叫／几小时过后我手中的硬镐／变成了柔软的柳条"。在一个有限而枯燥的经验空间中，穿越时空的超验想象使现实经验之疲顿获得诗意的平衡与纠正。绳子《穿工装的兄弟》中，"你的眼里有着凝重的黑暗／在管线盘结的天空，铅云／弥留不散。来路在背后交错／那么多的植物迷失了季节"。主体性的经验通过"管线"这一意象的交错找到准确的"客观对应物"，而生存来路之交错又在植物的迷失中切入工人内在的精神状态。陈年喜的《炸裂志》中，"我在五千米深处打发中年／我把岩层一次次炸裂／借此把一生重新组合"。中年体验，通过炸裂的岩石得到重组，这是劳动经验与个体生存内在经验的深度契合，获得了经验与形式的有效平衡。在这些作品中，独特的劳动经验通过诗人个人化的想象生成奇异、饱满的诗歌景观。新的经验在此不再是一种沉默的存在，而是构成其诗意生成的充盈、坚实的肉身。诗人通过对个体生存经验的个人化想象与呈现使得新经验获得了新的美学形式。这是诗歌以"求真意志"（陈超语）为内驱力，对经验和语言的精确捕获和有效抵达。不管是新经验的强调，还是对诗的美学本体强调，归结到一点所要处理的即是诗歌与经验的辩证关系。新的生存经验需要通过诗歌澄明自身，个人化的语言实践通过对新的经验的有效开掘与处理创造自身，二者之间的互动创造出丰富而鲜活的诗学景观。当代汉语诗歌的每一次发展，归根结底，都在于对新的生存经验的有效回应。

三、朝向诗歌与经验的还原

在一个本雅明所谓的"经验贫乏"的时代，如何通过语言拓展和激活个体生存的经验空间是当代汉语诗歌必然要面对的命运。在本雅明看来，现代社会的直接后果就是现代科技的机械复制性特征带来的整体性和强制性的现代话语对个体直接经验的削弱。"这种经验贫乏不仅是个人的,而且是人类经验的贫乏"①,本雅明将其称为一种新的无教养。在本雅明看来,真正的教养来自经验的学习与传承,它通过故事保持其内在的鲜活性、权威性和丰富性。而在现代语境下,这种经验形式逐渐萎缩、贫乏。贫乏带来的后果就是一种连续性和丰富性的丧失,个体生存在新的创造中追求一种透明的玻璃性的生存。正如他所言,"经验的贫乏将会把无教养的人引向何方?引向从头开始,重新开始:以少而为,以少而建构;不瞻前顾后。"②现代性许诺的美好愿景正是这种建构性的结果。在这一许诺下,人们"对时代完全不抱幻想,同时又毫无保留地认同这一时代"③。曾经的经验的"灵韵"逐渐变得暗淡,逐渐消逝,人们更加热衷于在不断的创造中获取现实利益。"我们变得贫乏了。人类遗产被我们一件件交了出去,常常只以百分之一的价值押在当铺,只为了换取'现实'这一小铜板。"④面对这一现状,艺术成为最后的救赎方式。诗人的命运正在于找回那消逝的经验世界。诗歌通过个人化的历史想象力,不仅纠正了经验的贫乏带来的审美感知力的丧失,并且拓展了个人的经验世界,增强了对现实生存的介入能力和反思意识。在这个意义上,工人诗歌不仅是新经验的显现,更是新经验的创造。

纵观新时期以来的当代汉语诗歌,其审美趣味、价值取向基本上是在西方现代"纯诗"理论的影响下发展的,它强调审美性、艺术的自主性和个体独立性。但是当它成为一种共时性、权力性的艺术旨趣时,就会逐渐沦为一种抹去"生存在世的痕迹!"(布莱希特语)的美学,从而丧失对个体经验独特性的深度介入能力。而工人诗歌重新提醒我们:个体是如何经验当代生存,深入当代的;个人如何在经济功利主义的时代留下自己"生存在世的痕迹"。老井的《煤火》一诗,描写了一次矿难中,工人被坍塌

---

① [德]本雅明:《经验与贫乏》,王炳钧、杨劲译,天津:百花文艺出版社,1999年,第254页。
② [德]本雅明:《经验与贫乏》,王炳钧、杨劲译,天津:百花文艺出版社,1999年,第254页。
③ [德]本雅明:《经验与贫乏》,王炳钧、杨劲译,天津:百花文艺出版社,1999年,第254页。
④ [德]本雅明:《经验与贫乏》,王炳钧、杨劲译,天津:百花文艺出版社,1999年,第254页。

的煤块掩埋，"当人们扒出他时 / 他已变成了煤 / 煤也变成了他 / 二者实在难以分别"。劳动者与劳动对象通过死亡融为一体，死亡的经验与生存的经验相互切入，这一点通过"火"获得了更清晰的呈现形式。尸体火化之"火"与"只有精煤燃烧时才产生的熊熊烈火"交织在一起，构成生存与死亡之间的映照和互文关系。煤火是希望之火、创造之火、生命之火，是煤矿工人的生存梦想，同时它又承载着工人的死亡，映照出工人一生的生存形象。这种丰富的经验只有在煤矿工人的个体生命中才能体现，它们通过"燃烧出的火苗"留下"一个男人 / 弯腰刨煤时的形象与神态"，留下生存的痕迹。在这里，工人诗歌提供的不是控诉、怜悯的祈求和伦理道德上的召唤，而是经验的发掘与呈现，是经验的个人化在场。

工人诗歌对经验的处理，除了将个体的独特生存化作生命的镜像修辞，还表现为一种身体的知觉性体验和身体修辞，经验不仅是文化的记忆，还是身体的记忆："眼睛被切成一条条血丝 / 鞋子成为油海上的船，漂泊 / 在梦中机器还在鸣响 / 切割刀打磨得雪亮 / 从手腕到膝盖 / 我发觉自己被镀上镍 / 在一台彩电的后座里 / 长眠"（谢湘南《站在铜管切割机前》）。在这里，个人化的经验是通过梦与死的张力结构实现的。一方面，在工业生产的机台上，个人的身体被充分物化，眼睛、鞋子、手腕和膝盖不仅在劳动，同时也被机器生产着、加工着，成为机器的一部分，以致肉体生命"被镀上镍"，被加工成彩电后座的部件。从这个意义上讲，个体生命已然死去。如果工人诗歌的处理仅限于此，那么同样会陷入经验之贫乏，就只不过是对现代异化生存的再次群体性确认。诗人显然没有停留于此，而是在"死亡"的生存中，开掘出了"梦"的潜能。"鞋子成为油海上的船，漂泊 / 在梦中机器还在鸣响"，枯燥、封闭的现实生存并没有捆绑住诗人精神的步履，诗人在精神的漂泊中做着生命之梦，而恰恰是这梦，对那永恒的"长眠"构成某种纠正与唤醒，甚至当诗人仍然具有做梦的能力时，这鸣响的机器又何尝不构成诗人梦的一部分。正是在这机器轰鸣声中，那影影绰绰的梦影确证了个体生命经验的可能。

工人诗歌对新经验的个人性体验还表现为一种轻与重的生命体验。当人被充分物化以后，个体生命的内在重量逐渐被抽空，在透明的生存中，轻盈成为人的基本的生存感受。例如许立志的《一颗螺丝掉在地上》：

> 一颗螺丝掉在地上
> 在这个加班的夜晚
> 垂直降落，轻轻一响
> 不会引起任何人的注意
> 就像在此之前
> 某个相同的夜晚
> 有个人掉在地上

在这里，个人的命运在极为克制平静的叙述中通过一颗小小的螺丝进行说明。他人的命运被转化为个体生存的细节，生命之重被一颗轻轻的"不会引起任何人注意"的螺丝所承载。当人成为物的修辞时，生命的意义被最大化地抽空，生存经验的痕迹被逐渐擦去。而这种轻轻擦去的过程恰恰构成诗人对于时代生存最个人化的经验。诗人把一个人的屈辱、悲戚与寂寞，统统集中于个人经验的一颗螺丝钉上，轻与重的倒置构成对现代生存无声的反讽。对于当代工人而言，轻与重构成其经验的两个方面：一方面，经济功利主义给他们提供的是一种标准化的、透明的，抽空了意义，压缩了想象的轻盈的生存空间，在这里，一切都是围绕铁的秩序展开，生产着流水线上的产品，同时也生产着自己。这是经验贫乏带来的存在之轻。另一方面，他们又通过诗歌在词语的梦想中洞见自身的生存图景，血和泪。时代生存在个人化的不断重识与本能逼视中露出被其日益抹去的经验之痕和存在之重。工人诗歌正是在朝向经验的不断还原中逼近自身，找回自身，辨识自身，在这一过程中，语言成为勘探的工具、认识的方式和确认自身经验的保证。

四、结语

每个时代都有其独特的生存经验，诗歌的使命就是以其敏锐的语言神经感知，并捕捉到其中隐藏的秘密。或者说，新经验本身就是诗歌的内在要求，不管是时代经验，还是个人经验，都在诗歌中被赋予独特的面容。长期以来，对于诗歌的思考，人们似乎习惯了内部与外部、形式与内容等二分法，这似乎成为一种基本的方法论根深蒂固地存在于批评者的意识和无意识中。当我们跳出简单的观念之争，从整体上思考一首诗时，会发现每一首诗歌都暗含着独特的经验，而每一种经验都存在于那些独特的、个人化的诗歌形式中。这从另一个角度提醒我们，所谓的经验和形式都不是一种本质性的、确定的他者存在，它存在于无数诗歌作品的互文性表达中。女性经验、城市经验、地方经验、工人经验等这些不同历史条件下的新经验不是因为其清晰的本质化的价值观念进入诗歌话语畛域的，而是作为不同的语言景观参与到当代汉语诗歌话语的构建中。从这个意义上讲，对新经验的强调其实也包含着对新的诗歌表达的内在要求与呼唤。

关键词 现实主义

关注"现实主义"的当代化进程

吴义勤　陈培浩

"现实主义"是什么?这是一个内涵极丰富却又经常被自明化的问题。进入二十世纪八十年代以后,随着现代主义的重启,各种各样的"先锋"各领风骚,现实主义甚至一度被视为落伍的、过时的文学代名词。特别是在"古典主义—浪漫主义—现实主义—现代主义—后现代主义"这样以进化论编排起来的线性历史进程中,现实主义被打包送入历史似乎既合乎直觉,也顺应文学规律的历史潮流。可是,历史是复杂的多线交互,现实主义的内涵也不像我们想象的那样简单。假如历史可以被进化论所概括,我们如何解释进入二十世纪九十年代之后,先锋作家余华、格非、苏童等人写作的"现实转向"?我们终究需要将现实主义放在其历史进程中来理解。

作为一个理论概念,现实主义无疑是舶来品。如安敏成所言,在晚清救国运动和"五四"启蒙运动背景下被引进以后,"在创作与接受两个方面,现实主义都为中国人提供了一种崭新的美学经验"。安敏成在《现实主义的限制——革命时代的中国小说》中将现实主义在中国的引进分为两个阶段,"首先是在晚清救国运动的背景下,其次作为'五四'启蒙运动的一个部分"。他梳理了严复、梁启超、陈独秀、胡适、茅盾等人关于现实主义的论述,并力图通过研究去论证"现实主义的实践打破了中国改革者对其社会传达功能的最初期待"。进入二十世纪三十年代以后,左翼文学阵营开始了引进苏联"社会主义现实主义"的进程。受制于中国特色的社会语境和文化过滤机制,社会主义现实主义理论也跟中国现实结合而产生了独特的中国形式。这方面艾晓明的《中国左翼文学思潮探源》和陈顺馨的《社会主义现实主义理论在中国的接受与转换》述之甚详。要言之,晚清到"五四"阶段对西方写实主义的译介基于一种以写实实现社会观察、批判以至社会文化变革的思路;而社会主义现实主义则更强调文学的阶级论立场,强调不同的文学类型"应该看作是世界观的、意识形态的范畴,看作是完全特定的世界观,在这种世界观的背后有着关于人及其同世界、同社会的相互关系的明确观念"(苏契科夫)。这种"列宁主义"的现实主义态度拒绝将"现实主义"视为一种可以跟不同历史阶段及不同民族资源相沟通的弹性系统,这事实上也导致了"左翼文学"的内在危机。洪子诚就指出:"任何有活力的东西都不是'纯粹'的,内部都有一种矛盾性的'张力',它才有可能发展,有生命活力。但是,革命文学在进入'当代'之后,内部的变革的活力、矛盾性的张力在逐渐削弱,被取消,而逐渐走向僵化。"产生这种内在矛盾的重要原因可能便是对现实主义采用一种僵硬的拒绝接入的立场。在洪子诚看来,二十世纪五十至六十年代对"社会主义现实主义"的内部反思乃是一种"世界性"现象，也可以说是基于左翼革命文学内在矛盾而产生的必然现象。这波反思潮流中，有来自苏联的金斯堡，来自西方左翼的阿拉贡、罗杰·加洛蒂，也有来自中国的冯雪峰、胡风、秦兆阳。罗杰·加洛蒂出版于1963年的《论无边的现实主义》正是产生于这一左翼文学阵营的内部反思潮流中。此书采用一种被苏契科夫所批驳的"扩大主义"立场，后者认为"不可能把现实主义的边界扩大到可以囊括颓废派艺术"的程度。因为罗杰·加洛蒂甚至把毕加索、圣琼·佩斯、卡夫卡等一贯被视为颓废现代派的作家纳入"无边的现实主义"之中。

《论无边的现实主义》于1985年被引入中国，这事实上表明了彼时中国文学界对现实主义的某种文化态度。同样是在1985年，詹明信应邀在北京做系列演讲，后结集成《晚期资本主义的文化逻辑》一书。在《现实主义、现代主义、后现代主义》一文中，他事实上以理论的方式呼应了"无边的现实主义"论述，并提出我们可以尝试"把现实主义看成一个主动的过程，看成一种形式的创新，看成一种对现实具有某种创造能力的过程"。在列宁主义文学观那里的文学与世界观、意识形态的关联，在詹明信这里被替换为文学与"文化逻辑"的关联，他基于传统马克思主义理论，却又使文学—文化逻辑论具有文学意识形态论所不能比拟的弹性，以至于他可以设想"从内容的角度来思考现代主义，而从形式的角度来思考现实主义"。这些理论在二十世纪八十年代的中国的传播与现实主义的"当代化"构成互为表里的关系。事实上，如何使现实主义成为一种吸纳和转化崭新的存在经验，不断发展新的美学可能，在时间中保持活力的理论话语，是从布莱希特到阿多诺，到罗杰·加洛蒂，到詹明信一以贯之的理论思辨。

聚焦于新时期以来的中国当代文学，不难发现某种现实主义当代化的进程。所谓现实主义的"当代化"是指在新的文学语境下，二十世纪五十至七十年代那种"现实主义"的理论规定性和文学经验经历了迁徙和重构。人们可以从路遥的现实主义书写中读出跟十七年文学经验的深刻的关联，同时也从王安忆的"写实主义"中看到她对中西文学古典主义、十九世纪批判现实主义、二十世纪左翼文学和中国抒情文学话语的融合，从陈忠实的《白鹿原》中看到文化总体性透视与新历史话语的结合，从刘震云、池莉等人的"新写实"中看到"总体性"的隐匿与日常性话语的涌动，从"现实主义冲击波""底层文学"中看到重大现实议题在顽强地要求着浮出历史的地表，从近年来方兴未艾的"非虚构""科技现实主义"中看到现实难题对崭新表达的渴求……

本期邀请李蔚超、曾念长两位青年学者参与讨论。北大博士李蔚超近年专攻二十世纪九十年代中国文学的"再现实化"议题，她的论文《现实主义的暧昧达成》在近年现实主义回归的背景下，以二十世纪九十年代"现实主义冲击波"为研究对象，试图指出现实主义在二十世纪九十年代的出场方式跟既往文学经验、时代背景以至现实政策倾向之间的勾连与错动。她认为，"1990年代到今天，现实主义文学的'达成'是异常艰难的，真正获得公认的现实主义作品或文学潮流并不多见，它需要恰当的历史时机，一个包含着社会、作家、文学体制和上层政治之间层层传递、达成共识的历史契机。"这番"历史化"见解跳出了自明的本质化认知，在方法上也不无启示。曾念长的论文《论外视角》由先锋作家余华的现实主义转向引入，又在欧洲现实主义的发生史和当代媒介变化背景下谈及现实主义的可能和限度。两篇文章都有真知灼见，对于我们加深对"现实主义当代化"的理解不无裨益。现实主义当代化无疑正是对一段波澜壮阔的文学进程的提炼和提问，它的内在关切是：世界要抵抗物化，审美也要抵抗物化，在"文明被迫重选方向的时代"（戴锦华），内在的现实如何被有效地关怀？这依然是一份未竟的事业。

现实主义的暧昧达成

——1990年代"现实主义冲击波"小说一议

◎李蔚超

一、旗帜、思潮与政治诉求

几年来,"现实主义"在会议、刊物、文件中频繁亮相,俨然成为中国文学界的"热搜"关键词。"现实主义"何以昂然回归？可辨析的线索是,一次具有典型意义的政治事件推动了现实主义的复归。与1942年事关中国文艺史发展走向的《在延安文艺座谈会上的讲话》遥相呼应,2014年,一次新的政治规格相近的文艺工作座谈会在北京召开,党的最高领导人与文艺工作者座谈并讲话,讲话提到了"现实主义"这一文学舶来品贯穿"短二十世纪"中国文学的主潮:"文艺创作如果只是单纯记述现状、原始展示丑恶,而没有对光明的歌颂、对理想的抒发、对道德的引导,就不能鼓舞人民前进。应该用现实主义精神和浪漫主义情怀观照现实生活,用光明驱散黑暗,用美善战胜丑恶,让人们看到美好、看到希望、看到梦想就在前方。"[①] 调和现实主义与浪漫主义,强调主体价值观念,并在干预现实和抒写愿景之间调适与摇摆,提倡歌颂光明,鼓舞人心,凝聚共识,而不鼓励"单纯记述现状、原始展示丑恶",这样的理论表述,是现实主义文学的基本内涵,

---

① 习近平:《在文艺工作座谈会上的讲话》,北京:人民出版社,2015年,第20页。

熟知百年中国文学史的人大概并不陌生。

许多"五四"知识分子都曾为欧洲和苏联的现实主义文学作品而欣喜振奋,但自茅盾起,便为自然主义的"冷静""客观"而犹豫不定,在他看来,暴露太多社会黑暗面,无助于组织和形成新的现代民族国家意识。致力于现实主义写作的"五四"作家们也不断担心,过分"写真"的现实主义会陷入他们意图颠覆的现实逻辑之中,成为对现实逻辑的强化和再现。

1933—1934年间,中国左翼作家联盟(以下简称"左联")内取代瞿秋白的周扬恰逢其时地引入了"社会主义的现实主义",尽管苏联当时提出这一口号的目的是对拉普"唯物辩证法创作方法""左"倾机械论展开批评,但周扬没有随苏联的步调亦步亦趋,在称社会主义现实主义是"写真实""真实地描写丰富与复杂的生活"的同时,周扬强调现实主义对"现实"做倾向性处理,以及作家需要以无产阶级世界观理解"现实":"社会主义的现实主义是动力的(Dynamic),换句话说,就是社会主义的现实主义是在发展中、运动中去认识和反映现实的。这是社会主义的现实主义和资产阶级的静的(Static)现实主义的最大分歧点,这也是社会主义的现实主义的最大的特征……把为人类的更好的将来而斗争的精神,灌输给读者,这才是社会主义的现实主义的道路。"[①] 就此,中国的现实主义开始在真实性、艺术性与政治性、倾向性的摆荡中向历史的纵深处颠簸行进。而中国的现实主义文学,基本上置身于社会主义现实主义的框架内,随不同历史时期倡导者立场或观念的不同,往左偏移或朝右运动。

新中国成立不久,周扬作为文艺界的领导者撰写了《社会主义现实主义——中国文学前进的道路》一文,这篇在当代文学史上意义特殊的文章,原载于1952年的苏联文学杂志《旗帜》,其初始本来是新中国的一次文艺外交活动,周扬向苏联"老大哥"介绍新中国文艺如何在社会主义阵营中保持意识形态方向的一致。半个多世纪后再读周扬的文章,不难发现其行

[①] 周起应(周扬):《关于"社会主义的现实主义与革命的浪漫主义"——"唯物辩证法的创作方法"之否定》,《现代》1933年第4卷第1期。

文中精巧的外交辞令。周扬的言说中包含着十分自豪而又不失谦逊的"汇报"姿态，1953年《人民日报》转载该文，意图以社会主义阵营和"老大哥"的名义，领导、号召中国作家在社会主义国际战线中团结在统一的文艺旗帜下。虽然"社会主义现实主义"上升为新中国成立后文艺创作的指导方针与写作范型，成为新中国成立后文艺的主流规范，但宣称"一生可以迷信两样，一是毛主席，二是苏联"的周扬，很快因中苏关系的改变和左联工作思路的破产而与苏联文艺诀别。1958年，毛泽东提出了"革命现实主义与革命浪漫主义相结合"的文艺口号，取代已有二十多年历史的"社会主义现实主义"，突出了本来包含在"社会主义现实主义"中的"浪漫主义"内涵，愈发清晰地赋予"共产主义的文学艺术"理想化追求以乌托邦色彩："革命的现实主义和革命的浪漫主义相结合的方法，要求真实地反映出不断革命的现实发展，并且充分表现出崇高壮美的共产主义理想；要求文艺创作者创作出最真实的同时又是具有最高理想的方式，忠于现实而又比现实更高的文艺。只有这种文艺能够完满地反映出跃进再跃进的现实，鼓舞人民向更新更美的目标前进。"①

在二十世纪八九十年代中国社会的转变过程中，现实主义经历了一个在文学场域新话语和新潮流销蚀、混淆、空壳化的过程。所谓销蚀，不是通过短兵相接的交锋，而是在理论范式和问题视域的转换中，被降维化作一道历史的布景，它可以映衬舞台，我们可以立于其上，却不再置身其中。现实主义的理论生长性变得越来越稀少，也渐渐卸下曾在中国的文化舞台上发挥的巨大作用。

进入新时期以后，中国文学体制不再以定于一尊的"主义"或"样板"准则要求文学，但是，"一体化"文学体制并未解体，也并未取消全部官方文学机构（各级文联、作协、出版机构等），它们仍然内生性地沿用官方文学的尺度——包括毛泽东《在延安文艺座谈会上的讲话》在内的马克思

---

① 《文艺报》专论：《掀起文艺创作的高潮　建设共产主义的文艺！》，《文艺报》1958年第19期。

主义文艺经典论述（客观生活是创作的唯一源泉，坚持为人民的创作导向）。作为国家体制的一部分，官方文学机构所引导的文学体制势必承担反映、宣传"党和人民"文化政策的职能；另一方面，经过了二十世纪八十年代的洗礼，作为倡导及参与的力量之一，文学体制吸纳新时期以来文学"向内转"变革，承袭现代以来"五四"新文学传统的"纯文学""严肃文学"，要求作家既保持与市场和资本若即若离的艺术家姿态，又保持着知识分子式的人文精神。值得注意的是，现实主义文学作为现代文学以来的主导文学样态，特别是社会主义中国的唯一文学标尺，始终被文学体制所激励、期许与询唤，甚至可以说，文学体制构成了现实主义文学样式的"召唤结构"，作家或作品的"现实主义"倾向都更容易获取文学体制的奖掖。北京文艺座谈会讲话的倡导，客观催促了文学体制的各个环节的启动，召唤现实主义文学的回归。

2014年文艺政治事件发生后，中国文学能否以及如何转化为一次文学事件呢？曾源始性追溯的海外中国学学者安敏成对中国新文学现实主义脉络的观察颇有洞察力，他认为现代中国文学从不曾是一面澄照乱世奇观的镜子，从其诞生起，中国作家改天换地的政治革命诉求赋予中国新文学一往无前的巨大使命，"只是在政治变革的努力受挫之后，中国知识分子才转而决定进行他们的文学改造，他们的实践始终与意识中的某种特殊的目的相伴相随。"[①] "'现实主义'一语直到今天仍拥有相当雄辩的——和政治化的——说服力：每一个重要的政治解冻时期（包括1956—1957年间的'百花运动'和后'文革'时期）的文学都被当作是对解放前现实主义小说传统的良性复归而受到热烈称赞。"[②] 政治实践意义之外，中国作家对现实主义的推重大多源于一种认识：19世纪西方现实主义文学，在揭示社会生活的广度、深度和力度上都有着以往文学无法比拟的优势。

---

① ［美］安敏成（Marston Anderson）：《现实主义的限制——革命时代的中国小说》，姜涛译，南京：江苏人民出版社，2011年，第4页。
② 同上。

通过卢卡契及20世纪依然推重现实主义的理论家的表达，或可以探究文学拥抱现实主义的内在动力。卢卡契认为，现实主义是一切伟大文学的共同基础。他无疑是马克思主义的信徒。从马克思主义辩证唯物史观的精神出发，卢卡契承认，现实主义问题之所以伟大，源于它能够提供人的完整性："马克思主义的历史理论，分析的是整个的人以及他的发展史，分析他在不同时期部分地实现了完善或遭到肢解，并试图指出这些关系隐藏着的规律性；无产阶级人道主义的目标就是整体的人，就是生活在本身恢复人存在的整体性，就是实际上真正地消除由于阶级社会而引起的人类存在的畸形化和肢解。"[①]"每一种伟大艺术，它的目标都是要提供一幅现实的图像，在那里现实与本质、个别与规律、直接性与概念等的对立消除了，以致两者艺术作品的直接印象中融合一个自发的统一体，对接受者来说是一个不可分割的整体。"[②] 以上是卢卡契从马克思历史哲学演绎"总体性"理论的小小示范，卢卡契的这些看法，很显然是根据19世纪批判现实主义小说归纳出来的，他重申了恩格斯的"典型"理论，认为现实主义文学通过典型的塑造反映出生活的"总体性"，于是，每一部艺术作品都自成一体，自足而独立，成为"自我的世界"。在全世界阶级政治解体后，与后现代主义展开理论对话的卢卡契的理论声望日隆，既是"后革命时代"对马克思主义遗产的深情审视，又颇有现实意义。在"认同政治"通行于世界政治实践的今天，重提"总体性理想"，以艺术为人类提供总体图景，无疑有利于共同"认同"的形成。在我看来，中国文学批评界对他的现实主义理论的颇多引证，也是建立在这一基础之上的。

进入当代文学与现实主义的问题域之后，我逐渐认识到现实主义问题的复杂性。在我研究1990年代文学"再现实化"的博士论文预答辩会议上，答辩委员会主席曹文轩老师以作家和学者的双重身份提示我，中国文学无论

---

① ［匈牙利］卢卡契：《现实主义问题》（德文版）第13—14页，转引自范大灿：《两种对立的现实主义观——评卢卡契与布莱希特的分歧与争论》，载柳鸣九主编：《二十世纪现实主义》，北京：中国社会科学出版社，1992年，第82页。
② 同上，第89页。

哪种"主义",都是"现实主义"的一次变形。在他看来,中国文学被沉重的"现实"及"现实主义"伦理压住了想象的翅膀。然而,在我的观察中,1990年代到今天,现实主义文学的"达成"是异常艰难的,真正获得公认的现实主义作品或文学潮流并不多见,它需要恰当的历史时机,一个包含着社会、作家、文学体制和上层政治之间层层传递、达成共识的历史契机。因此,在中国讨论现实主义问题时——无论是现实主义的政治性功能,还是本体自身携带的政治诉求,我们应该正视并认真审视每一次现实主义"复归"与历史语境之间的复杂关联。

二、"冲击波"与现实:"90年代式的关联"

1990年代的中国文学中,最明确举"现实主义"之名的一股文学风尚是被称作"现实主义冲击波"的一组小说。这组小说由传统文学期刊发表,经文学选刊转载,由文学界的评论家命名、评价、褒奖,[①]最终形成了一次1990年代引起一定社会关注的文学事件。这些小说何以被命名为"现实主义"?"冲击波"要冲击的是什么? 2018年4月,我向中国作协副主席李敬泽提出了一系列文学问题,想请1990年代便在《人民文学》负责小说发表、作为《大厂》责任编辑的李敬泽回答关于这股"冲击波"的问题。我试图由他的回忆、追溯和重写"历史",回到1990年代的文学现场,回答我身处当代文学现场时始终盘桓悬置的疑问。

李敬泽向我谈及《大厂》的社会效应:"那个时候,谈歌写了一个《大厂》,在读者中引起了较大反响,在我的编辑生涯中,进入90年代以后

[①] 1995年第6期的《人民文学》发表了何申的《年前年后》,1996年1月号的《人民文学》与《上海文学》又同时推出了谈歌的《大厂》、刘醒龙的《分享艰难》。在这两个文学刊物的策划与推动下,一批题材与书写风格相近的作品陆续出笼,包括刘醒龙的《分享艰难》《路上有雪》,关仁山的《破产》《大雪无乡》,谈歌的《大厂》《大厂(续篇)》,何申的《年前年后》《信访办主任》等。这批作家作品所代表的共同倾向被批评家命名为"现实主义冲击波",并成为1996、1997年中国文坛的一个"热点"。

很少有作品像这样让人明确地感觉到它触及甚至凝聚了某种社会情绪。"①何以出现《大厂》这类小说？他提示我关注1990年代初《人民文学》杂志召开的一次会议。在他看来，这关联着1990年代文学界对文学与现实的关系的新期待与新认识——"重建文学和知识分子与现实的关系"。时任《人民文学》主编程树臻记录下太原会议的大致方向："短小精悍的短篇小说，颇受人们的青睐；而且及时地反映现实生活，给改革者以心灵的愉悦和思想的启迪，完全是当前时代和读者所需要的，作家和文学刊物应该满足人们这种艺术需求。这也是作家的社会责任感所要求和体现的。"文学体制下的文学刊物组织作家召开的会议，大多带有组稿、约稿的意味，程树臻将几年后在《人民文学》上以"现实主义冲击波"小说崭露头角的"三驾马车"——关仁山、何申、谈歌，视为杂志召开会议的号召、提倡之下产生的："他们都是在《人民文学》起家的，而且代表作皆是短篇小说。"②

李敬泽所说的"90年代式的关联"，"不是80年代那样的关系，而是一种新的关系"，到底指的是什么呢？在我研读李敬泽文学批评时便有所察觉，尽管他在1980年代就读于北京大学中文系，编辑生涯的开始又赶上了1980年代文学热，但他确实是一位具有1990年代气质的文化实践者。我理解他所说的"80年代关系"，应指的是作家及知识分子启蒙者的姿态，以及文化叙述中建立起来的保守与改革、中国与世界、专制与自由、体制与市场之间的二元对立。而1990年代的关系，则是一种体认现实中无法解释与预见的新事物、新感觉，不再于1980年代确立的二元关系中寻找自己的位置加以巩固和演绎，而是跳出窠臼，为新的现实关系寻找解释和表达的方式。而1990年代的这股现实主义冲击波，便是一次以旧有的、作为新文学重要传统的现实主义，去呈现1990年代危机与艰难中的复杂现实，以期唤起埋藏在历史脉络中、在多元离散的1990年代仍然残存的集体主义情

---

① 李敬泽、李蔚超：《历史之维中的文学，及现实的历史内涵——对话李敬泽》，《小说评论》2018年第3期。
② 程树臻：《坎坷人生路——程树臻自传》，北京：东方出版社，2015年，第266页。

感结构，重整旗鼓，应对危机重重的现实。

文学界对被命名为"现实主义冲击波"小说的特质基本以雷达的论述盖棺定论："面对正在运行的现实生活，毫不讳饰地、尖锐而真实地揭示以改革中的经济问题为核心的社会矛盾，并力图写出艰难竭蹶中的突围，它们或写国营大中型企业，或写一角乡镇的改革，或写家族化的个体企业，全都注重当下的生存境况和摆脱困境的奋斗，贯注着浓重的忧患意识。它们以对'现实关系'具有深刻理解（马克思）为努力目标，几乎每一部作品都包含着令人深思的问题。就'无距离的真实'这一点来看，它们与风行一时的新写实小说并无不同，但它们已不再满足于形而下的原生态描写，不再专注于一个小人物或一个小家庭的日常生存的戏剧，而是带着更强的经邦济世的色彩，着眼于国计民生的大问题和整体性的生活走向。"[①]雷达认为，一则它们共同关注其时中国重大的社会公共事件和整体性的生活走向，二则是它们与个人经验主义的"新写实"文学构成了差异。曾任《上海文学》副主编的周介人在1996年第8期《上海文学·编者的话》以《现实主义再掀"冲击波"》为题予以回应。他概括"这一股现实主义冲击波"的特点："留下比较热烈印象的，是它们对于当下转型社会现实关系独特性的揭示。它们所描写的现实关系，既不是由抽象的意识形态来勾联的，也并不降格为琐碎的个人欲望与思虑。它们所描写的现实关系本质上仍然是人与人之间的政治关系；但这种政治关系时时处处落实、渗透在经济利益关系之中。……在他们的笔下，政治关系有了与以往作品中常见的'斗争'形态与'同一'形态都并不相同的'磨合'形态。从作品中我们看到甚至'听到'了人与人之间的磨擦，'听到'一些美好的东西被磨损时的呻吟，同时更看到人性党性在'入世'而非'出世'的多种磨合中闪闪发光，它留给我们的是分享一分艰难的气度与力量。"

雷达和周介人的观点颇有代表性，他们显然是有针对性地批评1989年

---

① 雷达：《现实主义冲击波及其局限》，《文学报》1996年第4期。

肇兴于《钟山》杂志的"新写实"小说。《钟山》的编辑王干称:"所谓新写实小说,简单地说,就是不同于历史上已有的现实主义,也不同于现代主义'先锋派'文学,而是近几年小说创作低谷中出现的一种新的文学倾向",其特点是"对纷纭复杂现实情状无从把握的一种逃避","灰色背景、低调叙述和感情零度"。① 被冠以"新写实"之名的作家也有比较清晰的意图,他们所要规避的正是一体化文学时代的"社会主义现实主义"和共产主义文艺。刘震云说,"五十年代的现实主义实际上是浪漫主义,它所描写的现实生活实际在生活中是不存在的。浪漫主义在某种程度上对生活中的人起着毒化作用,让人更虚伪,不能真实地活着。"② 因此,"现实主义冲击波""现实主义骑马归来"被视为一剂为1990年代初写实文学纠偏的"药方",正是在对文学内部疏离现实主义传统的一次拨正,期待出现新的、接续传统的现实主义(而非社会主义现实主义)的归来,重建文学与社会公共事件之间的密切关联。

为何这种"现实"的呈现才被视为文学纠偏的"药方"呢?恰如贺桂梅所提示的,"这里对'现实'的指认,显然不是说90年代其他文化样式,如都市言情剧、商战剧、白领生活、市民情调的情景喜剧等所展现的就不是'现实'。有意味的,正是后者并不以展现'现实'作为主要的自我标榜和指认的方式。"③"现实主义冲击波"的出现、召唤和构建,本身即暗示着"题材主义"始终内在于中国当代文学创作及其评价标准之中。尽管一体化文学内部有过"题材决定论"与"反题材决定论"的反复论战,随着一体化文学的不断激进,"写中心、画中心、演中心、唱中心",成为绝对的创作方向和标准。在新时期和1980年代,"写中心"论被宣布为极左文艺路线和违背艺术规律的政策,但是社会主义文学体制下约束、培养的作家潜移默化地被敦促、养成了"抓重大题材"的创作敏感。当代文学

---

① 《钟山·卷首语》,《钟山》1989年第3期。
② 丁永强整理:《新写实作家、评论家谈新写实》,《小说评论》1991年第3期。
③ 贺桂梅:《历史的幽灵——"现实主义冲击波"与社会主义经典话语的挪用》,载《人文学的想象力》,开封:河南大学出版社,2005年,第230页。

不断从一体化文学的标准条框中逃逸，但是题材主义始终内在地延续在文学体制的倡导之中，摆脱极左文艺路线严苛、单一的"中心论"规定外，关注平行的现实仍然是中国现实主义文学的首要标识，甚至是对作家与文学的总体要求与必要伦理，而且，文学呈现的现实须是具有特定含义的"现实"：事关国计民生，凝聚社会关注度，与国家政治决策相关联，包含政治、经济、社会等内容。现实主义内涵的丰富性首先被凝聚为题材的即时性及政治性。

李敬泽回忆《大厂》发表之后文学场域内的反应，他有修辞选择性地描述了一个微妙的细节："那个时候，谈歌写了一个《大厂》，在读者中引起了较大反响，在我的编辑生涯中，进入90年代以后很少有作品像这样让人明确地感觉到它触及甚至凝聚了某种社会情绪。但热闹了一小阵忽然安静了，当然也没什么事，没有人来批评我，只是大家都不提了。但是，到了七八月份吧，这件事又被提起来，这时调子就不同了，对这个作品是肯定的。其中内情我不是很清楚。但是，你知道后来很快大规模的国企改革就启动了。"从"热闹了一小阵"，到"大家都不提了"，忽然"调子不同了"，大概可以推断出这部发表在最受主流关注的文学刊物上的小说，因与其时重大国计民生、社会公共问题"直接"相关，既受关注又有被"批评"的危险，显然因它和其他潜在文本"大胆触及了此前完全无名、不予揭示的'社会阴暗面'：国企、大中型企业的举步维艰，工人面临的生存困境，官僚阶层的贪污腐败，农民遭到的层层勒索"[①]，文学以"现实主义"的手法，"客观"地呈现此类矛盾纠集的"现实"，这种方式本身具有对官方、体制、社会现实的冒犯性和批判性。尽管经济体制改革的启动发生在20世纪70、80年代之交，改革所造成的社会问题却始终没有成为主流文学界处理的题材范围，亦不处于文学界关注的问题视域中。在论及"改革"这一重大政治问题时，稍有不慎，就可能遭遇类似《乔厂长上任记》的风波[②]，另一方面，

---

① 戴锦华：《隐形书写》，北京：北京大学出版社，1999年，第167页。
② 徐庆全：《〈乔厂长上任记〉风波——从两封未刊信说起》，载《名家书札与文坛风云》，北京：中国文史出版社，2009年，第375—389页。

关键词
现实主义

从李敬泽的叙述中也可以看出，至少1990年代中期以来，官方意志和文学体制已经放松对具体作家、作品的管束力度，不再有运动式的惩罚、批评，而改为采用冷遇、"不提"等方式与组织讨论、媒体宣传、授予奖项甚至给出政治待遇[①]等褒奖激励的方式相区别。而《大厂》最终获得"肯定"，应该与其符合国家启动国企改革的"调子"分不开：这篇小说主要围绕不景气的大厂厂长"当家难"来展开，尽心尽力的厂长，终于感动社会各方面力量，一起与大厂共度难关。小说的基本叙事形式是以口语对话来推动情节，各个领域、阶层的人将观点、意愿、情绪，直接通过对话彼此交流、传递。李敬泽称其有一种"体验性的剧场效果，观众完全投入情境，感同身受"[②]。也就是说，这组现实主义小说的合法性正是建立在与"现实"、政治既亲密又危险的关联上。

在大胆揭示与呈现"社会阴暗面"方面，出现于1990年代的、同样与文学体制密切相关的新现实主义，依然内生性延续着中国文学的"老传统"："在社会主义社会中是存在着缺点和阴暗面，我们当然不需要去掩盖这些生活中的消极的阴暗面。但是，必须看到，正是生活中新的、积极的、先进的事物才是我们社会中的主要的决定性的东西。"[③]事实上，党对文艺的指导方针一直维持到当下，"应该用现实主义精神和浪漫主义情怀观照现实生活"[④]。来自潜在的"大他者"的"凝视"，使得作家不得不面对这样的规训——"摆在我们面前的问题就在于：应该如何分析和对待今天我们社会生活中的阴暗面？"[⑤]因此，戴锦华归纳了这组小说的意识形态弥合剂作用："如果说此类作品并不能成功地给出有效的社会解决方案，那么它至少将破碎、冲突的现实陈述与意识形态话语重组为一幅完

---

① 20世纪90年代以来，如果作家获得文学体制相应奖励的话，比如国家级文学奖项，则成为作家的"履历""政绩"，很有可能获得相应作协体制的行政及政治待遇。
② 李敬泽：《〈大厂〉的意义》，《文艺报》1996年3月15日。
③ 周扬：《文艺战线上的一场大辩论》，《人民日报》1958年2月28日。
④ 习近平：《在文艺工作座谈会上的讲话》，北京：人民出版社，2015年，第20页。
⑤ 鲁牧：《正确对待我们社会的阴暗面——兼驳刘宾雁的谬论》，《新闻战线》1991年第1期。

整的'想象性图景'。"① 这些文本中的"苦难的主题是直接而具体的,拯救的给出则含混和暧昧得多",小说中,前半部是"现实",呈现危机重重、艰难晦暗的客观现实,后半部为"文学"、故事、虚构,作家以文学特有的修辞和想象,为沉疴难愈的现实虚构一条想象性出路。文本中呈现的这类政治无意识,在世纪之交屡遭"新左派"学者的批评,其中重要的批评依据便是小说充当了意识形态与现实的弥合剂,忽略了已然破产的阶级政治和阶级分化日益加固及扩大的社会事实。

与其说肯定这股"冲击波"的批评家与学者看不出这是一幅"想象性图景",不如说1990年代的论者大多有"六经注我"的阐释精神,他们在以小说文本浇胸中之块垒,并借助理论、文本建构人文领域与1990年代社会现实的关系。在现代性进程的冲击下,处于急剧转型中的中国,政治变革、社会变迁、文化认同的危机,以及个体信念的矛盾,使得愿为"现代性未完成方案"梳理理论脉络②、对资本主义展开批判的哈贝马斯被知识界引进中国并产生广泛影响。以"社群主义"理论分析文学问题的学者中,张颐武最有影响力和代表性,他对"现实主义冲击波"小说的肯定和助推依据的正是对1990年代中国社会建立一种"社群主义"的想象:"如果说,在50—60年代,我们曾用一种同质性的'我们'来建构文化的基础,导向了一个过于单纯的社会;而80年代,我们信奉'我'/'他'之间的断裂,试图建立一个'个人主体'的文化的话;那么在90年代,我们所需要的却是一个'我'/'你'之间的沟通与对话,是差异中的认同,是一种新的社群的意识。它会创造我们的今天与未来。"③ 他甚至选用了报告文学《在底层》结尾处的一句话——"从普通工人农民、厂长经理、市长省长,大家面临的生存处境的本质是一样的"来论证自己的观点,他希望在生存困境中因文化、

---

① 戴锦华:《隐形书写——90年代中国文化研究》,北京:北京大学出版社,2018年,第168页。
② 于尔根·哈贝马斯所著的《现代性的哲学话语》梳理了欧洲哲学史上"现代性"话语的哲学家,试图找出其中能够完成现代性方案的有益资源。
③ 张颐武:《置身共同的社群之中》,《文学自由谈》1996年第3期。

历史记忆特别是社会主义时期的共同性，泯去利益、观念、状态的差异去建立一种公共性。[1] 李敬泽强调小说在内部表现为社会的"公共空间"的缩影，代表不同社会利益的个体形成对话和交流，在对话中各方力量达到交流、让步与和解。这些都代表1990年代学者对中国现实问题的思考，面对整个社会因为社会成员基本上龟缩于小我之中，显得公共空间严重发育不全的现实，学者寄希望于文学能够参与想象、呈现、建构一种理想的社会公共性，而1990年代改革的困境，被论者视为一次达成社会各阶层得以同舟共济的历史契机。

时隔多年，李敬泽承认"现实主义冲击波"并不是现实主义的一次理想的"达成"，他很清楚其中的限度：

> 实际上，在发表了《年前年后》《大厂》之后，包括看了《分享艰难》，我并不认为这是一个"现实主义"的理想状态，或者说，我感到需要谈谈我所理解的"现实主义"，于是，就以《人民文学》编者的身份写了那篇东西。那与其说是一个"方案"，不如说是"理想"。从理论批评的角度，我当然意识到"分享艰难"隐含的限度，而作为编辑，我当然也有足够的现实感，一个编辑最根本的现实感就是你无法让刊物停下来等待理想中的作品出现，你要一步不停地向前走，同时让前方敞开，迎接各种各样的可能性。实际上，就在那时，上世纪90年代中期，我发了诸如孙春平的《叹息医巫闾》、白连春的《拯救父亲》这样的作品，这是当时我们特别留意的一个方向，实际上就是后来的"底层写作"，但是我对"底层写作"这样的命名始终有所保留。包括曹征路早期的作品，当时看出了这是左翼传统的复活，然后也发。

---

[1] 张颐武："……这毕竟是我们这个第三世界的民族的'人民记忆'之中的共同的情感，任何人都无权去摧毁这一切，因为除掉了这还不完美，远非'清洁'，面临着种种问题的社群之外，我们这些普通的中国人的确再也找不到一个我们的生存的空间了。……我们必须共同生活，尽管我们的利益不同，尽管我们的观念和状态有别，但我/你之间只能建构一个新的公共性，只能相互容忍。因为挑战太严峻，因为问题太复杂，因为我们毕竟是生于斯、长于斯，有同样的语言与记忆的共同体。还有什么比这样互相关怀更有价值的呢？"引自《置身共同的社群之中》，《文学自由谈》1996年第3期。

我想，这是向着某个理想作品行进，也是一个时期、一个时代的作家从四面八方向着"现实"的围猎，得其鹿者也不一定就是某个作家，这是一个社会对自身的认识过程。①

在李敬泽看来，文学甚至不是向着"现实"围猎之中的"得鹿者"。然而，这组小说毕竟是以文学的方式向"现实"提问，将"锅盖揭开"，让改革中的问题呈现出来。1990年代的"现实"并没有任何固定的答案或现成的本质提供给文学，各种不同的力量——国家、外资企业、中央、地方、企业、工人、农民、知识分子，剧烈分化的中国社会里，这些社会力量在天差地别或偶然共同的利益驱动下，彼此剧烈冲突抑或共谋合作，在某种新的组合与重构过程中，形成了各式各样的奇异的相互借重与"和谐"共生的"现实关系"。1990年代现实主义文学的倡导者期待、召唤的现实主义的理想状态，正是这样一种将复杂的社会力量关系呈现出来，这反而需要文学规避、弱化单一意识形态的本质固化力量——也许，这就是"90年代式的关联"。

三、暧昧中的光，一些后见之明

历史中布满巧合的镜像。正是现实主义文学绘构了社会主义中国最初的蓝图和理想图，数十年后，也恰恰是一种新现实主义文学记录下了因自上而下放权、国家退出的改革而造成社会转型的历史过程，不仅标志着经济形态的转化，而且也是一个去阶级政治化的过程，意味着工人国家的失败和以阶级为中心的政治正义观的瓦解——在新的阶级重组中，宪法所确定的工人阶级的领导地位成为一种保持历史延续性的策略叙述。这是以新左派思想解读文本的方式，也是我最初进入1990年代现实主义小说所采用的论述思路。

然而，面对文本时，我无法忽略一种模糊而不失真切的感触。这组小说

---

① 李敬泽、李蔚超：《历史之维中的文学，及现实的历史内涵——对话李敬泽》，《小说评论》2018年第3期。

中的主人公虽然不是新"左"理论视域下关注的工人阶级、农民阶级，小说也不再站在工人、农民或曰"底层"的视角和立场上，但选取的叙事出发点是1990年代改革之中国家与人民中间的"权力末梢"，他们是工厂厂长、车间主任、乡镇干部、县市市长。他们是国家改革政策的执行者，他们必须面对改革中震荡的工人、农民——人民和他们的基本诉求，他们不是"乔厂长"开拓者家族中的改革者，因此，他们对于改革的原因和进程感到困惑迷惘。他们也不是改革的受益者，在任何意义上，他们绝非与工人阶级对立的资本家和剥削者。将艰难转嫁于人民绝非他们所愿，他们捉襟见肘、左支右绌，便是为了解决人民的困境。因此，这些文本才会凝练出各个基层共同"分享艰难"的时代主题。如果我能够形成一种历史的后见之明的话，至少我看到了中国改革道路不同于西方资本主义的特征，譬如刘醒龙《分享艰难》中的乡镇书记孔太平，他心思缜密，世事练达，醉心仕途，但他仍然以"灰色的"行政手段"劫富济贫"，让乡镇企业与农民、乡村教师"分享艰难"。这些小说呈现出1990年代社会十分模糊、十足暧昧的自我认识——恍兮惚兮，其中若有光。

  文学中的现实主义之所以能承担如此伦理职责，这与其被给定的伦理责任，以及其固有的常规手法不无关联。在所有的新现实主义小说中，包含有时间政治的怀旧式感伤，有期盼于例外状态下各个阶级之间互相支持、共克时艰的民主信念，有对集体主义时代德性尊严的颂扬和留恋，有对1990年代社会风尚的反思与批判，当然更多的是现实主义给定的对现实的直接呈现手法，真切留存了1990年代的现象、现实和社会心态，以及作家和书写对象的情感结构。然而，尽管种种思想、观念和情感十分混杂地在文本中纠结、缠绕、叠列，但是，所有的小说都指向对未来的乐观和对改革前景的信任，相信现代化政治的未来意味着光明，激切盼望危机的度过与正当状态的回归，这也揭示出中国当代文学中的现实主义内在裹挟的"现代性""线性"特质。而这一切，都是1990年代中国文学的现实主义在种种限度中一定程度实现"达成"的理由。

论外视角

◎曾念长

一

2002年,乔伊斯基金会将"悬念句子文学奖"颁发给余华。在此之前,余华已在国际文坛获得"格林扎纳·卡佛文学奖",相比之下,"悬念句子文学奖"并无名声,显得无足轻重。然而这也不妨碍我在时隔多年之后,重新在颁奖辞中发现一些有意味的细节。颁奖辞声称,余华的中篇和短篇小说反映了现代主义的多个侧面。我们注意到,这个奖项主要是肯定了余华的中短篇小说,唯有限定在这个范围内,余华的先锋写作才是与现代主义相匹配的。新千年之后,余华曾将自己的中短篇小说结集,以不同组合和不同书名在不同出版社出版。我无意中发现,在上海文艺出版社和作家出版社推出的中短篇集里,余华重复使用了同一篇自序。序言开头说道,这是他从1986年到1998年的写作旅程。时至今日,我们可以判断,余华这句话,多少含有某种总结意味,显示了时间赋予一个作家的特殊命运,也暗示了一种特定写作的有限性,以及转向其他写作的无限可能。

二十世纪八十年代以来,中国文学如果要贴上一张现代主义标签,理当落在一个特定时段的先锋作家身上,余华是其中最醒目的人物之一。然而一个作家对某种写作信念的坚持,往往是不可靠的,恰如亲密伴侣,时过境迁,早已不能拾回初心。如果将颁奖辞和余华的自序联系起来看,余华的先锋写作始于1986年,一直延续至1998年。但是早在二十世纪九十年代中前期，余华就已在下意识里"弃暗投明"，向现实主义投石问路了。这个秘密转向，以余华接连写出《在细雨中呼喊》《活着》《许三观卖血记》三部长篇小说为标志，只是其中隐含的转型意义，在当时未能引起足够关注罢了。

1998年之后，余华陆续在国际上获得一些奖项，却在创作上陷入难产状态，一度被传江郎才尽。2005年，余华携长篇小说《兄弟》重返文坛，评论家和读者翘首以待，结果发现，那个曾经熟悉的余华已变得面目可疑，似乎再也回不到过去了。2013年，余华又推出新长篇《第七天》，照例未能挽回许多老读者的心。豆瓣网显示，读者对《第七天》平均打分只有6.8分，在余华所有作品中可以说是最失民心的。用豆瓣数据来评判一部作品，可能极不严肃，但对余华这样的作家来说，每一部作品均有数万人在打分，背后是一个数量庞大的文学群体在交换意见，多少可以反映出某种复杂的真实。浏览一下豆瓣网上的简短评论，我们就会发现，读者对余华在新千年之后推出的两部长篇有着截然不同的评价。一种读者依然迷恋旧时余华的先锋写作，认为复出之后的余华已大失水准，两部长篇配不上余华这个名字；一种读者则是余华的新增拥趸，接受余华转型之后的新写作，在两部长篇中看到了文学观照当代社会现实的强大力量，甚至感动到泪流满面。如果我们承认文学并非只有一种标准，我们就应该对上述不同意见给予同样的重视。恰是这种意见分歧，以一种曲折形式显示了过去三十年来余华在写作道路上的渐行渐远。

下面我将以余华的三部不同时期的代表作举例，来说明他是如何一路走远的。

第一部作品是余华出道之初的成名作《十八岁出门远行》，讲述一个青年刚满十八岁，在父亲嘱咐下出门远行，却遭遇了一连串不可思议的事情。这个作品写于1986年，刊发于《北京文学》1987年第1期。李陀当时任《北京文学》副主编，是文坛中最先阅读余华这部作品的人之一。多年以后他回忆道，初读《十八岁出门远行》，他对文学的惯常理解受到了极大挑战，几致乱了套。他又接着说道，《十八岁出门远行》从根本上打破了我们对文学与现实之关系的惯性认识。后面这句话极为经济有效，可以帮助我们回到时代现场，重新理解余华这部作品的特殊价值。

就故事而言，《十八岁出门远行》并无复杂之处，其情节含量不比一篇中学生叙事文多多少，但是余华用一个简单的故事表达了一个复杂的疑问——人与现实是如何相遇的。父亲让儿子出门远行，代表了那个时代曾经坚信不疑的现实观——深入生活，如镜子般忠实地反映客观世界的真相和全相。这个青年如马驹一般欢快，信心满满地上路了，但随后遭遇的一切是这般匪夷所思，世界有如躺在一面破碎的镜子里，线条逻辑不再连贯。我们大可不必追问余华在创作时是如何想的，我们在乎的，是余华通过这个小说创造出了一种主观的现实，一个只被内心感受到的自我世界。这种看似漫不经心的创造，颠覆了过去几十年传统现实主义文学的基本信条——世界是客观的、唯一的、无疑的，可以被作家一板一眼如实描绘出来，如镜鉴之物，明亮而清晰。余华则从客观世界里分离出另外一种现实来，它是主观的、多向的、可疑的，即便诉诸作家笔下也暧昧不清，如心波倒影，幽暗而晦涩。

第二部作品是长篇小说《活着》，创作于1992年，首次出版于1993年。迄今为止，在余华所有的作品中，这是销量最大也是美誉度最高的一部。在二十世纪八十年代，余华凭借先锋小说在文坛扬名立万，但在大众读者中影响有限。《活着》则两全其美，既得到主流文坛的高度评价，也获得普通读者的热烈追捧。这个现象不会是一种孤立的事实，而是与余华在写作路线上的转移有着密切联系。《活着》讲述了一个叫福贵的地主少爷，在二十世纪中国社会中遭遇各种命运的动荡，最后孑然一身活着的故事。与早期中短篇写作相比，余华在这个作品中恢复了现实书写的客观尺度，无论是历史事件，还是道德世界，都是清晰可辨的。其中最重要的一点，是恢复了时间的客观属性。余华曾经谈到对文学时间的理解，他借但丁《神曲》的诗句——箭中了目标，离了弦——来说明时间是如何被诗人篡改了顺序，从而制造出一种不同于现实秩序的速度感。但在《活着》这部作品中，至少在宏观结构层面，余华没有开启文学时间，而是回归现实时间。他老实地叙述福贵一生的命运变化,有头有尾有过程,让故事回到现实秩序,也回到读者对客观时间的一般感受之中。

有人认为,这个时期的余华向现实主义回归了。如果我们认可这个观点,也得补充一点,这个回归还没有最终完成。此时的余华,不过是披了一件现实主义的仿真外衣,内在的语言细节可以证明,骨子里的他还是个先锋作家。余华坦白,《活着》最初是以旁观者角度来写福贵一生,然而叙事受阻,难以为继,直至最后改为第一人称叙述,奇迹出现了,整个写作一气呵成。或许是因为有这样的写作经验打底,《活着》出版时,余华在自序中近乎大放厥词——一位真正的作家永远只为内心写作。我们也可由此判断,余华依然未从主观的自我现实中走出来,他在二十世纪九十年代完成的三部长篇小说,不同程度地保留了早期的先锋写作经验。具体来说,按照写作时间先后,在《在细雨中呼喊》《活着》《许三观卖血记》三部作品中,面向内心世界的自我意识在递减,面对外部世界的现实意识在递增。《活着》恰好处在中间状态,减一点自我,增一点现实,二者平衡得恰到好处。这就可以解释,《活着》为何两面讨好,通吃专业和大众两类读者。

第三部作品《第七天》讲述一个叫杨飞的中年人,丧生于一场火灾,在冥界遭遇和寻访故人,由此追忆生者的世界和故事。在多数篇幅中,余华对故事的叙述采用了"知音体",其间还反复植入各种早已被我们熟知的社会新闻,包括拆迁、贿赂、弃婴、车祸、豆腐渣工程、卖淫、自杀、凶杀、上访,等等。我们发现,此时余华已经成为一个紧贴现实地面的作家了。这就不免让我想到了一个细节——余华当年写作《十八岁出门远行》,其原始素材也是来自报纸上一则有关苹果被抢的新闻,但是经过余华的二度叙述,这则新闻已被文学溶液彻底溶解,恰如米酿成酒,再无新闻痕迹了。而《第七天》则以新闻为补丁,大面积填补文学想象的裂缝,最后读者发现,这个作品成了一部无限接近当下现实的新闻串烧。

余华曾说过,只有当现实处于遥远状态时,文学中的现实才会闪闪发光。在新千年之前,余华大抵上很好地把握了这个写作信念。他总是执着于记忆深处的事物,让往事转化成一种内心光谱,让肉眼可见的现实变成内心隐秘的现实。但是到了《第七天》这里，余华已离初心甚远，他对当下现实展开了正面强攻，必然无法再打动那些先锋派老读者了。不过这并不意味着余华已成功回到现实主义传统——倘若如此，也是一个理想结局。二十世纪九十年代，通过三部长篇写作，余华基本完成转型。在《许三观卖血记》这部作品里，余华已经能够用第三人称叙事轻松驾驭长篇写作，意味着他已走出自我世界，能以全知视角审视外部世界了。然而到了《第七天》，余华重启第一人称叙事，颇让人疑心他又回到了先锋写作状态。继续往下读，我们才发现，余华不过是披一件先锋派的外衣。前面说过，余华写作《活着》，披上了一件现实主义的外衣，显得相当得体，这一次却不成功，气息紊乱了，同时也让余华露了怯——他对当代现实主义写作是缺乏信心的。

余华独一无二，不可复制，但我不是在说一个孤例。在余华身上，我隐约看到了当代文学的一段片面史——二十世纪八十年代以来，由于一批先锋作家对新的现实经验的发现和开掘，传统现实主义发生了断崖式裂变，导致现代主义对峙而出，崎岖而立。到了二十世纪九十年代，这批作家开始向现实主义写作转型，在两种现实经验中摆渡，由此开拓出新的文学境界，犹如两岸青山相对出，风景无限。进入新千年之后，当作家们纷纷着陆现实主义，却发现他们已在复杂的现实经验中迷失，抓不住世界，也找不回自己。问题就在这里，一批先锋作家回到现实世界，向现实主义投诚，却又为何在写作上不尽如人意了呢？

二

十九世纪中叶，欧洲文学的浪漫主义传统走到了尽头，现实主义趁势兴起，成为主流，一时无两。然而好景不长，从十九世纪后期开始，假以各种奇怪面目的现代主义冒了出来，成群结队，此起彼伏。在其冲击之下，传统现实主义几近崩盘。当然，在全世界范围内，现实主义并没有退出历史舞台，而是转移到二十世纪的苏联和中国，与社会主义政治实践相结合，重新焕发出生命活力。

通过简短回顾，我们发现，当代现实主义的最大冤家是现代主义，而不是早已过气的浪漫主义。然而明眼人同样会发现，不管现代主义如何花里胡哨，其精神源头就在浪漫主义那儿。往简单里说，现代主义其实是浪漫主义的现代变种，且变得相当厉害，面目全非，老祖宗也不认得子子孙孙了。可是有一点却是骨子里的，变不了。浪漫主义也罢，现代主义也罢，它们看待世界的基本方法是内心感受法。世界是怎样的，并不重要，只有我感受到的，才是最重要的。它们通过文字建立起来的世界，以主观心灵为地基，以想象和幻想作为基本构架之法。它们看待世界有一个基本方向，我暂且称之为"内视角"。

现实主义恰好相反。它对世界的理解和判断，依赖于对客观事物的观察、模拟、实证和整体把握，是一种"外视角"。借助发达的外视角，文学就具有了见证时代的功能。这就极大扩张了文学的史诗抱负——以诗性语言来记录历史的客观进程。现实主义作家也描写人物心理，但写的是他的心理，不是我的心理。他们要求自己像一台心电图测试仪一样，精细且客观地把人物的心理过程描绘出来。

现实主义首先在欧洲成为主流，与当时实证主义哲学思潮的兴起不无关系。孔德在十九世纪三十年代开始陆续出版《实证主义哲学》六卷本，直至1844年出版《论实证精神》，一场思维革命在欧洲已深入人心了。实证主义主张回到客观事物中去，发动人的外部感官和经验理性，摒弃玄思、臆想和一切形而上学。通俗一点说，就是用事实说话，而不是睁眼说瞎话。这个准则在欧洲社会深度扎根，为十九世纪的科学发展打下了坚实的思维地基。自然科学飞速发展，人类对社会领域的认知也向自然科学看齐了。孔德趁热打铁，创立了一门学科，叫"社会物理学"，其意图明了，就是将社会过程当作物理过程来研究。

文学也在朝这个方向转变。欧洲本有史诗传统，以叙事诗来见证历史，具有古典时期的外视角特征。到了十九世纪，史诗不再局限于一种文体，而是扩展为文学的基本认知功能。比如黑格尔就把长篇小说定义为"近现代市民阶级的史诗"，他对比了长篇小说和传统史诗的相似结构，指出它们都是大容量文体，可以完整反映一个时代的面貌。黑格尔提出这个观点，要比孔德提出实证主义略早几年，但属于同一个时代步伐，二者汇合，显示了文学扩展外视角、开放外部感官、见证大时代的必然趋势。

一切文学作品因细节而生动，但对现实主义来说，成功的文学作品还有两个重要指标——客观与宏阔。前者自不必说。巴尔扎克在《人间喜剧》的序言中说道，法国社会是个大历史家，而他只能当个书记员。他以时代记录员自谦，实则强调文学反映时代的客观属性。现实主义不仅反映时代，而且要有反映时代全貌的抱负。恩格斯对《人间喜剧》评价极高，称它汇聚了法国社会的全部历史，是"现实主义的最伟大胜利之一"[①]。十九世纪中期，以巴尔扎克为代表，法国长篇小说写作开创了一种重要体制，叫"大河小说"，其特点是多卷体、长时段、视野宏阔，一个时代从哪里来，将到哪里去，皆在作家法眼之内，这也就是我们常说的宏大叙事。虽然不是每个作家都能做到，但这却是现实主义文学给予读者的最大承诺。

毕竟每个作家经验有限，要看清时代全相，就必须借助全局性视野，站在高处看问题。有什么办法可以爬到高处呢？作家需要登上一座高山，这座高山代表了一个时代的人对历史和生活的最高认知。《三国演义》一开篇就说，"话说天下大势，分久必合，合久必分"，这种分合循环观，就是那个时代的人对历史本质的最高揭示了。有了这一句话，《三国演义》就建立了全局性视野，其叙事框架自然也就成立了。现实主义成为主流之后，在不同时期有不同的高山供作家攀登。在资产阶级革命时期，这座高山是人道主义；在无产阶级革命时期，则是阶级主义。人道主义也罢，阶级主义也罢，都是人类对历史主流的判断，含有某种假定色彩，但这也不影响文学外视角的客观属性，正如一切科学研究也都是从假设开始的。

站得高，看得远，外视角的空间尺度放大了，但也随之产生了一个问题——世间万物变得渺小，只剩下了抽象的本质。这与文学的本性实有相

---

① 四川师范学院中文系编：《马克思主义经典文论选读》，成都：四川师范学院，1973年，第52—53页。

违之处。没有具体的、感性的、生动的事物，文学就会失去血肉，只剩枯槁。因此，这里面有矛盾。调和这种矛盾的办法就是塑造典型人物，通过典型人物来达成抽象与具体之间的平衡。有一种观点认为，塑造典型人物就是把一个人的某种气质放大，属于夸张手法，是浪漫主义留下的文学遗产。这个说法有一定道理。在古典时期，塑造典型人物的艺术手法已经成熟了。远的不论，说近一点的，《三国演义》就是一个范本。关云长的忠，曹孟德的奸，诸葛亮的智，都是典型。《三国演义》是一部历史演义小说，既不是纯粹的现实主义，也不是纯粹的浪漫主义，而是两种艺术手法相结合。小说中的典型人物，当然被注入了浪漫主义的想象和夸张。但若说典型人物只是浪漫主义的产物，恐怕也不尽然。现实主义也有塑造典型人物的独特方法，就是把某种共性气质追加到某个人物身上，使之纯粹化，符合某种单一的社会认知标准。说白了，典型人物是集体信仰的产物。每一个典型人物的诞生，都是以大量同质性人口的存在为前提的。雷锋是典型人物，因为在革命时代，经过群众性思想改造之后，雷锋身上的某种精神和气质成了一个时代的共同信仰。周扒皮也是典型人物，因为他符合一个时代的人对阶级敌人的共同想象。典型人物不是现实主义的专利，但是现实主义从浪漫主义接过了这个艺术传统，经过吸收改造，将其确立为一种重要的艺术标准。这里面实际上包含了现实主义看待世界的科学准则——典型人物可以代言时代意识，接近普遍性，成全宏大叙事。

三

但是问题来了。现实主义以外视角的客观、精细和宏阔来成全一个时代的科学精神，而科学的纵深发展却带来了对现实主义极为不利的两种社会后果：一是专业分化，二是数字化呈现。以上任何一点，都足以将文学打入时代冷宫，现实主义更是在劫难逃。

二十世纪初，法国社会学家迪尔凯姆最早讨论专业分化引发的社会分工问题。差不多也是在这个时期，现实主义文学开始衰落了。这个时间巧合不会是偶然的。社会发生专业分化，意味着整体性认知瓦解，全知全能的外视角也不再那么有效了，这对传统现实主义文学是个致命打击。文学能否客观地记录这个世界的全相，成了一个问题。世界变成迷宫，见证变成悬疑。芥川龙之介在1922年写过一部短篇小说，叫《竹林中》，讲述一个武士携妻经过一个峡谷时遭遇大盗多襄丸，武士被杀，妻子被辱。如果从外视角看，这个过程是可以被确证的。但是小说以七个当事人和见证人在公堂上的供词为叙述视角，呈现了一个扑朔迷离的悬案——每一个人的"亲眼所见"，都大相径庭。小说的深层意图是探讨人性的复杂性和不确定性，同时我们不应忽略一点，小说家对文学外视角的整体性和客观性也是持怀疑态度的，因此转向内视角叙述模式，让每一个"我"都跳出来说话，他们各自讲述的故事都是成立的，放在一起则悖论丛生。现代主义承认主观世界的存在，也承认存在是一种悖论，这种观念的普遍生成对现实主义是一个极大挑战。

现实主义遭遇的第二重挑战是数字化呈现。这个问题由来已久，只是在当下讨论，就显得极为突出。几年前，郭敬明打造了一部电影，叫《小时代》。这部电影一度很火，自有道理，它说中了许多人的心思——在欲望高涨的物质社会里，每个人都是渺小的；但这个渺小是一种内心感受，建立在内视角之上，如果从外视角看，恰恰相反，我们处于一个大时代。过来人大概不会否认这样一个事实——在过去二十年左右，中国社会发生了深刻巨变。时代在加速前进，常常使我们回首间惊觉今非昔日，有如梦幻一般。但是我们也时常抱怨，时代如此波澜壮阔，我们却没有读到一部与之相匹配的史诗性作品。问题出在哪儿？不能怪我们这个时代的作家都偷懒了。还是有作家在努力的，每日深入生活，阅人无数，就差没把生活的牢底坐穿，但最后，他们还是对瞬息万变的时代感到无能为力。

我们发现，与以往任何时代都不太一样，过去二十多年的巨变排除了战争和政治的因素，主要是由科技和经济的飞速发展来推动的，因此整个过程极为理性，虽然翻天覆地，却没有给人动荡感。对作家来说，动荡感很重要，可以唤醒他们的时代意识和道德敏感。杜甫说，"文章憎命达"，这个"达"字，按我的理解就是过于顺畅，少了动荡感。倘若没有这种动荡感，建立在个人外部感官之上的外视角将逐渐丧失灵敏度，不能将"千古事"传递给"寸心知"，也就写不出好文章来了。但也不是说因为没有动荡感，人类从此失去了描绘大时代的热情和能力。只能说，在工具理性高度发达的今天，文学的外视角不再那么有力了。在文学之外，用数字武装起来的外视角则变得异常发达，并且反过来挤压文学的感性认知功能。

用数字来表达人类对世界的认知，我们姑且称之为"数字化呈现"。二十年多前，"数字化时代"和"数字经济"等说法开始流行，一度引发社会各领域的讨论。人们被告知，一切日常生活，包括个人命运，都将交由数字来裁决。没过多少年，人们又被告知，人类已奔进"大数据时代"，一切疑难杂症，皆可通过大数据分析得出全面而精准的结论。"大数据"这个概念的出笼，一开始就包含着某种人类野心——将各种碎片化信息整合起来，重建人类对世界的整体性理解。于是，这个时代的大小变化，以及人们对这种变化的反应，都统统交给数字来表达。经济总量、高铁时速、房子均价……当然在这些数字背后，还有更为纵深的裂变，包括社会结构、人际关系和情感状态，等等。但是这些变化都缺乏戏剧性，被大数据覆盖着，很难转化成史诗性叙事。这对现实主义作家是个极大考验。一切事物都转化成数字，人、故事和情感被遮蔽了，作家空有一身本领，找不到真正的叙事焦点。这让我想起温水煮青蛙——我们可以通过温度变化来准确描述一只青蛙的死亡过程，却不能将其转化成情节和故事。对于现实主义文学来说，故事是它的生命线，而且最好是大故事，跌宕起伏，或充满了戏剧效果。

数字化呈现不仅掩盖了故事，也遮蔽了看故事的眼睛。我们越来越习惯通过数字来理解这个世界，依赖数字背后的判断力，而对故事和故事背后的情感波澜逐渐丧失了敏感，也失去了必要的敬意和耐心。以文学眼光来看，数字是肤浅的，靠不住的，但是现代社会如何说服一个市民多读文学作品，少读股市K线图呢？似乎是无能为力的。不能简单说，股市K线图背后有真金白银，所以看的人就多。与真金白银相联系的，还有工具理性，以及相对应的文本形式。数字文本对客观世界的呈现更加直观、简洁和精确，因而更被现代人依赖，也成就了一个读数字的时代。相比之下，文学的外视角就显得多余且无能了。

科学理性的扩张抑制了文学的外视角，使其见证时代的功能在萎缩。杨庆祥曾提出一个命题，叫"新伤痕"。他认为改革开放之后，中国社会发生种种裂变，人们身处其中，经历了新一轮精神创伤，以此为经验的书写，可称为"新伤痕文学"。我们知道，"伤痕文学"出现在二十世纪七十年代末，以十年"文化大革命"为时代背景。这个时期社会发生巨大动荡，一代人经历了重大精神创伤，因而有"伤痕"之说。照此理解，新伤痕来自新的时代巨变和新的精神创伤。我大体认同杨庆祥的说法，以为此说颇能切中当下，对这个时代的精神疑难做出了准确概括。然而也仅是在理论上准确，回到创作中来，却是另外一回事。我们这个时代确实有许多作品在书写新伤痕，却不能引发共鸣，不能向公众传达一个时代的共同经验，其中有一个关键问题——那种具有宏阔视野的文学外视角已经失灵了，人们看到的，只是局部，感受到的，也是支离破碎的。

二十世纪以来，面对科学理性的扩张，文学一直在调整外视角的适用范围，不再一味追求它的宏大与客观。这就势必影响传统现实主义的活力，使其朝着两个方向发生变异。一个方向是坚持客观，放弃宏大。十九世纪下半叶，法国文坛兴起自然主义思潮，出现了一批颇有影响的作家，包括左拉、龚古尔兄弟等。自然主义其实是现实主义的变种，推崇巴尔扎克对现实生活的精细描写，却不赞同把英雄人物放大，反对通过巨人来反映时代。他们主张回到平凡、偶然、琐碎的事件和细节，实则放弃了现实主义的整体性视野。二十世纪八十年代中期，中国文坛出现了一波写实主义风潮，主张用客观冷静的笔触来描写普通人的日常生活和琐碎欲望，实则也是对宏大叙事的放弃。

还有一个方向是坚持宏大，放弃客观。余华的《活着》就是一例。这部小说通过福贵的一生，将二十世纪中国的大历史浓缩进来。许多重大历史事件和进程，包括抗日战争、土地改革、"大跃进"、人民公社化运动、"文化大革命"，等等，小说均有叙述。但是余华没有将笔力用于见证历史，而是借用大历史来表达个人命运的无常。前文说过，余华创作《活着》

时，正是他向现实主义转型时，但还未充分完成。二十世纪九十年代以来，余华的写作确实开放了外视角，加大了写实力度，但是从整体结构看，他依然是在延续二十世纪八十年代中后期的先锋写作。余华这批作家刚出来时，当代文坛普遍认为，他们只关心形式，不关心内容，是对传统现实主义的一种反叛，因此将他们的作品定义成"先锋小说"。这个判断也是需要重新探讨的。先锋小说也关心内容，只是角度不同了——从外视角转换成内视角。不妨再以余华成名作《十八岁出门远行》为例——这篇小说叙述一个十八岁青年出门远行遭遇的一切，有如梦幻一般，充满了不确定性。许多读者一头雾水，因为余华叙述的，不是被看见的客观世界，而是客观世界在内心的倒影。内心有创伤，有起伏，倒影发生了扭曲、变形和重叠，也就不易被读懂了。《活着》依然是倒影法，将大时代的变迁投在个人心灵史上。作家启动了外视角，甚至借用现实主义的宏大叙事方法，将时代全景扫描出来。但毕竟只是借用，与传统现实主义有很大不同，顶多只能说，这是深度变异的现实主义。

　　缩小外视角，或者向内视角转化，这是现实主义自我调整的两种可能。在很多情况下，两种可能交叉发生，文本面貌将变得复杂多样。20世纪以来，各种新版现实主义层出不穷，魔幻现实主义、科幻现实主义、心理现实主义、未来现实主义……这些不断延伸的范畴表明，现实主义在自我更新，同时也与传统现实主义相去甚远了。但我并不是说，传统现实主义已无可作为。回到最初，原版现实主义有两大法宝，其一是见证，其二是批判。前者必须在当下进行新的调适，而后者恰是可以不折不扣地继承，它是批判，而不是内省。这是一种来自外视角的精神立场，代表了那个时代的杰出作家看待和参与外部世界的热情和姿态。当时欧洲新旧交替，动荡不安，不仅需要见证的文学，也需要批判的文学。巴尔扎克、莫泊桑、狄更斯、托尔斯泰……我们依然在仰望现实主义文学的星空，不仅是因为他们记录下了时代印迹，还因他们坚持了一种批判立场，冷眼看浊世，至今令人难忘。

文学倘若只剩见证功能，恐怕连一台数码相机都敌不过。只有重申批判立场，现实主义才能恢复文学之血性，重建社会与人性相互参照的价值尺度。尽管在我看来，批判立场不是文学的最高精神指标，然而对于现实主义来说，却是精神制高点。哪怕它的外视角是小的，亦有可能通往境界之大。就拿迟子建创作的中篇小说《候鸟的勇敢》来说吧，作者将叙述视角缩小，如一台摄像机对准了东北金瓮河畔一家候鸟管护站，以春夏秋冬为时序，记录下人与自然的对话。这本是一个小场景叙事，虽有现实，却无主义，但是迟子建用这样一个题材来呼应我们这个时代的生态问题，却又含蓄着宏大的道德关怀，在冷静客观的语言背后，隐约可见批判立场。作家借无名氏的闲谈来神化候鸟，又借被神化的候鸟的态度来批判人类对大自然的贪婪索取。这种写法让人想到了中国小说的古代传统——道听途说之所以造也。道听也罢，途说也罢，皆是外视角所得，代表了某种爱憎分明的社会态度。作者又在这种态度之上附加了人性评判的尺度，回到人与动物的初始欲望，对卑微生命的迷途难返给予同情性理解。这或许正是当代批判现实主义的新深度——超越二元对立，直抵人性根本。

谨以上述例子说明，尽管文学的外视角在缩小，在向内视角转化，但现实主义的批判传统还在延续，其人文立场也在不断延展。在十九世纪的欧洲，它是人道主义；在二十世纪的苏联和中国，它是阶级主义；而在今天，是不是可以说，我们还看到了人性主义？

关键词 在场主义

"在场主义":散文的思想性、艺术性和可能性

吴义勤　陈培浩

据相关人士在"百度百科"创立的词条,"在场主义"指"创立于2008年3月8日,以周闻道为首发起,由周伦佑建构散文理论的中国当代第一个自觉的散文写作流派"。"在场主义"的宣言指出:"'在场'就是去蔽,就是敞亮,就是本真;在场主义散文就是无遮蔽的散文,就是敞亮的散文,就是本真的散文。在场主义在致力于流派建设的同时,还自觉地肩负起了廓清中国散文的天空,为中国散文立论和立法(法则—尺度)的历史使命。"自二十世纪初的新文学起,诗歌、小说多有结社团、立宣言的传统,散文却往往独善其身。因此,以社团和宣言形式出现的"在场主义"确乎具有此前散文不常有的自觉的自我建构意识。

如果说"在场"就是"去蔽",就是使尚未被呈现的部分被揭示,那么"在场"其实便是纳入,便是新创;便是对文之为文的成规惯例的

一次次叛离，从而撕开前所未有的缺口；便是以思启文，使文体的疆域一次次获得延展。这固然是不无启发的散文宣言，但很少有作家是遵循着宣言而写出好作品的。毋宁说，"在场"只是一个方向，"如何在场"却可以有千万种方式。唯其各有不同，这种"在场"才是有意义的艺术和思想碰撞。事实上，真正使"在场主义"获得影响力的不是首批参与这个流派的成员，而是2010年5月设立的"在场主义散文奖"。这个奖项由周闻道、周伦佑操盘，其年度大奖奖金高达30万元，在当时创下中国文学界单项奖的最高纪录。"在场主义"强调散文创作的"精神性、介入性、当下性、发现性"，"在场主义散文奖"的宗旨是"推动散文创作、发展和创新，激励、发现和培养散文人才，重构文学价值，捍卫文学尊严，引领二十一世纪汉语散文发展趋向"。2010—2015年，"在场主义散文奖"共成功颁出六届。

2016年之后"在场主义散文奖"未有下文，但这个起点和视野都令人瞩目的民间散文奖能坚持六届已经相当不易，它为当代中国散文留下了可供思考的重要个案。看看历届获奖名单，便能大体感知到这个奖的视野和倾向：林贤治《旷代的忧伤》（第一届），齐邦媛《巨流河》（第二届），高尔泰《寻找家园》、金雁《倒转红轮：俄国知识分子的心路回溯》（第四届），王鼎钧《王鼎钧回忆录四部曲》、许知远《时代的稻草人》（第五届）共六位作家的作品获得历届首奖（其中第三届、第六届首奖空缺）。龙应台《目送》、周晓枫《雕花马鞍》（第一届），张承志《匈奴的谶歌》、李娟《阿勒泰的角落》、筱敏《成年礼》（第二届），夏榆《黑暗的声音》、冯秋子《朝向流水》、资中筠《不尽之思》（第三届），刘亮程《在新疆》、章诒和《伶人往事》、阎连科《北京：最后的纪念——我和711号园》（第四届），毕飞宇《苏北少年"堂吉诃德"》、塞壬《匿名者》（第五届），邵燕祥《一个戴灰帽子的人》、阿来《瞻对》、张新颖《沈从文的后半生》（第六届）

共十六位作家的作品获得历届提名奖。蒋方舟、周闻道、王族、李娟、江少宾、甘代寿（禾源）、冯秋子、沈荣均、项丽敏、第广龙、傅菲（第一届），刁斗、陈启文、格致、马小淘、庞培、赵瑜、张生全、海男、王十月、杨永康（第二届），史岚、野夫、艾云、王必昆、胡冬林、摩罗、苍耳、嘎玛丹增、南子、柴静（第三届），郑小琼、耿立、张锐锋、艾平、诸荣会、鲍尔吉·原野、袁瑛、周齐林、帕蒂古丽、窦宪君（第四届），刘醒龙、詹谷丰、贾梦玮、纳兰妙殊、王开岭、葛水平、阿微木依萝、张新颖、王龙、王月鹏（第五届），贾平凹、王彬彬、舒婷、梁鸿、祝勇、裘山山、林那北、孙小宁、彭学明、杨文丰、杨献平（第六届）共六十二人获得历届"在场主义散文新锐奖"（从第六届起，"在场主义散文新锐奖"更名为"在场主义散文单篇奖"）。

这份名单不仅是为当代散文的夜空擦亮诸多的星辰，更重要的是，它内蕴了一种可供思考的散文观。获奖者名单中不乏如雷贯耳的名字，但"在场主义"显然不是去依附那些闪亮的名字，而是通过这些名字申明了一种跨界的"杂"文学观。不难发现，"在场主义散文奖"对于思想性、历史性、当下性和鸿篇巨制的偏好。历届获得大奖的作品，无不是以长篇散文做出深沉的思想辨认或历史见证。而所谓"文体"的设定，则经常被置于非常次要的地位。比如，这份名单既有主要以散文名世者，如祝勇、李娟、塞壬、艾云、野夫、冯秋子、梁鸿等人，但更多跨界的名字，如贾平凹、阿来、刘醒龙、毕飞宇、林那北、刁斗、王十月、葛水平、马小淘更多以小说名世，张新颖、王彬彬主要是学者，舒婷、郑小琼主要是诗人，柴静主要是媒体人。金雁的《倒转红轮：俄国知识分子的心路回溯》和张新颖的《沈从文的后半生》作为学术著作被纳入"散文"的范畴，显示了"在场主义"对被过度纯化的散文的反动。这种文体越界引发了肯定、争议和批评，但正是这种争议促使我们进一步去思考"何谓散文"。事实上，"在场主义散文奖"还在某种程度上打破了关于作家身份、名望的种种潜在规限：把贾平凹、刘醒龙、舒婷、王彬彬、祝勇、野夫、艾云等资深作家纳入"散文新锐"的范畴，暗示了"在场主义"对"散文"思想容量和艺术可能更大的期许。

散文在进入现代中国的过程中被一种纯化的文学观所塑造，从传统中国博采旁收的大散文转变为以抒情言志、审智审趣的纯散文。二十世纪九十年代以降，文化大散文推动着中国散文格局的打开；新世纪以来，非虚构等概念也推动着散文向更多的当代经验开放。新世纪的中国散文，正努力寻找着跟文明转型、技术迭代、信息爆炸的时代相匹配的精神表达。从文类学角度看，每一种文体的产生都呼应着某种阶段性文化需求，但在时过境迁之后又可能产生新的遮蔽。因此，在新经验不断涌现的时代，如何"在场"，正是如何"去蔽"，如何不断更新并获得有效的新审美。

本期邀请著名散文家艾云和文学评论家伍明春参与讨论。艾云是一个思想和文体兼胜的散文家，她以自身写作历程为个案，带着温度展示了"生命在场"的发生方式。伍明春主要从事诗歌研究和评论工作，散文也是其关注的重点。他的文章把"在场主义"放在"五四"以来新散文的历史视野中，通过对多方观点的梳理触及"在场主义"的开拓和存在之迷思，堪称客观公允的学术评价。这两篇文章为我们提供了理解"在场"的内外两种观照。

"在场主义"是一个具有鲜明写作立场的散文宣言，"在场主义散文奖"则是一个影响甚远的当代民间散文奖项。本期以"在场主义"作为关键词，目的不仅在于梳理这一写作倾向与散文奖项的发生与影响，更在于借此提问：散文是什么？由思想性、当下性、艺术性所打开的散文可能性将向怎样的无限开放？

散文写作的生命在场
——我的写作之旅

◎艾　云

"在场主义"是周闻道和周伦佑倡导的一个散文写作流派，特别是周伦佑有很详尽的文章予以阐发。我自己对散文的在场性有很朴素的理解，那就是如何将散文写得更好看。这也是一直困扰我，并且让我花大力气去面对并亟待解决的一个写作难题。"好看"看起来是一个技术问题，事实上取决于很多复杂的因素。"好看"说到底不是个修辞问题，而是在相对篇幅中的艺术和精神体量问题。文章不好看，要么是放不进足够的东西，要么是装在旧套中。"在场"或许意味着把复杂的生命放进来，胀破了原来的窠臼和俗套，说出一些更新、更重、更深的东西。我在清理自己的思路，仿佛从一个个记忆的驿站走过。我将从那个秋天说起。

一

依稀记得1990年秋天的神农架。寒露与霜降，染得群山层次绚丽。树叶闪着橘红、深赭和墨绿色；涧溪潺缓，人如置身幻境。

在湖北十堰市开完语言学会议以后，我们一行人：张志扬、陈家琪、徐友渔、萌萌、王鸿生、耿占春、曲春景，还有于琪和我决定到神农架和大小三峡等处旅游。白天，一路徜徉于山水之间；夜晚，则是讨论问题。

我们这几个人的组合很有意思。张志扬、陈家琪专攻西方哲学；萌萌一开始搞的是外国文学，后来搞哲学；徐友渔擅长的领域是分析哲学。而我们几个河南人则是搞文学出身。几个人专业不同，并且所处的地方也不同。

是王鸿生把我们聚拢起来。当时，他和曲春景正在武汉华中师大王先霈教授门下攻读研究生，期间结识了湖北素有"三剑客"之称的张志扬、陈家琪和萌萌，后来，又和徐友渔等人有了交情。

看起来不搭界的人，其实也有内在联系。20世纪80年代和90年代，文学界、思想界即知识分子群体，大都在补习西方文化文学及哲学思想，汲取异质养料，为的是多一副目光审视自己的民族文化与自身处境。超验和形上如巫魅之风盛行，大家见面总在交谈主义、潮流和运动。

我们口头上常挂的是浪漫主义、理想主义、存在主义，以及思想启蒙运动，等等，所有的讨论都搅动在沸腾的精神迷狂中。一切，带着蜕变又无法扯断的新旧嬗替，这是从政治狂迷到精神狂迷的阶段。那时，每个学科的人都虔诚如信徒；那时，殉道、受难、谢恩、祈祷等神学字眼，带着灰蓝色飘逸而又凝重的饰边，缀在灵魂的旁侧。

这一晚在神农架的红坪画廊，饭后，大家在屋子里进行着热烈的讨论。

张志扬和陈家琪在谈论欧洲大陆哲学的问题，徐友渔更多讲的是分析哲学。萌萌在急切地询问：情绪、想象，以及逻辑的背后是什么？我们为什么总在问题之外而不在问题之中呢？王鸿生讲起索绪尔的语言学来头头是道。萌萌和王鸿生这两个搞文学的人，有往哲学靠拢的强烈愿望。耿占春则持守着对诗歌与文学不改初衷的热爱，但他仍有滔滔思辨的秉质。曲春景在谈论后现代叙事时，也是学问满满。我呢，其才情和资历，都难以加入这种讨论和对话。我只是懵懵懂懂在听，听得不甚明白也在听。当然，有些书籍，先前我还是看过一些，也算是略知一二。比如欧洲大陆哲学，我知道这主要指德法近代哲学，包括现象学、存在主义、解释学、结构主义、后结构主义、后现代主义、解构主义，而且还包括法国女性主义、批判理论、法兰克福学派、心理分析，绝大部分的马克思主义及哲学流派，等等。

这里边包括着丰富而又驳杂的东西，真要弄明白，不是一件容易的事。有一段时间，我恶补西方哲学，囫囵吞枣地阅读康德、黑格尔、谢林、洪堡等人的著作。这几个德国人代表着西方古典哲学的最高成就。二战之前，德国哲学是如此引人注目。

之于分析哲学呢，它又指称英美哲学。分析哲学讨论的一就是一，二就是二，带着纯粹、客观性。它和科学哲学相似，却又不完全是一回事。分析哲学注重清晰和论证，它首先承认人因其有限性，而随时可能出错。如果要摆脱偏见，就需要联系上下文语境。我们常常自以为理解的东西，其实可能是误解。

何谓清晰？就是促进理解。促进理解就必然包含启蒙。但那时候，我们谈论的启蒙，正好是躲避分析哲学的原意，而靠近欧洲大陆哲学。

中国跨进历史新时期的那些年头，欧洲大陆哲学更易为我们中国学界所欣赏、所接受，这是因为它具有的浓郁诗性与文学色彩。那时，就连现象学的讨论都成了一种时髦，人们开口闭口总能讲出胡塞尔、海德格尔、伽达默尔的名字；也能随时引用舍勒、梅洛·庞蒂等人的话语；至于尼采、叔本华等人，因其语言表达之瑰丽，更为哲学之外的人文学科追捧。

我是从周国平编著的《诗人哲学家》一书中接触到荷尔德林、海德格尔、萨特、卡夫卡、尼采、叔本华、克尔凯郭尔的。我一下子为那致高清远般的形上气息所沉醉。本能地，我偏爱欧洲大陆哲学，对英美分析哲学带有成见，认为它过于科学和逻辑。直到若干年以后，我才真正了解分析哲学的本质。西方的近代启蒙运动与分析哲学的兴起有重要关联。启蒙，就是启人之蒙昧，把话说得清晰，通过理解、知识和论证，让人获得解放。照蒙昧主义的说法，理解和知识是个好东西，但只有少数人，即具有高贵血统和高贵心灵的人才配享有。一般人理解不了，就让他停留在那里好了。而启蒙主义认为，既然理解和知识是好东西，就应该让更多的人获得。因此，就尽可能避开拗口的专业术语，多举日常生活的例子。启蒙主义并不假设人天生渊博睿智或偏狭愚钝，启蒙可以改变天性。但在20世纪八九十年代，我们所理解的启蒙却恰恰忽略了分析哲学这个维度。我们误以为分析哲学是生涩难嚼的术语、概念；人们偏爱欧洲大陆哲学，实在是对黑森林、白桦林、诗意栖居的意象感兴趣。这些兴趣，是为书写得更美，语不惊人死不休。这又引出了"二度命名"的语言狂迷。

此时，我也同样陷在对语言的狂迷中，但又不知道该写什么，怎么写。我 1982 年大学毕业后分配到河南省文联，先后在《奔流》、《莽原》杂志社任评论编辑，出于工作需要和个人爱好，陆续写了几篇评论文章。我曾评论过洪峰的《奔丧》，铁凝的《玫瑰门》，王安忆的《小城之恋》与《荒山之恋》，迟子建的《原始风景》等小说；为文艺心理学家、评论家鲁枢元写过几篇文章，还为张一弓、张宇、郑彦英、齐岸青等人写过评论。但我对自己写的评论信心不足。写当代评论，往往要看很多东西，看完以后还要归纳、概括，能准确点出作家的穴位。我感觉自己不太在行，往往力不从心。搞评论不行，我又明智地认为自己不能成为一个心明眼亮，有犀利目光、有洞察力，能够针砭时弊、拍案而起的公共知识分子。我自己身体不行，想不了太大、太远的事情，想不了外围、社会现实、他者的事情，想多了常常会心悸、憋闷。我顶多只能想些小事，围绕个人直觉、感受而起的层层叠叠的心事。逢到感觉来临，我会随时记下来。这样的记录，因有感而发，有种疏通淤塞的排遣，写来也有兴致，而不至耗人过甚。我的抽屉里放着许多的随感札记，却无从整合与结构。我怀疑，也不确定这些写作有无意思和价值，我尚不知道自己今后应该写什么。

在红坪画廊听着他们的讨论，我的思路在拓展、眼界在开阔。与他们的交往，是我人生中的大事件。

他们在说着现象学的各种定义与解释，有几个词句跳将出来：现象学推崇"回到事物本身""现象即本质""现象学的描述"，等等。我打了个激灵，仿佛光从茂密丛林的缝隙透来，我有种被照亮的喜悦。我发现，自己的某种苦恼似乎有了解决的法子。

我大概是个会倾听的人。我想：现象竟如此重要，它和本质相等；而描述也被哲学所认可，那么，我平时做札记时的那些直觉、感喟、慨叹，只要是逼近自身真实的，原来都是有意味的。那么，回到事物本身，不拔高，不强求，就如同回到接纳自己的大地之母壤的书写，也是有意义的。真是这样吗？是的。我一下子有种释然的清朗。

别人学哲学可能学的是内涵，我呢，学到的是方法。我终于明白现象值得关注，也值得书写。现象的描述，描述现象其实也在揭示本质。我暗暗思忖：这太好了。

二

神农架、大小三峡的旅程结束以后回到郑州，我迫切希望将自己平时写的那些片断札记做个清理。

我翻出堆在抽屉和橱柜里的写在小纸片上的许多札记。这是一个人躲在屋隅，拒绝阳光和趟跑，在孤独中创造出的一种语境，是向内心靠拢时某种灵感频仍的句子。我将那氤氲、弥漫中的气息予以符码化，害怕稍纵即逝。这都是些残篇断简，上边沾着尘土，已经很长时间了，我尚无办法结构成完整的文章。

这都是些什么文字啊！都是些问题之外而非问题之内的文字。

比如，我还没有书写，就觉得憋闷心悸、气力不够。我得有睡眠才能保证在醒来时可以写下几行字。然后我又想跑出去，跑出去身体会好受一些。可我又必须要守住好不容易制造出来的语境，因为过多的外出会稀释语境，感受和语言会飘散逃匿无从追逮。写作时我常常力不从心，身体没有血脉葱茏的能量。

我躲在屋子里，想要规避的是现实的喧嚣，希望能够听到神谕和上帝的箴言。可我听不到，听到的只是自己一堆的意识边缘絮语。

这些边缘絮语，都是由情绪涌动的即刻、起兴，訇然而至的流光片羽。

这是一个经历初步写作训练者稚嫩而跟跄的迈步。是的，这是写作训练，还没有进入精神训练。精神训练是下一个阶段的事。

这些边缘絮语，大致涉及了这几个方面的东西。首先是绕不开的女性意识。当时还年轻，总有许多缠绊的、咬噬的、难以排遣的心事欲以借助文字这个载体来托撑自己。还有一些是与人交往时的感受、比较和心乱。与人的直接照面，让自己有感动、敬佩，还有质疑。我一般不会全盘否定他者，我总是希望能将人看得真切和全面些。由此可以看出，我身上批判性、革命性不足的特性早见端倪。这些，我会记下当时的感受。

当然，那期间重在读书，也留下了一些读书笔记。

那时，不大去看中国传统文化、传统哲学与历史的东西，读书大都围绕西方哲学思想展开。这些译著有的好懂，有的并不好读，却往往是硬着头皮看下去。记得那时大家都很推荐萨特，可我看他的《存在与虚无》，感觉生涩拗口，读得一头雾水。被人盛赞的海德格尔，他的《存在与时间》，人们都说这是一部皇皇巨作，可我却是不得要领。我只记住了很平常的几个词：逗留、闲谈，这被认为是存在的被抛状态，是顺流直下的日子，而不是有意味的时间。我还记住了书中写到"厌倦之神"的降临。我联想到自己的写作肇始，往往是在厌倦之时才渴望拿起笔。后来我才明白，存在主义哲学之所以在20世纪风靡西方学界，正是因为它引入了日常话语，有更多感性内容。西方哲学经历着从分析的时代，到哲学的时代，又到批评的时代这几个阶段。海德格尔随后被人更多记住的是他关于"农夫与鞋"的那篇评论文章。批评的时代，让哲学从分析、定义那稀薄的高空向有着呼吸吐纳的人间漂移。

20世纪90年代，我接触到西方哲学与文学，这缘于我对感性语言的偏好：我当初迷恋的是诗化哲学的语言。这大抵是一种美学，它距离思想，还有相当的距离。

所有的触动我都记下。那是青春躁动的日子，害怕平庸，蜷屈斗室，一个人在饥渴的田野翻云覆雨，想要抓住一根稻草。这是浪漫和激情的诱拐，听着上帝的歌声，也听着撒旦的咒语。生命的洪波泛着涟漪，非秩序生活的跨界，从此岸到彼岸的泅渡。

这是些现象的描述，在问题之外而非问题之内。

这是些重要和不重要的感觉，却是从生命的深井涌出。这是思考的前夜。感觉不是思想，却是思想的舟楫。

对这些存放日久的随笔，我不想简单地以随想录的形式处理。我放着，希望有一天可以将它们归纳到有经纬、有谋略的完整文章里。随想录发一发没有多大意思，况且也没有什么杂志会去发表这些零星的断片文字。直到我迁徙广州几年后，经过补充修饰丰富，才将这札记的某些段落分门别类写到专题的文章里，然后找到机会，结集出版。这是后话。

当时，我只是在做札记，找到一个缝隙就写。经过红坪画廊那一晚，随后我对写下的东西已有了明晰的认识。我要细细描摹那些现象，更贴近事物本身；同时要求语言不仅仅是达意，还要精妙。

身体仍然易于疲惫，常常头疼、胸闷。我更深地将自己埋在如落叶般纷纷的思绪里。有时我在想，太过健康兴许不利于写作。有恙、病理学特征，逼使自己停止行走，退回屋隅退回内心，这样，才训练着精神的成长。语言的发生学是我此刻关注的。日后，我终于在《玫瑰与石头》一文中表达了悲剧性神学和欲望化诗学的不同语言发生的现象背景。

仍然很少发表，常常延宕着。那时，我们常常在说延宕，王鸿生在说，萌萌在说，我也在说。延宕，和惰懒无关，它不像农夫，用的时间和精力多一点，就可以多锄几亩地，精神性劳动需要缓慢艰辛的时日打磨。叙事性作品可以找到成形的办法和时间，精神性写作很难在自我规定中成形。

友人终于相忘于江湖。

1992年8月我迁徙广州，随后不久，王鸿生、曲春景调往上海高校教书，鲁枢元、耿占春调到海南大学。我们在河南创造的语境，留在了风的记忆里。

三

来到广州后的相当长一段时间,我无法写作。一开始在广东旅游出版社上班。出版社与经营利润相关,这全是上手的事情,常常是白天上了一天的班,晚上回到家脑子混沌,什么也写不出来。后来,我写过一篇短文《远去的语言》来描述我的这种心境。但也是这段时间让我对南方经验与常识,对上心和上手,对无诗与有诗有了充分的心得与认识。之后的《南方与北方》一书,正是对南北两种文化差异性比较中生发出的文字。

1995年5月,我调入广东省作家协会,在《作品》杂志社做编辑,这样算是归队,干起了老本行。虽然编辑工作也忙,但毕竟工作熟稔,自由支配的时间还有;最主要的是,不再为创收头疼了。

但我依旧有可怕的枯竭感。在北方,习惯了友人们走来走去;而今,对话的语境何在?

我描述过这样的情境:

傍晚时分,恍惚中不知干什么才好,心里慌得长草。闷在房间里久了,人不爽。坐久了,久坐伤气,气闷憋着难受。想跑出去,到哪里?想要找志同道合的朋友讨论,想有共同的语境,可哪里有可去之处?有聚餐,只是说笑嬉戏,又觉空洞;一般性应酬只是热闹,弥补空虚,这不是语境。

我还能够独立前行吗?

我终于习惯了南方。南方的精神生活是自己创造,不要苛求公共语境;一定要学会自己掌灯,照亮自身。

我开始认真清理自己的写作札记。学习不再延宕,不再束之高阁。是的,谁写文字都希望发表和出版;只有与读者和社会照面,文字才有意义。当然,文字有无意义,不仅仅看它是否印成了铅字,更要看它传递出的价值观念。文字具有神圣性,千万不可传布错误偏狭甚至是荒谬的观念,否则,宁肯不写。

我开始清理札记,先选择那易于很快抄出的文字予以结集。

偏于女性情绪的，我归到了《女人自述——艾云随笔》一书。上海知识出版社的王国伟老友，将此书收入"当代中国作家随笔"丛书帮我出版。书出得很漂亮，这是我的第一本书。我知道这里边的文字很稚嫩，国伟兄如此厚爱，让我感动，也受到莫大鼓舞。

我出的第二本书是《此岸到彼岸的泅渡》。我将书稿抄完整理好，寄给了北京的方鸣。他在东方出版社，以中国古词牌命名的，如"卜算子""念奴娇""满江红"等系列丛书做得饶有影响。感谢方鸣将我的这本书推荐给敦煌文艺出版社，收入"当代思想者文库"丛书。这本书，多是在郑州那段时间写下的随笔，我统称之为"语言状态"，文章有《语言与睡眠》《语言与行动》《语言与退隐》《两种语言状态之描述》，等等。语言是个大筐，我把许多的直觉感受都做了现象的描述而放进去。从这本书的书名可以看出，我不是一个道德优越论者，也不是一个虔诚的圣者，顶多是个泅渡之人，站在善恶之彼岸，在暧昧的灰色地带逡巡，这贯穿了我今后对所有个人自由伦理的理解。

我开始整理《欲望之年》一书，想要有意识地更深一步展开女性话题。女性在火旺葱茏的生命阶段，无法回避诸如颤栗、颠踬、逃亡、分裂、撕扯等带有极度夸张性的动词，它跨过秩序的藩篱，肉身如午夜之蛇在窜动和僭越。这是我年轻时代记录下的那些欲望化叙事的文字。在此书前言，我引述了里尔克的一句话："当我身上的魔鬼离我而去，我怕我的天使也不翼而飞。"我没有规避个人隐秘性，可能正是为后来的历史性叙事提供个人伦理自由的必要背景与条件。此书归入天津百花文艺出版社名编闻树国策划的"文人闲话"丛书。

1999年我的另一本书《理智之年》也得以在陕西人民教育出版社出版。这是老友张德祥向我约的稿。他是陕西人，为家乡出版社策划主编了"现代思絮"丛书。

仍记得我1997年7月到北京办事，同时在朋友家补写完了《理智之年》一书最后几篇短文。完稿以后，我与张德祥约好时间地点交书稿。天气酷热，我将书稿交给他便离去。现在想来真是后悔：那时为什么没想到约他喝杯茶或喝杯咖啡以表谢意？连起码的礼貌也不懂。就是那样，好友之间，君子之交淡如水。

此书不是谈女性谈情感，而是谈他者谈智识，我总是会在两条思路中展开笔墨。我害怕没有宽远目光的写作会流于俗，可又不想放弃毛茸茸的个人感受。仅仅是硬的文字，会让人丧失掉生命直觉的真切与活力。

书出得很好。全黑封面，设计凝厉而神秘，富于现代感。我忝身其中并列的丛书著者，是在思想界发出独特声音的人。

《退出历史》一书，交由南京的孙立老友，他供职于江苏人民出版社，在一套女性作家丛书中收了我的这本。

我的《艺术与生存的一致性》是谭湘主编的"女学人文化随笔"中的一本。谭湘从石家庄的一家文学杂志社调到河北教育出版社任副社长后，她策划了这套丛书。2001年末在香港召开的女性文学学会上，她带去了样书。书之美恰如湘之美：封面浅赭色，紫茵烫金字体，图案精致。一切显得如此典雅俊则。谭湘对中国的女性批评是有突出贡献的。她策划丛书，组织会议、参与评奖和各种活动，并担任女性文学学会会长。她很想为女性写作者做些事。她对我的文字和书籍不吝赞美，她在江西的《百花洲》杂志做栏目主持时，推荐并撰文评论我的《南方与北方》一书，并同期组织批评家南帆、葛红兵也写了对此书的评论文章。2003年12月，在黑龙江省哈尔滨市举办的第二届中国女性文学会[①]上，我的两本书《赴历史之约》和《南方与北方》同时获奖，其中，谭湘的美意我不会忘记。

造化弄人。2016年8月，谭湘因患癌去世，享年58岁。愿她在天国继续美丽。

好，那么我就说说这两本获女性文学奖的书。

先说《南方与北方》这本书。

---

① 指第二届中国女性文学奖颁奖大会暨第六届中国当代女性文学学术研讨会。——本书编者注

到广州以后,在南、北两种文化的差异性比较中,我陆续写下不少札记和随笔。

刚开始的确是不习惯。南方广东,是经验主义的湿地,这里的人不大耽于玄想,也没有浓烈的政治情结,人们悬置某种敏感性话题;但他们上手去做,有敬业精神。这里正在践行商量的市场经济,悄悄远离命令式的政治伦理关系。我们在北方,更热衷于讨论海德格尔,是因为在不合宜时,更希望找到心中的诗意栖居地。于是,我概括出"南方的散文和北方的诗"之意象。

在南方广州,日子在真实性中变得平常和平淡,没有什么激动人心的事情会发生,也不再有凄凄惶惶的惊怵。只是一个哈欠的瞬间,未知已成已知。这日子是最拷人的。平淡既久的日子,我的读书写作却在日日吃紧。要做的事情很多,包括对既往的北方生活的反躬省思,还有对未来如何书写的规划。

这一天终于安静下来。幽居时分,静谧中灵魂变得活跃。不由得想起初来时的焦虑,魂不守舍,总想跑出去,去寻找对话的语境。过于依赖和相信一个人可能做好的事业,是由他途中相遇的人对他造成的绝对性影响所决定。习惯了文化部落的聚会,有一批人终日将自己浸泡在如巫魅般的语境中。但在这座城市,每个人都有自己的事情要做,即使那耽于冥思者,也大都各自为战。

但是,终于明白,一个向前走的、不停追问的人,不需要苛求有无对话者。如果自己具备了思考能力,就不该祈求别人能带给自己什么,而是自己独立前行。

南方广东教会我换另一种目光看社会。

我不再仅仅追摹北方的上心及精神狂迷,对南方的上手及经验常识也不再鄙弃,这些日常积累终于使《南方与北方》一书得以成形。很巧,广州出版社创建不久,文化学者周翠玲正为他们组一套"红豆书系",我这本正好符合要求,1999年9月得以顺利出版。

以上所出的书籍仍然是些随笔结集，文字不太长，说完就算。2000年8月由百花洲文艺出版社出的《赴历史之约》一书则开始有了系统性考虑。书中我写了六个西方女性写作者，她们是德国浪漫派时期谢林的妻子卡洛琳娜，塞纳河畔的火凤凰、法国大革命时期的女性思想者斯达尔夫人，与萨特保持不离不弃而又不婚的、写作《第二性》的著名的波伏娃，将自己化为祭坛牺牲的薇依，俄国诗界那哀泣的诗之缪斯阿赫马托娃，还有我一直欣赏不已的女思想家汉娜·阿伦特。

我在写作中发现，自己更擅长写人物，人物的人生命运及情感纠缠，更易于让我将飘忽的随感用进去。这样，结构也会更大气，也更容易让人读进去。

我又将自己多年以来写下的女性作家作品读后感，以及我对中国新时期以来出现的女性主义写作的文字进行清理。散乱的思绪经过排列、分类和命名，似乎各得其所。这就是《用身体思想》一书。此书分上、下卷形式。上卷是理论阐释，下卷是个案分析。这些文字，不是严格意义上的论文，而是带有我个人的印痕，它带有边缘性独白和沉吟。或许，它恰合了女性本身的语言特质：茂密濡湿。春天的丛林，盛开着芬芳或有毒的花卉。

这本书，交给了曾经给我做过责编的孙立，2003年初由江苏人民出版社出版。

这里我还要插上一句，《用身体思想》一书中的许多章节都陆续在杂志发表。2003年正月初五，崔卫平给我打来电话，说她在《百花洲》杂志看到我写的《僭越的理由》一文。她有由衷的肯定，但她又说："艾云，你的文字还是过于飘忽，锋芒频闪，反倒意象不深，太晃了。你可以将文章写得再钝些，使用刀背的力量。"我当然是个会倾听的人。我非常感激崔卫平的提醒，并且我也在苦恼该如何调整。我那种急遽的、漩涡般的语言方式，带有前期写作中的诗性追慕。可以说这是让人眼花缭乱的求美，而少令人深思的求真。我应该怎么写？如何将文章写得有起伏，有节奏感？我一直在写的文章，那种密不透风，让人读来气喘吁吁地累啊！我说描述现象，其实这方面功夫还很差。

况且，还不是写作手法问题。解决方法论，并不能触及本质。我迫切需要从欲望化叙事向历史性叙事转变。我特别感谢崔卫平的提醒。

四

我坐在屋子里思忖自己的写作出路。

当我说自己要从欲望化叙事向历史性叙事转换时，也就是说要从自由转向责任。多年来，自己充其量只是个思想的欣赏者，是在问题之外而不是在问题之内。我是一个知识分子吗？或者只是一个写作者。

那么，什么是知识分子？现在的知识分子又是何等处境？我认为的知识分子，不能置历史道德于不顾，仅仅处在道德激情、愤懑与仇恨中，仅仅用诅咒和诋毁去抨击批判。如果那样，也就只是重复着自己所反对过的话语暴力。知识分子的使命是思考。一个时代倘若没有这样一批人在暗中准备着酝酿着，并在合适的时机发出自己的声音，这个时代就会将自欺欺人的东西奉为圭臬，假象就会盛行。我们每个人都需要清理和追问，其中包括对我们自己的出身和偏见进行清理与追问。

我开始试着阅读大书。我的手边放着托克维尔的《旧制度与大革命》。1789年法国发生的那场革命，对世界的政治影响绵延不息。法国民族的热烈、诗意浪漫的天性，与激进革命的惨烈奇异地结合在一起，这不能不让人掩卷沉思。

我在想，中国同样是深受法国大革命影响。从中国的历史与传统看，理性思路总是匮缺。古代文人美妙的诗文典章书牍，过于看重骈彩骊艳。中国士大夫迷恋烨烨熠熠，绿户帘中吟风弄月，这只是在尺寸之间把玩了审美极致；但那些团块和迷雾，没有谁擅长用概念和理性说清楚。中国圣哲的"天人合一"，是东方智慧纯美成熟的超然。道，太一，我们逍遥千年；面对具体，又会一筹莫展。孔孟之道，多在人伦关系中展开，教给人的是实用性筹划，它仍然少一个理性的维度。少理性维度，就会对表面煊盛的、鼓舞人心的宣传更感兴趣，哪怕事实证明它作用于历史是有害的。

理性的建立何其之难。托克维尔在冷静睿智地阐释着18世纪末法国历史上那扑朔迷离的雾岚，揭开其层层覆盖。

接着我又看美国学者巴林顿·摩尔写的《民主与专制的社会起源》，刚看几页就被吸引。作者论述精辟深刻，视野宽阔，他讲到英、美、法的问题，又讲到中国和俄国的农民问题，都感觉不隔，很是到位。

这一段时间，还看了福科[①]、哈耶克、索尔仁尼琴等不同学科思想者的著作。这种阅读显然与以往不大一样，这与自己所要做的思考转向有关。

借助这些大师给我的胆量，加上自己平时观察思索所写的札记，蒙《花城》主编田瑛兄美意，2006年我给该刊开专栏，共计撰稿六篇。在系统中，我将视野拓宽以后的文字来了一次集中呈现。文章写得很累，却又很欢悦。

我第一篇《自我呵护》，一上来就讨论个人自由伦理实践，具体说的是人的精神气质。人的精神气质不单单指的是形象，它是个人的自由伦理实践。面孔带有意识形态特征。在昏聩与盲从中，在理性不健全时，人会双目蒙翳，腰身臃肿，步履蹒跚，灵魂空洞，找不到风清上扬的爽适挺拔感。自我糟蹋才导致这样。这又和人凡事自我推诿有关。在集体无意识中，看看我们下降到什么地步了吧。人，你这是怎么了？

第二篇我写的是《带着不安与歉疚上路》，讨论的是现代性语境中的性态分析。这时，我又将福科扯进来，他关于"血缘象征"和"性态部署"的论述，对我的立论很有帮助。福科是个对许多领域都有涉猎的大思想家。但他这个人，却在颠踬的旋转中思考。他总是提及或践行那些极致性、冲突性体验。他一定是认为所谓道德优越下空谈人格是不可信赖的。人本身如果没有隐秘而丰富的灵魂，只在庸常平滑光逸的路径随波逐流，他可能会相信假大空的东西，易于为专制所用。人可以简单，但又不能仅仅简单。

[①] 福科为米歇尔·福柯（Michel Foucault）的早期中文译名。——本书编者注

尤其对精神探险者来说，只满足于简单，就不能完成对准确性阐释的使命。引入性态分析的维度，是对国家政治伦理的一种警惕。在宽泛中被灌输的，都是抽象、拔高、大而化之的东西，它无法落实到细节，具体的人与事，比如具体的性别之爱与冲突、隐瞒与歉疚、不安与忏悔，等等。活跃的灵魂为挣脱整体性桎梏而抵达个人掌控、个人负责的境地。

我从福科那里得到启示，但他的确是个有争议的人，无论生前或死后。他超常态的生存方式让人瞠目结舌，一片惊骇。如果谈到欲望、快感、色情质，人们马上会反驳，这太渺小，太轻浅，太微不足道了，也太自我太享乐人生了。这是一连串不屑的眼神和睥睨。人们振振有词地问：众生、他者、民族，以及血渍、苦痛、受难那意义担当的事业谁来进行？

是这样的，一想到凝重如铅的字眼，马上脊骨发凉，周身腾起崇高神圣感，马上会鄙弃自己原来喜欢的美服佳肴、华屋靓景，开始讨嫌起自己的浅薄。可是且慢，事情该如何看，又有一番说辞。

苦难是什么？是个体生命遭遇的不幸、不测。如果是天灾，那是天要收人，一点儿办法也没有；如果是人祸呢？是握有权力者漠视生命、反人道而造成民众的不幸，这一切必须加以制止。民众是一个个具体的生命单元，不是群体统计的抽象数字。个体有自己的喜怒哀乐、疼痛冷暖；苦难的消除，正是让个体的生命有真实而不是虚幻的要求与尊严。

况且，苦难会过去，生命也会过去。我们只能对自己负责。

于是，延续这一思路，我在《谁能住进最后的宫殿》一文中，讨论的是历史决定论及其幻灭。

历史决定论，也就是中国人常讲的大同世界、乌托邦。

历史决定论告诉人们，人类有终极目标，有金碧辉煌的宫殿，人所做的一切努力都是为了能住进最后的宫殿。多少人被这个目标鼓舞，一代又一代，前仆后继。无数的流血、牺牲、悲剧都是可以忽略不计的，只为那个终极。可最后谁能住进去？不知道。

这个终极什么时间可以抵达？这简直比宗教神学关于千禧福年的许诺

还要漫长无望。宗教确定千年为限，到那时，人有获得精神救赎和肉体复活的可能。这终归是关乎自我的。而历史决定论关于幸福的许诺，则是无休止努力和无限等待。

可我这辈子只有一次，犹如一季的麦子。谁对我负责？

谁去问这些呢？历史决定论的吊诡，正是抹杀时间，对属己的个体生命忽略不计。如果想到我，就被认为是自私、利己的庸俗之人。人为那个虚妄，被煽动，被鼓舞，即使食不果腹、衣不蔽体，他的肺腑仍充溢着神圣与崇高。希望如此璀璨，即使我现在住着茅棚土屋，为的是有人能住进最后的宫殿。

这些问题，不仅吊诡，而且荒谬，它蒙蔽和欺骗了多少人。

我在《谁能以穷人的名义》一文中，讨论知识分子的认知限度。我写了政治经济学家哈耶克，写他在朝圣山为求真而做的缓慢艰辛的探求。知识分子往往在艺术幻觉和道德情绪中抨击市场以及自发经济秩序，但唯后者方可使人在一定程度上摆脱奴役。理智的声音总会遭遇无数粗暴的蹂躏，最后才能被人听进去。

《缓慢迈向公民之路》，试图对职业和阶层进行分析，区分臣民、人民和公民的不同概念。成为公民，要有对自我生命的掌握和担当，甚至他有充分选择生与死的权利。这是责任伦理的必然引入。

《寻找失踪者》一文，则是我对思想史轨迹的当下描述。

谁还会有求真的热情？当知识分子在做秀、渔利，通过"知识分子"这一称谓获得社会地位、相关利益和话语霸权时，其精神和思想怎能生长起来？占据某种人文学科领域位置的人，没有经过严格的精神训练形式，他并不知思为何物。那些精明机巧的人，看不起那将自己放在绝对孤独中的思者，他们说，你看那人，将自己弄得如此残破凋损，值得吗？可一个民族中，得有听从天命安排、将精神事务担在肩上的人。这人，甚至并不怀有崇高感，他只是陷入无边的寂寥中，并在寂寥中追问，陪伴自己的只有风。一旦追问，就知自己作为有限性时间之人的缺欠和匮乏，同时会洞见自己身上隐伏的无知、偏仄，甚至无耻。面孔苍白、忧患不已的追问者，其精神训练的日日夜夜就是这样展开的。从此，这人将带着真实和诚实上路。学会追问的途中，思想资源或许来自外部，但更多的是从内部寻找。自我的局限，与人类的共性连在一起，从此他不再仅仅批判别人，而是批判自己。从此，这个人，不会再去喋喋不休显摆什么了。

开始翻阅自己的笔记时，觉得只要想好题目和提纲，我应该有能力将它串起来。但我给自己又提出更高一些的要求，即不仅要能达意，而且要有语言的质地和美感。书写既不能理屈词穷，又不能陈词滥调。

语言从来不单纯只是语言，它是对世道人心的发现与描述。我想，自由主义在文学的领域总显得没甚优势，觉得比不上以往的意识形态宣传，是因为后者的语言总显得斐烨闪光。重在宣传，就要考虑耀眼的芒亮。这种高蹈的语言游戏，却也蒙蔽了不少人。

但是，自由主义的主张如果不忽略人心，对人性深处有所触及，是完全可以把文字写得生动漂亮的。我在每一篇文章的撰写中，都努力让语言不枯燥不陈旧，让它尽量富于自身本该具备的美学蕴藉。

给《花城》开专栏的六篇文章连同我2006年以前写的另外三篇：《逃离幸福》，讨论19世纪俄罗斯知识分子命运的；《知识分子的鸦片》，涉及二战之后法国雷蒙·阿隆与萨特争论的；《隐喻与常识》，对两种空间做一区分的，我将这共计九篇文章整理成一本《寻找失踪者》的文集，2013年1月交由广西师大出版社范新编辑。他在最短的时间给了我回复，说放"新民说"。此书三个月以后就出版了。我算是比较幸运。

2006年就在专栏的写作中过着，这是我对以前札记和随笔的一次集中清理和结构。除此之外我一直在想，除了携带问题和思考，自己还面临如何将文章写得有意思，让人能够读下去的挑战。

五

开始写作较为系统的大散文，缘自一个契机。

记得2008年的时候,我给《钟山》杂志的贾梦玮主编寄过一篇散文《自由与美德》。文章写的是法国大革命时期的女杰斯达尔夫人与自由主义哲学家贡斯当的感情。当然,其间自然穿插当时波谲云诡的历史风云。稿子寄走不久,梦玮来电告诉我说可以刊出,同时又对我说,从2009年始,可否在《钟山》开个专栏,每期一篇,一年六篇。专栏名字由我酌定,文章题目,写什么,怎么写,都随我,不给我设定框框,可以自在发挥。

他的这番话让我感到意外。《钟山》在业内名声很好,办刊思路先锋而稳健,撰稿者无论新人还是宿将,都不可小觑。我一向对自己信心不足,觉得我完全不谙潮流的写作,吃力不讨好的笨拙之举,跟不上形势。我愿意写下去,只是因为我喜欢。我选择西方的人与事来写,也是因为他们能让我有超拔感,那开放与凋谢的人生都像长了翅膀。但这种写作,得遇上欣赏的刊物才会有可能发表。不承想《钟山》这么抬举我。

于是,我以"事物本身"为专栏名称,在三年多的时间,写下了一批我至今都感到是意外收获的文字。这一次,我全部采用散文笔法。我保留着我那种每篇文章总要有个相对主题,总要说个道理的习惯;但它和2006年为《花城》开的专栏,其写法已不大相同。

那次的写作还是较硬一些的笔法,概念、命名穿梭其间。那时,题目定下,要找到路径、方向感,然后再加感觉进去。一个人得像一个阵地指挥员那样,要有全盘筹划部署,借助大人物和大书给我的胆量,层层推进,然后在其中写下我的心得,贩卖我的私货。不这样,只是一个人的自言自语,谁有耐心听你啰嗦?

这次开专栏,因为不设限定,我无形中遵循了德里达"文本欢悦"的主张,也让自己找到有趣、过瘾、恣意的释放。

既然有机会给《钟山》开专栏,我在思忖该如何确定这些散文的形式感。首先我想其体量不能过小。短小的文章,的确可以很快写完,也会有完成以后的轻松,但我不大喜欢写短文,短文满足不了我一旦展开就开始澎湃的思绪。另外,以"事物本身"为旨趣,每篇得有暗藏的问题。即使学理性不是很强，但这是对自己心智的全面测验和衡量，并需要较为系统、完整、清晰的阐释、描述和叙述。

接下来我在想，问题该如何展开？

问题不能空洞，否则让人读之哈欠连天。现在人们已经很不喜欢看一味掉书袋子的文章了。那么，我希望把问题和写人物结合起来。人物可以承载我各种各样的问题与困惑。这些人物，都是我挑选出来，与我肌肤相亲的人。

于是，人物纷纷到场了：里尔克、罗丹、斯达尔夫人、汉娜·阿伦特、海德格尔、卢森堡夫人、伍尔芙、范尼莎、莎乐美，以及文学作品中的索菲、女历史学家和渔夫等西方人物；还有晏阳初、卢作孚、凌叔华、陈西滢等，以及淘金的招远汉子和俄裔女子莲娜，等等，他们带着不同的表情和命运，登上了我为他们安排的舞台。

我比较喜欢在散文中写人物。功利一些地说，写人物，可以让我的札记有个归拢的地方。我会不时翻出以前的纸片，分分类，看归到哪一篇文章里比较合适。我不忍撕掉这些纸片。想当初，这都是一个人躲在屋里，头不梳，脸不洗，就在那里苦苦久等沤出来的心血，记下的都是当时的真实想法，这是笨人的活儿。翻看这些，让我愈发有一种紧迫感。我不可以再大水漫灌，不加节制地胡思乱想，然后记下这些纷乱的念头了，我应该逐渐入文。可我何时能够清理完毕？我想到了萌萌。她57岁去世，身后留下一摞摞笔记本，许多札记未及清理完成。思想类文字，对人的要求条件过于苛刻，不能幼稚，要有成熟练达的思考、气贯长虹的元气、合适的题目，总之，在气血两旺的身体支撑下，才可以钩沉打捞出散在深井的语言介质。

写人物的好处是，人物总能代我发言，有各种议论和活思想，高的低的，阴暗的或明亮的。这带有人物命运的叙事性作品，相对思想类文字来说可以在一定时间内完成。

我喜欢写人物，贴着人物，替他们再活一遍。他们当初有怎样的心理活动和临境性，我感同身受。我写里尔克，那如仙鹤般的清虚飘逸，是站在山冈上歌唱女神的祭司；而罗丹，如黑熊一般奔趔在不羁的原野，用抚摸开启地狱和天堂之门。他们的悲剧性神学和欲望化诗学，属于语言与艺术发生范畴。凡创造出来的，都经由血渍，而归于真理。

我写伍尔芙，这个冰清玉洁如百合般的女人，却是看透历史的真相。马丁太太在男人上战场的时候，翻晒燕麦，照料儿女，采摘苹果，核对账簿。男人仰天长啸死于战场。谁创造和延续历史，让种族在绵延中不至中断？正是女人。这是新的引人沉思的历史观。而她的姐姐范尼莎，大气而妥协。她不命令，也不绝对服从，她从来对命运说着宽慰的道理。日子没有对错，只有平静。

我写第二共产国际的女性政治思想家罗莎·卢森堡。她早已洞见执政者的偏颇。她全面思考革命、激进的误区，却又情牵受苦的人。这如鹰般的身姿，在永恒的辽远苍穹闪烁。

我借法国一部小说《心航》，借女历史学家和渔夫30年相爱相依的故事，写出深度女权的意思：能量、心智、审美，才是女性争取自由权力的箴言。

我写晏阳初，那个在20世纪二三十年代就致力于中国乡村改革的杰出知识分子；我写凌叔华，写乱世中的离歌，她隐秘的生命悸动与不可知此生的冲突与纠缠；我写东北漠河地区，当年胭脂沟带罪淘金的人，招远汉子与花蝴蝶般的女人，他们这群原本被污辱与被损害者，却成为保卫祖国版图的最佳人选。

例子我就不再一一列举了。

六

写每一篇之前我心里都没底，不知写什么。可一旦开专栏，那是等米下锅的急慌事儿，耽搁不得。前期的构思最麻烦；一俟想清醒了，定下了题目和人物就好办多了。或者说，一篇文章只要开头二百字写得顺畅，接下来顺着人物的命运逻辑和线索就可以一路写下去。

一切在展开中。思想的路径，问题的有效性，历史与现实的某种契合，都在不期然中展开它自身的画面。写的时候，我的文笔仍有比较铺张繁缛的特点，这和我札记的归置有关。但在另一方面它也可以让文字不那么苍白简单。那不尽的层叠感，如不尽涟漪晃悠的心事和往事。

一切在展开中，你的积累，知识的、境界的，都会兜底托出。你有几斤几两，都是瞒不了人的。有时我不再想为难自己，遵循文本欢悦的方针，让自己笔致恣意汪肆。我发觉自己更擅长描述人的复杂心理。让笔放开。只要写进去了，就有好东西出来了。一定要有开阔而缜密的结构，让人有话可说，千万不能写空。

描述，再现人物的心理和场景。我不断提醒自己，我更要警惕自己不要伪叙事。我看到许多文字所写的故事情节与人物命运都是毫无价值的陈腐和倒退，这没有根基与骨架的文字，已是空耗；变成铅字传播，则是不善。若是揭穿这种伪叙事，将会端掉多少人的饭碗。而我，可以做的是"见贤思齐焉，见不贤而内自省也"。有心智的人，自然希望阅读有意味的文字。

我再一次问自己，我能将问题写得让人读下去吗？读不下去也是空耗性写作。

我在努力学习着跨越散文与其他文体的界限，学习着将戏剧的冲突性手法，将小说对人物和细节情节的在场描述，将诗的语言美质引入我的写作中。只是尝试着，努力着，不知做得效果如何。

我每写一篇文章，都像在攀爬一座山，疲累而无望，途中见到翠峦绵延云岫缭绕，却又不尽喜悦。

文类焦虑、文本策略和理论野心
——"在场主义散文"刍议

◎伍明春

"在场主义散文"是中国文学界值得关注的一个现象。"在场主义散文"由周闻道、周伦佑等人于2008年3月正式发起,发起者称之为"中国当代第一个自觉的散文写作流派",并郑重其事地发布《散文:在场主义宣言》。该宣言明确提出以"在场性"和"散文性"作为建立一个全新文类体系的两大指标,其中宣称:"'在场'就是去蔽,就是敞亮,就是本真;在场主义散文就是无遮蔽的散文,就是敞亮的散文,就是本真的散文"[①]。值得注意的是,该宣言的最后还颇具仪式感地署上了全体共18位在场主义同仁的姓名,分别为:周闻道、马叙、风吹阑叶、朴素、李云、米奇诺娃、杨沐、宋奔、张生全、张利文、沈荣均、周强、郑小琼、赵瑜、唐朝晖、黄海、傅菲、周伦佑。这些同仁中,有知名作家,更多的是不知名的作者,是共同的创作理念让他们走在一起,构成某种话语同盟关系。而出版于2008年的《从天空打开缺口》一书,副标题为"在场主义散文·开端卷",收录了《散文:在场主义宣言》、各位同仁的散文作品,以及周伦佑的长篇论文《散文观念:推倒或重建》等文。2010年,一年一度的"在场主义

---

① 《散文:在场主义宣言》,载周闻道主编:《从天空打开缺口:在场主义散文·开端卷》,广州:花城出版社,2008年,第4页。

散文奖"设立,迄今为止已举办了六届评奖活动,推出了一批数量颇为可观的获奖作品。通过获奖作品的结集出版、评论,以及媒体报道等相关活动,"在场主义散文奖"为张扬"在场主义散文"写作理念和彰显话语影响力,起到了一种推动作用。

一

散文作为一个独立的文类,和小说、诗歌、戏剧等文类相提并论,可以说是二十世纪中国文学的一个独特现象。在现代西方文学史的叙述体系中,散文往往很难获得比肩小说、诗歌、戏剧等文类的地位。二十世纪三十年代中期,赵家璧主编的旨在盘点新文学运动第一个十年理论和创作实绩的十卷本《中国新文学大系》[①],其中第六卷和第七卷为散文作品集,分别由周作人和郁达夫编选。在该大系收录的各种文类作品中,散文作品所占的比重仅次于小说作品(共三卷)。由此不难看出散文写作在当时的分量之重。不过,纵观"五四"以降的中国现代文学庞杂版图,与小说、诗歌、戏剧等文类相比,散文尽管从一开始就得到鲁迅、周作人、胡适、林语堂、许地山、郁达夫、徐志摩、朱自清、冰心、梁实秋等文学大家的垂青,却在后来的历史行程中总是处于某种边缘化的位置,终究难免"妾身不明"的窘迫感和失落感。尤其是随着中国现代文学的发展和演进,当其他文类都不断地在各种流派、运动中推出各自的代表性作家和优秀文本,现代汉语散文所遭遇的这种窘迫感和失落感就愈发突出,进而郁结成一种关于文类自身处境的深层焦虑。"在场主义散文"的流派倡议及其相关活动,自然可以看作是这种文类焦虑在二十一世纪的最新表现。

"在场主义散文"倡导者们最主要的诉求,就是强调散文作为一个文

---

① 该大系包括《建设理论集》《文学论争集》《小说一集》《小说二集》《小说三集》《散文一集》《散文二集》《诗集》《戏剧集》《史料·索引》,共计十卷,由上海良友图书印刷公司于1935年至1936年间出版。

类的独立性和自主性,他们不无悲壮地宣告:"我们还散文以自由,散文因我们而正名。通过我们,中国白话散文将第一次真正站起来,成为与诗歌、小说、戏剧平行的,平等的,文脉谱系清楚的,本质特性鲜明的写作文体。"① 现代汉语散文的文类独立性的寻求与确立、历史谱系的梳理与建构、文类内部特征的概括与凸显等议题,在这里被系统地提出来,成为"在场主义散文"倡导者们纾解文类焦虑的逻辑起点。从这个逻辑起点出发,"在场主义散文"倡导者们的当务之急是要勘测、厘清散文的文类边界,并且以优秀的文本在这个边界内建立坚实的话语据点。

对于上述议题的思考,周作人早在二十世纪三十年代中期就有所涉及。他曾以"新散文"一词来命名"五四"时期的白话散文,梳理了其复杂的历史渊源:"我相信新散文的发达成功有两重的因缘,一是外援,一是内应。外援即是西洋的科学哲学与文学上的新思想之影响,内应即是历史的言志派文艺运动之复兴。假如没有历史的基础这成功不会这样容易,但假如没有外来思想的加入,即使成功了也没有新生命,不会站得住。"② 不同于胡适、陈独秀等人极力割裂中国古典文学和新文学之间的关联的论述方式,周作人认为现代汉语散文的动力来源既有横向的西方因素,也有纵向的古典元素,正是二者的化合推动了现代汉语散文写作的发展。周氏这里所谓的"新散文",可以看作是与一般读者更为熟悉的"新诗"对举的一个命名,与此前他提出的"美文"一词也遥相呼应,都在为现代汉语散文寻求作为一个独立文类的合法性。这个命名一方面反映了周作人对于散文这一文类在新文学整体结构中所占据位置的重视,另一方面也显示了他对散文文类的现代内涵的某种独到理解。显然,由于受到历史语境的局限,周作人在当时还无法为现代汉语散文寻求文类独立性的相关议题提供一个切实有效的解决方案。从这个角度看,"在场主义散文"的倡导,可以说是对周作人

---

① 《散文:在场主义宣言》,载周闻道主编:《从天空打开缺口:在场主义散文·开端卷》,广州:花城出版社,2008年,第8页。
② 周作人:《〈中国新文学大系·散文一集〉导言》,载周作人编选:《中国新文学大系·散文一集》,上海:上海文艺出版社,2003年,第10页。

未竟事业的一种对接。只不过由于历史语境的变迁和文类实践日益丰富多元的变化，这种对接具有一种超越性。

作为关键词的"在场"和"介入"，都是借鉴自西方现代哲学理论的概念，被"在场主义散文"写作者奉为一种重要的话语策略："在场主义主张'面向事物本身'，强调经验的直接性、无遮蔽性和敞开性。认为散文写作'在场'的唯一路径是介入，介入就是'去蔽'、'揭示'和'展现'"，具体而言，"介入当下现实，就是消除散文写作与现实的隔膜，去除那些自称为真理的谎言对当下现实'真实'与'真相'的遮蔽，使散文之笔直接进入事物的内部，与世界的原初经验接触，并通过本真语言呈现出来。"[①]就散文创作理念而言，这些观点无疑是一个颇值得注意的新提法，问题在于这种理念是不是散文文类所独有的，或者说散文写作在贯彻这种理念时具有自身独特的文类优势，这些问题本应细加辨析，可惜的是宣言作者在这里却语焉不详。

与"在场性""介入"相呼应，"在场主义散文"倡导者还特意强调了"散文性"这一概念："散文的唯一性或散文的纯粹性，是散文之所以是散文，并以此区别于其他文学类型的本质性特征。"[②]这里所谓的"本质性特征"，在"在场主义散文"倡导者看来，具体包括"非主题性""非完整性""非结构性""非体制性"四个方面，它们的意涵分别指向"随意性""散漫性""发散性""自由表达意向"。彰显散文文类独立性的诉求在这里得到鲜明的表达，不过其有效性却值得商榷。首先，这四个特征之间的内在逻辑关系显得混乱，缺乏必要的自洽性；其次，这些特征并非完全是散文文类特有的，因此缺乏足够的说服力。

毋庸置疑，"在场主义散文"倡导者对于现代汉语散文的文类焦虑的认识是较为深刻和全面的，但他们为此提出的理念设计显得仓促、空疏，

---

① 《散文：在场主义宣言》，载周闻道主编：《从天空打开缺口：在场主义散文·开端卷》，广州：花城出版社，2008年，第6—7页。
② 《散文：在场主义宣言》，载周闻道主编：《从天空打开缺口：在场主义散文·开端卷》，广州：花城出版社，2008年，第5页。

缺乏现实针对性。事实上,要真正消除这种文类的焦虑感,创作出一批艺术风格丰富多样、艺术水准高的散文作品才是最有效的方式。

二

在文本策略上,"在场主义散文"并不仅仅依靠同仁的写作来生产文本,而是试图通过"在场主义散文奖"的评选来不断寻求更多优秀散文文本的支持。经过数年的运作之后,王鼎钧、齐邦媛、龙应台、张承志、阎连科、贾平凹、高尔泰、邵燕祥、舒婷、阿来、毕飞宇、刘醒龙、筱敏、章诒和、刘亮程、鲍尔吉·原野、冯秋子、周晓枫等一大批著名作家的散文作品,都被纳入"在场主义散文"的叙述大框架之内。此举的积极效应,是极大地扩大了"在场主义散文"的影响力,其消极方面的影响则是遮蔽、压抑了真正践行"在场主义散文"理念的作者的创作。尤其是当后面几届的评奖把各类文章都往"在场主义散文"这个框子里装时,"在场主义散文"当初一直强调的流派理念显然就被大大地淡化了。譬如,关于金雁获奖作品《倒转"红轮":俄国知识分子的心路回溯》(以下简称《倒转"红轮"》)的不同看法,正是对这一问题的一种反映。

南帆在谈及"在场主义散文奖"获奖作品《倒转"红轮"》一书时,曾颇为含蓄地表达了他的某种疑惑:"2013年举行了在场主义散文评奖,金雁《倒转"红轮":俄国知识分子的心路回溯》一书成为终评的候选作品。我的心目中,这是一本思想史著作,学术质量是这本著作赢得各种评价的依据。因此,《倒转"红轮"》与诸多散文作品同台竞技是否合适?"基于这种疑惑,他进而提出一个问题:"表述思想的时候,散文与科学论文——当然包括各种学术著作——之间是否存在重大差异?"[①]南帆此问的潜台词,显然是他对于散文作为一种文类的独立性和艺术性的特别关注。换言之,南帆并不反对散文表述思想,他关心的是散文如何以自己独特的

---

① 南帆:《巨大的文体空间》,载周闻道主编:《颠覆城堡·理论卷》,广州:广东人民出版社,2014年,第295页。

方式去表述思想，即如何划定它的文类边界以及怎样坚守它的文学性。曾担任"在场主义散文奖"评委的丁帆却对《倒转"红轮"》做了这样的评价："虽然它的散文性可能弱了点，但它的历史价值、更高层次的文学价值，完全可以弥补所短。况且，那种春秋史笔的文字本身就是充满着文学性的，人们在其中得到的阅读快感，远远大于精致的技术性美文，足以让我们进行灵魂的拷问！它对我们无视历史的文学价值观念进行了彻底的颠覆。"①显然，丁帆激赏的是《倒转"红轮"》的思想价值和当下启示意义，而非它的文学价值。南帆与丁帆从不同的观察角度出发，得出了不同的观点。

对作品的"介入"力度和思想价值的重视，也充分体现在高尔泰的《寻找家园》、资中筠的《不尽之思》、章诒和的《伶人往事》、林贤治的《旷代的忧伤》等作品的获奖上。评委会为《伶人往事》撰写的授奖词这样写道："作品文字诗意辞达，在尖锐愤懑中，又不失优柔善意，展现了作者强大的历史洞察力、语言表现力和积极介入姿态。这是一部关于现代京剧史、社会人文史，以及思想政治史的切肤记忆，是在场批判的范例。"②在这里，评委会用了两个"在场主义散文"的关键词"在场"和"介入"来评价章诒和的作品，可见对该作品的高度肯定。而高尔泰的获奖答谢词则以一位美学家的口吻，阐述了他关于"在场主义"的思考："'在场'而成为'主义'，是一种开放的美学，一种创造性的、拓展思维空间和精神维度的导航。这个'在场'之'场'，不仅是力学的、语义的，也是行动的。它把写作视为参与，视为从时代的重心吸取能源。"③这些富有见地的观点，显然值得"在场主义散文"倡导者们细加咀嚼和吸收。

此外，台湾作家王鼎钧的《王鼎钧回忆录四部曲》、齐邦媛的《巨流河》、龙应台的《目送》等作品的获奖，带有某种"追认"的意味，因为

---

① 丁帆：《在场主义的批判精神引导文学走向》，《文学报》2015年10月29日。
② 《〈伶人往事〉授奖词》，载周闻道主编：《家园志·作品卷》，广州：广东人民出版社，2014年，第182页。
③ 高尔泰：《答谢词》，载周闻道主编：《家园志·作品卷》，广州：广东人民出版社，2014年，第5页。

这些作品的写作甚至出版，都在"在场主义散文"出现之前。这种"追认"，无疑有力地拓展了"在场主义散文"的文本视野和话语空间，体现了对于现代汉语散文写作的整体性观照。这种整体性，我们可以在王鼎钧的获奖答谢词里读到一种生动的描述："我看到'在场'两个字很受震撼，我们都是见过大场面的人，当时是不幸在场，后来是幸而在场，文学把我们由不幸转为大幸。我们本是天南地北，两世为人，'在场'这个新鲜的名称，把我们的神经血管连接起来，彼此好像听见对方的呼吸。"①王鼎钧在这里对"在场"一词所做的巧妙回应，既道出了他丰富的人生阅历对其文学创作的滋养，也揭示了两岸文学发展的内在语言血脉的关联。尽管两岸分治多年，文学发展的路径也有分歧，但殊途同归，尤其是进入二十一世纪之后，互联网的不断发展大大消除了以往各种人为的区隔，当下汉语文学的一体化趋势也日益突出。"在场主义散文"的这一策略可谓顺势而为，取得了可观的效果。

当代实力作家频频获奖，自然也为"在场主义散文"提供了不少优秀文本。譬如，阎连科的散文集《北京：最后的纪念——我和711号园》曾获得第四届在场主义散文奖的提名奖，他在获奖答谢词里这样写道："《北京：最后的纪念——我和711号园》，写了失去的花草、树木、昆虫、动物、鸟雀、白云和水流，还写了作家'在场'时，面对现实和权力的软弱与逃避，以及软弱与逃避中的无奈和无处之逃遁。"②这里不仅是作者关于自身散文写作的反思，也是对当下汉语散文写作问题的洞察，为"在场主义散文"的写作实践和理论思考提供了丰富的启示。

不过，需要指出的是，有些名作家的获奖作品乏善可陈，对于"在场主义散文"而言，可能造成某种负面效应。比如，笔者注意到，第六届"在场主义散文奖"单篇奖的获奖作品包括贾平凹的《〈老生〉后记》。事实上，

---

① 王鼎钧：《答谢词》，载周闻道主编：《个人史·作品卷》，广州：广东人民出版社，2014年，第5页。
② 阎连科：《答谢词》，载周闻道主编：《家园志·作品卷》，广州：广东人民出版社，2014年，第251页。

该文的主要内容是叙述作者创作长篇小说《老生》的心路历程，可以说是小说创作的一个"副产品"，自然无法体现贾平凹散文写作的真实水准，也很难说呼应了"在场主义散文"的写作理念，因此，把奖项颁给该文的做法，难免让人产生某种"傍名人"的观感。这种做法显然需要引起必要的反思。

三

"在场主义散文"之所以自称为一个流派，很重要的一个原因，就是倡导者们一开始就旗帜鲜明地提出了自己关于散文文类特征的理论主张。作为"在场主义散文"御用理论家的周伦佑发表了洋洋数万言的长篇论文《散文观念：推倒或重建》，而《散文：在场主义宣言》的主体内容基本来自周伦佑的这篇论文，这些文字正显示了"在场主义散文"倡导者们的理论野心。

周伦佑的《散文观念：推倒或重建》一文包括"散文的幼稚病""中国散文知识谱系考察""推倒'先秦散文'说""推倒'广义散文'说""散文性——发现与说出""散文精神的自由向度""审美现代性与当代散文的文体变构"共七个章节，作者先对散文的幼稚病、既有的中国散文知识谱系、"先秦散文"和"广义散文"概念等进行了彻底的清算，进而从"散文性""散文精神的自由向度""审美现代性"等角度切入，试图重建散文文类的话语边界和精神场域。作者在该文的结尾部分得出这样的结论："'散文性'概念的提出，对散文这一独有文体本质特性的最终确认；以及以此为尺度，对中国散文历史所进行的价值清理：推倒'先秦散文'说，推倒'"古文"即等于"古代散文"'说，推倒'广义散文'说；一个全新的散文观念系统的建立——这一切，不仅将彻底改写中国散文史，也将彻底改写中国三千年文学史和文化史！"[①] 这种不无夸饰色彩的论述语言虽多有值得商榷的逻辑漏洞，但其中体现的重申散文文类独立性的开阔视野和理论抱负，值得

---

① 周伦佑：《散文观念：推倒或重建》，载周闻道主编：《从天空打开缺口：在场主义散文·开端卷》，广州：花城出版社，2008年，第271页。

我们读者报以敬意。

当然也有不少论者对周伦佑的这篇文章持不同意见。最具代表性的是散文研究学者陈剑晖，他专门撰写了《巴比伦塔与散文的推倒重建——驳周伦佑的〈散文观念：推倒或重建〉》一文，逐条驳斥周文的主要论点，最后得出的是一个否定性的结论："他们的立足点并不是为了提振推动当代散文，而是为了在散文界搞一场'地震'。他们的论证看起来很'学术'，却没有学术的真诚和学理性；他们野心勃勃地想'推倒'后'重建'，但事实上他们没有推倒要推倒的，也没有建立所要建立的。"① 在该文中，作者以一种学院立场来展开对周伦佑文章的批判，自然颇有斩获。对此，周伦佑的反应显得颇为激烈，他以《在混乱中重建散文价值尺度——回答陈剑晖对〈散文观念：推倒或重建〉的批评》② 一文反驳陈剑晖的文章。而杜光霞的《散文的"身份焦虑"及文体界限——重谈关于〈散文观念：推倒或重建〉的争议》一文，则对陈、周二人的文章各打五十大板，认为应该警惕学术之外的意气之争，"回到散文的问题，回到这一争议真正涉及的思考那里去展开我们自己的思索，寻找我们自己的方向"③。就整体而言，这场争论话语尽管不乏尖锐的措辞和犀利的观点，但基本上还控制在学理范围之内。因此，这样的争论话语的效应主要还是正面的。

与上述争论相呼应，一些学者对"在场主义散文"提供了某种正面的理论支持。这种支持既丰富了"在场主义散文"的理论话语，也为"在场主义散文"的写作提供了某种参照。著名理论家孙绍振也曾担任"在场主义散文奖"的评委，对"在场主义散文"是充满期待的，他甚至把"在场主义散文"的出现，称为"二十一世纪开端散文发展中的一个重大事件"，

---

① 陈剑晖：《巴比伦塔与散文的推倒重建——驳周伦佑的〈散文观念：推倒或重建〉》，《文艺争鸣》2009年第6期。
② 周伦佑、杜光霞：《在混乱中重建散文价值尺度——回答陈剑晖对〈散文观念：推倒或重建〉的批评》》，《文艺争鸣》2010年第7期。
③ 杜光霞：《散文的"身份焦虑"及文体界限——重谈关于〈散文观念：推倒或重建〉的争议》，载周闻道主编：《颠覆城堡·理论卷》，广州：广东人民出版社，第297页。

"二十世纪初新文化运动以来,白话散文在经历了近一个世纪的探索、沉寂、对撞生成和嬗变的结果"。在他看来,"在场主义散文"在"流派觉醒"、"散文性确立"和"呈现式表达"三个方面为现代汉语散文话语空间的扩张开辟了新路径,因而"较为全面地体现了审美、审'丑'和审智的融合"[①]。孙氏在这里的论述一方面对接了他近年关于现代汉语散文相关问题的学术思考,另一方面又把"在场主义散文"置于现代汉语散文百年发展史的最前端,既体现了一种宏阔的历史视野,也深刻揭示了散文文类的内部问题。这样的论述无疑丰富了"在场主义散文"的理论内涵。

同样担任"在场主义散文奖"评委的学者范培松曾结合他对历届获奖作品的观察,从一个专业研究者的角度向"在场主义散文"的倡导者们发出了这样的警告:"虽然在场主义散文有明确的理论主张,但是实际的评奖结果对其理论似乎体现得不够鲜明;没有理论的自觉和'在场主义'的标尺限制,当年有影响有特色的散文作品都在其列,在场主义散文的印记不鲜明,和其他散文难以区别开来,在场主义散文评奖就可能渐渐蜕变成一般意义的散文评奖。……在我看来,一种文学创作流派的形成必须有三个条件和因素:一是要有鲜明的理论主张,二是要有领衔的作家,三是要有优秀的代表作品。以这三个条件来衡量,在场主义散文的流派形成还有很艰巨的工作要做。"[②]这样的警告是切中肯綮的,应该引起"在场主义散文"倡导者们的重视。

总之,经过十余年的努力,"在场主义散文"从写作实践和理论探索两个方面为现代汉语散文寻求文类独立性和自觉性提供了值得关注的成果和不小的动力,但与此同时也暴露出自身的一些问题,譬如理论主张和创作实践之间的脱节、具有鲜明流派特征的代表性文本付诸阙如、培养年轻作者的力度不够等。我们期待着这些问题能够在"在场主义散文"未来的发展过程中逐步得到解决。大而言之,现代汉语散文作为一个独立文类的

---

① 孙绍振:《在场主义与世纪视野中的当代散文》,载周闻道主编:《颠覆城堡·理论卷》,广州:广东人民出版社,2014年,第144—146页。
② 范培松:《在场主义散文面临的三个理论问题》,载周闻道主编:《颠覆城堡·理论卷》,广州:广东人民出版社,2014年,第150—151页。

发展，还有不少外部问题和内部问题需要梳理和审视，甚至可能还需要几代作者为之付出巨大的心力，自然远非单凭"在场主义散文"一方力量能够完成。不过，"在场主义散文"的话语实践，已然为现代汉语散文未来寻求更大的文类发展空间和更多的艺术可能性，提供了一个可贵的样本。

关键词 侦探叙事

侦探叙事：成为严肃文学资源的可能

吴义勤　陈培浩

人们一般将侦探小说视为一种类型小说，但这种小说类型又常跟严肃文学存在着复杂的勾连。被尊为"为作家写作的作家"的博尔赫斯的不少作品都有着鲜明的侦探框架，他也公开疾呼"应当捍卫侦探小说"。对中国当代文学而言，侦探叙事在其间扮演着十分显眼的角色。马原、格非、北村、叶兆言、麦家、须一瓜、田耳、阿乙、李宏伟等作家的很多重要作品中都融入了侦探叙事的经验，就是人们一般认为跟侦探叙事关系不大的金庸、三毛、王安忆，也毫不讳言自己对阿加莎·克里斯蒂的热爱。

现代人为什么热爱侦探小说？王安忆在《华丽家族：阿加莎·克里斯蒂的世界》一文中说："阿加莎·克里斯蒂的小说，很像是一种成人的童话，我想，孩子们所以能被童话吸引，是因为他们有足够的想象力，相信那些精灵是真实存在的。而成人在阅历中储备起的知识和认识，占去想象的空间，排除了信赖的条件，于是，精灵退出成人世界。可是，就像一种进化不完全的遗症，成人依然保留有对不寻常事件的好奇心。"这里从心理学角度解释成人读者对侦探小说的迷恋。人类在世界行走终究无法离开故事的拐杖，成年人在丧失了童真想象力之后，只有侦探故事所依赖的迷宫想象力能呼应他在社会化过程中建立的逻辑强迫症。童话中一个目标的实现并不依赖逻辑，而依赖奇遇、幻术和从天而降的救星等；成年人无法再认同童话，就是因为童话里没有现实所需要的逻辑。热爱侦探故事的人们，他们通过侦探故事进入一个跌宕起伏、险象环生的悬念世界，又在比现实复杂十倍以上的犯罪迷宫中涉险过关以确认一种智力优越感。这大概是侦探小说长期作为全球最畅销类型小说的心理学基础。

还有更宏大的解释。本期参与讨论的青年评论家徐兆正援引了博尔赫斯和张柠的精辟论述：博尔赫斯认为侦探小说"正在一个杂乱无章的时代里拯救秩序"，而张柠则指出"现代侦探小说，是现代社会的一个隐喻。陌生人世界的侦探，要寻找和捕获的不是一张完整的面孔，而是要赋予这个零散化的社会一种新的整体性，一种与传统社会的连续性相反的连续性，或者说一种病态的连续性和整体性"。两个说法都触及了侦探小说与现代社会及其精神症候之间的内在关联，而徐兆正则干脆将对侦探精神的解释引申到卢卡奇那里去：生活在一个总体性丧失之后的时间里，现代世界"成了疑问重重的世界，成了一个需要将本质作为理想追寻、将生活转变为追寻本质的冒险才有可能救赎自身的世界"，而侦探小说便担当了"讲述疑问重重的现代世界"之重任，代表了在总体性丧失之后重建总体性的努力。这种对侦探小说进行的哲学阐释也算是存一家之言。

正因为侦探小说并非简单的消遣娱乐，因此，它也成为中国当代文学十分重要的资源。本期另一位参与讨论的青年评论家唐诗人便主要聚焦于侦探小说与中国当代文学的关系展开论述。重要的或许不仅在于他较深入地辨认了马原、格非、麦家等人作品中的侦探叙事，而是观照到了隐藏在后面的问题：侦探叙事何以能参与到中国先锋文学的塑造？一个简单的回答是：侦探小说的故事迷宫性与中国先锋文学对叙事迷宫性的追求存在某种同构性。更内在的回答或许是：无论是侦探叙事还是先锋文学，它们都是"疑问重重的现代世界"的某个文学镜像。

不过，并非所有的侦探小说都必然具有现代精神，很多侦探小说复杂的外观底下不过是复制的套路。严肃文学与类型文学的重要区别在于：严肃文学一定要有别于前人而有所新创，而类型文学则只需要掌握几个甚至一个配方就可以屡试不爽了。所以，我们更关注的其实是侦探叙事如何成为严肃文学的叙事资源。高雅文学／通俗文学的二元划分也不能绝对化，很多作品在历史的进程中由俗转雅；同时，太过"纯化"的高雅文学有时也需要通俗的异质元素来激活和更新。

当代叙事与侦探小说的结构

◎徐兆正

一、从侦探小说到硬汉派文学与迪伦马特

20世纪的美国侦探作家大概不会想到,在他们把雷蒙德·钱德勒当作楷模,努力让笔下的人物更富人情味,进而摆脱推理文学桎梏的同时,纯文学作家也开始借鉴侦探小说的结构。关于前一种情形,在《血腥的谋杀:西方侦探小说史》中,作者指明其背景是"一九二〇年禁酒令颁布以来美国社会中流氓兴起以及随之而来的公务员和警察腐败"。在当时的美国,传统的英国侦探形象不再受到欢迎,小说主人公摇身一变为随时要同暴力打交道的硬汉。他们不再戴高筒黑毡帽,也不持象征身份地位的手杖,石楠根烟斗被劣质辛辣的烟卷取代,无事还要来一杯威士忌解渴。形象的改变,既合乎下层读者对"真实"场景的需要,也合乎他们对"传奇"人物的迷恋——此乃对"真实"的反动。严格来说,这与爱伦·坡的初衷是相悖的,后者并不愿意侦探小说附丽现实主义,而希望它是幻想文学,有更大的想象空间,所以他才会让杜宾以法国人的身份出场。然而,20世纪20年代的美国毕竟和19世纪的情形不同。[①] 如果说这是诞生于19世纪

---

① 见博尔赫斯的口述文章《侦探小说》:"他本来可以把他的罪犯和侦探安排在纽约,但如此一来读者便会考虑事情是否真是这么发生的,纽约的警察是不是这样或那样的。让一切都发生在巴黎,发生在圣日耳曼区一个荒凉的市郊,这样就能使爱伦·坡的想象力更加宽广,构思起来更加游刃有余。因此,第一个虚构的侦探是外国人,文学史记录下(转下页)

关键词
侦探叙事

40年代的侦探小说在20世纪去类型化的第一步，那么硬汉派文学的奠基当属于第二步，它理应归功于达希尔·哈米特与雷蒙德·钱德勒两人的创作。诚如埃勒里·奎因所说："哈米特是现代侦探小说界最重要的原创者，是他首次给予了我们百分之百的美国本土侦探小说。"雷蒙德·钱德勒则是哈米特最重要的继承人。

硬汉派文学与传统侦探小说的差异，首先体现在主人公的形象塑造上。对于前一派作家来说，他们往往舍弃了第三人称的客观叙述，而径直迈向第一人称。因此，读者率先看到的不是可疑的蛛丝马迹，而是马洛等人的想法与命运。如此为之，即营造了一种历险而非单纯解密的气氛。这是成长小说的范式，而不是传统推理文学的结构。正因为此，主人公经常不像福尔摩斯那样理智。相比他们的头脑，他们可能更信赖自己的拳头，或并不减少对以暴制暴的确信；相比亚里士多德，他们也更喜欢柏格森，即使直觉总是将他们引向难堪的处境。第一位硬汉派侦探雷斯·威廉姆斯说："许多人都有他们的小嗜好。我喜欢在睡觉的时候手里拿着一把装了子弹

（接上页）的第一个侦探是法国人。为什么是法国人呢？因为作者是美国人，需要一个远处的人物。为了让人物显得更加怪异，安排他们生活在一个与人们熟知的情况不同的环境里。"（［阿根廷］豪尔赫·路易斯·博尔赫斯：《博尔赫斯全集·散文卷（下）》，黄志良、陈泉等译，杭州：浙江文艺出版社，1999年，第41—42页）在朱利安·西蒙斯《血腥的谋杀：西方侦探小说史》的《美国革命》一章，我们立刻就能看出两个时代读者的差异："早期的犯罪纸浆杂志出现在一次大战期间，它们枯燥乏味，使用传统的侦探人物以及大量英国元素，但很快就发生了改变，到二十年代中期，杂志的主角就变成了美国私人侦探。纸浆杂志迎合了大批读者的需要，他们识字但不懂文学，一方面迫切需要关于有着像影子侠和蜘蛛侠这样名字的传奇人物的故事，另一方面想看到有关他们熟知的环境中发生的真实的暴力事件的小说。这些犯罪小说以蓝领工人为主要读者。"（［英］朱利安·西蒙斯：《血腥的谋杀：西方侦探小说史》，崔萍、刘怡菲、刘臻译，北京：新星出版社，2011年，第130页）此外，博尔赫斯对于侦探小说在美国向硬汉风格转向（去推理化）的不满也是显而易见的，在那篇文章中他还谈到："如今，侦探小说这一体裁作品在美国的影响已一落千丈。侦探小说是一种反映现实、充满暴力，也包括性强暴的文学体裁。不管怎么讲，这一体裁已经消失，侦探小说原有的那种运用智慧的特色已被人遗忘。在英国这一特色却还保存着，那里还有人在写非常平静的小说，故事发生在一个英国小村庄里；那里一切都凭智力，一切都很宁静，没有暴力，没有大量流血。"（［阿根廷］豪尔赫·路易斯·博尔赫斯：《博尔赫斯全集·散文卷（下）》，黄志良、陈泉等译，杭州：浙江文艺出版社，1999年，第46页）

的枪。"这的确是实情。硬汉侦探的生存境遇并不十分理想,他们通常会被径直拉低到只剩下善与恶相交的地带,但也因此提升了小说的真实性。作家对叙事与故事的不同侧重,产生了硬汉派文学与传统侦探小说的第二重差异。前一派的特色正是允许不同读法,即重对话描写而轻逻辑推理,亦可令读者在领略弹无虚发的素描中一路读下来,虽然难免有买椟还珠之嫌。根据朱利安·西蒙斯的看法,"对黄金时代的作家来说,情节就是一切,文风往往可以由电脑代劳,而钱德勒认为'情节也许是个让人讨厌的东西,就算你擅长此道',但是'一个讨厌文风的作家对我来说根本不算是作家'。"质而言之,风格隶属于叙事学的问题,它在钱德勒那里就是毫不枯窘的对话,它塑造的是人物,而情节仅仅形成故事。硬汉派作家关心的是人心与境遇——对他们来说这才是世间的真相——而非传统推理文学力图侦破的谜底。①

有一个关于福克纳与钱德勒的笑话,很可说明这第二重差异对传统侦探小说结构的消解:福克纳在好莱坞期间,曾担任过钱德勒长篇小说《长眠不醒》的电影编剧工作,但他怎么也搞不清楚凶手到底是谁。为此福克纳打电话给作者,钱德勒的回答令人啼笑皆非:"我也不记得了,你们自己定吧。"这部电影(*The Big Sleep*,1946)上映时有福克纳的署名。又如同为硬汉派题材巅峰之作的《玻璃钥匙》与《漫长的告别》,令读者印象深刻之处均是小说背离侦探结构的地方。两本小说皆以男人间的情谊为主题,而其结尾的告别又一概写得滴水不漏。哈米特在《玻璃钥匙》中写

---

① 朱利安·西蒙斯在《血腥的谋杀:西方侦探小说史》中转引菲利普·凡·多伦·斯特恩的话:"今天对于侦探小说的主要需求不是诡计的创新而是方法的创新。整个流派都需要脱胎换骨,回归基本的法则,即谋杀必须涉及人类情感,必须严肃对待。侦探小说作家需要更多地关注生命而不是死亡——多考虑人类的思考、感觉和行为,少去考虑如何弄死他们。"([英]朱利安·西蒙斯:《血腥的谋杀:西方侦探小说史》,崔萍、刘怡菲、刘臻译,北京:新星出版社,2011年,第140页)又,止庵在《侦探小说的两派》中有云:"在《漫长的告别》这部钱德勒成就最高的作品中,马洛与其说在破案,不如说在延缓破案,因为对他来说,世界上显然有比破案更重要的东西。"(止庵:《侦探小说的两派》,《博览群书》2008年第7期)

的是情谊,他舍弃了任何想要打动读者的念头,小说最后博蒙特向前来挽留的马兹维的告别称得上决绝。他是一个对自己下手更狠的"混蛋",虽然也终究谈不上好坏;而在《漫长的告别》中,马洛与伦诺克斯在小说结尾的告别尤其动人。他们只能算作萍水相逢,可我们却能理解这种相遇,并且相信它是对自己存在于人间的证明。由是,对叙事、风格和人物的偏爱都将它引向纯文学的理想,而传统侦探文学中的"真相"也在此被重新定义。

当然,在形象与风格差异背后所显示的,或许是问题的关键。如果说硬汉派小说在某种程度上超出了类型文学的范围,那么也不止于它们在艺术性上完成得更好,还在于钱德勒或哈米特这些作家对传统侦探文学既定写法的细微修改。他们在认可规则的同时,也在破坏规则,或重新制定规则,等于是拓宽了类型文学的写法。如劳伦斯·布洛克的"雅贼系列",侦探的主业一概是贼,警察在前提以内同样收钱办事;《马耳他之鹰》中斯佩德的助手甫一出场即被干掉。进而言之,传统侦探文学固守的规则(如侦探必然不是凶手,不义总要付出代价)本质上正是西方思想史中理性传统的反映,诸如小说对秩序的念念不忘(在线索与真相之间有着内在联系,推理就是要让它们从分裂复归至统一的形态),总要在文本里结构出善恶且有其固然之指涉,它所承袭的乃是文艺复兴以来用理性之光祛除愚昧和黑暗的人文主义传统。因此,在硬汉派作家对理性规则有所踌躇与沉思的地方,他们的小说也在一步步地拓宽我们对于这个世界的理解。

然而,尽管两者有很大的差异,却并非是本质上的差异:规则并没有被这些写法上的修订摧毁。硬汉派文学仍然认可这些理性准则,他们也几乎不会僭越写法上的最低限度。事实上,上面的说法很容易再次让我们产生误解,而将写法的拓宽视为与对这个世界理解的拓宽之间的对等,很可能也不会得到硬汉派作家自身的认同。《血色收获》仅用三分之一的篇幅就完成破案,剩下的内容都是在讲侦探如何将罪恶之都掀翻。因此,本书所做的是一次反向突破，"罪恶必须得到惩罚"的理性信条也从未被贯彻得如此彻底。①哈米特会非常坚定地说："触犯法律的人迟早都要被逮捕，这点可能是对现有的神话最不构成挑战的地方。而且每一家侦探机构都堆积着大量悬案和罪犯未归案的档案。"而钱德勒的心中同样"对卑鄙和腐败产生强烈的愤慨，对暴力娱乐抱着严肃态度"。小说主人公在这里经常是作家情感介入的产物，而他们的暴力也因此是作家善恶观念的投射。钱德勒对哈米特的评价——"（他）把谋杀案还给了有杀人理由的人，不仅仅是提供一具尸体而已"——同样能够形容两人对侦探文学的真实功绩，那就是让人物变得可信，叙述更富有文学性而已。至于拓宽读者对于这个世界的理解，仅仅依靠写法上的修订是难以做到的。换句话说，如果没有作品背后支撑叙述的本体论的断裂，理性必胜的顽念便很难从文本中被真正驱逐。

迈克尔·康奈利曾经代表美国推理作家协会，编订过一本爱伦·坡的精选集《大师的背影》（*In the Shadow of the Master*），该书收入了包括《威廉·威尔逊》《厄舍府之倒塌》《瓦尔德马先生病例之真相》在内的十六篇爱伦·坡的小说，此外还收录了不同作家为故事撰写的导引。在为《泄密的心》撰写的导读《第一次》中，史蒂夫·汉密尔顿写道："这就是当一切没有'最终转向正义'时的本来面目。而且，坡并不仅仅是站在那个'黑暗的'世界之外往里看，他就在那个世界里面。"内在于这个"黑暗的"世界，看到的恐怕就不是井井有条或善恶分明的秩序。在惩恶扬善之外，尚有倒行逆施；在理性之外，还有非理性的颠倒。而切实令侦探文学看到这一点的，却是在形式与笔法上对其均加以戏仿的迪伦马特。在我看来，正是《法官

---

① 海尔曼·康特在比较了《诺言》和其他作品时说的话，正可用来形容哈米特作品中的偏执："我们的理智所照亮的只是世界的一个极微小的片面。在世界边缘的那些昏暗区域里潜藏着宇宙间全部的荒诞怪诞。我们把这些幽灵'拉入'自己的创作之内，虽然他们只存在于人类灵魂的外部，或者，更为糟糕的是：我们对于种种荒诞怪诞作为一种完全可以避免的错误予以考虑，便可能诱导我们以一种偏执的伦理方式去裁判世界，于是我们便着手进行尝试，试图造就一个正确无误的理性形象，而恰恰是这种正确无误的完美性使形象成为荒诞的谎言，成为作家极端盲目性的标志。"转引自张佩芬：《译者序》，载［瑞士］弗·迪伦马特：《迪伦马特小说集》，上海：上海译文出版社，1985年，第11页。

和他的刽子手》《诺言》这一类的作品才真正打破了侦探小说里善必定战胜恶的信仰。文学不一定就是对世界的模拟，它还应该抱着"单纯无知是一种精神失常"（格林）的戒律，成为对理性的冒犯，提醒读者秩序未必如他所想的那样具有反弹的自净机制（根本就不容许善的顽念来继续调和现实）。侦探文学背后的本体论，至于迪伦马特，方告断裂，这恰似他为《诺言》所拟的副标题：侦探小说的安魂曲。

二、讲述疑问重重的现代世界

侦探小说与当代叙事有什么联系？这是本文标题提出的问题。但在回答这个问题之前，让我们先来看两段引文。第一段来自《博尔赫斯口述》中的《侦探小说》一章，在那篇文章的结尾，博尔赫斯向侦探小说致以敬意：

> 最后，我们能对侦探体裁作品说些什么赞扬的话呢？有一点明确无误的情况值得指出：我们的文学在趋向混乱，……我们的文学在趋向取消人物，取消情节，一切都变得含糊不清。在我们这个混乱不堪的年代里，还有某些东西仍然默默地保持着经典著作的美德，那就是侦探小说；因为找不到一篇侦探小说是没头没脑，缺乏主要内容，没有结尾的。……我要说，应当捍卫本不需要捍卫的侦探小说（它已受到了某种冷落），因为这一文学体裁正在一个杂乱无章的时代里拯救秩序。这是一场考验，我们应当感激侦探小说，这一文学体裁是大可赞许的。[①]

这段话里有两个地方值得我们注意，首先是博尔赫斯对当代文学现况的描述，即文学"趋向混乱"，而混乱的标志是作者倾向于"取消人物，取消情节"，诚如威廉·巴勒斯在《裸体午餐》里显示的呓语，便根本取

---

① ［阿根廷］豪尔赫·路易斯·博尔赫斯：《博尔赫斯全集·散文卷（下）》，黄志良、陈泉等译，杭州：浙江文艺出版社，1999年，第46页。

消了任何完整叙述的可能，而代之以彻头彻尾的断裂：字义上的断裂、上下文的断裂、时空的断裂。读者只能大体了解作者身处的现实环境与精神状况，却无法理解作者究竟想要表达什么。某种程度上，博尔赫斯似乎是在响应卢卡奇对史诗年代（古希腊）与小说年代（现代资产阶级社会）的区分。无论是他所说的"混乱不堪的年代"，还是"杂乱无章的时代"，都明确无疑地指向了总体性丧失之后的时间。在卢卡奇看来，这种丧失一路延续到了现代资产阶级社会，而它的直接后果——沉思与行动的划分——对古希腊时期的人而言则是不可思议的：他们既不将心灵看作内在的宇宙，也不把行动作为触及他者的越界。换言之，由于古希腊人在"内"与"外"、心灵与世界之间的水乳交融，他们缺乏诸如主体强征客体、追寻生命本质的意识。也正因为此，那"刻画了广博的总体"的史诗在现代社会的不可能，对于"发明了精神的创造性"的现代人来说只是后知后觉的察明。他们认为"史诗世界回答的问题是：生活如何会变成本质的？"，可是这在史诗世界却并非问题所在，古希腊人根本不会提出高于生活的本质的问题。不会提出，是因为生活与本质在他们那里是同一的；而一旦这个问题被提出，仅仅表明了两者之间已然发生了不可弥合的断裂。现代人先是提出问题，随即便意识到提问的虚妄，亦即与古希腊人之不同：他们生活在一个总体性丧失之后的时间之中。唯独在这里，现代世界才成了疑问重重的世界，成了一个需要将本质作为理想追寻、将生活转变为追寻本质的冒险才有可能救赎自身的世界。

文学体裁意义上的流变——从史诗到小说——它所对应的是时代精神状况的更新，亦即个体心灵同外在世界日渐疏离的那个过程。这一过程在总体性丧失之后将自身展开为心灵对本质的追寻，因此"与其他[文学]类型在完成了的形式中静止着的存在相反，小说表现为某种形成着的东西，表现为一种过程"①。博尔赫斯的批评，指向的正是晚近以来的文学/过程

---

① [匈]卢卡奇：《小说理论：试从历史哲学论伟大史诗的诸形式》，燕宏远、李怀涛译，北京：商务印书馆，2018年，第64—65页。

的失序。根据卢卡奇的看法，作为心灵追寻本质过程的文学，"小说世界是由充满小说内容的过程之开端和结尾来规定的，小说的开端和结尾由此成为一条清楚测量过的道路在意义上被强调的里程碑"①。如果说开端是追寻本质的起始，结尾是在叙事的终点对本质的把握，那么在开端与结尾之间，无论是推动叙事的力量抑或阻碍叙事的因素，都理应同一个贯穿了过程的本质难题相联系，而就小说这种指向本质的不竭关切而论，它是那种只有在总体性丧失之后才会诞生的关乎总体性信念的文学，或者借用卢卡奇的那一著名说法："小说是上帝所遗弃的世界的史诗"②。精神的创造性是一个悖论，它既让上帝遗弃了这个世界，也为置身破碎宇宙的个体试图重建那个圆满的世界提供了可能；小说的诞生同样呈现为一个悖论，它既指向了填补心灵与世界之间鸿沟的伟大理想，这颗孤寂的心也注定永久地耽搁在"通向先验家园"的旅途上。这主要是因为总体性的丧失与精神的创造性在世界历史的序列中不可逆转，而一旦心灵寻回了它的本质，即使是一瞬间，也预示着小说历史使命的完成。从这一点来说，博尔赫斯对侦探小说的欣赏，也就因此落实到了在侦探小说内部延续的小说传统之上。他认为小说能够"在一个杂乱无章的时代里拯救秩序"，此处的秩序不宜从字面理解成为问题的现代世界的现实秩序，而毋宁视为小说效仿史诗对"生活如何会变成本质的？"这一问题的回答所做出的努力。在博尔赫斯眼中，那些伟大的小说作者，即令置身价值最为迷狂的混乱世界，也从未舍弃这一努力；而在此时此地，只有侦探小说保留了这种美德。

第二段引文来自张柠先生在爱伦·坡200周年诞辰时写的一篇评论，在这篇文章里，作者同样引述了上文那段话，但却由于引入了"熟人社会"与"陌生人社会"的概念，从而比博尔赫斯的分析走得更远：

---

① ［匈］卢卡奇：《小说理论：试从历史哲学论伟大史诗的诸形式》，燕宏远、李怀涛译，北京：商务印书馆，2018年，第72页。
② 在《小说理论：试从历史哲学论伟大史诗的诸形式》的另一处，卢卡奇认为，"小说创作就是把异质的和离散的一些成分奇特地融合成一种一再被宣布废除的有机关系。"同上，第75页。

面对案情，爱伦·坡小说中的巴黎警察常常是束手无策。因为警察大多都是一些传统的"现实主义者"，工作积极认真、刻苦耐劳，但缺乏想象力和心理分析能力。这种现实主义侦探技术，只对传统社会的熟人世界有效。他们总是想埋伏在疑犯回家的路上，直接将他们铐走。面对一个陌生的现代都市，罪犯除了留下一些痕迹之外，什么也没留下，谁也不认识他们。现代都市的侦探，从来也不指望通过面孔来破案。他们通过对杂乱无章、若隐若现的指纹、脚印、头发、血迹等人体衍生物的推理和想象来破案。只有"超现实"的想象，才能在杂乱无章的痕迹中寻找到想象性的关联。因此，现代侦探小说要破解的是一种心理秘密。这一点，在爱伦·坡著名的侦探小说《失窃的信》和《莫格街谋杀案》表现得最为明显。

现代侦探小说，是现代社会的一个隐喻。陌生人世界的侦探，要寻找和捕获的不是一张完整的面孔，而是要赋予这个零散化的社会一种新的整体性，一种与传统社会的连续性相反的连续性，或者说一种病态的连续性和整体性。这正是现代社会典型的心理镜像。真正的恐惧感，并不来自各种凶杀案件，而是来自一种互不相干的陌生性，一种漂泊的无着落感，一种强大的离心力。爱伦·坡没有用传统现实主义的道德完整性和历史整体性来满足读者，也没有用一种浪漫主义抒情的整体性来满足读者，而是用一种全新的叙述文体为现代侦探小说提供的叙事完整性来安抚读者，从而也创造了一种新的现代读者。因为即使是逆反的、病态的完整性，也比破碎不堪更让人心安。爱伦·坡的小说因此成了现代城市精神病理学的一个典型标本。①

在我看来，上文解释的是一个博尔赫斯未曾触及的领域。博尔赫斯仅

---

① 张柠：《贪婪世界里的现代孤儿——纪念爱伦·坡诞辰200周年》，《中国图书评论》2009年第12期。

仅指明了现代文学的失序以及侦探小说结构里对这一"秩序"的保存,但他并未解释侦探小说在文学史中的发生学问题。而在上文里,作者则引入"熟人世界"与"陌生人世界"这两个社会学概念,也就是在文学史的维度以外增添了一个现实的坐标系。在他看来,爱伦·坡小说中的巴黎警察都是只会埋伏在嫌犯回家路上的"现实主义者",因此他们也就代表了往往陷入镜子反映论泥潭的现实主义文学。两者指向的都是一个作为熟人世界的传统社会,现实主义文学与这个世界乃是同构的关系:熟人社会是没有秘密的,寄生其中的文学仅仅有习惯性的联想,它缺乏一种弥合断裂线索与真相之间的推理能力(推理的本质在于想象)。然而现代社会却是一个同传统社会出离与脱轨的陌生人世界,人们群居在一起,并非由于血缘关系。因此,正如按部就班的警察对留下一些杂乱无章的痕迹(甚至连犯罪现场都加以增饰和修改)的嫌犯无能为力一般,现实主义文学面对这样一个充满着秘密与疑问的世界同样束手无策。在卢卡奇对小说所下的另一个定义中,他称,"小说是内心自身价值的冒险活动形式;小说的内容是由此出发去认识自己的心灵故事,这种心灵去寻找冒险活动,借助冒险活动去经受考验,借此证明自己找到了自己的全部本质。"[1] 尽管这一定义侧重于个体的反躬自省,而未顾及社会的具体转型,不过,他所把握的"冒险"精神,恰恰呼应了在19世纪的欧洲随着城市兴起而萌生的时代精神——这里的冒险指涉的是类如波德莱尔所说的城市漫游者所听、所看、所感的游历。诚如切斯特顿所言:"一种未经雕凿、受到欢迎、可能带来种种浪漫遐想的现代城市文学注定会兴起。现在它已经以通俗的侦探小说形式兴起,而且同关于罗宾汉的歌谣一样清新,令人振作。"[2]

正是在这个意义上,张柠先生回答了侦探小说的发生学问题:"现代侦探小说,是现代社会的一个隐喻。"侦探寻求之物与侦探小说赋予这个

---

[1] [匈]卢卡奇:《小说理论:试从历史哲学论伟大史诗的诸形式》,燕宏远、李怀涛译,北京:商务印书馆,2018年,第80—81页。
[2] [英]G.K.切斯特顿:《为侦探小说一辩》,转引自袁洪庚:《现代英美侦探小说起源及演变研究》,《国外文学》2005年第4期。

现代世界的,是"现代社会典型的心理镜像"。对于现实主义文学而言,现实世界变得不可理解,等于说是丧失秩序。秩序是一个终止疑问的句号,而秩序的丧失则为它打上问号。侦探小说即是现代文学反对现实主义,重新回应现代社会的尝试,它试图赋予这丧失秩序的世界以新的心理结构,以便重新构建、重新发掘乃至重新确认那有待破译的无意识;而被博尔赫斯批评的当代文学现况——它实际指向了后现代主义文学——则代表了另一种回应现代世界的尝试:模拟,世界与文本在碎片的同构性中融为一体。可这并不是伟大小说的作为:后者理应为重建心灵与世界完美契合的关联性做出努力。现实主义无力触及无意识,而后现代主义废除了深度模式。从这里来看,硬汉派小说作家做的事情恰恰是对爱伦·坡的复归,他们真正关心的都不是在两者之间被发展成熟的探案与写作技术,而是面向人心与境遇的叙述("一种互不相干的陌生性,一种漂泊的无着落感,一种强大的离心力")。在阿兰·罗伯-格里耶的客体转向中我们看不到这一点,在威廉·巴勒斯的迷醉癫狂里亦复如是。但钱德勒与哈米特做到了这一点,更为可贵之处在于,他们对于现代作家如何讲述这个疑问重重的世界,是一种启迪。

三、侦破谜底与侦破人心

1944年7月,朱光潜在《时与潮文艺》第3卷第5期发表了《文学上的低级趣味》一文,旗帜鲜明地反对被商业主导的通俗小说,而作者所反对的第一项,便是"侦探故事"。不妨将"侦探故事"看作是两条线索合流的产物,其一是由话本文学发展而来的中国古代公案小说(如《施公案》《彭公案》《三侠五义》等),其二是晚清以来经由文人译述与创作的侦探小说。第一部出现在本土的外国侦探小说,是张坤德1896年译述的《歇洛克呵尔唔斯笔记》,而国人独立创作的侦探小说,则始于剑铓1901年发表的《梦里侦探》。此后涌现了译述侦探小说的狂潮,福尔摩斯与爱伦·坡等作家的作品接连被完整地传入中国。在相关的名录里,亦可见此后的新文化运动领军人物,如周作人、胡适、刘半农等①,但最著名的当推程小青、周桂笙、孙了红等人。侦探小说译介的热烈,此后又反过来影响了公案小说,②直至两者合流为具有本国特色的文学现象。某种程度上,如果说对西方侦探小说的译介助推了中国文学的现代性转型(尽管它此后遭遇了长达30年的遮蔽),那么在20世纪80年代,依旧是对侦探小说的译介,令中国的先锋文学得以可能。不过,前者译介的对象主要是侦探小说"黄金时代"的作家,而后者则在更大的范畴内囊括了日本的"社会派"、欧美的"硬汉派"文学,以及应当被归入后现代思潮的"玄学侦探小说"。③

令人遗憾的是,今天当我们重新审视先锋文学的遗产时,就会发现他们面临着与博尔赫斯一样的尴尬处境:博尔赫斯所捍卫的传统小说的美德,似乎并没有在他对侦探小说的借鉴中得到印证。同样,在余华、马原、格非等先锋作家的文本中,我们既看到了他们对于谜题设置的偏爱,也看到了诸种玄妙的写作技术对理应作为探寻本质过程的文学的压倒,即使是对存在境遇的荒诞揭示,也时常因为叙述的本体性质而丧失了力度。诚然,我们可以为"先锋文学"做出如下辩解:它之所以热衷格里耶等人的作品,认同且借鉴侦探小说的形式而复将追寻的结尾舍弃,是因为他们意识到了现实如此诡谲,而真相又这般难觅。更为激进的辩解来自余华在《虚伪的作品》中声称的"真实并不存在"。也许只有从这个角度来看,我们才能同情先锋作家对追寻本质这一使命的放弃。然而同情并不等于认同,尤其是后现代主义必然会导致的"拒绝一切"的保守主义立场。反观20世纪的经典文学,虽然也有不少作家选择了侦探小说的结构,但其立意都是为

---

① 周作人译介了爱伦·坡的《玉虫缘》(刊《女子世界》),创作有《侦窃》(化名顽石,刊《绍兴公报》六月二十日),胡适创作有《新侦探谭》(化名蝶儿,刊《竞业旬报》第二十二期),刘半农曾为中华书局1916年出版的《福尔摩斯探案全集》作序。
② 《老残游记》里便出现了这样的对话:"你想,这种奇案岂是寻常差人能办的事?不得以才请教你这个福尔摩斯呢。"刘鹗:《老残游记》,北京:人民文学出版社,2000年,第183页。
③ 袁洪庚:《现代英美侦探小说起源及演变研究》,《国外文学》2005年第4期。

了更好地回应这个瞬息万变的世界，抑或是其旨归大多有着严肃的道德内核。在由众多叙述者的讲述构成的小说《押沙龙，押沙龙！》里，多重叙述层面交织在一起构成了极大的张力与不确定性。读者仿佛就是一位潜入到文本的侦探，必须独自勘探、比对众人的证词，以便揭示小说的道德寓意，让文本的意义在推理中变得显豁确定。这就是纯文学在侦探小说结构上的成功借鉴：将叙述的重心在形式的同一下暗中位移至令读者成为一名侦探的位置，但这样做与其说是侦破谜底，还不如说是要侦破人心。换言之，与其说问题的关键是侦探小说的经典化问题，还不如说是纯文学能否从类型小说那里获得真正的教益，诸如能否让作者与读者达成默契，令读者认同或思考作者在讲述背后留下的回答与疑难。

在我看来，格非于2012年发表的《隐身衣》正是这样一部作品。在叙述层面，作者给出的线索并不完整，处处可见"先锋文学"时期"象征谜团"或"叙述圈套"的遗风。如对于主人公"我"的情况，要等到第二章才有所交代；如小说中存在着大量的时间回溯，也似乎仅仅是用来解释小说起始之处那个"我"的处境；又如故事中"我"的那位神秘而重要的顾客"丁采臣"，他虽然是《隐身衣》后半部分的发端，其真实身份却自始至终停留在阴影里，作者像是在用一处留白来牵引着叙述向前行进。除此以外，"丁采臣"这个名字显然也是格非对《聊斋志异》里"宁采臣"的改写，他的出现让小说从写实主义直接跨越到了稍显哥特风的不太真实的段落。围绕着这个名字的，是一层又一层的悬念，诸如他无意间发错的那条信息（"虎坊桥西里，三十七号院甲。事若求全何所乐？干吧。多带几个人去。这也许是我们最后的机会了"）里所暗示的内容（他做的乃是非法，甚至有可能是杀人掠货的生意）；如第七章里迟迟未收到"莲12"卖主的机器，又或者第九章写丁采臣许诺的余款没有到达账户。以上这些都可以说是《隐身衣》与作者在"先锋文学"时期对侦探小说的借鉴有所相似的地方。

看起来，格非制造的悬念似乎没有伏笔的意图，他只是在经营一种刻意而紧张的氛围与情绪，而不是为了揭开悬念的谜底。为了催账，"我"

又一次开车来到丁采臣家。这次是一位裹着头巾的妇人接待"我",她告诉"我":丁采臣已从东直门一栋三十多层的写字楼顶跳楼。但与此同时,这个女人向"我"保证,等到手头有余钱后一定会补全余款。那位妇人之所以要一直戴着头巾,是因为她的面部严重受损。可"我"在走投无路之下还是与她同居,并且于第二年有了一个孩子。她对"我"隐瞒了"我"想要知道的一切:丁采臣是谁,他为何自杀,以及她的故事,"关于她的一切,我所知甚少。所有与她身世相关的资讯,都遭到了严格的禁锢,就像她的天生丽质被那张损毁的脸禁锢住了一样"。小说最后,"我"收到了"丁采臣"打来的 26 万元余款,并且长久为此不寒而栗。这位妇人倒是对此一点也不惊讶,甚至没有掩饰,而且劝"我"不必深究。尤其匪夷所思的是,她说了一句与那天"丁采臣"的信息中的内容不谋而合的字句:"事若求全何所乐"。这一次则是让读者不寒而栗了。尽管如此,这些都是散落的细节,而真相始终缺席。

然而,同"先锋文学"时期的差异同样清晰可见:无法或没有揭开谜底,格非并非就要在此止步,而是让位于一种新的揭示;反观那些揭开谜底的段落,亦并非要延宕到小说最后,而是一种即时的解读,真相在遮蔽的同时就显露出来。它们大多出现在小说前半部分。在第四章,姐姐让"我"到她家吃饺子,"我"与姐夫常保国喝酒,姐姐在一旁催促着"我"与她单位的那个大舌头同事见面。酒醉酣熟之际,常保国忽然说了这么一句:"他妈的,这个社会,逼得亲人之间也开始互相残杀了。"这让"我"想起几天前蒋颂平拒绝自己借宿时说的那番话("你刚才说,今天早上,你姐夫常保国用大头皮鞋踢她的小腹,是不是?你想想,这年头哪来的什么大头皮鞋?")。虽然"我"是一个对真相缺乏兴趣的人,但仍然偷瞄了一眼常保国今晚穿的鞋,是一双破旧的旅游鞋。此后,"我"在姐姐的张罗下与大舌头侯美珠见了面。但即便后知后觉如"我",还是发现了姐姐之所以对自己的婚事如此上心,也不过是为了让"我"赶紧搬离他们家。格非的笔锋稳而不露,又极具摧毁性。如果我们将文本中那些揭开的段落与永远无法揭开的谜底合而观之,小说的主旨便非常清楚了。

纵观全书,标题"隐身衣"并非实指"隐身衣"这个物件,它也许指"我"对什么事都不加深究的"超然"("我"对事情真相缺乏兴趣,这也是"我"蔑视社会的理由),也许指故事里不时制造的悬念和留白,但更有可能,也是在更为根本的意义上,"隐身衣"指的是每一位出场人物彼此都互有隐瞒的内情,关于后一点恰恰是作者很少透露或从未交代的内容:这位妇人的"隐身衣"是她的面孔,她的身世之谜;丁采臣的"隐身衣"同样如此。每个人都披着一件让他人看不透的"隐身衣",冷漠而适然地生活着。不过,这篇小说想要交代的主旨恐怕正是这一点空白以及主人公"我"对此的态度,诚如他暗自思忖的:"不论是人还是事情,最好的东西往往只有表面薄薄的一层,这是我们的安身立命之所。任何东西都有它的底子,但你最好不要去碰它。只要你捅破了这层脆弱的窗户纸,里面的内容,一多半根本经不起推敲。"总的来看,新时期以来的格非之所以要借鉴侦探小说,即是要以空缺部分的悬念来凸显认识,让读者侦破这股人情的隐秘湍流,而绝非止于制造悬念。他同时扬弃了传统侦探小说与玄学侦探小说的问题,从而使作品重新成为回应现实的可贵尝试:从事实转向人心,从谜底转向境遇,以此面对那个疑问重重的世界,展开叙述。

四、推理的真相与爱的悖反

在《隐身衣》中,蒋颂平后来也有一段话道出了同样的实情:"亲人之间的感情,其实是一块漂在水面上的薄冰,如果你不用棍子捅它,不用石头砸它,它还算是一块冰。可你要是硬要用脚去踩一踩,看看它是否足够坚固,那它是一定会碎的。"如果不因人废言,这份意见究竟不错:现代社会的谜团看似侵蚀了感情,让它变得不那么透明,却也正因为此而成为感情维系的支撑之点。这个道理,同样是现代社会晚近以来才真正发现的一个结论，那就是推理的真相与爱的悖反；反过来说，当代叙事借助于侦探小说的结构从而侦破人心，也势必会导致对爱的谋杀。这里涉及的甚至不是总有不忠与背叛的事实，而是一个古老的命题：感官世界与理性世界的抵牾。前者是快感与身体、偶然和直觉的领域，后者则是禁欲与精神、必然和逻辑的地带。因为两个世界在本性上无法通约，所以当一个男人试图侦破恋人的真相时，他已然主动废除了自身的情偶身份。

问题正出于此。普鲁斯特带我们领略了太多善妒的恋人：斯万、圣卢、夏吕斯男爵、主人公马塞尔……① 他们成为理智的密探，恰恰是由于自身的情偶身份，由于嫉妒的激情。在普鲁斯特的小说里，甚至在爱情尚未萌生的阶段，嫉妒已经出现；甚至在爱慕者尚未占有对象的阶段，丧失与无从占有的恐惧已经侵蚀了爱慕者的心灵。恋爱者不是想象的漫游者吗？而想象的漫游者不也正是那个嫉妒的人吗？恋人正是在此基础上展开了彻底了解与全面占有对方的狂热行动。然而，爱情的宽度早已由叔本华的钟摆摆幅划定：那有待征服的部分，是爱情得以延续的可能；唯当我们真正实现对情偶的全部占有时，爱情亦随之终结。它实际上也就是在说：爱情由神秘维持，止于祛魅。爱情即求之不得的一团痛苦而无用的嫉妒激情。所以，当叙述者说"我对她不再嫉妒，也几乎没有爱恋"② 时，我们必得意识到这一句话中存有的逻辑关联。感官世界的真相与理性世界的真相是不同的，我们在爱情中投射到对象上的所有主观情绪、所有主观好奇，都无从在客观的现实世界予以证实。倘若一切都真相大白，人们可能反倒会生出"落了片白茫茫大地真干净"的悲凉感悟。

这种感觉，是我从宋尾的小说《完美的七天》（刊于《收获》2018年长篇专号·春卷）中读到的。《完美的七天》的楔子让人想起罗伯特·艾里斯·米

---

① 在普鲁斯特关于爱情的论述中，嫉妒的情况使得想象性的迷恋变得复杂，而所多玛与蛾摩拉的存在，则使得嫉妒的情况变得更为复杂。爱情对于普鲁斯特来说是一个不断次方化的问题程式。
② ［法］M.普鲁斯特：《追忆似水年华（第四卷）：所多玛和蛾摩拉》，徐和瑾译，南京：译林出版社，2014年，第465页。

勒的电影《寂寞小阳春》(Sweet November, 1968):两个已有家室的男女——李楚唐和杨柳——逃到重庆,他们约定好见面的日子,也限定好离别的时期,在一周期限以内,惊世骇俗地模拟了七天夫妻生活。尽管这个开头叙述的时间只有短短七天,却给人以漫长之感。模拟终结之际,仿佛这个小说也要像电影一般意犹未尽却戛然而止。然而,接下来的篇幅却打破了这个想法:小说的楔子作为一个以李楚唐为视角的独立文本,从它告一段落的地方开始,便将经历无数次地改写。故事远没有结束。①

从第一章开始,视角转向了那个当年见证了这七天的"我"。多年之后,因为一次偶然的醉酒,"我"与李楚唐重逢。在简短的客套后,他委托"我"踏上寻找杨柳的旅途。就像达希尔·哈米特在《血色收获》中仅用三分之一的篇幅就抵达了"真相",《完美的七天》的谋篇也是如此。在"我"到达滨城后,立刻从物资供销公司财务室的一位女士口中知道了杨柳的下落:"她死了都快——差不多十年了吧"。按理说事情至此,对于这个潦倒的记者而言,他的任务已经完成。但作者没有让他停下。因此,将小说叙述者的身份设定为记者是合理的,即便是一个失业的记者。传统侦探小说只有一个在结尾供出的谜底,也就是说只有一个真相,而人心却并非一种。唯其如此,宋尾才能够向我们呈现两种或多种真相——重要的不是侦破谜底,而是侦破人心。

首先,在"我"抵达滨城以前,李楚唐向"我"回顾了他与杨柳的初识、交往,以及分离的来龙去脉。在李楚唐的故事中,两人是未遂的夫妇,天各一方,互念彼此;而在杨柳的日记中却非如此,这七天甚至成为她走上末路的根源。其次,两人原本以为天衣无缝的私会,其实早已在日后被各自的伴侣掌握。从这一点来看,李楚唐与杨柳的确是很像的——至少就他们都热爱文艺,却在现代社会屡遭碰壁的情形而言;反观他们的伴侣,则一概是强势者。李楚唐的妻子是首席药理专家,而杨柳的丈夫则是地产

---

① "可是我们都知道这是不可能的,七天后我们将永不见面,这是事先的约定。那时我们以为把放纵设置一个期限就能保守最后的底线。"宋尾:《完美的七天》,《收获》2018年长篇专号·春卷。

大鳄。两人在察觉到蛛丝马迹之后，也都进行了暗查，尽管他们对内情不予声张各有一己之理由。因此，"我"只是这件业已深埋海底的事件的侵入者。随着调查在波折的进程中愈发深入，杨柳的死因甚至也不再是最重要的事情。而侦破人心涉及到了叙述者本人（这里让我想起阿乙《极端年月》中的情节与结构），"我"发现，自己的妻子小朋也在同一时间出轨了，她打算和"我"离婚。

不同于哈米特的决绝，宋尾在这部小说中显然是更近于钱德勒的，其叙述基调与底色也尤其切近于《漫长的告别》，就像一条滞缓、稳重却又哀伤的河流，慢慢从人们眼前消失。小说的结尾类似于一曲挽歌。那么，《完美的七天》最终抵达的真相是什么呢？也许就是叙述者"我"在破案过程中与案件结束后察觉到的世界，以及他与自己所置身的这个世界之间的距离。同时，他还察觉到自己就是这个世界，或者说是世界的一个蹩脚的镜像与复本，然而这个世界本身就是一个永远无法侦破的谜底。为此，叙述者才像马洛一样酗酒，"拖着虚脱的影子"，在夜晚的街头踟蹰，并且在案件结束的时候尝试着索解德尔斐神庙的箴言。① 原本以为和妻子的离婚是和平分手，但事情再一次因为妻子怀孕而发生转折。"我"在妻子反复追问"怎么办"的时候手足无措："我也不知道。当然，我怎么会知道？但我第一次领悟到，人生在某处时总要迎接一个崭新的开始。我同时明白，所有的复杂和痛苦不过才刚刚开始。"这篇小说的真相就是将现代世界呈现为一个谜题。推理能够以事实判断的形式证实或证伪，然而理性却无力提供一种价值判断。在我看来，现代世界的所有疑问恐怕都根源于此。卢卡奇评述《堂吉诃德》时有云："世界文学的第一部伟大小说就产生于基督教的上帝开始离弃世界的那个时代之初"，② 小说正是现代人希冀以自身的理性，

---

① 佩索阿说得没错："生活是一个叹号和一个问号之间的犹豫。"（[葡]费尔南多·佩索阿：《惶然录》，韩少功译，上海：上海文艺出版社，2012年，第269页）但他同时也认为："想知道自己的想法纯属谬误，想完成'了解你自己'这一圣谕提出的任务，比建造海格力斯的全部任务还要繁重，甚至比斯芬克斯之谜还要更加神秘莫测。有意识地不去了解自己，才是可行的正确之道。"（同上，第277页）
② [匈]卢卡奇：《小说理论》，燕宏远、李怀涛译，北京：商务印书馆，2018年，第93页。

在一个总体性丧失的世界为生活赋予意义的过程。可是当理性被发现并非万能，而原有的宗教信仰或价值体系也在实证主义的野蛮冲击下纷纷崩溃时，现代人注定再一次如梦初醒。另一方面，文学的职责也并不是为了回答这个问题，它只是要将事实呈现为一种疑问。

从"肃反小说""反特小说"，及至"地下文学"，再到后来的"法制文学"，侦探文学在中国当代文学的前30年走了一条过分曲折的路，其总体亦呈现出被遮蔽的面貌，既谈不上有独到的创作，亦无力影响纯文学自身的发展。而从20世纪80年代的"先锋文学"开始，侦探小说帮助中国文学完成了由写作对象向写作方式转向的历史使命，然而"先锋文学"所固守的精英立场，最终使得它更偏向于对阿兰·罗伯-格里耶的效仿，而非具备独立自觉意识的创作。从侦探小说自身的发展史来看，它是现代文学反动现实主义的尝试，可是当这种反动到了格里耶手里时，已然是一种矫枉过正。同样的道理，纯文学对此一通俗文类的借鉴，同样是为了在叙事中回应现代世界的诸多疑难，而非令自身的可读性降至谷底。梁启超在《论小说与群治之关系》中曾经过高估计了它的社会效力，"先锋文学"恐怕亦没有准确地把握侦探小说同自身的恰当距离。不过，今天的当代文学显然已从侦探小说中获得了可贵的教益——从阿乙到双雪涛，从格非到宋尾——它们一概显示出一种言说现实的诚直与重建心灵秩序的努力。诚如乌尔里希·哈泽与威廉·拉奇所说："文学确实满足了以下条件时才是可能的：它是与我们自身独特生存的谜题实现了某种关联，而这种生存不被转变成某种一般性的东西，又无法被言说。因此文学的承诺不在于拓宽我们的知识，也不在于帮助我们实现对世界的征服，相反，是要抵消人之生存的一个实用世界里所遭受的异化。"[1]

---

[1] ［英］乌尔里希·哈泽、［英］威廉·拉奇：《导读布朗肖》，潘梦阳译，重庆：重庆大学出版社，2014年，第74页。

关键词
侦探叙事

悬念的魅力：中国当代小说中的侦探叙事

◎唐诗人

因着刘慈欣《三体》于2015年获得第73届雨果奖最佳长篇小说奖的缘故，这些年中国的科幻文学创作备受瞩目，出现了科幻作品阅读和写作的热潮，很多传统的纯文学作家也开始自觉或不自觉地在自己的新作中加入科幻元素。科幻文学带着明显的科学技术元素，为此，我们从字面上就能够清晰地看到哪些作品受到了科幻小说的影响。因着这种明显的文本现象，很多研究者开始思考我们传统的纯文学的出路问题，认为严肃文学应该主动征用类型小说的元素，来完成一种新的叙事突破，重新走向大众。传统的严肃文学创作的确需要打破自我封闭的写作套路，而要完成这种突破，最便捷的方式或许就是汲取其他文类的创作密码，从类型小说中获得启发。

其实，二十世纪八十年代以来的中国当代小说，并不是直到今天才开始像借鉴科幻小说那样征用类型小说的元素来完成创作突破，另外一些类型文学对中国当代作家的创作影响也一直存在，却因为没有科幻元素来得那么醒目，而显得隐秘和一直被忽视。这其中，尤其以侦探小说、悬疑小说最为突出。侦探叙事对于中国当代小说的影响，可以说是持续性的。从二十世纪八十年代马原、格非等先锋作家的先锋叙事与博尔赫斯小说的叙事迷宫之间的关系，到九十年代格非《敌人》《欲望的旗帜》等小说对侦探叙事的娴熟改造，以及新世纪以来麦家、庞贝等人利用侦探叙事结构来展现的生命密码,还有须一瓜、田耳、阿乙等人的犯罪故事所彰显的人性张力,都能感觉到小说叙事的侦探式特征。小说离不开故事,或许,讲故事的秘密就是制造悬念。因着悬念,我们被作家们"欺骗"着进入他们所虚构的故事世界,然后被悬念之外的、传统意义上的文学魅力所感动、所教化。而侦探小说的叙事结构,或许就是开展和讲述一个有悬念的故事的最好方式。如此,侦探叙事对当代小说的影响表现,是一个值得关注的问题。

一、侦探叙事与先锋精神

探讨侦探叙事与中国当代小说的关系,最容易想起的,或许就是博尔赫斯的迷宫叙事对当代中国先锋作家的影响。张学军曾论证说:"人类的生活也犹如迷宫,充满了神秘的、不可知的因素。在叙事中所设置的陷阱,也正是现实迷宫在小说叙事中的体现。这种叙事迷宫还有着设置悬念的作用,能起到引人入胜的效果。博尔赫斯的这种观念和叙事迷宫的实践,深刻地影响了我国当代的先锋作家。他们也在自己的创作中,设置了一个个迷宫,显示出世事和命运的不确定性。"[①]"世事和命运的不确定性",这对于二十世纪八十年代的先锋作家来说,是一种有着自身生命体验的历史感知和生存领悟。为什么是博尔赫斯?先锋作家们借鉴和征用博尔赫斯小说的迷宫叙事,并不是一种偶然和随性的选择,更深层次的原因在先锋作家对迷宫叙事所能够营造的精神氛围,有着一种生命体验的对应、吻合。这不是一种纯粹的叙事游戏意义上的趣味抉择,而是这些作家主动的、带有情感偏好的风格选择。

博尔赫斯的叙事迷宫,最典型的表现在他的小说《小径分叉的花园》一篇里。博尔赫斯在出版带有《小径分叉的花园》这篇小说的小说集序言里,对它的定性就是"侦探小说":"这个集子(指小说集《小径分叉的花园》——引者注)里的七篇故事不需要很多注释。第七篇(《小径分叉的花园》——

[①] 张学军:《博尔赫斯与中国当代先锋写作》,《文学评论》2004年第6期。

原注）是侦探小说；读者看到一桩罪行的实施过程和全部准备工作，在最后一段之前，对作案目的也许有所觉察，但不一定理解。"①当然，我们今天理解的《小径分叉的花园》，虽然能感知到它有着明显的侦探小说结构，但并不会将它作为类型化的侦探小说来理解。首先，它并不容易阅读，没有一般侦探小说的那种通俗化的故事特征，它带有实验小说的理解难度；另外，它也具有先锋叙事的复杂性内涵，有很丰富的解读空间，不似普通侦探小说那样只为破解一个谜底，真相出现的时候就是故事结束的时刻，不会有更多值得琢磨的思想维度。它是侦探小说，又并不像普通侦探小说那般类型化；它有侦探小说的吸引力，也表达出作家对于历史和生命命运的偶然性、不确定性的理解，这种似是而非的叙事艺术及其所表现的生命状态，贴合了二十世纪八十年代马原、格非、残雪等人的内心感受和文学热望。于是，中国当代小说叙事变革的完成，因为有着博尔赫斯这个文学中介，不知不觉中潜藏了侦探小说的叙事魅力。

具体而言，马原的《虚构》《冈底斯的诱惑》，格非的《迷舟》《褐色鸟群》《青黄》，以及余华的《河边的错误》等表现得最为明显。《虚构》被普遍解读为当代小说"向内转"的开端性文本，从这个文本开始，作家和评论家们真正开始自觉地探寻文本内部的叙事秘密。《虚构》有博尔赫斯小说的影子，陈晓明曾专门分析过《虚构》与博尔赫斯《沙之书》《小径分叉的花园》《圆盘》等小说之间的关系。《虚构》看似只是元叙事层面的实验，但内里其实也有着博尔赫斯式的侦探叙事元素。比如小说叙事的神秘性，神秘性表现在叙事行为上，也表现在小说中的人物上。"我就是那个叫马原的汉人，我写小说……"这样的小说开端，开天辟地的表达，同时也很直接地激起了读者的好奇心。对于读者阅读小说这种行为而言，通常情况下是知晓自己要读的是虚构故事，小说标题也叫"虚构"。我们显然是奔着一个"虚构"的故事而去，但马原又将自己真实的名字置入其中，

---

① ［阿根廷］豪尔赫·路易斯·博尔赫斯：《小径分叉的花园》，王永年译，上海：上海译文出版社，2015年，序言第1页。

让我们有一种误入真实事件的恍惚感。这种综合虚构与真实的叙事，虽然是小说创作的基本常识，但在二十世纪八十年代，把小说创作上的理论知识化为小说叙事行为，自然有其新鲜感、神秘感。而小说中的人物，玛曲村里的麻风病女人和哑巴，他们有怎样的身世、经历，都是秘密。另外，"我"，马原，偷偷进入玛曲村，也像是一个秘密侦探，要去发现、侦破这个麻风村的秘密，而"我"最后也确实侦察出了一个大秘密，也就是老哑巴的身份。

从马原的《虚构》里我们可以感觉到，马原的先锋叙事，内部其实包裹着一个侦探故事，只不过马原用了元叙事的技法，打破了这个侦探故事的完整性、通畅性。作为作家的马原让作为叙述人与侦查者的"马原"不断地在文本内部告诉我们这是虚构，于是我们也就可以理解陈晓明得出的一个结论：

> "虚构是什么呢？虚构就是叙述，正如所有的叙述都是虚构一样。马原现在不得不再次指认他的结尾是杜撰的。那个结尾果然使他的小说变得相当完整。就在'我'与麻风女道别时，枪声响起来了，哑巴打死了那条母狗，哑巴也自杀了。'我'打着手电筒到了哑巴的屋里，再次看到了座垫底下的国民党党徽。谜底也被揭开了，这个杜撰的结尾在整个故事的解释中显得如此重要，它使这个故事合乎传统小说的全部规范。最后还是要回到传统小说中的因果律、可理解性和完整性。马原只是不断地依靠叙述来打碎文本，把叙述人的个人经验介入进去。他努力想破坏传统小说的自足性，要把一个客观地生成的小说世界，变成一个叙述人的经验世界。这里的冲突，是个人与客观世界的冲突，是生存的事实性与现实的事件性的冲突，是经验的例外与世界的连续性的冲突。"[1]

---

[1] 陈晓明：《"重复虚构"的秘密——马原的〈虚构〉与博尔赫斯的小说谱系》，《文艺研究》2010年第10期。

关键词 侦探叙事

因为侦探故事般的诱惑，叙述者马原诱导我们跟随他的脚步和眼睛，侦查出玛曲村的秘密，但更真实的情况是，作家马原用一个虚构的侦探故事，完成了一个拆解小说叙述的先锋行为。显然，这个先锋叙事行为，才是这篇小说的主要价值所在，但若没有这个侦探故事作为内核，先锋叙述这个艺术行为也就是无米之炊。

马原的《虚构》之外，格非的《追忆乌攸先生》《迷舟》《青黄》等作品则从另外一个角度表明先锋叙事对侦探结构的征用。《追忆乌攸先生》中有三个警察来到村寨侦查案件，他们询问村民，要查乌攸先生案件的真相，这是一个典型的侦探叙事元素。但是，这个小说并没有以侦探叙事的结构来展开叙述，只是借用侦探叙事的结构来作为一个外壳，内部是叙述村民关于乌攸先生的记忆，这些记忆经常是出离于案件本身，真相在不同的讲述者那里若隐若现，格非并不为案件故事做一种侦探小说式的真相揭示。《迷舟》同样如此，小说开头一段就给出了谜："……棋山守军所属三十二旅旅长萧在一天深夜潜入棋山对岸的村落小河，七天后突然下落不明。萧旅长的失踪使数天后在雨季开始的战役蒙上了一层神秘的阴影。"但是，这个小说并不同侦探小说一样层层推进来为我们解谜，而是把这个"下落不明"的谜放在开头，引起我们揭秘的阅读兴趣之后，就不再管侦探不侦探。接下来的叙述基本上与侦探叙事无关，格非只是很保守地按时间顺序一天一天地讲述这个旅长萧在七天的生活。这七天的故事，就是这个谜的谜底、真相。只是，内部最要紧的部分，萧去榆关到底是见杏还是透露情报？这是空缺的，但因为这个空缺，萧才被自己的警卫枪毙。这个空缺的存在，直接表明这个小说的叙事重点不在于揭秘，而在于萧为何失踪之外的东西，比如萧与杏的情感关系，那种微妙的、不被正面叙述的事件，才是决定人物命运的所在，以及萧去榆关到底做了什么这个空缺，都意味着，小说要表现的，不是侦探小说要追寻的真相，而是人物命运、历史事件的错位性和不可靠性。

格非的很多小说都带有浓郁的侦探叙事色彩，以上中短篇外，还有1991年出版的长篇小说《敌人》。这是个侦探色彩浓郁的恐怖小说，与哥特式恐怖小说以及爱伦·坡、阿加莎·克里斯蒂等人的恐怖—侦探小说有很直接的叙事关联。小说中无处不在的侦探、悬疑元素，细节上的神秘化和侦查特征，人物居心叵测、疑神疑鬼，一件又一个恐怖罪恶之事发生，埋伏着各种大大小小的恐怖悬念，营造出强烈的探案式叙述氛围。但是，虽然有这些明显的侦探小说元素，它又并不是类型小说意义上的侦探小说，而是非常典型的纯文学意义上的先锋文本。阅读《敌人》，感觉是一直在追踪"敌人"到底是谁、会发生什么可怕的事，跟着叙述，会发现似乎人人都是"敌人"，而人人又都是受害者。而谁才是真正的"敌人"？小说并没有给出某个具体的人，而是隐隐中归向一个抽象的"人自身"。因为祖上的基业被一把火毁掉了，赵家人变得小心翼翼。恐怖事件的发生，"敌人"或许就是内心长期恐惧的赵家人人格分裂出来的一种可怕人格，这种人格逼迫他们去完成这些恐怖事件，以证明和完成内心所期待的"敌人"之存在。当然，这个真相只是一种揣测，不是小说提供的答案。做出这种"自我"、"人性"和历史视角的揣测分析，指向《敌人》有着明显的侦探故事特征，也说明《敌人》的叙事价值是非普通侦探故事所能够抵达的。它用内心叙事来拆解一个侦探故事，表现的是人性的诡异，也展示历史灾难给人造成的心理阴影可能带来多恐怖的直接和间接后果。

谈及《敌人》这种恐怖风格，自然会想到残雪的小说。《山上的小屋》是惊悚大于侦探，但这个故事所要完成的，依然是探查人心这个最大的秘密。每个人都是秘密侦探一般，乐于窥视和干涉他人的生活。还如余华和孙甘露，余华《河边的错误》也是在一个破案故事的基础上演绎扑朔迷离的真实与虚构；孙甘露《访问梦境》则是建构一个迷宫般的梦境，《仿佛》则更明显地征用了探险小说元素。包括二十世纪九十年代之后继续以形式、文体实验来进行先锋写作的作家，比如王小波的《寻找无双》，以多种叙事艺术上的实验，打破普通意义上的寻找、探问式的叙事结构，让小说变得丰富驳杂；麦家写《我的阿加蒂斯》，在叙事方式上模仿博尔赫斯，不断地在写作中掺入难以想象的经验，挖掘人类未知世界的秘密；还有刘恪，其先锋作品《墙上的鱼耳朵》《无相岛》等，都采用侦探结构来完成叙事实验。可见，中国当代的先锋作家，他们的代表性先锋作品，似乎都藏着一个侦探故事，都有着或清晰或模糊的侦探叙事结构。这一特征，一方面证明着博尔赫斯对中国文学的影响；另一方面，也表明中国当代的先锋叙事，从一开始就有着跨界特征，类型小说对于革新我们的文学叙事传统，发挥着莫大的作用。

二、侦探结构与生命秘密

侦探叙事对于先锋小说而言，是一种叙事艺术、技术上的纯文学改造，由此带来了文学叙事的技术革新和思想突破。而二十世纪九十年代之后，形式、技巧层面的实验逐渐淡化，小说，尤其长篇小说创作，基本回归到了老老实实讲故事的层面。于是，侦探叙事对于一些作家而言，不再是用来开展技术实验的文本基础，而是借用其天然的悬念式吸引力来完成一个魅惑人心的故事讲述。这方面，格非1991年出版的《敌人》和1996年出版的《欲望的旗帜》，都有开创性效果。这两部小说里，格非一方面继续了先锋叙事的一些精神追求，比如对神秘性和不确定性的热衷，对叙事缺口和故事真相的故意搁置，保留着以形式和技巧层面的叙事策略来表现精神难题的写作取向。同时，格非也通过这两部小说完成了讲故事式的写作转型。《敌人》有一个相对完整的家族人物命运线索，《欲望的旗帜》有一些比较清晰的案件、事故，包括心理学、哲学意义上的自杀根源探寻。从这两部小说中，可以清晰地感受到作家是在写人性，是希望通过塑造人物形象、叙述人物命运来表达一些生存哲学层面上的精神思考。

借用侦探叙事中制造悬念这种方法来讲故事，使用侦探叙事层层推进的推理式结构来展开小说叙述，这是侦探叙事在先锋小说之外的、讲故事型小说中的主要表现方式。制造悬念和推理式叙述，是侦探叙事的关键特征。这两点被二十世纪九十年代之后的作家大量征用。《白鹿原》一开始的一句话是："白嘉轩后来引以为豪壮的是一生里娶过七房女人"，然后是介绍她们如何一个一个地死去。这个开篇，除开带着暧昧性，还有悬念的意味。2004年格非的新长篇《人面桃花》，继续了他小说中的悬疑气质，开篇即写一个疯子父亲突然间醒来离家出走，造成一个巨大的悬念。而与悬疑叙事、侦探叙事关系最为紧密的，要数麦家。麦家2002年出版的长篇《解密》，以及2003年的《暗算》等小说，从题目到内容，都突显着侦探小说的悬疑化特质。这里，可以以麦家的小说为例来说明当代作家如何征用侦探结构来赓续文学作为人学的精神传统。

麦家二十世纪八十年代已开始文学创作，但直到新世纪之后因为《解密》和《暗算》才成名，尤其后者被改编成电视剧后，才进入大众视野。后来，《暗算》获得2008年第七届茅盾文学奖，获得了纯文学意义上的价值认可。可以说，从商业成功到获得文学大奖，麦家靠的不是什么便捷通道，而纯粹是文本本身的魅力，其小说的悬疑性质和表现的生命精神，征服了大众读者和文学专业人士。当然，也因为麦家小说的悬疑和侦探色彩特别突出，一直被纯文学界的人视作类型小说、畅销读物。《暗算》获得茅奖后也备受质疑，比如有论者就从思想性、历史反思和叙事价值层面来分析，质疑《暗算》的文学价值。[①] 但更多的评论家则看到这部小说在融合类型、通俗小说的元素后，并没有失去它的文学审美价值，真正实现了"雅俗共赏""奇正同一"的文学效果。比如韩松刚指出："毫无疑问，他（指麦家——引者注）的小说为中国当代文学开拓了新的艺术空间。我们谈论《暗算》，其实就是谈论一种异质的经验，就是思考一种写作的开放和可能。这就是麦家的意义。"[②] 王鸣剑说："有了《解密》的铺垫，麦家的《暗算》创造了从惊世骇俗的'特情小说'到空前热播的电视剧的两大奇迹。作品不仅再现了陌生而神秘的中国国安战线无名英雄们鲜为人知

---

① 武新军：《〈暗算〉：茅盾文学奖的突破还是悲哀》，《河南师范大学学报》2009年第3期。
② 韩松刚：《麦家小说的"奇"与"正"——以〈暗算〉为例》，《当代文坛》2019年第2期。

的事迹,而且还深刻地揭示了世事的变故和生命的无常。在故事和情节方面,麦家沿袭了通俗小说的套路,而在语言和结构上走的又是纯文学的路子。用这种大俗大雅的方式来展示人性和世界的广阔与丰富,无疑是独特的,也达到了'曲高和众'的目的。""《暗算》是独特的,无论是隐秘的题材、悬疑的情节,还是奇异的人物、莫测的命运,乃至于写作策略、行文手法,在当代小说史上都别开生面。"[①] 异质的经验、悬疑的叙述、侦探色彩的结构,这些都是小说故事内容和技术手法层面表现出来的清晰特征,而这些特征背后的神奇天才人物的生命秘密,才是作家麦家真正想讲述的。换言之,麦家写这些通俗故事,并不纯粹是为了讲故事,而是为了虚构一些神秘的、不为我们所知道的"人"。"人"的命运以及所衍生出来的生命感慨和存在性思考,才是这些故事的核心。而这,正是今天纯文学创作区别于类型小说写作的关键所在。

当然,相比于《解密》和麦家之后的《风声》,《暗算》的悬疑特征大于侦探特征,一个一个神秘天才的生命故事讲述,叙述结构也相对传统。而《解密》和《风声》,则具有明晰的侦探叙事结构。《解密》就是解密一个神秘天才的生命遭遇,包括他的家族身世、天才能力,以及最终归宿。《解密》的结构安排就带着典型的侦探故事特征,"起""承""转""再转""合",这一章节结构安排,就是完成一个真相解密过程。在"起"这篇里,交代了小说要讲述人物的前情家世,但这个交代并不简单,而是提供了两代人的基本情况:一代是天才女子容幼英的耀眼成就,二代是这个天才女子生产去世后留下的一个作恶多端的大头鬼。这一天才、一魔鬼的两代人,足以激起我们对第三代人的兴趣。第三代是魔鬼还是天才?这是一个巨大的悬念,提供这个悬念,就是"起"这篇所完成的叙事目的。第二篇"承",讲述的是容金珍的出生和成长,也是他的天赋逐渐被发现、被珍视的开始阶段。这篇最后生成一个新的悬念,最后一句

---

① 王鸣剑:《隐秘世界的无常人生——〈暗算〉的独特性》,《当代文坛》2007年第4期。

话是:"这也是他神秘的一部分。"这个"神秘人物"是第三篇开始时带走容金珍的人,他的神秘身份本身是个谜,他带走容金珍去做什么、能完成什么大事是另外一个谜,这些悬念开启新的章节。第三篇"转",是容金珍的命运转折点,即被国家机密人员带走,天赋有了具体的用途,开启了一个新的人生阶段。读完这章,我们会对容金珍的未来充满期盼,但同时也有一种隐隐的担忧:天才是不是终究要早逝?后面会发生什么?而这篇最后一段,麦家也确实留下了这样的悬念:"然而,在一九六九年年底的几天时间里,发生了一件至今也许仍有不少人记得的事情,叙述这件事的前后经过,便有了第四篇的故事。"于是,第四篇所谓"再转",就是写容金珍遭遇了命运突变,他遇到了麻烦,最后的确也发疯了,这是一个天才的陨落。小说最后是容金珍精神错乱后失踪,找到后被带回701大院,结束语是"从而使本篇的故事可以结束"。而最后一篇"合",是"对容金珍已有的人生故事做点故事外的补充说明和追踪报道",通过采访那个借着容金珍笔记本破解了黑密的郑局长,解释了容金珍无法破译黑密的原因,同时也用一种超越类型小说思维的方式,直接呈现出这部小说所表达的生命哲学。这不是一个只为满足我们好奇心和阅读趣味的传奇故事、侦探故事,而是一个感慨生命无常、思考人世宿命的文学作品。容金珍的人生,那么璀璨,又那么悲惨;同时,他的遭遇,既是个人化的,也是国家、时代感特别强的。个人命运与国家命运,以及与历史时代之间的关系,在一般人身上或许难以觉察,但在这些天赋异禀的人物身上,却能得到最直接的表现。麦家通过容金珍这个人物,包括他的《暗算》等小说中的人物,完成的是一种全新的历史书写,这完全不同于伤痕小说、反思小说以来的共和国历史书写,与余华、莫言、贾平凹、铁凝、张洁等人书写的中国二十世纪历史形成了巨大的互补。有了这些层面的文学史价值和思想价值,再以类型小说、通俗小说来定位麦家的作品,也就显得促狭和无知了。

因为麦家,侦探叙事丰富了中国文学的人物生命,也助益了中国当代小说历史叙事的拓展,这是麦家的文学贡献,也是侦探结构的叙事魅力。

麦家之外，同样是历史故事，同样是借用侦探叙事结构，我们还可以看庞贝的长篇小说《无尽藏》，它从另外一个角度演绎了侦探叙事对于作家书写历史和表现生命的文学魅力。《无尽藏》与麦家的《暗算》《风声》等小说近似，把序言作为一个故事背景的介绍，但同时它又是虚构的，是构成小说的必要部分，它让小说的历史讲述变得虚虚实实。序言之后，《无尽藏》小说的主体部分，完全进入了一个侦探小说的叙事结构内。小说开始，交代小说要讲述的故事的历史来源和事件的直接起因。"我"，林公子，南唐大将军林仁肇的儿子，突遭家庭变故，亲眼看着父亲被逮捕。"我"从父亲被带走时的眼神，发现了父亲留给自己的一卷夜宴图。为解救父亲，"我"带着夜宴图去寻找大人物帮忙，但遭到冷遇。随后遇见了耿先生，被指点要通过夜宴图去寻找一个宝物，方才有机会解救父亲。这是一个侦探故事的开端，之后即以"我"通过侦破夜宴图和耿先生给的诗签里的秘密，访问途中的各个人物，寻找各种可能的线索来取得宝物。这个过程中，还有多重的"螳螂捕蝉，黄雀在后"，"我"所探访的人物基本遭害，"我"在寻宝的途中也遭遇各种危险，最后在耿先生的保护下，顺利取得一个宝匣，并送到了国主李煜面前，却未曾想到这个宝匣并非真正的宝物，它反而让李煜陷入一种"天要亡我"的绝望。这个假宝物没有解救"我"的父亲，反而直接葬送了父亲的性命。在耿先生的帮助下，"我"躲进王宫里父亲的义女的房内，"姐弟"相认后，重新发现了线索。逃出王宫的"我"，很快就找到了真正的宝物，它是始皇时代留下的玉玺，拥有它代表着拥有天下。从事情发端到寻得宝物，这是一个非常完整的侦探叙事结构，其过程也充满着侦探小说会有的惊险和刺激，这些让小说显得通俗化、类型化，但其中也包含了一些宿命论的因子，比如一开始耿先生交代"我"去寻宝物时，顺带的一句是："我也只是说说罢了……若是命中该有此难，只恐躲也无济，倒也不如去历劫一番。"还有最后"我"寻得真正的宝物后，再见到耿先生时说了寻宝过程，谈及"我"从耿先生给的诗签获得启示后，耿先生感慨说："荒诞……这却真是有些荒诞了……""原本是有好些个签筒,出门时我只是随手取了这个,若是取了另一种,也就不是这意思了……""这是你的命"。这些细节,都指向一种宿命式的人生思索,同时也潜藏着一种偶然性成就必然性的历史哲学。这些超越了趣味性和刺激感的思考,是《无尽藏》区别于多数侦探小说的一个表现。当然,最重要的区别,还是寻得宝物之后的内容。"我"得到真正的宝物玉玺之后,如何处理它?一般通俗小说在真相揭秘后就宣告故事结束,或者补上一个大团圆性质的、多年之后的结局。但是《无尽藏》没有落入俗套,而是用"我"的选择来展开一种生存哲学层面的思考。"我"没有把玉玺交给宋代皇帝,更没有交给杀害了父亲的李煜。在不断的时间延宕中,"我"慢慢淡化了仇恨,宝物玉玺这个曾经无比重要的"真相",也成了一种不必要的、被定义为危险物的存在。这里面,有对生命价值的思考,也有对历史的反思。很多作家从《无尽藏》这部小说中读出了博尔赫斯的味道,如麦家说:"《无尽藏》承继了博尔赫斯和艾柯的伟大传统,在作者所营造的神秘而诡异的古典意境中,空间的迷宫进而演化为时间的迷宫,并由此呈现出一个现实主义文学所遗忘已久的宿命主题。这部小说补缺了我对于博尔赫斯未写长篇的遗憾。"还有邱华栋也说:"……我读到了庞贝的《无尽藏》,让我十分兴奋地感觉到,这可能就是我期待的那种博尔赫斯才可以写出而博尔赫斯无力完成的长篇小说。"这些评价,从博尔赫斯的叙事传统角度,证明了《无尽藏》的侦探叙事结构及其超越普通侦探故事的文学意义。

麦家和庞贝,以不同的题材和视角,证明着侦探叙事结构在书写人的命运和历史哲学层面,与传统的文学叙事方式一样,能够取得并不普通、简单的思考深度。而且,侦探叙事特征还为这些文本增加了阅读魅力。麦家的小说成功进入大众视野,获得了世界性的声誉,而《无尽藏》也排入2014年度《亚洲周刊》全球十大中文小说等好书榜,获得了很好的阅读反响。侦探叙事,让这些赓续了传统文学精神、带有严肃的生命和历史哲学思考的文学作品,真正走进了大众的阅读视野,摆脱了二十世纪九十年代以来文学边缘化之后的圈子写作问题，这对于今天的文学发展而言，也是一种可资借鉴的文学案例。

三、犯罪故事与人性张力

借用侦探叙事结构来开展纯文学意义上的精神探查的当代作家，自然不只麦家和庞贝，还有很多作家也在进行这样的融合。比如迟子建、北村、艾伟、须一瓜、田耳、阿乙、王十月、王威廉、双雪涛等。只不过，这些作家对侦探叙事的处理更为内在化，没有麦家的《解密》《暗算》《风声》，以及庞贝的《无尽藏》那样在叙事结构和题材层面来得如此清晰。而且，与麦家、庞贝不同的是，他们对侦探叙事的征用，主要是因着他们处理的是犯罪故事题材，要表现的也主要是人性层面的思考。犯罪故事天然地与侦探叙事和人性反思相关，对犯罪故事的热衷，以及对文学要表现人性复杂性的认知，这些都促动着当代作家自觉或不自觉地征用侦探叙事。

迟子建的《群山之巅》里，没有明显的侦探叙事结构，但内部藏着很多犯罪故事，比如警察安平对辛欣来的侦查与追捕，以及陈媛与唐眉两室友之间的矛盾与毒害，对它们的叙述，都带有侦探色彩。迟子建在小说中掺入这些犯罪和侦查情节，一是增加了小说情节上的惊悚感，但更是增强了人与人之间人性较量的力度，以及人的自我内心搏斗的复杂性。北村的小说处理犯罪故事时，更是目的明确地指向人性内在面的纠结与矛盾，要从犯罪中看到人的悔罪，进而讲述上帝的爱。比如在《我和上帝有个约》里，陈步森和团伙入室抢劫砸死李寂后，讲述犯罪人物的内心世界之外，也有警察和李寂妻子冷薇的侦查叙述。案件侦查和人心侦查，在北村的小说里融合得尤其紧密，我们看到的是犯罪故事，更是犯罪人物逐渐走向信仰上帝的内心演变。艾伟的《爱人有罪》等小说也是用犯罪故事来探查人性深渊。王十月的《人罪》和《收脚印的人》，则更为清晰地征用犯罪事件和侦探叙事。《人罪》中以水果摊贩陈责我误杀城管吴用为开端，引发了审判法官陈责我当年的犯罪事件。王十月不是要侦探式地用一个事件来发现另一个事件,而是将它们勾连起来,促使法官陈责我开始了内心的矛盾斗争,他想赎罪,但又不能透露真相。《收脚印的人》同样如此,王端午"收脚印"式的忏悔和赎罪行动,既是侦探叙事般地揭露当年的犯罪事实,也是对犯罪者人心、人性的考量。

  以上作家作品对侦探叙事的使用,或许都是非刻意性的,只是因为处理犯罪题材必需存在的情节结构。而从须一瓜、田耳、阿乙等人的一些重要作品中,却能够感觉到作家是有意借鉴了侦探叙事,如此让他们书写的犯罪故事变得更富曲折度和魅惑性。须一瓜的《太阳黑子》(后被改编为电影《烈日灼心》)和《双眼台风》,都是犯罪题材、侦探故事。《太阳黑子》开篇就是写的士司机遭遇被乘客用绳勒脖子和被匕首威胁的场面,突然出现的警察解了局,但留下大的悬念:"两车的警员都反应过来了,很显然,他们刚刚错过了一个疑窦丛生的瞬间","最后,一名警员说,说不定把他们的身份证号,上网一验,全他妈逃犯"。而随后三个男人和一个小女孩奇怪的出行,包括写饭店女服务员们对到底谁是小女孩的父亲的玩笑式疑问,都在营造一个更大的疑惑。在这些疑惑、悬念的引导下,小说慢慢展开了一个包裹着复杂人性搏斗的侦查与反侦查故事。《双眼台风》也是一个破案故事,小说从甘文义招供自己才是十几年前已经结案的一个强奸杀人案的凶手开始,这个案件当年的凶手已经被枪决,也就意味着当年的警方曾制造了一个冤假错案。这个突然出现的真凶招供,引发了警界两股力量的博弈:一是当年主审此案、一手制造了这个冤假错案、现在已高升市局副局长的鲍雪飞,案件涉及她的媒体形象和官运前途,她要强势地压制这个案件的真相;另一个是"疯子"警官傅里安,充满正义感,有着突出的侦查能力,他突破鲍雪飞的重重阻碍,最终促使案件平反。《双眼台风》比《太阳黑子》更像侦探小说。《太阳黑子》里面有着三凶手养护小女孩的线索,他们一方面要反侦查,一方面更是在"女儿"的天真可爱面前感受到罪孽深重,这里面的内心搏斗是激烈的,有着很强的人性冲突。而《双眼台风》，几乎就是叙述鲍雪飞和傅里安之间的博弈，写他们如何侦查与反侦查，最后也是案件得到平反、正义得到伸张，这是比较典型的通俗小说故事和侦探小说结构。当然，其中也有很多鲍雪飞的心理书写，两股力量的斗争归根结底也是人性的较量。

须一瓜的犯罪小说侧重于对犯罪人物的人性矛盾的书写，而田耳的罪案小说则把人性和宿命做了另一种意义上的融合。《一个人张灯结彩》里，田耳用老黄破案的故事来侧写哑巴小于一个人张灯结彩的生活，这里面，有老黄破案的侦探叙事，更有小于的情人钢渣，很巧合地抢劫杀害了小于的哥哥于心亮。这个犯罪故事，见出哑巴小于的生活性情，以及小说众多人物之间的奇妙关系，一种宿命感油然而生。《风蚀地带》更为典型地表现人性和宿命，它用一个侦探小说的结构，将众多人物的情感和生命编织进来。小说有两条线，一是跟随着警察夏谦有意无意的侦探行动，他主要是为了帮朋友寻找失踪多年的儿子，这条线侧重人物心理的表现；二是围绕枪支而开展的、警察方面专业的侦查工作。在这两条线的侦查叙事中，逐渐挖掘和叙述出一个藏有杀人罪恶的爱情故事。这个小说，除开对人物爱情关系的伦理思考，还有着特别深沉的宿命论哲学。小说中的魏成功，总是不自觉地进入他枪杀余天的那个幽暗之地，最后他也是因此而被警方轻松捕获。这种被潜意识控制的生命，似乎是一种被内心之罪牵引着的生命历程，内里潜藏着一片神秘的人性深渊。另外，《夏天糖》和《天体悬浮》也是犯罪故事，也潜藏着侦探叙事结构，也是对人性和宿命的表现。《夏天糖》里的犯罪者江标，只是一个老实巴交的货车师傅，年轻时一次次地遇到一个睡马路中间的穿着绿裙子的三岁女孩，他每次都要停车把她抱开。小女孩爱吃夏天糖（薄荷糖），他每次都带薄荷糖给她吃。这份经历对江标影响深远，在他心里留下了一种温润的记忆。多年后，江标在舞厅遇到妓女铃兰，他认为她就是当年的睡马路中间的女孩，于是他一次次想把她从舞厅带走，想"拯救"她。最后，江标把铃兰带到之前的那条马路上，让她穿着绿裙子睡在马路中央，他开车过去将她碾死了。江标的犯罪，是一种心理的、人性的作用，他要毁灭的是自己内心那份永远也摆脱不了的记忆。这个故事，不是严格的侦探叙事，但比侦探叙事还要魅惑人心。田耳是从人心世界、从犯罪者的内心视角来揭示这个罪恶的真相的。叙述行为就是对犯罪真相的揭示。在这里，我们看到江标犯罪的心理根源，也看到了一种神秘的人生宿命。《天体悬浮》的侦探元素比《夏天糖》更为清晰。用"我"（丁一腾）的视角，讲述符启明的生命史，从开始到最终，既是符启明人生经历的浮现，也是符启明犯罪事业的完全披露。其中，也有着对符启明多面的人性思考，以及一种宿命论性质的生命感慨。

  田耳之外，还可举例阿乙。阿乙也是典型的犯罪故事爱好者。阿乙曾做过警察，他很擅于利用犯罪故事来表现人性思索。《春天》里面没有怎么出现警察的身影，但是开篇的去殡仪馆看尸体，形成一大悬念。随后对于春天死前与"我"和小莉共同生活的回忆叙述，就是对春天为何死亡的真相揭示。《下面，我该干些什么》叙述犯罪行为的实施过程，以罪犯的口吻把一桩犯罪事件细细道来，这种不需侦探的侦探结构，别有一番趣味，可以视作一种拆解侦探叙事的先锋实验，由此可看到作家不满足于只是讲一个犯罪故事的叙事思想，他的犯罪动机和犯罪过程，都充满着人性批判和时代性问题反思。另外，2018年新长篇《早上九点叫醒我》，也充满浓烈的悬疑气息，开篇就交代地方狠角宏阳的死，形成一个巨大的谜。随后是叙述他的葬礼。树倒猢狲散，宏阳的死，把整个乡村世界的人心现实表现出来，同时也交代了宏阳那交织着暴力和欲望的一生。侦破宏阳这一个体的生命史，就是揭示整个乡村世界的运作秘密，阿乙写出了一个乡村重要人物的时代性落幕。

  犯罪故事总是牵连着人性，当代作家对犯罪故事的书写，其表现方式当然不止于前述作家。在这个耸人听闻的犯罪事件作为新闻变得满天飞的新媒体时代，作家的创作要想不触及一些犯罪事件都显得很难。它们会不经意间就闯入作家的笔下，被编织进作家的故事世界。我们谈及的须一瓜、田耳、阿乙等，只是其中较为明显的几个，其他中青年作家的创作，涉及罪案故事和侦探叙事的，还有很多，比如"八零后"作家的双雪涛、王威廉、陈崇正、小昌等。双雪涛的《平原上的摩西》，里边最核心的故事，是一场多年前遗留下来的劫杀出租车司机案，小说主角通过侦查这个案件，寻找到了小时候的伙伴。侦探叙事是这个小说的骨架，灵魂却是庄树和李斐之间的情感，以及包裹在其中的各种错综复杂的历史和人性。王威廉长篇小说《获救者》里，三个年轻人闯入一个由残疾人、拾荒者组建的地下王国，通过他们的眼睛，以及他们在地下王国的遭遇，侦破了这个幽暗王国的统治秘密，包括这个王国国王的真实面目。侦探和惊险，悬念与真相，这些都是这部哲理小说携带了侦探叙事特征的明显证据。陈崇正的一系列"分身术"小说，充斥着悬疑和恐怖色彩，内在于小说中的罪恶事件，也离不开侦探般的叙述者，探寻着当代乡村世界隐没在传统巫术与现代技术之后的人性变异。

最后，我们回到开篇时的科幻小说话题。博尔赫斯在《侦探小说》这篇口述文章里，对当时的侦探小说走向有一个判断："这类文学可能现已变得等而下之，而且事实上正在走下坡路，时下侦探小说已被科学幻想小说超越或取代。"[1] 如今，我们的文学发展似乎也在证明着这一现象。但是，侦探叙事因为和悬疑、推理小说之间的紧密关系，它的影响力其实一直持续至今。我们看各种畅销书排行榜，阿加莎·克里斯蒂、东野圭吾、丹·布朗、埃勒里·奎因等人的小说一直备受读者喜爱。同时，侦探、悬疑、推理影视剧也一直是最吸引大众观看的类型。而且，人对悬念、对犯罪、对推理思维的兴趣，本身也是一种天生的趣味。如此，若要说侦探小说在走下坡路，也只是爱伦·坡这些伟大的侦探小说家离开之后，侦探叙事走下了高高在上的神秘神坛，真正进入了其他的创作领域。包括我们前面所列述的中国当代传统文学意义上的写作，都是获益于侦探叙事。同时，对于新崛起的科幻小说，我们又能说它摆脱了侦探叙事吗？无论是从刘慈欣的《三体》，

---

[1] ［阿根廷］豪尔赫·路易斯·博尔赫斯：《博尔赫斯，口述》，黄志良译，上海：上海译文出版社，2015年，第59页。

还是到思想气息突出的李宏伟的《国王与抒情诗》，内在的关于未来的想象，都掺杂着悬疑，都融合着探秘式的侦探叙事结构。《三体》里，侦破叶文洁的"阴谋"，需要科学的推理，也需要警界的破案手段。《国王与抒情诗》，开篇就是"2050年诺贝尔文学奖得主宇文往户意外去世"，由此开启了一系列的悬念，黎普雷追踪宇文往户的死因，然后侦查出这个庞大帝国的运作秘密。可以说，正是借着侦探叙事结构，作家对未来的科幻想象，以及关于文学、政治与科技命运的忧虑，才得到很好的表现。

总而言之，侦探叙事已进入今天各种各样的叙事作品里。或许，只要有故事，就会有悬念。而有悬念的地方，又如何能完全撇开侦探叙事？当代中国的小说创作，从先锋文学到今天的科幻小说，多多少少、或显或隐都有着侦探叙事的影子，而且，这影子不是阴影，而是一片刺激的光影，间歇性地为愈来愈严肃化、圈子化的传统叙事添上生动的曲线。

关键词 城市文学

城市文学：从传统到未来

吴义勤　陈培浩

"城市文学"事实上是一个直到二十世纪八十年代初才开始被学界启用的概念。虽然基于后设效应，研究者为"城市文学"编织了严丝合缝、起承转合、源远流长的历史谱系，这一谱系甚至是打通古今的，往往从唐传奇《虬髯客传》《李娃传》《霍小玉传》等说起，据说当时古代城市已经有了相当规模，各种史料都证明古代的城市人群已经形成相应的城市文化，唐传奇正是这种城市文化的一部分。这个"城市文学"的故事于是便沿着宋人话本、元人杂剧以至明清小说"三言二拍"、《金瓶梅》、《红楼梦》一路讲下去。到了晚清，当然要讲《海上花列传》，它"将上海特有的大都市气息与地缘特色熔于一炉，形成一种'都市的地方色彩'，当是开启后世所谓'海派'文学先河之作"（王德威语）。顺流而下，"从1920年代末的刘呐鸥、穆时英，

549

到 1940 年代的张爱玲、苏青、徐訏，作家们在文本中呈现出一个或光怪陆离、奢靡颓废，或精刮算计、务实重利的都市形象"（郭冰茹语）。随之，"'城市文学'枯水季，出现在延安时期到 70 年代后期"，然后则是二十世纪八九十年代"城市文学"的归来，王安忆们"以返城知青的视角叙写他们的迷茫"，以一个女人的命运故事为一座城市的历史和灵魂显影；卫慧、棉棉赓续"新感觉派""妖魔化的城市文学传统"，用"酒吧、股市、网络、手机、吸毒、自慰、虐恋、使馆区、跨国恋、同性恋、双性恋、性无能、性超人、代际冲突、身体写作……"（施战军语）刷新和扩张了"新感觉派"的文学符号系统。而新世纪以来，来自乡野，心在京城的"京漂一族"则以与传统京派截然相反的书写路径出示了崭新的"城市书写"。

很有必要看到这个卯榫合辙的叙事不过是当代城市话语的一种后设效应。事实上，"城市文学"这个概念直到二十世纪八十年代才开始被广泛启用，这个概念内部至今横亘着内涵和外延极不相同、难以通约的驳杂文本。中国古代并无"城市文学"概念；二十世纪二十年代的刘呐鸥、穆时英等人，用的是从日本来的"新感觉派"概念；二十世纪四十年代的张爱玲则被称为"海派"；二十世纪六十年代，城市对当代中国和当代文学都具有不言而喻的重要性，但那时并不称为"城市文学"，而特别强调是"工业题材小说"……如今这些概念所指称的对象"移风易俗"而居于"城市文学"名下，透露的究竟是一种怎样的信息呢？

二十世纪八十年代以来的"城市文学"概念，很大程度上根植于彼时的"现代化话语"。马克思、恩格斯在他们合撰的《费尔巴哈》一书中认为"物质劳动和精神劳动的最大一次分工，就是城市和乡村的分离。城乡之间的对立是随着野蛮向文明的过渡、部落制度向国家的过渡、地方局限性向民族的过渡而开始的"。这段话在二十世纪八十年代经常被引用，其内在的从农村到城市的社会进化论话语是现代化话语的核心部分。既然城市被认为代表着人类文明的未来，"城市文学"取代"乡土文学"自然被认为是合规律性的必由之路。

但是，不同主体对"城市文学"依然有着差异性极大的使用。1984年，一位论者认为，"今天的城市文学应是反映以工人为主体（干部、知识分子也是工人阶级的一部分）的城市各阶层人民生活的、表现社会主义的城市意识的文学"（陈辽《城市文学刍议》）。这里对"城市文学"的界定主要是从书写对象的社会身份出发，其偏颇和局限跟从题材来界定的方法很相近。紧接着，人们意识到，"城市文学"不仅是作品题材和人物身份问题，更是文化形态问题。于是，一种将城市贯通文化，以人物表征城市的写法开始建立起来，最有名的大概是王安忆的《长恨歌》了。二十世纪八十年代以来，与"城市文学"比邻的还有"都市文学"概念。"都市"在规模上比"城市"大，"都市文学"这一概念的提出，目的大概在于彰显当代大城市的特殊经验，所以这一概念的产生，跟二十世纪九十年代市场化经济迅速发展催生的当代都市景观密切相关。

"城市文学"这一概念近年再次大热，这一次它被置于"新城市文学"的称谓中。"新城市文学"概念的提出，意在提示与传统城市不同的"新城市"的出现。传统城市以文化和语言共同体为基础，有其附着和根系，而"新城市"多由移民构成，高科技生成了它雄伟美妙的外观，可是这类无根城市的人心归于何处，不能不成为当代文学界重要的关切。本期话题由刘艳和陈培浩两位评论家参与讨论。刘艳以严歌苓和张翎两位重要的海外华文作家小说中的城市书写为对象，陈培浩则聚焦邓一光、王威廉的"新城市书写"，他们的文章恰好使大陆与海外的城市书写有了互补。

在我们看来，与其将不同文化语境的"城市书写"不加辨别地罗置在"城市文学史"的名下,不如基于更明确的当代文化立场,辨明不同"城市文学"的类型、优胜和限度。恰如研究者所言,当代"城市文学"存在着"日常的""文化的""寓言的"三种重要形态。老舍书写的北平市民,近于日常;王安忆书写的王琦瑶,已经成为一个城市的文化代表;而卡尔维诺书写的那五十五个"看不见的城市",则将现代的焦虑寓于诗化象征之中。这些书写,自然都是成功的探索。可是,不要忘了,"未来已来"的时代,新城市经验和文明转型的浪潮再次拍岸,催赶人们在新经验中为"新城市"创制新美学。

新世纪海外华文写作的城市书写
——以严歌苓、张翎为例

◎刘 艳

"五四"新文化运动催生的一批问题小说家,其中一部分成为文学研究会的中坚分子,"为人生"的写作奠定了关于现代市镇和乡土文学现实主义书写的基本叙述模式。乡土文学现实主义书写,一直是更加主流的文学样式。但是,二十世纪八十年代以来,中国城市化的进程是显而易见的,进入二十一世纪,随着全球化进程的加速,关于城乡文学的叙事也悄然出现了某些新的特质。据统计,2011年中国城镇人口超过了农村人口,作家们也大多或者说基本上是居于城市,城市生活已经成为作家们必须天天面对的日常生活,这是城市文学、城市书写的前提和新的契机。乡村文明崩溃后所兴起的新文明,被认为是多种文化杂糅交汇的一种文明。而大批涌入城市的农民或其他移民,正在形成以都市文化为核心的新文明。在以都市文化为核心的新文明基础上,城市书写、城市文学,成了重要的题材选择和文学样式。

笔者曾经论述过,新世纪以来,在严歌苓、张翎、陈河等海外华文文学代表性作家这里,更多的,是一种中国叙事或者说中国故事的讲述,或者,用王德威的说法,他们在"以不同的场域,甚至实验着不同的语言,来想象着他们心目中的话语,他们心目中的中国,他们心目中的中国历史"。而与国内作家相比，海外华文作家是更加"被城市化"和为以都市文化为核心的新文明所洗礼、浸润的一些人。他们所讲述的中国故事，很多都在城市书写层面给我们很多有益的启示，甚至为我们当下的城市书写，呈示和开启了一种新的维度。而海外华文文学其实是与中国当代文学叙述不能两相割裂的，彼此是相兼容的，所以如果把严歌苓、张翎等作家置于"五四"以来新文学的源流里面，看城市文学、城市书写，自"五四"蜿蜒逶迤至今的一种流变，或许更加能够发现她们城市书写的价值所在。

一、新世纪严歌苓写作中的城市书写

"五四"新文化运动催生的一批问题小说家，其中一部分成为文学研究会的中坚分子，"为人生"的写作奠定了关于现代市镇和乡土文学现实主义书写的基本叙述模式。茅盾是将人生派现实主义精神接过来，建立革命现实主义文学模式的奠基者，他的写作也解决了此前文学在表现都市生活方面的欠缺和不足的问题。老舍的写作被视为"京味小说"的源头，作品以对北京市民日常生活全景式的风俗民情的描写而著称。二十世纪三十年代的上海，形成了中国的现代消费文化环境。早期的张资平、叶灵凤等，后来的刘呐鸥、穆时英、施蛰存等，开启了向市民阅读趣味倾斜的、描写都市生活和进行城市书写的海派小说的写作。二十世纪四十年代，城市书写在张爱玲、苏青等人身上得以继续。"十七年"文学的城市叙述，也表现出极其强烈的现代性诉求，只是这种现代性被限定在了社会主义的"公共性"和工业化方面。二十世纪八十年代中国文学的现代主义复苏，城市书写中的日常性、消费性，等等，也随之复苏和发展。近年来，关于城市的文学想象及其研究，也一度成为热点。新世纪海外华文作家以写作来完成他们的中国想象——想象他们心目中的话语，他们心目中的中国，他们心目中的中国历史，当然还有他们心目中的中国的现实。无论是历史中国想象，还是现实中国想象，都可以见出严歌苓、张翎们在城市文学书写方面所抵达的层面、所呈示和开启的维度。

可以说，文学中的城市不仅是经验的，也是被想象性意义所赋予的，是一个被构筑的意义体，甚至于是一种符号表达。这种"文本"上的城市，与实际的城市并不会完全相同。那么，每个不同的城市为什么被赋予意义，被赋予什么样的意义，又是怎样被赋予意义的呢？对于中国人来说，"城市"是一个概念，经常表现为一种现代性意义的堆砌，被表达为国家的解放与国家的现代化、工业化意义。现代性的修辞策略，似乎是城市文学避免不了的。近代以来，国人对国家现代化的强烈诉求，已成为一种民族"想象的共同体"，而城市就充当了国家现代化意义的一个最大载体。新世纪海外华文写作的中国想象，在历史想象和现实想象两个维度打开。无论是对中国故事的历史想象（历史书写），还是现实想象（现实书写），都有关涉城市和城市生活的书写。海外华文作家较之内地作家，其实更具备现代性修辞策略的素质，但是他们所做的城市书写，往往不去对城市现代性做过多的强调和突出，他们的城市书写，是围绕着故事发生，是融入到小说叙事当中的，很难将之剥离出来，做一种独立的观照。

《也是亚当，也是夏娃》，被笔者认为是严歌苓尝试沟通东西方文化、做多元文化融摄和整合最为有力的一个代表作，其中有对西方现代城市的书写，白种男人亚当购买华人女性作为代孕母亲的故事里，他们共同生活的居所，共同承载的城市生活，最符合现代性的修辞策略。可在现代性修辞策略之上的，是不同族群和不同文化的人，在人性基础上彼此沟通的可能和一种普遍意义的生存困境。亚当和"我"在非婚生、代孕而生的女儿菲比患病时，共同的牵肠挂肚、痛不欲生，和在菲比弥留之际的共同面对、菲比墓前的苦楚与惆怅，让东方与西方不再远隔和对立，共同的苦与痛需要亚当和"我"共同去面对。《花儿与少年》中好端端的夫妻晚江和洪敏，所经历的二十世纪八十年代的城市社会生活，简直就是当时社会生活、城市生活的缩影——分房而不得,为了生活,为了孩子的未来,感情好好的夫妻,"托了一串熟人,离婚手续竟在一个礼拜之内就办妥了"。本来爱着和感情好好的夫妻离了婚,晚江假借刘先生也就是老瀚夫瑞出国了,慢慢又寻机会把家人接了出去,为此过着暗影憧憧的危险生活。《一个女人的史诗》中,可以见到市民生活,但是并没有充分展开的城市书写,所有的时光荏苒,都落实到田苏菲和欧阳萸的小日子之上了。

真正具备一定城市书写维度的,应该是严歌苓的英文小说《赴宴者》,后又有了中文译本。就在这部笔者所认为的最不具备"严歌苓体"文体特征(严歌苓本人也认同笔者的看法)的小说里,直接反映了当时一个特殊的社会现象——社会中存在"宴会虫"这样一类人和现象。小说的故事核是"宴会虫"董丹,其以假记者的身份,即"自由撰稿人"的假身份吃宴会、拿车马费,却因为自己不泯的良知和正义感,差点成了真的自由撰稿记者,最后以被警方抓获而告终。小说中涉及大量的关于北京这个城市的日常生活,各个阶层、不同职业的人的工作与生活,以及他们的生活现实与心理现实。笔者曾经很小心地去探究小说中的情节、细节,寻找这个故事是发生在哪个城市的蛛丝马迹。2019年2月9日,笔者与严歌苓本人交流和求证过——她坦言小说的素材,来自2000年左右中央电视台《焦点访谈》的一期节目,她专门研究过那期节目的VCR。严歌苓也明确告知,《赴宴者》中所写的城市,是北京。但是,如果不是细心留心小说的一些细节,很难有鲜明的阅读体会——觉得小说是在写北京这个城市和这个城市里发生的故事。笔者猜测,这可能与严歌苓本人是上海人,她对北京城与人的了解,不像她对上海那么熟悉有关。上海对于严歌苓而言,是浸润到身体和骨子里的一种熟稔和了如指掌。

《妈阁是座城》(2014)曾被笔者视为严歌苓小说女性叙事的一个节点。小说写的是赌城妈阁的叠码仔梅晓鸥与赌客之间的故事——或者也可以简略为"一个女人和三个男人的故事",这三个男人——段凯文、史奇澜、卢晋桐,真正与梅晓鸥发生感情纠葛的,是卢晋桐和史奇澜,而段凯文与她之间，顶多是有些许的暧昧，完全没有超越暧昧的层面，这其实也是小说家的智慧之处。E.M.福斯特曾经很反对亚里士多德"人类所有的幸与不幸全表现于行动"，他认为幸与不幸存在于秘密生活中，小说家的智慧和高明之处，该是表现秘密生活。已经揭示出来的生活，便已经失去了秘密性，已然进入行动的领域。所有明晰的行动，其指向都是简单而明确的。艺术的气息，恰恰要为那些生活中的秘密和情感的秘密所养成，或者说是由之来氤氲生成。陈晓明先生曾经委婉指出《妈阁是座城》太过暧昧的小说叙事艺术，而笔者却深深喜爱和推崇这个小说中的"暧昧"表达——不同读者和研究者的阅读感受的差异性，大致就在这里了。话说回来，迄今似乎还未见有谁能把赌城澳门和赌城男女的城市性、现代性、人性复杂性，以及现代文明病层面的揭示，写得像严歌苓这么不动声色，又兼具摄人魂魄般的故事性和可读性。据有关宣传称，由李少红执导的新片《妈阁是座城》正式定档于2019年5月17日，这部电影的宣传称该片是前所未有的"女性视角版赌城迷情"。[①] 是不是可以这样说呢？严歌苓为赌城和赌城的人，以及赌城里发生的情感故事，写了一部长篇小说，这部长篇小说，可以为当下如何进行城市书写提供有益的参照和借鉴。

《妈阁是座城》之后的《上海舞男》（原发于《花城》2015年第6期），上海文艺出版社出版单行本时更名为《舞男》（2016）。笔者与研究者，包括严歌苓本人，都认为"上海舞男"的小说名其实更好。其中一个很重要的原因，便是"上海"这个城市对于小说叙事的重要性。有关上海的过去和现在的城市书写，在《陆犯焉识》（2011）中已经有着颇多的呈示。《上海舞男》小说里，则做了四度空间之外、五度空间层面的探索，也就是范迁所说的"心相流转，瞬间一世纪，心相即现相，现相即无相"，而严歌苓能够"推开一扇五度空间之门，一闪而入"。《上海舞男》是"套中套"叙事结构的嵌套与绾合——八十多年前也常常来这个老舞厅的石乃瑛和舞

---

① 该影片于2019年6月14日正式公映。——本书编者注

女阿绿的故事和情感纠葛,自始至终与张蓓蓓和杨东的故事平行发展而又互相嵌套,不只是互相牵线撮合——绾,还要水乳交融,在关节处还要盘绕成结——绾合。也就是说,两套叙事结构彼此还要打个结儿,为对方提供情节发展的动力。工人新村、公寓、闵行的别墅,等等,无不是具有上海独具特色的老旧气息或者是现代性特征的。围绕主要人物的次要人物,阿亮夫妻、夜开花,等等,也是骨子里都散发着上海气味的。掩去了"上海"这个城市的名字,小说也依然透出浓重的上海气息,绝不会被读者误作为其他的城市——这或许就是一部长篇小说在城市书写方面的一个至高境界了吧。那个有着八十多年历史的上海老舞厅,在整个小说叙事当中时不时出现、浮现,是严歌苓为上海这个城市所勾画出的魂魄和精魂所在。杨东出走后,舞厅是蓓蓓的伤心地,一个骨子里那么骄傲的女人,频频流连于她和杨东相识、共度时光的老舞厅,其中的苦楚与痛,蓓蓓知道;相信能够深味这种思恋之苦的人,也能体会吧。

  蓓蓓终于绕不开伤心地了。她重新踏进舞厅需要给自己借口,不能这么没出息地承认,舞厅是她千里寻夫的最后一站。她的借口是世贸会之前,所有老上海的著名舞厅、戏院都会翻修,供各国来宾体味老上海遗风。蓓蓓走进门廊,转脸向右,原先右边挂了块壁板,舞师的姓名、课时、教授的舞蹈种类每天变化,都会被写在壁板上面。舞厅生意最旺的时候,杨东往往一天教六小时到八小时国标基础课。现在那块壁板被摘掉了。许多旧痕迹被翻修没了。翻修归翻修,八十多岁老舞厅的气味还在。老了的东西都是气味大,老人老家具老房子,一样的。生命力的体现改变了,一些方面的生命力丧失了,如吃喝、求偶、生殖,变成另外的生命力,如气味、脾性,凡是老了的生命,气味和脾性一样强烈,也都很臭。老舞厅也是生命啊。

  能如《上海舞男》中这样,写出"上海"这个城市的前世今生,在王安忆的《长恨歌》中我们也见识过。但是《上海舞男》是被赋予了严歌苓的文学想象、中国想象,以及"严歌苓体"的文学意义的。

二、张翎的城市书写:《都市猫语》细读

张翎的短篇小说《都市猫语》,原发于《花城》2017年第4期,是笔者甚为喜爱的张翎的一部作品。之所以按捺不住要对它做一个细读式的文本分析,是因为这个短篇实在是精彩。它不仅是张翎直面当下和现实的中国想象,还是新世纪海外华文写作中关涉城市书写的代表性作品。张翎身在海外,写城市生活,不具备天时、地利、人和的便利条件,与当下的国内正在勃兴的城市文明,有着地域之隔——毕竟不能像我们内地的作家,天天生活于其中,从美学和日常生活经验的角度,内地作家就先与书写对象"不隔"了。连张翎自己在创作谈《猫语,抑或人语?》里都说:"《都市猫语》是我近年一系列探险举动中的一部分。在二十年的写作生涯中,我一直有意识地回避两种题材——关乎自身和当下的,因为我觉得这两样是我一直看不清楚的事情。我以往的大部分小说题材,都是从时间线上横着片下一个长截面,从历史一路延伸到现今,很少竖着下刀,取出一个当下断面。"所以说,张翎能够写出这样兼具现实关注力度和文学力量的作品,既让人吃惊,也让笔者颇有兴味要对《都市猫语》做一个文本细读式的品评。

与张翎同是温州籍的作家王手在中短篇小说方面也是颇有造诣,他曾经说过:"短篇不一定都有一个大的起势,但一定得找到一个好的入口,这个入口可以很小,但进去之后一定要有绮丽的风光。这个'风光',就是一些短篇小说新的元素。"有研究者说:所谓"入口",就是小说的视角选择或方位,还包括视角展开后牵动叙事的迤逦的通道。有了好的、恰当的"入口",才会使后面的叙述趋于和谐或平衡。《都市猫语》在题材选择上,俨然就是一个城市生活的底层叙述和底层文学书写,是来城里打工、做了的哥的茂盛,在城里租了那种在年复一年的拆迁风声中活活等老了的

旧平房。小说叙事里很快出现了老黄——老黄是一只母猫,被茂盛喂了几口吃剩的盒饭之后,竟然在第二天同一时间回来寻食,后来干脆登堂入室,赖在茂盛屋里不走了。小说如果仅仅是如此,倒还罢了。平房很快又迎来了新的房客——赵小芬,赵小芬还带来了一只刚断奶不久、很小的小猫——小黑。《都市猫语》里,叙述人主要是采用茂盛的视角来叙述,以茂盛的视角为主的叙述所展开的,是在茂盛和小芬之间的故事和小说叙事;小说还有另外的叙述视角,即采用老黄和小黑这两只猫——动物的视角来叙述,由此形成两只猫之间的纠葛与故事的内套的叙事序列或者说是叙事结构。猫的视角的叙述是嵌套、绾合在对两个租房人的故事叙述当中的,从而形成小说层峦叠嶂的叙事结构和舒徐有致的叙事进程。

　　说实话,短篇小说由于体量短小,若再格外加上所写内容如果比较贴近现实生活,写作者常常会在一种无可奈何中向现实妥协——连语言文字也要常常向现实妥协。经不住现实的磨砺而文字常常粗疏、缺少艺术质感的短篇小说,实在是太多了。其实,写现实生活的小说,恰恰是非常忌讳过于贴近现实、俯就于现实而无法升腾起一种文学性。小说尤其短篇小说的艺术性,恰恰要在对于生活的"秘密"的揭示或"揭"而不"示"中体现出来。《都市猫语》一开篇,就是茂盛一觉醒来,手摸到枕头下,发现自己用了三年的手机毫无预兆地死了。

> 　　这一阵子他生活里发生的事情似乎都是毫无预兆的。比如正月里,他那个向来力壮如牛连医院的门都没进过的爹,头天晚上还在跟人大呼小嚷地喝酒猜拳,第二天到了中午也不肯起床,一摸,已经浑身冰凉。再比如春天里他和哥哥包养的鱼塘,头天鱼还活蹦乱跳的,第二天早上塘面上却是白花花的一片。他还以为是日头反射在水上的光,走近了才看清楚那是死鱼翻起来的肚皮。再比如已经跟他谈了一年恋爱的桔子,五一还在和他谈着聘礼的事,六月里却跟邻村的祥庆订了婚。桔子跟自己什么事情都做过了,而且,他们从来没有吵过嘴。

岂止没吵过嘴,连句厉害话也是没说过的。

他只是没想到。

爹死了,鱼塘里的鱼死了,已到谈婚论嫁程度的桔子毫无征兆地另嫁了别人——这些生活中再寻常不过的事情,张翎没有简简单单如实照录,叙述人用了茂盛的视角来叙述这些事,而且里面满是茂盛的困惑,这就让小说叙事所展示的事件变得有意思起来,给人感觉生活是有很多"秘密"的,而我们并没有办法参透这些秘密——当然,接下来的小说叙事,隐含作者和叙述人会不断地给我们展示秘密并揭示秘密——生活的秘密和故事的秘密。小说叙事就在谜团和谜团解开,新的谜团形成,然后新的谜团又次第解开当中,吸引着读者的阅读兴味。

亚里士多德说过,"性格决定我们的品质,而行动——我们的所作所为——决定我们的幸与不幸。"在《小说面面观》当中,E.M.福斯特对此很不以为然。针对亚里士多德所说"人类所有的幸与不幸全表现于行动",E.M.福斯特指出:"我们认为幸与不幸存在于秘密生活中,这种生活是我们每个人都私下里过着的,小说家也已(通过他的人物)进行了表现。我们所谓的秘密生活是指这种生活没有外在的表征,也不是如一般人想象的,通过脱口而出的一个字眼或是一声叹息就能窥破的。脱口而出的一个字眼或是一声叹息跟一次讲演或是一桩谋杀一样是呈堂证供:表明由它们揭示出来的那种生活已经不再是秘密,已然进入行动的领域。"E.M.福斯特太希望小说表现所谓的秘密生活,因为已经揭示出来的生活,是行动,是结果,已经不再是秘密。小说家的权限或者说显示写作造诣的地方,恰恰是在展现这些生活的秘密。太过明白透彻的生活,已经超出优秀的小说家的权限和兴趣所在。

《都市猫语》的故事核,是的哥茂盛遇上了一位女房客小芬——与他一起合租平房。随着小说叙事对故事和事件叙述的次第展开,女房客的身份逐渐被揭示出来。她是一个洗脚妹,又是一个卖身女,她把熟客带回自己住的地方，以很低的价钱——最少五十、偶尔一百元——来出卖自己的身体。以常人难以理解的低价出卖自己，为需要换肾的弟弟筹钱——这样一个悲情又普通的故事，却由于张翎对小说叙事节奏的掌控、锤炼得几乎炉火纯青的语言以及文字质感，而令整个小说层峦叠嶂、波澜起伏。一层层地铺设"秘密"，再次第"解密"——是小说在并不繁富的情节之外，引起阅读兴味的秘密所在。

茂盛的爹头天晚上还跟人大呼小嚷地喝酒猜拳，第二天到了中午也不肯起床，一摸，已经浑身冰凉。这里头是有秘密的，叙述人借最年长的杨太公来窥秘："村里年岁最长见过世面最多的杨太公说其实天底下哪样事情都是有兆头的，只是人的眼睛太笨，看不出来底里。"茂盛仔细想想也是——茂盛是相信杨太公的话的，这本身就带有乡村里面深远的一种秘密的意味——年岁最长的人的话，总是为后人信服和值得村人细细品味的。"病虫子说不定已经在爹的肚子里住了三五年，只不过借着那顿酒才把疯撒出来而已。他是个凡人，没长天眼，他只能看见皮肉上突然鼓出来一个脓包，却看不见脓在皮肉底下已经行了九百九十九里路。"——不直接说是生了什么病，而是"脓在皮肉底下已经行了九百九十九里路"的脓包，让爹人没了——这样的文学性叙述的方式。茂盛是从村里出来打工的，到的是温州，因为听村里前一年出去打工的后生"说那个地方天气和暖人好活"。茂盛是一个太过普通的打工仔，可是他又好像不普通，他是怎么租下房子的呢？他对生活是有着心生诗意般的爱的——这样的爱，其实也同时传达给了这部小说的读者——我们。"那天他来看房子，大老远就看见门前有棵树，在风中抖啊抖啊，抖着满枝的绿和星星点点的黄。走近了，他才看清楚是挂了果的柑橘，只觉得眼睛一亮，心里便先有了几分喜欢。这地方在城郊，离市中心有些路，房子是那种在年复一年的拆迁风声中活活等老了的旧平房，颓败得紧，漏风，说不定还会漏雨，地板踩上去惊天动地地叫唤。但他一打开窗户满眼便是那片绿和黄"——如果说，这些已经让茂盛动了念要租这个房子，接下来的听闻几乎是让他笃定了要租这个房子——

"又听得房主开口说两间房统共月租六百——那个价格在城里刚够租一间厕所。他闭着眼睛还了五十块钱的价,暗想着一定招骂,没想到人家竟爽爽快快地答应了,他就猜那是天意——那棵柑橘就是老天爷给他的好彩头。"而房主如此慷慨,当然是有原因的:"当然,那时他并不知道这屋里不久前刚死过人,是一个久病的老人,实在捱不下病痛而上吊死的。当茂盛得知真相时,已经是几个月之后的事了,那时他已经和这屋子摩擦出了暖意,竟不知害怕了。" 读着这样的文字,会让读者禁不住觉得,即使是自己租住了这样的房子,也会已经"和这屋子摩擦出了暖意,竟不知害怕了"——这是小说叙述人的智慧和聪明之处,不经意间就让读者感同身受。

赵小芬住进来之后,很长一段时间里,茂盛都没有和她照过面。是家里多出来的东西提示着他屋里还存在着另外一个人:

只是家里多出了一些东西,在提示着他屋里还存在着另外一个人。比如说浴室里摆放的那些化妆品。

小芬的化妆品不是收在一个化妆包里,而是随意散落在浴室的各个角落。洗手盂旁边立着几支唇膏,肥皂架边上放着两瓶指甲油,洗澡时放干净衣服的凳子上搁着几盒粉底霜和粉饼……每一个瓶子每一个盒子都是脏的,内容涂溢到容器外边,混杂着女人的指痕唾沫和皮屑。茂盛不太懂女人的行头,桔子除了脸霜和口红之外,几乎没使过什么化妆品。桔子的口红是浅红的,接近于唇色,涂和不涂并没有太大的差别。茂盛是在那些散乱的化妆品里,发现了小芬的重口味的。宝蓝色的指甲油,黑色的唇膏,艳红的带闪光颗粒的胭脂……这个浓妆艳抹的女人走在街面上会是什么一副模样?茂盛突然对女人上班的时间和地点产生了一些奇怪的联想。

浴室里摆放的那些化妆品,是屋里还存在着另外一个人的明证。那些随意散落的化妆品,是用茂盛的视角来叙述的——茂盛的确是不太懂女人的行头。用茂盛的眼光和视角，很精细地呈现着小芬用了什么样的化妆品和怎样用着这些化妆品——这样的日常生活世相。但在呈现小芬的化妆品这样的日常生活世相的同时，作者又把思维的笔触伸向了人物的内心生活或者心理镜像，茂盛自然而然地想到了——"桔子除了脸霜和口红之外，几乎没使过什么化妆品。桔子的口红是浅红的，接近于唇色，涂和不涂并没有太大的差别"——茂盛唯一能够联想到和用来联系、参照的是他曾经的未婚妻——桔子。能够映射人物内心的细密幽微，这是小说家将小说叙事由生活表象和生活表层向深层开掘的一个表现，也同时营造出心理秘密的可能——进而茂盛对女人上班的时间和地点产生了一些奇怪的联想——新的悬疑和秘密产生了。

茂盛和女人互相留字条，在公用的冰箱上不断地贴出写给对方的字条。"很快那些纸条就排成了长长一支队伍，很奇怪，谁也没想起来把过期的那些揭下扔掉。""有时茂盛没事，端着一碗泡面站在冰箱跟前，一张一张地看着那些越排越长的纸条，心里竟有点想笑。这是两个人躲在错位的时间之后的喊话。不，是顶嘴。他说的每一句话，女人都会顶回来，不仅是内容，而且在句式，甚至到词语，很有点两国交兵寸土不让的意思。"在发现了茶几上烟灰缸里十八个不同牌子的烟蒂后，茂盛理直气壮地在冰箱上贴出了一张条子：

就在发现茶几上那个陌生烟灰缸里有十八个烟蒂的那一天，茂盛理直气壮地在冰箱上贴出了一张条子。
"不要往家里带人。"
其实这张条子已经在他脑子里酝酿了一阵子了。它最初的版本是：
"请不要随便往家里带陌生人。"
后来又改为：
"请不要随便往家里带人。"
再后来又改为：

"请不要往家里带人。"

等到最终的版本出现在冰箱上时,字数已经比初稿简化了将近一半。

茂盛删去了"请"字,因为这个字会把要求变成请求,而只要是请求,就必须接受遭到拒绝的可能性。"随意"和"陌生人"两个词,也会招致诸如"没有随意""不是陌生人"之类的反驳。他必须在所有的漏洞还没有成为漏洞的时候预见到漏洞,并把它们一一堵死。

对于贴出这张有点"抓奸"和警告意义的条子,茂盛真是颇费了一番心理周折。女人没有回应,"他最新的一张纸条之下,第一次出现了长久的空白""终于懂规矩了。他想"——这当然是茂盛的一厢情愿。"他就渐渐放松了警惕。"生活似乎再度回归了波澜不惊。但放松警惕的后果,是茂盛在不该他回住所的时候回去,意外撞见了小芬和陌生男人的床上"交易"。他勒令小芬搬出去。小芬当晚并没有走,反而是为他做了晚饭。她甚至从厨房里端出一个木盆,把盛着一盆热气腾腾的水的木盆放到茂盛的脚下,她要为茂盛洗脚按摩,也向茂盛交待了她卖身的缘由——攒钱为弟弟换肾。洗到最后,才揭示出女人为他洗脚是为了冲抵离月底还差六天的房租——她希望茂盛能退她一百一十元——"就算顶我今天给你洗脚的费用?"这是茂盛没有想到的,他的心理也在愤怒—同情—感觉被骗之间流转,最后他忍不住从口袋里数出几张纸币,扔在地上。"明天,你一定走人。"小芬和她的猫小黑离开了,但小说叙事并没有就此结束。小黑又自己寻路回来了——它舍不得茂盛的猫大黄。由猫,引得小芬再度回到这个平房。离开的几天里她是怎么过的呢?她去同事家里挤了两夜,又去长途客运站的候车室里过夜,然后为寻找丢失的小黑又转回来。她告诉茂盛弟弟换肾的钱已经攒够了。茂盛第二天早晨开车送小芬去动车站。女人过安检的时候,从手提包里拿出一个纸包,塞到他手里。"茂盛打开纸包,是一条内裤——那条黑色的、缝着蕾丝、钉着一朵红玫瑰的内裤。"——这条内裤,从茂盛观察与揣测小芬之初,便成了一个富有心理意象的物件,在小说中时隐时现,勾连起人物无比丰富的心理活动和心理现实。

　　原本缺少波澜起伏的小说叙事,借由以上的小说叙事策略和小说家对叙事节奏的良好把控,揭示着城市生活的繁富、细密、幽微,尤其是揭示出城市底层的"秘密生活"。小说家一层一层地铺设"秘密",再次第"解密"——回避了小说本身并不具有繁富情节的缺憾,反而是时有波澜,不断引人心生阅读的兴味。除了叙述人对人物视角的妥帖使用,《都市猫语》还极为成功地运用了动物的视角——两只猫的视角——大黄和小黑作为叙述媒介。张翎在创作谈《猫语,抑或人语?》中说:"《都市猫语》是继《死着》《心想事成》之后的又一部书写中国当下现状的小说。虽然都可大致归类在都市小说里,但与以上两部不同的是,《都市猫语》引进了一个'非人'的观察和叙述媒介——两只跟随主人公在都市里讨生活的猫——老黄和小黑。"人物(而非动物)才是传统意义上小说故事里的角色,一旦置换或者聚焦于动物,以动物为叙述媒介和采用动物视角,难度是很大的。在《小说面面观》当中,E.M.福斯特曾说:"既然故事里的角色通常都是由人扮的,我们不妨出于方便将小说的这一面称之为人物。别的动物也曾粉墨登场,却极少有叫好的,因为我们对它们的心理知之太少。这种情况将来也有可能发生改变,就像小说家对野蛮人的表现在过去已经有所改变一样。"动物视角的采用,却是张翎手到擒来、愈来愈娴熟运用的写作手法和叙事技巧,在《流年物语》《劳燕》等小说中,张翎都采用过。长篇小说《流年物语》开篇即以一条河的视角展开叙述,各章里面,通过瓶子、老鼠、钱包、猫、手表、老鹰等10个物象进行视角转换——是张翎大规模地引入物的视角来协助叙述。物的视角,本质上也是一种限知视角和限制性叙述手法,能够弥补人物视角叙述或者传统全知叙述的不足。

　　《流年物语》中,小女孩源源(全思源)把向她讨食的流浪猫毒死,但猫的魂魄钻进了女孩的脑袋。猫魂开始复仇,小说用了猫的视角的第一人称叙述:"我在她的脑子里恣意横行,兴风作浪,我把她原本瞬间即逝的小恶作剧念头捏塑成一个个具体的捣乱行动,把她从童年向少年行走的路途上的每一丝躁动不安,都演绎成惊天动地的轩然大波。""猫魂进入源源的大脑,在人与动物合一的视角中,获得一种新颖的叙事角度和表现人与事的深度","这些少女期的反叛行为,由于有了人猫合一的视角,令小说叙事呈现一种奇妙的叙事角度和可自如调节的叙事距离。原本平常单纯的故事变得生动和复杂,有直抵人心的叙事效果,会让读者似乎化身到小说中,与人物一起,从不远处看待危险的自身。猫魂作为知情者,而全思源却懵懂无知,她无法解释自己荒诞不经的行为,难题无法破解,因为猫的魂魄住在源源的脑袋里,受述人感受到人物处境的危险,也想帮助源源,却无计可施,乃至令受述人、读者苦楚难熬——平常的叙述角度和传统的全知叙事,哪里会有如此近切的真实感和折磨读者内心的能力?从这个意义上来说,张翎的叙事尝试,是作家在当代小说叙事技巧方面有意的探索,取得了有效且丰赡的审美效果"。《劳燕》中,动物视角的运用,也是小说家所具有的一种叙事的能力,值得分析和总结。

作者在《都市猫语》这部短篇当中,能够把动物——猫(大黄和小黑)——作为叙述媒介,而且将之运用得炉火纯青,是让人叹为观止的。它们在小说叙事中绝对不是旁枝和可有可无,它们甚至直接构成小说叙事的关节所在。小芬寻上门来,让茂盛决定留下小芬的,是大黄和小黑两只猫之间的投缘:"老黄伸出它那根粉红色的舌头,开始舔小黑。老黄舔小黑的时候,力气是用两,不,是用钱来计量的。它只用了半根舌头,神情极是小心翼翼,仿佛小黑是一件稀世名瓷,多一钱力气就能将它碎成齑粉。""老黄舔了很久很久,一直到把小黑舔成一团湿淋淋的毛线。老黄把平日舍不得花在茂盛身上的口水,像海洋一样慷慨地奉献给了素昧平生的小黑。"——而茂盛就是在那一刻决定留下那个女人的。是小黑让大黄似乎直接跳过了恋爱生子的阶段,直接成了祖母。

有时小黑玩腻了,就过来招惹老黄。小黑用糍粑一样大小的爪子,拍打着老黄的脸。老黄从不气恼，通常只是轻轻地摇一摇头，像轰苍蝇似的躲着小黑的爪子。有时实在烦了，就用牙齿咬住小黑的耳朵，以示警诫。其实那不是咬，更确切地说，那是含。老黄把小黑的小耳朵轻轻地含在嘴里，怕化了似的，小黑老鼠似的吱的一声——是撒娇，老黄就松了口，伸出一条肥厚的舌头，开始舔小黑。老黄一天不知要舔小黑多少次，老黄的舌头有七七四十九种功能，是洗洁精、擦脸毛巾、镇静片、安慰剂、安眠药……小黑安然享受着老黄的爱抚，既不推让，也不俯就。

老黄和小黑的睡姿，耐人寻味："老黄睡觉时把身子摊得很开，把自己做成世上最柔软舒适的一张床。小黑则把身体蜷成一个小球，尾巴钩成一个黑白相间的圆圈——就像它还在母腹里的样子，枕着老黄的手臂，贴着老黄的肚皮，安然入眠。"而看着小黑睡觉的样子，"茂盛不知怎么的就想起了桔子，却又不知道这两件事中间到底有没有一毛钱的关系"。猫的亲密无间，反倒激起了茂盛对曾经的未婚妻桔子的想念——直接与人物的心理现实勾连。而小说家没写出的，是两只猫的感情与它们的主人茂盛、小芬之间的一种情愫或者说是心理投射。小说家张翎在创作谈里总结道："我赋予了这两只性别体型具有巨大差别的猫以各样神奇的功能，使它们能够在狭小的居住空间中准确地闻出各自主人的不安、躁动，以及佯装成各样负气行为的试探。它们用猫的语言化解着卑微中求生存的人在相撞中必然结下的猜忌和抗拒，它们用动物靠直觉建立的情感嘲弄着人忸怩作态的假惺惺。"——其实是对两只猫所构成的叙述媒介，在小说《都市猫语》中所起的叙事效果的一个最好的概括。《都市猫语》写的是城市的底层生活，在逼近你我的现实性之上，小说家对文学的理想性、审美性，做了最大程度的调和与表现——这一切的叙事艺术的能力，都让《都市猫语》超越了一般的城市"底层"写作的意义和价值维度，也给我们当下的城市文学、城市书写以有益的启示——有助于我们的作家在不同的维度和向度层面，展开和完善他们的城市书写。哪怕是写城市底层民众的生活，也不该是千篇一律的预设的城乡对立，泛滥的底层关怀，以及似曾相识的故事和似乎永远仅仅停留在悲惨境遇层面的主角……张翎的《都市猫语》，值得我们细细辨析。

从"城市文学"到"新城市文学"

◎陈培浩

一

"城市文学"作为研究热点自20世纪90年代开始兴起。值得注意的是,"城市文学"其实是20世纪90年代中国经济市场化背景下社会快速城镇化所催生的文学想象。研究者基于反映论思路,相信"城市文学"必将在时间的线性进程中替代在20世纪中国力量庞大的"乡土文学",并由此回溯至1930年代的"新感觉派",后设地建立起严丝合缝的"城市文学史"。这事实上说明:"城市文学"并非一种自明的写作事实,而是一种通过历史梳理、前景展望、边界清理和价值指认形成的批评建构。"城市文学"的作品和批评层面相互激发,甚至互为因果。换言之,正是作为观念和方法的"城市文学"建立了对"城市文学"文本的解释权,并最终塑造了"城市文学"的形态和前景。因此很有必要梳理既往"城市文学"研究的几种典型思维或话语。

首先是进化反映论话语。不难发现,进化论话语是很多研究者用以支撑"城市文学"合法性的观念基础。从整个社会史进程看,乡土社会城市化是势所必然,依据这种社会进化逻辑和文学反映论,一批人相信"城市文学"不仅是文学类型之一,且"终究是文学的未来"[1]。2000年,一位研

---

[1] 张楚:《我对城市文学的一点思考》,《当代作家评论》2014年第3期。

究者曾对新世纪"城市文学"做出乐观的预言：新世纪"城市文学""表现空间与审美格局"将进一步拓展，文学想象将得以强化，审美多样性将得到充分的体现，"文学将因此步入一个崭新的阶段"。①支撑这种乐观的正是进化论话语，可这种预言并未成真。也不乏学者对这种进化论话语进行了更为精密的论述，譬如有评论家指出，"当下中国文学状况正在发生结构性的变化，乡村中国的'空心化'和文明的全面变迁已成为不争的事实。这个变化是乡村文明的崩溃和新文明的崛起导致的必然结果"②，这里不过把社会进化替换为新旧文明而已。对于"城市文学"评论中简陋的进化论和反映论思维，陈思和十几年前就有过反驳："中国经济发展与都市经济的繁荣都不能也不应该简单化地比附文学的发展轨迹""文学固然要密切反映社会生活的变化，但是这种反映形态也应该是充分主观化的、精神化的和审美的"。③郭冰茹"我们所讨论的话题不是文学如何再现城市，而是文学如何想象城市以及如何想象城市与人的关系"④表达的也是类似的立场。

对文学想象的强调代表了一种不同于进化反映论的审美现代性话语，这种立场的秉持者坚持文学在反映现实过程中的想象性重构和审美能动性，强调文学路径与社会学路径之间的区隔和独立性。审美现代性话语某种意义上是20世纪80年代以降"纯文学"思潮的衍生物，它准确地击中了机械反映论的软肋。"城市文学"的倡导不能离开"乡土落幕"这一事实，正是人们对乡土远逝的感知、预判或焦虑，促使人们基于不同立场纷纷涌进了"城市文学"的批评战场。可是，即使"乡土落幕"是社会发展之必然，但这一过程却是漫长的，"城市文学"取代"乡土文学"绝非朝夕之事。此外，乡土/城市在文学上不是时间上的线性更替，而是价值上的一体两面。它们事实上作为彼此的他者而形成审美间性。"中国现代乡土文学，其实是'城

---

① 蒋述卓：《城市文学：21世纪城市文学空间的展望》，《中国文学研究》2000年第4期。
② 孟繁华：《新文明的崛起与城市文学》，《学习与探索》2013年第11期。
③ 陈思和：《关于"都市文学"的议论兼谈几篇作品》，《当代作家评论》2005年第6期。
④ 郭冰茹：《关于城市文学的一种解读》，《当代作家评论》2014年第4期。

市性'的"，乡土"营造了一种质疑现代城市文明的人文空间"；[①]乡土文学也是"现代性的一个有机组成部分，只有在现代性的思潮中，人们才会把乡土强调到重要的地步，才会试图关怀乡土的价值，并且以乡土来与城市或现代对抗"[②]。换言之，即使城市全面占据世界，最大的可能不是乡土文学灭绝，而是以乡土为想象空间的科技乡愁书写将大行其道。因此，在"新文明"与"城市文学"之间画等号恐怕是武断的。就此而言，审美现代性话语相比于进化反映论具有更强的现实解释力，但我们不能不注意到审美现代性话语存在的陷阱，对文学审美能动性的强调（具体则常常转喻为所谓的"人的心灵"）有时会被强化到抽象化和脱社会化的程度。比如宣称"我不认为未来的都市和今天或者以前的都市有什么本质的不同"，对于"城市文学""所看重的仍然是文学中的人性力量与审美精神的独特"，[③]这种静止的城市观和抽象的人性观很难使文学与正在发生着剧烈变化的现实产生强有力的摩擦和碰撞。有学者更将其描述为"囚禁在现代性下的城市文学"[④]。

近年来，有关"新城市文学"的思考经常被提出来，孟繁华、邓一光、南翔、杨庆祥、金理、黄平、饶翔、房伟、刘汀、徐勇、陈培浩等人都就"新城市文学"话题发表过论述。杨庆祥就指出："有一种'炸裂'般的矛盾和张力存在于我们的城市中，就像一个巨大的黑洞，真正的城市写作要求的是一种动态的而非静态的呈现，理解城市的肌理和理解语言的肌理是同构的过程"，"城市已经内在于我们，我们需要做的是，我们是否能够发明足够有创造力的文体和语言，来形塑我城、你城、他城——最终的标准也许是，由此建构出来的美学，恰好能够颠覆掉那个景观化的平面的'伪

[①] 施战军：《论中国式的城市文学的生成》，《文艺研究》2006年第1期。
[②] 陈晓明：《中国当代文学主潮》，北京：北京大学出版社，2009年，第555—556页。
[③] 陈思和：《关于"都市文学"的议论兼谈几篇作品》，《当代作家评论》2005年第6期。
[④] 张惠苑：《囚禁在现代性下的城市文学——对20世纪80年代以来城市文学研究的反思》，《宁夏大学学报》（人文社会科学版）2013年第3期。

发达资本主义时代'"。① 这是一种我称为审美批判性话语的立论。与进化反映论不同，它强调"理解语言的肌理"与"理解城市的肌理"的同构性，它不相信有一个静态的城市现实等着写作的认领，它认可写作的任务在于发明"足够有创造力的文体和语言"，这是它作为审美话语的部分；拒绝使写作搁浅于封闭的审美性圆圈之中，要求写作与城市经验内在"炸裂般"的矛盾和张力发生摩擦和对撞，从而释放其现实批判性潜能，这是它作为批判性话语的部分。显然，"新城市写作"绝非为新而新，不是一般性地"新"于既往的"城市写作"，而是"新"于已经失效的精神立场，"新"于在板结化现实中日渐喑哑的批评发声机制。因此，在作为批评的诸种"新城市文学"方案中，审美批判性话语具有鲜明的当代指向性。

二

"新城市文学"概念的提出，意在区分既往"城市文学"书写与具有当代性的"新城市文学"书写，也鲜明地标识出"城市文学"所依凭的存在土壤已经发生了怎样内在的变化。事实上，城市并不是一个新事物。在西方，古希腊的城邦便具备了早期的城市形态；即使是中国这样长期以农耕文明为主的国家，在原始社会结束进入奴隶社会之后，先秦时代便已经有了各种著名的城市，如秦之咸阳、赵之邯郸、齐之临淄、楚之寿春，等等。进入封建时代之后，著名的长安、洛阳、建业、临安、汴梁便是历代著名的城市。古典时代的城市与现代城市在内质上具有极大的不同。事实上，现代化以其技术手段和全新的社会组织形式极大地改造了传统城市的内涵及城市人的情感体验和感受方式。如果做一个简单的区分，传统的城市是有根的，它虽然跟农耕劳作有着相当的距离，但人们仍然在某种代代相承的区域文化的荫蔽下生存。这造就了古典城市的文化特色。20世纪中国城市文学中被书写得最多的城市，比如北京（北平）、上海、西安、

---

① 杨庆祥：《去掉"一座城"的伪装》，《人民日报》2014年8月5日。

南京、成都、广州、香港……每一个都附着在自身的历史和文化传统中。因此，此时对于文学家的要求在于，通过一个人去书写一座城，城以人立，人以城传，人和城是一体的。这些城市和人都是被文化所化的，人们期待阅读的是一座具有确定文化属性的城市，作家写的也不是"这一个"的人，而是可以为某座城市文化代言的人，作家因此而为城市立心。张爱玲和王安忆是这种写作的最为人所称道者。张爱玲写大家族的日常，写饮食男女、婚丧嫁娶中人心蓬勃的欲望和世俗礼仪中的纠结计较。她用一座城市的倾圮和千万人的流落去成就一段兵荒马乱中的偶然之爱，固然显出她灵魂的孤冷，可贵处在她在日常中写出命运感，她在喧闹鼎沸的俗世中写出荒腔走板与沧桑荒凉。她将日常与苍凉二面融为一体显然师法红楼，直取人心。故而她的写作虽并未太多袭取城市生活表象，却也精准命中了城市的人心纠结。另一派为城市立心的写作者并不由城市而取径人心，他们相信每个城市都有自身不可磨灭的文化根性，根性构成其个性，而小说就是用人物、故事和命运去为一座城市的灵魂显影。老舍、王安忆、金宇澄、叶兆言、葛亮、颜歌都是这方面的代表。王安忆写《长恨歌》，"在那里面我写了一个女人的命运，但事实上这个女人只不过是城市的代言人，我要写的其实是一个城市的故事"[①]。对于这些作家，城市是有根的城市，写作的目的在于进入这文化的根系，在文学叙事和城市文化之间建立若合符契的同构性。

　　以文化为底座的城市文学写作取得了令人瞩目的成就，但我们却有必要召唤一种"新城市文学"。今天谈论"新城市"书写的必要性来自两个方面：其一是大量巨型都市在中国正在成为普遍事实，"新城市"经验召唤一种"新城市"文学；其二则是原有"城市文学"未能与当代精神危机形成有效对话，这里召唤着一种新"城市文学"。很多时候，这两个问题又是合二为一的，随着"新城市"的大量涌现，既往"城市文学"的路径也遭遇危机。比如上述以王安忆、金宇澄为代表的立心式城市书写，可以说是相当深入地去捕捉城市的心魂，这种"城市文学"

---

① 齐红、林舟：《王安忆访谈》，《作家》1995年第10期。

思路是"返古"的，它相信每座城市在语言、饮食、服饰、行止等构成的日常中凝固了不可替代的文化内在性。此种城市书写，讲述城中之人，更讲述人背后之城和城底下的根。问题是，作为高科技巨型都会的"新城市"却是去根性、同质化、景观化的。纵横交错的高速交通网络，无处不在的镜面摩天大楼，行色匆匆、衣着妆容千篇一律的都市白领……这是"新城市"大同小异的面孔。作为大型移民城市的深圳和"雄安新区"就是这种无根之城的典型代表。即使是北京、上海、广州、杭州、武汉、成都、西安等具有独特文化传统的城市，其身上的"新城市"特质占比也越来越大。后者小心翼翼地辟出一小片复古区域，用于流连过去、眺望历史。可是，对这种被科技和现代化严格规划过的"城市"来说，文学触摸传统的日常通道已经丧失了。"传统"不在日常，而在"景观"中。显然，面对这样的"新城市"，寻根式城市书写必然难以为继。换言之，作为存在经验的"新城市"在召唤着崭新的城市想象力和审美方式。可喜的是，身处激变的新城市前沿的一些作家已经对此做出了探索。

三

邓一光便是一位站立于典型"新城市"深圳而创制了"新城市文学"的作家。当人们以为他不过是一个拿名声到深圳折现的著名作家时，他却用"深圳三部曲"《深圳在北纬22°27′—22°52′》《你可以让百合生长》《深圳蓝》让人们惊呼：深圳还给读者一个新的邓一光。必须说，邓一光在现代城堡中想象人的出路，人们得以从中辨认城市诗学的内在秘密以及城市书写的文学伦理。这种文学伦理最显豁的特征在于对"新城市"人精神困境的揭示。在邓一光这里，"新城市文学"首先是一种人学。人学意义上的"新城市文学"首先是反思性的。由此反观"深圳蓝"这一命名是充满意味的。"蓝"作为一种色彩，投射了人们对现代海洋文明的想象，在环境危机日益严重的背景下，也凝结了全民的美好期盼。从色彩心理学角度看,"深蓝"其实凝结着相当乐观的城市现代性想象,"深蓝"以其纯粹、宁静的色彩暗示而获得了某种精神超越性。应该说,深圳这座城市很早就努力将"深蓝"这一色彩镶嵌进其空间文化想象之中,这从其著名的"深蓝大道"的命名可见一斑。可是,邓一光的"深圳蓝"出示的是截然不同于"深蓝"的文化立场。"深蓝"象征着大型科技公司、高效的技术控制、技术文明对日常生活空间的渗透所创造的乐观城市想象,作为小说的"深圳蓝"却有不一样的任务,那便是捕捉深蓝世界背后的灰色物质。科技日新月异,可是"人的问题"并未解决。"任何现代性城市,它们在推广互联网经济、轨道交通、金融市场和现代物流业方面,个个挥金如土,唯恐落后,可谓大手笔,但很少有城市愿意动用税库中的银子去研究居高不下的抑郁症和不孕症、建立星星儿童康复中心和流浪猫狗收容站、拯救日益萎缩的红树林和行将灭绝的黑脸琵鹭,这个现实不是什么秘密,人人都看见了,但没有人投之以关注。"[①]邓一光在深蓝世界孜孜不倦地勘探的灰物质正是这种在高速运转中被忽略的城市心事。他始终对华丽的城市投以犹疑的一瞥,并通过形形色色城市男女的"心病"去追踪城市的精神症候。《我们叫作家乡的地方》《箣杜鹃气味的猫》《深圳河里有没有鱼》等都是关于进城者精神故乡消逝所带来的精神困境的作品。

《我们叫作家乡的地方》写的是艰难挣扎着融入城市者触目惊心的故事。作为一个在成长中得到父母"偏爱",大学毕业后"在一家拥有白金版现代管理体系的大企业工作"的深圳青年,"我"遭遇了一个难题:一面是母亲完全无法适应深圳的城市生活而渴望回乡终老故里;一面则是自己"用三年等获得排队资格","用三年排队",终于等来的去土耳其安装光纤电缆的机会。为了前程,他不能回乡料理母亲即将到来的后事,所以他需要劝说在深圳当保安队长,靠大量献血来获得申请深圳户口积分的哥哥承担还乡的义务。显然,邓一光并不瞩目于光彩靓丽的现代景观,而

---

① 邓一光:《深圳蓝·后记》,载《深圳蓝》,广州:花城出版社,2016年,第293页。

是不懈追问现代背后的心灵困境。小说中,主人公及其哥哥其实被一种颇为先进的现代文明所层层裹挟。很难说一个建立了高效激励和科层制度的跨国公司不是现代文明的产物,也很难对深圳以公民的文明贡献衡量户口准入的内在伦理加以指责。可是,正是这些予人以希望的"现代文明"使无数平凡的个体陷入深刻的伦理困境,甚至在"我"和"哥哥"的讨价还价中嗅出了某种令人悲哀的人性冷酷——对母亲了结自我生命的想法有意无意地听之任之,并为承担"后事"的义务而相互攻防。邓一光在这里深刻地揭示了大批准深圳人的身份危机,当他们拼尽全力汇入城市之际,他们也深刻地失落了跟故乡的精神关联。小说由此触及了故乡崩溃这个在当代被一提再提的话题。"我以为我会回去,至少逢年过节的时候,我会回去。可是,父亲死了,姆妈也要死了,那栋早已破旧的木头房子很快就要被野草和爬虫类动物占领,很快就没有人再会找到它,要是这样,我就真的回不去了,回去也没有意思了,那个和我有千丝万缕联系的地方,那个我们叫作家乡的地方,就彻底从我的生活中消失了。"

某种意义上,邓一光收集的都是城市生活高速运转中那些周转不灵的心事,甚至是一些难解之谜。同样是难以获得爱情,城市快递员曾有心苦恼于女友萧花花的移情别恋。更令他不解的是,她恋的是与他同为快递员的吴继生。世界以其不可解的复杂性使曾有心痛苦地发现,"他唯一能说清楚的是,很多事情,他并不知道它们,他以为自己知道,但其实知道得并不多,最多一半,甚至连一半都没有"(《她们现在连一点感情都不讲》)。

《深圳的河里有没有鱼》的主人公虽然也可以归入城市底层人范围——运钞员,但小说通过这个酷爱搜集课本的运钞员的幻游叙述,通过他对女友林若在河里看见一条鱼这句话的实证,寄托着一种城市的乡愁。运钞员看上去是一种最缺乏表情的职业,制服和枪支背后的运钞员后常被想象为一个被高度格式化的人。可是邓一光却赋予"我"以怀旧和乡愁,他感兴趣的不是最新产生的事物,而是已经消逝的事物。如果说这个世界塑造的大部分是追新的"潮人"人格,这篇小说则通过"旧人"人格的想象,提示着藏匿于最普通的城市人内心对精神诗性的追寻冲动。到小说最后,我们才知道林若不过是"我"所想象出来的对象。换言之,林若是"我"的一个精神分身,"我"通过想象林若而解决自己内心诗性枯竭的现代性危机。

如果说上面几篇是侧重于提供城市边缘人的心事的话,《深圳蓝》《一步之遥》《别把爱你的人送去香港》《与世界之窗的距离》《家乡菜,或者王子厨房的老鼠》触及的则是那些早已解决了城市户口身份问题者的深层身份危机。《深圳蓝》中,戴有高是一个继承了父母的高档公寓,自己又在奢侈品公司上班的深圳土著。他和前妻李爱离婚,李爱却又始终不懈地谋划着复合。令人惊奇的是,小说暗示了他和李爱婚姻中的激情枯竭。这是城市中的又一个难解之谜,一种心灵的困境:戴有高虽然在理性和情感上都确认李爱是最好的爱人,可是却已经丧失了亲热的能力。所以戴有高将李爱视为理性上合适的妻子,却不能完整地陪伴李爱一个孤独的长夜。性的危机终究是爱的危机,这是一种城市中产阶级的情性困境。

《家乡菜,或者王子厨房的老鼠》中,事业稳扎稳打的高级厨师周元林也遭遇了情感的难题:他在大数据帮助下认识了据说与他匹配率高达81.6%的黄小拉,可是他们的情感历程依然有着防不胜防的暗礁。作为一个具有高度理性人格的厨师,他的问题是碰到一个"不知道自己吃什么"的准厌食症女友。黄小拉的障碍来自遥远记忆中的"家乡菜":"我已经记不清它们的样子和味道了,它们好像从来没有在我的生活中出现过","在没有弄清楚这一切之前,我不知道我该吃什么"。这里通过"吃"的困境,使"故乡"难题幽灵般折磨着自以为后顾无忧的城市男女。在黄小拉看来,周元林是像鼠类般具有强大繁殖能力和生存能力的物种,这种物种是没有家乡感的,他们当然不会遭遇厌食症的难题。可是依然存在着黄小拉这个看起来矫情无比的人,她的味觉和食欲被某些东西上了锁。这里,厌食症作为一种隐喻,呈现了一个看似高度融入城市的人在故乡沦陷背景下精神上的认同困境。

邓一光的"新城市"书写不仅坚持一种"人学"立场,也坚持一种"诗学"指向。既然"新城市"不同于传统城市,那么"新城市文学"就应发明崭新的表达机制。令人惊喜的是,邓一光的小说在叙事之外还随物赋形地创造了象征性意义装置。《籼杜鹃气味的猫》中,同样是艰难挣扎着汇入城市的外来青年,作为植物园花木师的罗限量拥有对花木独特的情感和过人的理解。小说中有一段充满隐喻意味的话:"植物的气味有时候是邀请,但更多的时候是拒绝。"作为园艺师,罗限量负责照料从世界各地移植到深圳公园里的花木。邓一光敏感地发现了公园移植性和深圳移民性之间的隐喻性关联。显然,深圳就是散发着拒绝气味的花木。人们把花木的气味理解为邀请,正如人们艳羡于深圳现代之花的璀璨。可是,邓一光发现了城市之花发出的拒绝气息。璀璨与拒绝正是现代城市的一体两面。因此,罗限量作为园艺师的身份对作品的意义就不是可有可无的,花木也作为一种意义装置存在于作品中。又如《宝贝,我们去北大》中男主王川作为高级汽车维修师的身份对于小说的城市反思也是至关重要的。超级跑车"战斧"疾速旋转的发动机,和高科技驱动的"新城市"恰好同构;作为汽车高级维修师的王川同样是驱动"新城市"高速运转的动力之一,悖论在于,他是城市的动力,城市却反馈他以"不育症"。因此,小说就在"战斧"和"不育"的巧妙嫁接中展示了反思性的动能。邓一光并非在简单的人文立场上反科技、反现代、反城市,"战斧"发动机也是人类智慧文明的结晶,王川甚至"一闻到97号汽油的味道就兴奋,头发和生殖器发硬"[1]。我想说的是,由于"新城市"人的困境在邓一光的作品中得到了象征性装置的照耀,它的复杂意义纵深有了出场的可能。还值得一提的是,邓一光写的不仅是"新城市"城堡里悲苦的人类,他的作品"既有旧的主体的迷惘、失措和逃避,同时又有新主体的新生、成长和对世界的渴望"[2],从而展示了主体再生的可能。

---

[1] 邓一光:《深圳在北纬22°27′—22°52′》,深圳:海天出版社,2012年,第35—36页。
[2] 杨庆祥:《世纪的"野兽"——由邓一光兼及一种新城市文学》,《文学评论》2015年第3期。

四

很多时候,人们能够意识到"新城市"作为一个崭新的对象已经来临,却未能相应地找到对其进行精神显影的诗学和方法,邓一光无疑是这方面的先行者。事实上,另一个南方作家——王威廉同样非常自觉地探索着作为方法的新城市路径。王威廉在《发现一种新的中国经验》一文中说:"城市文学肯定不能只是一种关于城市的文学,它面对的是当下浑浊裹挟的总体历史进程,我们要敏锐地切入到这个时代的核心问题里边,并努力发现一种新的中国经验。"王威廉发表在《收获》上的新作《城市海蜇》,便是努力"发现一种新的中国经验"的艺术尝试。它以中国最崭新的巨型都市——深圳为背景,用小说家的洞察力、想象力和诗性象征能力勘探当代中国人从乡村文化转型为城市文明的精神现状,以及其内在的变迁、困境和复杂性。

这篇小说特别令我惊喜的是,它不仅仅以城市为对象,更是以城市为方法。换言之,这不仅是刚好发生在当代巨型城市的小说,更是自觉地以当代"新城市"蕴含的精神裂变和文明转型为思考对象,探索城市化进程中主体精神"整容"的作品。在小说艺术层面,它也提供了城市如何成为小说方法的探索。在多年前的中篇小说《秀琴》中,王威廉书写了一个进城者的创伤故事。进城务工的秀琴被工友强奸,丈夫在为其讨回公道时不幸被工地倒塌的围墙砸死。生活的悲剧激发了秀琴一种近乎疯狂的爱情坚守:丈夫为她而死,她于是决定在余生为丈夫而活——以丈夫的身份活下去。回到故乡,她自觉地用丈夫的身份说话行事,成了旁人眼中的疯子。《秀琴》并非廉价地展示了进城者的艰难和悲苦,而是用一种近乎疯狂的古典爱情伦理对抗着巨兽般张开大口的都市。不难发现,《秀琴》在《城市海蜇》中得到了重写,而不是重复。《城市海蜇》的不确定叙事中存在一种可能:张锋在女友文樱病逝之后,通过整容而用文樱的身份继续活下去。这看似是《秀琴》的回声,可是《城市海蜇》显然要复杂得多。《秀琴》中那个单线主题被镶嵌于城市驳杂的精神景观中而产生了全新的意味。

《城市海蜇》采用了王威廉惯用的双线人物模式，不过孔楠和张锋这两个人物却几乎难分主次，他们不是谁衬托谁、谁辅助谁，而是城市化过程中两个不同主体的相互对照。孔楠是那种从职业（摄影师）到趣味（喜欢透过镜头和女友做爱）到生活方式已经被全面城市化的主体。这个在深圳普通得不能再普通的摄影艺术家从内陆来到沿海，他无可避免地卷入了深圳生活的深处。不同于母亲对城市的陌生和恐惧，他看似成为城市潮人，开着奥迪，从事着不无潮流意味的工作，可是高房价的城市显然拒绝了他的安居。如果说秀琴是进城而保持着古典乡土爱情伦理的人，孔楠则是不再葆有永恒情感的都市浪子。他和诸多女友的不稳定情感，他内心围绕着城市海蜇所做的种种迷梦，都折射出某种噬心的虚无感，也即他一直体味的孤独。

另一条线索是通过孔楠的视角而展开的张锋的故事。作为孔楠发小的张锋大学毕业后回归家乡，过起了稳定的公务员生活。这似乎是大多数梦想屈服于现实者的生活路径，他们从此安逸而自闭地过起小城市人的日子。王威廉在张锋的故事线索上做了不确定性处理，一种可能是上面所述：张锋在女友文樱病逝之后用文樱的身份继续生活。不过张锋的动机却并非秀琴式的古典爱情，而是寻找身份避难。他已经厌倦了被父亲操纵的"张锋"身份，文樱为他提供了一个身份避难所。有趣的是，张锋的精神危机来自母亲的失踪；由于张父的不忠，张母逃进深山去寻求宗教的庇护。可见，城市病的扩散不仅发生于巨型都市，被瓦解的传统家庭伦理成了张锋精神坍塌的缘由。换言之，活在小城市的张锋并没有逃过城市巨兽的吞噬。再说另一种可能，张锋病逝（急性胰岛炎，一种带着强烈都市感的疾病），女友文樱由于对张锋的强烈怀念而不断讲述自己乃是张锋替身的故事。这显然是非常接近于《秀琴》那种古典爱情伦理的，问题在于，在不确定叙事中，这种可能性并没有得到确认。不确定叙事本身便是对确定性爱情的解构。小说最后，孔楠甚至对自称是"张锋"的"文樱"产生了异性欲望。可见现代都市多元身份的游离感如何瓦解了传统、记忆的"确定性"。

在双线叙事的背后，《城市海蜇》在其内部景深处始终结构着一种"真"

与"拟真"的分野和变迁。"真"是传统社会的伦理和审美基础,而现代都市则在科技推动下日益进入了"拟真"世界,并建构了一种全新的伦理和审美。书写都市熙熙攘攘的都市故事是不够的,只有深入都市内部的伦理和审美变迁才是真正捕捉住当代都市骚动的魂。如果我们将漫山遍野的花称为"真"的话,一张关于漫山遍野的花的照片则是一种"拟真"。城市化的生存,"拟真"越来越超越了"真"本身而成为另一种霸权式的真实。由此看来,作为摄影家的孔楠,这个身份不是可有可无的,它是支撑小说隐喻非常重要的设置。小说中,孔楠的感情包括性都被摄影这个介质所中介化,只有看着镜头里的女友,他才会被激发起无比的欲望。这意味着,"拟真"已经成了他生活中更真实的部分。这里关涉到小说最核心的隐喻——城市海蜇,明信片中大片的海蜇究竟往何处寻?这种奇迹般的海上生命景观究竟是"真"还是"拟真"?吸引着张锋和文樱的明信片上的"城市海蜇"居然是一堆白色垃圾,当孔楠把文樱带到这个真相面前时,文樱居然也并不震惊。她在海边向孔楠展示了自己曼妙的身体,这个在大自然面前展示本真的结尾同样充满了象征的悖论和多义性:假如"她"是张锋整容而成的"文樱",这显然是一个被技术再造的"拟真"身体,恰如白色垃圾艺术化而成的城市海蜇;假如"她"只是把自己想象成张锋的文樱,那么当她坦然接受城市海蜇不过是白色垃圾的艺术化,并在另一个男人面前展示自己的身体,这是否意味着她那种永恒而确定的爱情价值观正在被瓦解?换言之,在我们成为城市人的过程中,城市正由内而外地对主体施行了习焉不察的"精神整容"。《城市海蜇》透视的城市秘密在于:一切坚固的都烟消云散了。这番透视追问的是,在总体性烟消云散的城市进程中,主体如何自我确认的现代难题。

作者深刻地意识到,"拟真"已然是我们现代城市不可逃避的处境,可是我们又该如何去面对它?现代之城,罪与美,恶之花,是有生命的凝胶般的海蜇,还是无法降解的白色塑料垃圾?城市海蜇将现代城市的存在悖论象征化地摆在我们面前。更重要的是,我们的生存如何去面对它。在海边,在存在的边缘，孔楠凝视着"文樱"的身体之舞，这是属于"真"还是"拟真"的身体？抑或是正从"真"走向"拟真"的身体？这个不确定的结局，是对大海无边、垃圾和海蜇无法确证的一种呼应。诚然，拟真城市固然已经是一种现实处境，但对它的凝视和冥思，或许依然是在虚无之境寻找出路的必然之途。

如上所述，大部分作家以城市为背景，以城市为对象，却缺乏一种以城市为方法的精神洞察力和诗性想象力。既往的中国城市文学书写已经发展了成熟的范式，然而，不同的城市书写吁求着不同的方法。上述城市书写范式匹配的是具有深厚历史文化积淀的城市，如北京、上海、南京、西安、成都，等等。可是深圳这类巨型的"新城市"及其代表的新经验显然需要崭新的方法。而且，我们也应该要看到，那些有古老历史的城市也在经历着文明的现代转型，传统的市民文化伦理也被潮水般的移民文化以及新生代的网络文化所淹没，呈现出与深圳乃至世界性的巨型都市相似的趋向与特征，而王威廉探索的正是这种文明大转型期的"新城市"书写的方法。

必须提到的是，深圳在《城市海蜇》中也不仅是一个普通的巨型都市，而是一个充满未来感，以不可思议的科技感想象未来，引发欢呼和梦想，却又混杂着无数新移民卑微梦想和辛酸汗水的"新城市"。传统城市的灵魂沉淀在里弄巷陌中，城市的新子民代代繁衍，但他们每迈的一步都在历史稳定的轨道上，传统城市的魂在过去，而"新城市"的魂在未来，或者说在一种对未来的疯狂迷恋中。《城市海蜇》中文樱追问说："我们已经在设计未来，然后说这就是未来，可这是真正的未来吗？未来不应该是难以预测的，与现在保持着遥远距离的吗？"从来没有一个时代像今天这样，科技高度介入和塑造了人们的生活和思想；也从来没有一个时代像今天这样，人们如此热衷于通过科技想象和设计未来。当传统被斩断，世界向未来无限投诚的时候，当一种未来尚未完全到来就被更多的未来所淘汰的时候，"一切坚固的都烟消云散了"才成为普遍的现实。在这种现实日益普遍的背景下，深圳就不仅是深圳，深圳是未来之城的象征。深圳的困惑就是无数"新城市"的困惑。深圳的城市海蜇所镶嵌的"拟真"替代"真"的趋势也成了把所有人裹挟于其中的景观现实。在此意义上,《城市海蜇》面向不断衍生的未来说出了一种"何处不深圳,谁人非海蜇"的当代现实。

把《城市海蜇》放在王威廉的写作历程中看,会发现它跟王威廉既往作品的连续性和新创处。《城市海蜇》和《非法入住》《内脸》《听盐生长的声音》《水女人》等作品分享着内在的"反思现代性"主题,不同之处在于,以往的作品面对的或是历史(《水女人》),或是现实(《非法入住》),或是灵魂(《内脸》《听盐生长的声音》),而《城市海蜇》则把立足点从过去—现实延伸到未来。《城市海蜇》使我们意识到作为作家的王威廉的雄心:他要站在过去、现在和未来的时间轴以及外部现实和内部灵魂的空间轴的交汇点上,凝思主体何去何从的庞大问题。这种思想力在当代青年作家中无疑是出类拔萃的,这也是王威廉小说的重要辨析度所在。歌德曾经说过:"一个诗人需要整个哲学,但他必须将之排除在作品以外。"同样,一个小说家也需要整个哲学来洞察世界的精神变迁,王威廉为他的小说准备了宏阔的精神视野。

可是,这还不够,他还准备了诗的思维,来为这个混沌未名的世界创造象征。具体于《城市海蜇》则是以一种象征性的小说诗学去触摸当代总体性破碎的精神难题。叶芝曾经说过,当隐喻"还不是象征时,就不具备足以动人的深刻性。而当它们成为象征时,它们就是最完美的"。诚然,隐喻是作为修辞的局部存在,而象征则是辐射全局的精神光源。当代城市内部光怪陆离、沟壑万千,如果不能探究其本并为其创造一个精神象征,小说就只能在故事层面上打转。《城市海蜇》之优胜处,就在于城市海蜇作为一个核心象征所标识的"真/拟真"的精神内涵与孔楠、张锋、文樱等人物在城市化过程中的"精神整容"和困境高度同构。

《城市海蜇》让我们意识到,文学对一个作家提出了多么苛刻的要求:以哲学洞察不断变化的新世界,以诗学再造日益庞大的文本世界。只有沟通了这二者,才能获得一种兼具文本血肉和精神纵深的文学当代性。这也算是《城市海蜇》对当代文学的鉴照吧。

关键词 新历史主义

如何抵达可信赖的历史？

吴义勤　陈培浩

文学应该如何书写历史？中国当代文学的"历史"叙事，一直是一个引人注目的话题，而近年来关于文学中"历史虚无主义"的讨论更是使得这一话题的热度不断升温。也许，从新历史主义角度对中国当代文学二十世纪八十年代以来的历史书写进行一下回顾和总结，将会给我们思考"文学如何书写历史？"这一话题提供重要借鉴。新历史主义是从二十世纪八十年代兴起于欧美，二十世纪九十年代引入中国并广泛影响了中国当代文学理论、文学批评和文学写作实践的思想潮流。最早使用"新历史主义"这一概念的是美国加州大学伯克莱分校英文系教授斯蒂芬·葛林伯雷（又有译作"斯蒂芬·格林布莱特"）。1982年，他在《文类》杂志某期专刊前言中首次使用了"新历史主义"这一表述。在斯蒂芬·葛林伯雷提出的诸多概念中，"新历史主义"是得到广泛接受的，但事实上"新历史主义"通常被视为"一个没有确切指涉的措辞"（编辑《新历史主义》论文集的阿兰穆·威瑟教授语）。

有必要在历史的语境中理解"新历史主义"的兴起。在欧美的语境中，"新历史主义"的对手主要是"旧历史主义"（传统的历史目的论和决定论分析）和"非历史主义"（脱离历史语境进行的形式主义分析）。张京媛指出："新历史主义研究直接反对的是所谓'旧历史主义'的学术研究。过去的文学评论家在谈论某一文学作品的'语境'时，总是假定这个语境——历史背景——具有文学作品本身无法达到的真实性和具体性。文学研究的任务就是试图再现作者的原意、他的世界观、当时的文化背景，因此这些学者把研究重点放在版本、校注和探讨社会政治实况上"，"葛林伯雷把旧历史主义形容为'单一逻辑'（monological）批评，这种视野指导着文学阐释。经过二十世纪八十年代的文学理论的启迪和熏陶，很少有人再能够坚持这种统一性的观点了。新历史主义试图探索'文学本文周围的社会存在和文学本文中的社会存在'，它试图解释具体文化实践的相互作用，这些具体文化实践产生了本文也由文学本文而产生。新历史主义强调这一点的目的是要反对对历史进行实证主义式的阅读，同时也反对把文学作品看作是孤立现象的形式主义方法"。

一般认为，新历史主义也是作为形式主义和解构主义的挑战者走上了历史舞台的。二十世纪初，形式主义理论风靡欧美。形式分析在放大镜般地增强了人们对文本的微观肌理的认识能力之余，也切断了从文本通向历史的可能。经过新批评、结构主义、解构主义和后现代主义一系列潮流之后，文学批评在非中心化、非秩序化、非意义化的实验倾向中将历史变成一地碎玻璃。然而，在形式主义的非历史化倾向一路向下之际，终究有另一种历史话语参与角力。美国兴起的文化符号学，英国崛起的文化唯物主义，德国风头甚劲的法兰克福学派，等等，已经将"历史意识""历史批判""文化诗学",将探寻文本背后的"历史逻辑"作为重要的理论工具。也正是这一脉历史化的理论耕耘和赓续,终于在二十世纪八十年代绽放了"新历史主义"的思想之花。

讨论"新历史主义"至少涉及以下三个方面:文学理论中的"新历史主义"、文学批评中的"新历史主义"和文学作品中的"新历史主义"。我们尤其关注"新历史主义"与中国当代文学的相遇。"新历史主义"思潮影响了二十世纪八九十年代近二十年间的中国作家,形成一个"新历史主义"的叙事潮流。学界认为中国当代文学的新历史主义思潮经历了寻根、启蒙历史主义的前奏阶段,再由审美历史主义的核心阶段进入游戏历史主义的尾声。以韩少功、李杭育、阿城等作家为代表的寻根文学试图通过对历史文化的回溯,重振民族精神和性格,代表了前奏阶段的探索。这种具有鲜明启蒙特征的历史观很快被先锋作家们的审美历史主义所放弃。在此过程中,整全宏大的历史被个人本位的生活史、经验史所取代,历史成为审美体验、狂欢想象和智性质疑的对象。这个思潮几乎囊括了莫言、贾平凹、张炜、陈忠实、余华、格非、苏童、叶兆言等一大批作家。而先锋小说把"历史"视为一种单纯叙事行为的文学态度某种意义上导致的正是"历史游戏化"的倾向。事实上,二十世纪九十年代以来,在格非、余华、王安忆等作家的创作中普遍表现出的"再历史化"倾向,呈现的依然是"新历史主义"的内在精神面影。"新历史主义"不是放弃历史,而是放弃"旧历史"和"非历史"的方式,试图找到从个人和文本的细微处通向宏大历史的分岔小径。

本期参与者——张屏瑾和陈芝国两位博士分别从"新历史主义"作为文学批评资源的可能性与"新历史主义"概念在中国的历史性生成的角度切入这个话题,二文皆严谨精当,既幽微思辨,又有宏大的历史视野,很多观点富于洞见和启发性。

中国的"新历史主义"虽然几乎与西方同步，然而接受上依然存在错位和悖反。欧美新历史主义的崛起，背后是问题意识对历史在形式主义、解构主义等思潮中陨落的反拨；而二十世纪八九十年代中国文学对新历史主义的共鸣点则来自它对"旧历史主义"僵硬宏大叙事的疏离。某种意义上，"新历史主义"在进入中国后，居然跟它所反对的"结构主义""后现代主义"合流，产生了历史祛魅的效应。而在进入新世纪之后，中国当代文学的"新历史主义"，才显示出了这种思潮最初在欧美产生时的问题意识，即如何面对碎片化的经验重建通往大历史的路径。不管成功与否，格非的"江南三部曲"、余华的《兄弟》上下部、王安忆的《天香》、贾平凹的《山本》、徐则臣的《北上》等当代长篇，都可视为这种重建历史的"新历史主义"意识的投射。

今天，讨论"新历史主义"事实上在于提出这样未解的命题：在历史文本化的背景下，我们能否相信"历史真实"？在世界碎片化的背景下，我们如何重建总体性，并最终抵达可信赖的历史？这是历史要求我们去回答的问题。

新历史主义与文学批评：一种当代条件下的再思考

◎张屏瑾

在二十世纪八九十年代的若干次思潮中，"新历史主义"是少见的与西方几乎同步开展的文学研究方法论，当然，它也源自国内学界对欧美学术思潮与理论的借鉴。"新历史主义"在二十世纪九十年代初被译介到国内之后，与其他各种西方文论一样具备双重功能：一是作为一种学术概念得到认知与传播；二是在方法论的意义上真正发挥了作用，对国内的文学研究与文学批评产生了实际的影响。二十世纪的最后二十年里，新思想、新理论纷纷登场，层出不穷，带出各个不同的时空关系，也包含着内在的矛盾与来不及展开的论辩，许多重要的理论和方法得到了不同程度的"中国化"的内涵延伸，被应用在各个时期的文学批评与研究中，而有关"新历史主义"这一与马克思主义文论密切相关的批评方法的具体效用，其梳理还不多见。虽然"新历史主义"作为一种西方思潮在引入之初也获得了不小的关注，但对照其在欧美的古典研究，尤其是莎士比亚研究上发挥的重大作用，它对于中国的古典研究几乎没有产生什么影响，影响更多的是当代的文化与思想，尤其是中国当代的文学批评。虽然"新历史主义"理论上应该是一种新的学术研究的范式，它却在一定程度上成为当代文学批评赖以发生的条件之一，这也是为什么在有关"新历史主义"的文献资料中，张京媛主编的《新历史主义与文学批评》（北京大学出版社1993年版）一书会广为人知。如果说，二十世纪九十年代的文学与思想环境的特殊性，使得对"新历史主义"的讨论和接受尚有不少混沌之处，前提也不够清晰，因而其内在能量还没有完全释放出来，那么在新的历史条件下，当我们需要再一次来讨论文学批评的存在方式和意义时，或能发现"新历史主义"是可以被激活的一种重要理论资源。本文旨在借用"新历史主义与文学批评"这样一种特定的表述，讨论当代条件下的批评视野与方法的问题，试图从"新历史主义"中推出针对当下文学状况的批评实践的可能性，进而重新定义今日文学批评的作用。

一、当代条件下的"新历史主义"方法

"新历史主义"与二十世纪后半叶出现的其他思潮一样，都有着强烈的理论针对性，正是这一点使它成为一个具有开放性和活跃功能的概念，它所针对的是一些既定的社会历史的前提，而随着相似的社会历史条件在不同国家的时空中出现，现代性的"理论的旅行"就得以发生了。无论是谁对"新历史主义"做出理论渊源的梳理，都会指出它针对的是历史主义与各种不同动机的形式主义之间错综复杂、长达近一个世纪的纠缠，一种实证化、本质化的历史主义观念僵化久矣，后起旨在修正它的新批评、符号学、结构主义等形式理论，又逐步形成了新的保守，而发展到后结构主义、后现代理论等，其"非历史的倾向"就更明显了。[①] 因此"新历史主义"是回到历史分析，但并非回到旧有的实证主义之上，而是把历史与文本、形式之间的关联尽可能地复杂化、问题化。实际上，"新历史主义"试图摆脱文学与历史的二元对立关系，如果说它与马克思主义有密切关联的话，是因为它一方面建立在文化唯物论的基础上，另一方面，它也是一种重要的意识形态理论，比如阿尔都塞对意识形态领域的考察，对于"新历史主义"影响甚大——阿尔都塞认为意识形态无处不在，包含了一切对现实的再现。"新历史主义"对历史的态度也是相似的，即在文学作品中看到种种历史

[①] 张京媛：《新历史主义与文学批评》，北京：北京大学出版社，1993年，前言第3页。

环境的具体性，以及它们所包含的意识形态再现。

但是，"新历史主义"又是非常注重形式问题的，而且是以一种十分辩证的态度对待形式与表征领域。吉恩·霍华德在《文艺复兴研究中的新历史主义》一文中明确指出，"新历史主义是对形式主义的一个反动"①。凯瑟琳·伽勒尔在《马克思主义和新历史主义》一文中则说得更加透彻，"新历史主义"所针对的不仅仅是文化保守主义，而且更加是一种"'左'倾形式主义"，她指出，美国战后的"左"倾知识分子多认为存在着一个表征的特权领域，而"新历史主义"则针对这一特权化的表征领域展开辩证批评，就是为了表明"形式和意识形态既非一项简单的肯定关系，在其中形式弥补了意识形态的断裂；它们之间又不是一种颠覆性的否定关系，在其中形式揭露意识形态矛盾并且因此使之软弱无力"。在此问题上，"新历史主义"企图找到第三种选择，其中，"文学与意识形态之间的对立矛盾关系被还原为特定历史环境中的一种有关主体构成的权利与社会功能型模式"②。所以，"新历史主义"既承认形式与意识形态在历史中形成的复杂关联，构成了特定的主体模式，同时它又试图破除任何一种时刻下的"对立矛盾关系"所形成的美学上的自足空间，试图再次将其历史化，做出第二重的反思，这就是"新历史主义"者们所说的，"我们只能希望在自己的研究中保持一种介于文本分析与历史维度之间的创造性张力"。

恰恰是"创造性张力"这一点对于第三世界后发现代化国家有了非常大的启示，其适用性甚至可能超越了美国本土的"新历史主义"者们的想象。第三世界的文本总是在具体的历史情景中，乃至这些情景反过来构成了形式创造的动力和想象力所在。③ 所以，"新历史主义"的"中国化"并不是

---

① [美]吉恩·霍华德：《文艺学和新历史主义》，盛宁译，北京：社会科学文献出版社，1993年，第89页。
② [美]凯瑟琳·伽勒尔：《马克思主义和新历史主义》，赵一凡译，载《新历史主义与文学批评》，北京：北京大学出版社，1993年，第171页。
③ 张京媛主编的《新历史主义与文学批评》一书中收入了两篇弗里德里克·詹姆逊的文章，分别是《马克思主义和历史主义》和《处于跨国资本主义时代的第三世界文学》，德里克·詹姆逊在后一篇中具体处理了中国及其他第三世界国家文学的问题，这本书得到了广泛阅读与詹姆逊的这两篇文章不无关联。

简单的理论植入和借鉴，它更加是一种理论内涵本身的翻新与生长。问题在于，二十世纪九十年代对于"新历史主义"的讨论恰恰是基于与此相关的一种倒置的逻辑，"新历史主义"更多被视为一种可以与过去的宏大历史叙述相抗衡的工具，不少学者认为可以借用"新历史主义"的形式创造力而走向与宏大历史断裂的美学时刻，但他们忽略了"新历史主义"制造和承认这些美学时刻的目的，正在于重新对之进行编码，而对所谓宏大的历史产生新的认知。当然，这也是因为新时期以后，当代文学的第二个"三十年"，专注于与第一个"三十年"相抗辩，[①]从而形成属于新时期的一个个独立的美学时刻，并建立了当代文学自身的表征领域，而在我看来正是这一点给予"新历史主义"以新的方法论实践的时机。

有赖于一种强烈的当下性，这一属于"新历史主义"的时机，由以下几个条件构成：第一，历史结构意识；第二，"个/群"关系的再思考；第三，当代的表征领域与文学观；第四，对这一文学观进行反思的可能。

"新历史主义"大大地吸收了历史阐释学的方法和话语理论的成果，不再将历史视为一系列必然的实存，而是将之视为一种结构，这并不是缩小了，而是扩大了历史的内涵，试图把对历史的规定性打开，对过去视为非历史的层面也加以历史的考量，这是一种借用人类学的"厚描"方法的历史学，由此其生产性得到大大加强。与此同时，"新历史主义"的主张，为那些尚未得到充分的历史论证的隐性元素也预留了空间，从而打开了其未来的研究向度。所谓历史结构的意识，倾向于以民族国家的现代历史为一种总体性叙事的基础，不单列任何一种框架，而是把任何一种单独的时空想象纳入到总体的历史结构中，赋予其应有的位置与意义。二十世纪九十年代以来，的确出现过若干次与历史结构意识相关的判断，引发了巨大的反响。[②]可以说，当代中国的任何一种新的历史结构的想象，都以不同的方式融入

[①] 关于当代文学两个"三十年"的说法，主要形成于2010年前后，由共和国文学的"六十年"而来，参见孟繁华、程光炜、陈晓明：《中国当代文学六十年》，北京：北京大学出版社，2015年。
[②] 比如甘阳的"统三通"说、汪晖的"短二十世纪"说等。

到了文学的表达之中,因此,对于当代中国文学来说,历史结构意识本身就是文学性的重要的组成部分,尤其是进入二十一世纪后,二十世纪的历史整体上构成了一种基本的历史意识,任何一种文学感受都很难与之割裂。

回到詹姆逊在《处于跨国资本主义时代中的第三世界文学》一文中所提出的"第三世界民族寓言"问题上,这一观点很好地沟通了形式创造和历史寓意两者之间的关联,也有许多中国学者对之进行过阐释与回应。需要进一步指出的是,今天,中国现代历史与鲁迅文学的时期已经有了非常大的不同,已经诞生了由文化、政治、社会所共同构造的一个历史的结构,这个结构正在进一步实体化,并诞生了以"中国故事"代替"民族寓言"的诉求,这意味着形式的能指与历史的所指之间需要建立新的关联。而"新历史主义"是对"故事"的历史寓意,以及历史的"故事"寓意不断重构与解码—编码的方法,如果说民族寓言作用于作家的心理和无意识层面,那么文学批评正是要使这一集体无意识层面得以再度历史结构化。

二十世纪八十年代兴起了个人主义与个体自由的思潮,经过近四十年[①]的发展,今天基本上成为一种与"物权"相匹配的个体性的文化,但另一方面,"物权"又将人们安置于以小家庭为基本单位的产权共同体中,形成了新的固化的资本—血缘关系。在这种状况下,个体自由的内涵已发生了极大的改变。"个/群"关系问题从"五四"新文化运动以来就是重要的思想母题,而在当代社会它同样是一种积极的问题意识,应该看到,当代对于历史目的论的表述并不缺乏,但这种宏观层面的话语,与社会层面的文化现象常常处于脱节状态。具体来说,就是历史目的论叙述越来越宏大,而大众的日常文化行为则日益碎片化,出现了一种悬置的政治话语与碎片化的个人主义并行不悖的现象,要对这一点进行反思,需要一种新的"个/群"关系的想象。"新历史主义"方法包含着一个重要层面,即对个别物和整体历史之间关系的考察。我们可以将之与在它之后流行起来的"新文化史"方法做一番比较:"新文化史"有着非常强烈的物质主义的转向,是从文

---

① 本文写于2019年,故有"近四十年"之说。——本书编者注

化的总体性中拆下个别肢体,给予非凡的放大,相比之下,"新历史主义"则要使每一个肢体归位,使每一个体重新获得整体中的位置,正如美国学者伊丽莎白·福克斯-杰诺韦塞所说,"文本不是存在于真空中,而是存在于给定的语言、给定的实践、给定的想象中。语言、实践和想象又都产生于被视为一种结构和一种主从关系体系的历史中。"[1]因此,"新历史主义"的方法虽也着眼微观,但并不停留于微观,而是于微观现象再造通向总体性历史的通道,由此,不但碎片化的历史意识并不存在,碎片化的个人也并不存在,因为它总能通过某些途径而还原到"故事"之中。

新时期之后所形成的当代文学的表征领域,与"文学的主体性"等理论主题有相同的源头,并通过"朦胧诗""先锋文学""个体化写作""新市民小说"等二十世纪八九十年代的一系列文学实践而得到了实现,这一独特的当代文学的表征领域,正是在"新启蒙"的历史时期所形成的文学观之下成立的。实际上,当代文学批评的发生也是"新启蒙"的文学观的产物,它的历史意义与价值是十分明确的。但是,在"新启蒙"的文学观之下,一直存在着文学研究与解读的某些困境和盲区,比如说,运用这种文学观很难展开对"50—70"年代文学的解读。很长一段时间以来,针对"50—70"年代的文学,比较多运用的是政治实证的研究方法,政治实证的方法实际上非常接近于(旧)历史主义。近些年来,也出现了一些新的方法,比如文化研究或者社会史研究,这两者都能比较有效地将原有"新启蒙"视野之外的作品,重新纳入阐释范围中。但是,无论是在"理论"的维度上,还是在"社会史"的维度上,这两种方法都没有解决文学观的问题,或者需要回避这个问题,难以与"新启蒙"的文学观所形成的表征领域构成有效的对话。"新历史主义"在形式层面有着很强的创造力和作用力(以至于"新历史主义者"常常被误认为就是形式主义者),在某种意义上,它不会贬损或隔离任何一种已经形成的表征领域,反而是通过丰富其内涵去开放其空

---

[1] [美]伊丽莎白·福克斯-杰诺韦塞:《文学批评与和新历史主义的政治》,孔书玉译、朱史校,载《新历史主义与文学批评》,北京:北京大学出版社,1993年,第62页。

间，以便于使处于不同的文学观之下的对象得以互通有无，而这往往是通过在那些人们认为读起来"缺乏文学性"的作品之中重建象征空间来做到的，而这空间的构造法就是历史再现。在这个意义上，"新历史主义"绝不会简单地做非此即彼的选择，它是开放我们的文学观念的一种有效的选择。

针对"新启蒙"的文学观所形成的表征"特权"领域，如果说"50—70"年代的文学是受到了这种"特权"的某种压抑的话，那么这种"特权"所受到的严重挑战，实际上是来自当下最新的文学与文化现象。一些新的文学形式实际上直接可能刺破这种文学观，非虚构文学就是一个例子。随着新媒体对感性文化领域的急剧扩张，非虚构近年来受到越来越多的普通读者的欢迎（微信阅读量10万+是其中一个标志）。虽然文学批评家们倾向于将其纳入文学的表征领域之中，但很明显，针对它的文学批评和文学研究却难以开展，因为所谓"非虚构"是将虚构文学的所指意义变作了能指手段，而又对虚构文学的文本、语言、风格等元素进行了某种"戏拟"，悖论在于，在这一对文学性的反转过程中，"非虚构"却获得了通常我们认为只有文学性才能给读者带去的阅读快感。同理的还有"养生文""鸡汤文""软广文"以及将娱乐、教义、商业推销等效果直接赋予读者的大量的无法定义的写作形式，还有获得了难以计数的阅读量的网络小说，特别是其中那些放弃了单一署名的同人群体小说，甚至与"文化大革命"时期的"写作组"有着某种相通之处。在今天我们应该如何面对这些新的文化形式和现象？要么用精英主义的态度来贬斥这一切，用它们来证明今日文学的衰微，要么用体制的力量将它们收编——但后者仍然需要通过拓展文学的表征领域来获得合法性。在这里，如果我们考虑"新历史主义"的形式创造力带来的延伸功能，那么它所面对的不一定是历史的文学，也可能是文学中的历史，即种种形式的历史生成性。从这一角度来看，其实无所谓"最新"形式，"最新"形式里有可能包含有"旧的"文学内容，比如非虚构文学与曾经流行过的报告文学之间的历史联系，反过来说，这也证明"旧"的文学内容中可能含有"未来""最新"的文学性。总而言之，任何一种时空里的文学形式都不能仅据其表面现象来判断,而需要讨论其生成过程中种种历史能量的聚合,在这个意义上,"新历史主义"的方法可能会给四十年来争讼不休的文学性问题提供更好的解决方案。

二、"批评空间的开创"

对"新历史主义"进行方法论意义上的重审,使文学批评自身的一系列问题也得到再思考。当代文学四十年历程也可以说是一部文学批评的形成史。1985年,刘再复在《论文学的主体性》一文中,提出了"接受者的主体性","接受者"包含"作为接受主体的读者和批评家",重点指出"艺术接受者的高级部分是文学批评家"。[①] 这是新时期首次明确文学批评作为一个独立的话语空间,文学批评家也被确定为一种特殊的身份,掌握一定的文化权力。当是之时,文学的"主体性"主要被视为审美判断的主体功能,批评家也是在审美鉴别的意义上被定义为"高级读者",他们脱离了普通读者,"以自己独特的审美观念(其最高层次的是审美理想)来解释作品,在解释中放入自身审美理想的投影,使作品获得升华"。对新时期文学来说,审美和美学领域的回归与拓展,是对文化领导权的重新定义的过程,而文学批评空间的开创可以说是其中的一个典型事件。二十世纪八十年代以精英文化为主导重新建立了文化的秩序和等级,文学批评在参与建构这一秩序和等级中发挥了重要的作用,在学院制度尚未得到完全重建的情况下,文学批评家甚至担当了这一过程中的某种"形象代言人",以前所未有的独立、自由、先锋、高尚的姿态出现在当代文学的新舞台上。总而言之,二十世纪八十年代重新建立起来的当代文学批评并未对同时代的"文学主体性"主题进行反思,而是成为"主体性"建构的有机组成部分。

由此,无论是为文学的"主体性"进行话语阐释,还是为新的文学现象做出审美判断,当代文学批评原本就是一种特定历史结构的生成物,而

[①] 刘再复:《论文学的主体性》,《文学评论》1985年第6期和1986年第1期,又载《中国当代文学史·史料选》,武汉:长江文艺出版社,2002年。

如果进一步纳入二十世纪的整体文学视野，更能发现白话文的"文学批评"与白话文文论、学术三者之间重叠而又交互的关系。[①] 所以，今天要重新考量文学批评的当代内涵与意义时，也须得首先将其视为一种历史产物，把握其特殊性，更不用说，文学批评的"主体性"很快就在历史上遇到了种种挑战，除了早期若干主流批评家得以步入学术文化的各种中心位置，文学批评在整体上则是危机不断的。二十世纪九十年代之后的市场化使得文学的精英地位迅速衰落，文学批评的能量除了如上文所述，为文化研究所吸收外，更多的则是进入到了学院主导的学术研究之中。然而，学术研究始终没有能像二十世纪八九十年代的文学批评一样，对当代的前沿现象和问题做出敏锐的反应，更不用说当下学术生产的流水线化操作带来的种种弊端。二十世纪九十年代曾有学者提倡过"批评空间的开创"[②]，今天则到了真正需要开创新的批评空间的时刻，如果说，文学批评的"主体性"问题在当年是由一定的文学环境所孕育，那么今天文学批评存在的合法性则可以说恰恰相反，是由一个"反文学"的环境所要求的——这么说是因为，以审美判断力为中心的文学观已经遭到了种种质疑，正如上文所提到的，如果"文学性"还在我们的日常生活中发挥作用的话，那么它更多的是在各种新形式的大众文化产品中表现出来，而如果文学性所依托的形式已大大改变，那么文学批评的存在方式与意义当然也会改变。在我看来，批评家应该始终保持对时代身临其境的现场感，这并不是说文学批评只能面对那些最新的文学与文化形式，实际上历史的每一个现场都是批评的现场，而显然今天的文学现场有着前所未有的巨变，批评的任务不但是把这些现场指认出来，而且是要不断地将之发明出来。

正是在这一基础上，才来看"新历史主义"能否重新成为当代文学批评的关键词，虽然我们需要面对的是各类碎片化的复制品、转瞬即逝的消

---

① 温儒敏：《中国现代文学批评史》，北京：北京大学出版社，1993年。
② 1998年由王晓明主编，东方出版中心出版的论文集《批评空间的开创——二十世纪中国文学研究》，书名引用了书内收录的李欧梵的文章《"批评空间"的开创——从〈申报·自由谈〉谈起》题名，显然把这一意象从晚清文学拓展到了整个二十世纪中国文学。

费符号,以及混沌空洞的流行话语,但越是如此,越需要高度关注总体性问题。对新世纪尤其是最近十年的文化状况来说,历史的总体性思考已经成了必不可少的前提,脱离了总体性的任何一种讨论都很难有持续的生长力。另一方面,当下的文学批评将不同于历史上的任何一个时期,因为现阶段的文学写作出现了多种多样的具体性,很难再像二十世纪的文学史那样,找到一种或几种确定的潮流,这也使得文学批评所特有的"命名"功能降到了最低点。当然,批评家们仍然试图在具体性层面给作品归类,比如"城市文学"、类型小说特别是"科幻文学"、"东北"书写与现实主义的回潮,等等,细究起来,所有这些新出现的写作类型,它们中的任何一种想要得到更全面深刻的阐释,都须得与历史的总体性勾连起来,而现今为止针对这些文学类型所出现的优秀的批评,也无不是因为引入了历史总体性的视野。在这里可以回答究竟什么是"一种强烈的当下性"的问题,答案是,当下的任何一种触目的现实,都与当代中国历史所积淀的各种逻辑线索密切相关,因此当需要凝视现在时,就必须回望历史。对"城市文学"的讨论离不开自二十世纪九十年代始,在新世纪加速的"城市化",也离不开快速裂变中的城市与乡村的互相入侵、互为镜像,还有几代人之间的断裂与磨合,以及消费社会速成的种种景观。在"东北书写"中,积淀的是二十世纪九十年代的国有体制改革,老工业区整体环境骤变带来的所有问题,双雪涛、班宇、王可心等人的写作展现了东北特殊的状态,来源于不同的社会历史逻辑交错的瞬间,不同的人物被不同的时空中的伦理所把握,有如处于平行宇宙之中,但他们的行为却不得不在现实生活中重叠、交锋,乃至形成了悬疑,形成了犯罪,形成了命运,梳理不同人物形象的历史谱系,是解读这类小说的重点。而《三体》《北京折叠》等科幻小说,就社会性、历史性和现实性而言,可以说每一部都是"中国故事"。《北京折叠》的创意显然来自二十世纪九十年代之后逐渐形成的社会阶层的分化和固化,"折叠"除了区分了财富占有量以外,还对"劳动"做了不同属性的区分:体力劳动、脑力劳动,以及资本家的"劳动",中间层仍然保留了"感性"(爱情）的能力，而底层则由于基础劳动所包含的恒定的功能，而得以成为"信使"，这样的小说几乎贯穿了当代历史中有关劳动、文化和社会构造的一切重要主题。

因此，文学批评不可能不在对历史的追根溯源中，找到任何一种特殊形式与历史总体性的关联，即使是那些最为流行的网络小说的"穿越""宫斗"等主题，也会包含不同程度的历史再现，以及相应产生出的"文学性"。回过头说，那些从"新启蒙"的文学表征领域所走出来的"经典作家"，比如莫言、余华、王安忆、格非等人，他们当下最新的作品，在写作的具体性和风格上可能有非常大的不同，但这些作品又有接近之处，那就是对于历史和形式之间的关系的深度思考，这可以说是新世纪文学最大的一个特点。有趣的是，当代文学四十年，在文学已经创造出相对稳定的"主体性"表征领域之后，却呈现出了一种新的对总体性的追求。有一些研究者已经注意到了新世纪的文学批评与总体性的关系，有人指出，"从事文学批评的人们，也应将文学作品放置在一个总体性的视域之下，充分探讨文学作品在历史进程中的位置、研究文学作品在当下的意义，展望文学作品的未来价值。"[①]而在我看来，总体性问题并不能完全被归为自上而下的文化政治立场建设，在当代条件下，也不是能够通过规训作家的意识所能做到的，更何况，在复杂多变的文学形式之中，无论是卢卡奇意义上的十九世纪欧洲历史的总体性，还是二十世纪"50—70"年代的作家改造自我世界观的能动力量，在今天都已经不再能占据文学生产的最大产出的形式和体量。王尔德曾经说："过去是精英写作、大众阅读，现在是大众写作、无人阅读。"实际上阅读者还是存在，只不过不再仰赖精英文化的生产，大众文化生产和消费其自身，而到了二十一世纪，甚至"读"与"写"的基本方式和关系，都有可能被技术化的生活方式所颠覆和重新定义。所以，对历史总体性的定位需要一种新的方案。与此同时，总体性问题也并不仅仅属于上层建筑，而是属于一切的"生活流"，当人们的日常生活已经越来越多地被技术所

---

① 毛郭平：《文学批评的立场、方法和价值》，《理论月刊》2018年第12期。

垄断，技术的飞速发展形成了一种定义历史前进的标准，而且是唯一的标准，这是人类之前的历史中都不曾有过的现象，也有人从中推论出历史的终结以及人文主义的巨大危机。悖论在于，这一危机无法以更为前瞻的姿态去解决，因为其答案不在于未来，而只有回望历史，回望历史的废墟——废墟就是某种形式感和美学精神的表达，这就是本雅明在《历史哲学论纲》中所描绘的"新天使"的姿态。"新历史主义"在这一点上与之有相似之处，要了解"未来"和"现在"，更重要的是叙述"过去"，但历史叙述本身也已经危机重重，如果不借助于更有创造力的阐释方法，也同样会落入各种既有的政治圈套之中。正如伽勒尔所说，"新历史主义""通常也不把政治当作自己的内涵，反而是通过占据特定的历史位置，并由此进入各种交换或互涉活动，其中附带着被称作'政治的'实践"。由此可见，"新历史主义"对历史结构的诉求并非能用单一的政治要求来取代，而是不断地把历史的各种复杂的位置构造出来，因此，它看起来既是在政治之中，也是在政治之外的。

　　实际上文学批评与历史的关系，已经得到越来越多的关注，一个原因是需要在今日的批评中重建某种客观的标准。当下的批评缺乏标准是有目共睹的，这一方面是文化多元主义的结果，另一方面，随着大众文化越来越呈现视觉化、短时效化的特点，以文字和阅读为基本方法的精英文化的影响力日渐式微，文学批评似乎需要以某种拔苗助长的方式来保住自己的"领地"，由此出现了一种新的抽象主义，即对于任何作品都在文化诗学的层面进行拔高，主要依靠批评家自身的学养加以演绎，这虽然可以增加文学批评整体上的审美意趣，却只是在建立空中楼阁，是一种对幻境的建构，这些大小幻境看起来如百科全书般丰富多彩，却脱离了一切，而且遮盖和压抑了作品原本所有的粗砺和缺失中所可能蕴含的某种现实性。在这一点上，重新提倡"新历史主义"的形式创造与历史意义的关联是很重要的，在"新历史主义"的文学批评中，一切形式创造都来源于历史情境的再现，打开文本所接通的是一个个具体的历史时刻，这些历史时刻的具体性最终将被编织为一种具有整体性的历史观乃至价值判断，而如果形式创造背后没有具体的历史时刻出现，那么就很有可能是一些彼此冲突、自相矛盾的价值观在相互消耗，总体上是非历史的聚合，因此也无法进入到真正的问题意识中去。

由此需要思考的最后一个问题是，如此重要的历史概念本身是不是同样也需要得到反思和批评。南帆在《文学批评中的"历史"概念》一文中指出，"由于'历史'概念引入的纵向坐标，文学批评极大地拓展了视野，从而将文学带入一个更为宽阔的领域。这时的文学不再显现为一部孤立作品，而是获得了历史之维的重新定位。"文章也谈到了"新历史主义"的重要意义："历史不再是一个孤立的庞然大物矗立在远方，单向地对文学施加影响；历史具体地交织于文学生产的每一个环节，甚至与文学混为一体。这个意义上，'历史'概念可以全方位地进入文学批评的文本阐释。"[①] 正如文中所仔细梳理的，古往今来，对历史概念的强调同时也制造出了一个充满冲突的话语领域，不同的历史学家对历史的功能和作用，乃至历史本身的定义充满了争论。历史本身并不是一种天然正确的概念，正如历史的每一时刻的具体性中都充满了矛盾与斗争，所以实际上，对历史的强调不应仅仅被视为一种寻找客观性的努力，甚至这种努力是为了再去质疑每一种既有的客观性，从而具备最后的批判性。也就是说，如果在强调文学批评中的"历史"概念时，不同时强调这种概念所蕴含的批判性的话，那么，不管怎么重视历史也会堕入历史的虚无主义之中。在这一意义上，文学批评正是在这一最后的批判性的意义上发挥"批评"的作用。文学批评不是基于历史中任何一种现成的标准来下判断，而是应该不断创造更先进和先锋的标准，这种标准同时应与对现实的判断紧密结合在一起。这也是为什么"新历史主义"既反对形式主义，又需要用最大的力量来进行形式创造的原因，如果我们能把形式创造与那最后的批判时刻结合在一起，那么，文学批评的自由和新的空间也将在这一时刻诞生。

---

① 南帆：《文学批评中的"历史"概念》，《中国社会科学》2019年第3期。

"新历史主义"与生在这一边的我们

◎陈芝国

中国当代文化语境中的"新历史主义"一词,如同许多其他引自西方的理论术语一样,译介情况振摆于"正解"与"误解"之间,话语实践也振摆于"正用"与"误用"之间。如果套用新历史主义主要译介者赵一凡的感言"他们毕竟生在那一边",那么毕竟生在这一边的我们,与其脱离中国语境不畏艰难地去理清美国新历史主义文学批评多元混杂的理论真义,倒不如试着从上述振摆出发,用借来的"新历史主义"批评方法对中国当代的"新历史主义"现象"再历史化"。因此,在近30年来中国各种交互冲突的文化力量之中,观察新历史主义与20世纪90年代以来文学批评的关系,可能才是我们在面对"新历史主义"这一文化关键词时需要认真思考的问题。

一、有待揭开的面纱

1986年,"文学黄金十年"的最后一年,王佐良的游记体散文《伯克莱的势头》最早向大陆读者介绍了西方新历史主义文学批评的重镇——加州大学伯克莱分校英文系。王佐良在北京大学与斯蒂芬·格林布莱特有过寒暄,因没有深入交流,误以为以格林布莱特为代表的新历史主义批评是同年鉴学派的新史学相似的一种历史主义批评。他似乎更愿意站在伯克莱大学的另一位维护英国文学传统的教授雷特一边,认为名著可能会被刷新和充实,但"作为他们核心的'文学之美'将会代代相传下去"。[①] 王佐良之所以对伯克莱英文系的新历史主义一笔带过,而倾心于雷特的传统论的原因,我们稍微联系"文化大革命"结束至1986年的中国文化语境即不难知晓。

作为对"文化大革命"结束前主流意识形态倡导的"三结合""三突出"等极左派文艺路线的反拨,在国家与个人的双重现代化愿景召唤下,"五四"的个性解放思想在"文化大革命"结束后的文学创作与批评中重新得到张扬,语言形式层面进行实验探索的先锋文学成了"主体""自我""自主性"等一系列人文思想的话语表征。虽然人文知识分子在1986年已开始感受到扑面而来的商品经济气息,然而,在"文学黄金十年"的最后一年,人文知识分子依然将"意识形态"本质化地与极左文艺绑在一起。从"文化大革命"结束直至下岗职工和农民工问题浮现出来之前,意识形态一直给追求现代性的人文知识分子不适之感。王佐良在字里行间对雷特传统论的认同和对格林布莱特新历史主义批评的故意误解,就在于前者符合当时国内的文化语境,而后者强烈的意识形态指向令他不安。

就在王佐良访问伯克莱大学之后,在美国召开的中美第二届比较文学双边讨论会(1987年10月),让中国学者注意到历史叙述的虚构问题。普林斯顿大学教授厄尔·迈纳的论文《历史、文学和文学史》引起了乐黛云的注意。乐黛云概述了这篇论文的主要观点:"一般所说的历史都是指述说的历史,由于时间和空间的限制,很少人能亲自目睹书上记载着的事件本身。既然是述说就必然带有述说者的局限和偏见。事件本身没有知识,没有自我述说的能力。事实上述说的历史无非就是某些人对历史事件的知识,这种知识又是基于历来的记述,基于述说者本有的知识和他当时的欲望与希求,也就是说任何历史的记述都不可避免地包含着记述者的虚

---

① 王佐良:《伯克莱的势头》,《读书》1986年第2期。

构。"① 迈纳的观点无疑受到了海登·怀特叙述史学的影响。同时参会的中国学者杨周翰也对怀特的文学叙述和历史叙述相互转换论进行了详细的评述。据乐黛云的记述，1987年的这次会议并没有出现"新历史主义"的字眼。经过王佐良、杨周翰和乐黛云等人的述论，似乎汉语"新历史主义"马上就要被揭开面纱。然而，1980年代末的混乱，稍稍推迟了"新历史主义"这一来自西方的新的"课堂马克思主义"批评正式进入中国文坛的时间。

二、来自历史现场的学术报道

1991年第1期出刊的《读书》杂志，发表了赵一凡"哈佛读书札记"系列中的一篇《什么是新历史主义？》。赵一凡在美期间，正值新历史主义批评产生以至席卷美国，这篇札记可以视作一篇来自历史现场的学术报道。

赵一凡将"新历史主义"的出现与发展喻为"幽灵袭扰美国文论界"，"八十年代末，美国文学与文化研究最明显的动向，是所谓新历史主义的崛起扩张。在学术领域，这一'新兴马克思主义批评'径直向据守正统的解构学派挑战，迫其承认已面临六十年代'语言学转向'以来最重大突兀的一场'历史—文化换轨'。社会舆论方面，它的激进意识触发了保守派的惊恐指责：从联邦教育部长到《华尔街报》《哈泼斯》等右翼喉舌竞相警报'红色恐怖、幽灵回归'。"② 在赵一凡之后，其他中国学者译介"新历史主义"时，几乎完全将其抽离了美国语境。赵一凡不仅清晰地介绍了它的发生史，也从格林布莱特在伯克莱大学多次聆听福柯讲学，悟得正果，将马克思主义与福柯思想熔铸一炉这些学术轶事出发，准确地勾勒了新历史主义复杂多元的思想谱系。通过梳理其思想谱系，赵一凡进一步点明新历史主义的学术特色：其一，"新历史文论重返历史和意识形态阵地，

---

① 乐黛云：《历史·文学·文学史——中美第二届比较文学双边讨论会侧记》，《文学评论》1988年第3期。
② 赵一凡：《什么是新历史主义？》，《读书》1991年第1期。

直面权力、控制、社会压迫与种族歧视问题，促使人们更主动地从历史残酷血腥的对抗中把握文化，一反自由派的中庸和形式派的政治冷漠，主动透析文本中的意识形态话语矛盾，着重揭示'正史'掩压下的另一性质，并刻意破除人文学术传统教规。因装备了西方马克思主义与后结构主义混成的分析利器，他们的批判意识及操作能力显著提高，方法多变的拆解再释层出不穷"；其二，"泛杂多样性。成员组合方面它印证了巴赫金的杂语对话观，即空前激发美国混溶文化中的各种矛盾，鼓动次文化代表群起蚕食正统学术独白主义，各自体现局部认知与群属利益，组成色彩斑驳、嗓音各异的文化狂欢。理论拼集则加剧了运动的多向泛滥与裂解张力。实践中，它集文学、历史、政治、经济与符号研究于一体，带有鲜明的'后理论'难以通约性质"。赵一凡认为新历史主义的"主导不明的理论泛杂性"衍生出了两项次要的学术混淆变型特征，其他中国译介者极少言及这两项衍生特征。这两项衍生特征，其一为文化生产论引入文学批评后派生的"经济变种"，它专向市场、工艺、出版、传播等边缘地带开拓，形成了对现当代文艺"上下文"考察的有效引导，并提供整套经济学工作语汇，解答文学艺术的社会生产流通；其二为"文化人类学变种"，它将艺术、意识、符号和话语行为并入文化系统，施以突出事件的临床式深描（Thick Description）释义。日后众多中国学者对新历史主义的评价，几乎都是赵一凡在文末对新历史主义的总体评价的翻版："新历史主义作为左派学术重建之举，既非旧历史主义的原样回归，也不是马克思史学的单纯复兴。它应是'解构后世界中的历史主义'。其新颖处，若以符号变异显示，即由大写单数 Historicism（含元话语及整体论）变成了小写复数 historicisms（多项混拼与差异方法）。"赵一凡这篇写于1990年10月底的读书札记，明确指出甚至刻意强调新历史主义批评的左派色彩，却绝非是为了顺应彼时北京报刊的"思想僵滞"状态。因为新历史主义批评的确有着强烈的左派色彩。更值得注意的是，他还以一个经历过"文化大革命"前极左灾难的中国人的视野对美国的"课堂马克思主义"发出了无声的窃笑："毕业那年，我目睹新左派老生回校举行'校园起义廿周年祭典'。见他们衣冠楚楚，朗诵《资本论》警句，自比当年巴黎公社最后捐躯的烈士，重申'今日改造哈佛，明日将变革世界'之誓言，我当场一点没有窃笑心情。天晓得，我晓得，他们毕竟生在那一边。"这样的感叹不知包含了多少人生和家国的复杂体验！

相较赵一凡，1992年正在伯克莱大学英文系求学的徐贲，他发回国内的学术报道《新历史主义批评和文艺复兴文学研究》，在一定程度上悬置了新历史主义的左翼色彩。遭受过"文化大革命"极左意识形态伤害的徐贲，虽指明了新历史主义所受的福柯和西方马克思主义的影响，但他的自由主义信仰使他站在一种貌似中立的立场，强调新历史主义的批评原则："任何一个特定时代社会中占统治地位的意识形态话语都不应成为当时人们实际生活的主要证据，更不用说是唯一的证据。"[①]"任何"一词，实际已离开新历史主义批评的矛头所向，即后工业的资本主义社会。徐贲结合吉恩·霍华德、乔纳森·多利莫尔和格林布莱特等人的观点，主要从三个方面比较了新历史主义批评与传统历史批评的不同。

传统史学认为在把握历史的过程中如果能够克服主观因素，透明地运用其语言工具，就能够再现掩埋在时尘下的"史实"，并由此获得关于历史的不容置疑的"真理"。然而，在语言的透明性以及依附于语言的本质的人的观念被全面否定之后，以实证主义与科学主义为根基的传统历史叙述，本身就是非历史的。新历史主义批评与传统历史批评不同，它认为人不具有超历史的本质，人的一切特征都是特定历史时刻话语和社会过程的产物。历史是解释的而不是发现的结果，历史研究者永远只能构设历史，而不可能复原历史。由于福柯的历史观"点化"了文艺复兴学者对历史的认识，因此徐贲的评述也从福柯的历史观入手。福柯指出，传统的历史叙述与历史批评是19世纪以来资本主义制度下人文主义意识形态的一种表现，历史的连续性只不过是资本主义意识形态为了巩固其权力地位而杜撰出来的神

[①] 徐贲：《新历史主义批评和文艺复兴文学研究》，《文艺研究》1993年第3期。

话。因此,"研究断裂就是研究特定的话语、社会形态的形成条件,并由此对它进行批判,而不是认可;昭彰它异不仅是否定一统意识形态的神话,而且还要从它对它异因素的压制过程和方式中透露出社会、政治、文化的复杂机制运作情况。"[1]第三个不同就在于新历史主义批评是一种抗辩的政治化批评。传统的历史批评因为将历史认定为支持文学文本的"背景",文学一方面成了意义向社会历史语境转移的中转站,而另一方面这类解读往往只选择了历史背景的一种。新历史主义批评认为,文学本来就是历史的一部分,如果说社会和文化生活的其他方面是文学文本的背景,那么文学文本又何尝不是它们的背景?在新历史主义批评这里,批评家的任务与其说是消除文学的文本性,还不如说是从文本性去重新看待一切社会现象,以便认识它们的无确解性、因其与意识形态的联系而必然具有的武断性,以及对各种文化影响的汲纳性。文学并不是寄生或附属于历史事实的,文学和历史事实同处于符号化的思想空间之中。在这个共同的空间中,文学参与了历史的过程,参与了对现实的形塑。因此,文学必定是政治性的。

英国的多利莫尔认为,在新历史主义批评中,"历史和文化过程的这三个方面令人注目地突现出来:巩固、颠覆和遏制。第一个方面典型性地涉及某个居于统治地位的秩序为了能使自己万世不绝而在意识形态上采取的办法,第二个方面涉及对那个秩序的颠覆,第三个方面则是对显然属于颠覆活动的压力加以遏制。"[2]三个方面并不是彼此孤立的,巩固、颠覆和遏制,都不是直截了当的,而是相互依存、相互转化的关系。统治者为了巩固自己的统治,从来都不是将敌人(意识形态对立面)消灭干净,而是不断生产出新的敌人(新的意识形态对立面)。而在徐贲这里,这三个方面被缩减为两个方面:"新历史主义对历史或文学文本的具体分析大多数集中在作为意识形态手段或产品的文本与既在的社会秩序或权威的两种最

---

[1] 徐贲:《新历史主义批评和文艺复兴研究》,《文艺研究》1993年第3期。
[2] [英]乔纳森·多利莫尔:《莎士比亚,文化物质主义与新历史主义》,张玲译,载《文艺学和新历史主义》,北京:社会科学文献出版社,1993年,第153页。

根本的关系形态上：巩固和破坏。"① 这种二项对立式的缩减，也就减损了新历史主义批评的复杂性与深刻性。

三、在历史节点误读新历史主义

有了乐黛云1988年对格林布莱特和怀特等人的理论的预热，北京大学出版社编辑张文定也开始紧锣密鼓地张罗出版新历史主义译文集。张京媛奉乐黛云之命，在1991年6月即已编完《新历史主义与文学批评》，但拖延至1993年1月才得以出版，或许与此前国内舆论氛围的紧张不无关系。按照周瑞金的回忆，十四大以前，反和平演变、反对资产阶级自由化的呼声依然很高。②1992年10月十四大召开以后，主流意识形态要求加快改革开放的步伐。《新历史主义与文学批评》终于得以在1993年1月出版。之所以说《新历史主义与文学批评》的延迟面世与国内舆论氛围的变化有关，也可从同年3月社科院外文所以《世界文论》名义出版的另一本译文集《文艺学和新历史主义》的"编者的话"中得到证实："正当全国各族人民在党的十四大路线指引下，进一步解放思想，加快改革开放和现代化建设步伐，意气风发地为建设有中国特色的社会主义而努力奋斗的时候，《世界文论》丛刊和读者见面了。人们常把译坛比作窗口。我们要建设宏伟的有中国特色的社会主义大厦，不可缺少'精神文明'的建设，为此就需要开辟各种各样的窗口。"这就表明社科院外文所引进新历史主义文论是顺应主流意识形态的需求。

这两本译文集，各有侧重。《文艺学和新历史主义》是一本以书代刊的译文集，选译的都是英美新历史主义主要成员的重要论文。然而，从日后批评家的文献征引来看，这个更具代表性的译本似乎一直都很少引起批评界的注意，而张京媛主编的译文集才是批评界谈论新历史主义时的必备

---

① 徐贲：《新历史主义批评和文艺复兴研究》，《文艺研究》1993年第3期。
② 周瑞金：《"皇甫平"文章的背景与论争》，《炎黄春秋》1999年第3期。

指南。虽然张京媛所写的前言围绕新历史主义代表人物格林布莱特、路易斯·蒙特洛斯和阿兰穆·威瑟的观点而展开，但这本以威瑟编辑的《新历史主义》为蓝本的译文集，就其内容选择而言，颇值得讨论。这本译文集只收了格林布莱特力图将新历史主义引向文化诗学的《通向一种文化诗学》，却收了海登·怀特的四篇文章：《评新历史主义》《解码福柯：地下笔记》《作为文学虚构的历史本文》《历史主义、历史与修辞想象》。另外，张京媛还以"这本论文集应该与我们国内的文学批评有一些联系，而且詹姆森的这篇文章也是新历史主义者所常用的一种文化批评"[1]为由，将自己翻译的弗雷德里克·詹姆逊的《处于跨国资本主义时代中的第三世界文学》塞进了这本译文集中。那么詹姆逊和怀特究竟是不是新历史主义批评家呢？

格林布莱特在《通向一种文化诗学》中区分了新历史主义批评与詹姆逊的马克思主义美学和利奥塔的后现代理论。他指出："詹姆逊为了揭露一个独立的艺术领域的欺骗性，为了提倡一切话语的真实结合，从话语领域划分的虚伪性这一根本问题上发现了资本主义；而利奥塔为了提倡将一切话语进行区分，为了揭露独白话语统一性中的欺骗性，从话语领域的结合的虚伪性这一根本问题上发现了资本主义。在这两种情况中，历史都充当了外加在一种理论结构上顺手捎带的轶事一样的装饰，而资本主义也不表现为西方世界里一种复杂的社会经济的发展，而只是一种邪恶的哲学原则。"格林布莱特认为詹姆逊和利奥塔的理论解答仰仗的是一种将历史矛盾化解为道德需要的乌托邦式的想象，与他们不同的是，格林布莱特强调资本主义文化始终在区分与结合之间振摆："从16世纪股份公司组织对艺术开始产生影响直到现在，资本主义已经在确立不同话语领域与消解这些话语领域之间成功而有效地振摆。正是这种一刻不停的振摆，而不是固定在某一位置上，这才形成资本主义所独有的力量。"[2]

---

[1] 张京媛：《新历史主义与文学批评·编后记》，载《新历史主义与文学批评》，北京：北京大学出版社，1993年，第298页。
[2] [美]斯蒂芬·格林布莱特：《通向一种文化诗学》，盛宁译，载《文艺学和新历史主义》，北京：社会科学文献出版社，1993年，第129—133页。

王岳川虽然从中国学术界之俗，将怀特放进新历史主义阵营，但他也明确指出："海登·怀特并不承认自己是新历史主义者，却被学术界看做新历史主义的重要理论家和辩护人。"① 怀特不承认自己是新历史主义者，或许不仅因为他的身份认同一直都是历史哲学家，而新历史主义批评家几乎都是文艺复兴学者，更因为怀特在道德和政治上是美国右翼，而新历史主义批评家是典型的美国左翼。怀特在《评新历史主义》一文中，虽然也曾为新历史主义辩护，但他一直用"他们"称呼新历史主义者。其次，这里的"学术界"也是有歧义的。前述赵一凡和徐贲来自新历史主义批评历史现场的学术报道，均未提及怀特。美国新历史主义批评家吉恩·霍华德列举的众多英美新历史主义主要人物，其中也没有怀特。对于霍华德等人而言，与其说怀特是他们阵营中的一员，倒不如说他是他们的理论先导之一。作为历史学家的怀特，与当代读者反应批评家斯坦利·菲什、姚斯以及结构主义诗学家托多洛夫一起，使他们"重新承认了跳出现时和现文化的囚笼是多么困难"②。而其他国内学者在评述新历史主义时，不仅无一例外地将怀特拉进新历史主义阵营，而且将其视为格林布莱特之外新历史主义批评的另一旗帜性人物。既然怀特和詹姆逊的新历史主义批评家的身份值得怀疑，那么为什么怀特和杰姆逊会被中国学者当作新历史主义批评家进行译介和征引呢？或者说国内文学批评界是如何使用新历史主义的呢？答案或许主要在于中西历史节点的文化语境和文化阐释需求的巨大差异。

四、介入历史的文学研究助燃剂

在美国社会由现代向后现代的转变之际，自启蒙运动以来的现代思想危机彻底暴露在时间的缝隙中，使许多文化学者充满兴奋、怀疑或恐惧。他

---

① 王岳川：《后殖民主义与新历史主义文论》，济南：山东教育出版社，1999年，第201页。
② [美]吉恩·霍华德：《文艺复兴研究中的新历史主义》，盛宁译，载《文艺学和新历史主义》，北京：社会科学文献出版社，1993年，第98页。

们认为文艺复兴运动以来关于自我的基本观念在这一后人本主义时代不再成立。这种自我意识的漂浮不定,使他们对新批评派30多年来"把文本当作远离历史重要关头和矛盾的虚无缥缈的东西,从这些文本中寻求毫无利害关系的某种一统真理,而不是寻求隐埋在某种现实构成背后的种种断裂",已经感到厌倦了。而"最新的形式主义批评——特别是结构主义和解构批评在文艺复兴研究中并没有很大的影响"。这就使得后人本主义时代自我分裂之后的文艺复兴学者势必重新将眼光投向"历史"。"当批评家和历史学家意识到现代阶段正在过去,一种新的认识场(episteme)正开始萌生出现,文艺复兴于是就开始被置于略微不同的条件下加以把握了:既不是现代的,也不是中世纪的,只是介于两个更为铁板一块似的阶段之间的一个区域或有限空间,人们可以从中发现不同认识范式和不同意识形态之间的冲撞,发现指义系统的游戏性,发现一种自我观照性,以及发现一种对于人性之微弱的自我意识,而这一点恰好与后现代文化中的某些主宰成分相互共鸣。"[①] 文艺复兴学者从结构主义和后结构主义的语言不透明性出发,在福柯强调断裂与差异的历史观的启悟下,终于发现冲出"现时和现文化的囚笼"的新历史主义方法:首先,有必要将客观性神话摒弃,承认一切历史知识都只是从一个偏斜的、既定的视点产生的;其次,不应指望得到一种独此一家的"历史",而必须承认存在着由各种主体产生的"多种历史";最后,文学是一个错综复杂的更大的文本化的文化象征世界的一部分,文学参与其中的历史过程,参与对现实的政治管理、干预甚至颠覆。

程光炜1991年初震惊于"这代人心灵深处所发生的'惊人'的变动",预感到"八十年代结束了",[②] 这种时间断裂的历史节点感觉,对1990年前后的中国人文知识分子来说,是非常普遍和强烈的。当代文学史研究大家洪子诚在多年后也追忆起同样的感觉:"我还清楚地记得,1990年的春

[①] [美]吉恩·霍华德:《文艺复兴研究中的新历史主义》,盛宁译,载《文艺学和新历史主义》,北京:社会科学文献出版社,1993年,第89—91页。
[②] 程光炜:《不知所终的旅行》,载《岁月的遗照》,北京:社会科学文献出版社,1998年。

节前后,我正写那本名为《作家姿态与自我意识》的谈'新时期文学'的小书。大年三十晚上,我照例铺开稿子,重抄涂改得紊乱的部分,并翻读《朱自清文集》,校正引述的资料。大约在九点半的光景,一直打开着的收音机里,预告将要播放一段交响曲,说是有关战争的,由布里顿写于四十年代初。当乐声响起之后,我不得不放下笔,觉得被充满在狭窄空间的声响所包围,所压迫。在我的印象里,这支曲子频繁地使用大管、长号等管乐器,使表现的阴冷、悲悯、不甘为'命运'摆布的挣扎,以及那种类乎末日审判的恐惧,显得更为沉重。我也产生了类乎程光炜的那种感觉,这一切似乎在提醒我,我们的生活、情绪,将要(其实应该说是'已经')发生改变。不过,在很长的一段时间里,我并没有对这种感觉进行清理。只是到了最近,在西川诗集《大意如此》的'自序'中读到'当历史强行进入我的视野'这行字,才稍稍明白我当时所感到的,大概就是这种'强行进入'的沉重。"①如果感觉敏锐的诗人,如顾城、海子、骆一禾、西川、欧阳江河和王家新等,最早用他们的诗作表征了历史巨变的到来,那么文学风尚的大幅转变,其实无法与社会历史的节点完全同步地呈现出来,而是要稍稍延后。当我们回望历史,会发现1993年才是中国当代文学艺术的不平凡之年。《躲避崇高》《平凡的世界》《废都》《白鹿原》《活着》《我与地坛》等经典文本,都在1993年的文坛内外引起巨大的反响。但1993年,最引起轰动的,绝非这些经典文本,而是小说家与影视导演风起云涌的商业"媾和"现象。1993年以前,虽然"历史/中国历史,始终是第五代真正的叙述对象",但"黄土地已成为第五代共同的姓氏和形象"。②1993年,张艺谋不仅向刘恒"订购"了以民国历史为题材的长篇小说《苍河白日梦》,他还向文坛重要作家(苏童、格非、须兰、赵玫等)"订购"以武则天为题材的长篇历史小说。一时间,几乎所有的中国导演都告别了都市现实题材,

---

① 洪子诚:《90年代文学书系》,北京:社会科学文献出版社,1998年。
② 戴锦华:《雾中风景:中国电影1978—1998》,北京:北京大学出版社,2000年,第264—268页。

他们强劲的需求,使原本在20世纪80年代后期已成为文坛重要现象的历史题材小说更加迅猛地增长。

熟读雨果《九三年》的中国作家和批评家,不得不面对他们自己的1993年,面对一个有中国特色的社会主义市场经济时代。他们必须思考如何重建个人与时代、个人与历史的关系。就在此时,从英美"进口"的新历史主义批评为那些面对历史题材文本暂时烦躁无计的批评家,提供了一种新的文学研究助燃剂,使那些在人文精神论争和其他文化场域中荷戟彷徨的批评家开始了重新建构自我之旅。

先锋小说的守护者陈晓明,也是中国式后现代主义重要的发明者,曾认为20世纪80年代末先锋小说转向历史叙述具有"后历史主义"的意义。① 稍后,即有论者将这类小说称为"新历史题材小说"②。陈思和则以"新历史小说"这样"一种暂且的提法"来指称这类小说:"其功不可没的成就就在于打破了以往现代历史题材的创作离不开党史题材的藩篱。"③ 如果说这些命名依然扎根于本土文学现实,与译介自英语的新历史主义批评毫无关系,那么苏晓的《新历史主义:小说的又一种写法》无疑是对译介的新历史主义批评最早的误用:"'新历史主义'这一概念来自西方,所以这两年文坛出现的'新历史'小说,是一次有观念在先的创作实践","新历史小说的产生与后现代文化语境的催化直接有关"。④ 这种误用,不仅无视中国当代小说写作内在的历史演变及其文化语境,而且是对新历史主义的一个极大误解。新历史主义批评纵然众说纷纭,但在被中国学者当作一种创作方法之前,它从来都只是一套对各种交互的文化力量进行文本解读的审美实践。用格林布莱特的话来说,新历史主义就是文化研究中的一种

---

① 陈晓明:《无边的挑战:中国先锋小说的后现代性》,长春:时代文艺出版社,1993年,第264页。
② 钟本康:《新历史题材小说的先锋性及其走向》,《小说评论》1993年第5期。
③ 陈思和:《关于"新历史小说"》,载《鸡鸣风雨》,上海:学林出版社,1994年,第80页。
④ 苏晓:《新历史主义:小说的又一种写法》,《文学报》1994年7月21日。

谈判策略:"谈判的一方是一个或一群创作者,他们掌握了一套复杂的、人所公认的创作成规,另一方则是社会机制和实践。"①这种在"新历史小说"名称流传开来的情况下,撷取最新的西洋术语,将批评方法当作创作风格,有始作俑者,也从来不乏追随者。有些学者甚至完全脱离20世纪80年代末以来中国小说创作的历史,认为"新历史小说""在某种新历史主义理论的支持下日益炫人耳目"②,"是自觉吸收、借鉴和演绎新历史主义的某种思想、观点和写法"③。如此认为20世纪80年代末以来历史题材小说是西方批评方法的衍生物,未免可笑。在20世纪90年代中后期,无论对当代小说的历史叙述或褒或贬,多数评论几乎都混淆了原生的作为风格命名的新历史小说与引进的作为批评方法的新历史主义。贬者如《论"新历史主义小说"》,不仅将苏童、叶兆言、刘震云、格非、池莉、杨争光、吕新和须兰等作家统称为新历史主义小说家,认为"新历史主义小说之所以'不三不四',有两个成因,一个是当转向历史的平凡与平庸、小人物时,便进入不可考的野史的境地。这种不可考一方面带来某种创作的自由,另一方面便可能由于太过自由而失去历史的味道。"④褒者如《新历史主义的崛起与承诺》:"新历史主义将80年代以来大陆的各种社会哲学思潮,各种新观念、新思想,都以具体的文学形式表述出来,体现了80年代以来思想解放的实质"⑤。这种不再止于小说创作风格的文艺思潮赞语,无疑只是借用了新历史主义这个能指。也有学者似乎发现了批评界存在的"新历史小说"与"新历史主义"的混淆,试图区分二者,指出它们是"边缘"与"中心"的两部分,"边缘"的"新历史小说"是与意识形态化"红色虚构"相对的回到民间视角并消解简单二元对立的历史小说的总称,是"历史小说的'本

---

① [美]斯蒂芬·格林布莱特:《通向一种文化诗学》,载张京媛主编:《新历史主义与文学批评》,北京:北京大学出版社,1993年,第14页。
② 舒也:《新历史小说:从突围到迷途》,《文艺研究》1997年第6期。
③ 马相武:《历史之钟的当代回声——九十年代的新历史小说》,《南方文坛》1998年第6期。
④ 张清华:《作为生存和存在寓言的历史——"新历史主义小说"特征论》,《当代小说》1997年第3期;张清华:《十年新历史主义文学思潮回顾》,《钟山》1998年第4期。
⑤ 吴戈:《新历史主义的崛起与承诺》,《当代作家评论》1994年第6期。

然'状态"。而"中心"的"新历史主义小说"是在"新历史主义"哲学与文化思潮的启示下介入历史的历史小说。在这种"中心"与"边缘"的批评视野观照之下,《少年天子》《白门柳》《曾国藩》等被称为"新历史小说",而《丰乳肥臀》则被视为"一个具有总结和典范意义的新历史主义小说文本"。至于"新历史主义"的核心,亦即"莫言所要认真探究和回答的却是'历史上到底发生了什么'这样一个问题","从叙事结构与风格上看,它也典范地体现了类似于新历史主义理论家所总结和推广的某些方法,即以有利于隐喻历史的本然状态与丰富复杂的情境,把不同意义的'文化符码'故意'并置'或拼贴在一起,构成一幅'交叉文化蒙太奇的蓝图'"。① 这里对"到底发生了什么"的频繁征引也是对怀特后现代史学的误解与误用。"到底发生了什么"是倡导科学历史编纂学的柯林伍德的一句名言,而柯林伍德的历史哲学正是被当代中国文学研究者误认为新历史主义批评家的怀特着力颠覆的对象之一。

这种误解与误用不仅发生在当代小说批评领域,也发生在诗歌批评领域。有学者非常清楚新历史主义指的是一种文学批评话语,但仍然"更加愿意把它理解和解释成一文学创作的观念",由此,"我们根本无须去请葛林伯雷或海登·怀特出来为我们当下的诗歌创作和批评提供证词——况且从某种意义上说,他们也不可能为我们的诗歌发展出具某种有力的口实,我们从对自己当下的诗歌事实的把握中同样也能得出我们自己的'新历史主义'"。② 也有诗歌批评家为了论证杨炼等人创制的"现代史诗"具有新历史主义意识,认为新历史主义植根于结构主义思想,指出"海登·怀特是出于结构主义视点对历史本体的探究和质询,但它正好反证了诗歌写作中'新历史主义'方法的合理性"③。首先,如前所述,新历史主义的理论根基是

---

① 张清华:《作为生存和存在寓言的历史——"新历史主义小说"特征论》,《当代小说》1997年第3期;张清华:《十年新历史主义文学思潮回顾》,《钟山》1998年第4期。
② 席云舒:《诞生我们自己的存在——我们的新历史主义观念与当下诗歌的困境》,《诗探索》1996年第4期。
③ 张清华:《论"第三代诗歌"的新历史主义意识》,《诗探索》1998年第2期。

后结构主义和新马克思主义，是为了抛弃基于结构主义的新批评而诞生的。其次，深受尼采影响的怀特自1966年在《历史学的重负》中对历史感表现出强烈的憎恶以来，这种憎恶从未稍减。后结构主义的语言不透明观念，尤其是肯尼斯·伯克的动机语法和诺思诺普·弗莱的神话批评，终于使他发现并鼓吹历史文本的虚构性，从而对强调历史感的传统的实证论历史主义和柯林伍德等人的科学历史编纂学发起猛烈的攻击，开创了后现代史学。

如果说大多数文学批评家误将怀特的后现代史学当作新历史主义批评，一方面是因为张京媛主编的译文集的大量传播，另一方面也因为他们要面对20世纪90年代以来出现的大量历史题材小说，那么，他们从怀特这样一位极其憎恶历史感的后现代史学家的著作中摘引后者攻击和质疑的观点作为自己立论的依据，则实在是一件尴尬的事。这种普遍的学术尴尬，与其说体现了批评家抢占命名权的冲动，倒不如说是人文知识分子身处一个未完成的现代中国与一个译介过来的已经步入后现代的西方之间尴尬处境的折射。因为历史感寄生其中的历史主义，无论是传统实证论的，还是科学历史编纂学的，都是现代的发明，而无深度的后现代是非历史或反历史的。例如，诗人兼批评家王家新，也是这样一个身处未完成的现代性与译介的后现代性之间的历史中间物之一。20世纪90年代初，他开始对语言本体论进行反思，强调历史对于写作的重要性，但同时也不排斥新历史主义："我过去在从事批评写作时，其实也过于迷恋自'新批评'以来对文学'自律性'、'内部规律'、'诗本身'或'语言本体'的强调，由此偏于只看文本而不讲语境一端。现在我明白了批评的任务往往正是重建文本赖以产生并生效的历史语境，以使文本获得意义。我想我渐渐理解了马克思在巴黎手稿中所说的一句话：世界上只有唯一的一门科学，那就是历史。并且我同样欣赏'新历史主义'的'历史的文本化与文本的历史化'。我想我们现在需要的正是一种历史化的诗学，一种和我们的时代境遇及历史语境发生深刻关联的诗学。"[①]

---

① 王家新：《夜莺在自己的时代》，上海：东方出版中心，1997年，第81—82页。

诞生于英美的新历史主义批评方法何以在中国成为一种文学思潮？已逝的文艺学家余虹对此也深有体会。他认为"中国文学理论现代性话语的形而上信念是科学意识形态的神话"，"不仅革命文学工具论将马克思主义认信为科学意识形态，审美文学自主论也将人道主义认信为科学意识形态，正是科学意识形态的排他性导致了两者的冲突"，"80年代后期以来，质疑意识形态之科学性的工作在两大焦点上展开，其一是解构'自我'，进而解构作为审美文学自主论之元话语的'人道主义'的科学性；其二是解构'现实'，进而解构作为革命文学工具论之元话语'庸俗马克思主义'的科学性"。[1] 余虹的话令我们再次思考新历史主义与生在这一边的我们之间的错位。为什么中国译介者和批评家选择怀特而不是格林布莱特？秘密或许在于刚刚从庸俗马克思主义束缚之下解放出来的中国学者自然会选择远离具有浓烈左翼色彩的文艺复兴学者的新历史主义批评，而亲近看似中立的怀特。为什么中国译介者和批评家选择左翼美学家詹姆逊而不是格林布莱特？秘密或许在于格林布莱特等文艺复兴学者的新历史主义批评发挥的战场主要是莎剧，而詹姆逊将第三世界文学视作民族寓言的总体性视野对于渴望走向世界的中国知识分子而言真是心有戚戚焉。作为一种文学思潮的中国式新历史主义，在余虹和其他中国文学批评家看来，正是一种意识形态解构之后出现在历史节点之上的文化重构。正是对"非审美的诗"之渴求，使余虹在2000年对新历史主义文学思潮如此看重："'奥斯维辛的阴影'意味着我们被笼罩于其中的'历史'。80年代末和90年代初的审美形式主义和审美神秘主义以'超越现实自我，回到语言生命'的名义所逃避的正是我们生存于其中的'历史'。对文学非历史化倾向的批判既来自老现实主义者也来自新历史主义者，值得注意的当然是后者。"这里所谓的老现实主义，其表征的现实是一种权力意识形态的构造物。余虹既注意到了西方的新历史主义批评，也从本土语境与文学现实出发，将汉语的

---

[1] 余虹：《解构批评与新历史主义——中国文学理论的后现代性》，《海南师范学院学报》（人文社科版）2000年第4期。

新历史主义与老现实主义区分开来,并将其称为"中国式新历史主义",认为其主导意图是:"要求文学介入我们的当下生存并对我们当下存在的状况说话,也就是说要对'现实'、'现在'和'文学'说话。"①

预感到"八十年代结束了"的文学史家程光炜先生,曾经沮丧地觉得"作为渺小的个人,我们能拿'历史'有什么办法?",但怀特的《后现代历史叙事学》仿佛可以缓解他"心灵的伤痛",尤其当他在这本书中读到:"故事把编年史中按顺序排列的无意义的事件改造成假设的发生结构,人们可以就此提出一些有意义的问题。历史话语中的这种故事因素甚至存在于最严格的结构主义的、共时的、统计学的或跨区域的历史撰写中。这种历史话语如果不是无言地把事件发生的顺序与把那个顺序改造成有意义的问题结构区别开来,就不会有什么问题框架。"② 他由此从海登·怀特这儿找到了进入问题的方法:发现文学历史的"故事类型"。从某种意义上来说,批评家找到了进入问题的方法,也就表征着人文知识分子找到了介入历史、活在当下的方法。

---

① 余虹:《解构批评与新历史主义——中国文学理论的后现代性》,《海南师范学院学报》(人文社科版)2000年第4期。
② 程光炜:《发现历史的"故事类型"——读海登·怀特的〈后现代历史叙事学〉》,《解放军艺术学院学报》2013年第2期。

关键词 文学启蒙

以启蒙为桥梁重审人的困境和出路

吴义勤　陈培浩

启蒙如今虽是一个不怎么受待见的词,但无疑依然是理解二十世纪以来的中国思想变迁,理解文艺复兴以来的世界历史,乃至于理解新科技崛起背景下人学话语的贫困及其出路的重要入口。

什么是启蒙?康德的回答是:"启蒙是人类从自我造成的不成熟状态中解脱出来。不成熟是指缺少他人的教导就没有能力运用自己的理智。"在英语的构词中,"enlighten"是"使有光"的意思。在文艺复兴崛起以前的一千多年里,在漫长中世纪的宗教文化覆盖下,只有上帝才是唯一的光源——"上帝说,要有光,于是便有了光"。所以,"enlighten"之启蒙事实上内置了赋光主体从神到人的变化,西方的文艺复兴和启蒙运动正是人类在资本主义文化崛起的历史契机中剥离神学话语的笼罩的自我赋权行为。主体、理性、自由等话语因此应作为启蒙话语的子话语视之。

启蒙的意义不可谓不深广。现代社会所赖以存在的两大观念基石——科学方法论和人道主义价值论都出自启蒙，因此启蒙便是现代性的元话语。理性话语是对人类自主规划世界的合法性做出的理论确认，基于此，科学才有可能跃出神学的桎梏而顾盼自雄、一往无前。人的价值通过理性得到确认，才有所谓"人是万物之灵长，宇宙之精华"之描述，才有至今在每次灾难中都回响的"救人要紧"的声音。

启蒙作为现代性的元话语，不能不与现代性一道遭遇挑战和困境。首先便是，在启用了人类理性之后，该如何安置作为人类重要精神资源的神性？关于这个问题，康德为人类做出了一个看来无懈可击的规划：人类有认识"现象界"的"知性"，甚至也有把"知性"的各种知识加以综合和统一，统摄成绝对完整知识体系的"理性"。可是在康德看来，可知之物之外，依然有人的知识无法抵达的"自在之物"，康德把这个领域留给了信仰。一个有趣的现象是，在西方世界对科学的探索过程中，神学并非科学的对手，而是朋友。神学话语并未为浮出历史地表的人类启蒙话语制造多少麻烦。启蒙的真正麻烦来自一种更驳杂的现代性（也被称为后现代性）对具有工具理性倾向的启蒙现代性的质疑。这种质疑的实质在于，在启蒙对人类理性的无限推崇中，理性的限度成了一个被忽略的问题。理性的具体实践必是由某类人甚至某个人来执行，那么理性的运用便不可能是在一个牛顿经典力学意义上的"匀速无阻力状态"下。对于启蒙主义者来说，人类主体性可以在理性加持下完美自控和自我实现，但对于后现代主义者来说，人类主体性却很可能是话语的产物和制度形塑的结果。福柯便指出："不是人在言说话语，而是话语在言说人。"

回到中国的语境，启蒙同样是理解中国现代性历程极其重要的钥匙。有意思的是，在中国，启蒙主要是通过文学启蒙的方式来展开。启蒙是评判和理解二十世纪中国文学史成败得失的最为重要的视角与路径。中国的文学启蒙运动的阶段、历程和代表，此不赘述，但一个重要的共识是："五四"时期和二十世纪八十年代乃是文学启蒙思想在中国最为盛行的两个阶段，这当然各有其历史动因。如今，作家作为"启蒙者"的角色已经受到普遍质疑，其中最重要的论据是："启蒙／被启蒙"这种二元对立的"精英／庸众"的文化结构已经在大众被普遍赋权的时代中消解了，作家不再具有可以对大众进行"启蒙"的文化权力，反过来，大众的文化权力越来越大。这或许是一个事实。在媒体娱乐化和民主化的自媒体时代，"纯文学"既不能满足大众被各种媒体培养出来的巨大娱乐之胃，也逐渐丧失了社会场域中原有的高尚文化品位。甚至于"纯文学"必须搭乘电影业或娱乐业的快车，才能获得关注。如刘震云在《花城》上发表《我不是潘金莲》后所知者甚少，而一旦作品被拍成电影则马上洛阳纸贵；如蔡恒达的书《皮囊》的诸多推荐人中赫然有着娱乐界天王巨星刘德华；如演员易烊千玺在微博上推荐青年作家班宇的书，则马上为班宇的书带来大量通俗读者的关注；如单纯作为青年作家的李诞，其作品难逃滞销命运，但在其进入娱乐圈成了脱口秀明星之后，不但作品大卖，他本人还获得华语文学传媒大奖最佳新人提名……在流量为王的时代，作家还如何能够理直气壮地去"启蒙"大众呢？甚至于在很多人的眼中，作家反而是需要被大众"启蒙"的对象。

　　事实果真如此吗？文化权力的下移固然是历史发展的趋势，但在尊重大众娱乐需求的同时，知识阶层也绝不应放弃自身的价值坚持。这种坚持绝非居高临下、真理在握的精英姿态，而是在泛娱乐化时代对真理性话题的持续探索，在碎片化时代对历史总体性和生命整体性的守望，在新技术炸裂乃至于神学化的时代，对人学话语的困境和精神潜能的勘探和激活。后现代性的出现对启蒙议题提出的挑战在于：在认识到人、理性和启蒙的限度之后，我们能否、又该如何继续去激活和延续人学话语的精神潜能？在今天这个新科技正迅速而深刻地改变人类生活的关键时刻，讨论启蒙其实是为了带出这样的提问：在科技神学化的背景下，我们该如何继续保卫"人"？

因此，思考启蒙，非为其他，乃是以启蒙为桥梁重审人的困境和出路。本期参与讨论的两位论者——王威廉和刘小波秉持的正是这样的问题意识。王威廉采用的虽是随笔体，但视野宏阔、纵横捭阖，从西方启蒙思想之发端谈到中国的文学启蒙，文采斐然而哲思幽深。刘小波的文章梳理了中国文学启蒙几个阶段的特点，如数家珍般盘点了当代诸多重大作品中的启蒙意识；在他看来，文学启蒙既未完成，也未消失，更没有丧失合理性，乃是与现代性一样的未竟之事业。

内在的陌生人
——启蒙笔记

◎王威廉

一

仅仅数十年，启蒙这个话题在中国已经从火烫的铁块变成了一首怀旧的老歌或是一件老款的夹克外套。社会语境自然发生了巨大的变化，但造成这种变化的根本原因还是新技术的出现，尤其是互联网的诞生和发展，彻底改变了人类对于现实、人性以及文化的理解。互联网上新的文化样态其实很难说不是启蒙的一种产物，但在具体的个体生命那里又和启蒙所倡导的精神有所出入乃至违背。因此，这其中的微妙需要反复辨析，这也构成了今天对于启蒙思想的重新理解。而且，新技术快速发展，人与机器，尤其是人与人工智能开始步入了一种共生性的关系，工具的文化功能到了一个前所未有的高度，这也对启蒙所想象以及建构出来的"人的形象"形成了某种挑战。何为"人"的概念是启蒙的基石，也是任何时代人类思想的基石，所以今天我们所面临的新情况与启蒙的问题领域依然是息息相关的。

二

康德给启蒙的定义是十分清晰的，他在《什么是启蒙》一文的开头说：

"启蒙是人类从自我造成的不成熟状态中解脱出来。不成熟是指缺少他人的教导就没有能力运用自己的理智。这种不成熟状态之所以是自我造成的,其原因不在于缺少理智,而在于没有他人的教导就缺乏运用自己理智的决心和勇气。"

然后他提出了启蒙运动的格言——

"要有勇气运用你自己的理智!"

我重新品味这个定义和这个格言,感慨良多。启蒙跟自上而下的教化还是有区别的。他人的教导,这种方式无论如何在权力的程度上都要弱很多,因为那个"他人"并非一定来自权力的上层,而是一种唤醒,是一种对于每个个体内在主体性的一种唤醒。当然,你可以说这种内在主体性是一种假设,但这是极为重要的一个假设。

这个假设让我们醒悟:启蒙的根子还是在自身。理智是自身所有的,运用它不仅需要他人的帮助,更重要的是需要自身的决心和勇气。

三

启蒙所涉及的问题场域极为宽广,任何试图简化启蒙的方式都是危险的。我们暂且把启蒙分成两个层面来看。首先,是它的政治层面的意义。启蒙运动在西方发起的时候,其反对的就是宗教政治。中世纪天主教对人们的控制比较严苛,启蒙要面对的就是人类在社会公共层面上,如何更理性地来处理和决断各种事务。其次,启蒙除了人类公共性的层面之外,还有一个个体化或者说日常生活化的层面,个人如何用理性来理解生命的幽暗,这种理解是否可能?

在大多数情况下,启蒙的公共色彩比较浓厚。启蒙更多关涉公共层面上理性精神的建构。这其中确实有一种超越个体的整体性运思方式,涉及历史、社会、文化以及政治的一套机制建构。西方经过几百年的发展已经建立起了一座相对完整的大厦。当然,这也是西方之所以在今天产生各种文化危机的原因所在。狭义的启蒙完成后,思想化成了各项具体的制度,以至于太多人在这种制度的保护下已经忘记了制度背后的思想。

那么启蒙的第二个层面，个体意义上的启蒙，它是一直没有完成的，或者说，它是永远不可能完成的。作为个体的人类，永远都需要一种理性的精神去反思自己，在更高的层面上去观照自己。就西方来说，启蒙运动反对神学教会，但很多启蒙思想家都为信仰留出了位置。因此，在个体的层面上，神学传统反而为个人主体的建构提供了思想资源。在神的位格上对人本身的局限性可以看得更加清楚，这点时常被中国人所忽略。中国文化还是缺乏（或受抑制）超越性的神学传统，基本上处于单一的社会层面的视角；此外，一方面个人主体建构欠缺，另一方面对人的局限性也时常处于忘记状态，这样的状况不容乐观。

四

启蒙不能被简化，更不能被绑架。

美国学者詹姆斯·C.斯科特写了本书叫《国家的视角》，副标题非常长："那些试图改善人类状况的项目是如何失败的"。

他提到的一个概念特别重要，叫"极端现代主义"，就是相信科学技术的绝对进步，并直接应用到全部的国家事务里。这种历史观是一条直线：过去全部是落后的，而未来一定是光明的。这与曾经影响过鲁迅的社会达尔文主义不同，社会也许会像生物那样进化，但社会进化的方式毕竟是多种多样的，是允许缓慢和凝滞的，但极端现代主义觉得要快点进入未来的蓝图（乌托邦），就要尽快甩开传统、习俗和历史的包袱，通过国家对经济、生活方方面面的全盘规划，一步到位。

书中有巴西和坦桑尼亚的例子。

巴西首都巴西利亚被斯科特称为"最接近极端现代主义的城市"。巴西利亚的建立，便是为了反对旧巴西的腐败、落后和无知，要与之截然区别开来。但是，巴西利亚的公共空间都是官方指定的，咖啡店、街角、小公园、小区广场等都不存在了。每一个单位住宅的正面，都是完全相同的几何形状。这种正规统一的设计是极为单调和贫乏的，居住其中的人还谈什么主体性。

坦桑尼亚在二十世纪七十年代有一次名为"乌贾玛村庄运动"的社会实验。该国当时有一千两百万人口，其中有一千一百万人分散在黑土地的各个角落，总统尼雷尔觉得这样不行，要发展成美国那样集约化、工业化的现代农业才行，便把九百万人聚拢后让他们住在一起，集中人力和土地发展现代农业。原本混种的田地被强制变为单一农作物，在虫灾后损失极为惨重。

这个概念，这些例子，身为中国人丝毫不觉得陌生。

与其说这叫国家理性，不如说这是一种官僚制的运作方式，远离了地方性经验，用想象、概念和论证代替了现实，这种方式本身就是不成熟的状态，而自上而下的强硬运作也让民众没有机会运用自己的理智。

五

法兰克福学派的霍克海默和阿多诺合著的《启蒙辩证法》对启蒙进行了一次极为深刻的反思。

在他们看来，启蒙变成了一个神话。

该书一开篇便说：就进步思想的最一般意义而言，启蒙的根本目标是要使人们摆脱恐惧、自立自主，但是被彻底启蒙的世界却笼罩在一片因胜利而招致的灾难中。这本书是1947年出版的，世界还处于二战的废墟之中。他们责怪启蒙的原因是，启蒙导致了工具理性为主导的思维模式，把理性尊为人类唯一的善行，把理性上升到神话的位置，最终导致了法西斯主义的灾难。

这个指责够重的。

子弹一样穿透墙壁的话在本书中随处可见，比如："启蒙始终在神话中确认自身""启蒙带有极权主义性质""启蒙对待万物，就像独裁者对待人"。启蒙被扫射到体无完肤的地步。

但他们批评的这个"启蒙"似乎更侧重于文化工业时代形成的人的困境。他们怀疑个人主体是否真的存在过。"人们越是在每种情况中显露出与众不同的独特个性,那么他们就越是与他人有着共性。""个性从来就没有实现过。以阶级形式存在的自我持存,使每个人都停留在类存在的单一层面上。"他们将分子化的个体视为经济和社会机制的产品,强调个人主体的被塑造性。

这的确是一种重要的提醒。除了"极端现代主义"的状况之外,理性作为启蒙的工具,将事物变得抽象化,这也会导致词与物之间的关系分离,词的内涵被篡改,观念被直接表述成了事实,而事实不得不向扭曲的词低头靠拢。这样怎么能不出问题呢?

他们引用了托克维尔《论美国的民主》中的话,"暴君使身体获得了自由,却把矛头指向了灵魂。统治者不再说:你必须像我那样思考,否则就割掉你的头;而是说:你可以自由思考,不用像我那样,你的生命,你的财产,你的任何东西都应该是你的,不过,从这一天起,你在我们中间就变成一个陌生人了。"陌生人意味着一种软弱无力,意味着"受雇于自己"。在文化工业的时代,文化的批判性被吞噬了,不再有否定性思想的真正位置,危机随时可以降临。

哈贝马斯作为法兰克福学派第二代的杰出思想家,提出了一些新观念为启蒙正名。理性的内涵被扩充,成为"交往理性";主体性也成为"主体间性";启蒙不再是神话,启蒙是一种现代性,而且是未完成的。他也为那种陷入疯狂的工具理性寻找解释:"已经释放出来的功能主义理性对交往社会化过程中所固有的理性要求视而不见,从而使生活世界的合理化流于空泛。"这种对理性的分解,在整体上保证了理性的合法性。法兰克福学派终于接续上了启蒙的大江大河。哈贝马斯强调进步和解放的内涵尚未耗竭,要把启蒙哲学的精神内核充分释放出来运用到实践上边,要"理性地塑造生活"。

六

中国的启蒙与启蒙运动不仅空间不同、语境不同,而且还有时间差。

启蒙运动主要是十八世纪初以法国为原点在欧洲展开,它传入中国的时候,实际上已经到了十九世纪末期了,有差不多两百年的时间差。而在十九世纪末,西方的主流思潮是浪漫主义,因此中国人接受的启蒙思想其实混入了很多的浪漫主义思想。此外,启蒙本来是一个特别缓慢的历史进程,西方经历了几百年的时间才用启蒙的思想观念建构了一整套的社会文化机制;而中国在风雨飘摇的晚清借用启蒙的思想资源,是想快速达到一个富国强兵的目的。

毫无疑问,梁启超是中国启蒙运动初期影响最大的一位。

他作为首批有现代意识或者说有世界意识的知识分子,借用启蒙的观念,实际上是回应中国当时的现代性焦虑。那种现代性焦虑的核心是救亡图存。我们经常说近代中国的启蒙经常被救亡所压倒,在梁启超身上,这一点体现得特别明显。

梁启超有一个重要说法,便是"新民"。他的老师康有为主导的百日维新失败后,梁启超把这场政治上的失败归结为民众素质的问题。所以,他提出了"精神维新"这个说法,这无疑是把康有为的观念往前推进,当然,也是接续到了中国现代转型的命脉。

我的朋友郑焕钊专门研究梁启超与中国启蒙的关系,他的专著《诗教传统的历史中介:梁启超与中国现代文学启蒙话语的发生》是从整体文化视野出发,认为梁启超的政治启蒙是以文学作为主要的话语方式,并影响到了中国现代文学中启蒙话语的发生。梁启超像是一座桥梁,沟通了传统的诗教传统与现代的启蒙话语。

但具体来说,很显然,梁启超几乎将启蒙跟政治画了一个等号。他有篇文章,就叫《论小说与群治之关系》。他的论述若用今天的理论来阐释,可以表述为:小说以一种精神认同、政治认同的方式,有能力建构起一个民族国家的想象共同体。

今天没人会相信小说有这样的力量,但如果把小说改换成另外的艺术形式,比如好莱坞的电影,还是有相当的文化力量。

新文学运动之后,白话文小说兴起,但更受欢迎的不是鲁迅,而是张恨水以及"鸳鸯蝴蝶派"的情爱小说,这让梁启超特别失望和痛恨。他甚至有些偏激地指责"鸳蝴派"小说"诲淫诲盗"。

他亲自操刀写了一部长篇小说《新中国未来记》,但是没能写完。因为他很显然不具备一个小说家的思维方式。他的思维方式是政论式的,特别急切地想要达到某种具体的目的。与其说他想用小说急切地改变人们的思想观念,不如说他用小说直接描绘了自己的政治蓝图。小说在他那里失去了艺术的形式,完全成了政治思想的工具。这种方式在小说写作中当然是会失败的。

当然,失败还有一个深层原因。他无法想象一个与现代世界全然有别的又以中国为主导的世界模式。没有人能跳出历史的语境,尤其是世界史。

继续聊几句梁启超和小说。

梁启超会喜欢什么样的小说呢?会喜欢今天所谓的"纯文学"(或叫"严肃文学",或叫"传统文学")吗?"纯文学"几乎变成了启蒙的最后领地。但我认为,梁启超也未必真的会欣赏这种"纯文学",因为里边有太多个人化的复杂经验。另一方面,如今网络小说的繁荣远比当年的"鸳鸯蝴蝶派"声势浩大,梁启超肯定是更不喜欢的。这两种文学他都不喜欢的状况,我觉得包含了早期启蒙者的某种悖论。这种悖论对我们今天进行启蒙的反思极为有价值。

七

谈到启蒙的悖论,我立刻就想到了鲁迅先生。

鲁迅杂文集《坟》的第一篇《人之历史》,便以进化论为基础,写了人类的起源和演变的过程。这其中有着他的关切：既然人类可以由简单到复杂，可以由低级到高级，那么，中国也不例外。当时的中国危机重重，但在这个规律之下，就还是有希望的。

"何为人？人何为？人为何？"成了鲁迅一切作品和思想的内核。在鲁迅那里，并非生物学意义上的人就是人，人必须得在进化的过程中来完成人的存在。而且，人首先是个人，是内在的人。他在自身思想起源之际便觉察到了这一点，并与传统进行了辩论。"个人一语，人中国未三四年，号称识时之士，多引以为大诟，苟被其谥，与民贼同。意者未遑深知明察，而迷误为害人利己之义也软？夷考其实，至不然矣。"（《文化偏至论》）

鲁迅的思想，若放在个人身上，人要完成人这一存在；若放在民族的层面上，则是要改造国民性，将文化变成文明的存在。正如他有段人们耳熟能详的名言所说："人固然应该生存，但为的是进化；也不妨受苦，但为的是解除将来的一切苦；更应该战斗，但为的是改革。"（《论秦理斋夫人事》）

这也是鲁迅跟尼采的区别。鲁迅思想受尼采影响，但作为非西方后发国家的作家，他不得不有民族层面思想。他提出"中国欲存争于天下，其首在立人，人立而后凡事举"，但他没有就此停留在"救亡图存"的层面上，他首先对自身的生命进行了极深的思辨。鲁迅对现代人的理解如此深刻，超越了其师章太炎所说的"大独必群"，也和陈独秀、胡适的自由主义视野下的个人主义不同。鲁迅笔下的人是完全孤独而内在的个人主体。鲁迅的小说除了《药》《祥林嫂》等众所周知的几篇，还有两篇不得不读：一篇是《孤独者》，一篇是《长明灯》，隐喻写出了个人的孤独与觉醒。

因此鲁迅的思想远远比梁启超深刻。梁启超意义上的"新民"只不过是现代公民，而鲁迅意义上的"新人"则是感到了启蒙悖论的内在的人。这也是为什么我们今天还要读鲁迅的根本原因，他的困境依然是我们今天的困境。

在鲁迅这里，对启蒙最深的理解还在于启蒙者对于自己的反思与启蒙。

启蒙者大多有一种高高在上的姿态，这也构成一种文化的神话。放弃高高在上的幻觉，对启蒙者自身的局限性进行认定与思考，才是回到了启蒙的本义，才能将启蒙的使命延续下去。

但这正是启蒙的痛苦之处。启蒙为什么需要勇气？就是要把刀刃同时对向自己的心脏。所以说，今天重新回望"五四"，我们会发现除鲁迅等极少数人外，大多数启蒙者都没完成自我启蒙，这是一种本质性的欠缺。将全部责任都怪给"救亡压倒启蒙"，也是缺乏自省精神的一种体现。

八

同为启蒙者，鲁迅和梁启超的差别就如此之大。

其实启蒙运动的那些思想家个个都很有个性，他们的思想有时候也天差地别。卢梭和伏尔泰的差别也不小。卢梭在《论人类不平等的起源和基础》中写道："思考的状态是一种反自然的状态，沉思的人是一头堕落的野兽。"这分明便是对理性的一种嘲笑。这种嘲笑的回声直到二十世纪还能听到，米兰·昆德拉在演讲中就提到："人类一思考，上帝就发笑。"实际上十九世纪的浪漫主义思潮就已经对启蒙运动所倡导的理性主义、个人主义等价值观念提出了尖锐的批评。

但谁能想到，给人感觉叛逆的尼采却厌恶卢梭。他在《权力意志》中说，"我反对卢梭的十八世纪，反对他的'自然'，反对他的'善人'，反对他对情感的统治地位的信仰——反对人的娇弱化、虚弱化、道德化：一种理想，它产生于那种对贵族文化的仇恨，实际上就是那种放纵无度的怨恨感的支配地位，被虚构为斗争的标准——基督教徒的罪感道德／怨恨道德（一种贱民态度）。"

如果说十八世纪的启蒙运动的基本精神是理性、自由和平等，那么尼采所提倡的则是精神自由、生命意志和高贵低贱的划分。尼采反对自由平等，认为平等化的大众社会扼杀天才和创造，产生庸人。而文明的进化则是超人创造出来的。这些都是对启蒙运动的反动。但他也有和启蒙运动相一致的思想，尤其在崇尚自由的个人价值方面走得更远。尼采在个人生命的思想维度上有着近乎悲剧般的深刻觉悟，他极度强调启蒙的第二个层面。因此，他一方面说反对十八世纪，一方面又说要召唤回真正的启蒙精神。他的《人性的，太人性的》就是想把启蒙从社会体制运动中剥离出来，认为启蒙"只是对个人才提出来的"，与革命和道德都无关。这些思想多多少少影响了鲁迅，也影响了福柯。因而，尼采是丰富了启蒙，而不是否定了启蒙。尼采的哲学可以视为继启蒙运动之后的又一次"新启蒙"，拓宽了启蒙的河道。

九

我作为写小说的，不免想再说几句小说的事情。

现代小说实际上也是启蒙运动的艺术产儿，甚至说，小说可能是启蒙运动迄今为止最重要的一种艺术形式。因为其他的艺术形式，很快就完成了现代性的建构或者形式，但是小说尤其是现代小说，它一直有一种自我质疑的精神在里面。

这点在鲁迅身上是极为鲜明的。即使到今天，真正的文学作品依然有着这种自我反思、自我怀疑的精神。在小说中，思想的预设走向它的对立面，这大大拓宽了启蒙精神的复杂性。它让启蒙不仅仅是一种自上而下的政治教化，或者是一种自下而上的政治反抗，它超越了二元对立，在丰富性中具备了矛盾的张力，因而实际上就建构了复杂而多元的人的主体性。

十

现代小说中的主体性究竟可以复杂到什么程度呢？既不是普鲁斯特，也不是乔伊斯，而是莫里斯·布朗肖。

布朗肖是我十分喜爱的作家，但他的文字实在是晦涩。我不喜欢晦涩，可无可否认，那种晦涩中含有难以言喻的优美，不是辞藻的优美，而是思想的优美。那就像是观看复杂的思想体操，突然，有一个动作击中了你的心。那犹如一记重拳，从此你受了伤。

这种晦涩并非是康德哲学体系中的复杂性，在布朗肖那里，写作是一种不可能的言说，因而他的晦涩体现的便是写作的不可能性。他的写作是一种期待，并非期待某种确定的东西，而是期待不可命名的事物。不可命名的事物怎么会不晦涩呢？晦涩体现的便是不可命名的不透明性。

布朗肖提出了"可能的不可能性"，相比海德格尔提出的"不可能的可能性"愈显绝望。甚至可以说，这意味着启蒙运动以来的个人主体的死亡，意味着西方形而上学传统的解体。但他没有甘于这样的死亡，不妨说他将自己放在绝境中去试炼。就像黑暗不仅仅是白昼的对立面，黑暗本身也是对自身的取消，写作置身于这种取消当中。

他的写作是"自视为目"的，"我的话语，像是太高的颤音所形成，先是吞噬了沉默，接着又吞噬话语。我说着话，而同时我也立刻被置放到故事的中心。我纵身跃入那片将我烧尽却也同时让我变为可见的纯粹灾火里。对于我自己的目光，我变为透明。看着人们啊：纯然的空无逼促着，使他们的眼睛自视为目，而一个盲介于域外之夜和域内之夜的恒定不在场证明让他们得以终其一生都拥有日光之幻影。"（《黑暗托马》）

语言是一种照亮，但语言构筑的文学空间却不是照亮的聚合，不是无影灯，而是恰恰相反，要把可见之物变成不可见之物。不可见之物才是精神性的存在，才能抵达存在的深处。这是反写作的写作、反文学的文学，个人的主体看似消散了，实则变得更加强大。这种强大不是一种权力的反抗，而是出自生命意志中求生本能的韧性，是个体声音在突破某个边界之后的弥漫。

他的迷人之处在于，他将悖论并置："这场质疑由理性引领。唯有理性能够瓦解那作为其使命的稳固性。唯有理性能够获得足够的连续性、秩序，甚至激情，让任何的庇护不复持存。但每迈出一步，苦恼都随之而来。"

这难道不是启蒙的深层悖论吗？是理性在引领质疑，是理性在瓦解稳固，是理性获得了激情，但理性的一步之外，便是无尽的苦恼和苦涩。况且，这一步是必须要迈的，人总是要向前走的。

因此，究竟谁能保持住真正的理性呢？又能保持住多久呢？有多大程度呢？被这些问题所困扰的理性，才是理性的真相吧。

十一

相较于海德格尔，我对伽达默尔感到更为亲切。伽达默尔活了一百多岁，六十岁的时候出版了代表作《真理与方法》，这种生命轨迹让人深感踏实。

伽达默尔提出人类历史上有三次启蒙：第一次是轴心时代，第二次是启蒙运动时代，第三次是现今时代。这将启蒙从启蒙运动的小历史中释放出来，进入了人类大历史的视野。他说："整个大希腊时期的思想史，从毕达哥拉斯直到古希腊文化的科学都是启蒙史。"那么，中华文明也参与了第一次启蒙，诸子百家的春秋时代，建构了中国历史上最为重要的一次启蒙。第二次启蒙运动发源于欧洲，但其建构的思想与制度已经成为当今世界的一部分，也是非西方社会的一部分。

伽达默尔提出了现代的第三次启蒙。

"科学越来越清楚地告诉人民：生活于其中的世界所具有的可能性是有限的，世界照此发展就会崩溃。""真实沉醉于技术的迷梦和着魔于解放的理想社会构成了我们时代的偏见。唯有对此进行反思，亦即勇于思维，才能把我们解放出来。"这次启蒙不是肆无忌惮地应用理性，而是要认识到理性的界限。什么是真正的经验？就是使人类认识到自身有限性的经验。"人有理智就在于我们意识到界限，这种界限是通过使科学不能反映它自己的前提和后果而设定的。"他说出的内容，以及他所说的方式，都让我感到极为踏实，暗暗点头称是。

他提出了振聋发聩的口号："启蒙与人类共始终！"启蒙与人类的成长进程已经融为一体了。

十二

说到伽达默尔,我还想提提理查德·罗蒂。

这是个美国人,通常被称为后现代主义哲学家,但他自己表示反对后现代主义的这顶帽子,因为他觉得后现代主义意味着在政治上的无望感。看来,他的气质肯定是积极入世的。

没错,他作为美国人,肯定多多少少继承了杜威的实用主义哲学,因而他和伽达默尔同为解释学领域的大咖,却也有一些值得一提的区别。在他看来,已经没有了绝对真理(而伽达默尔的代表作就叫《真理与方法》),因而也不再有掌握绝对真理的启蒙导师。对话不是真理的目的,对话就是对话本身的目的。思想只是谦卑地表达我们存在的各种意见,思想者不是高高在上的导师,而是聊天的伙伴,甚至是在暗夜独语,无人倾听——这种描述在我写这篇文章的今天[①]已经不算是哲学,而差不多成了现实。

但罗蒂让我们不要沮丧,要向前看。向前看,这正是启蒙运动留下的遗产。我们还是要有通过实践去创造一个更加美好的人类社会的抱负。他提醒我们,要将启蒙运动的政治方案从其过时的认识论基础中脱离出来,因为启蒙归根结底是个哲学问题,而不是史学问题。这个区分很重要,很多攻击启蒙的论调都陷入了历史与政治方案当中。比方说,启蒙时代关于人的各种话语既是普世主义的,同时又是相对主义的,既是世界主义的,又是欧洲中心主义的,如果用史学的方法去处理,自然问题重重;但是以哲学的方式去思考,就可以超越这种具体的历史语境,并回应我们今天这个时代的关切。

这么看,罗蒂似乎比伽达默尔还要令人感到踏实。

伽达默尔看重人文学科对于人类心智的培育,可以让人持有"敏感性",从而能获得某种真理。但罗蒂认为追求真理的目的会将人概念化和抽象化,忽视人的实践内涵,人实际上从主体变成了客体,是一种异化。因而他提

[①] 本文作于2019年6月。——本书编者注

倡一种"模糊主义",学科之间放弃边界,"无论是诗人还是政客,都不会比别人更科学、更理性、更深刻"。即便是科学,也只是人类多种话语中的一种形式,是一种应付环境的工具,也没有什么特别的。其实这正是后现代思想的特点。罗蒂的帽子上的后现代标签是撕不掉了的。

不过,罗蒂踏实到了这种令人觉得有些随意的程度,似乎就让人有些隐忧了。也许这是因为直到他过世的时候(2007年)人工智能还没得到大规模的应用。我不知道他会怎么看待人工智能,如果他能论述出人工智能也没什么特别的,那才是我们渴望的定心丹。

十三

当代哲人中只有米歇尔·福柯具备强大的思辨力可以写下与康德同名的文章:《什么是启蒙》。

福柯高屋建瓴,首先论述了现代性与启蒙的关系。他说,在现代性之前是"一个多少有些幼稚或古旧的前现代性",而在现代性之后,则是"某种莫测高深、令人挠头的后现代性"。由此,他提出了一个重要的追问:"现代性是否构成了启蒙的后果及其发展,或是否应将其视为对十八世纪基本原则的断裂或偏离。"

但随着思辨的展开,他让我们看到,"启蒙"与"现代性"尤其是现代哲学,有着根子上的一致性。启蒙的勇敢、求知与摆脱蒙昧正是现代哲学的问题指向。"现代性"可以视为是启蒙的一种"批判的态度"。而他再一次确认,康德那篇论启蒙的文章是"现代性的纲领",是基石一样的存在。

我们通常将福柯视为"后现代思想家",在这里可以看到他的思想其实是很"古典的"。

关于启蒙与人道主义之间的关系多有误解,福柯坚定地认为,这是两回事,启蒙是启蒙,人道主义是人道主义。启蒙是一个永无止境的过程,是无法真正完成而又必须得持续努力的任务。福柯不仅是为启蒙辩护,更是为启蒙松绑，把启蒙从具体的历史时期分离了出来，并渗入了情感的成分——启蒙变成了一种对于时代的持续的批评态度，甚至"像是希腊人所说的精神气质（ethos）"。这是极为睿智的。所谓"态度"，他指的是人存在的当下性，是一种与同时代发生联系的方式，是"一种由某些人作出的自愿选择"。这得以让我们"努力探明现代性的态度如何自其形成伊始就处于与各种'反现代性'态度的争战之中"。换言之，"这是一项需要耐心的劳作，它体现了我们对于自由的渴望"。

最意味深长的是，福柯回应康德那篇《什么是启蒙》的文章中提到的人类的未成熟状态，表示启蒙运动还没有让人类成熟，而且，人类至今仍然尚未成熟。

十四

启蒙在今天的处境的确愈加艰难，两个层面上来看都是如此。

如果拨开启蒙的历史和政治的大机制，我还是认可福柯所说的：它可能更是一种气质，一种哲学的生活。今天相较于福柯的时代，哲学也面临某种深远的终结。作为一个作家，我时常武断地想，今天唯一作为启蒙的生活样态就只剩下文学生活了。现在有很多读书会，就寥寥十几个人坐在那里，实际上这就是我们这个时代启蒙生活的缩影。

如果我们对启蒙的原意追根溯源，"enlighten"，就是光源和照亮。我们还是得相信光源的存在，相信自己也是光源的一部分，可以照亮自己，也可以照亮别人，尽管它的光芒在今天可能被大众文化（文化工业）的奇观所遮蔽，但是这样的光源对于我们来说依然是必要的。这需要我们把火种延续下去。所有的创造都是一种延续。尤其是今天面临着科技高度发达的时刻，人的危机在加剧。启蒙运动建构了一个现代文明生活的模板，以及个人权利的模板，那么这两个模板在科技高度发达的时代，实际上面临着崩解的危险。因为人的生命本身极有可能在科技的作用下发生重大改变。

在未来，如何建构一个"人的形象"，可能是启蒙运动的光芒所能照耀到的最远的地方。但启蒙不会终结，与未来伴随的新启蒙自然会开启，正如伽达默尔说的："启蒙与人类共始终。"

十五

仅仅是相信光源和照亮就够了吗？

还远远不够。

还要看到更为庞大和永恒的黑暗。

所谓照亮，首先便是相对黑暗来说的。照亮，这个场景只能是从黑暗中生发出来的。与此同时，照亮显现了一些事物，这些事物本身也赋予了黑暗以形体。

我们可以带着这样的黑暗之思来理解意大利思想家阿甘本提出的"同时代的人"。他说："同时代人就是感知时代之黑暗的人，他将这种黑暗视为与己相关之物，视为永远吸引自己的某种事物。与任何光相比，黑暗都是直接而异乎寻常地指向他的某种事物。"简言之，所谓的"同时代的人"便是紧盯自己时代的苦难，感知其黑暗而非其光芒。

当我们想象光的道路时，就会发现已经照亮的部分是微不足道的，因为黑暗是广大无边的，如果只是被眼前的照亮所满足，极有可能会陷入蒙蔽。而把自己与无边的暗处相联系，时时刻刻有那样的背景为参照，在凝视中获得洞穿黑暗的视力，自然会像福柯所说的，对时代实现持续的批判，那便是启蒙的气质。

盯住黑暗，洞穿黑暗，照亮黑暗，所需要的已经远远不是理性，更不是知识，而是决心和勇气。

对此，从康德到阿甘本，以及上文所提到的所有思想家，都毫无异议。在他们看来，我们应当首先领受这样的启蒙。

启蒙在中国消失了吗？
——一份基于文学的考察报告

◎刘小波

引 言

启蒙本是一个舶来词，自从中国知识分子将这个词引进来之后，其经历的一系列复杂纠缠的命运可谓罄竹难书，尤其是这一过程正好和中国百年来的现代化进程同步，很多人便将启蒙与现代性联系起来，甚至将之推上了神坛，这也进一步增加了其繁复性与多义性。中国的启蒙运动从一定意义上是从文学的角度切入并以此为突破口再延伸至其他领域的，五四新文化运动既是文学的运动，更是思想启蒙的运动，当时的文学大师鲁迅等人首先是启蒙思想家，然后才是文学家。稍后的新启蒙运动对五四新文化运动进行了一定程度的扩展和纠偏，左翼思想家们称其为新启蒙，但是本质上没有多少不同，仍是五四启蒙运动的继续和发展，其宗旨还是发扬五四的革命传统精神，号召一切爱国分子发动一个反对异族奴役，反对旧礼教、复古、武断、盲从、迷信，以及一切愚民政策的大规模的新启蒙运动，唤起广大人民的抗战和民族的觉醒。新中国成立之初，民众的启蒙也被提上日程，文学的地位也被提到一定的高度，用文学的手段启蒙民众也成为当时政府一项极为重要的工作。到了20世纪80年代，在西方思潮的影响下，启蒙运动再度来袭，精英知识界的讨论占据正统地位，整个思想界掀起了启蒙的又一轮狂潮，这时的启蒙也被称为新启蒙。世纪之交尤其是新世纪20年来，启蒙话语渐渐下潜，似有消失之嫌，但其实启蒙意识与启蒙主题在文学的书写中依然存在，或隐或显，或明或暗，这是作家们下意识的选择。启蒙在中国仍是一项未竟的事业。

无论是被称为启蒙还是新启蒙，其表达的意思基本一致，就是精英对普通民众的启迪开化，唤起民众的觉醒，而文学则是主要的手段之一。由此，国民劣根性的书写和批判是其一以贯之的主题，此外，社会问题的揭露、民生疾苦的关注抑或个体成长的描摹等也深深打上了启蒙的印迹。即便到了21世纪这样一个多元化、无名化的时代，文学的启蒙书写依然未曾停下脚步。无论是文学创作还是文学研究，启蒙都是无法绕开的一个关键词，就连批评家对当下文学性缺失的批评也是从启蒙性缺乏这一角度切入的。

一、文学启蒙的几个重要阶段

系统梳理百年来中国的文学启蒙书写，大致经历了五四时期、新中国成立至"文化大革命"期间、"文化大革命"结束后的新时期和21世纪这四个阶段。

第一个阶段是五四新文学时期。毫无疑问，这一阶段的文学更多的被赋予的是社会功能，甚至审美功都只能做出退步，"抑文扬质、以质救文"是当时文学的普遍追求。这一时期文学的启蒙功能也被拔高到无以复加的地步，梁启超的经典论述是最佳明证："欲新一国之民，不可不先新一国之小说"，"今日欲改良群治，必自小说界革命始；欲新民，必自新小说始"。这一时期的诸多作品都是围绕启蒙展开。鲁迅的作品自不必多说。茅盾的《子夜》等作品也将这一主题呈现出来，新生的事物必将取代老事物的进化论思维是一种典型的启蒙话语。巴金的作品同样如此,关于青年出走的主题对当时乃至现在的青年一代仍然具有启蒙性。曹禺的话剧之所以有那么大的吸引力和持续的生命力,除了作品本身的戏剧性之外,更多的还是作品主题在新旧交替时代所起到的启蒙作用,尤其是对青年们的影响十分巨大。其他的还有郁达夫的"零余者"书写、庐隐和冯沅君等人的女性书写等,也都与启蒙相关。

第二个阶段是新中国成立初期的文学。这一阶段无论是对作家的整合改造,还是对文艺期刊的改造,都是为了更好地进行民众启蒙,赵树理的作品被确立为方向是最明显的例子。这一阶段,新的政权刚刚建立,如何巩固政权成为官方思考最多的问题。意识形态的规范和思想上的统一成为主要手段,而为了让百姓的觉悟得到真正提高,文学的启蒙作用又被推向新的高潮。无论是文艺政策、出版规划、批评家的阐释还是最终的文本呈现都是如此。柳青的《创业史》、周立波的《暴风骤雨》、欧阳山的《三家巷》等作品都是这方面的代表,他们描述的关于农村农民的状态,以及对政策观念的宣传等都是直接指向普通民众的,作者的叙述态度也很明确,即"群众书写群众",最终发展到了浩然的《艳阳天》。在这个阶段,文学的启蒙价值被推上一个新的高度,民众的扫盲等需要作家和文学做出努力,同时为了满足普通大众的阅读能力,很多作家不得不采用更为通俗化和口语化的书写策略。这些作品强调高度写实、体验生活和语言的通俗化,艺术性因而有所欠缺。

第三个阶段是新时期文学。"文化大革命"结束后兴起的伤痕文学、反思文学都具有启蒙的意味,在此之后,文学启蒙运动高潮迭起,西方现代派的引入、先锋文学的形式革新、寻根文学的传统回溯,都是借助文学来进行思想启蒙。只需要回顾当时的各种大讨论,就可以明白一二,如关于朦胧诗的论争,关于王蒙的文学失去轰动效应的讨论,关于经典之争等都是如此。

在具体的文学创作上，徐星、刘索拉的现代派尝试，王蒙等人的意识流文学，余华、苏童、马原的形式之作，韩少功、张承志的寻根文学等，无一不是在继续着国民性书写这一主题，而其目的仍是寻找一种启蒙的方向。比如马原的小说以藏区为书写对象，充满了神秘性，但是很多情节具有启蒙的意味。到了后期的《牛鬼神蛇》《黄棠一家》《姑娘寨》等作品中，其启蒙精神就更加明显了。

新世纪以来的文学可看作文学启蒙在中国发展的第四个阶段。这一阶段步入无名时代、多元时代，"文学死了""文学垃圾论"等论断不绝于耳，但是文学的启蒙依然是挥不去的情结，甚至可以说是成熟作家的主要创作动力，而文本最终呈现出来的亦是如此。如贺仲明就指出这一期的文学仍是对五四的回望，主流文学还是启蒙文学。尤其是很多作家对五四精神的延续，是一个特别值得关注的现象。

新世纪初期的小说书写在评论家看来就是启蒙文学的延续。孟繁华在一篇文章中指出，"（周大新的）《湖光山色》同李佩甫的《羊的门》、张炜的《丑行或浪漫》、董立勃的《白豆》、林白的《妇女闲聊录》、阎连科的《受活》、摩罗的《六道悲伤》等，一起构成了新世纪启蒙主义文学新的浪潮。"这是孟繁华基于他的阅读经验对新世纪前几年的文学所做出的判断，其实除了这些，一大批的文学作品都富有启蒙精神，孟繁华所列举的这一启蒙阵营还可以不断扩大。

李亦的《药铺林》中对疑难杂症和中药药方，以及民间偏方的书写，其实延续着鲁迅《药》的书写。余华的《一九八六》与《狂人日记》的主题相似，都塑造了疯癫者的形象，到了宁肯的《沉默之门》中，疯癫者形象的塑造越发高明了。莫言的作品也是如此，莫言获得诺贝尔文学奖时评审委员会的授奖辞是："将魔幻现实主义与民间故事、历史与当代社会融合在一起。"这个授奖辞引发了不小的争议。国内外学者对于莫言的小说究竟是以魔幻为主还是现实为主，产生了一些分歧。例如诺贝尔文学奖评审委员会就用"福克纳和马尔克斯作品的融合",来评价莫言奇诡的想象力和超现实的创作风格。而国内的学者与评论家则从中国文学本身的发展脉络出发,认为莫言不是照搬西方的魔幻主义,而是更多地承继于五四以来的写实传统,同时借鉴并倚靠着中国农村、民间的现实资源。在《酒国》《生死疲劳》当中,我们依然看到了"食婴""吃人"这样的情节。在莫言更加夸张、奇诡的魔幻表现背后,是与五四作家相同的反思和现实精神在延续。

其他的作品还有,女性作家鲁敏的《奔月》与鲁迅的《奔月》在逃离这一主题上异曲同工,这些作家们对五四的精神继承延续着启蒙的因子,从这些创作中都可以看出一种精神的连贯性,一种启蒙的延续性。很多寓言化的书写也极具启蒙性。刘震云20世纪末的《故乡》系列,21世纪问世的卢一萍的《白山》、安昌河的《羞耻帖》、赵本夫的《天漏邑》、储福金的《念头》、刘亮程的《捎话》,等等,包括新时期的一些寻根文学,都是通过寓言书写来达到启蒙的功效。

知识分子型的作家们启蒙意味更为强烈,比如格非、李洱、阎连科等人。格非的《欲望的旗帜》、阎连科的《风雅颂》、李洱的《应物兄》等作品从知识分子的自我批判着手进行着书写,实际上仍是一种启蒙。这在格非的小说中十分明显。他借助古典音乐这一意象来进行启蒙,将之视为启蒙的利器,直到《隐身衣》中他仍在感叹,连古典音乐都没人欣赏了,这个世界究竟怎么了?阎连科的《风雅颂》通过对高校怪象的书写,来揭示一个阶层的堕落,作品出版后引起很大争议,但是其作品骨子里的启蒙思想是不容忽视的。到了《速求共眠》中,作者的态度仍然没变,当大家都被困在铁屋子里要被烧死的时候,需要有人站出来告知大家,不是诉求共眠,而是需要有人保持清醒。《应物兄》在2018年出版的时候,一度刮起了李洱旋风,其书写虽然在技法上有些更新,但是主旨方面没有更多的深发,仍是知识分子的批判书写,当然不乏启蒙的因子。小说中反复提及的中国传统文化元素，可以看作是作者探寻的启蒙出路。

张炜的小说也是如此，《能不忆蜀葵》《外省书》《你在高原》《艾约堡秘史》等小说都具有一种知识分子的反思和启蒙的意味。梁鸿的非虚构作品梁庄系列，以及《梁光正的光》等也是从知识分子的立场回望乡土并具启蒙性的作品。阎真的《沧浪之水》塑造了从知识分子到现代官僚转换的形象，王家达的《所谓作家》、汤吉夫的《大学纪事》、张者的《桃李》等小说也是以知识分子为主题的小说，且也是批判主题。除了批判性启蒙，还有些小说有一种重塑的意味，如彭定安的《离离原上草》高举理想主义的旗帜，按照理想知识分子对形象进行塑造。徐则臣的《北上》延续寻根文学的笔法，对知识分子的身份和命运进行反思，一定程度上回应了1980年代的寻根文学，这和其在《耶路撒冷》等作品中呈现出来的"到世界去"的逃离书写有了很大的区别，他的启蒙情怀在《王成如海》中也有所展露。

历史书写方面，余华的《兄弟》通过回望历史的方式来进行人性的深度刻画与启蒙探索，小说出版后争议不断，虽然质疑批判的声音不绝于耳，但是作品中所蕴含的启蒙情怀是无法绕开的，正是作者将民众愚昧的一面撕开来，才导致了文本的过分露骨。修白的《金川河》通过家族与历史的双线叙事来完成历史启蒙。韩少功的《修改过程》书写"七七级"这一特殊的群体，这一群体因社会而启蒙，又成为社会的启蒙者。

毕飞宇的《平原》、李陀的《无名指》、傅星的《怪鸟》等作品也反思历史，从而进行启蒙，希望历史的悲剧不再重演，这也正是启蒙的终极目的。除了知识分子的自我反思，对国民性的批判也是启蒙书写的题中之义，这在乡土书写中特别明显。鲁迅开创的"哀其不幸、怒其不争"的国民劣根性书写在当下依旧兴盛，对乡村的书写中，国民劣根性以及民众启蒙依然是创作主线。虽然当前不少作家对乡土的书写以猎奇为主，多描写、揭露农村农民阴暗的一面，甚至很多时候采用魔幻的手法进行夸大，但同时也不乏启蒙的一面。潘宁的《假太阳》是对乡村中国的精神写照，章泥的《迎风山上的告别》是一部扶贫主题的小说，但是小说中仍不忘对国民的一些劣迹进行呈现，比如村民偷取用于扶贫公路建设的水泥的现象，其小说扶贫先需扶志的主题更是农民启蒙的题中之义。葛水平的《裸地》《活水》等作品亦是如此。总体来看，乡土书写最大的主题仍然是集中在对乡村所藏污垢的批判，同时又对乡村面临现代化冲击表示一定程度的担忧，下文关于启蒙与现代性的问题会进一步论述。

反腐文学也具有启蒙的味道。红日的《驻村笔记》虽是一部聚焦脱贫攻坚的作品，主要书写对象是乡村，但同时也是一部反映基层腐败的作品，这里的腐败既有个人利益的获取，也有不作为、乱作为的情况。许春樵的《放下武器》聚焦反腐，却提出了每一个人都有成为腐败分子的可能的结论。张平的《重新生活》与之异曲同工，主题是反腐题材，但是从国民性的角度进行思考，提出了人人都是腐败一员的论断，既振聋发聩，也道出了实情，对滋生腐败的文化土壤进行全方位书写，批判性和启蒙性昭然若揭。当然，与乡土书写并列的城市书写也同样富含启蒙色彩。晓航的《游戏是不能忘记的》、王宏图的《迷城》，以及邱华栋的城市系列等作品通过对城市人精神困境的描摹来达到启蒙的目的，只是这样的城市书写在当前的文学书写中比较稀少。

总体观之，当下文学的启蒙书写仍是文学创作重要的一隅，除了显性书写，隐性书写更是大量存在，如高磊指出的，王安忆的《长恨歌》就具有一种"隐性启蒙"。这种隐性启蒙是文学的共性，延伸到了绝大部分的作品中。

二、当下文学启蒙书写的另几种样式

除了上述作家们的启蒙延续，很多类型写作也秉持了这一启蒙精神，值得单列出来讨论。

第一个样式是女性书写。女性书写自然与女性启蒙不无关系，五四时期冯沅君、冰心等人的作品书写女性解放，就是唤起女性的启蒙。当下还有不少作品延续着五四时期的主题，尤其是关于"娜拉出走之后"的这一话题仍被反复讨论，女性解放从经济独立发展到人格独立，特别是精神层面的独立。但是早期的女性文学欲望自主更多，比如卫慧、棉棉的书写。进一步成熟之后的女性书写更多地探究的是人格的独立。这些女作家们孜孜不倦地对男性进行着打击，很大一部分因素在于对女性启蒙的渴望，其潜台词就是我们已经自主了，我们要通过作品让更多的女性获得解放。林白、陈染、虹影等人的作品就是女性启蒙在当下的延续。

林白的小说经历了一个由单纯欲望书写到启蒙书写的过程。后期小说超越了浅层次的女性欲望书写，到了《妇女闲聊录》中，启蒙意味就昭然若揭了。海男的《花纹》也是这种转型书写，海男的启蒙还用诗歌这一体裁来呈现。张抗抗的《作女》颇有意思，在一群作女作完之后，女性的解放还是没有找到最终的答案，只能再度出走。

到了新一代的女性作家们那里，启蒙意识从一开始就是存在的，并且不仅仅局限在女性话语和女性启蒙那里。盛可以的《北妹》是一种乡村和女性的双重启蒙，到了《息壤》中还是如此，将女性命运与整个社会的变动结合起来。李凤群的《大野》继续书写"娜拉出走之后"的话题，女性离家出走的命运如何？其通过塑造在桃这一形象给出了一个答案。

第二个样式是青春写作。青春写作一直被当成一个话题在讨论，自从1998年的第一届新概念作文大赛举行之后，一批青年作家步入文坛，掀起了青春风暴。"90后"作家被集束式推出，这些作家们多以校园生活、青年爱恋等主题为写作方向，但是依旧具有启蒙的元素。尤其是随着时间的推移，青年作家们逐渐从幼稚走向成熟，作品中的启蒙性就更为明显了，比如韩寒，他试图充当一代人的精神领袖，其作品更多的也是启蒙主题，杂文、小说都是如此。张悦然转型之后的野心更大，历史、启蒙都是她的主题，在《茧》中，作者明显将笔触伸向了宏大的历史，超越了以往的个体性书写，这种对历史的追寻始终有一种启蒙的意味，尤其是所谓无根一代的青年们，需要铭记怎样的历史，又该如何面对现实，这是一种借历史来启蒙的书写策略。春树、蔡骏、笛安、颜歌、安妮宝贝等作家的书写近年来都走向后青春写作，启蒙性也大大加强了。

"90后"作家李唐的《身外之海》也可看作新生代作家启蒙文学的代表性作品。小说对人生的意义进行了深入讨论，借人物李尔之口直抒"人生真是毫无意义啊"，贯穿全书的"无意义节"也是很有深意的书写，意义究竟为何物引人深思。为了探寻人生的意义抑或存在的意义，小说着力书写了会说话的狼这一情节，这种将动物异化为人的反异化书写颇有意味。异化书写在文学中较为常见，这是对时代反思最好的手段，卡夫卡将人变为甲壳虫开启的经典模式，被多次效仿，李唐的《动物之心》中也描述了人变为动物的故事。而在《身外之海》中，将动物异化为人，虽然在技术层面仅仅是一种反向模仿，但是深意无限。尤其是结合当下所处的时代，警示性和启蒙性不言而喻。同时，小说将时间这一主题进行了升华，透过时间主题思索生命的意义。小说将简单的青春追忆提升到时光追寻的高度，关于时间的意象多次出场，如时光机的出现、对老物件的痴迷、记忆博物馆、"冻结的时间"，等等，似乎还是对失去青春的缅怀，但是已经有了对人生、生命、时间的哲理化的思索。尤其是"冰屋"这一"死"的内部的描写，将时光、生命、死亡进行了极富想象和抽象的概括描述，让对于人生意义的思索迈向新的高度。

第三个样式是科幻书写。电影《流浪地球》上映后掀起了科幻狂潮，其实所蕴含的一层意思就是大家对科幻是有期待的。科幻的魅力并不只是在于其描写的东西是关于未来的或者是超现实的，而是其中所包含的对人类命运的思索，启蒙性也是它重要的一面。在这一方面，无论是刘慈欣的《三体》、郝景芳的《北京折叠》,还是七董年的《无梦之境》、张抗抗的《IT84》,虽然书写的仿佛都是另一个时空中的事物,但是其思想也与现实相关,对人工智能的反思、人性的反省等仍旧可以和启蒙扯上关联。21 世纪初期陈众议的《风醉月迷》就已经开始对电子时代的来临进行了反思,随着人工智能的不断发展和科学边界的不断突破,科幻文学也会得到进一步发展,对人类的警醒与启蒙也会不断加强。

第四个样式是网络文学。网络书写一般而言是纯娱乐的,但是其骨子里仍是启蒙思想的作祟,试图拯救天下苍生的侠士梦往往是网络小说的重要主旨,比如猫腻的《将夜》以启蒙价值为核心对传统儒家思想进行改造。大量的女主小说也具有女性启蒙的一面,比如尼卡的《忽而至夏》、李可的《杜拉拉升职记》、闲听花落的《锦桐》等。再比如一些网络作品采用宏大叙事和现实主义的策略,继续保持启蒙精神。李晓敏的《遍地狼烟》通过民间抗战的书写表现民众的启蒙,齐橙的《大国重工》也是如此,作品是对"启蒙"与"图强"传统的延续,在写法上也参照了中国传统的子部传统。特别是一些仅仅通过网络这一平台发布的具有纯文学意味的作品启蒙性更强,比如慕容雪村的《成都,今夜请将我遗忘》、宁肯的《蒙面之城》、金宇澄的《繁花》等。

由于网络文学基数太大,阅读量有限,无法过多展开论述。但是随着学界对其的重视、主流文学的合理引导,以及消费群体基数的庞大,网络文学未来发展不可限量,其关于启蒙的主题也必将迎来更大的发挥空间。

三、启蒙与现代性究竟关系如何?

启蒙在中国还与现代性这一术语挂上了钩,启蒙现代性成为一个常见的表述方式。为何会产生这样的一个现象?其实很简单,这两个术语涉及的是一个经济建设与文化建设的关系问题。毫无疑问,中国经济上的现代化发展十分迅速，尤其是改革开放以来所取得的巨大经济成就是有目共睹的，中国几十年走过了西方几百年所走过的道路。那么问题来了，经济建设可以提速，但是文化建设却没那么简单，特别是经济发展与文化变迁的矛盾重重，正如赵毅衡所分析的那样，文化事业不可能一蹴而就，所以在这一过程中就出现了种种的问题、阵痛、矛盾，而且社会也不可能在较短的时期内就能修复好发展所带来的创伤。发展中的阵痛用文学的方式表达呈现出来，这样的作品往往被冠以现代性批判，而批判之中不乏启蒙的因子。这样的文学书写极为常见，一系列反映城市化进程的作品大多是基于批判立场的，批判的同时也在探询和解之道，这也是启蒙的题中之义。

关仁山《白纸门》书写传统文化遭受现代性的冲击，到了《戳脚》中，关仁山继续书写城市化的进程，对金钱至上的社会价值观进行了一定程度的批判，虽然最终城和乡达成了和解，但是其中提到的民间偏方治愈了城市中的科学医疗手段都无法治愈的疾病，其中所蕴含的深意不言而喻，联系起文中重要的传统武术这一意象，现代性批判和启蒙意味不言而喻。李佩甫的《平原客》既是反腐小说，也是一部探寻城乡关系的作品。主人公李德林在某种程度上隐喻了城乡的二元对立，以及由此衍生出的城愁与乡愁。阿乙的《早上九点叫醒我》，通过对一场仓促、敷衍的葬礼的讲述，回溯了宏阳如何利用自身的暴力优势和欺骗之术，成为镇上"名人"的经历，由此对逐渐消失的乡村及其众多人物进行了画卷式的描写，表现了对乡村破败的隐忧。《年轻正气》以青年返乡视角书写乡村权力问题。梁鸿的《梁光正的光》塑造了梁光正这一中国普通农民形象，通过梁光正的寻亲之路，回顾了中国农村的变迁史，也书写了农村当下的现状。陈仓的《后土寺》延续其农民进城的书写，聚焦城乡矛盾，讲述父亲与儿子两人进城的际遇，是一部深描现实的作品，在反映城乡矛盾的同时努力探询和解之道。

在文学中，启蒙与现代性的关系表现为一种现代化的反思与批判。鲁迅的《故乡》对破败乡村的书写,既是回望,更是一种告别,这种传统一直延续了下来。赵本夫《无土时代》的中心主题就是质疑现代性,陈忠实的《白鹿原》书写的也是乡土文明在现代化浪潮冲击之下的命运。贾平凹的作品更极具代表性,几乎所有作品都是这一主题的反复书写,《秦腔》书写现代性带给乡村的种种恶果,《山本》书写的是现代革命对传统农耕文明的终结,现代性是小说的关键词之一。就连小说的语言也是破碎的,而破碎正是现代化的重要特征。《山本》的现代性表现在传统的农业生产关系遭遇解体,自身内在分裂,表达了人们在现代生产方式中感到的人性异化与精神困惑。贾平凹的其他作品《高兴》《古炉》《带灯》《极花》等都与这一主题相关,这其中也深深嵌入了一种乡村启蒙情怀。

这种城市化浪潮中的现代性批判一度成为作家们的惯常主题。周大新的《湖光山色》表达了一种乡村改革的艰难,其中对人性复杂的书写与乡村中丑陋一面的呈现是极其震撼的。王妹英的《得城记》书写了主人公的都市化之旅,但是并没有真正融入城市。孙慧芬《吉宽的马车》、刘震云的《我叫刘跃进》等作品也是如此。在阎连科那里,这样的呈现有了魔幻的味道,虽然极尽夸张,但是其中所蕴含的批判与启蒙意味是一脉相承的。阎连科的作品可以说是将现代性批判与乡土启蒙推向了极致,他以故乡耙耧山脉为背景创作了一批乡土题材作品,描写了许多"非常态"的现象,它们给小说染上了沉重、压抑、悲凉的氛围,《金莲,你好》《情感狱》《丁庄梦》《受活》都是如此。这种苦难书写的文本呈冷色调。这种对底层苦难的书写让不少人难以适应,许三观卖血生存的书写已然让很多人揪心,而阎连科则更进一步。在《日光流年》中,为扭转全村人短寿的局面,村长带领大家修渠,而资金来源则是女性出卖肉体,男性卖肉皮,可谓触目惊心。《丁庄梦》中人们为了脱贫致富疯狂卖血,最终被艾滋病缠上。《受活》中为了赚钱的人们,不惜以自己残疾的躯体,放弃尊严去取悦健全人。《炸裂志》中仍旧不断地以夸张的笔墨书写为了生存而出卖自己的众生,为了

"炸裂村"能以最快的速度发展起来,村长将村里的年轻人全部赶去城市,最终男的沦为小偷、强盗,女的沦为了妓女。到了《速求共眠》中,已经到了出卖亡妻骨灰的地步。这些为了生存的需要和对财富追逐的荒诞行为,并不仅仅指向贩卖本身,而是深深隐喻了经济进步所付出的代价。苦难会带来人的异化,高度发达的社会也会导致同样的结果。

近年来的非理性书写更是如此,这种民间信仰复活,对未知事物的敬畏之心很大意义上是针对现代化潮流而言,科技带来的便利多,但是值得反思的地方也多。总体观察而言,与农村相关的书写都有一种现代化进程的描写与现代性的批判书写。阿来的《尘埃落定》书写的种植鸦片取代传统农作物,也是一种现代的入侵。其他华文书写中,《侠隐》这样的作品就颇值得玩味,葛亮的《朱雀》《北鸢》等作品也暗含着现代性反思的成分。"启蒙"与"现代性"这两个西方的概念缠绕着中国的知识界,中国百年来的命运似乎也和这两个词共同沉浮。

四、大众化是启蒙的合法路径吗?

当下还面临一个问题,就是启蒙的大众化问题。当启蒙者成为"公知"、"网络大V",启蒙的渠道是影视、网络等大众媒体的时候,启蒙是否也走向了大众化,或者说应该走向大众化?

大众化一直是学界比较关注的话题。视听文明时代来临之后,文学也不得不面临大众化。启蒙与大众化密不可分,新文学运动发生之际,胡适提倡的白话文写作,说到底是为了让更多的普通人看懂读懂作品,接受书本知识,扩大启蒙的受众层面。20世纪20年代左翼诗歌的普罗化,其宗旨也是如此。新中国成立初期的改造也是为了让更多的老百姓获取文学资源,达到启蒙的目的,因此采取了多样化的方式;时下的大众化更是如此,文学与影视联姻,网络书写方兴未艾,畅销书经久不衰,但是大众化真的是启蒙的合法路径吗？很明显的结果就是，这些打着大众化的旗号所进行的各种文学运动并没有结出丰硕的艺术成果，当我们回过头去打量那些大众化的作品，就会发现它们并没有长久的生命力，甚至启蒙本身所起到的作用也甚是微小。

虽然将文化分为高雅和通俗这样的二元划分模式会遭到不少人的质疑和诟病，但是其区分是客观存在的。高雅文化的影响是潜移默化的，是一个漫长的过程，而很多人急功近利，为了让高雅文化尽快发挥其效用，就采用高雅通俗化的手段，最为明显的是将文学影视化。以刘震云为例，他近年来的创作基本上具有了影视脚本的意味，这在一定程度上会损害小说的艺术性。严歌苓的《芳华》也是因为影视脚本化使得艺术上有瑕疵。

女性写作一度也借着大众化走上了极端。她们打着女性解放与启蒙的幌子进行着欲望书写，其主要目的还是为了作品的销量。这也是一种大众化的启蒙模式——无论是策划者还是作者本人，都希望加入畅销书的行列——是一种典型的市场化和大众化的写作。以安妮宝贝为例，她后来的转型就是对此的否定，甚至连笔名都要修改为庆山。虽然评论界批评她不是改了名字就可以加入纯文学的行列，但是她自己确实有这样的打算。由此可以看出，女性写作有一部分是打着启蒙幌子的市场化书写，另一方面也可看出文学的雅俗之分的确存在。

在文学界关于雅俗之争的现象十分多，2005年的"韩白"之争较为典型。韩寒站在大众化的立场上反对精英批评的声音，这是一种典型的反启蒙、反智主义。虽然韩寒本人也期望充当启蒙领导者，但是他却断然拒绝别人的启蒙。即便是新文化运动如火如荼的时候，反对的声音也同样存在，坚守文学的精英性一面的人大有存在，正是不同声音的交锋才使得启蒙之路绵延不绝。

不过，也有作家固守着精英主义的笔调，比如格非。每位作家的创作都有固定的内核。格非创作的内核是精英立场与知识分子写作。这种知识分子气质既来自西洋文学的熏陶，也吸取了中国传统士大夫文人的精髓。这种知识分子情结使他一直恪守精英立场，由此在他的作品中一直伴随着先锋的影子、批判的锋芒和古典音乐的主题，无论是其早期的"先锋"作品还是后期的"现实主义"力作无不如此。《迷舟》《傻瓜的诗篇》《褐色鸟群》《敌人》《边缘》《欲望的旗帜》《人面桃花》《不过是垃圾》《山河入梦》《蒙娜丽莎的微笑》《春尽江南》《隐身衣》等作品表面看来风格迥异，实际上作品深处都呈现出先锋品格、启蒙理想和批判意识。先锋性、启蒙性和批判性都是以精英主义为旨归的。而其固有的精英特质虽然使得他的文本与大众具有一定的距离，但是时间却证明了格非的作品的经典性与启蒙的长效性。

文学的过分大众化，在当前大量的文学作品影视脚本化就可以看出端倪。启蒙本身是精英行为，其载体也应当保持其精英的一面。高雅文化有其存在的必要性，尤其是文学，需要继续保持其固有的清高，尽量与通俗化保持适当的距离。过分的大众化书写会导致书写仅仅停留在故事表面而无法深入内里，其启蒙效用也会大打折扣，甚至根本就是无效的。

结语：启蒙，一项未竟的事业

启蒙是无法消失也无法停滞的，关于启蒙是假命题、伪命题的诟病质疑，以及反智主义、反启蒙的口号也甚嚣尘上，但是文学书写的时候作家们是将这一理念贯彻到底的。如果文学书写都不提及了，那世界还有什么希望可言？虽然启蒙、新启蒙、后启蒙交替出现，但是宗旨是一以贯之的，当下的启蒙更下潜、更隐秘，但是力度并没有折损，余华《第七天》那样的对人死都不能安生的社会现实的揭露，阎连科的《速求共眠》对困在铁屋子里的人们的警醒，李洱的《应物兄》对知识界的深描等，都是饱含启蒙力度的作品。

启蒙总是意味着一方对另一方的控制，而在当下多元化的时代，自由、自主、独立是每个人的基本追求。在这样的语境之下，启蒙话语存在的语境似乎消失了。其实不然，启蒙的本质在于精英对一般民众的引领，即便是最纯粹的民粹主义，也需要有领导者，而领导者无法不由精英担任。如若彻底大众化，又该谁来启蒙？当反智主义兴盛，知识分子被冠以臭老九的时候，启蒙去向何方？批判的停顿是启蒙消失这一假象的重要原因。福柯在《什么是批判》中论述的根本问题其实是"什么是启蒙？"，到了文末他才点破：批判即是启蒙；中国的知名哲学家邓晓芒也将其关于启蒙的著作命名为《批判与启蒙》。而当下批评的声音越来越少，特别是作家、批评家、媒体形成了同构关系，以捧为核心，这也是造成启蒙停滞感觉的原因。但是批评的声音并没有完全消失，文艺领域一直不乏锐评的声音，比如李建军、鲁太光、杨光祖等知名学者，以及《文学自由谈》《文学报·新批评》这样的文学报刊和批评家们仍在坚守，对文坛发出尖锐的声音。

每年的"五四"，社会各界都会进行多种形式的纪念活动。直到今天，我们仍然对那场启蒙运动念念不忘。正如刘勇指出的那样，"五四"是不可或缺的，这不仅因为它是现代文学学科的立足点，更重要的是，它所代表和传达的启蒙精神直到今天仍然对中国文化、中国社会具有重大的价值和意义。也即是说，直到今天，启蒙精神仍是不可或缺的，而文学，正是对此坚守耕耘的最丰沃的一片土地。

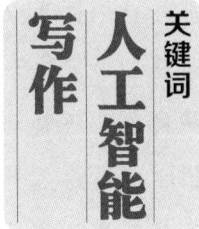

强人工智能时代的写作何为?

吴义勤　陈培浩

人工智能是近年备受各界热议的话题之一。其原因在于,人们已经意识到,人工智能作为一种新技术,可能超越"人工智能"而成为"超人工智能",成为由人类催生,却独立于人类,并在智能上完全碾压人类的新物种,从而极大地冲击甚至改写现有相对稳定的政治、社会、经济和审美制度,一种全新的"后人类"想象在人工智能日益变成现实的背景下被激发出来。

2017年,随着微软的诗歌写作软件——小冰及其作品的横空出世,人工智能写作成为一种现实。我们之所以将其称为"人工智能写作"而非"人工智能文学"就在于,它所产出的文本跟我们所认知的"文学"具有巨大差异。这种差异不是写作水准上的,而主要是写作内在赖以成立的思想观念和哲学基础。面对小冰写出的诗歌,几乎所有的诗人都异口同声表达了不屑。诸如"它只是一种游戏而已""它设计不了灵性""没有感情就不会有诗""真正的诗是排斥机械性装置的""这些玩意儿不值一提",这些评价显示了我们已有的文学尺度是如何依赖于以情感、想象、创造为中心的人本主义话语。站在人本主义立场及其催生的文学尺度上对人工智能写作嗤之以鼻或口诛笔伐很容易理直气壮,但并非没有盲点。

问题的核心在于,作为人类科技探索的结果,人工智能必将经历从弱人工智能到强人工智能到超人工智能的转化。当人类将其命名为"人工智能"时,事实上还显示了对其处以"人工"操控范围的自信,但当"人工智能"可以自主习得知识并获得自我成长时,它必将成为"超人工智能"的物种,对于这样的物种而言,以情感、想象为核心的人文主义话语可能并非其存在所必需。换言之,人工智能写作可能仅仅是强人工智能阶段的特定现象,在此之前的弱人工智能无法模仿人类进行"写作",在此之后的超人工智能很可能会将人彻底打败,今天意义上的"文学"对它们来说或许并非必需。展现人类想象力、心灵奥秘和人文尊严的写作恐怕是 AI(人工智能)所无法涉足的领域;问题在于,在网络文学时代,严肃文学已经被挤压在一个狭小的角落;在 AI 时代,文学的价值坐标可能会被重置,那时,想象力、灵魂、人文精神也许不再是文学的核心标准。

显然,人工智能写作是类型化写作的极端化,它瓦解了人类投寄在文学上面的灵性。在此之前,人们更倾向于相信,文学只能是人的造物,文学中自有某种创造性顽固地从属于人类。人工智能写作在证实人类科学智慧的同时,又狠狠撕下了人本主义话语的神秘面纱。并没有某种不可替代的"人类智慧",甚至是高贵的情感。换句话说,人工智能用大数据、算法等技术宣告了一个福柯式的判断:不是人在言说话语，而是话语在言说人。人不过是近代以来知识讲述的结果，是随时可能被潮水抹去的"大海边沙滩上的一张脸"。福柯的论述似乎赢得了人工智能的支持。可是，其论述只能赢得我们认识论上的认可，而不是价值论上的赞同。换言之，即使人只是一种美好的假设，我们并不愿意放弃这种假设。甚至于，正是这种假设，在很长的历史时期庇护并拓展了人类的尊严和可能性。看清人文主义话语的建构性，并不意味着应对它无情嘲笑并将其迅速扫进历史垃圾堆。人文主义话语依然是人类尚未被其他物种取代的历史阶段下自我确认、自我拓展之必需。

所以，当我们谈论人工智能写作时，必须意识到它是特定时间背景下的产物。就目前来说，强人工智能已经或正在变成事实，而具有自主性的超人工智能何时到来尚不得而知。正是因为意识到超人工智能的到来必将对相对稳定的人类社会制度造成巨大冲击，所以超人工智能的来临必然面临人类强大的反制。那么，我们该如何去观察强人工智能背景下的写作呢？

本期邀请杨丹丹、沈建阳两位青年学者参与讨论。杨丹丹对人工智能写作有深入观察，他站在面向未来的立场，分析了我们现在所秉持的纯文学观作为一种文艺复兴以来的人本主义产物的种种话语来源。他认为人工智能写作具有某种"镜像"功能——"在人工智能写作的'照妖'下，当下文学显出了原形"，"正因为当下文学写作的粗糙和粗劣，才使人工智能得以介入文学写作领域；正是当下文学写作现实感、审美感、自信力、公信力、独创性、公共性、世界性等关涉文学本体的核心要素的退化，才让人工智能机器可以轻松越过情感、意识、思维、价值、审美等主观界限，进入到只与语言计算相关的写作模式，让人工智能有机可乘、有迹可循、有物可依"。作家们或许无法拒绝人工智能写作的来临，却应有这样的抱负：用真正创造性的写作捍卫人类文明的尊严，并非所有的写作都可以被人工智能写作所取代。我们的文学共同体也有必要加倍珍惜那种抗消费、耐磨损的精神创造物。沈建阳的文章深入浅出地回顾了"人工智能"并不漫长的实践史，又深入到历史中钩沉其观念史，并令人信服地指出人工智能"是一个充斥在西方历史当中的观念，也是一个亟需被实现的梦想"。可是"拥有完全人类智能的'人工智能'并未出现。从技术的层面来说，'人工智能'并没有能力发出自己的声音"。"小冰虽然能写出诗来，但是判定什么是诗的标准仍然是由人来制定，而且是由过去的、关于'人'的标准来判定。"事实上，"人"对于"诗"的定义权或许并不那么牢不可破，但"人"依然有职责在变动的时间冲击中论证自身配得上真正的"诗"。

人工智能写作的"镜像"与"正名"

◎杨丹丹

1955年，奥利弗·塞弗里奇（Oliver Selfridge）、艾伦·纽厄尔（Allen Newell）、沃尔特·皮茨（Walter Pitts）等人在美国洛杉矶组织召开了西部计算机联合大会（Western Joint Computer Conference）。已被尘封在历史角落中的会议，悄然撬开了人工智能世界的一道缝隙，机器模拟人的神经系统和心智系统的设想，为人类社会勾画了一幅交织着无限想象性和不确定性的未来图景，为人工智能的爆发埋下了一条引线。以此为起点，人工智能不断在波峰与波谷之间徘徊、游荡。直至2016年，人工智能的帷幕被瞬间掀开，人们在毫无防备的情况下欣赏着人工智能的狂飙突进。人工智能仿佛是打开的"潘多拉魔盒"，挥舞着长矛刺向人类社会的每个古老行业，人工智能汽车、人工智能家居、人工智能医生、人工智能教师、人工智能记者、人工智能女友等令人眼花缭乱的新奇事物正在改变社会行业的发展趋势和格局，撩拨着人类探索未知领域的欲望。

人工智能在疯狂"圈地"和宣示"主权"的过程中，并没有因为快速行进而遗忘处于时代边缘的文学，文学也被人工智能收录到"拆解"、"改造"和"收编"的花名册。2017年5月19日，人工智能机器人"微软小冰"正式推出自己的诗集《阳光失去了玻璃窗》，引起轰动效应，这是人类历史上第一部完全由人工智能机器"创作"的诗集。其实在此之前，人工智能在长时段的技术爬行史中已经拖拽出一张关于人工智能写作的路线图。从1962年美国工程师沃西推出智能诗歌软件"Auto-beatnik"至今，已经产生Alice、Brutus、Shelley AI、有岭雷太、微软小冰、编诗姬、微微、人狼、猎户星、稻香老农、诗词快车、诗歌超级助手、520作诗机、九歌、准宋词、H5、Word Smith、Heliograf、Blossom、Giiso AI、快笔小新、Dream writer、DT稿王等众多智能写作机器，以及 Sun spring、《不可能的事》、《电脑写小说的一天》、《你是AI》、TYPE-S、《背叛》、《婴儿》、Frankenstein、The Road、Harry Potter and the Portrait of What Looked Like a Large Pile of Ash、《宇宙巨校闪级生》等诸多文学文本。除此之外，人工智能书法、人工智能音乐、人工智能雕塑、人工智能绘画等人工智能文艺作品也大量问世。"微软小冰"的出现将人工智能写作推向一个峰值，让人们得以站在这个峰值上回望人工智能写作的漫长历史。

一

人们以猎奇的眼光欣赏着"微软小冰"和《阳光失去了玻璃窗》，被拟人性和类人性的语言、意象和情感击中脆弱的神经，质疑、焦虑、愤怒、否定、羞愧等多种情绪夹杂在激进的批判声中。欧阳江河、于坚、陈晓宇、秦朝晖等六十多位诗人对小冰表现出来的嘲讽和不屑，印证着人文知识分子的骄傲。这些人文知识分子试图在喧嚣的争吵中坚守自己社会精英的位置，抵抗人工智能机器对知识分子专属领地的入侵。他们在"怒怼"、"尬聊"和招架中，对人工智能写作达成一种共识："机器人通过对以往数据的强大经验记忆、整合、筛选和随机组合，进行词语的无限组合，是缺乏情感和温度的。机器人写的句子再精彩，意义依然非常有限。因为一流的诗压根就不等于一个好句子，或者一堆好句子的组合，而在于原创性，创造出别人没写过的'原文'。如果未来哪天机器人可以因为自卑、疼痛或者其他人类的缺陷而主动选择自杀，那机器人写诗，会值得真正认真对待。"从上述阐释中可以察觉到，这些人文知识分子似乎准确拿捏住了人工智能写作的要害，词语之间的随意拼贴和组合、情感的空泛和缺失、个体性与独特性的匮乏、原创性的消亡成为人工智能写作的"阿喀琉斯之踵"，并因此宣判了人工智能写作的短命。人工智能写作是一个不言自明、不攻自破的伪命题，但他们在暴露人工智能写作命门的同时，似乎也是在宣读当下文学写作的"罪状"。人工智能写作成为当下文学写作的参照和"镜像"，在人工智能写作的"照妖"下，当下文学显出了原形。也就是说，正因为当下文学写作的粗糙和粗劣，才使人工智能得以介入文学写作领域；正是当下文学写作现实感、审美感、自信力、公信力、独创性、公共性、世界性等关涉文学本体的核心要素的退化，才让人工智能机器可以轻松越过情感、意识、思维、价值、审美等主观界限，进入到只与语言计算相关的写作模式，让人工智能有机可乘、有迹可循、有物可依。

具体而言，如果说人工智能写作只是文学语言的随机组合，那么，当下文学写作何尝不是一种空洞的、乏味的语言之间的拼贴游戏。二十世纪八十年代中后期，文学"本体论"和文学"内卷化"成为一种普遍态势，作为对文学"反映论"的革命式反叛，语言、意象、节奏、时间、修辞等文学审美要素和叙述技巧成功上位。同时，大量西方文化思潮集体涌入中国，各种理论、方法、技巧不断冲刷传统文学写作观念，先锋文学、后现代主义文学的兴起将文学引入到"小径分叉的花园"，沿着这条"小径"，文学跌入语言的深渊，叙述的圈套、形式的迷宫、破碎的人物、语言的乌托邦成为文学炫耀的资本。但先锋文学和后现代主义文学的本体狂欢背后隐藏着深刻的对历史、社会、世界和人的认知和反思，先锋文学和后现代主义文学的现实感和介入社会的能力并没有迷失在语言和形式的迷雾中。但我们也无法否认，在对先锋文学和后现代主义文学的"本体"效仿中，大部分文学在语言和形式的堆砌中阉割了文学的现实社会功效，文学变成了词语之间的游戏，语言无法表述和还原现实社会。例如，新历史主义文学在嘲弄和解构传统历史叙述中，将历史观念、历史事件、历史经典和历史价值割裂得面目全非，历史虚无主义幽灵在文学中再次现身，中国历史的风云变化、蜿蜒曲折和波澜壮阔成了语言的附属品和剩余物，历史中完整的人和人性成为语言游戏的骰子和筹码，历史与现实的映射和对话成为一种奢侈品，最后剩下的只是漂浮在文本上的语言的大裤衩和遮羞布。正是如此，"手撕鬼子""裤裆藏雷""石头炸飞机""炸裂车技""妓女救国"等荒谬的叙事情节才会在历史文本中反复出现，因为，只关涉语言游戏的文学不必对历史和现实许诺。而人工智能写作的基本模式和运行规则是通过对文学语言数据的整理和分析，利用算法技术实现语言的重组和再生。可以说，正是当下文学的形式主义和语言转向为人工智能介入文学创作提供了机遇和切实可行的捷径。因为，现阶段的人工智能仍然处于"弱人工智能"阶段，对历史、社会、现实生活的复杂性、多样性的提取，对隐藏在历史和现实背后的价值观念和意识的呼应，是阻碍人工智能写作真正实现审美性和精神性的障碍，而当下文学写作主动切断了与历史和现实的关联，在对"本体化"的执着中为人工智能剔除了障碍。

如果说，主体的思维、情感、体验、感悟等精神范畴是人工智能写作的另外一道鸿沟，对人的情感、心智的模拟是一种乌托邦幻象，是人工智能写作被否定和批判的根源，那么，当下文学创作正是由于主体精神的崩塌和价值观的混乱，才导致人工智能得以寻找到漏洞和后门，由此介入文学写作领域。具体而言，语言本体论在将历史搅成一滩浑水之后，随着先锋文学和后现代主义文学的退潮和转向，文学的语言游戏跌落神坛，但文学的"失语症"却依然在惯性滑行。文学在面对现实生活时，将现实生活中庸常、缩写、无聊的一个侧面看作现实生活的全部。现实生活中繁复多变的面相、暗潮涌动的激流、独特的个体生活，以及一切异质性因素，都被规划为同质性存在，并从中抽空了情感、价值和意义，"冷也好热也好活着就好"成为文学讲述现实生活的全部内容和精神准则。主体价值和精神的抽空，以及现实生活的祛魅，推使文学滑向欲望的深渊，物质、金钱、性成为文学写作难以摆脱的梦魇。豪车、豪宅、名牌服饰、高档餐厅、奢靡生活、"下半身"成为文本故事的恒定元素，在营造一个虚幻的现实空间的同时，也出卖了人的灵魂；市场和消费在打磨出一套关于如何精致生活的规则的同时，彻底让主体精神成为永远消失的风景。在厌倦了文学的市场化和中产阶级趋向之后，文学将目光转向了底层。知识分子企图通过"分享艰难"来表述自己的悲悯情怀和启蒙责任，但"分享艰难"变成了底层苦难的独自表演，猎奇和炫耀式的层层叠加的苦难淹没了底层的精神诉求和知识分子启蒙话语，底层苦难的复杂成因、底层民众的精神动态、社会结构的内在症结、传统道德伦理的裂变等关涉主体精神内容的活动，都消失在单向度的苦难讲述中。也就是说，正是当下文学写作在主体精神、价值观念、道德诉求方面的退化和缺失，为人工智能介入文学创作打开了方便之门。人工智能凭借超强的计算能力和数据分析能力，能够轻而易举地在模式化的人物、雷同的情节、相似的风格、零度的情感、空洞的意义中寻找到规则和规律，而不需要对主体精神和心智进行学习和模拟，正是这样的当下文学写作状态为人工智能搭建了可无缝对接的平台。

如果说，人工智能写作缺乏独特的创新性和创造性，人工智能写作文本是建立在对已有文学的复制和模仿的基础上，呈现出简单化、机械化和模式化特征，那么，这种人工智能写作缺陷的根源之一在于当下文学创作的简单化、机械化和模式化。例如，二元对立思维方式在乡土文学写作中的根植。书写乡土必然把城市和乡村对立起来，乡土被归类为前现代的产物，城市永远指向现代和未来；伴随着现代化进程，乡村逐渐显露出破败的图景，贫穷、沉寂、衰败、混乱、失序成为乡村的表征，而城市则蕴含了一切现代化想象，物质、科技、未来、进步等现代语汇构成了城市的基本面相。或者，把乡村和城市的位置颠倒过来，乡村成为远离都市喧嚣的诗意栖居之地，成为美好人性、高尚道德、崇高情操的集散地，成为"都市外乡人"宣泄精神痛苦、治疗精神创伤的良方和药剂；而城市则仿佛一个巨大的怪兽吞噬着一切美好和善良，人与人之间的冲突、倾轧和戕害，现代文明对乡村文化的排斥、压抑和抵抗，物质生活对人性的异化和蚕食，宣告城市的丑陋和低俗。也就是说，当下文学的乡村书写和城市书写是以相互对立和参照为标准建构的。再如,当下文学在塑造知识分子形象时,已经形成一种固定模式和路线:知识分子被市场和商业挟持—被迫放弃知识分子的责任和坚守—拥抱庸常的日常生活—肉体和精神不断堕落—在痛苦中反思和挣扎—最终被温情,或者宗教救赎。除此之外,职场文学、玄幻文学、穿越文学、清宫文学、商场文学、反腐文学、谍战文学等多种类型文学在主题设定、人物塑造、情节设置、叙述方式等方面呈现出严重的同质化倾向。正是当下文学创作的模式化使人工智能机器能够从中发现可以套用的创作规律,通过算法生成固定的写作模型,在相关指令下完成文学写作。实质上,学术界对人工智能写作的傲慢和偏见是由于不能或者不想以理性的思维方式去审视和考量人工智能写作:不能对人工智能写作历史进行理性分析和透视,不能对人工智能写作方式、写作逻辑和现实效果进行理性评估,不能以人工智能写作为"镜像"对当下文学写作进行理性反思。

二

人文知识分子面对人工智能写作表现出来的傲慢、不屑和强硬的姿态,是为了掩盖内心的焦虑、愤怒和迷惘,是人文知识分子保护启蒙身份、社会地位、文化资本和话语权的体现,是精英主义思维方式的表征。人文知识分子对人工智能写作最大的忌惮是写作主体的转变,写作主体由"人"转变为"机器"带来的不仅是写作方式的转向,更是写作观念、写作诉求和写作功能的裂变。1902年梁启超发动小说界革命,把小说从"稗官野史""街谈巷语""道听途说"中解救出来,小说成为"改良群治""新民""立国"的载体、中介和通道。小说地位的提升,改变了文学发展的格局和路径,以"五四"新文化运动为起点,人文知识分子摆脱了传统封建文化对自身的压抑和规训,在构建现代化民族国家的总体性历史目标下,启蒙民智成为人文知识分子的现实诉求,如何把民众从混沌的主体精神状态中解放出来,树立能够独立运用理性思维去认识世界和改造世界的"现代人",成为中国人文知识分子首要解决的问题。以鲁迅为代表的"五四"一代人文知识分子直接切断与传统文化的根连,挖掘出农民主体精神的"劣根性",进行猛烈的攻击和鞭挞。虽然饱含着"哀其不幸、怒其不争"的悲悯和温情,但人文知识分子凭借为农民开出的"病理特征"和"诊断报告",以及"民主"和"科学"的治愈"良方",迅速确立了启蒙者的身份和地位,人文知识分子成为农民的智慧启迪者和精神引导者。启蒙导师身份的确立带来的是话语权和文化资本的疾速膨胀,"五四"一代知识分子在当时的历史语境中,参与和主导了一系列文化事件和政治事件,对时代价值观的确立和精神主体的构建起到引领和统摄作用。陈独秀、胡适、鲁迅、周作人、郁达夫等人文知识分子不仅占据时代话语权的中心位置,而且处于构建时代话语权的核心位置,在话语权的延伸和拓展中实现了自身的价值和意义。

从"五四"新文化运动至今,知识分子的启蒙身份和地位在历史前行中不断沉浮,"抗战压倒启蒙",革命话语、阶级话语取代启蒙话语,革命乌合之众对知识分子社会地位的颠覆,新启蒙思潮的兴起,人文精神的衰落,世俗生活的审美化等将知识分子放在人生的顶峰和低谷之间来回悠荡,启蒙身份、启蒙话语及其携带的文化资本和文化领导权不断被建构、解构和重构。尤其是1990年代以来,市场经济和消费主义的蔓延,将人文知识分子排挤到社会边缘,知识分子的启蒙光环被物质欲望羞辱得黯淡无光,人文知识分子彻底"失声"。因此,如何恢复人文知识分子的启蒙者身份和地位,重建话语权和文化领导权就成为人文知识分子内心的症结。我们可以看到人文知识分子因此做出的种种努力和挣扎,"人文精神大讨论""重写文学史""文化研究""学院批评""重回'五四'文学""重返八十年代"等文学和文化事件宣告人文知识分子的抵抗和倔强,他们试图在自我反思和审视中重新粘合已经破散的主体精神和启蒙者形象,重新接续文学的载道传统和感时忧国的情怀。新世纪以来,中国社会经历了疯狂的资本追逐之后,逐渐进入平稳期。开放、多元的历史语境,以及全球化的兴起为人文知识分子重新浮出历史地表提供了恰切时机,人文知识分子开始慢慢收回失地,"现实主义文学""底层文学""新左翼文学"的兴起似乎预示着人文知识分子启蒙者身份的归位。但网络文学的兴盛将刚刚重燃的启蒙之火浇灭,网络空间的开放性、自由性、随意性和隐匿性颠覆了传统文学生产机制,文学创作、文学传播、文学接受、文学批评都发生了逆转,传统人文知识分子的写作特权被难以计数的网民瓜分,网络文学与媒体和资本的联姻将网络作家推到聚光灯下,传统人文知识分子在批判和抱怨中承受时代的再次捉弄。同时,微信、微博、博客等数字媒介的普及和推广,更使传统人文知识分子的身份和地位处于一种尴尬和悬置的状态。当人工智能凭借超强的技术优势入侵文学创作,展现出人类无法比拟的学习能力、阅读能力、分析能力、自我更新能力和创作速率,人文知识分子已经被折磨得千疮百孔的脆弱神经遭到前所未有的打击。这意味着,如果人工智能写作得到社会认同,人工智能写作超越传统文学创作,"机器"取代"人"成为创作主体,那么,人文知识分子将彻底失去自己的启蒙者身份和地位。因此,我们也不难理解为何人文知识分子面对人工智能写作时是如此的焦虑和愤怒。

　　人文知识分子启蒙者身份的确立是以文学写作为载体和中介,通过文学改造被启蒙者的主体精神,文学创作权力的归属至关重要。因此,为了维护人文知识分子的文学创作特权,精英主义思维和神秘主义成为文学创作的一种惯常定式。文学创作作为一种审美艺术,现实生活需要经过创作主体的筛选、过滤、提取,才能形成文学内容的胚胎。"……创作仍在脑子里进行着,人物就不让我安宁,总是纠缠不休,做出各种姿态,我听得见他们谈话的片段——愿上帝宽恕,我常常感到,这都不是我凭空虚构出来的,而是在我周围的空间活动着的,我要做的只是观察和思索而已。"在此基础上,经过创作主体的审美加工,转换成人物、故事、情节、意象、象征等审美要素,最终形成文学文本。这一过程依靠创作主体对现实生活的敏感性,既能感受历史洪流的"力",又能感受日常微观生活的"软";既能迎合社会主流话语,又能发现现实生活中的奇闻轶事。因此,创作主体的感悟力、直觉力和想象力就显得至关重要。同时，创作主体需要具有高超的文学叙述技巧和方法才能把各种相互分离的审美要素，结构成一个完整的文学文本。由此可以看出，文学创作主体异于常人的能力和才华是产生一部文学作品的关键，文学源于创作主体的独特才能成为一种认知常态。柏拉图的"诗灵神授"、康德的"天才论"、刘勰的"天资论"、德谟克利特的"天赋论"，成为人文知识分子实现自我差异化的依据。我们无法否认"天才论"的合理性，但对灵感、直觉、顿悟、开化等无法阐释和把握的主体心理和精神状态的过度强调，使文学创作走向神秘化。文学被蒙上了一层暧昧而朦胧的面纱，成为某一人群的专属领地。而人文知识分子又多以知识建构者、文化传播者、启蒙心智者自居，以此实现与普通民众的区隔，通过差异化和神秘化抬升自我在社会结构中的位置。这样文学与人文知识分子就自然结合在一起，人文知识分子通过文学创作进一步强化自身的差异性，而文学通过人文知识分子的创作、传播和解读又增强了神秘性。普通民众面对文学只能仰望、欣赏、赞叹和钦佩，普通民众永远是文学创作的多余人和局外人。但人工智能写作的出现刺破了文学创作的神秘"谎言"，直觉、灵感、顿悟等难以解释的心灵状态对人工智能完全失效，凭借大数据、类人脑芯片、GPU（Graphics Processing Unit，图形处理器）并行运算、云计算、深度学习等相关技术，人工智能机器可以在极短时间内阅读和学习人类任何领域和专业的知识，并根据运算规则和写作模型创作出完整的文学文本。更为关键的是，部分人工智能文学文本参加传统文学评奖活动，能够成功躲过职业作家、评判家的筛选和甄别，普通读者更是无法分辨人工智能文学和人的文学之间的界限，"布鲁特斯"（Brutus）、"本杰明"（Benjamin）、"有岭雷太"、"人狼智能"、"微软小冰"等人工智能写作机器已经多次"戏耍"职业作家和批评家。人工智能写作依靠的"算法""运算""模拟"等技术路线在文学创作中的可行性和有效性，彻底揭开了文学创作的神秘面纱，任何掌握相关指令的人都可以进行文学创作，文学创作不再"犹抱琵琶半遮面"，也不再是人文知识分子炫耀的专属品。而且，"弱人工智能"

悄然进场，已经将文学创作的底细打探得一清二楚，可以想象，"强人工智能"入侵文学创作将带来何种毁灭性"灾难"。面对这种情景和态势，人文知识分子为了保全自己的身份、地位和资本，必然进一步强化文学创作的神秘性，扩大人工智能写作在情感和心智上的局限，只有这样才能保持自己的骄傲。

三

人文知识分子对人工智能写作的否定和抵抗，对精英身份、话语权、社会地位的迷恋，对"机器"取代"人"的主体地位的焦虑和恐惧，在某种意义上，是人类中心主义意识的驱使。从古希腊哲学家普罗泰戈拉提出"人是万物的尺度"，到文艺复兴时期提倡人的个性解放，再到近代强调人的理性能力对自然的掌控，以至马克思主义理论构建的人与世界的辩证关系，以及叔本华的"世界就是我的表象"、克尔凯郭尔的"主观思想者"、康德的"人的理性为自然立法"、尼采的"超人"、柏格森的"直觉主义"、弗洛伊德的"超我"、笛卡尔的"我思故我在"、萨特的"存在先于本质"等人本主义哲学言说，为人类中心主义奠定了深厚的思想基础。从这些哲学思想中，我们发现人类中心主义是在求证人与自然之间的主客体关系过程中形成的，"人天生就是其他存在物的目的"，"由于大自然毫无目的地、毫无用处地创造任何事物，因此，所有的动物肯定都是大自然为了人类而创造的"。人类中心主义的二元对立思维和绝对化特征衍生出至上主义、唯一主义、排他主义等多种样态，但共同分享一种普遍性特征：一、人在自然和社会结构中始终处于中心位置，自然只是人存在的注脚和附属物，相对人而言，自然是一种无意义的存在，"人是宇宙的中心"；二、人的中心位置具有唯一性，人的存在不依赖于任何外在物质和外在世界，人的存在依赖自身的主体力量，"人是宇宙中一切事物的目的"；三、这种唯一性导致人对其他外在世界的排挤和压抑，人是外在世界的唯一主体，外在世界是人的征服和改造的客体，外在世界必须围绕人的主体利益而存在,"按照人类的价值观解释或评价宇宙间的所有事物";四、为了维持人类中心主义,必须时刻保持人与自然、人与世界、人与社会之间的紧张对峙状态,"人类统治主义"、"人类征服主义"、"人类沙文主义"、"物种歧视主义"、强权主义、霸权政治、利己主义成为当下流行的观点。具体到文学创作而言,人类中心主义认为人是文学创作的唯一主体,人在文学创作体系和秩序中始终处于中心位置,具有无可争议和不可辩驳的话语权,文学创作是人掌控外部世界、改造外部世界的审美表征,文学是"人的文学",是"人"创造的文学,文学只有属人性,而没有拟人性和类人性。这种关于文学创作主体的观念和思维必然导致对其他创作主体的排斥和打压,也就不难理解为何人工智能写作会引起如此大的争议,人工智能写作对传统文学的审美标准、文学的价值意义、文学的存在方式、文学与世界、社会和人的关系形成的持续性解构力量,让人们感到惊讶和恐惧。因此,人工智能写作被称为"异形文学""假美猴王""非人的文学""产业化文学""商业文学",但也正是这种认知态势,为我们反思文学创作中的人类中心主义提供了恰切时机。

在人工智能写作的创作体系和权力等级秩序中,由于文学创作主体由"人"置换为"机器",人不再处于中心地位和拥有绝对的话语霸权,文学创作逐渐摆脱人的专属性,"打破了专业作家对舆论工具的垄断,分享了社会精英、文化贵族的话语权",消解了文学创作的知识壁垒,确立广泛、自由、开放化的写作立场,并以此解放和提升了文学生产力,使文学创作数量在极短时间内得到飞跃式发展。例如,网友"科幻少年一点红"利用刘慈欣编写的智能诗歌软件进行创作,并以"我用刘慈欣的'电子诗人'软件写的诗"为标题在豆瓣社区上展示诗句:"我面对着圆柱形的将军和爱不释手的美餐,山河和小学生和面条树和夜来香还有军服都在午睡,海龟曾经是浪漫的,在那遗体旁,我拍手着……一切都是小的,只有土地是荒芜的,消沉吧!啊呀,奴隶社会。"我们姑且排除诗句的审美因素,这名网友在网络空间中炫耀自己利用智能机器写诗的行为在某种意义上是当下社会语境中人—智能写作机器关系的一个缩影。从整体而言，文学写作的主要群体仍然是传统意义上的精英作家。虽然网络文学的兴起改变了文学写作群体的精英属性，但文学创作主体仍然没有改变人的属性。智能写作机器的出现却为改变这种状况提供了一种可能性。智能写作"技术化"而非"审美化"的特征决定了人在写作过程中不再起决定性作用。人只需要设置相匹配的主题、风格、文体、语言，智能机器根据这些指令就可以完成创作，在此过程中人不再是主宰者，这样完成的作品就呈现出一种"非人化"的品质，也就使人工智能写作具有了挑战现有写作秩序和权力的可能性。"科幻少年一点红"在网络空间的炫耀行为一方面来源于智能写诗机器赋予他的写作身份、资本和权利，另一方面始于在此过程中获得的能够向传统写作秩序宣战的快感和荣耀感，在此时智能机器写出的诗歌是否具有美感和艺术性显得并不重要，智能机器进行创作这一行为及其过程才是其关注和表述的重点，智能机器文学创作获得的自由选择和行动权力成为人工智能写作的核心命题。人工智能写作成为人与机器之间的一场博弈游戏。

实际上，我们谈论人工智能写作的"镜像"与文学的"正名"问题，是为了重新思考"文学是什么""文学写什么""文学怎样写""我们需要什么样的文学"的问题。在科技主义兴起已经成为无法阻挡的历史事实面前，文学必然要经历科技主义的反复冲刷，并在此过程中催生新的审美趋向和文化特质，以此获取文学的新生命和新样态。卡尔维诺在《未来千年文学备忘录》中认为，未来的文学想象和文学图景会挣脱现实生活的束缚和羁绊，超越人类想象的科技会为文学开拓新的审美空间，自然科学与社会人文、古老史诗与未来神话、"人"和"非人"最终都汇聚在文学的长河中。人工智能写作的出现并非为了印证卡尔维诺预言的可实现性，而是给我们捎带一个口信：文学面向未来的时间开始了！

"人工智能"说话了吗?

◎沈建阳

对于"人工智能"的发展来说,2017年注定是不平凡的一年。在这一年里,"微软小冰"写作并出版了"人类史上首部人工智能灵思诗集"——《阳光失了玻璃窗》,宣告了"人工智能创造的时代,从今天开始",引起评论界一片惊呼;同一年内,"阿法狗"接连击败了李世石、柯洁两大世界围棋高手,科幻小说尤其是科幻电影当中反复讲述和渲染的"机器人威胁"的故事仿佛也在一夜之间变成了现实。

2017年因此也被称作是"人工智能年"。但"人工智能"并不是一个新事物,实际上从1956年达特茅斯会议"人工智能"得以正式命名以来,它已有60多年的历史。通过梳理"人工智能"发展的历史,我们发现从最初的"弱人工智能"到如今的"强人工智能","人工智能"的发展并非一帆风顺,甚至可以说是步履维艰,人们所谓的"超人工智能"其实远没有到来。

"人工智能"其实不是一个新问题,而是一个老问题。"人工智能"虽然带来了席卷一切的影响力,但"人工智能"自始至终都未曾开口说话。那么,当我们在讨论"人工智能"的时候,我们究竟是在讨论什么呢?往远处说,"人工智能"源自于西方自古希腊以来形成的"科学"传统,是对包括亚里士多德在内的古典哲学家试图利用机械符号处理、解释人类思考过程的尝试；往近处说，和以蒸汽机、电力等代表的前几次科技革命一样，它也是现代以来西方科学技术发展的产物。在技术哲学视域下，技术就是人类的本质，"人工智能"既是古希腊神话故事中爱比米修斯的遗忘，也是普罗米修斯又一次从上帝那里盗来的火光，它可能是对"人"的又一次发明，同时也是一个关于"人"的寓言。

一、什么是"人工智能"？

在"小冰写诗""阿法狗围棋大胜人类"等新闻铺天盖地之际，不仅是文学和围棋竞技，艺术品市场、法律、伦理、学习、交际等日常生活的方方面面也开始受到"人工智能"的全面冲击。人们也由此陷入更大的忧虑里面——借助"人工智能"，人类是将得到前所未有的、彻底的解放，还是可能陷入更大的奴役、更深的异化当中去？在陷入具体的纷争和担忧之前，可能当前更重要的工作是先弄清楚"人工智能"到底是什么。

"人工智能"（Artificial Intelligence），英文缩写为"AI"，由美国数学家约翰·麦卡锡（John McCarthy）于1955年率先提出，并于1956年在美国召开的达特茅斯会议上正式启用。由于"人工智能"是一门同时跨越了包括哲学、数学、经济学、神经科学、心理学、计算机工程学、控制论和语言学等学科在内的综合性科学，各个领域的专家学者均由自己的研究领域出发做出定义，以至于流行的关于"人工智能"的定义多达十余种——这也是导致"人工智能"难以定义的第一个原因。其中比较有代表性的定义有以下几种：1950年，被称为"计算机之父"的英国人阿兰·图灵（Alan Turing）在《计算机器与智能》一文中，将"人工智能"定义为"如果机器在某些规定的条件下能够非常好地模仿人回答问题，以至于提问者在相当长的时间内误以为它不是机器，那么机器就可以被认为是思维的"——这也就是日后声名大噪的"图灵测试"；在1956年召开的达特茅斯大会上，日后被称作是"人工智能之父"的约翰·麦卡锡则将"人工智能"定义为"人工智能就是要让机器的行为看起来就像是人所表现出的智能的行为一样";同为达特茅斯会议的参与者、人工智能的创始人之一的赫伯特·西蒙(Herbert A.Simon)将"人工智能"定义为"人工智能研究人的思维方法,以便设计能完成智能行为的启发式程序";斯坦福大学费根鲍姆(E.A.Feigenbaum)教授则认为"人工智能是一个知识信息处理系统";而同为斯坦福大学人工智能研究中心的尼尔逊(N.J.Nilsson)教授则把"人工智能"定义为"人工智能是关于知识的科学,即怎样表示知识、怎样获取知识和怎样使用知识的科学"。

综上所述,出于不同的理论预设,关于"人工智能"的定义大致由四大部分组成——"类人行为""类人思考""理性地思考""理性地行动",这四大部分或强调思维和推理的过程(所谓"思考"),或强调"行为",并由此将"人工智能"导向了不同的发展方向——比如"类人行为"这一部分。除了达到"图灵测试"提出的基本要求之外,"人工智能"还需要发展和完善诸如"自然语言处理""知识表示""自动推理""机器学习""计算机视觉"等能力。另外,在以人类为中心和以理性为中心的方法这两种方法之间也存在很大的差异:以人类为中心则意味着"人工智能"就是模仿人类的、"类人的",这以图灵为代表,它的研究和发展都要从人的身上得到启示,这种观点预设了一个理论前提,即我们要计算机所做的事就是人脑所能做的,它也必定是经验科学的;而以理性为中心的观点则更富有争议性,以斯坦福大学的费根鲍姆教授和尼尔逊教授等人的观点为代表,他们将"人工智能"看作是一般性的智能科学,或者说是认知科学的智力内核,也就是说这一类定义认为"人工智能"发展的目标是要提供一个系统的理论,这种理论不仅包括人类在内,还囊括了地球上可能存在其他生物和心灵,这一类定义的理论预设在于,人类也只是地球上存在的一种具有认知能力的物种而已。与前一类定义相比,后一类定义无疑具备更加广阔的跨学科背景。这在某种程度上构成了"人工智能"难以定义的第二个原因。

随着神经科学、纳米技术等高精尖技术的发展，人类对于自身的认知处于不断刷新的状态中，或者说对于人类表现出来的各种高度智能，包括思维、推理、语言理解、视觉、听觉、触觉、知识的表达、形成及存储结构等问题还处在不断的探索中。因此，"人工智能"本身也处在不断的发展变化当中，这反过来也构成了"人工智能"难以定义的第三个原因。这些分歧和差异既互相质疑又互相促进，也由此形成了"符号主义""连结主义""行为主义"，即所谓的"人工智能"三大派别。

迄今为止，"人工智能"的发展经历了以下五个阶段。

第一个阶段（1956年以前）被称为"人工智能"的孕育期。在这一阶段，一批来自不同领域的科学家开始探讨制造"人工智能"的可能性，完成了后来"人工智能"发展基本条件的准备工作。也就是说"人工智能"是一系列学科发展交汇的产物。大脑神经元研究的科学发现，比如诺伯特·维纳（Norbert Weiner）的"控制论"，克劳德·香侬（Claude E. Shannon）的"信息论"等都暗示了构建电子大脑的可能性。比如沃伦·麦卡洛克（Warren McCulloch）和沃尔特·皮茨（Walter Pitts）结合了基础生理学知识和脑神经元的功能，从罗素和怀特海德开始进行的对命题逻辑的形式化分析以及图灵的计算理论，提出了一种人工的神经元模型，这被认为是AI的最早工作（1943）。1949年，唐纳德·赫布（Donald Olding Hebb）提出了所谓的"赫布学习"，这是一种更为简单的、用于更新和修改神经元之间连接强度的规则。在此基础上，普林斯顿数学系的两名研究生——马文·明斯基（Marvin Minsky）和迪恩·爱德蒙（Dean Edmonds）在1951年造出了第一台被称为SNARC（"随机神经网络模拟加固计算器"）的神经元的网络计算机，明斯基在晚些时候还证明了神经元网络研究的局限性。同在这一时期，后来被称为"计算机之父"的英国数学家、逻辑学家阿兰·图灵于1950年写作了《计算机器与智能》一文，文中提出的"图灵测试"被认为是"人工智能"

哲学方面第一个严肃的提案。

第二阶段（1956—1969年）为"人工智能"的形成期。计算机先后开发出可以解决代数应用题、证明几何题、学习使用英语的程序，这一时期的"人工智能"研究洋溢着一股乐观的情绪，研究者们普遍认为拥有完全智能的机器将在十年或最多二十年内就会出现。这一阶段的第一件重要事件就是1956年的达特茅斯研讨会。同样来自普林斯顿大学的约翰·麦卡锡召集了包括马文·明斯基、克劳德·香侬和内森尼尔·罗切斯特（Nathan Rochester）、艾伦·纽厄尔（Allen Newell）和赫伯特·西蒙等人在内的对自动机理论、神经元网络和智能研究感兴趣的研究者，在达特茅斯组织了一个为期两个月的讨论会。这次会议是人类历史上第一次关于"人工智能"的会议，虽然并没有取得什么实质性的成果，但是"人工智能"这一学科就是在这一次会议上得到确立，因此有研究者将这一年称为"人工智能元年"。1957年，艾伦·纽厄尔和赫伯特·西蒙等人的心理小组编成了一个被称为"逻辑理论家"（LT）的数学定理证明程序，这一活动被认为是"人工智能"的真正开端，此后的美籍华裔数理逻辑学家王浩继续推进这一研究，并在IBM-700机器上证明了《数学原理》里的全部定理；1960年香侬等人研制出了问题求解程序GPS（General Problem Solver），可以用来求解11种不同类型的问题；麦卡锡等人则定义了高级语言Lisp，成为后来占统治地位的"人工智能"程序设计语言；1965年，鲁滨逊（J.A.Robinson）提出了"归结原理"，为定理机器的证明做出了重大的贡献；1965年，费根鲍姆开始了DENDRAL专家系统（一种帮助化学家判断某待定物质的分子结构的计算机系统）的研究，并于1968年完成并开始投入使用。这一时期AI的研究在有限的范围内（只有原始计算机和当时的程序设计工具）取得了巨大的成功，但这一时期值得一提的大事件还有1960年召开的"国际人工智能联合会议"（International Joint Conference on Artificial Intelligence, IJCAI），它标志着"人工智能"得到了世界范围内的肯定和承认。

在随后的第三个发展阶段,"人工智能"的发展进入它的第一个停滞期。AI研究者们遇到了一些无法克服的(至今仍未解决的)基础性障碍,他们遭遇的困难主要可以分为三类:第一类困难在于早期的程序只是取得了句法意义上的成功,它们很少包含或者几乎不包含关于它们主题的知识,在经历了两次俄语翻译的失败尝试之后,所有美国政府资助的学术性翻译都被叫停;第二类困难是AI试图解决的很多问题都不具备可操作性,程序原则上能够找到解并不意味着程序实际包含找到解的机制;第三类困难源自于产生智能行为的基本结构的某些基础限制,比如由于神经网络研究经费的缩减,感知器(一种简单形式的神经元网络)的研究便长期处于停滞状态。到了二十世纪七十年代,因为之前的承诺均无法兑现,AI的研究长期处于停滞状态,英美政府相继停止了对AI的无方向拨款,此后的资金只用于具体的研究项目。尽管遭遇了诸多挫折,这一时期的"人工智能"研究还是取得了系列的成果。与"连接主义"遭到的冷落形成鲜明对比的是注重逻辑、语言和专家系统的"简约派"的兴起,比如1970年斯坦福大学计算机科学系的费根鲍姆和化学家杰拉西(C.Djerassi)等人研制出了世界上第一个专家系统,用于世界各大学及工业界的化学实验室;吴兹(W.Woods)1972年研制出了基于知识的自然语言理解系统,该系统还是第一个采用普通英语和机器对话人机接口的系统。"简约派"之外,还有注重框架和脚本的所谓的"芜杂派"的兴起,比如,1974年明斯基提出另一表示知识的方法——"框架理论";1976年纽厄尔和西蒙提出物理系统符号假设,这一假设认为物理符号系统是表现智能行为的充分必要条件,在这样的假设下,任何信息的加工系统诸如人的神经系统等都可以转化为物理系统;同在这一时期,另一"人工智能"语言Prolog也宣告诞生。1977年费根鲍姆在第五届国际人工智能联合会议上提出了"知识工程"的概念,对以知识为基础的"人工智能"研究和构建起了重要的作用。这一阶段"人工智能"的发展遭遇瓶颈变得缓慢,成为依托知识累积构建模型的专家系统时代。

在经历长达十年的停滞期之后,"人工智能"在第四个阶段(稳定增长期)率先在人工神经元网络的研究上取得了突破性的进展,1982年生物学家约翰·霍普菲尔德(Jhon J.Hopfield)使用统计力学的方法来分析网络的存储和优化特征,提出了一种新的、全互联的神经网络模型;1986年大卫·鲁姆哈特(David Rumelhart)提出了所谓的反向传播学习方法,解决了多层人工神经元网络的学习问题。这一时期,AI成为工业并投入生产,比如第一个商用专家系统R1就在数据设备公司DEC(Digital Equiprment Corporation,美国数字设备公司)投入使用,为该公司节省了大量的人力资本;1981年日本公布了"第五代计算机"计划,与此相应的,美国也组建了微电子和计算机技术公司(MCC)作为保证国家竞争力的研究集团。

二十世纪八十年代短期的增长之后,八十年代末到九十年代初,因为AI市场份额的下降、专家系统维护费用的居高不下和DAPRA(Defense Advanced Research Projects Agency,美国国防高级研究计划局)对AI发展的失望,"人工智能"的发展再一次陷入经费削减的"AI之冬"。二十世纪八十年代后期,根据当时机器人学上的成就,一些研究者提出了一种全新的"人工智能"方案,他们开始强调感知运动技能对于常识推理的重要性;同时,从事理论神经科学研究的学者戴维·马尔(David Marr)也主张自下而上理解视觉的物理机制要在符号研究之前进行。二十世纪九十年代以来,AI终于实现了它最初的部分目标,被大量运用到技术产业中,但更多时候被用于幕后(比如数据挖掘、工业机器人、物流、语音识别等),而在商业领域,AI单位影响力已大不如前。AI被拆为各自为战的几个子领域,更多的时候都不再称自己为"人工智能",而换之以别的名称。得益于工程技术的复杂应用,尤其是计算机性能上基础障碍的克服,1997年5月11日,"深蓝"战胜了卡斯帕罗夫,后者为当时国际象棋的世界冠军;得益于大数据、深度学习和计算机运算速度的大幅提高,2017年5月,Google的deepmind团队研发的"阿法狗"接连击败围棋界的两大高手,再次引爆人们对人工智能的热情。另外，二十世纪九十年代，相关的研究者从决策理论和经济学中引进 AI，与计算机科学中的"对象"或"模块"相结合，"智能代理"逐渐成熟；越来越多的研究者开始开发和使用复杂的数学工具，这一变化被认为是"简约派的胜利"。2001 年左右，马文·明斯基发出了"为什么在 2001 年我们仍未拥有 HAL？"①的疑问，针对这一问题，明斯基本人认为是因为 AI 研究长期忽略了常识推理等核心问题，而麦卡锡则归咎于"资格问题"。从事不同研究领域的研究者给出了不同的回答，这不仅表明了目前 AI 研究的各自为政，难以取得共识，同时也对应了前文提到的 AI 在各子领域各自为战的现实。

应该指出的是，目前的"人工智能"还只是在某个特定领域，从某个特殊角度接近或达到甚至超过人类智能，但在多认知功能协同和通用性智能方面，机器人还与人类有明显差距。大幕还只掀开了一角，"人工智能"的发展还未能全面兑现它的承诺。但并不能由此否定"人工智能"的价值——截至 2016 年，AI 相关产品、硬件、软件等的市场规模已经超过 80 亿美元，《纽约时报》评价：AI 已经到达了一个热潮。"人工智能"也成为引领国家国际潮流，提升国家竞争力的重要方面——尽管一再经历"AI 之冬"，美国政府仍旧从国家层面于 2016 年 10 月发布了《为人工智能的未来做好准备》《美国国家人工智能研究与发展策略规划》两份重要报告，2017 年中国政府也将"人工智能"写入政府工作报告，并发布《新一代人工智能发展规划》，将其上升为国家战略。

综上所述，目前的"人工智能"发展仍处于"弱人工智能"向"强人工智能"的过渡阶段，它多居于幕后，被结合到具体的产品中从而被应用到日常生活中，诸如"微信支付""人脸识别""语音识别""物流""银

---

① 马文·明斯基曾担任电影《2001：太空漫游》的顾问，影片导演曾向他咨询电影中的"HAL9000"计算机应该长成什么模样。"HAL"为该影片原著小说中虚构的一台有主见的电脑哈尔，其名称来自"启发式程序化算法计算机（Heuristically programmed Algorithmic computer）"。——本书编者注

行业软件""Google 搜索引擎""无人餐厅"等方方面面,也就是说"超人工智能"的时代远没有到来,不仅是因为基础性的研究长期没有突破,同时出于对于人自身、对于智能的本身的不同理解,目前的"人工智能"前沿研究和它的产品一样,都处于各自为战的分散状态。如此看来,对于"人工智能"在各个方面取代并奴役人类的恐慌多是科幻小说发出的玄想,这一天还远没有到来。那么,接下来的问题便是,当我们谈论"人工智能",我们究竟在谈论什么?

二、当我们谈论 AI 时,我们在谈论什么?

历史地看,"人工智能"是一个充斥在西方历史当中的观念,也是一个亟需被实现的梦想。在古希腊神话中已经出现了赫淮斯托斯的黄金机器人、皮格马利翁的伽拉忒亚;中世纪则出现了像贾比尔的 Takin 这样的利用炼金术赋予无生命物质意识的传说;19 世纪以来则有类似玛丽·雪莱(Marry Shelley)的《弗兰克斯坦》这样一类科学幻想小说。从某种意义上,应该说,"人工智能"囊括了数学、经济学、神经科学、心理学、计算机工程、控制论、语言学等具体学科,它是跨学科的产物。同时,更应该指出的是,它是西方现代"科学"发展的产物,这里的"科学"指的是肇始于希腊理性科学,经由基督教的"唯名论"改造,并以自然数学化与世界图景的机械化为数理实验科学提供形而上学的基础,也即在启蒙主义的关照下,将技术数学化,将世界图景化而形成。也就是说,"人工智能"(也可以说西方现代科学)本身就是西方现代性的产物,是一个现代"发明"。

古希腊神话传说中普罗米修斯的故事常常被用来譬喻人类的处境。在古希腊神话故事中,先知普罗米修斯背叛了众神,盗取天火送给人类,因而冒犯了上帝。为了惩罚普罗米修斯,上帝命令火神武尔坎铸造了锁链,让威力神克拉托斯和暴力神比亚将他束缚在高加索山上的一个陡峭的悬崖上，并每天派出恶鹰去啄食他的肝脏，那些被吃掉的肝脏随即又生长出来，周而复始。就这样，"被缚的普罗米修斯"饥不能食，困不能眠，膝盖不能弯曲，还要反复遭受肝脏被啄食之苦。直到几千年以后，英雄赫拉克勒斯途经此地，射落了恶鹰，并为普罗米修斯解开了锁链。但为了维护宙斯的颜面，"被解放的普罗米修斯"仍然戴着一只镶有高加索山石的铁环，以便宙斯仍能夸耀他的仇人依旧被锁在高加索山上。

在古希腊悲剧作家的笔下，盗火的普罗米修斯变成了人类的朋友，为了人类而甘受惩罚，他是一个殉难者；同时他盗火的原始动机是反抗宙斯，破坏神的秩序，他又是一个殉道者。他在反抗的过程中体现出来的强烈的主体意识和反叛精神（叛逆的情调）也被后来的作家反复颂扬。比如鲁迅最偏爱的神话人物就是盗火者普罗米修斯，他在写于早期的《摩罗诗力说》中称赞普罗米修斯是一位"先驱者"，"以爱与正义自由故，不恤艰苦，力抗压迫者"。在后来的《"硬译"与"文学的阶级性"》等文章中，更是对普罗米修斯致意再三，把他比作虽九死其犹未悔、"博大坚忍"的革命者。

这是一个被启蒙主义改写的故事。传说中普罗米修斯除了是一个大家所熟知的盗火者之外，他其实还为人类盗来了很多工具和技术，人类也因此才过上了文明的生活。同时，他盗取这些东西并不是为了反抗宙斯，而是因为他弟弟爱比米修斯的冒失。在这个完整的神话故事里，神创造了万物并让爱比米修斯给每一个物种分派本质，让万物各有所属，拥有一个固定的能力。但爱比米修斯疏忽了，在人类领受他的本质前就已经把手里的本质分完了，以致人从来就缺乏某一个先天的本能，没有一个本质的规定性。爱比米修斯的失误，或者说人类本身先天本质的缺失，就是技术的真正起源。也就是说，人是一种没有本质的存在，人要通过工具来赋予自己以本质。

因此，在这个完整的神话故事里，人其实是遗忘和盗窃双重过失的产物——"爱比米修斯的遗忘"导致人类遗忘了自己的工具本质,但普罗米修斯通过盗窃得到工具重新赋予人以本质,这就构成了技术的原罪。斯蒂格勒用柏拉图的语言说,技术化其实就是丧失记忆,也就是为了中介的价值而牺牲了作为最终价值的意义,为了手段而忘记目的——"计算决定了现代化的本质,随之而来的是人们对最初的原型记忆——这个一切毋庸置疑的推理和意义的基石的丧失",技术化的过程,就成了背离意义的过程。但技术化的过程本身又是一个去蔽和遮蔽共存的循环往复的过程——技术化是将宇宙中历时历在的潜在的本质作为自己现世的本质,这本身是对本质去蔽(即所谓一切如流,变动不居);但本质化的过程本身又是一个遮蔽的过程。"存在先于本质",而本质化的过程就是遮蔽意义、丧失存在的过程。而去蔽与遮蔽、本质化与去本质化都同时内生于技术,是技术本身具有的内在矛盾,"人工智能"也可作如是观。从这个角度我们可以重新来打量"微软小冰"的诗歌写作,并结合前文提到的"人工智能"发展的现实,回过头来回答文章标题提出的问题——"人工智能"说话了吗?

三、结语:AI 说话了吗?

尽管"微软小冰"的诗歌写作引起了巨大的反响,或以为"诗人很快就会变得像恐龙一样稀奇",或以为这是对诗歌写作的"亵渎",小冰的单调和重复是诗歌写作的"反面教材"。但鉴于目前"人工智能"发展的现状——在各个领域各自为战,对发展前景也众说纷纭,其实拥有完全人类智能的"人工智能"并未出现。从技术的层面来说,"人工智能"并没有能力发出自己的声音。那么,发出声音的是谁呢?我们来看下面这段描述——

据悉,小冰是"师从"中国自 1920 年以来 519 位诗人的现代诗,通过深度神经网络等技术手段模拟人的创作过程,至今已"创作"出70928首现代诗,《阳光失了玻璃窗》挑选了其中的139首。此前,小冰曾被安排以"骆梦""风的指尖""一荷""微笑的白"等27个笔名,在天涯、豆瓣、简书等平台发表自己的诗歌,不但没有被人"识破",且多获好评,读者们并不知道这些笔名背后的"诗人",其实并非人类。

根据这一段描述,很难说小冰已经发出了自己的声音——小冰虽然使用的是"深度神经网络技术",但她仍在模拟人的创作过程。况且小冰"创作"了70928首现代诗,为何只挑选其中的139首"发表"?这些已"发表"的诗歌,又是以什么样的标准被挑选出来的?小冰以笔名"发表"作品,面对的是怎样的读者,又从谁那里获得好评?这些问题恐怕都不是不言自明的。正如有论者指出的,"我们的人文系统显得有些滞后,可能我们的情绪和知识结构还停留在二战之后或者冷战时期,但是这些认知系统远远不能解释当下的这个世界"。小冰的"诗集"不论是通过什么样的技术产生的,它所理解的"诗歌"乃至它定义的"人"其实都来自过去,这本身就是本质化的,是一种具体的"技术"。换句话说,小冰虽然能写出诗来,但是判定什么是诗的标准仍然是由人来制定,而且是由过去的、关于"人"的标准来判定。

也正是在这个意义上,米歇尔·福柯(Michel Foucault)在其《词与物——人文科学考古学》一书中宣告了的"人的死亡",这里的"人"需要打上引号,因为他是一种现代的"发明",是由经由现代(十八世纪以降)知识讲述和塑造的"人"。也正是在这个意义上,福柯才把"人"比作随时都可能被潮水抹去的"大海边沙滩上的一张脸"。某种意义上,小冰诗集描画的还是这张"沙滩上的脸",它并没有发出属于自己的声音。又或者说,这种沙滩上的书写——描画而又被抹去,记忆而又被遗忘,去蔽又被遮蔽,本身就是一个关于"人"的寓言。

关键词　现代派

现代派：历史的和审美的

吴义勤　陈培浩

现代派、现代主义、现代性是三个相互缠绕重叠的概念，也构成了一个说不尽，却又无法绕过的话题域。简单地说，现代派指向坚持现代主义艺术主张的个人或群体；现代主义是现代派艺术家所倡导实践及坚持的艺术理论与方法；就艺术而言，现代性则指向近代社会转型过程中所催生的全新的艺术内涵、风格和评价体系，是对"何谓现代？"的回答。不妨说，有现代性，就会有坚持现代主义的现代派。具体到二十世纪以来的中国文学，我们关注的是：现代派在怎样的语境下浮出历史的地表？其涌现对中国文学产生怎样的影响？在作为文学现象、流派的现代派之外，我们该提取哪些可以推之于当下及未来的文学遗产？

众所周知，二十世纪以来，现代主义曾先后两次比较集中地被传播进中国。

第一次被认为是二十世纪三十年代以施蛰存、戴望舒、卞之琳、林庚、废名等人为代表形成的艺术群体。二十世纪三十年代的现代派由后期新月派与二十世纪二十年代末的象征诗派演变而来。1932年5月创刊的《现代》杂志是刊载现代派作品的重要阵地，也是催动现代派独立和成熟的重要力量。施蛰存在《现代》4卷1期上发表的《又关于本刊中的诗》中说："《现代》中的诗是诗，而且是纯然的现代诗。它们是现代人在现代生活中所感受的现代的情绪，用现代的词藻排列成的现代的诗形。"这段话里面包含着鲜明的"现代观"：从情绪经验到语言形式的现代性。应该说，二十世纪三十年代中国文坛以诗歌为开路先锋的现代派以文学探索了现代精神经验的驳杂和幽深、现代文体的丰富和多样，但由于1937年全面抗战的爆发，社会形势发生了巨大变化，与现实保持着相当距离的现代派纷纷转向，现代派在二十世纪四十年代虽有赓续，却非主流。

二十世纪八十年代被视为现代主义第二次在二十世纪中国的集中传播。这次传播以"朦胧诗潮"为先导，随着改革开放进程的深入、社会思想的活跃和大量西方文学著作的译介，二十世纪八十年代中期产生的"第三代诗""先锋文学"都可视为第二次现代主义传播高潮的结果。值得注意的是，1949年新中国成立以后，"现代派""先锋派""现代主义"在大陆被描述为"西方现代颓废文学和形式主义艺术的总称"，属于与无产阶级文学相对立的堕落的资产阶级艺术形式。因此，"朦胧诗"的最初命名，以及对其做出的"现代派"理论指认，其实包含着鲜明的批判导向。但由于恰逢历史和审美转型的关口，"朦胧诗"和"现代派"的论争反而成了为"现代主义"重新正名的机会。

有必要将"现代派"放在更大的历史视野中来谈论。现代派的出现，是社会现代性发展到一定程度在艺术上的结果。事实上，五四前后出现的汉语新文学，便是一种现代性的文学。胡适的《尝试集》，鲁迅的《狂人日记》《野草》等作品，虽未冠以"现代派"之名，但它们无疑包含着鲜明的审美现代性内涵及形形色色的现代派技巧。二十世纪三十年代施蛰存主编的刊物命名为《现代》，一种更具形式感的现代观呼之欲出，这种"现代派"正是五四以来具有现代性内涵的"新文学"沉淀和发展的结果。二十世纪现代主义两次在中国的集中传播，都跟社会历史有着密不可分的关联。二十世纪三十年代的现代派是五四思想在文学领域转化的结果，而二十世纪八十年代的现代派则作为一个爆破口，开启了一个新的启蒙时代，并很大程度上参与了二十世纪八十年代的社会和思想转型。换言之，二十世纪三十年代的现代派是五四以来社会现代转型的结果，而二十世纪八十年代的现代派则作为一个起点，拉开了一个时代思想转型的帷幕。因此，现代派可能常常主张"审美自律性"，但囿于"审美自律性"内部不可能看到现代派浮出地表的历史逻辑。因此，必须充分意识到审美背后无所不在的历史和政治。讨论现代派，也应避免将其孤立地作为个别存在的文学现象、流派，而应看到现代派与诸多没有被命名为现代派的泛现代派之间的时间和空间的关联。

本期邀请邹军、慈明亮两位研究者参与讨论。邹军的文章梳理了西方现代主义的重要理论谱系，并将其作为谈论中国现代派的重要参照。正如邹军所言，现代主义在中国的传播，"其所承担的文化责任都是以现代主义所具有的批判和先锋精神，否定和推翻旧有的思想传统；相应地，其所承担的艺术责任是打破此前单一而陈旧的艺术形式，使文艺创作向现代转型朝多元发展"。邹军的文章在梳理了"作为前卫艺术的现代主义"，也即发生期和盛期现代主义之后，也通过詹姆逊、利奥塔、鲍曼、哈贝马斯等人的观点探讨了"后现代主义时代的现代主义"这一具有强烈当代问题意识的话题。慈明亮则从"朦胧诗潮"引发的论争切入，探讨该如何面对现代诗的晦涩或异质性难题。

如果说邹军主要是从文艺学范式来进入现代派话题，慈明亮则聚焦于"朦胧诗"个案，以文学史范式探讨现代派。慈文没有囿于"朦胧诗潮"个案内部，而是将其置于二十世纪中国的现代派脉络中予以观照。慈文的问题意识在于如何建立面对晦涩的解诗学，这也是要紧却未切实解决的问题。现代派艺术固然具有其政治性和文化功能，但现代派艺术要成立并流传，其创造的晦涩的异质性迷宫就必须是可以沟通个人经验与公共空间的艺术创造。因而，现代派艺术也在召唤着一种具有创造性的现代派批评。

过时还是未竟：现代主义再思考

◎邹 军

引 言

开始讨论现代主义之前，我们需要明确究竟什么是现代主义。现代主义通常指19世纪中叶至二战前，西方文学艺术界所涌现出的包括象征主义、达达主义、未来主义、超现实主义、表现主义等诸多流派的总称，这些流派虽然秉持不同的艺术主张，但总体特征或核心思想却十分相近，都表现为对传统的颠覆和对理性的质疑。事实上，正如文学艺术史上的诸多概念——古典主义、浪漫主义、现实主义，现代主义也同样难以界定。这个概念含有太多的复杂性和模糊性。英国学者麦·布鲁特勃莱和唐·麦克法兰曾撰文研究现代主义的称谓与性质，他们认为虽然现代主义已为人们耳熟能详，但人们对"这场运动或这些运动的性质——它产生于何时、何地，为什么产生，它是什么——却远不是那么清楚。同样不清楚的是，我们到底要把风格放在一个什么样的地位上。我们已经看到，在艺术风格上，现在是五光十色、五花八门，这种情况几乎是史无前例的"。中国学者袁可嘉在1980年代译介了大量的现代主义作品，在这一过程中，他也曾表示现代主义"极其复杂丰富，断然拒绝进入定义的牢笼"。在了解到现代主义难以框定之后，这些学者提醒后来的研究者，在对待这一概念时必须保持审慎而谦虚的态度，甚至，最好表明自己是站在何种立场和角度去使用这一概念，因为笼统的同一性归纳，很可能会导致知识极权。

事实上，被归纳进现代主义家族的各个流派所坚持的艺术主张是不同的，甚至是相反的。比如，马里内蒂领导的未来主义歌颂城市、膜拜科技，而他们所称颂的恰恰是表现主义所省思的。理查德·谢帕德在《德国表现主义》一文中曾写道："十九世纪初达到自由顶峰的'精神'（Geist），随着时间的流失，被迫陷于为一种功能服务的地位；它本身不再是目的，只有当它能应用于实际生活，应用于科学技术领域和资产阶级国家组织时，它才具有意义。"在这种时代氛围中，表现主义者认为自己的使命是"炸掉因袭而来的真实，打破在人心周围形成的硬壳，以便给囚禁在里面的活力以不受约束的表现"，因此，表现主义艺术家"长于幻想，对再现、描写或模仿'堕落的'传统无能为力，他们的目标是把日常世界的对象从常规环境中抽取出来，重新组合成为照耀迷航的内部Geist的灯塔"。然而，即便现代主义各个流派所出现的时间、地点，甚至，它们的艺术主张与风格都不尽相同，但这些差异之中仍然存在着内在的同质性关系，这种关系使其可以被共同地纳入"现代主义"旗下。正是在这一个意义上，美国学者欧文·豪曾这样解释现代主义，他说："我深知这个词令人费解、变化无常，定义又极其错综复杂。首先声明一下，我所给予这场运动的种种描述也是自相矛盾的。……重要的不是'界定'——而且就其性质而言那是不可能的，重要的是要保持这一题目的活力，推动思想进程。"与欧文·豪不同的是美国文化史学家彼得·盖伊，他认为："现代主义就像一个富有情趣又分布广泛的大家庭，虽然各自成员的表现千差万别，却在根本上与所有的家庭一样联系在一起"，因为它们共同地"提供了一种全新的看待社会和艺术家角色的方式，和全新的评价文化作品即作者的方式"。美国德克萨斯大学美学研究教授里查德·布雷特尔也表达过相似的观点："对全新观看的渴望，是现代艺术家的实践中至关重要的部分。"而这种"观看"及呈现"观看"的方式，则体现出了某种一致性——对传统和理性的颠覆，以及对艺术语言和形式的种种实验。

一、作为前卫艺术的现代主义

自19世纪末诞生以来,现代主义所呈现的姿态就是叛逆的、前卫的、实验的,同时也是精英的。关于现代主义的前卫精神与精英意识,盖伊曾如是表述:"所有的现代主义者都毋庸置疑地达成一个共识,那就是,不同寻常、标新立异和实验性强的东西显然比那些耳熟能详、司空见惯和按部就班的东西更加魅力无穷。"一些研究者甚至认为,现代主义与传统艺术之间的关系是断裂的,比如,英国学者斯·斯班特在其文《现代主义是一个整体观》中就认为,"现代文学艺术史上的诸多运动(即种种'主义'),均是为了从整体上表现过去和将来的对抗关系而设置的技术纲领",赫伯特·里德、C.S.刘易斯也指出过相似的观点,即认为现代主义与传统艺术之间是决裂、转移、清算,是分崩离析。原因是,现代主义所怀疑和捣毁的是资本主义的根基——理性,这一思想底色注定了传统的创作理念和方法的失效与失范,文学艺术家必然要寻找新的方式来表达对新的时代的认识和理解。19世纪中期以来,现代主义大家庭中的众多流派,如象征主义、表现主义、未来主义、达达主义、超现实主义,都将自己的靶心投向现实主义的整体或局部,有的不满其对外在客观世界的执着而走向了主体的灵魂居所,有的不满其具象描绘而走向了抽象表达,有的不满其清晰可循的因果关系而走向了意识的自由流动,等等。

在现代主义诸多流派中,比较激进的是未来主义、达达主义、超现实主义。未来主义者十分蔑视传统,甚至认为用于延续精神气脉与历史气脉的图书馆、博物馆都应该被摧毁,据此有人还认为,意大利经济崩溃期间,墨索里尼依靠出卖艺术瑰宝渡过难关,与未来主义的艺术观念不无关系。不仅如此,更为极端的是,马里内蒂还走向了对战争的歌颂与美化,甚至身体力行地加入法西斯队伍,支持战争与侵略,因为,在他那里,战争并不意味着摧残和破坏,相反,战争是革新,是重组,它能为社会发展更换血液,使其保持高效运转。为此,马里内蒂还发表了专门的文章《战争是治疗世界的唯一良药》,来阐述自己对战争的意义和价值的理解。未来主义的艺术观念可概括为对速度美和同时性的追求,比如,马里内蒂曾导演过一部戏剧,该剧的创新之处在于将先后发生的多个情节同时搬上舞台,让观众在短时间内知晓戏剧意欲表达的内容和思想。在文学创作的具体操作上,未来主义颠覆了传统的语言观,极力倡导对"自由语"的使用,即"消灭句法""使用动词的不定式""消灭形容词""取消副词""每一个名词都应当成双重叠""取消标点符号""津津乐道于直接相近的类比",等等。

达达主义曾自视为"狂怒的风"要摧毁一切。在1918年发表的《达达宣言》中,其领袖特利斯坦·查拉解释了达达主义意义上的"达达"的含义:"一切能成为家庭之否定的厌恶的产物都是达达;用全身心举拳抗议,进行摧毁性的行动是达达;掌握那些以简单的妥协和礼仪的名义抛弃的种种方法是达达;取消逻辑,即无能力创造者的舞蹈是达达;取消一切由我们的奴仆制定的社会等级和差别是达达;每样东西、所有的东西,情感和黑暗、幻象及平行线精确的相交都是战斗的方式:达达;取消记忆是达达;取消预言是达达;取消未来是达达;……自由:达达、达达、达达,这是极度痛苦的呼号,这是一切对立、矛盾、怪物和混乱的交织:这就是生活。"总之,如《达达宣言》所提示和强调的,"达达不意味任何东西",又可以是任何东西。

在现代主义诸多流派中,达达主义和超现实主义之间的关系最为密切也最为微妙。达达主义的核心人物查拉抵法后,受到布勒东、阿拉贡、艾吕雅等人的热情欢迎,然而,几年后,也正是他们纷纷退出达达主义团体,创办了一本名为《文学》的杂志,开始采用"超现实主义"一词来标明他们的艺术理念和创作手法。在第一个《超现实主义宣言》(1924年)中,布勒东对"超现实主义"这一概念重新做出了阐释:"超现实主义:阳性名词,一种纯粹的心理无意识化,人们有意识地利用它以口头、书面或任何其他方式,表达思维的真实过程。这是一种不受理智的任何控制、排除一切美学的或道德的利害考虑的思想的自动记录。"他还引用《百科全书》来表达超现实主义的艺术主张,"超现实主义以相信某些联想形式的高度真实性作为基础,这些形式在它以前是被忽视的,它相信梦幻的万能,相信思想活动的无私。超现实主义力图彻底摧毁一切其他的心理机械论,并取而代之,来解决生活中的重要问题。"

20世纪,现代主义曾先后两次比较集中地被传播进中国。每一次,其所承担的文化责任都是以现代主义所具有的批判和先锋精神,否定和推翻旧有的思想传统;相应的,其所承担的艺术责任是打破此前的单一而陈旧的艺术形式,使文艺创作向现代转型朝多元发展。

20世纪初,现代主义文艺作品被译介至中国,其对表现性、抽象性、审美性的特殊强调,在一定程度上改写了古老中国"文以载道"的诗教传统。在此之前,中国古典文艺传统一直强调文学艺术的认识功能、教化功能,现代主义使文艺创作从"诗教"的实用主义中解放了出来,逐渐走向审美独立,同时也使文学艺术开始告别古典模式而向现代转型。在这一时期,受弗洛伊德等人的非理性主义思想的影响,鲁迅创作了《补天》(原题为《不周山》),从性本能的角度重新解读中国古典神话叙事,以及"解释创造——人和文学的——的缘起";《狂人日记》采用疯人意象和意识流的手法,批判封建社会的欺瞒历史和"吃人"文化。在鲁迅看来:"没有冲破一切传统思想和手法的闯将,中国是不会有真的新文艺的。"如果说在鲁迅那里,以西方现代主义的非理性思维和方式进行创作,其目的是理性地解构传统,那么在诗人李金发那里,非理性却成为创作的终极目的,其诗歌告别了诗教传统,而蜕变成一种纯粹的经验性与直觉性的个体情绪表达,比如,"我们散步在死草地上 / 悲愤纠缠在膝下 // 粉红之记忆 / 如道旁朽兽,发出奇臭 / 遍布在小城里 / 扰醒了无数甜梦……"(《夜之歌》)

事实上,五四时期,为满足建立现代民族国家的需求,西方文化被大量译介进中国,以作为参照和借鉴的对象。这一时期,浪漫主义、现实主义、自然主义和现代主义同时被翻译和介绍进来,甚至,在文艺进化论的影响下,现代主义还被视为现实主义的发展与超越。然而，随着民族矛盾和革命形式的日益严峻，历史需求和时代呼唤选择了现实主义，而在这一过程中，现代主义虽然创造出了一批优秀作品，甚至还形成了独立的文艺流派，但因其对个体和自我的关注，以及晦涩和颓废的风格，在那个视集体和社会为更高价值的时代，不那么契合历史的需求和时代的呼唤，所以遭到了排斥和排挤，甚至压制和批判。1940年代以后，现实主义形成了主导格局，"新感觉"派逐渐衰落以至终结，这时，杭约赫、辛笛、陈敬容、郑敏、唐祈、唐湜、杜运燮、穆旦和袁可嘉等依旧坚持现代主义创作，接受里尔克、艾略特、奥登等西方现代主义诗人的影响，做"自觉的现代主义者"。除此之外，张爱玲的小说也部分地采用意识流的方式进入人物心理，推动故事情节。1950—1960年代，台湾曾出现过现代主义的繁荣时期，但这一期间，现代主义创作在大陆几乎销声匿迹，像1960年代的"'X'诗社"和"太阳纵队"，以及1970年代的"白洋淀诗歌群落"等也只能以地下的方式隐秘地进行。除此之外，1960—1970年代，为了配合意识形态斗争的需求，人民出版社和人民文学出版社等国家重要出版机构被指定翻译一批外国著作，以供"批判使用"。这些供"批判使用"的内参读物被称为灰皮书、黄皮书、白皮书，一般只采取内部发行的方式，不公开出售，所以只有一些高级干部和党内少数知识分子才能阅读。这些"皮书"中就包括两类现代主义作品：一类是苏联时期的现代主义作品，另一类是西方现代主义作品。这些为统一思想而供"批判使用"的"皮书"，以隐秘的方式流传至知识青年手中，他们从中获得了思想与情感的共鸣和叛逆与反抗的渠道，以及打破当时的思想和语言桎梏的精神资源，培育出了超越时代局限的独立的思想和审美品格，为1980年代的文学艺术转型提供了精神储备。

20世纪的第二次现代主义高潮是在1980年代。这一时期，最为系统地介绍现代主义文学的当属袁可嘉、董衡巽、郑克鲁等选编的《外国现代派作品选》（上海文艺出版社，1980—1985年出版），该书精选了西方现代主义的代表作品，1980年第一卷就发行了5万册，并于短时间内售罄，成为一代人的现代主义启蒙资源。据不完全统计，1978 至 1982 年，全国各种报刊发表和介绍西方现代派文学问题的文章就有近 400 篇之多。这一时期还涌现出了一批现代主义创作，比如，1980 年代初期的"意识流"小说、"朦胧诗"，1980 年代中期的现代派小说、先锋派小说，以及艺术届的"85 美术新潮"，这些文艺创作都表现出对传统文艺的不满和突破，其前卫性和叛逆性在某段时期还被认为偏离了社会主义文艺方向而遭到批判。值得注意的是，1980 年代的现代主义翻译和实践高潮以其前卫性和先锋性，解构了古典主义与现实主义，将文艺创作纳入现代文艺体系。进入 1990 年代以后，现代主义更多是以表现技巧的形式渗透于文艺创作之中，并与现实主义结合，形成了带有前缀和定语的现实主义，作为文艺思潮和流派的现代主义再未出现。随后，后现代主义开始逐渐进入文艺和学术视界，此时，现代主义被大众文化冲击而日渐边缘化，同时，后现代主义的出现又将现代主义映照成为老旧文艺。在这种情势下，现代主义变得越发不合时宜。事实上，现代主义问题远非"不合时宜"即能概括，其实为过时还是未竟仍然是一个值得深思和研讨的问题。

二、后现代主义之后的现代主义

通常情况下，20 世纪中叶以后，西方世界进入后工业时代，作为文化表征的文学艺术也随之转型为后现代主义，此时，在后现代主义语境下，如何看待现代主义也成为文艺界和学术界关心的重要对象。比如，现代主义是处于完成的状态，还是仍在继续？它与后现代主义之间的关系是断裂的，还是延续的？甚至，后现代主义这一命名是否具有合法性，还是它仅为现代性事业的一个部分或一个阶段，等等。并且，这些问题同样也为中国的文艺界和学术界所关注。

事实上，现代主义与后现代主义之间并没有一个泾渭分明的时间隔断，或者，一个被冠名的时代只能说明在这段历史时期内，那个"冠名"占据了主流，但其不可能成为唯一。今天，依旧存在古典主义、浪漫主义、现实主义等创作方法，甚至，被囊括进现代主义与后现代主义大家族中的成员也是不尽相同的，不仅如此，有的成员之间所遵循的艺术理念及方法还是背道而驰的。更何况，关于现代主义与后现代主义之间的关系究竟是断裂的还是延续的，至今尚未有定论，也不可能有定论。以至于有的学者认为，后现代主义即是现代主义的新的发展，也就是说，并不存在一个后现代主义，只有一个现代主义及其延续、发展、变异。如此看来，无论现代主义与后现代主义是何种关系，是断裂的还是延续的，或者根本就是一体的，今天，现代主义都仍然是一个需要被继续讨论的理论对象。如果说现代主义与后现代主义是断裂的，那么研究后现代主义就必须以现代主义为参照，才能将后现代主义的本质相对清晰地映照出来；如果二者之间的关系是延续的，那么作为后现代主义前史的现代主义，对它的研究同样也是不可回避的；何况，还存在另外一种说法，即二者具有某种同构性——未被体制化的现代主义与后现代主义都秉承着先锋精神。如此看来，今天，继续讨论现代主义不仅是重要的，而且还是前沿的。

在关于现代主义与后现代主义的关系的问题上，西方学界比较鲜明地持有"断裂说"的学者是杰姆逊。他主要是从历史分期的角度，认为现代主义与后现代主义分别对应着不同的历史时期。他在《后现代主义与文化理论》中谈到，现代主义与后现代主义"这些风格不一定只是描写文学作品中的风格，而应该将这些名称看作是某一阶段的文化风格，代表某一阶段的文化逻辑"，"这不同的风格与语言的关系也是不一样的，每一阶段都有对语言的不同认识和不同的使用方法"。在他看来，现代主义与后现代主义分别反映了一种新的心理结构，其对世界的体验和自我的体验方式都是不尽相同的，甚至，这种跨越还标志着"人的性质的一次改变，或者说革命"。杰姆逊对他所提到的"某一阶段"进行了分析，同时指出这些不同历史阶段的特征，以及与前后两个历史阶段的差异，从而又进一步指出其间文化逻辑的嬗变，最终，他所得出的结论是："关于资本主义的第三阶段有各种各样的名称，如晚期资本主义、媒介资本主义、后工业化资本主义、多国化的资本主义等。后现代主义就是在这一阶段中出现的，正如垄断资本主义曾经带来了现代主义一样。"在现代主义阶段，美被视为一种纯粹的独立的存在，而在后现代主义阶段，美学领域却无处不在地渗透着资本及资本的逻辑，因此，现代主义与后现代主义显现出了绝对性和根本性的差异，或者说，后现代主义的出现意味着现代主义的完成。

与杰姆逊不同的是利奥塔，这个于20世纪70年代末首提"后现代主义"一词的学者，认为现代主义与后现代主义的划分并不是历史断代的问题，因此，他提议"不应在时间分期的意义上来理解后现代"，而建议将现代主义和后现代主义理解成两种不同的状态。对于这两种不同的状态，利奥塔的描述是现代主义遵循一种元叙事，即宏大叙事或形而上学话语形式，一种具有合法化功能的叙事，它导致总体性的普遍原则的确立。从根本上看，现代性仍然是一种本质主义，它所发挥的是一种类似神话的作用，但实际上是一种为政治统治提供秩序和基础的意识形态。后现代主义根本不信任元叙事，而是参与到众声喧哗的语言游戏之中，或者说，它正是建立在现代主义的合法性危机之上的，因此，与现代主义崇尚一致性相比，后现代主义更宽容异质性。毋庸置疑，利奥塔与杰姆逊等专家学者一样，指出了后现代主义的基本特征，以及其与现代主义的异同之处，但是，关于现代主义与后现代主义之间的关系，他并没有像杰姆逊那样决然地指出了二者之间的断裂，而是在辨别出二者的差异之后，极富见地地指出了二者之间的特殊联系。比如，他在回答什么是后现代时，曾指出，后现代"无疑是现代的一部分"，"一部作品只有首先是后现代的，才可能是现代的。这样理解之后，后现代主义就不是穷途末路的现代主义，而是现代主义的新生状态，而这一状态是一再出现的"。甚至，他还有意取消"后现代"这一说法，将之替换成"重写现代性"，并以此为题撰文《重写现代性》，其中写道："后现代性不是一个新的时代，而是对现代性自称拥有的一些特征的重写。首先是对现代性的宣言的重写，它把它的合法性，建立在通过科学和技术解放整个人类的事业的基础之上。"并且,他还认为类似杰姆逊的"前(pre-)"和"后(post-)"这种文化历史分期法是不得要领的。

关于现代与后现代问题,鲍曼的观点同样也没有走向极端。在他看来,现代主义与后现代主义之间的关系既是共存的也是断裂的。关于现代性,鲍曼说:"它是指在思想氛围中的一种清晰明了的性质,一种新的与众不同的元文化(meta-cultural)立场,一种对时代的明确的自我意识。这种自我意识的基本要素之一便是认识到现代性已完结,作为一个历史时期的现代性,已画上了句号。"并且,鲍曼还明确地指出了现代性与后现代性之间的差异,即后现代性是灵动的、流动的、液体的,而现代性则是笨重的、稳固的、固体的。但是,尽管如此,鲍曼仍然认为,"即使是把'现代'与'后现代'看作是两个相继出现的历史时期,也应认为它们之间是连续的、不间断的关系。"事实上,鲍曼的这一理论立场并非简单的折衷主义,关于现代与后现代之间的微妙关系,他的解释是:"'现代'和'后现代'这两种实践模式是共存的,它们处在一种有差异的和谐中,共同存在于每一个历史时期中,只不过在某一个历史时期中,某一种模式占主导地位,成为主流。"在鲍曼看来,共存于同一个历史时期的现代与后现代,是一种类似福柯所说的文化气质,或者一种关系方式,即"一些人所做的自愿选择,一种思考和感觉方式,一种行动、行为的方式。它既标志着属性也表现为一种使命,当然,它也有一点像希腊人叫作气质的东西"。因为将现代性或后现代性视为一种文化气质,而非一段固定的历史时期,所以鲍曼才认为,二者可以共存于同一个历史阶段,在这种情况下,他认为:"与其设法区别'现代阶段'与'前'或'后'现代,我觉得更值得研究的是现代性的态度自形成以来是怎样同'反现代性'的态度相对立的。"

比较明显地将后现代主义视为现代主义的延续的是哈贝马斯。哈贝马斯并不认为现代性或现代主义已经走向终结,而是将现代性或现代主义中暴露出的诸多问题视为一种"现代病理学"。也就是说,虽然他承认现代性的种种问题,但并不就此认为现代性是无药可救的,而是将其视为一项有待完成和反思的未竟事业,即"一项未完成的构想"。在他看来,我们"仍生活在现代,而不是后现代",所以不能"放弃现代性计划",也不能"屈尊后现代主义或反现代主义"。并且,为了能够彻底地反思现代性,或者为了能够有效地完成这项未完成的构想,哈贝马斯还从根源处反思现代性。他认为,现代性始终将主体视为中心,并将"自我"神圣化,以致陷入自我幻觉的困境之中。为了解决现代性问题,哈贝马斯所提出的方案是构建主体间的"交往理性",以破解现代性陷入自我幻觉的困境,因为,"人类是通过其成员的社会协调行为而得以维持下来的,这种协调又必须通过交往",而交往只要遵循真实性、正当性、真诚性就能够达成共识。不过,在利奥塔看来,哈贝马斯所提出的通过交往理性构建共识以解决现代性问题是不可能,也是不明智的。

经由上述可见,后现代主义与现代主义之间存在着明显的差异,也可以说,这种差异来源于后现代主义对现代主义的反思,或者也可以将之视为后现代主义对现代主义的超越。毋庸置疑,正如后现代主义对现代主义的超越一样,现代主义同样也是诞生于反思和超越之中,只是它所反思和超越的对象是现实主义。当现代主义超越现实主义时,它所构建的价值理念无疑包含着强烈的先锋精神,然而,当这些价值理念被作为一套原则加以强调时,便固化为一种制度、一种权威,而制度化的现代主义则逐渐背离了原初的现代主义精神,失去了它的先锋性和反思性。现代主义的这种"病理学"现象为后现代主义提供了反思的切口——在"反对""抗议""解构""摧毁"或"修复"现代主义的过程中,后现代主义走向了另一种文化逻辑。

事实上,后现代主义所反思和超越的是现代主义中被制度化的部分,而保留和延续了它原初所秉持的先锋精神,这构成了后现代主义和现代主义有机联系的重要依据与理由。美国学者安德里斯·胡伊森就曾认为后现代主义反对被神圣化体制化的盛期现代主义,而延续了欧洲先锋派的精神气质。利奥塔也肯定了先锋派绘画,认为其表现了不可表现的事物,而表现不可表现之事物则是现代绘画的任务。在这一层面上,他既肯定了塞尚的"丰功"也肯定了杜尚的"伟绩",并以理论的方式解释说,一部作品只有首先是后现代的才能是现代的。在利奥塔看来,后现代主义正是未被制度化的现代主义——真正的现代主义。然而,虽然后现代主义反对现代主义的自律性和制度化,试图跨越各个领域之间的边界,填平各种范畴之间的鸿沟,但是,1970年代以后,后现代主义却被流行文化和消费文化所渗透,其中的先锋精神越来越式微,最终也失去了一定的独立性和反思性,蜕变成为一种肯定的文化。也就是说,后现代主义同样陷入被制度化的危机之中。如果说现代主义受制于意识形态的束缚,那么后现代主义则受制于资本逻辑的制约。然而,尽管如此,无论是现代主义还是后现代主义都仍然存在一部分艺术创作,在竭力摆脱外在束缚,拒绝被制度化而秉持先锋精神,这种先锋精神既是"后现代"的,也是"现代"的。

关于中国是否存在后现代主义的问题,中国文艺界和学术界一直存在争议。原因之一是他们将后现代主义视为现代主义的超越,而在中国文艺界,现代主义实际上未曾得到过充分的发展,因此也谈不上后现代主义对现代主义的超越;原因之二是后现代主义通常被视为后工业社会的文化表征,但在一些学者看来,中国社会并没有真正地迈入后工业社会,自然,其文化上也不可能形成后现代主义。在简单地梳理了现代主义与后现代主义的诸多问题之后,本文更倾向于将现代主义和后现代主义视为一种文化态度或气质,而非一种文化历史的分期,甚至,也不将后现代主义简单地视为现代主义的超越,而像利奥塔所认为的,将其看作一种先锋精神,这种先锋精神既存在于后现代主义之中也存在于现代主义之中,当然,前提条件是二者并没有被体制化。如此,便不存在现代主义与后现代主义的严格划分,秉承先锋精神的现代主义或后现代主义可以存在于每一个历史时期,也应该存在于每一个历史时期。

结　语

综上可见，现代主义诞生伊始便是以先锋和前卫的姿态出现的，其所颠覆的是西方文化中根深蒂固的理性传统，在文学艺术领域所具体针对的主要是现实主义。现代主义强调自律性、内向性、抽象性、观念性，这些都有悖于此前的文艺传统，因此，它所掀起的是一场跨越性巨大的文艺革命，现代主义者也成为革新者甚至异端的代名词。并且，在现代主义全球化的过程中，这种先锋性和前卫性也未曾改变，在其入驻的地域，现代主义同样成为突围传统的精神资源。然而，在现代主义的发展和蔓延中，其所建立或遵循的原则却逐渐地固化成一种权威，渐次失去了流动性与革新性。后现代主义正是建立在对固化的现代主义的反思之上，前者延续了后者的先锋性，或者说，前者内蕴着后者，后者在前者中复活。因为这样一层复杂的关系，诸多学者在提出后现代主义概念之外，又企望重写现代主义。因此，如同文艺思想史上的诸多概念一样，现代主义与后现代主义同样包含巨大的内在张力，在这种情况下，简单地区分现代主义与后现代主义，并将现代主义视为一种不合时宜的存在，都将是粗暴的和武断的。

谈"现代派"的异质性

◎慈明亮

在当代文学的语境里谈论"现代派",主要是指20世纪70年代末到80年代初期文坛一些带有异质性色彩的文艺作品的"崛起"以及由此引发的激烈争论。其实,这个"现代派"是有前世的,即20世纪30年代围绕诗人戴望舒、卞之琳等形成的现代派。影响之一,是文坛学界用"现代派"这个名字来描述带有现代主义色彩的国内外作家流派[①];影响之二,是台湾20世纪五六十年代的现代主义诗潮也打出了"现代派"的旗帜。虽然我们要谈的现代派和20世纪30年代的"现代派"或20世纪五六十年代台湾的"现代派"之间并无直接的继承关系,但批评者看到那些让人"不懂"的诗,是很容易就将其归类为"现代派"的[②]。老诗人徐迟在《现代化与现代派》里说:"前两年里,现代化的呼声较高,我们的现代派也露出了一点儿抽象画、朦胧诗和意识流的锋芒。随着责难声……眼看它已经到了尾声了。"[③]限于篇幅,本文只以"朦胧诗"为例来谈,因为它最早出现而且最具代表性;

[①] 袁可嘉在《略论英美"现代派"诗歌》中对"现代派"的说明是:"'现代派',又称'先锋派'或'现代主义',是西方现代颓废文学和形式主义艺术的总称。"(《文学评论》1963年第3期)我注意到在"朦胧诗"激烈论争的时候,熟悉外国现代派的著名学者很少直接介入。

[②] 较早将"朦胧诗"归为"现代派"的是丁慨然《"新的崛起"及其他——与谢冕同志商榷》一文(《诗探索》1980年第1期)。他在文中提到了谢冕、孙绍振等人在读大学时写的《新诗发展概况》。

[③] 徐迟:《现代化与现代派》,《外国文学研究》1982年第1期。

使用"现代派"这一关键词,也是希望摆脱文学史上对于"朦胧诗"相对固定的认知,将其放到更开阔的视野里进行考察。

提到"朦胧诗","不懂"便是一个绕不开的话题。在学者奚密看来,"不懂"其实是一个现代问题,在传统诗歌里不存在"不懂"的问题。[①]当然现代诗不全是难懂的,诗人为了启蒙、宣传或其他目的而创作的"清楚明白"、浅显易懂的诗也有很多,然而很多现代诗似乎违背了人们对世界的直观感受,读一两遍也很难读懂,会使读者认为现代诗歌具有"异质性"。而"异质性",它在20世纪80年代的"朦胧诗"论争时有许多不同的名字:不懂、古怪、异端、晦涩……本文将用"镜子"与"迷宫"作喻,考察现代派在当时和现在给读者带来的挑战。

一

谢冕先生《在新的崛起面前》一文是"朦胧诗"论争中的第一篇重要文章,这篇文章横空出世的背景是当时诗坛的分化:一方面新诗印数"猛跌";另一方面,民刊《今天》在1979年时风靡大学校园,一些知名诗歌刊物有选择地发表了他们的少量诗作。后者最初被称为"古怪诗",它就像在大门口的陌生人一样,震惊并分化了诗坛:"反对者从中看到了异质侵入的威慑,赞成者看到了这一反叛带来的全面革新。"[②]1980年4月的"南宁诗会"两派争论不断。孙绍振为这些古怪难懂的诗进行辩护,反对有人"引导":"既然你们宣布看不懂,你们又有什么本钱去引导呢?难道不懂就是引导

[①] 奚密转引吴兴华的话是:"旧诗的读者和作者间的关系是极其密切的。他们互相了解。写诗的人不用时时想着别人懂不懂的问题。"(奚密:《现代汉诗:一九一七年以来的理论与实践》,上海:上海三联书店,2008年,第12页)

[②] 谢冕:《序言》,载姚家华编:《朦胧诗论争集》,北京:学苑出版社,1989年,序言第2页。如王光明先生所言:"说它具有异质性,不过是指与当时习以为常的意识形态诗歌的不同而言。"(王光明:《现代汉诗的百年演变》,石家庄:河北人民出版社,2003年,第519页)

的本钱吗？"① 但"不懂"问题绝非孙绍振所说的那么简单，它是一个"有背景"的问题。谢冕将自己的会议论文《新诗的进步》修改后，以《在新的崛起面前》为题发表在《光明日报》上。文中谈到"古怪诗"的四点特征，其中两点涉及"负面"情感，有两点涉及"不懂"："有的诗写得很朦胧，有的诗有过多的哀愁（不仅是淡淡的），有的持有不无偏颇的激愤，有的诗则让人不懂。总之，对于习惯了新诗'传统'模样的人，当前这些虽然为数不算太多的诗，是'古怪'的。"② 见"不懂"而立刻想到"引导"，更像是反对者的一种习惯性反应。至此，我们需要简单回溯一下新诗历史上由于"不懂"而引发的批评，卞之琳先生的遭遇就是一个活生生的例子。

1936年，梁实秋③化名"絮如"，针对"现在最时髦的'看不懂的新文艺'"，写文章批评卞之琳的《第一盏灯》等三篇诗文："不幸得很，现在竟有一部分所谓作家，走入了魔道，故意做出那种只有极少数人、也许还没有人，能懂的诗与小品文。"④ 这有违胡适在"五四"白话诗时提倡的反"晦涩难懂"的启蒙主张。胡适自然是赞同梁实秋的，此前他在《谈谈"胡适之体"的诗》里说："其实看不懂而必须注解的诗，都不是好诗，只是笨谜而已。"⑤ 现在说《第一盏灯》"得懂的，虽然不是好诗"⑥。

两人的双簧戏引来了周作人的发文反驳，他在《关于看不懂》里区分了思想与传达上的"晦涩"，后者是胡适所说的"表现能力太差"，表达不清楚；而前者则因为"思想的晦涩"："有些诗文读下去时字都认得，文法也都对，意思大抵讲得通，然而还可以一点不懂，有如禅宗的语录，西洋形而上学派或玄学的诗。这的确如世俗所云的隔教，恐怕没有法子相通。"⑦ 而卞之琳

---

① 孙绍振：《"朦胧诗"回忆录》，载《文学的坚守与理论的突围》，北京：人民出版社，2015年，第515页。
② 谢冕：《在新的崛起面前》，《光明日报》1980年5月7日。
③ 在这之前（1936年3月），梁实秋在《诗的意境与文字》中批评林徽因《别丢掉》一诗"看不懂"，朱光潜发表《心理上个别的差异与诗的欣赏》及《谈晦涩》等理论文章为之辩护，朱自清的《解诗》则完美细读了这首诗。
④ 絮如：《看不懂的新文艺》，《独立评论》1937年第238期。
⑤ 胡适：《谈谈"胡适之体"的诗》，《自由评论》1936年第12期。
⑥ 胡适：《编者按》，《独立评论》1937年第238期。
⑦ 周作人：《关于看不懂》，《独立评论》1937年7月第272期。

激赏周作人以退为攻的策略:"像我平凡的读者……假如看不懂或觉得不好,便干脆放下不看而已。"卞之琳认为"这句话却堵住了冒充中学教员者的嘴,欲辩无从,被解除了攻击的武装——'骂人的艺术'"①。

第二次是1951年卞之琳写了《天安门四重奏》,受到《文艺报》的批评(《不要把诗变成难懂的谜语》《我们首先要求看得懂》,发表于1951年2月10日)。卞之琳被迫检讨:"我以为一般读众,在刊物上碰到不大懂的作品,还会放过不看的。我的估计又错了。……我应该——而没有——加深我对读众负责的精神。"其实卞之琳"不惜放弃自己娴熟的方式,学习古风和谣曲写《天安门四重奏》,是何等的不容易,然而却反招来许多批评"②。后来又有批评者对他进行跟踪打击:"五一年,诗人发表了《天安门四重奏》,因晦涩难懂,受过批评;诗人接受了批评,保证以后的作品能让大家懂得。五四年诗人又发表了一组农村诗歌(五首),但又是奇句充篇,难读难讲,读者又向诗人提出过意见。现在是五八年了,而这组诗又具有以往那些诗歌的缺点。"③

这就可以理解1980年卞先生对现代派挨批时会遥遥发声:"新诗经过多年的停滞以至退化,近两年(严格说是从一九七八年下半年或一九七九年初算起)也涌现了一些并非'穿了制服'的新诗,争取到刊物上一角的位置,于是不少有地位的诗人和批评家马上齐声非议。反对的唯一理由是'难懂'。长久以来,在国内,'难懂'二字,对于一位诗人压力很大,所以不要因为易用而随便滥用。"④

卞之琳的遭遇就像一片试纸,可以检验出不同时期诗歌批评的反应。如果说20世纪30年代的批评还基本上在文艺观念层面上,批评与反批评的

---

① 卞之琳:《追忆邵洵美和文学小论争》,载《卞之琳文集》(中卷),合肥:安徽教育出版社,2002年,第231页。
② 严家炎主编:《二十世纪中国文学史》(下),北京:高等教育出版社,2010年,第24页。
③ 徐桑榆:《奥秘越少越好》,《诗刊》1958年第5期,转引自江弱水《卞之琳诗艺研究》,合肥:安徽教育出版社,2000年,第62页。
④ 卞之琳:《今日新诗面临的艺术问题》,载张曼仪译、姚家华编:《朦胧诗论争集》,北京:学苑出版社,1989年,第134页。这是卞先生1980年秋冬在美访问时的演讲。

声音大致相当,诗人尚可从容,那么到了 20 世纪 50 年代,批判的结果就只剩检讨、改正或沉默。① 批判产生的威慑力源自当代文艺的"官方的教义"中对创作的要求:"文艺应该是乐观主义的和英雄主义的,要用群众所懂的风格写出来。"② 违背这一教义,就要受到无情批评和"引导"。这样形成的一项以革命群众的理解力为限度的强制契约,是诗人在发表作品之前就要明白的。

因为熟悉新诗的发展历史,谢冕才能准确刻画出反对者的精神状态:"于是,对于这些'古怪'的诗,有些评论者则沉不住气,便要急着出来加以'引导'。有的则惶惶不安,以为诗歌出了乱子了。"③ 前文解释了"引导",至于"惶惶不安"者,则需要鲁迅的"害马效应"来说明:"抑吾闻生学家言,有云反种一事,为生物中每现异品,肖其远先,如人所牧马,往往出野物,类之不拉(Zebra),盖未驯以前状,复现于今日者。撒旦诗人之出,殆亦如是,非异事也。独众马怒其不伏箱,群起而交蹴之,斯足悯叹焉耳。"④ 对这个来历不明的野物的不安,会使人产生可怕的联想:"听之任之,任它自生自灭。生者呢,也许倒会以三倍的顽强,长成我们迄今未曾见过也不敢设想的某种品类。我们是不愿尝这枚苦果的。"⑤ 这也许是吃过苦果后渴望安宁的人的心理反应吧。

谢冕对这种"引导",无论是不是好心,都很警惕:"我们有太多的粗暴干涉的教训(而每次的粗暴干涉都有着堂而皇之的口实),我们又有太多的把不同风格、不同流派、不同创作方法的诗歌视为异端、判为毒草

---

① 1958年邵荃麟和徐迟对穆旦诗歌难懂的批评,参见洪子诚、刘登翰《当代诗歌史》(修订版),北京:北京大学出版社,2005年,第172—173页。
② [美]麦克法夸尔、费正清编:《剑桥中华人民共和国史》(上卷),北京:中国社会科学出版社,1990年,第208—209页。
③ 谢冕:《在新的崛起面前》,《光明日报》1980年5月7日。
④ 鲁迅:《摩罗诗力说》,载《鲁迅全集》第1卷,北京:人民文学出版社,2005年,第75—76页。
⑤ 公刘:《新的课题——从顾城同志的几首诗谈起》,《文艺报》1980年第1期。谢冕在《中国新文学大系 1976—2000 诗卷》序言里还提到几位老诗人视"朦胧诗"为"洪水猛兽"的话。

而把它们斩尽杀绝的教训。"谢冕的高明之处,不是对这些行为做政治定性,而是挖掘其深远的文化心理动机——就藏在"异端"两字上。"异端"与"正统"相对,他们看到了"古怪""异端",感受到"朦胧诗"的异质性,却无法反观自身,需要有人点破。钱锺书说:"二十年来,大家看惯了歌颂现状的正面——毋宁说是'正统'——的作品,一旦看到这种讽刺咒骂现状的'反面'作品,说它'反常','离经叛道'……"①,朱自清先生在《新诗的进步》中说:"何不将新诗的定义放宽些……放弃了正统意念,省了些无效果的争执呢?"

对那些维护"正统"的表现,谢冕先生也概括得相当精准有力:"当我们强调民族化和群众化的时候,我们总是理所当然地把它们与维护传统的纯洁性联系在一起。凡是不同于此的主张,一概斥之为背离传统。"如果只是"民族化和群众化"并不可怕,可怕的是"纯洁"化——"凡是不同于此的主张,一概斥之……"举"民族化"来说,对于异族,"非我族类,其心必异",但对于这种"异",却未必一定要全部加以排斥的,"师夷之长以制夷",尚有回旋的余地。可是"正统"却用唯我独尊来看待"人我之别",用"定于一"来处理复杂多变的文艺问题,那么"排他"就不可避免了。正统排斥异端,会将其"判为毒草,斩尽杀绝"②。

正是基于这种清醒认识,谢冕对"五四"时期打压旧诗的情况进行了反思。虽然同时有"兼容并包""宽容"的声音,但为了给白话夺取"正统""正宗"的地位,将反对者一律斥为"谬种""余孽"。这种论证遗毒不浅,以至于当年辛峰替《今天》诗歌争取正当性、驳斥对《今天》诗歌"非正统非传统"的批评时,也不得不重来胡适那一套。③而要消解这种"正统"意识,莫过于"百花齐放、百家争鸣"。当时对文艺"不要横加干涉"的

---

① 钱锺书:《粉碎"四人帮"以后中国的文学情况》,《写在人生边上 人生边上的边上 石语》,北京:生活·读书·新知三联书店,2002年,第192页。
② 谢冕:《在新的崛起面前》,《光明日报》1980年5月7日。
③ 辛峰(赵振先):《试论〈今天〉诗歌》,原载《今天》第6期,载李建立编:《朦胧诗研究资料》,南昌:百花洲文艺出版社,2018年,第13—14页。

说法又振奋人心,因此,谢冕提出的"容忍与宽宏"正好顺应了时代潮流。同时他还有个美好的愿望,即希望能借助"古怪诗"的"鲶鱼效应",给诗坛带来活力。

不同于反对派的焦虑,谢冕显得很放松,他认定"古怪"有其历史阶段性:以前被视为"青面獠牙"的《天狗》等诗,"但对于如今的读者,它却是可以理解的平和之物了"①。因为给"古怪诗"辩护,谢冕在诗坛江湖上赢得了"古怪批评家"的诨号:"古怪诗并不可怕,可怕的是古怪批评家。"② 不过我还是觉得,鲁迅所说的"中间物"可能更适合当时的他:"因为从旧垒中来,情形看得较为分明。"而他的《在新的崛起面前》,就是这样一面能够映射批判者心理的镜子,让我们能够理解当年的"正统派"面对异质性诗歌时的不安。

二

"朦胧诗"的产生无疑有其时代原因,如北岛所说:"正是反叛释放了对'正统'的破坏力。"③ 时过境迁,现在距离现代派论争结束已经30多年,我们现在读"朦胧诗",读什么?一种回答是,因为仍然有诗在那里"不懂"。虽然大部分的"朦胧诗"现在已不再"朦胧",但仍有不少硬核"难解"的诗在挑战读者。而最好的破译方法是对它们进行新批评式的细读。北岛认为:"通过形式上的阅读,通过词与词的关系,通过句式段落转折音调变换等,来把握一首诗难以捉摸的含义。说来几乎每一首现代诗都有语言密码,只有破译密码才可能进入。"细读也能检验诗,"一首伪诗根本经不起推敲","只有通过细读,才能去伪存真"④。一首现代诗"难以捉摸",是说它的

---

① 谢冕:《在新的崛起面前》,《光明日报》1980年5月7日。他在文中提到:"对于郭沫若,李季就是'古怪'的。"但郭沫若《关于〈王贵与李香香〉》一文对该诗的溢美之词,表明他当时并不觉得李季"古怪"。
② 柯岩:《关于诗的对话——在西南师范学院的讲话》,《诗刊》1983年第12期。
③ 北岛:《古老的敌意》,北京:生活·读书·新知三联书店,2017年,第106页。
④ 北岛:《古老的敌意》,北京:生活·读书·新知三联书店,2017年,第15页。

意义不外露，封闭在语言密码之后，而读者破译密码，就是参与了这首诗意义形成的过程。①

北岛所谓现代诗有待破译的"语言密码"，如果放到"朦胧诗"的语境里，类似刘禾所说"语言上的'异质性'"："这种'异质性'成全了《今天》群体的冲击力。事隔多年，早期《今天》的'异质性'业已演化成一个更为普遍、更为长久的现象。"②只谈一首诗，需要密码，如果是一位或一代诗人的思想，就需要更大的喻体。不妨从谢冕关于"朦胧诗"的感受"迷宫式的主体高层建筑"里截取"迷宫"一词。找到密码破解每一道关卡，才可能最终进入迷宫的中心。沿着这一思路，我们尝试先破译一下北岛的《迷途》。

> 沿着鸽子的哨音
> 我寻找着你
> 高高的森林挡住了天空
> 小路上
> 一颗迷途的蒲公英
> 把我引向蓝灰色的湖泊
> 在微微摇晃的倒影中
> 我找到了你
> 那深不可测的眼睛

《迷途》是北岛很著名的一首诗，其中的主题"寻找"无疑具有很强的时代精神，③从"寻找着你"到"找到了你"构成了这首诗的情节动力。但"你"是谁，诗中没有直说，"你"的特征，除了具有一双"深不可测"

---

① 奚密：《现代汉诗：一九一七年以来的理论与实践》，上海：上海三联书店，2008年，第6页。
② 刘禾：《持灯的使者》，桂林：广西师范大学出版社，2009年，序言第6页。
③ 叶维廉：《危机文学的理路：大陆朦胧诗的生变》，载《中国诗学》，北京：生活·读书·新知三联书店，1992年，第275页。

的眼睛外，其他一无所知。在这种情况下，只能另寻他径，"通过词与词的关系"，即两个引路者——鸽子和蒲公英——的关系来进行判定。

鸽子是人驯养的，它嘹亮的哨音来自人绑在它腿上的鸽哨。鸽子飞翔在天空，蒲公英也曾随风漂泊；鸽子的飞行目的是明确的，蒲公英随风而转，所以用"迷途"来形容。这里的悖论是，"它（蒲公英）"竟然能指路。引路者从鸽子到蒲公英，暗示着寻路的转折。因受阻而无法飞向天空的"我"被迫转向大地，这是一层转折。"我"从迷途的蒲公英那里获得了启示，找到自己的路，这又是一层转折。当"我"到达蓝色湖泊时，只能在倒影里找到了"你"，湖边应别无他人，进而不难猜出"你"其实就是"我"自身的投影。①

在寻找自我的途中，常涉及理想的问题。鸽子的哨音代表高远的理想，迷途的蒲公英象征自我的迷失。蒲公英的迷途大概是因为"我不知道风／是在哪一个方向吹"，也让"我"明白了要摆脱迷途的方法，找到反抗的目标。而那个专属于自己的理想，"蓝灰色的湖泊"，就是理想天空在大地上的倒影。正是在这两次转折中，"我"不再盲信，走向了成熟也走向了复杂。"我"借助"倒影"②这种途径来认识不确定的自己（"微微摇晃的倒影"），找到了自己，却也随之发现自己不再单纯，从此有了"深不可测的眼睛"。

解读这篇富于象征色彩的诗，一般需要分两步走：第一步是找寻字面意义的有机连续性；第二步是挖掘其象征意义，如果能有可参考的信息来印证一下就更好。③

谢冕认为这首诗"构成了一个执着追求而又捉摸难定的情绪世界，这

---

① 孙琴安选评：《朦胧诗二十五年·漂泊》，上海：上海社会科学出版社，2002年，第5页。孙琴安指出"诗人在湖泊的倒影中看到了自己"。废名在读鲁迅的《他》时，已点出诗中"我"不断寻找的"他"即"我"。
② 《五色花》有："你守护我每一个孤独的梦……你在水洼旁，投进自己的影子。"
③ 北岛说："自青少年时代起，我就生活在迷失中：信仰的迷失等等。我是通过写作寻找方向，这可能正是我写作的动力之一。""'虔诚的信仰期'其实是革命理想、青春骚动和对社会不公正的反抗的混合体。""当年我也迷失，但由于压力比较直接，反而容易辨认反抗的目标，找到走出迷失的方向。"（北岛：《古老的敌意》，北京：生活·读书·新知三联书店，2015年，第110、82、86页）

世界显然是不明晰和不确定的,但它的朦胧氛围造成的诱人深入的神秘感却持久而有力"①。"不确定"是谢冕对"朦胧诗"评价的一个关键词,他认为"朦胧诗""往往采用了不确定的语言和形象来表达,这就产生了某些诗中的真正的朦胧和晦涩"②。这种不确定性其实是诗人活用语言,"将外部世界转化为内在景观",造成了作品的晦涩。③比如北岛《陌生的海滩》里的最后两句:"一只海鸥迎面扑来/却没有落在你伸出的手上。"北岛爱用省略的手法,需要读者自己脑补细节。读者要想:海鸥扑来,你伸出手欢迎它,它却飞走了,让你有些失落。通过省略,造成一种快速行进的效果,慢慢才能回味出这种成人与自然的疏离感。④而这两行和上一行"孩子们追逐着一弯新月"并置,对比就更为强烈。这一"并置"手法,就制造了一种蒙太奇的效果。这些语言形式上的创新,鼓励读者打破旧有的阅读模式,与作者签订新的理解契约。

"不确定"的产生或许是因为在现代体验里"一切坚固的东西都烟消云散了"⑤(马克思语),善于怀疑的现代人对于心灵问题的确切答案反而是怀疑⑥。而"这一代人"所体验到的"不确定",却有着特殊的历史背景。

> 他只是堕入了一个充满了纯粹错觉和损坏了的偶像的世界。……他脚下到处是浮动的石块。向来仿佛"从外部"给个人生活提供某种稳定性的那些社会的、政治的、民族的、精神的藩篱,纷纷倒塌。这

---

① 谢冕:《诗美的嬗替——新诗潮的一个侧影》,《文艺研究》1985年第5期。
② 谢冕:《失去了平静之后》,《诗刊》1980年第12期。
③ 奚密:《现代汉诗:一九一七年以来的理论与实践》,上海:上海三联书店,2008年,第20—21页。
④ 参见《列子·黄帝》"海上之人"。
⑤ [美]马歇尔·伯曼:《一切坚固的东西都烟消云散了:现代性体验》,徐大建等译,北京:商务印书馆,2003年。
⑥ [英]罗素:《西方哲学史(上)》,北京:商务印书馆,2009年,前言第10页。原文是"各派神学都曾宣称能够做出极其确切的答案,但正是他们的这种确切性才使近代人满腹狐疑地去观察他们"。北岛的《一切》也是自带怀疑的,那些有批判性思维的读者怎么会相信"一切……"这种太确切的断言?

使人意识到在一个混乱的世界里有自己的责任和自己的自由。这个世界，连同它的暴力和邪恶，连同它的矛盾和未来，向当代人提出了这样多的挑战和追问，迫使他们不能不接受和答复这些挑战和追问。①

这段文字是老广（黄子平）当初为北岛的小说《波动》所写的评论，对那一代人的心理做了极富洞察力的描述。不同于谢冕所认为的 "畸形的时代造就了畸形的心理"，老广赞美了"当代人"丰富而勇敢的内心，他们敏锐察觉到貌似稳定的世界变得不确定，仿佛踩到了"浮动的石块"上，他们对这个世界的追问、探索和回答，显示出他们特别强的理性色彩。②而在不可能改变周遭世界的情况下，诗人在诗歌中建构了属于他自己的、意义相对稳定的个人世界来对抗外部世界，并"诗意地栖居"，这就是我们所谓的"迷宫"。这个迷宫所用的原材料还是那些"浮动的石头"，故而仍旧朦胧，但其中透出的强烈个性与理性，却足以让当时的读者感受到"陌生而奇异的光"。

要完全解开迷宫，最好的途径当然是完整准确地细读每一首难懂的诗。不过这种细读工程似乎遥遥无期，只能先闯一条看起来特别的路，也许有助于后面的细读，从而进入北岛所谓的 "黑暗的中心"。谈到黑暗，人们首先想到的是顾城的"黑夜给了我黑色的眼睛"，那是一种对光明的反观。③而北岛却发现，黑夜最直接的效果其实是使人盲目："黑暗／遮去了肮脏和罪恶／也遮住了纯洁的眼睛"（《冷酷的希望》）；当巨变来临时突然睁开眼睛，"而昨天那盏被打碎了的灯／在盲人的心中却如此辉煌／直到被射杀的时刻／在突然睁开的眼睛里／留下凶手最后的肖像"（《十年之间》）。

---

① 黄子平：《远去的文学时代》，上海：复旦大学出版社，2012年，第3页。
② 北岛认为："中国传统文化的精髓主要是审美，而审美如果没有足够的批判与反省意识伴随的话，就很容易变质，变得矫饰滥情甚至腐朽。"（北岛：《古老的敌意》，北京：生活·读书·新知三联书店，2015年，第37页）
③ 鲁迅《摩罗诗力说》有："彼之讴歌众数，奉若神明者，盖仅见光明一端，也未遍知，因嘉赞颂。使反而观诸黑暗，当立悟其不然矣。"

这样的眼睛很难说是"黑色的眼睛",更像是"眼泪洗明了眼睛"。对于"伤痕文学"及其引发的读者的飙泪潮水和受害回忆,他追问:"'文革'是一个复杂的历史事件,怎么可能一夜之间全都成了受害者?"近藤直子对《伤痕》中只知相信组织或多数人而不知反思自身的情况有过很透辟的分析。① 不反思或者说毫无"愧感"、急于"洗白"自己来紧跟时代,② 在北岛看来与过去黑暗的"同谋"无异:"我们不是无辜的/早已和镜子中的历史成为/同谋,等待那一天/……重见黑暗"。"镜子中的历史"就是二元对立的黑白分明的历史观。③ 如谢冕所说:"黑暗的年代过去了,人们可以在明亮的阳光下自由地生活。"④ 他的话又让人想起几十年前说的"黑暗的旧社会"与"明朗的天"之类的比喻,都将现在与过去用"光明与黑暗"截然切割开。这不过是建构过去来满足现在的需要,往往遮蔽了历史的连续性。⑤ 镜中的历史貌似进步,其实还未摆脱循环,这是在鲁迅《失掉的好地狱》与穆旦《神的变形》中都探讨过的,"一切都是没有结局的开始"(《一切》)。但当顾城说"我却用它来寻找光明"时,是不是忘了因黑暗和知识而给自身带来的原罪?(鲁迅《风筝》《狂人日记》,北岛《触电》)知识打开了遮蔽黑暗的眼睛,却让心有了无法逃脱的罪感,于是黑暗成了自身无法摆脱的一部分,忍受黑暗孤独便是临冬城守夜人的宿命。只有超越二元对立思维,凭勇气和理性进入没有年代的历史和狭长的黑暗通道,直面自身的黑暗,才有可能抵达迷宫的中心。北岛认为:"真正的诗人是不会随社会的潮起潮落而沉浮的,他往往越向前走越孤独,因为他深入的是黑暗的

---

① [日]近藤直子:《有狼的风景》,廖金球译,北京:人民文学出版社,2001年,第67—69页。
② 钱锺书:《〈干校六记〉小引》,载《写在人生的边上 人生边上的边上 石语》,北京:生活·读书·新知三联书店,2002年,第218—219页。
③ 参见北岛在《远行——献给蔡其矫》中所说:"即使有少数挑战者,也往往受限于二元对立的格局,成为统治者的镜像——正反不同,可长得一模一样。由于被镜子夺去了灵魂,即使幸存下来,往往变得枯燥而无趣。"
④ 谢冕:《失去了平静之后》,《诗刊》1980年第12期。
⑤ 钱锺书:《旁观者》,载《写在人生边上 人生边上的边上 石语》,北京:生活·读书·新知三联书店,2002年,第218—219页。

中心。"① 或许,迷宫或密码不是为了保护诗人自己,而是提高门槛,进入其中的人需要有一定的心智准备,它属于周作人所谓的"受戒者的文学"。作品能触及"黑暗的中心"者,就是鲁迅一直在呼唤的"争天拒俗""为世所不甚愉悦"的摩罗诗人。

作为一篇谈论诗歌的文章,我愿以北岛的情诗《彗星》一节来作结:

> 回来,我们重建家园
> 或永远走开,像彗星那样
> 灿烂而冷若冰霜
> 摈弃黑暗,又沉溺于黑暗之中
> 穿过连接两个夜晚的白色走廊
> 在回声四起的山谷里
> 你独自歌唱

---

① 北岛:《古老的敌意》,北京:生活·读书·新知三联书店,2015年,第98页。

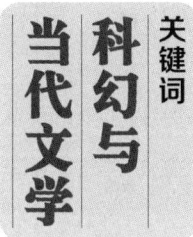

科幻想象与中国当代文学

吴义勤　陈培浩

科幻文学是晚清时通过译介引入中国的一种文学类型。1900年，逸儒和薛绍徽（秀玉）翻译了凡尔纳的《八十日环游记》；1903年，梁启超翻译了凡尔纳的《十五小豪杰》，鲁迅翻译了凡尔纳的《月界旅行》。这是科幻文学译入中国的开端。一个多世纪以来，科幻文学深度参与了开启民智、塑造民族文化、想象现代中国的文化重任。中国科幻文学百余年的进程在不同时代又呈现出阶段性特点。2010年以来，随着刘慈欣和郝景芳分别斩获国际科幻文学最高奖——雨果奖，科幻文学在中国一时风头甚劲。科幻文学每次获得历史聚光灯的照耀，都自有其特定的文化逻辑。近年科幻文学的勃兴，既跟1980年以来所建构的纯文学想象在新世纪逐步解体，类型文学的市场效应和象征资本不断累积相关，也与人们在现实焦虑中迫切需要进入科幻所开辟的乌托邦空间相关。正如韩松所说:"科幻的本质,或者说想象力的本质,与崔健提倡的摇滚的本质有某种类似,那便是最大限度地拓展表达自由的空间。"

科幻文学的历史虽如此悠久,但学界对科幻文学的定义却始终未完全达成一致,因此有所谓科幻文学姓"科"还是姓"文"的论争。事实上,不同群体、不同领域和不同时代都必然会赋予科幻文学以不同的理解和设定。关于科幻文学,有几种写作倾向颇具代表性。其一认为科幻文学是通过科幻而进行的现代民族国家想象,最有名的当属梁启超的《新中国未来记》;另一则将科幻视为科普的工具,如美国的雨果·根斯巴克就认为科幻小说是"传播科学知识并具有预言性的作品";中国新生代的科幻小说家则常标举一种"为科幻而科幻"的本体观,他们对用科幻来科普,或用科幻来载道及承担社会责任缺乏兴趣,科幻文学"对于他们,常常是一种消遣,是一种个人化的自我超越。他们以为,科幻小说是为自己写的,是为科幻文学本身写的"(贾立元)。

在中国当代文学所塑造的"纯文学/类型文学"的对立框架中,科幻文学曾长期被视为通俗类型文学之一种而极少得到各种当代文学史的聚焦,科幻作家也多作为一个自成一体的群落存在。但近年有一个突出的倾向,即诸多"纯文学"作家频频涉足科幻文学领域,或者说在作品中融入十分明显的科幻元素。比较有名的如李宏伟的《国王与抒情诗》、王十月的《如果末日无期》、王威廉的"野未来"小说系列、黄金明的"底下人"未来小说系列、庞贝的《独角兽》,等等。这些通过科幻形式来聚焦传统人文议题的作品,有时会被微讽为"软科幻"。重要的或许不是这些作品作为科幻文学的好坏,而是这些作品意味着科幻元素正在打破既往凝固的"当代文学"想象,如何描述新的"当代文学"成了学界崭新的课题。

本期邀请清华大学人文学院副教授飞氘和北京大学中文系副教授李

国华参与谈论。飞氘本名贾立元，既是研究者，也是优秀的科幻作家。作为新生代科幻作家的一员，飞氘更多地接受了科幻文学的自律性想象。他的文章《科幻小说中的"物质"和"装置"》一文通过对《巴比伦塔》和《北京折叠》的探讨，提供了非常内行而有趣的观察角度。小说的"物质外壳"历来被诸多作家和评论家所重视，"物质外壳"就是王安忆小说理论的重要基石。同样追求"物质外壳"，科幻小说与写实小说却有着不同的"难度"，写实小说的"物质外壳"的逻辑基础已经存在于"现实"中，而科幻小说的"物质外壳"则必须基于种种科学逻辑而加以想象性构造。在飞氘看来，科幻小说如果滤去科学知识内涵而仅存一种寓言性，就在很大程度上失去了"科幻文学"的真正意趣。所以，他认为郝景芳获得雨果奖的《北京折叠》的真正创造性"不在于它针对社会议题发表了什么见解以及引发了何种讨论，而在于它在社会议题与科幻形象之间建立起来的有效联结"。飞氘的文章其实从更具普遍性的小说写作伦理角度重启了"硬科幻"与"软科幻"的谈论，但这里不是"硬"对"软"的歧视，而是对一种同样存在于写实文学中的写作伦理的强调。李国华的《科学与情感——汉语科幻诗谈屑》通过对黄遵宪、郭沫若、廖伟棠、吴望尧等几位诗人的"科幻诗"的谈论，非常有趣地探讨了科学作为一种独特的知识构型和思维范型如何参与汉语和汉语诗学改造的话题。严格来说，此文从属于汉语诗歌研究范畴，而不是一般意义上的"科幻文学"研究范畴。人们对科幻文学的理解多限于小说，"科幻诗"为我们提供了一个探讨科幻文学的角度。李国华探微发幽的精彩阐发，始终追问着不同的诗歌想象力背后的知识来源，其问题意识在于追问科学知识如何塑造汉语诗学，但也不妨进一步追问：科学知识能否为未来，为正身处转型的当代文学提供一种真正有意义的想象力？这恐怕是当代科幻文学在"仅属于科幻文学自身"的自治想象之外的新的文化使命了。

事实上，强调科幻文学的自治性或科幻品格也好，强调科幻文学的寓言性、现实品格或文化使命也好，它们虽然各不相同，却都是科幻文学成为当代文学场域中心文类的推动力。科幻如何释放出更具智力含量、文明秉性和自由品格的想象力，如何参与到"当代人"的精神生活中，这可能是科幻文学的真义之一。

科幻小说中的"物质"与"装置"
——以《巴比伦塔》和《北京折叠》为例

◎飞 氘

2016年8月21日,中国女排对战塞尔维亚女排,争夺里约奥运会的冠军。比赛惊心动魄,中国队首局失利,亿万观众为之焦灼。就在双方激烈搏杀之际,在美国的堪萨斯城,中国的科幻爱好者也满怀期待地等着第74届世界科幻大会揭晓年度"雨果奖"的获奖名单。终于,我的朋友圈里传来了喜讯:《北京折叠》获奖!紧接着,愈战愈勇、绝不屈服的女排姑娘拿下了赛点。我立刻发了一条微博,赞美中国女性创造了新的成就。那一刻的激动之情至今难忘。

不过,雨果奖的荣耀也引发了人们对《北京折叠》的争议。一些并非科幻迷的朋友提出了疑问:这是科幻吗?小说中写的状况,不就是我们的现实吗?这样一篇可以挑出许多不足的作品,就能赢得你们科幻界的最高奖项?面对这些问题,我一时想不出很好的讨论方式。直到走上工作岗位后,有幸在课堂上跟学生一起讨论科幻作品时,我才慢慢对这个问题有了一点想法。

这要从另一篇雨果奖获奖作品《巴比伦塔》说起。

《巴比伦塔》的作者是美国华裔科幻作家姜峯楠(Ted Chiang),他本就是世界闻名的科幻大家,这两年又因为《你一生的故事》被好莱坞改编成电影《降临》，知名度进一步提升。①"姜峯楠"只是他众多中文名之一，此外还曾有过"特德·奇昂"、"特德·蒋"和"特德·姜"等译法。1999年，还在上中学的我在《科幻世界》看到《巴比伦塔》时，一下子就被迷住了。这是那种让我惊叹"原来科幻还可以这么写"的作品。很长一段时间里，尽管我没有再重读过这篇小说，却经常把它推荐给那些并非科幻迷的朋友和老师，希望它能改变一些人对科幻的刻板印象。不过，我的推荐好像没有得到过特别积极的反馈。等到我有了一定的写作经验后，就开始在阅读小说时注意到一些以前不太留意的细节。简单来说，我会在享受别人的劳动成果时考虑一个问题：

当我们写科幻时，我们在做什么？

让我们以《巴比伦塔》为例进行说明。

据说，古巴比伦人要修建一座通天塔，上帝为了阻止人们，就变乱了他们的口音，从此人类彼此语言不通，也就不能齐心协力，修塔之事就此作罢。这个故事广为人知。姜峯楠正是以此为基础做了改写：巴比伦人要修建通天塔，去看一看上帝的花园，也请上帝到尘世来看看人类的创造，于是用了几个世纪，烧掉不计其数的木材，砌了一层又一层的砖，修建了耸入云霄的高塔。最终，工人们终于触摸到了穹顶——这意味着，故事中的宇宙结构和我们的宇宙大不一样。通过焚烧、烘烤等纯粹的物理操作，工人们把天堂穹顶的砖石一点点撬开，挖出一条通道，为了防止可能的大洪水再次降临，他们还巧妙地设置了几层滑门。又过了很多年，穹顶被打通了。果然，洪水倾斜而下。来不及逃走的主人公向上奋力游去，发现自己回到了地球上。于是他意识到，世界是一个环形的结构，天堂与大地看似位于两端，实则被缝合在一起。由此，他明白了一件事：上帝根本不需要做什

---

① 《降临》2016年上映。本文写于2019年9月7—8日。——本书编者注

么来阻止人类，我们自以为能够突破边界，其实注定还要回到出发的地方。上帝不必现身，他的杰作——这个形态特异的宇宙——就是他无声的证明。

我已经记不得 20 年前初读此文时对故事的结局作何感想了，毕竟，即便对于 20 世纪末的一个见识不多的中学生，循环结构也不是什么特别惊艳的概念。小说真正让我着迷的，是叙事者用一种徐徐道来的语调，描绘了通天塔的曼妙景观。故事是这样开篇的：

> 如果把塔放倒在希拉平原上，从这端到那端，将要走上整整两天时间。当塔矗立着朝向天空时，从地面爬上顶端，将花去一个半月时间——如果这个攀登者没有额外负担的话。
>
> 而实际情形是，很少有人可以徒手攀登。绝大多数的人身后都拖着一辆装满砖块的木质小车，于是，攀登的速度自然就大大减缓了。当砖块从装上车时起，到被运到不断升高的塔顶那一天，这个世界已经过去整整四个月时间。（严道丽译）

这是一种克制却引人入胜的讲述方式。随着主人公攀塔之旅的展开，读者可以逐步领略这工程的伟大，知道人们为了它付出了怎样的努力，工人们在攀爬斜坡的过程中如何协作、交接，当位置高到往返地面代价太大时人们如何在巨塔中安家、生存乃至形成小的村镇，为了在特殊的环境下生存人们必须种植何种作物，黄昏时分阴影笼罩希拉平原后又如何从基座开始向上掠过塔身，埃及来的工人如何用密封法老坟墓的方法在天穹顶上设计滑门以预防洪水从天而降……所有这一切物质性的内容给我带来了极大的乐趣，确保了这篇作品不会像某些美好的童年回忆一样经不起重温。不过，我的一位朋友读完之后却有着不同的感受："前面铺陈了这么多，最后就给我看了这么个东西？"

确实，如果把"通天之后将会怎样"作为最大的阅读期待，那么作者给出的谜底——天地连接——对于经验丰富的读者来说实在不够带劲，难免会有一种酝酿了半天最后一击却差了点意思的感觉。不过，我们都知道，有些故事的魅力在于悬念迭起，另一些故事则以其内在的肌理取胜，前者的高潮要等到最后的谜底揭晓之际，那一刻虽然令人痛快，通常却不太会让人有反复重读的动力，后者的阅读快感分布得相对均匀，即便知道结局，也毫不减弱重读的乐趣。《巴比伦塔》无疑属于后者，它的真正妙处委实不在于这个天地连接的设计，而在"物质性"内容所赋予故事的那种温润而坚实的质感。当然，我这位朋友作为经验丰富的读者，也并非不晓得这一点，只是可能对这方面的乐趣没什么感觉而已。

所谓的"物质性""肌理""质感"，听起来有些抽象，因此需要一个具体的问题来予以说明。这个问题，是我时隔多年之后重读小说时才突然想到的：

这个巴比伦塔，究竟有多高呢？

当我在课堂上提出这个问题后，已经提前读过作品的同学，看起来一头雾水，没有什么思想准备。而之所以要这么问，是因为我会考虑：当我们要描写这座现实中不存在的塔，需要处理哪些问题？

作者当然没有交代塔的准确高度，所以我们只能给出一个非常粗略的、数量级方面的估算。这是可以做到的，线索就埋在故事的第一句话：

如果把塔放倒在希拉平原上，从这端到那端，将要走上整整两天时间。

我们知道，普通人的步速大约是每小时 3 到 5 千米，假定人们每天行走 10 个小时，则每天可以行走 30 到 50 千米。这让我想到了熊月之先生在《西学东渐与晚清社会》中提到的一个说法：道光、咸丰年间，因传播条件的限制，没有火车，缺少轮船，缺乏现代化通信设施，西学传播的速度和范围受到严格限制，离通商口岸一百华里（步行一日可及）以外的地方，便很难接收到西学的讯息。这个数据，也说明前面的设想比较合理。于是，我们可以估量出塔高在100千米这个量级上。

到了这里，肯定会有人质疑：这又怎样？塔有多高，重要吗？反正只是个虚拟的时空，塔高一点、矮一点，主人公最后都会回到大地上，故事要传递的核心信息并没有什么差别。

确实，如果我们把这个故事简单地视作一个寓言，那么塔高的问题无关紧要。但是，一个作品可能遇到千奇百怪的读者，经受五花八门的解读，当一个吹毛求疵的读者意识到巴比伦塔的大概高度后，他就有了一个非常直观的感受，进而会研究这个高度有没有什么道理可言，是否经得起进一步的推敲。我们知道，著名的迪拜塔是828米，珠峰有8844米[1]，那么，巴比伦塔就有100个迪拜塔、10个珠峰那么高，大约位于大气层的中间层与暖层的交界处。这确实是非常惊人的高度了。我们不妨换个角度来思考一下：如果把巴比伦塔设定在10千米以下，是否合适呢？显然不合适。因为故事要讲述人们从尘世向天堂的迈进之旅，这需要一个从凡俗向着净土的渐变而非突变的过程，篇幅上必然要具备一定的体量，人们经历的时间要有一定的长度，所以塔要足够高。而故事中的地球，至少在地表方面看不出和我们的世界有什么不一样的地方，那么就可能同样有一座珠峰，也可能有人已经登上过世界之巅，10千米这个高度对他们来说，仍然是尘世的空间，还远未挨近天堂之门。另一方面，如果把塔高设定在500千米之外，也就是说，已经到了地球的散逸层，又没什么必要，因为说到底，故事中的宇宙结构和我们的世界并不相同，人们并没有在达到一定高度后发现自己来到了太空，认识到不存在什么天堂，从而引发了一场科学革命，相反，他们在爬升的过程中，逐渐把月亮、太阳、群星都甩在了视平线以下，最后还触摸到了苍穹之顶，因此，塔过高也不合适。我们再换个更刁钻的角度：

---

[1] 2020年12月8日，国家主席习近平同尼泊尔总统班达里互致信函，共同宣布珠穆朗玛峰最新高度是8848.86米。——本书编者注

大气层总质量的 99% 以上都集中在暖层以下，也就是说，如果塔高超过 100 千米太多，故事中的人大概就没法正常呼吸了，更不用说彼此交谈和点火焚烧、烘烤穹顶了。

我绝不是说，姜峯楠在写这个故事时像我一样考虑了珠穆朗玛峰和大气层的问题，而是说，如果读者足够闲、足够无聊到要从这些古怪的角度去追究、推敲故事中的核心设计时，会发现作者的设定在很多方面都颇能经得起检验。这就像我们想知道一个东西质地如何、是否结实，时常会用手去摸一摸、敲一敲，以此获得一种直观的感受。不论这些检验方式看起来多么莫名其妙，都不该受到责怪。生活中，我们当然不会觉得珠峰的高度是一个不能理解的问题，不管我们同不同意，它就是一个摆在那里的事实，如果我们理解不了这个事实，要做的只是调整我们自己的观念和认识，直到理解它为止。但科幻世界里的一切都是由作家决定的，而且总有什么地方和我们的世界不同，读者必定要充分跟进，才能摸清作者设立的游戏规则，并在这个过程中对故事形成一个总体的感受，其中就包括对故事"质感"的判断。对于《巴比伦塔》，塔的高度是决定质感的重要因素。假如作者完全不考虑塔高的问题，许多信息就将从现有的叙事中被隐去，成为空白：

> 如果把塔放倒在希拉平原上，从这端到那端，将要走上整整_____时间。当塔矗立着朝向天空时，从地面爬上顶端，将花去_____时间——如果这个攀登者没有额外负担的话。
>
> 而实际情形是，很少有人可以徒手攀登。绝大多数的人身后都拖着一辆装满砖块的木质小车，于是，攀登的速度自然就大大减缓了。当砖块从装上车时起，到被运到不断升高的塔顶那一天，这个世界已经过去整整_____时间。

事实上，这两段内容完全可以压缩成简单的两句话：

> 在希拉平原上,人们远远地就能望见那座耸入云霄的高塔。一个人若要从地面爬上塔顶,需要漫长的时间。

如此一来,故事好像罩上了一层薄纱和云雾。这种朦胧的写法也不是不可以,但由于信息量的锐减,造成了技术含量大大降低的感觉,也就是说,小说显得不那么"硬核"了。就像是两张内容相同、分辨率不同的照片,我们总是更愿意选择较清晰的那张。当然,我们还可以再改变一下设定,把整座塔延长365倍(暂时不考虑大气的问题),故事就变成了这样:

> 如果把塔放倒在希拉平原上,从这端到那端,将要走上整整<u>两年</u>时间。当塔矗立着朝向天空时,从地面爬上顶端,将花去<u>四十五年</u>时间——如果这个攀登者没有额外负担的话。
>
> 而实际情形是,很少有人可以徒手攀登。绝大多数的人身后都拖着一辆装满砖块的木质小车,于是,攀登的速度自然就大大减缓了。当砖块从装上车时起,到被运到不断升高的塔顶那一天,这个世界已经过去<u>整整一百二十一年</u>时间。

这也未尝不可,只是情节的可能性变得极为不同。比如,故事中的人们用了几万年才修成了这座塔,漫长的时间流逝,让人们甚至忘了修塔的初衷,很可能,人们还分化出了不同的职业。有的人可能祖祖辈辈都是搬砖人,他一出生就要开始准备登塔,等到一个世纪过去,差不多才把一车砖送到塔顶。这些变化,都会让故事显得更沧桑,或者更滑稽,不管怎样,"质感"都大不一样了。

至此,我们可以讨论一下这个小说到底是不是"科幻"的问题了。有的同学说,小说虽然好看,但主要偏重哲学、宗教性的内容;有的则认为,故事中的时空结构显然不符合我们的科学认知。这些观点隐含了一些对"科幻"的预设:科学幻想,应以科学技术内容为主,在此基础上展开的幻想，应该符合我们现有的科学认知，等等。这些看法，无所谓对错。不过，与其用一些纯粹的理论预设来辩论作品的属性，不如在不同的作品之间做些比较，在互相的参照之中，或许更能说明一些问题。我们可以把《巴比伦塔》与卡夫卡的《中国长城建造时》、博尔赫斯的《巴别图书馆》对比一下。这两篇小说，同样写到了巴比伦塔，同样都带有很强的哲学、宗教，以及思辨性的内容。阿根廷的数学家、小说家吉列尔莫·马丁内斯曾经写过文章分析博尔赫斯的小说与数学的关系，指出《巴别图书馆》中就包含了对"无限"等概念的演绎。读过这篇小说的人大概都能同意，博尔赫斯笔下的图书馆是纯粹思辨性的、概念性的、游戏性的，很难对其做物质性的视觉还原。比较而言，《中国长城建造时》当然具备更强的可视性，我们可以在脑海里还原古代的工人如何修建一段段长城的画面。不过，这个故事显然是高度寓言性的，表达出的是卡夫卡在20世纪初以其敏锐的洞察力感受到的对国家机器、浩大工程等现代性事物的焦虑，和作为素材的古代中国其实并无什么关系。

与这两篇作品相比，姜峯楠的《巴比伦塔》显然有着更丰富、更坚实的物质性细节，更少哲学思辨意味和象征意味。尽管其中的宇宙结构完全不符合现代科学的认知，但这是故事的基本设定，是情节展开的不容讨论的前提，读者如果不肯接受这个前提，那么对其他问题也就没有什么讨论的必要了。这有点像几何学总是建立在几条最基本的、不可证明的公理之上，如果你不接受欧式几何中的平行公理，另起炉灶，那么可以采用同样的推导过程，发展出一套非欧几何。《巴比伦塔》的宇宙结构虽然不同，但在这个前提下，作家所做的一切推演工作，和任何一篇看似"更标准"的科幻小说相比，并没什么本质区别。

在姜峯楠笔下，虽然人们可以爬升到比群星还高的位置，但自始至终没有出现过任何超自然的因素，人们要解决的所有问题、付出的所有努力都是在自然条件下，依据所需的工程学要求进行的。尽管这不是一篇推理小说，但作家为了让我们感到真实，也做了一系列的考证、推演工作，比如使用"腕尺"这样的度量单位,比如考虑居住在不同高度上的人们如何生活:在一些层面上,人们会在塔的周边建造用亚麻绳吊着的丝柏木的阳台,在上面种植蔬菜,雨水紧缺的地方只能种植洋葱,在较高的地方,雨水更多,就可以种植豆子。而之所以如此,是因为高处的雨水在降落前就已蒸发掉;在更高的地方,由于太阳已经落在了视平线以下,植物便向下弯曲生长,以获取光合作用所需的能量。诸如此类的丰富细节,说明作者在自己规定的前提下,做出了大量的技术推演工作,这样我们才能看到一个可信度极高的塔世界,人们生存于其中,发展出简朴却奇异的社会形态和风俗。这让我们的好奇心得到了极大的满足,因为我们总是渴望看到人类在各种各样的条件下努力生存下去的故事,渴望一次又一次地看到人们绝处逢生、化险为夷,看到文明兴衰往复、生生不息。就此而言,塔世界的人们在悬吊的阳台上种洋葱,《火星救援》里的马特·达蒙在火星上种土豆,都会让我们看得津津有味。

特别值得一提的,是故事中的一个有趣的细节:初来乍到的工人听说,如果一块砖从塔顶掉落,砌砖的人们便恸哭不已,因为要过 4 个月才能补充它,但如果是一个人失足摔死,人们却毫不在意。本地人否定了这一传言:运砖的链条从不间断,一块砖算不了什么,但如果砌砖人掉落了砌刀,就会 4 个月没有工作,以至于如果有工人摔死,其他的工人会暗自庆幸多了一把备用的砌刀。外来者立刻质问:为什么不多带几把砌刀呢?于是,本地人承认自己是在开玩笑。在我看来,这场对话很可能展示了作者的工作过程:他必须考虑,在塔世界里,什么样的事件对于砌砖工来说才是真正的悲剧。最终,那些被否决的可能性就这样巧妙地保留了下来。

因此,《巴比伦塔》虽然看起来不够科幻,但如果我们画一条数轴,左端是特别科幻的科幻小说,右端是完全不科幻的小说,那么,姜峯楠的故事,由于具有丰富的物质性内容和符合现代理性的推演过程,一定要比卡夫卡、博尔赫斯的故事更靠近左端。

让我们再试着把这些物质性内容都抽掉，看看会变成什么样。《圣经》中的原文是这样的：

1. 那时，天下人的口音，言语，都是一样。
2. 他们往东边迁移的时候，在示拿地遇见一片平原，就住在那里。
3. 他们彼此商量说，来吧，我们要做砖，把砖烧透了。他们就拿砖当石头，又拿石漆当灰泥。
4. 他们说，来吧，我们要建造一座城和一座塔，塔顶通天，为要传扬我们的名，免得我们分散在全地上。
5. 耶和华降临，要看看世人所建造的城和塔。
6. 耶和华说，看哪，他们成为一样的人民，都是一样的言语，如今既做起这事来，以后他们所要做的事就没有不成就的了。

《巴比伦塔》的情节是从第4行之后开始变得不一样的，我们可以仿照《圣经》的风格来重写姜峯楠的故事：

5. 事就这样成了。那塔顶天立地，他们看着是好的。
6. 他们说，攀到塔顶的人有福了，他们要敲开主的门。
7. 于是，他们凿开穹顶，落入了海中。
8. 那幸存的爬出海面，见自己站在了示拿地的沙漠上。
9. 他便知道天与地缝在一处。
10. 那人说：看哪，主为我们划定了界，命我们各安其分。
11. 那人便回到人群中，宣扬主的名。

这样一来，故事成了纯粹的寓言。所谓寓言，就是意在言外，比如我表面上讲了一个狐狸吃不到葡萄就说葡萄酸的故事，但我真正要讲的并非是狐狸。如果我们把《巴比伦塔》当作一个宗教寓言，那么上面这样的改写可以说是一种"无损压缩",丝毫没有丢失关键的寓意,而这个寓意——人无法超越造物主设定的边界,我们的旅程最终只能回到起点,等等——确实索然无味,丝毫不能带来任何灵魂上的震撼,完全比不上我们第一次学习到宇宙大爆炸、广义相对论、热力学第二定律时那种醍醐灌顶般的感受。失望在所难免。(当然,我们也可以这样辩护:这个寓意不等于作者本人的见识,毕竟,主人公是个普通的工人,以他的见识,在经历了这一切之后,得出上帝让我们各安其位这个结论,是再正常不过的了。)

但如果能换一种角度,去感受塔世界那些奇妙的物质细节,思考作者做了怎样的细致工作,这时就有可能感受到这篇作品的魅力。我们会发现,原来科幻小说不必非得描写恢弘的太空歌剧、酷炫的赛博空间、高深的技术前沿,只要构建一座错落有致、可信可感的巨塔,同样可以令人回味无穷、赞叹不已。

总之,物质性决定了科幻作品的质感,甚至属性。比如,哈利·波特骑着扫把飞行,钢铁侠通过铠甲飞行。对于较真的观众来说,这两者看起来都挺"不科学":就靠一层花哨的钢铁盔甲,斯塔克就能飞上太空,甚至穿越时空之门?但是,如果硬要在两个故事之间画一条科幻与奇幻的边界,那么显然钢铁侠属于科幻,因为他最起码还要遵守牛顿力学第二定律,就是说必须喷射出一些介质,靠反作用力来完成飞行,而哈利·波特靠的则是一串我们听不懂的咒语,运用现代科学理解不了的神秘力量来飞行。虽然都是英雄拯救世界的故事,但由于依托的介质不同,故事的质感也就完全不同。钢铁侠的盔甲调用的,是我们对现代工业文明、超级跨国企业、天才发明家的种种想象,这些都是科幻作品的经典要素,所以作为一个科幻迷,我本来还是挺喜欢漫威的部分超级英雄电影的,直到神族、无限宝石之类的东西出现。

同样,要理解《北京折叠》,物质性也是一个有益的角度。如果我们仅仅把它看成一个社会寓言,那么关于当下中国在城市化进程中遇到的贫富分化、阶层固化等问题,它所提供的认识,不会比一篇社会新闻、一份调查报告或一部纪录片更多。作为小说，它的真正妙处是在文学的世界里创造了一个非常酷的形象：一座可以折叠的北京城。此前我们知道有变形金刚，现在有了可以变形的中国首都。无疑，这是只能在文学的虚构世界里才能成立的形象。作者虽然不像姜峯楠那样，给出许多技术性的细节，但三层空间的伸展、收缩本身仍然会在我们的脑海中烙下深刻的痕迹。即使人们没有读过小说原文而只是道听途说，或者读过原文之后很快遗忘了令他们感到不过瘾的情节和人物，但"北京折叠"这个简明有力的词语和它指向的那个充满机械感、动态感、紧张感、压迫感、重量感的文学形象，会让人难以忘怀。它是如此准确、生动、简约，又如此方便，以至于此后的人们再讨论相关的社会性话题时，会很顺手地借用这四个字作为话题的入口。也就是说，由于这篇小说，"北京折叠"成了当代语汇中的一个流通性很高的符号，一个在用语言进行交流时方便使用的思想扳手。换言之，在我看来，这篇雨果奖获奖作品的真正创造性，不在于它针对社会议题发表了什么见解以及引发了何种讨论，而在于它在社会议题与科幻形象之间建立起来的有效联结。

这种联结，让我想到了当代的装置艺术。作为一名普通的观众，我对装置艺术只有一些粗浅的观感。面对那些乍看起来令人费解的作品，我总是被艺术家们用千奇百怪的物料来表达其观念性内容的方式所震慑。由于装置艺术的开放性，即便是专业人士，也完全可能给出彼此相反的意义解读。当这些意义被用语言陈述出来，我们可能会觉得没什么大不了。也就是说，当实在的物质构造被阐明为纯粹的观念时，装置艺术的魅力便随着物质性内容的滤除而消失殆尽了。艺术家的想象力却在于，找到了一个奇特的方式，以联结他的观念与物质形态，并以此完成更为复杂、更为曲折的思想、情感交流过程。

比如，黄永砅先生的著名作品《〈中国绘画简史〉和〈现代绘画简史〉在洗衣机里搅拌了两分钟》，被认为"可能昭示着以欧洲和美国（美国已变成了书写者）为主体的现代主义艺术史在中国土壤上的另一种处境"，两本艺术史著作经过搅拌,成为一团纸浆,"你中有我,我中有你,形成互相的关照"。① 另一方面,和所有的历史书写一样,艺术史的书写也意味着认可与排除,这个作品因而也可以视作是对"艺术史"及其"权力"的反叛和挑衅。不管怎样,假如是坐而论道,这些话题并不新鲜,让人吃惊的是艺术家找到的如此直白、粗暴和猛烈的表现方式。

再比如,徐冰先生著名的《析世鉴》,通过伪造一个个似是而非、不可辨认的方块字,打造了一部无人可解的"天书"。艺术家本人声称:"希望文人们通过这个作品明白一个事实,舞文弄墨对于改变世界无意义。从古至今,这么多的哲人、科学家,这么多的书,但没有一个人、一本书,真正能把世界上的一个问题说清楚。人的思想,面对世界无能为力。"② 单就这个"事实"而言,几千年前就已经有人懂得,谈不上是惊人之论。如果是一位朋友边喝茶边谈起这番主张,我们大概只会耸耸肩。而艺术家的不凡之处就在于,找到了表达这一观念的物质形态,并且以一种苦心修行的态度,耗费大量的时间,去把这个物质性的中介物给一点点做出来,而且,不是做十个、二十个,而是成千上万个。这浩大的规模首先就令人震惊,它迫使我们在轻率地回应背后的观念之前,不得不先充分体味那实在的物料本身及其排列方式。易英先生说得好:"如果徐冰没有找到汉字的符号契机,以及大环境的陈列方式,任何观念都是无济于事的。"③

同理,我们也可以把"北京折叠"看作一种科幻式的装置,或者说,用理解装置艺术的方式去理解这一类科幻作品:不是它被转译为思想性内容之后所指向的某些具体见解,而是它在观念与一种生动的物质造型之间构建起来的有效关联,赋予了作品感染力,证明了作者的想象力和创造力。尽管小说家使用的工具是文字而非直接的物料,但其基本的工作原理与装

---

① 卢迎华:《对话汉斯·贝尔廷的〈现代主义之后的艺术史〉》,载吕澎主编:《观看与思想:视觉研究与艺术批评》,成都:四川美术出版社,2011年,第254页。
② 参见王建华整理《关于〈析世鉴〉——谢选骏与徐冰对话录》,载费大为主编:《85新潮档案Ⅱ》,上海:上海人民出版社,2007年,第779页。
③ 易英:《学院的黄昏》,长沙:湖南美术出版社,2001年,第152页。

置艺术家并无区别。尤其是，科幻小说家要构造的物质性内容，通常是现实世界尚不存在甚至不可能存在的。这时候，文字就成了仅有的材料，科幻文学的独特魅力也由此彰显。

通过以上的分析，我们已经发现，想要得到一个科幻创意，至少有两种相似又略有不同的方法。一种可以粗略地称之为"传说唯物主义"，即借用大家熟悉的神话、传说作为素材，将其放置到一个唯物主义的世界观中，通过注入工程性的、机械性的、物质性的生动细节，讲述一个神奇的故事，让往昔的"传说"呈现出别样的魅力。大禹治水、夸父追日、精卫填海，其实都可以这样改造成科幻小说。另一种就是"发明一个装置"。两者的本质都可称之为"物质化"：前者是对古代神奇故事的物质化改写，后者是对某些观念的物质化赋形。两者也有着重要的差别：前者可能单纯醉心于工程学的推演过程，未必指向某些观念性的内容；后者则对于首创性有着苛刻的要求。比如说，虽然有了《巴比伦塔》，我们还是可以再写一篇《雷峰塔》，只要别出心裁，应该还是颇可一观的，但在《北京折叠》之后，如果再写一个《上海折叠》《东京折叠》，那就意思不大了。

总之，不论用装置艺术来类比某些科幻小说是否准确，无可否认的是，正是令人惊叹的物质性内容，构成了许多科幻作品的魅力根源，科幻迷也总是期待着作家们能够不断虚构出令人惊叹的发明创造、奇观壮景。这毫不奇怪，说到底，现代科学原本就诞生于那个人类渴望凭借自己的理性和智力，靠着自己的双手造出的种种器物去认识世界、掌握命运的时刻，而科幻文学的终极渴望，就是突破苍穹之顶，去看一看上帝的花园。

科学与情感

——汉语科幻诗谈屑

◎李国华

嘉应黄公度算是晚清特别推崇"奇技淫巧"的诗人。所谓"技进乎道",他不仅"吟到中华以外天",关心异域事物,而且写下了这样的诗:

> 星星世界遍诸天,不计三千与大千。
> 倘亦乘槎中有客,回头望我地球圆。[①]

写诗之时,黄公度正好乘船从日本横滨前往美国。大概远渡重洋的秭米微身之感刺激诗人的诗思逸出小小寰球,使诗人想出天外,诗里所写的槎中客,转译成现代汉语的表达,说是"星际人",肯定不算拉郎配。诗人说天上有很多星星,多到不是佛书所说的三千大千世界所能描述的,这可以理解为诗人所看到的"世界"不再是佛书所描述的世界,而是从新的知识构型中看到的全新的世界。因此,他所设想的"倘亦乘槎中有客",那槎中客自然不是神仙和佛陀,而是另一知识构型之下的幻想人物。这一幻想中的人物与"地球"相对应而成立,而神仙和佛陀都是相对于苍天、大地而成立的。地球和苍天、大地,分析起来有很多相关处,但它们属于

---

① 黄遵宪:《黄遵宪集》(上卷),天津:天津人民出版社,2003年,第150页。

截然不同的知识构型是没有疑义的。那么,那个"回头望我地球圆"的槎中客,就只能是一个和"我"这样的地球人相对的、在宇宙星辰间穿越的"星际人",一个拟想中的球外智慧生物。这意思大概不难理解,不易理解的是诗背后的科幻思维。也就是说,公度此诗是科幻诗,是在新的知识构型下展开的对于人、地球和宇宙的幻想。诗中的"星际人"虽然还被包裹在道教神话典故的重衣中,但其回望的标的不再是鳌戴山抃的方形大地,而是悬浮在空中的圆形地球,表现出明显的异质性。这种异质性不仅是与道教神话相比而言的异质性,而且更重要的,是与地球文化相比而言的异质性。已有的语言,像是一件借来的衣裳,呈现着表面的相似性,但因为诗歌背后的思维已经不是屈原式的"天问",所以相似的表面之下,异质彰彰。不过,这并不是说黄公度是从异质性的原则出发而想象"星际人"的存在。恰恰相反,诗人的幻想遵从的是相似性原则,他设想宇宙星辰中有与地球人类似的智慧生物存在,但其能力远远超过地球人,能够在星际旅行。黄公度还不知道后世送给"星际人"的是宇宙飞船、UFO(不明飞行物)等星际交通工具,只是幻想"星际人"在星际乘槎旅行。在这里,诗人的科幻思维撑开了古典汉语的表达空间,使得原来致密的神话结构出现巨大的豁口,以腾挪出容纳"地球圆"在语词编织中的位置。

但是,黄公度并不是一个自觉的科幻诗人,或者说,虽然偶有想出球外的壮举,诗人的写作仍然更加紧贴大地、紧贴古典汉语的传统。在《八月十五夜太平洋舟中望月作歌》一诗中,诗人虽然清楚地知道"举头只见故乡月,月不同时地各别",但感慨的乃是"九州脚底大球背,天胡置我于此中"。[①]公度之前的诗人吟月,虽然在感情的作用下会觉得"露从今夜白,月是故乡明",将故乡的月亮想象成另一月亮,但并不是在实体的意义上认为那是另一轮月亮。他们的典型态度是万川印月的,认为"海上生明月,天涯共此时",认为"共看明月应垂泪,一夜乡心五处同",月亮是同一轮月亮,时空是同一的时空,连看月亮的心情也是一样的心情,彼此以月

---

① 黄遵宪:《黄遵宪集》(上卷),天津:天津人民出版社,2003年,第159—160页。

亮为桥，形成一种共通的感觉结构。而"举头只见故乡月，月不同时地各别"的表达，将古典的时空体从一致性想象中分析出来，时间是不同的，空间也是不同的，那么，月亮难道不应该是不同的月亮吗？但诗人却认为月亮仍然是那枚"故乡月"，是同样的月亮。这种看法背后延续的与其说是万川印月、古今一月式的古典情感，不如说关联的是新的物理知识，即月亮是地球唯一的卫星。因为月亮是地球唯一的卫星，所以诗人虽然处在"月不同时地各别"的时空之感中，却仍旧认为举头所见的月亮乃是故乡的那一枚月亮。但在新的知识构型中意识到无法"一夜乡心五处同"的诗人，虽然在相歧的时空中重新确认了月亮的同一性，但对地球的理解却并没有多么明显地越出古典传统的轨范。当诗人说"九州脚底大球背"时，一方面固然呈现了地球作为球形物的存在，另一方面则以"脚底"一词表明，地球虽然是球形的，但它仍然在人的"脚底"，诗人仍然是脚踏实地的。既然诗人仍然是脚踏实地的，那就意味着悬浮在空中的、无法区分上下左右的球体被当成了可以进行上下左右区分的大地来理解，地球仍然以大地的方式存在。而因为地球仍然以大地的方式存在于诗人的感觉结构之中，于是太平洋舟中望月的诗人发出的天问就是"天胡置我于此中"，他在大地上，像古典的诗人一样，向天发出了疑问。在这种天、地既相互勾连又相互对立的感觉结构中，黄公度离那个担心天会塌下来的杞人，那上古时代的悲观的人类，其实是不太远的。

而在这样的逻辑中，即使是一些比黄公度更有完备的科学知识和环球旅行经验的当代诗人，似乎也没有走得太远。比如下面这首诗：

七夕夜的星际穿越[①]

（写给小曼）

一架纺车把天琴座光芒缠绕进不眠夜

[①] 陈东东：《宇航诗（外一首）》，《山花》2015年第23期。

遥遥相对的小阳台上，幻听者凭栏
并没有看真切，蓝色太空围拢的
伊大嘉
　　　　——她是否又在让快进的梭子
趁着黑快退？正当暑夏繁星
全都倒映在楼下游泳池，被一小朵
乌云般黝暗的胖墩儿救生员
用一根细竹竿一颗颗戳灭
织机上她拆散
　　　　　　不打算完工的爱的新乐章

化为乌有的也是旧乐章；用白昼之弓
她每天奏弹的，也是无限往昔的音尘之
旧絮
　　喜鹊们倒没有因此而厌倦，星际人
更殷勤，想要把未来所有的此时此刻与
此情此景，充注银河间往还摆渡不已的
航天船。幻听者隔空再去想象
　　　　　　　　救生员抛出
游泳池圆月的一小半之际，尤利西斯
恰在归途，会遭遇怎样险阻的歌喉

天琴座光芒将一架纺车缠绕于不眠夜

　　　　　　　＊

而他用的是高倍望远镜。掠过游泳池
他的观察，轻易刺穿了大海的灰皮肤

确切地，攫夺大海深蓝的血
        并且，他可以
随便叼取更为理想的无限天青色
经由任意伸缩的镜筒，它们会溢满
完善于翱翔的心室和心房——主动脉弓
向右的泵，开始急切奋力地搏动

（……比附的情人节催促闪电
被戳灭的倒影，又要聚集起新的乌云
尽管已经不再是雀鸟，宇宙空间站
还是喧嚷着人神间架桥，依旧允许
胖墩儿救生员膨胀黝暗。而闪电
闪电——闪电催促比附的情人节）

他是否真的来自天鹰座？来自比基尼姑娘
一边在沙滩上吃着烧烤，一边感动的
那颗星星？——正当一对翅膀打开，正当
服务于寂寞的男公关凌空，扯住一根
时光线头，像收回风筝般把不眠夜卷拢于
一张吧台上清亮的金酒
       奏弹者端起了
水晶杯盏，打算接着……话说下一回

  这样一首写于 2014 年的诗，从诗题"七夕夜的星际穿越"开始，就展现出在古典与现代、神话与科幻之间写作的质地。"七夕"是一个古典的符码不用多说，而"星际穿越"则是 2014 年风靡全球、誉满天下的一部科幻电影的名字，谁也无法否认，诗人的写作肯定受到了科幻电影的刺激。

事实上也正是如此，《七夕夜的星际穿越》重写的是与郭沫若《天上的街市》一样的牛郎织女的爱情神话，但与郭沫若相比，就表现出了科幻气质。在郭沫若的想象中，在天街上游荡的牛郎织女，除了"街灯亮了"的表达增加了一点现代工业生活的人间气息，"提着灯笼在走"的男女既是古典的，也是神话的，其中有幻想的味道，但简直毫无科学的气质。郭沫若的宇宙大概比黄公度还要古典，虽然一个是用白话写作，一个是用文言写作。《七夕夜的星际穿越》与郭沫若拉开了距离，诗里出现了"星际人"，而且"星际人""想要把未来所有的此时此刻与／此情此景，充注银河间往还摆渡不已的／航天船"，诗人的想象借助"航天船"，试图摆脱大地的牵引。如同电影《星际穿越》中的人物需要借助航天工具才能进行星际穿越一样，诗人也需要借助"航天船"这样的现代科技事物才能摆脱古典传统对诗歌内在秩序的牵引。但是，应该说非常遗憾的是，电影配备给航天工具的一整套现代科学知识，如虫洞、黑洞等，以及诗人配备给"星际人"的除了"航天船"和"宇宙空间站"，不过一系列大地上的事物。其中最具有象征性的是"望远镜"。对于伽利略来说，望远镜只不过是大地上的神的子民用来寻找神之踪迹的工具，它完全属于地上的人们，而且贴得过于紧致。这在《七夕夜的星际穿越》中，几乎没有任何变化，类似"而他用的是高倍望远镜。掠过游泳池／他的观察，轻易刺穿了大海的灰皮肤／确切地，攫夺大海深蓝的血"的表达，不仅没有超越伽利略的意图，而且将望远镜的方向从宇宙转向了大地，需要通过科学幻想才能理解的宇宙，被比喻成与大地上的人有切身之近的大海。在这个意义上来看，《七夕夜的星际穿越》虽然受到电影《星际穿越》的刺激，表现出相比郭沫若《天上的街市》更鲜明的科幻气质，但与其说它是一首科幻诗，不如说它是一首反科幻诗。也许正因为如此，诗中才会出现"尽管已经不再是雀鸟，宇宙空间站／还是喧嚷着人神间架桥"这样的表达。宇宙空间站就像是给人间的牛郎和天上的织女提供相会场所的鹊桥，这种想象力也是惊人的，但以宇宙空间站置换鹊桥，诗中另有各类舍不得的"喜鹊""尤利西斯"的语词，则表明诗人的想象秩序并没有因为现代科学带来变革。他只是换了几幅插图，故事仍然是古典的故事。甚至与古典的纯净相比，《七夕夜的星际穿越》还多了现代人的粗俗和爱欲。比如诗第一段后面的几句"正当暑夏繁星／全都倒映在楼下游泳池，被一小朵／乌云般黝暗的胖墩儿救生员／用一根细竹竿一颗颗戳灭"，将浩瀚星空装置在"楼下游泳池"，救生员"用一根细竹竿"就能将星星"一颗颗戳灭"，精彩是够精彩了，粗俗也是够粗俗的了。而当救生员再次出现在诗尾，与吃烧烤的比基尼姑娘、服务于寂寞的男公关和清亮的金酒缀系在一起，就在欲望化的现代人生活场景中凸显了现代人的粗俗和爱欲。这个粗俗和爱欲的世界要显现，当然要将星星"一颗颗戳灭"，要从浩瀚星空落到地面，要从星际穿越落到情人间的交换温柔。与那心系大地而忧天倾的杞人相比，这个当代诗人似乎并没有从现代科学获得什么有意思的想象力，他没有借助科学进行幻想，而是站在原地打转，幻想科学。他甚至都没有心系大地，只是心系一汪浅浅的游泳池罢了。

而且，如果读到另一位当代汉语诗人的极有关联的诗——《反科幻诗》，会发现诗人不仅站在原地打转，而且反对借助科学进行幻想。

我们就如此安于落后的人类躯壳
寄生在落后的二十一世纪
身披纤维但始终渴望皮肉摩挲取暖
不嫉妒同性也保持与异性的温柔和平
做爱之后依旧像野猪般感伤
做梦时依旧抱紧床沿如纸莎草灵船
失眠便以更落后的巫术比如白酒和烟叶
来挺过独自面对沉甸甸的星空
我们大多数仍然不懂和虚拟的灵魂较量
混淆光年与余生为一样的短暂

对大地上遍布的蚁穴、天空中
拥挤的祖先视而不见
我们哭泣时流泪的毫升
与巴比伦陷落时她们哭的差不多
没有忘记在泪水中放盐来防止它凝结
没有忘记在翻动书页的时候小心翼翼
就跟你们在未来检索我们的全息影像一样
你们没有忘记加密我们的诗来防止悲观
和那个世纪末我们哭的差不多
你们撤离地球时你们放弃服用控制绝望的药
对星云间遍布的陷阱、黑洞边上
挣扎的探险船视而不见
混淆三岛由纪夫与鲁迅为一样孤独的运动员
你们大多数仍然不懂和神调情
独自面对被传送轨道切割的星空时
甚至没有多少巫术比如圣经和摇滚来抵挡梦魇
做梦时被电子羊一点点吃掉脑中光纤
做爱之后忘记关掉二进制的呻吟
与一个外星染色体交换快感编码之后突然想
问一问它的父母们是否依然存在于某个坐标点
它们摩挲是否足以温暖你们穿越的光年
偶尔想想落后的二十一世纪
那些小人儿用一生与速朽的肉体达成和解
为纯粹的虚空增加 21 克的重量。[1]

---

[1] 廖伟棠：《春盏》，成都：四川文艺出版社，2016年，第244—245页。

这是一首比《七夕夜的星际穿越》更深地卷入了科学带来的想象的诗，它想象了人类的后代借助某种交通工具撤离地球的一些情况。这种人类具有一定程度上的后人类特征，他们"做梦时被电子羊一点点吃掉脑中光纤／做爱之后忘记关掉二进制的呻吟"，所谓"脑中光纤"和"二进制的呻吟"都意味着人类的生物性身体已经被人工智能改造，而"与一个外星染色体交换快感编码"这样的表达也说明人类的后代与外星智能体交流的方式是类似于人工智能的方式。那么，这种可以称为人工智能型的后人类，他们是高于作为祖先的"我们"的吗？诗人明确认为"你们大多数仍然不懂和神调情／独自面对被传送轨道切割的星空时／甚至没有多少巫术比如圣经和摇滚来抵挡梦魇"，这也就是说，人工智能型的后人类，虽然具有更加发达的科学和技术，但是无力"抵挡梦魇"，反而不如"我们"。而"我们"，因为拥有"圣经和摇滚"，拥有"更落后的巫术比如白酒和烟叶"，却是足以"挺过独自面对沉甸甸的星空"的，足以在悲伤和绝望中"为纯粹的虚空增加21克的重量"。在这里，人类和后人类的对照，其实延续了中国现代史科玄论战中玄学派的思路。玄学论者认为科学不足以解释人类的灵魂问题，甚至认为科学不仅不能解释人类的灵魂问题，而且还会造成人类的精神空虚。人工智能型的后人类与"我们"一样盲目，"我们"是"大多数仍然不懂和虚拟的灵魂较量／混淆光年和余生为一样的短暂／对大地上遍布的蚁穴、天空中／拥挤的祖先视而不见"，而他们是"放弃服用控制绝望的药／对星云间遍布的陷阱、黑洞边上／挣扎的探险船视而不见"，二者生存的处境极其相似，盲目的情状也极其相似。看起来，科学和技术什么也没有改变，但人工智能型的后人类却没有了人类的巫术，丧失了灵魂。因此，诗人要反科幻。诗人进入科学的逻辑进行了一番幻想之后，却发现科学之前的那些被科学反对的事物，如宗教和巫术，才是能使人类得救的，这的确是一首反科幻诗。因此，假如不去考查诗人的科学理解的成色，而仅仅是去理解和解释诗人为什么站在原地打转、不借助科学进行幻想的话，就只能说，对于一些当代诗人来说，他们乐于站在科学的对立面，以对立的方式驰骋科学开辟的场域。这些当代诗人笔下的科幻诗，不管安插进了多少科学的词汇，其实都不过是一些眷眷于大地的写作，甚至还不如黄公度笔下的槎中客，能够将地球文明相对化，在相对化中寻找到某种重新理解大地的维度。在这个意义上，当写下《七夕夜的星际穿越》的诗人在另一首取名《宇航诗》的诗里写"在万有引力弯曲的想象里／穿过宇宙学幽渺的针眼"时，一定要更加关注诗的结尾是"透过盥洗室舷窗的黎明递送宇航诗"，[①]它幻想的逻辑起点仍然不在科学那边，而在大地上，而且贴得过于紧致。

有必要进一步强调的是，廖伟棠的《反科幻诗》比陈东东的《七夕夜的星际穿越》更加赤裸裸地表现了对粗俗和爱欲的世界的迷恋。它虽然把《圣经》和21克的重量作为宗教、信仰、灵魂的符码编织进了诗行，但更加信任的是"皮肉摩挲取暖"，并因此"安于落后的人类躯壳／寄生在落后的二十一世纪"。《反科幻诗》就像是一首爱欲的说教诗，而且显得很粗俗，过于明显地强调了人类躯壳和皮肉摩挲的重要。如果说黄公度的槎中客幻想，像是一只飘离大地的热气球在万有引力的作用下，始终心系大地，是"偶开天眼看红尘"，那么《反科幻诗》中对人工智能型后人类的想象，就像是面对一场宇宙灾难的惊惧反应，龟缩在大地浮尘之中，是心即宇宙的爱欲版。科学技术大概还没有带来什么真正的宇宙灾难，但关于宇宙灾难的惊惧反应已经在诗人的幻想中出现了。从理解科学与诗的关系的角度来说，诗人的脚步未免走得太急了一些。

但这也许就是汉语科幻的特点。比如这些年名满江湖的刘慈欣的《三体》，其主人公罗辑就是风流放荡之辈。刘慈欣毫无疑问是汉语科幻的主动力之一，但他在科幻世界中展开的基本逻辑与《反科幻诗》的作者却有异曲同工之处，即道德诉求都处于一种原始、自然的状态。也许，科幻作者都免不了会认为，科学作为具有反自然性质的知识构型，当其发展离原始、自然状态愈遥远时，就愈需要唤醒人类原始、自然的记忆，以之为救

[①] 陈东东：《宇航诗（外一首）》，《山花》2015年第23期。

赎的路径。的确,经历过二战的现代人与之前的人类是不可相提并论的,原子弹在日本升起的蘑菇云以及日后世界的核均势恐怖让人很难不想到科学和技术可能带来的灾难,那不是个体伦理问题,而是人类作为一个庞大的种群如何重新与自然建立关系的问题。人类存在的本质是什么呢?是可以以科学进行解释的部分,还是科学无法解释的部分?初次面对现代科学带来的新世界的黄公度,在百年之前,他大概是相信科学可以解释的部分即是人类的本质。而对当代汉语诗人来说,当他们对科学和技术表达意见时,就往往是批判性的,甚至是否定性的了。批判和否定也许真的是必要的,如果能给予科学和技术的探索一定的坐标和伦理的参照,那么,就算诗人的脚步走得太急了一些,倒也不是无益的。不过,诗人的脚步所奏响的大地上的自信,那种对于爱欲的迷思,也不是不应该批判的。人类大概还是过于相信爱欲的力量,连所谓硬科幻的典范之作《星际穿越》,也未能免俗。在电影中,受困于另一维度的父亲之所以能与地球上的女儿沟通,除了借助万有引力的知识传递信息,就是无法知识化和信息化的爱。无法知识化、信息化的爱,的确具有穿透维度的能力吗?这应该不过是一种爱欲的迷思吧?在这个意义上,回忆李白《夜宿山寺》一诗是必要的。李白写:"危楼高百尺,手可摘星辰。不敢高声语,恐惊天上人。"对于未知的恐惧,使诗人诗中的想象有了天然的边界和秩序,诗人因此在谦卑中感觉到了超乎一己之知识和理解的原始、自然的状态,这是一种默契,远比大声说出什么要动人。从比喻的意义上来说,这也就是科幻世界流传的黑暗森林的古典汉诗版。宇宙是一片茫无边际的黑暗森林,里面活跃着不同的生物种群。当彼此处于大寂静的状态时,相安无事。一旦有声音出现,打破了寂静,听到声音的种群不一定会感到欣喜,也许会感到恐惧。一旦感到恐惧,就容易出现自卫式的暴力,朝着声音开一枪,而那一枪,也许就是毁灭的一枪。因此,就算借助天文望远镜看见亿万光年之远,有光帆驶来,你也不一定就要欢欣鼓舞,发出声音,此之谓"不敢高声语,恐惊天上人"。适度的敬畏,大概是可以破解爱欲的迷思的。

至于紧贴大地的问题，是无可如何的。因为人类终归是地上的种群，只要真正的星际旅行尚未成为现实，就只能以地球为唯一的家园，紧紧贴在大地上。譬如最近风靡汉语世界的《流浪地球》①，当地球灾难将临，人类的办法便是带着地球一起去流浪。如果抛开以科学为基础的基本设计不谈，《流浪地球》实在不过是"鸡犬升天"故事的科幻版。鲁迅说："我们有一个传说。大约二千年之前，有一个刘先生，积了许多苦功，修成神仙，可以和他的夫人一同飞上天去了，然而他的太太不愿意。为什么呢？她舍不得住着的老房子，养着的鸡和狗。刘先生只好去恳求上帝，设法连老房子，鸡，狗，和他们俩全都弄到天上去，这才做成了神仙。也就是大大的变化了，其实却等于并没有变化。"②经鲁迅一解释，地球上的人类，再怎么想出天外，也仍然是地球上的人类，漂浮在云天的时候，他们是要把大地弄到云天上去的。如果说《流浪地球》作为一部电影，当它以影像呈现想象时，不得不更多地借助人类既有的经验，只能做有限的变形处理，那么文字是否能做到更多呢？至少从汉语科幻诗来看，文字似乎也没有做到更多的。例如对现代科学和技术兴致盎然的诗人吴望尧，他在1978年写了一组科幻诗，诗题"科幻组曲"，下辖《光子旅行》《时光隧道》《太空城市》等题，每一题背后都有具体的科学理论支撑。《光子旅行》的理论支撑是"最接近地球银河系的仙女座，离我们二百万光年，但根据'相对论'，我们仍可以接近光速漫游宇宙，可是当你归来，只长了五十五岁，地球却过了三百万年"，但诗人最感兴趣的却是"许你便是神／从自己的家里出去／而变成飞碟的神／回到地球"。③诗人不知道接近光速的宇宙漫游能发现什么球外文明、河外文明，只能幻想光速漫游也不过是抛出去的飞去来器（又名"回旋镖"），在时空的错愕中"变成飞碟的神，回到地

---

① 《流浪地球》于2019年2月5日上映。本文初次刊发于《广州文艺》2019年第11期。——本书编者注
② 鲁迅：《且介亭杂文·中国文坛上的鬼魅》，载《鲁迅全集》第6卷，北京：人民文学出版社，2005年，第165页。
③ 吴望尧：《吴望尧自选集》，台北：黎明文化事业股份有限公司，1979年，第118页。

球"。如果科学影响下的文明真的是呈直线发展的，那么三百万年的时间大概不是不能发展出识别三百万年前出发、而现在归来的"神"不过是史前的人。就像刘慈欣《微纪元》所写的那样，微纪元的人类对于此前的宏纪元的人类是了如指掌的，怎么可能呼为"神"呢？这就意味着，诗人虽然借助科学驰骋幻想，但神话的思维更深地制约着他诗思的展开。他的《科幻组曲》不管离大地多么遥远，借助了多么高深的现代科学理论，如果不能从神话的范型中挣脱，就仍然无法从大地生产的有限经验中建立不紧贴大地的幻想。

而且，吴望尧是乐观的诗人，他遵从相似性的原则，认为"时光隧道"的那一头有"他们"，"他们"将"先锋十号"看作"只是冲出太阳系的""一只孩子们玩的纸的飞镖"，但"我们的子孙仍会努力／来访问你们，从时光的隧道"。[①] 看起来，诗人认为"他们"是可理解的，也是可接触和亲近的，宇宙并不是一片茫无边际的黑暗森林。诗人甚至幻想，"在庞大的太空城市 热闹的空间站／正有无数的智性生物 举着彩色的旗帜／欢迎来自太阳系的那个叫地球的居民"[②]，这简直是把星际移动当成了民间联欢，确实是不能更乐观了。从历史的角度看，吴望尧的乐观似乎带有某种1970年代的具体特点。这从《科幻时代》1979年的一首《并非诗人的幻想》中可见一斑：

小　序

我曾经有过许多幻想，
把它当作几何的图形，
我相信未来的科学，
会对它一一作出求证。

---

① 吴望尧：《吴望尧自选集》，台北：黎明文化事业股份有限公司，1979年，第119—120页。
② 吴望尧：《吴望尧自选集》，台北：黎明文化事业股份有限公司，1979年，第121页。

一

每当打开那香水的瓶盖,
满屋就闻到一股芬芳,
瞧那么小小的一个瓶子,
能够把那么多香味储藏。

为什么不能有那么个瓶子,
白天从太阳那里收集光亮,
等到了晚间打开瓶盖,
室内就亮过那灯火辉煌!

二

春天的柳絮在空间飘游,
那么自在,那么轻松,
它利用空气的浮力,
来托起自己的行踪。

如果我们穿上特殊的衣裳,
也能像柳絮在空间浮动,
那么,只消拿一把扇子当桨,
我们将逍遥云端来去如风!

三

电流既然能传导声音,
为什么不可以传导气温?
必定有一把导温的钥匙,
能够打开这神秘之门。

要是南北交织的电线,
像传声一样把冷热载运,
南方的酷暑会自膏退隐,
北方的严冬将温暖如春。

四

矛盾的双方构成事物,
这是辩证法的基本原理;
我们既然知道地球有引力,
必能找到抵消引力的东西。

我设想我们乘坐的车辆,
在没有引力的情况下腾空而起,
让地球的自转代替行车,
万里外的目标奔来眼底! ①

除了乐观的情绪,这是和吴望尧的诗完全不同的另外一种诗。尽管如此,还是必须首先看到,在1970年代的汉语文化中,科学被认为是足以解释和解决一切的,那是对科学感到充分乐观的时代。《并非诗人的幻想》一诗,虽然通篇都是诗人的幻想,但诗人却敢于坚称"并非诗人的幻想",就是因为"我相信未来的科学,/会对它一一作出求证"。再看诗人"幻想"展开的逻辑,有的是从香水瓶储存香味这样的人工现象出发,有的是从春天的柳絮在空中飘荡这样的自然现象出发,有的是从电流传递声音这样的物理现象出发,还有的是从辩证法的基本原理出发,应该说,逻辑的起点都是不够科学的,至少是不符合当时既有的科学认识的。因此,诗人说"我

---

① 转引自宗介华主编,郭日方、方竟成选编:《中国科学文艺大系·科学诗卷》,长沙:湖南文艺出版社,1999年,第126—127页。

相信未来的科学,／会对它一一作出求证"。从科学最早萌生的逻辑和科幻文艺作品最早出现的一些情况来看,《并非诗人的幻想》可谓典型的科幻诗。但是,"未来的科学"要"对它一一作出求证",却是困难的。虽然太阳能现在已经得到广泛应用,但以太阳光为光的室内照明并未实现。至于"特殊的衣裳"、运载冷热的电线和没有引力的车辆,虽然不能说没有类似的发明正在应用,但离诗人所幻想的科技创造的日常生活情况还遥不可及。这也就是说,"环球同此凉热"和"坐地日行八万里"都还只是诗人的浪漫想象,都还只是一种隐喻,并没有因为诗人对"未来的科学"乐观自信,而兑换为现实。某种特定时代的乐观情绪,也许足以在科学的指引和影响下,打开汉语诗的一些空间,建构一些独特的诗歌类型和情绪,但也仍然不能摆脱大地浮尘的遮蔽。即使是幻想摆脱了万有引力,诗人的世界也还是紧紧围绕地球而转,不过是"让地球的自转代替行车"而已。

科学作为一种独特的知识构型和思维范型,到底能在多大程度上改造汉语和汉语诗学,也许是一个很大、很有价值的论题。从上述一些汉语科幻诗来看,即使是在相对集中和极端的文学形式实践中,汉语和汉语诗学发生的变化也是有限的。这也许是因为汉语具有强大的韧性,始终模塑着汉语诗人的思维和表达,也许是因为科学与神话、巫术、宗教的关系,也不是那么容易切割的。不管是从怎样的路径出现的,科学似乎总是在激发或唤醒汉语诗人对于神话、巫术和宗教的记忆,使他们的幻想总是在科学与神话、巫术、宗教的羁绊中展开。在这样的层面,也许很难说是汉语诗人的科学知识和素养不足,从而很难严格按照科学的逻辑展开诗思。因此,当黄公度的月亮仍然是那枚"故乡月",当代汉语诗人的世界纷纷围绕地球而转,甚至于转而乞灵于神话、巫术和宗教之时,关注科幻文艺的人们,也许不妨想一想,科学原不过是人类文明的一个分支而已。即使是信仰科学者,也难以切割出一个纯粹而完整的、叫作"科学"的对象来吧。

面对"当代":回顾与出发

吴义勤　陈培浩

2017年秋天,我们开始筹划《当代文学关键词》栏目,自2018年第1期正式推出,到本期(2019年第12期),已经过去两年了。当此之际,对此栏目进行回顾变得很有必要。过去两年里,《广州文艺》的《当代文学关键词》栏目已经先后推出了"底层文学""民间文学奖""先锋文学""第三代诗歌""当代诗""作家的学科背景""多民族文学""当代散文""新世纪海外华文文学""译介与当代文学""海外经验与当代文学""当代文学批评""重写文学史""新经验""现实主义""在场主义""侦探叙事""城市文学""新历史主义""文学启蒙""人工智能写作""现代派""科幻与当代文学"共23个关键词,先后有许娇娜、唐诗人、谢有顺、黄礼孩、徐勇、徐刚、霍俊明、刘波、荣光启、赖彧煌、房伟、王威廉、刘大先、董迎春、王兆胜、黄雪敏、刘艳、龙扬志、李以亮、黄灿然、舒丹丹、林培源、杨汤琛、黄德海、刘奎、李德南、张光昕、郑焕钊、郑润良、颜炼军、景立鹏、李蔚超、曾念长、艾云、伍明春、徐兆正、张屏瑾、陈芝国、陈培浩、刘小波、杨丹丹、沈建阳、邹军、慈明亮、飞氘、李国华等专家为栏目贡献了高论。

诚如很多人所知，"关键词"是中西方学界用以推进文化探索的重要手段。雷蒙·威廉斯的《关键词》广为人知，是英国文化研究的重要代表作。在威廉斯这里，并非所有的词都足以被作为"关键词"，同时"关键词"也不负责对词语进行词典式的释义，而是通过对词汇的质疑探询记录，探讨凝结在词语生成过程中的习俗与制度、文化与社会等议题。在国内，以关键词为切入口进行文学史研究的也不鲜见。具有代表性的如洪子诚、孟繁华主编的《当代文学关键词》，通过对当代文学进程中的重要现象进行释义，确立当代文学史领域的一些概念路碑；又如陈思和的《中国当代文学关键词十讲》，则将他多年潜心研究并创造的文学史概念如"潜在写作""战争文化心理""共名与无名"放进关键词平台，从而提供他对中国当代文学史的独特解读。本栏目作为"当代文学关键词"的着眼点，跟以上的探索路径都有所不同。我们主要以关键词为切入口，力图对二十世纪八十年代以来的重要文学史现象进行重新或及时的学术观照。关键词在本栏目，更多是引向对现象的历史性考察，虽然仍有诸如"非虚构""网络文学"等重要现象本栏目尚来不及涉及，但凭借已有的努力，相信本栏目已经为读者了解中国当代文学提供了重要的窗口及档案。应该说，本栏目守住了学术初心，达到了预期目标，不算功德圆满，却令我们回顾无憾。

当此当代文学70周年之际[1]，一方面我们感慨于当代文学已经产生了诸多重要的经典作家作品。在本期笔谈中，诸如《平凡的世界》《黄

---

[1] 本文写作发表于2020年，故有"70周年"之说。——本书编者注

金时代》《活着》等作品被学者们反复地提到，这意味着在几十年的时间进程中，已经形成了某种经典共识。但是，另一方面我们也不能不看到，不同阶段、不同类型的文学经典之间依然存在巨大的鸿沟。因此，我们既希望展开对诸多当代经典的解读，让读者通过经典对当代文学探幽览胜，同时也期盼有文章对诸多经典作品的"经典化路径"进行还原，从而对经典的内在机制洞幽烛微。

时代语境、技术媒介、思想背景和诸多元素的共同作用，使"文学"的观念正在并将持续发生巨大变化。很多研究者曾经衷心服膺的"新文学"观受到一种范围更大、内涵更为庞杂的"杂文学"观的严重挑战。本期参与笔谈的多为受到严格学术训练、有着完整学历教育的作家、学者，其中很多人依然并不习惯阅读网络文学，但也不乏对网文有着浓厚兴趣，阅读、关注和研究网文，并呼唤着相应文学观念更新的学者。如房伟便认为，网络文学的"文学性"一直受诟病，是因为"我们在使用文学性这个专业词汇时，就天然地在头脑中有了一个自'五四'以来形成的、'纯文学体系'的规训带来的特殊规定性"。在他看来，这其实并不"公平"，网络文学接续中国通俗文学传统，给中国当代文学打通雅俗提供很多机遇和路径。这种观点，正在成为越来越响亮的声音。事实上，当代文学所受到的挑战，不仅来自通俗文学，也来自新技术所催生的"人工智能文学"等。或许，如何面对不断扩大的文学边界，捍卫文学的核心价值，维护文学实现人的最高可能性的功能，依然是当代文学值得努力的方向。

关键词、当代经典和通往未来的文学史

——《广州文艺》的《当代文学关键词》栏目笔谈[①]

设题人：陈培浩

答题人：王威廉、刘小波、林培源、李德南、杨丹丹、杨汤琛、郑润良、郑焕钊、房伟、唐诗人、徐兆正、董迎春

一、回望：作为方法的当代文学关键词

（一）从2018年第1期至2019年第11期，《广州文艺》的《当代文学关键词》栏目已推出二十三个当代文学关键词，其中哪些给你留下较深的印象？

房伟（苏州大学教授、博士生导师）："作家的学科背景""新世纪海外华文文学""底层文学""当代文学批评"。

王威廉（中山大学博士生，知名作家）：我有幸参与了"作家的学科背景""文学启蒙"两个关键词的讨论，用自己浅薄的经验表达了相关看法。"重写文学史""城市文学"等关键词也给我留下很深的印象。

杨汤琛（文学博士，华南农业大学教授）："当代诗""作家的学

[①] 本笔谈完成并发表于2019年11月，正是开启于1949年的当代文学70周年之际。——本书编者注

科背景""海外经验与当代文学"等。

杨丹丹(文学博士,中山大学副教授):对"人工智能写作""底层文学""当代文学批评""民间文学奖"等关键词印象比较深刻。因为这些关键词既关注中国当代文学的前沿问题,又能够围绕中国社会现实问题展开。

李德南(文学博士,知名评论家):"先锋文学""海外经验与当代文学""人工智能""民间文学奖""科幻文学"等。

董迎春(广西民族大学教授、博士生导师):"当代诗""先锋文学""当代文学批评""新世纪海外华文文学""多民族文学"等。

郑润良(文学博士,出版策划人):"新世纪海外华文文学""在场主义""城市文学""新历史主义""重写文学史"等关键词给我留下深刻印象,这些词都是近年当代文学现场的高频词。

徐兆正(北京师范大学博士生,青年评论家):"新世纪海外华文文学""译介与当代文学""重写文学史""新历史主义""侦探叙事""文学启蒙""人工智能写作"等。

刘小波(文学博士,知名评论家):《广州文艺》的《当代文学关键词》栏目推出的文学关键词,几乎每一个都能给包括我在内的读者留下较深的印象,因为这个栏目本身,以及关键词的挑选,都经过了精心的策划和论证,每一个关键词其实都为我们提供了研究当代文学的一种新的视角和思路。加上作者群体构成复杂多元,涉及不同的研究领域、不同的年龄结构、不同的知识结构,碰撞出不少有益的思想火花。

唐诗人(文学博士,暨南大学讲师):我比较关注的几个是"人工智能写作""城市文学""侦探叙事""多民族文学""海外经验与当代文学""翻译与当代文学""重写文学史""文学启蒙""当代文学批评""底层文学"。

郑焕钊(文学博士,暨南大学副教授):《当代文学关键词》栏目推出的文学关键词,以一种不完全严格意义上的"关键词",来切入当代文学的不同面向。其中,不仅有对当代文学的重要概念、理论命题和文学史现象进行讨论,诸如"底层文学""第三代诗歌""先锋文学"等,还进一步涉及文学的制度性生产的层面,比如谢有顺老师关于"华语文学传媒大奖"和黄礼孩关于"诗歌与人·国际诗歌奖"的论述,就开辟了以往文学史论述中较少被关注的层面,并且着重于官方体制之外的"民间文学奖"的视角,就给人留下了非常深刻的印象。此外,《当代文学关键词》栏目还注重对文学教育与文学创作的个体关系的探究,比如"作家写作的学科背景"(王威廉《心灵、知识与写作》与房伟《专业背景与作家的精神世界》),引入作家的自我反思的维度,探讨当代创作主体在新的学科知识语境下的创作问题。这在以往的文学史写作中,可能只是作为一种背景下的论述,而将其问题化则意味着当代教育学科体制与文学生产关系的新时代特征,成为当代文学史需要去注意的一个视角,同样让人颇感新颖。当然,《当代文学关键词》栏目还注重当代文学的跨文化、跨语言和跨民族的全球化维度。比如,具有鲜明印记的"新世纪海外华文文学"、"海外经验与当代文学"(龙扬志《语言的身份——粤籍华人作家的方言书写与文化内涵》、林培源《诱人的风景:海外华文小说与"中国情结"》与杨汤琛《漂泊的诗神,或浮起的橡实:当代海外诗歌的漂流诗学》等),关于海外重写文学史的讨论,又如"多民族文学"的论述,还有"译介与当代文学",等等,从一种更为全球、整体、流动的视角,关注到以汉语/华语为媒介的文学生长问题,回应了当代中国文学写作的多元一体的总体特征,充分切入到文学书写内在复杂的文化、语言和民族内在的跨界互动与复杂脉络。这些都是《当代文学关键词》栏目所进行的独特的开拓性工作。因此,我们可以说,《当代文学关键词》栏目为我们提供了当代文学的整体性生态的梳描,既充分关注作为文学观念和命题的思想层面的变革及其对当代文学书写创作的影响,也创新性地观察文学所置于其中的体制机制的语境,并着力探讨不被重视的民间机制在文学生长中的作用;既注重客观性的文学思潮与文学体制的意义,也强调教育学科背景与写作者之间个体性的、主观的关系；既抓住关键性的概念与节点，也没有忽视流动的、跨界的文化、语言与民族身份和文学景观之间的内在关联。

（二）如果请你推荐五个当代文学关键词，你的推荐是哪些？

房伟："向内转""现实主义""网络小说""先锋文学""史诗写作"。

王威廉："纯文学""经典化""现实""叙事""未来"。文学从没像今天这样被分为网络文学、纯文学，虽然我们可以质疑这样的分类，但是文化意义上的结果已经造成。因而这五个关键词其实便是当代文学的内在焦虑。

杨汤琛："革命浪漫主义""文学主体性""人道主义""重写文学史""个人化写作"。

林培源（清华大学博士生，青年作家）："土改叙事""十七年""先锋""现代主义""香港文学"。

徐兆正："文学史的权力与限制""文化理论的有效性""当代文学中的对话关系""告别现代主义""重回现实主义""当代文学中的'物'与'人'"。

杨丹丹："一体化""启蒙""形式主义""世俗化""科技审美"。

董迎春："重写文学史""现代诗""创意写作""民族诗学""非虚构文学"。

李德南："当代文学主潮""文学制度""国族叙事""新南方写作""多文类写作"。

刘小波："历史与新历史""革命与后革命""启蒙与反启蒙""人性与伪人性""乡土与新乡土（城市）"。

唐诗人：我推荐"重写文学史""文学启蒙""侦探叙事""人工智能""海外文学经验与当代文学"。

郑润良："90后写作""非虚构写作""底层文学""截句""官场小说"。

郑焕钊：如果让我推荐五个当代文学关键词，第一个要说的就是"现实主义"。这是因为,"现实主义"作为一种文学流派、文学思潮甚至文学创作倾向,在当代文学史中具有无可取代的重要地位。"革命现实主义""社会主义现实主义"等,内在地构成了当代文学最为主流的面向。这一概念同时也构成当代文学不通过创作思想对话的对象,也成为不同文学力量之间争竞与合流的节点,更成为文学权力、体制与意识形态勾连的关键。

第二个是"文学体制"。中国当代文学的当代性,与一体化的文学体制的建立息息相关,文学拥有了前所未有的与政治和社会之间的制度性联系,并由之形成当代文学生产的特殊景观。这一点,正是当代文学与古代文学、现代文学的不同之处。

第三个是"文学媒介"。这个词在当下可能更容易让人想起网络文学,即由新的互联网媒介所带来的新的文学形态以及其对传统文学整体生态的影响,而事实上,如果我们从现代文学自诞生以来都是一种大众媒介出版的文学的角度来理解媒介,尤其是媒介生态之于当代文学的关系,则它与当代文学的关系的讨论还远远不够充分。"媒介"可能是我们讨论当代文学诸多机制、关系、现象和问题最重要的切入口。二十世纪以来,报纸、杂志、出版等现代大众传媒的出现不仅极大地推动了中国文化从传统向现代的转型,也构成二十世纪中国文学不同于古典文学的生产机制和发展环境,内在地对百年中国文学的思想观念、语体文风、审美形态、流派社团、经典形成、传播接受和批评论争带来了根本性的改变。至二十世纪末,影视、广播、网络等媒介迭代所带来的文学存在方式的革命性变革,再一次重构文化和文学的新格局和新形态。

第四个是"代际"。在当代文学中,"代际"成为一种突出的文学现象和文化现象,原来我们讨论现代文学的时候,主要还是使用文学流派、思潮这样的词汇来讨论,但是到了当代,我们用得更多的是代际词汇,特别是"70后""80后""90后"作家,不仅在严肃文学领域,代际作家写作构成一种重要的现象,而且在通俗文学领域,代际也成为一个博取市场眼球的标签。

最后一个词是"文学焦虑"。毫无疑问,文学焦虑是当代文学的一种症候,尤其表现为对诺奖的焦虑。这一现象,既起源于百年来中国文学的现代化历程中文学主体性的建构无可避免地处于全球性的文学的焦虑影响之中,也同时意味着中国现代以来的文学写作所承担着的民族国家文学的身份焦虑问题,等等。

我所推荐的五个词,涉及当代文学的观念、制度、媒介、现象与心态。

(三)在你看来,用关键词的方式来切入当代文学有什么作用?

房伟:"关键词"的提法,非常重要,也很有意义。它能让我们重新审视那些习以为常的语汇,寻找它们的起源,考察它们的谱系。"关键词"成为一种文学症候和焦虑点,往往更能凸显中国当代文学的某些"关键问题"之所在。

王威廉:关键词对于当代文学来说是非常重要的,因为当代文学是一个正在生成、正在进行的场域,一切结论还没有尘埃落定,我们需要以浮标、路标的方式把当代文学中的不同向度给标识出来。此外,当代也是一个文学遭遇大变的时代,网络的出现,信息的爆炸,让当代文学不可避免地带有这样的特征,我们该如何理解这个时代的文学,而不被信息泡沫所遮蔽?这需要用关键词的方式去考量。因此,关键词是当代文学生成的重要支撑话语。关键词的英文叫 keyword,即钥匙,我觉得这便是深意所在——一把钥匙打开一扇门,通向的是一个更广大的用语言垒起来的建筑物。文学语言的建筑物的形状是我们难以理解的,我们需要无数把钥匙去打开各种各样的门。我们要面向新的关键词,在延续或者研究新的关键词的时候,要关注和回应我们的焦虑:怎样才能创造出更好的传播渠道、更好的文学价值?这可能是该栏目在未来最大的价值和意义。

董迎春:关键词,以"点"带"论",当代文学史的建构和表征,很大程度上也是编年的关键词的组合。以关键词的方式切入当代文学问题域和审美话语的研究,无疑是一种比较符合学术界主流的研究视角和理论方法。它以与当代文学发展和转型密切相关的重点关键词的梳理与呈现,启示我们当代文学的发展脉络与历史风貌。

杨丹丹:从1949年至今,中国当代文学走过七十年的发展历程,在此期间各种文学思潮、文学论争和文学事件不断涌现,并相互叠加在一起,如何清晰地梳理和呈现中国当代文学的发展面相和真实面貌,是当代文学研究始终存在争议的、悬而未决的问题。而《当代文学关键词》为解决这一问题提供了一个可行的路径。从某个特定的文学概念切入中国当代文学史,一方面探究某个文学史概念的起源、发生、实践和演化过程,可以还原某一特定历史阶段中国当代文学史的现场;另一方面,对某个文学史概念的阐释,又可以勾连出这一历史阶段特定的时代和社会语境,实现文学和历史的互文。同时,每个文学关键词之间又存在内在的逻辑线索,这个关键词的排列组合,实际上就是中国当代文学史的发展进程的概念化表征。最为重要的是,二十三个当代文学关键词的选择不是一种大的理论性概念的空洞阐释,而是贴近中国当代文学史本身,从其内部生发出来。因此,以关键词的方式切入当代文学有着学理和现实的重要价值和意义。

杨汤琛:当代文学现象繁复庞杂、支离破碎,意义坐标仍处于漂浮不定的状态,任何系统的论述只能成为一厢情愿的想象,统一论证会在构建一体化的同时无情删除当代文学的丰富性与深刻性。而关键词研究以散点透视、原子化的方式,破除了逻各斯中心主义神话,能够集中捕捉当下文学的敏感点,以点带面展示文学的时代经脉,并部分展现文学的真实场景。正如德里达所言,符号本身已能够反映真实,对于单独个体的研究比对于整体结构的研究更重要。

郑焕钊:一种系统性的文学史写作,对于文学系谱的梳理与民族文学的建构具有不可取代的地位与作用,但是总体性、系统性的文学史写作却同时不得不因为整体框架及其体系逻辑而牺牲掉某些重要的问题、现象,甚至有趣的节点。二十世纪后半叶西方史学界对大写的历史的反思，以及后现代史学观念的兴起，正是对此所进行的"拨乱反正"。当然，历史总是在生成中，历史书写也不断地趋于完善，在促使文学史自我更新与完善的过程中，打捞历史与当下文学中有意义的节点性的概念、问题、现象，在一种更为整体性的视域中，"发现"并"发明"当下文学生长根系脉络内在的复杂的、流动的关系，还原其丰富与鲜活的生态，重构个体精神与时代历史之间的深刻关联，讨论主观个性与客观制度的内在联系，以孔窥光，洞悉当代文学的生命与生态，正是"关键词"所具有的意义。

李德南：以关键词的方式切入当代文学，首先可以澄清前提，划定界限。每一个学科，每一种思想，都有很多的概念，这些概念往往是学科或思想的基石，当我们要了解一个学科、一种思想的时候，往往要先对它们的主要概念进行梳理，把大的前提厘清，把范畴划定。这样的运思方式，在哲学中很常见，在其他的人文科学和社会科学中其实也是很重要的，却经常被忽视。具体到当代文学领域，这样的工作也非常有必要。比如对当代文学、当代性等概念都需要进行澄清，概念在使用过程中的意义变化也需要进行梳理。洪子诚、孟繁华主编的《当代文学关键词》一书所做的工作主要就是这一方面的。另外，借助关键词，尤其是原创性的关键词来切入当代文学，还可以形成独特的阐释当代文学的视角和立场，进而建构相应的文艺理论。这方面，陈思和的《中国当代文学关键词十讲》很有代表性。以关键词切入中国当代文学，还可以做到以点带面、以小见大。我认为这是《广州文艺》的《当代文学关键词》栏目主要想做的工作。它主要是以关键词作为一个出发点讨论特定的问题，用意主要不在于形成共识，更强调的是要有问题意识，通过以关键词为起点把相关的问题揭示出来。

林培源："关键词"的方式既有辞书条目简明扼要的功能，又通过借助不同专家、学者的介入和深度阐释，将词条从抽象变得具体而微，可以说，这一方法的使用，使得关键词（keyword）从雷蒙·威廉斯的文化研究脉络拓展开来，真正进入当代文学的批评场域之中，我们不妨将《广州文艺》的《当代文学关键词》视为对当代文学史的一种补充和修订方式，它具有"史"的功能，若干年后，研究当代文学的人，可以从这份由关键词（条目）、批评文章和学术论文所构成的"知识档案"中汲取别样的视角。这不仅对我们从微观层面细读文学史有补充作用，而且《当代文学关键词》栏目自身就构成了一次批评视野、知识体系的大碰撞。

刘小波：首先，关键词的研究方法可以进行提炼，对所有的文学现象进行高度提炼，获取相应的主题，进一步理清研究的线索。其次，关键词的研究方法其实也是一种分类法，物以类聚，解释的起点其实是分类，只有将具体化的个案归类、分类、整理，才能提高解释的效率。关键词研究方法在中西方文论历史上都取得过一定的成绩，移植到当代文学研究的领域，必定能提供一种新的研究框架和阐释视角。最后，关键词的研究方法并非是简单地贴标签，而是一种及物的研究方法。关键词的来源不是从理论中抓取，而是对时下的文学现场进行大量观照所获得的，可谓一手资料，通过再回过头去系统梳理，能够有效连接文学现场，将理论批评和文学实践结合起来。

郑润良：当代文学的发展在特定阶段不可避免地会出现各种文学现象、潮流、问题与创作趋向等，这些文学现象、潮流、问题与创作趋向都可以关键词进行标示，进行深度分析，从而一方面记录当代文学发展的现实进程，另一方面有效发挥理论对于创作的引领作用，避免不必要的创作误区的出现。

徐兆正：对当代文学七十年之前三十年进行文学关键词研究者操持的方法更近于雷蒙·威廉斯在《关键词：文化与社会的词汇》一书演示的策略。由于这些语汇深刻地渗透到了当代文学的演进脉络，并且在今天接近于废止不用（成了有待被考察的疑难问题），所以人们势必无法仅仅恢复它们的初始含义；人们在这里还必须将整个文学研究都泛化为一种文化研究，以此在共时性与历时性的层面同时考察这些词的变异、生成语境以及词与词之间、词与时代之间的关联性。按照洪子诚先生的说法，这也是重写文学史的一个有机组成部分，是考察"当代文学史"如何建构的途径。这方面的主要成果，即《南方文坛》杂志从1999年开始的《"当代文学"关键词》栏目，此后这一批文章又结集为专著《当代文学关键词》出版（洪子诚、孟繁华主编，广西师范大学出版社2002年版）。与之相反，面对出诸近四十年的文学关键词，也许是这一时期产生的语词人们仍在使用，也许是词的诞生距离今天还不算遥远，研究者在使用它们甚或考察它们的时候，也就往往缺少一份审慎态度而大凡处在不言自明的确定感中，进行着演绎与争辩的工作（不过值得欣慰的是，"纯文学"这个概念已经由不言自明的真理"降格"到某一时期的文学策略，这恰恰是一种历史眼光的开端）。

我们当然应该对此表示同情和理解，因为这一批关键词的内涵与活力还没有被耗尽，也因为人们的研究成果还没有突破这些词语的边际。更主要的原因在于，过去的这几十年还没有成为绝对的历史，研究者使用的关键词，也不过是尽他们所能地对这一时期的文学现象与文学思潮进行论定的尝试。这一方面的成果，见诸于书的，寓目所及有以下两种：其一是陈思和先生的《中国当代文学关键词十讲》，其二是刘卫东先生的《若现若隐的关键词：观察现当代文学的若干视角》。两者的不同表现为前者提及的"关键词"（"战争文化心理""潜在写作""民间文化形态""中国文学的世界性因素""90年代文学的无名特征"）均由论者所创，而后者使用的"关键词"则多半是学界通行的概念。在某种意义上，笔者认为前者的工作对于现时的文学批评与研究更加关紧，即如刘卫东先生一书的副标题所示，既然是"观察现当代文学的若干视角"，那么也就不必再囿于被广泛使用的几种视角；如果关键词可以作为一种视角，它的价值也无疑在于切入文学史的新颖、有效和可阐释性——让研究者分析的对象展露其内部的纵深和褶皱，而不是要让它们局限在词的框架以内。总而言之，对于前三十年关键词的辨析是为了让文学史在对一个词的解读中显露，对于近四十年关键词的使用，则是为了凸显这一时期文学的动态模式和生成性状，它不必求全求新，重要的是一种切入的准确性和有效性。《广州文艺》自2018年推出这个栏目以来，尽管与《南方文坛》偏重的历史时期不同，但庶几可以看作是对那个同题栏目的延续。它的意义也在于此。

二、当代文学七十年：通往未来的文学史

（一）当代文学七十年，你觉得内在发生了怎样的变化？

杨丹丹：在七十年的发展历程中，中国当代文学内在发生了十分明显的转变，从"一体化"时期对文学与政治关系的强调，到二十世纪八十年代对文学审美本体的关注，再到二十世纪九十年代商业资本对文学的渗入，以至新世纪文学出现明显的世俗化倾向，中国当代文学不断调整和修正内在发展逻辑。但社会主义现实主义和社会主义文化方向始终是中国当代文学内在的恒定核心。

房伟：当代文学七十年，中国文学变得更阔大丰富了，也更自信了。中国文学，不再是第三世界国家的边缘化文学，不再是西方文学的衍生物和边缘版图，而是成长为更有主体自信的"大国文学"。

王威廉：内在发生了太大的变化，但这种内在的大变化依然是外在大变化的一种反映，因而中国当代文学依然并未获得自身在知识生产上的主体性。当然，对于最大的内在危机来说，就是文学尺度的失落，评价标准的多元乃至混乱，这是值得我们警惕的。但从正面意义来说，这也是一个呼唤创新的时代，作家应该大胆创新，写出时代的各种变化。因为所谓的文学尺度也并非一成不变的，它本身也是建构在新作品的生成过程之中。

董迎春：小说的发展遮蔽了民族文学和当代诗歌的发展，网络、新媒体、自媒体、融媒体重新带动了精英文学的传播。

刘小波：当代文学七十年很难说内在发生了变化，改变的只是外部的呈现形式，其实文学有着固有的内核在进行发展，十七年的红色经典所蕴含的民族基因在当下的很多作品中仍有继承，很多作品的不同阐释、版本的不断修改都与外部环境的需求相关。文学承担了太多非文学的因素。七十年的文学非要说有什么变化，也是外部的刺激，从革命的需要、政治的需要，到改革开放、思想解放的需要，再到个体需要与时代需求的共存发展。

李德南：内在的文学性变得更加丰富了，写作手法也变得更为多样。可是从历史的视野来看，中国当代文学的思想体量在变小，作家的思想视野开始变得日益逼仄。今天的文学界，在思想层面存在着一种可怕的滞后——在文学向内转之后，阅读好像也跟着向内转了，多数的作家只关心狭义上的写作，只想知道狭义上的同行在关心什么，在写什么，却不再关心那些广义意义上的精神同行，比如哲学、人类学、历史学领域的同行在关心什么。今天绝大多数的作家在面对现时代的变化时，显得非常的后知后觉，无力对日益复杂的现实做出准确的判断，更无法进行有原则有高度的批判。

郑润良：我觉得主要有三个变化。一是文学从宣传的号角回归到"文学是人学"，回归到文学本位。二是经历了二十世纪八九十年代对西方先锋文学的集中学习，中国当代文学初步解决了"怎么写"的问题，回到了"写什么"的问题。三是以莫言、阎连科、刘慈欣、曹文轩、郝景芳等人在国际上获奖为标志，中国当代文学已经不再焦虑如何"走向世界文学"，而是与西方文学处于同一水平线上，并且因为"中国问题"的丰富性与复杂性生发出无限的可能。

林培源：文学史通常都将延安文艺（尤其是《在延安文艺座谈会上的讲话》）视为当代文学的"历史起点"——好像这是一个不言自明的定论。当代文学七十年作为一个约定俗成的说法，其实充满了裂隙和叠合之处。贺桂梅有个观察，其认为"民族形式"构成了当代文学的一个隐秘的起点，它和《在延安文艺座谈会上的讲话》形成勾连、缠绕的知识谱系的关系结构，厘清这一段关系，可以为考察当代文学的话语形式和生产机制提供一个别样的视角。因此，从源头上辨析当代文学七十年的多重起源，可以更好地思考当代文学内在的变化，这一变化，从政治意识形态对文学生产、作家意志和批评话语的规训、冲突，到全面的文学服从政治，再到文学"去政治化"（某种程度也是"政治化"），最后是纯文学与类型文学的离合，这一复杂的演变过程至今仍在继续。"世界中的中国文学"和"中国文学中的世界"携带着现代主义、后现代主义的多种症候席卷而来，我们的文学场看似多样、分化甚至分裂，但实际上，其内在始终存在"中国"和"世界"的紧张关系，从老舍、沈从文、高行健、莫言与诺贝尔文学奖的渊源，再到余华、格非、苏童等先锋派作家对拉美文学的借鉴、转化，再到新时代科幻文学的崛起，文学史的边界一再被打破重组，当代文学内在的变化就像细胞分裂一样，其未来走向会如何，依靠的并非文学史家框定的那些领域，而是一个个独立、鲜活的作家所写下的作品。

徐兆正：前三十年与近四十年之间的变化不必说了。从二十世纪七十年代末到九十年代初的"新时期文学"与"新时期"之后的文学，给我的直观感受是评估一部作品时，作家所占的比重越来越大，而作品所占的比重正相反。第二点，在"纯文学"浪潮过去之后，当代作家开始有意识地恢复读者与作品之间的联系（他们的所作所为很像是后现代作家促成的高雅文化与大众文化的交流），譬如从通俗文学中采纳"耳目一新"的作品形式，进而书写时代和人心的那些小说，他们正是以此打破了现代主义文学作为"神秘终端"的格局。在革新与传统的一反一正之后，文学开始获得它恰如其分的位置，也赋予自身以重新认识世界的自觉。第三点，这种自觉由于许多复杂因素（如时间与空间的剧变），难以即时地印证在作品之中，例如观照城市生活的那些小说，便仍然滞后于它最初设定的目标，且远远没有达到乡土文学的成就。这可能和具体的社会现实有关（迄今迁入城市生活的最多不过三代），但它无疑造成了某种焦躁心态和大批粗制滥造的城市书写。

（二）当下的文学史是否让你感到不满足？如果重写，你认为应该怎样革新？

唐诗人：肯定有不满足。我觉得今天"重写文学史"，最忌讳的是想把这项工作当作重新树立权威的途径。文学史写作不需要再用力于求大求全求"厚重"，最需要的是求深度求特色求个性，让不同审美趣味寻找到自己的文学、美学谱系，在不同中实现深度对话。

房伟：当下的当代文学史书写，依然受到政治的制约比较大，同时，旧的文学史体制，文学史的集体化书写模式，都导致创新的停滞。未来，我们可以期待更多的个性化的文学史的出现，也可以期待有更放松的、更客观的文学史的写作。

王威廉：是的，当下大部分当代文学史都终止于二十世纪末，而我们进入新世纪已经即将二十年，如何理解新的二十年，如何理解未来的文化与文学，又将这种理解代入对七十年乃至百年的理解当中，是我期待看到的当代文学史。

杨丹丹：一部文学史无法做到真正意义上的完善和完美，但可以体现出特色，当下文学史基本上可以做到宏观、全面和系统，但仍然缺乏特色和个性。如果重写文学史，那应该从书写者的个体视角和体验重构文学史。

董迎春：小说的发展遮蔽了民族文学和当代诗歌的发展。

刘小波：对当下文学史的书写不能说不满足，有一个成员数量很多的群体在从事这一项工作，产生了数百部相关著作，这其实很令人欣慰——毕竟关注度在提升。至于说不满足，就还是一个老生常谈的问题：面对正在发生着的现象，无法轻易下结论，但是很多文学史研究者在试图盖棺定论，在还没有梳理清楚现象的时候，已经在匆匆下结论了。另外，当代文学史书写的个性太过鲜明，各自为政，自说自话。譬如抒情传统、深挖史料，又或者提出一些具有学术创新的话题贯穿文学史著作全篇。文学史与文学批评有本质的区别，批评可以有自己的主观色彩，但是文学史应该综合考量，尽量综合全面，保持客观。至于革新的话题，不是动辄就重写、反思，而是弥补一些还未涉及或者考虑到的问题。比如文学史书写的分期问题、边界问题，作家视角中的文学史研究、文学史家研究，等等，最后产生一种综合性文学史书写的可能性。

杨汤琛：目前的当代文学史编写多采取如下叙述模式：分期的限定、思潮的概括、流派的梳理等。文学史的编撰者无不意欲建构一个脉络分明、规律清晰的当代文学体系，使之成为体大精深的知识范本。固然，条分缕析的体制建立、言之凿凿的概念定义有利于制作一个明晰的知识谱系，便于向学生传授讲解。然而，体系化的确立在将某些可行的历史纳入的同时，也必然遮蔽了与体系不兼容的"历史"。体系作为一个被制造的构架，它在进行自我建构的同时，也天然地对历史进行有效的分离与遮蔽。

杨汤琛：当代能否写史一直存在争议。当代史述者与历史的切近像一把双刃剑，既可能陷于种种现实因素的遮蔽中，也能独得局中人才有的历史感觉。如何在当代文学史的编写中重返历史现场，祛除形形色色历史想象之下的历史之遮蔽？有时，从某一个角度出发所重返的历史，会不会由此带来新一轮的遮蔽？近年来，学界在破解当代文学史的历史叙述难题上获得了一些可贵的共识，其中最具可行性的，莫过于强调当代文献史料的有效引入。近年对当代文学史史料的重视，意味着学界共同体对以往先验性的叙述模式开始了自觉的反思，事实上，早在当代文学文献史料问题成为共识之前，已有一定的当代文学史料研究成果问世。二十世纪八十年代，推出了由茅盾作序、众多大专院校合作编撰的《中国当代文学研究资料丛书》，另外《文学争鸣档案》《中国当代文学史料选》等史料性书籍的出版也意味着当代文学史料梳理早被一些有识之士所重视。十几年前，洪子诚便诚恳地反思了宏观叙事的弊端，呼吁史料的引入。显然，面对某种先验性的历史想象下的文学史叙述，开放的史料引入足以抵御其封闭性，有效解构洪子诚所警惕的主流话语惯性下的宏观叙事。譬如陈思和主编的《中国当代文学史教程》，它通过挖掘《无梦楼随笔》等一批未被纳入主流文学叙述的文学史料，呈现了所谓一体化时代的文学生态的多样性与复杂性。陈思和以大量被遮蔽的当代文献为据，借此所推出的"潜在写作"可谓对彼时固定的一元化的当代文学史叙述进行了有力的解构。洪子诚在论述五十年代一体化文学进程时，也是通过对大量史料的梳理，指出一体化文学形态内部的分裂与矛盾。这些与主流叙述充满对峙与差异化史料的进入，有利于打破一元化的历史叙述的话语霸权，从而将历史从权威叙述下解放出来，充分释放历史内面的丰富性。值得注意的是，需要引入的史料并非被某种话语逻辑所编排的叙事性"史料"，它们是挣脱了先验的理念统治、未经过主观加工与体系化的原始材料，因而，它们的形态往往是片段性、碎片化的存在，这些材料可能相互龃龉，甚至在某一事件上呈现出南辕北辙的情况，但正因如此，它们的引入才充分体现了历史本来的暧昧与丰富，使得当代文学史叙述成为具有生产性的不竭的历史运动。

郑润良：目前流行的文学史大都是以历时性思维记录文学史的流水账，史述观念上也有所偏颇，我个人比较推崇南帆等人提倡的从关系主义文学史观建构的共时性视野的文学史。关系主义文学史观着眼于文学史的结构、因素、关系，强调文学史的本土结构的特殊性。南帆本人的当代文学研究著作《冲突的文学》《文学的维度》即是这种文学史观念的实践结果。揭示文学史本土结构的特殊性，目的不仅在于还原文学史的复杂面貌，更在于恢复历史的多元图景，"'关系主义'首先承认历史图景的多元——关系意味了双边的共同存在。'本质主义'形成的文学观念时常设计一个理论对决：要么审美，要么政治——要么审美骄傲地将政治拒之门外，不闻不问；要么政治无情地吞噬审美，尸骨无存。相反，'关系主义'倾向于考察二者如何共同存在，并且在抗衡之中相互影响——二者无不因为对方的压力而有所改变，哪怕这种改变是极其微小的。"（南帆、练暑生、王伟《多维的关系》，《文艺争鸣》2009年第9期）文学从来不仅仅是文学，尤其是对当代文学的历史叙述事实上与我们对当下及未来的理解息息相关，这也正是当代文学史观分裂的内在因由。启蒙文学史观与新左派文学史观显然都有自己对中国当代历史及走向的价值判断与现代性方案。但南帆认为，或左或右的二元对立的历史判断显然无力应对中国现代性的复杂症结，正如以"审美"或"政治"的强势一元无力支撑当代文学史的整体结构。关系主义文学史观力图修复当代文学史及相关的当代历史的复杂纹理，目的在于为我们理解中国现代性的复杂脉络或者说中国经验的复杂性提供一份更为可靠的证词。

李德南：我个人觉得，重写文学史的革新不是以一种截然断裂的方式来达成的，相反，中国当代文学史的写作经常体现出一种前后相继的思维连贯性。即便是意在颠覆、解构以往的文学史观的文学史著作，也往往无法实现思维方式的绝然断裂。相反，过分强调知识范式或经验的断裂，很可能只是把颠倒了的历史重新颠倒过来，从一种偏至走向另一种偏至。历史地看，中国当代文学史的写作实际上也正是处于一种不断积累经验的状态。前人的思辨，既为后来者提供了成功的参照，也往往以其失败提醒我们要有所防范，切勿掉进同一个陷阱。凡此种种，都可以说是经验的积累。而大凡有意义的"重写"，常常是建基于经验的积累；"重写"本身也是积累经验的方式。当然，对经验积累的强调，对思维连贯性的强调，并非意在贬低学者们的个人创造。这种强调，恰恰是为了重申个人创造的来之不易，也是为了说明个人的创造何以可能。虽然文学史写作的知识增长或再生产有各种各样的路径，但是如果没有对已有的特别是对那些颇具分量的文学史著作进行深入的辨析、参照、反思，那么文学史写作很可能会重复别人的工作，仅仅是原地踏步，而非另起炉灶或推陈出新。现在为我们所熟知的、有所创造的中国现当代文学史著作，几乎没有哪一本是没有经历过辩难、参照、反思这些环节的。

"重写文学史"的革新，还需要有新的问题意识和阐释框架。文学史写作作为人的一种话语活动、一种存在方式，永远不可能达到经验的最大化。每一代人都是身处于特定的世界与时代之中，由此而获得的经验也总有相对清晰的边界与局限。随着时间的流逝，新的问题总会应时而生，甚至是溢出已有的经验范畴。因此，知识观念的流动与变化是必然的，作为理解文学、理解历史、理解世界、理解自身的重要方式的文学史写作也永远存在着新的可能性。但是，要真正有新的问题意识，有新的阐释框架，又是非常困难的。因此，文学史写作的数量虽然比较多，但真正有所创造的又少之又少。也正因如此，我觉得"重写文学史"是一件需要慎重对待的事情，需要有合适的契机。

徐兆正：谈到文学史（能否）正本清源的问题，我总是想起塔杜施·博罗夫斯基在《在我们奥斯维辛（九封信）》里说的一段话："你知道我过去多么喜欢柏拉图，直到今天我才发现他是一个骗子。因为这个世界上的事情并非理想的折射，而是人类汗水、鲜血、操劳的产物。是我们建造了金字塔，……而他们书写对话与戏剧，打着祖国的幌子，将阴谋变得堂而皇之；他们越过国界、践踏民主、发动战争。……古代的历史又怎么评价我们？历史提到特伦斯和普拉图笔下那些狡诈的奴隶们；历史提到保民官格拉古夫兄弟；历史还提到一个奴隶的名字——斯巴达克斯。但被历史铭记的却是那些书写历史的人，是谋杀犯——西庇阿，是立法者——西塞罗和德摩斯梯尼。我们对伊特拉斯坎人被灭族、迦太基文明的毁灭胡言乱语，对背叛、欺骗与掠夺歌功颂德。还有那罗马法律！没错，今天的世界上也有这样的法治！如果德国人赢了战争，世人又会了解我们什么？……我们会被历史遗忘，淹没在诗人、法学家、哲学家和教士的声音中。他们会创造美、美德与真相，但只属于他们。他们会创立新的宗教。"

这可能不是"重写文学史"就可以根除的缺陷。"重写文学史"所能做的是：（1）对经典作家的经典文本进行重新阐释；（2）弥补经典作家阐释的不足之处（被忽视的文本）；（3）发掘那些被从根本上遮蔽的作家（如民间写作、地下写作）。文学史必然落后于现场的文学批评，但如果文学批评本身是失职的、缺席的，无论"重写者"有着怎样的自觉，它都无法将自己的初衷贯彻到底。反过来说，我们又是否对"重写"的效力或"文学史"的呈现曾抱有过高期待？洪子诚先生曾援引瑙曼在《作品、文学史与读者》中的一段话:"最晚从克罗齐以来——倘若不是从狄尔泰以来的话——我们这个学科的理论史就始终是在以'作品'为对象和以'文学'为对象这两种对象的规定性之间的矛盾中徘徊。"作品带有独创性的烙印,文学则被归属到各个普遍性的文类,换言之,文学史的内在逻辑限制了它对作品"原创性"的表述,这既不得已,又实属必然,否则文学史就不复成史,沦为作品目录一类的文字。至于那些无法被纳入到文学史叙事逻辑的东西,或许只能存在于一种"个人文学史"的写作之中,如近年来出版的《一个人的文学史》(程永新,上海文艺出版社 2018 年版)、《重读八十年代》(朱伟,中信出版集团 2018 年版)。在这里,写作者遵循的是个人的阅读记忆,而不是历史的叙述逻辑——尽管个人记忆与历史逻辑一样可疑。

(三)你有阅读网络小说的习惯吗?你如何评价网络文学的文学性?

王威廉:读过,但没有成为习惯。网络文学的文学性虽然在修辞上弱,但在宏大的叙事建构层面还是会有令人耳目一新的作品,毕竟文学性不仅仅是修辞性,还蕴含着文学对于世界的整体性把握。我觉得,一些网络文学以千万字来建构一个完全虚拟的世界,人物繁多,故事也一个紧接一个,这也是网络时代的文学性的一种体现。

徐兆正:没有。无法评价。

杨丹丹:偶尔会阅读网络小说,主要集中在现实主义小说上,对玄幻、商业、言情、科幻等类型化小说关注较少。网络文学的文学性与传统的纯文学相比较仍然有着明显的差距,商业资本和消费文化的痕迹较为浓重。

董迎春:没有。网络文学离不开文学艺术这个尺度,应该尽量避开从受众传播和商业角度考察网络文学。网络文学只有经历了时间的考察,在语言上具备文学性,在情感上是审美主义态度的,才能在价值上触及生命的哲理追问。

李德南：网络文学我关注非常有限，没有发言权。

刘小波：没有阅读网络小说的习惯，甚至没有接触过。每年成千上万部的纯文学作品都很难读完，个人能力毕竟太有限了。只是关注了一些网络文学发展的新闻，深知那是一块极其丰饶的文学胜地。对网络文学的文学性也不敢妄加评论。但是很多新闻都涉及网络文学的被收编，整体的转型，与纯文学的界限的消失，甚至还有现实主义网络文学大赛，这种界限的消弭会不会让网络文学固有的特性消失，最终只剩下一种文学？

唐诗人：没怎么读，不习惯网络阅读。在网络上还是喜欢看电影、看多媒体作品。关于网络文学，最好是不用纯文学意义上的文学性来评判，否则肯定是无法理解、难以接受的。网络文学创作所探寻的，也不是传统的文学性意义上的美感，它是互联网科技时代的文化产品，它求的是爽感，美也在其中，但不是传统文学审美意义上的"美"。

郑润良：偶尔有看。我认为网络文学与传统纯文学最大的区别在于前者以可读性为出发点，后者以文学性为出发点。但是，网络文学以可读性为出发点并不一定就代表它没有文学性；同样，以文学性为出发点也不排斥可读性。网络文学大都可归入类型文学，类型文学与纯文学的融合也是当今文学发展的一大趋势。自"五四"新文化运动以来，纯文学与通俗文学之间日渐分野；或者说，所谓的现当代文学就是建构在纯文学与通俗文学的二元对立与等级制的知识体系中。纯文学与通俗文学之间的壁垒自然极大推动了现当代文学的发展和成熟，但也造成了一些认识上的偏颇。比如，为人生的严肃的精英文学、纯文学可以不顾及读者的审美接受习惯，而通俗的、畅销的文学作品则必定是品味低下的。在后现代文化的哲学视域中，所谓的纯文学与通俗文学或者类型文学的分野也只是一种人为的知识建构，二者之间并不天然地具有绝对对立的本性。事实上，像斯蒂芬·金、村上春树、东野圭吾等作家都创作出了融合纯文学与通俗文学因素、兼具艺术性与可读性的文学作品。在现时代的中国作家中，麦家、蔡骏等都在纯文学与通俗文学的融合方面做了有益的尝试。由此应该可以判定，网络文学也可以产生可读性与文学性俱佳、雅俗共赏的作品。

郑焕钊：以网络小说为主体的网络文学是我的研究对象，因而对网络小说的阅读构成我日常阅读的一部分。在我看来，网络文学的文学性问题，是与网络文学的网络性（媒介性）无法脱离的一个问题。也即是当我们谈论网络文学的时候，网络文学是一个完整的概念，因为"网络"的媒介性特质对"文学"的形态和本质产生了新的影响，如此才具有网络文学的新特质，否则网络文学只不过是网络载体上的传统文学。当然，当我们从媒介性的角度来思考网络文学的存在状态及其本体价值的变化与可能的时候，我们要摆脱早期网络文学围绕媒介性所进行的讨论的思路，即那种将网络视为互文性、后现代性等极其理想化类型学的思路，而是着眼于网络媒介及其所带来的人的存在的状态的改变上，比如有学者就认为网络文学的"穿越""重生"等经验，与网络数字时代人的数字化生存状态息息相关，正是这种数字化生存的经验与体验，内在地改变了网络文学的表意形式及其意义建构的方式。文学性，假如我们按照俄国形式主义的定义，也即文学之所以为文学的那种东西的话，那么我们就可以认为，网络文学之所以为网络文学，正是对于这种网络时代的生存体验的网络式书写，而这种网络式书写体现了网络媒介的参与方式与互动精神。因此，网络文学的文学性是一种经由数字媒介的文化扩容而扩展的文学性，忽视数字媒介的文化扩容，就只会将网络文学视为一种文学的网络传播而已，看不到它新的地方。

房伟：自2006年以来，我一直保持对网络文学的关注。这些年来，我也养成在网络上"追小说"的习惯。一开始看网络小说，是想缓解写博士论文的巨大压力，后来，读的作品多了，慢慢有了一些学术上的思考。2012年，我在中国现代文学馆担任客座研究员，连续两年担任《中国当代文学年鉴》网络文学的撰稿工作，也更系统地追踪了当代网络文学创作，特别是相关数据的收集。我最喜欢看的网络文学类型，有玄幻类、穿越历史类、盗墓类、灵异类、武侠类、侦探类、"末日废土流"、"洪荒文"、现实题材类型等。这些年看下来，我大致"完本地"看过700部以上的网络小说。这些年，我也经常担任一些网络文学奖的评委，我的研究方向，也正向网络文学靠拢，并写了一些相关论文。

  对网络文学的文学性的评价，一直是网络文学受到诟病的"原罪"之一。其实，我们在使用文学性这个专业语汇时，就天然地在头脑中有了一个自"五四"以来形成的、"纯文学体系"的规训带来的特殊规定性。这其实并不是一件非常公平的事。网络文学，接续的是中国的通俗文学传统，如果仔细看，与古代文学的"三言二拍"、四大名著之间的关系，恐怕要大于与新文学传统的关系。应该说，网络文学将"中国故事传统"重新复活了，也给了文学发展一条更"宽阔"和"放松"的道路。当然，我这样说，不是说当下网络文学没有问题，而是恰恰相反，当下网络文学受到资本和政治的制约的情况，要比纯文学创作还要严重。但是，网络文学给中国当代文学打通雅俗，树立真正的中国故事书写模式，提供了很多机遇和路径。将来中国网络文学是否能出经典之作，能否得到更广泛的认可，还要看中国网络作家的努力够不够。

本书作者简介

徐　勇　文学评论家，文学博士，现为厦门大学教授。
唐诗人　文学评论家，文学博士，现为暨南大学副教授。
谢有顺　文学评论家，文学博士，现为中山大学教授。
黄礼孩　诗人、艺术家、策展人，著名民刊《诗歌与人》《中西诗歌》主编。
徐　刚　文学评论家，文学博士，现为中国社会科学院文学研究所副研究员。
霍俊明　诗歌评论家、诗人，文学博士、研究员，现为《诗刊》副主编。
刘　波　文学评论家，文学博士，现为三峡大学教授。
荣光启　诗歌评论家，文学博士，现为武汉大学教授。
赖彧煌　诗歌评论家，文学博士，曾任福建师范大学副教授。
房　伟　文学评论家、小说家，文学博士，现为苏州大学教授。
王威廉　小说家、文学评论家，文学博士，现为中山大学副教授。
刘大先　文学评论家，文学博士、研究员，现为《民族文学研究》

副主编、编辑部主任。

  董迎春 文学评论家，文学博士，现为广西民族大学教授。

  王兆胜 文学评论家，文学博士，现为中国社会科学院研究员，《中国社会科学》副主编、编审，中国社会科学院大学教授。

  黄雪敏 文学评论家，文学博士，现为华南师范大学副教授。

  刘 艳 文学评论家，文学博士，现为《文学评论》编审，中国社科院大学教授。

  龙扬志 文学评论家，文学博士，现为暨南大学副教授。

  李以亮 诗人、翻译家，现居武汉，供职于某电信公司。

  黄灿然 诗人、翻译家。

  舒丹丹 诗人、翻译家，现任教于广州某高校。

  林培源 文学评论家、小说家，文学博士，现为暨南大学博士后。

  杨汤琛 文学评论家，文学博士，现为广东外国语大学教授。

  黄德海 文学评论家，现为《思南文学选刊》副主编。

  刘 奎 文学评论家，文学博士，现为厦门大学副教授。

  李德南 文学评论家，文学博士，现为广州文学艺术研究院专业作家。

  张光昕 文学评论家，文学博士，现为首都师范大学教师。

  郑焕钊 文学评论家，文学博士，现为暨南大学副教授。

  郑润良 文学评论家、出版策划人，任职于某机关。

  颜炼军 文学评论家，文学博士，现为浙江工业大学副教授。

  景立鹏 文学评论家，文学博士，现为河北师范大学教师。

  李蔚超 文学评论家，文学博士，现为《中国现代文学研究丛刊》执行主编。

  曾念长 文学评论家，文学博士，现为《海峡文艺评论》社长。

  艾 云 散文家、文学评论家，曾任广东省作协创研部主任等职。

伍明春　文学评论家，文学博士，现为福建师范大学教授、协和学院中文系主任。

徐兆正　文学评论家，文学博士，现为杭州师范大学教师。

陈培浩　文学评论家，文学博士，现为福建师范大学教授。

张屏瑾　文学评论家，文学博士，同济大学教授、硕士生导师。

陈芝国　文学评论家，文学博士，广东第二师范学院副教授。

刘小波　文学评论家，文学博士，《当代文坛》副编审、编辑部副主任。

杨丹丹　文学评论家，文学博士，现为中国现代文学馆特邀研究员。

沈建阳　文学评论家，文学博士，现为集美大学教师。

邹　军　文学评论家，文学博士，现为大连大学教师。

慈明亮　文学评论家，文学博士，现任职于中国社会科学出版社。

飞　氘　小说家、文学评论家，文学博士，现为清华大学副教授。

李国华　学者、诗人，文学博士，现为北京大学副教授。